나폴리 4부작 제4권

STORIA DELLA BAMBINA PERDUTA
by Elena Ferrante

# 잃어버린
# 아이
# 이야기

엘레나 페란테 지음
김지우 옮김

한길사

# 등장인물

## 체룰로 집안 구두수선공네 가족

- **페르난도 체룰로** 릴라의 아버지.
- **눈치아 체룰로** 릴라의 어머니.
- **라파엘라 체룰로** '리나' 또는 '릴라'라고 불린다. 1944년 8월생이다. 66세에 나폴리에서 흔적도 없이 사라진다. 어린 나이에 스테파노 카라치와 결혼하지만 이스키아 섬에서 보낸 휴가 기간에 니노 사라토레와 사랑에 빠져 남편 스테파노를 떠난다. 하지만 니노와 동거는 실패로 끝나고 릴라와 니노 사이에서 아들 젠나로가 태어난다. 스테파노가 아다를 임신시켰다는 사실을 알고 스테파노와 완전히 결별한다. 엔초와 함께 산 조반니 아 테두초로 거처를 옮기지만 몇 년 후 엔초와 아들 젠나로를 데리고 고향으로 돌아온다.
- **리노 체룰로** 릴라의 오빠. 스테파노의 동생 피누차와 결혼해 두 아이를 얻는다. 리노는 릴라의 아들과 동명이인이다.
- **릴라와 리노의 형제들**

## 그레코 집안 시청 수위네 가족

- **엘레나 그레코** '레누차' 또는 '레누'라고 불린다. 1944년 8월생이다. 우리가 읽고 있는 이 긴 소설의 작가다. 초등학교를 졸업한 후에도 공부를 계속하여 뛰어난 성적을 거둔다. 결국 피사 노르말레 대학까지 졸업하게 되고 그곳에서 피에트로를 만나 결혼해 피렌체로 거처를 옮긴다. 엘레나와 피에트로 사이에서 데데라는 애칭으로 불리는 딸 아델레와 엘사가 태어나지만 결혼 생활에 실망한 엘레나는 어린 시절 사랑인 니노와 사랑에 빠져 남편과 아이들을 떠난다.
- **페페, 잔니, 엘리사** 엘레나의 동생들. 엘리사는 엘레나가 반대하는데도 마르첼로 솔라라와 동거한다.
- **아버지** 시청 수위.
- **어머니** 가정주부.

## 카라치 집안  돈 아킬레 가족

- **돈 아킬레 카라치**  암시장 상인이자 고리대금업자로 살해됐다.
- **마리아 카라치**  돈 아킬레의 아내이자 스테파노, 피누차, 알폰소의 어머니. 스테파노 와 아다 사이에서 태어난 딸과 동명이인이다.
- **스테파노 카라치**  살해된 돈 아킬레의 아들이자 식료품점 주인. 릴라의 첫 번째 남 편이다. 탈 많은 결혼 생활에 지쳐 아다와 관계를 맺고 동거한다. 릴라와의 사이에서 태어 난 아들 젠나로와 아다와의 사이에서 태어난 딸 마리아의 아버지다.
- **피누차 카라치**  돈 아킬레의 딸. 릴라의 오빠 리노와 결혼해 아들 둘을 낳는다.
- **알폰소 카라치**  돈 아킬레의 아들. 오랜 약혼 기간을 거쳐 마리아 사라토레와 마지못 해 결혼한다.

## 펠루소 집안  목수네 가족

- **알프레도 펠루소**  목수. 공산당원으로 교도소에서 죽는다.
- **주세피나 펠루소**  알프레도의 헌신적인 아내. 남편이 교도소에서 숨을 거두자 자살 한다.
- **파스콸레 펠루소**  알프레도와 주세피나의 장남. 벽돌공이자 열혈 공산당원이기도 하다.
- **카르멜라 펠루소**  카르멘이라는 애칭으로 불린다. 파스콸레의 여동생으로 오랫동안 엔초와 사귀었다. 그와 헤어진 후 큰길에 있는 주유소 사장과 결혼해 두 아들을 낳는다.
- **파스콸레와 카르멜라의 동생들**

## 카푸초 집안  미친 과부 가족

- **멜리나 카푸초**  릴라 어머니의 친척으로 미망인이다. 니노 사라토레의 아버지 도나 토레의 정부였으나 그와 헤어진 후 거의 이성을 잃을 지경에 이른다.
- **멜리나의 남편**  사망할 때의 정황이 불명확하다.
- **아다 카푸초**  멜리나의 딸. 파스콸레와 오랫동안 사귀지만 스테파노의 정부가 되어 결국 스테파노와 동거한다. 둘 사이에서 딸 마리아가 태어난다.
- **안토니오 카푸초**  아다의 오빠. 자동차 정비공이다. 엘레나의 남자 친구였다.

- 아다와 안토니오의 동생들

## 사라토레 집안 시인이자 철도원네 가족

- 도나토 사라토레  굉장한 바람둥이로 멜리나와 불륜 관계였다. 어린 시절 니노와 릴라의 관계 때문에 마음에 상처를 입은 엘레나도 이스키아 섬 해변에서 그의 유혹에 넘어가고 만다.
- 리디아 사라토레  도나토의 아내.
- 니노 사라토레  도나토와 리디아의 장남. 릴라와 오랫동안 밀회를 즐긴다. 엘레오노라와 결혼해 아들 알베르티노를 얻는다. 유부녀인 데다 아이가 있는 엘레나와 사랑에 빠진다.
- 마리사 사라토레  니노의 여동생. 알폰소와 결혼하지만 미켈레 솔라라의 정부가 되어 두 아들을 낳는다.
- 피노, 클렐리아, 치로  니노의 동생들.

## 스칸노 집안 야채장수네 가족

- 니콜라 스칸노  야채장수. 폐렴으로 사망했다.
- 아순타 스칸노  니콜라의 아내. 암으로 사망했다.
- 엔초 스칸노  니콜라와 아순타의 아들. 카르멘과 오랫동안 사귀었다. 릴라가 스테파노와 완전히 결별하기로 결정하자 릴라와 그녀의 아들 젠나로를 책임지기로 하고 산 조반니 아 테두초로 데리고 온다.
- 엔초의 동생들

## 솔라라 집안 주점 겸 제과점을 소유하고 있는 가족

- 실비오 솔라라  주점 겸 제과점 주인.
- 마누엘라 솔라라  실비오의 아내. 고리대금업자다. 노년에 자기 집 문간에서 살해당한다.
- 마르첼로 솔라라  실비오와 마누엘라의 장남. 과거 릴라에게 거절당한 경험이 있다. 오랜 세월이 지난 후 엘레나의 동생 엘리사와 동거한다.

- 미켈레 솔라라  실비오와 마누엘라의 차남. 제빵사의 딸 질리올라와 결혼한다. 둘 사이에서 두 아들이 태어나지만 마리사 사라토레와의 불륜 관계에서도 두 아들을 얻는다. 그런데도 릴라에게 집착한다.

## 스파뉴올로 집안  제빵사네 가족

- 스파뉴올로  솔라라 가게에서 일하는 제빵사.
- 로사 스파뉴올로  제빵사의 아내.
- 질리올라 스파뉴올로  제빵사의 딸. 미켈레와 결혼해 두 아들을 낳는다.
- 질리올라의 동생들

## 아이로타 집안

- 구이도 아이로타  그리스문학 교수.
- 아델레 아이로타  아이로타 교수의 아내.
- 마리아로사 아이로타  아이로타 집안의 장녀. 밀라노의 대학에서 예술사를 가르친다.
- 피에트로 아이로타  엘레나의 남편이자 데데와 엘사의 아빠로 젊은 나이에 대학교수가 된다.

## 선생님들

- 페라로  초등학교 선생님이자 도서관 사서.
- 올리비에로  초등학교 선생님.
- 제라체  고등학교 저학년 시절 엘레나의 선생님.
- 갈리아니  고등학교 고학년 시절 엘레나의 선생님.

## 그 밖의 등장인물

- 지노  약국집 아들이자 엘레나의 첫 남자 친구. 동네 파시스트 일당의 두목이다. 약국 앞에서 습격당해 살해당한다.

- 넬라 인카르도 올리비에로 선생님의 사촌.
- 아르만도 갈리아니 선생님의 아들이자 의사. 이사벨라와 결혼해 아들 마르코를 낳는다.
- 나디아 갈리아니 선생님의 딸. 니노의 여자 친구였다. 정치활동을 하며 파스콸레와 가까워진다.
- 브루노 소카보 니노의 친구. 대대로 햄 공장을 운영하고 있다. 자기 공장에서 살해당한다.
- 프랑코 마리 대학 생활 초 엘레나의 남자 친구. 후에 열혈 정치 운동가가 된다. 파시스트들의 습격으로 한쪽 눈을 실명한다.
- 실비아 대학생으로 열혈 정치 운동가다. 니노와 짧은 사랑을 한 결과 아들 미르코가 태어난다.

장년기

# 잃어버린 아이 이야기

# 1

내가 나폴리에 다시 정착한 것은 1979년이었다. 1976년 10월부터 1979년 나폴리로 돌아오기 전까지 나는 릴라와 자주 연락하는 일을 되도록 피했다. 쉽지는 않았다. 릴라는 언제든 억지로라도 내 인생에 끼어들려 했다. 그럴 때마다 나는 그런 릴라를 무시하기도 하고 참기도 하고 견뎌보기도 했다. 릴라는 가장 힘든 순간 내 곁에 있어주고 싶은 것처럼 행동했지만 나는 나를 경멸하던 릴라의 태도를 잊을 수 없다.

지금 생각해보면 그때 릴라가 내게 퍼부었던 모욕적인 말 때문에 상처받은 것은 아니었다. 릴라에게 전화로 나와 니노의 관계를 이야기했을 때 릴라는 내게 바보 멍청이라면서 악을 썼다. 그때까지 릴라가 내게 그런 식으로 말한 적은 한 번도, 정말이지 단 한 번도 없었다. 그렇지만 그 말 때문에만 상처받은 것이었다면 나는 얼마 지나지 않아 마음을 가라앉혔을 것이다. 내가 마음이 아팠던 이유는 릴라 입에서 데데와 엘사 이름이 튀어나왔기 때문이다.

릴라는 아이들 생각을 하라고 나를 질책했었다. 그때는 릴라의 말을 흘려들었지만 시간이 갈수록 릴라의 말이 심각하게 느껴졌고 자주 뇌리에 맴돌았다. 이때껏 릴라는 한 번도 데데나 엘사에게 관심을 보인 적이 없었다. 아이들 이름조차 제대로 모르는 것 같았다. 가끔 통화하다 내가 아이들이 재치 있게 했던 말을 들려주려고 하면 릴라는 내 말을 싹둑 자르고 화제를 돌렸다. 마르첼로 집에서 데데와 엘사를 처음 봤을 때도 릴라는 아이들을 건성으로 흘낏 바라보고 성의 없이 몇 마디 했을 뿐이었다. 내 딸들이 얼마나 예쁜 옷을 잘 차려 입고 머리를 단정히 빗고 나이가 어린데도 의사 표현을 잘하는지에 대해 조금도 관심을 보이지 않았다. 다른 사람도 아닌 내 아이들이었는데 말이다. 릴라의 평생 친구인 내가 낳아 키운 내 몸의 일부 같은 아이들이었는데도 말이다. 릴라는 내게 조금이라도 엄마로서 자부심을 느낄 수 있게 해주었어야 했다. 나에 대한 애정에서 우러나오는 것이 아니더라도 적어도 예의상으로라도 그렇게 했어야 했다.

하지만 릴라는 가벼운 농담 한마디 하지 않았다. 아이들에게 무관심으로 일관했다. 그랬던 릴라가 지금에 와서 내 아이들을 기억해내고 내가 엄마로서 최악이라고 나를 비난하는 것이다. 내가 내 한 몸 행복하자고 아이들을 불행하게 한다고 말하고 있는 것이다. 내게 니노를 빼앗겼다는 생각 때문에 질투심에 사로잡힌 것이 분명했다.

이런 생각을 할 때마다 나는 신경이 날카로워졌다. 그러는 릴라는 스테파노를 떠났을 때 젠나로 생각을 했었던가. 공장에서 일해야 한다는 이유로 젠나로를 이웃집에 내버려둘 때 젠나로 생각을 했었던가. 물건 버리듯 젠나로를 내게 보냈을 때 젠나로 생각을 했었던가. 물론 나에게도 잘못이 없는 것은 아니다. 하지만 확실히 나는 릴라보다는 좋은 엄마였다.

# 2

나는 습관처럼 그런 생각에 빠지곤 했다. 데데와 엘사를 위해 특별히 해준 것도 없으면서 잔인한 말 한마디로 릴라는 데데와 엘사의 권리를 지켜주는 변호사가 된 것 같았다. 그 후 내 일에 바빠 아이들을 제대로 돌보지 못할 때마다 나는 릴라가 틀렸다는 사실을 증명해야만 할 것 같은 강박관념에 사로잡혔다.

하지만 그것은 우울한 마음이 만들어낸 속삭임일 뿐이었다. 사실 나는 아직도 릴라가 나를 엄마로서 어떻게 생각했는지 알지 못한다. 그 말을 해줄 사람은 릴라밖에 없다. 그러려면 릴라가 정말로 길고 긴 이 언어의 사슬에 손을 대야 한다. 교묘한 솜씨로 빠진 사슬을 끼워 넣고 필요 없는 사슬은 슬쩍 빼내야 한다. 그렇게 해서 내가 원하는 것보다 내가 할 수 있는 것보다 나에 대한 이야기를 더 많이 들려주어야 한다.

나는 진정 릴라가 내 이야기에 끼어들기를 바란다. 우리의 이야기를 쓰기 시작한 그 순간부터 나는 릴라가 그렇게 해주기를 간절히 원해왔다. 하지만 릴라가 정말로 내 이야기에 끼어들었는지 확인하려면 우선 이 이야기의 끝에 도달해야 한다. 지금 당장 확인하려 한다면 시작하자마자 막힐 것이다.

글을 너무 오래 쓴 탓에 피곤하다. 몇 년 동안 계속된 혼란과 크고 작은 사건, 변화하는 감정 속에서 이야기의 가닥을 유지하기가 점점 버거워진다. 릴라와 릴라에게 얽힌 복잡한 일을 회상하다보면 자꾸만 내 이야기를 건너뛰게 된다. 그보다 심한 경우 쉽게 써내려갈 수 있다는 이유만으로 내 이야기만 늘어놓게 된다.

이제 이 갈림길에서 결단을 내릴 때가 왔다. 첫 번째 길로 갈 수는 없다. 우리 관계의 성격상 나를 통해야만 릴라에게 닿을 수 있으므로 나를 이 이야기에서 제외한다면 릴라의 흔적은 갈수록 찾기 힘들어질 것이기 때문이다. 그렇다고 두 번째 길로 갈 수도 없다. 내가 내이야기나 자세히 늘어놓는 것이야말로 분명 릴라가 원하는 것일 테니 말이다.

릴라는 말할 것이다.

'그래. 네게 무슨 일이 있었는지 이야기해줘. 나 같은 사람의 인생에 누가 관심을 가지겠어. 사실 너부터 그렇잖아. 솔직히 말해봐.'

릴라는 이렇게 결론 지을 것이다.

'내 이야기는 낙서 위에 덧쓴 낙서일 뿐이야. 네 책에 적합하지 않아. 그러니 나를 내버려둬, 레누. 사람들은 소멸에 관한 이야기 같은 것은 하지 않아.'

그러니 어떻게 해야 할까. 이번에도 릴라의 말이 맞다는 것을 인정해야 하나. 어른이 된다는 것은 결국 사라진다는 것이라는 사실을, 완전히 사라지다시피 몸을 숨기는 법을 배우는 것이라는 사실을 받아들여야 하나. 나이가 들수록 릴라를 잘 모르겠다는 사실을 인정해야 하나.

오늘 아침 나는 피곤함을 이겨내고 다시 책상 앞에 앉았다. 우리 둘의 이야기 가운데 가장 고통스러운 순간이 얼마 남지 않은 지금, 적어도 이 글에서만큼은 나와 릴라 사이의 균형을 찾고 싶다. 평생나 자신과의 관계에서조차 찾지 못했던 균형을 말이다.


3


나는 몽펠리에서 일어난 모든 일을 세세히 기억한다. 다만 도시에 대한 기억은 전혀 없다. 내게 몽펠리에는 한 번도 가보지 못한 도시와 별다를 바가 없다. 호텔과 니노가 참석한 학회가 열렸던 거대한 강당 이외에 지금 내 눈앞에 떠오르는 장면은 바람이 세차게 불던 가을 전경과 새하얀 구름 위에 몸을 기댄 푸른 하늘뿐이다. 그런데도 내게 몽펠리에라는 지명은 여러 가지 이유로 도피의 상징처럼 각인되었다.

그전에도 프랑코와 함께 파리에 가느라 이탈리아를 떠난 적이 있었다. 그때 나는 내 과감함에 짜릿함을 느꼈다. 하지만 그때까지만 해도 나의 세계는 아직 고향 동네와 나폴리에 국한되었고 앞으로도 그럴 거라고 생각했다. 그렇기 때문에 나는 고향 동네나 나폴리가 아닌 다른 장소에 있을 때면 잠시 소풍을 나온 것 같았다. 일상에서 벗어났다는 생각 때문에 평소의 나와는 전혀 다른 사람이 된 것 같았다.

몽펠리에는 파리보다 짜릿함은 덜했다. 그러나 이보다 더 나아가 기존의 경계가 허물어진 것처럼 느껴졌다. 내 영역이 확장된 것 같았다. 몽펠리에에 있다는 사실 자체만으로도 고향 동네와 나폴리, 피사와 피렌체와 밀라노, 아니 이탈리아 전체가 드넓은 세상 속 작은 조각처럼 느껴졌다. 나는 그런 조각에 만족하지 않아야겠다고 생각했다. 나는 몽펠리에에 가서야 내 비좁은 시야와 지금껏 말하고 써온 내 언어의 한계를 실감했다. 나는 32세의 나이에 누군가의 아내이자 어머니로서 살아간다는 것이 얼마나 보잘것없는지 몽펠리에에서 확실히 깨달았다.

니노와의 사랑으로 충만했던 며칠 동안 나는 생전 처음으로 그동안 나를 옭아맨 모든 속박에서 해방되는 것을 느꼈다. 태생에 대한 속박, 학문적으로 성공해야 한다는 속박, 살아오면서 내가 내린 수

많은 선택, 그중에서도 결혼이라는 선택 때문에 생긴 속박에서 벗어나는 것 같았다. 그곳에서 나는 내 첫 작품이 외국어로 번역되었을 때 왜 그토록 기뻤는지 알았다. 해외에서는 큰 반향이 없었다는 소식에 왜 그토록 속상했는지도 알게 되었다.

내가 지금껏 절대적이라고 생각했던 가치가 국경을 넘어 전혀 다른 문화권에서는 언제든 변할 수 있다는 사실을 깨닫는 것은 멋진 일이었다. 몽펠리에에 가기 전까지만 해도 나는 릴라가 평생 나폴리를 떠나지 않은 것이 릴라의 선택이라고 생각했었다. 릴라는 나폴리를 떠나기는커녕 산 조반니 아 테두초로 거처를 옮기는 것조차 두려워했다.

나는 선택의 옳고 그름을 떠나서 어쨌든 결과적으로 릴라는 항상 자신에게 유리한 결과를 얻어냈다고 생각했었다. 하지만 이제는 릴라가 나폴리를 떠나지 않은 이유가 단순히 사고의 한계 때문이라는 생각이 들었다. 나는 릴라가 나를 비난했을 때와 똑같은 논리를 릴라에게 적용해보았다.

'네가 나를 잘못 봤다고? 아니, 사랑하는 친구야. 내가 너를 잘못 본 거야. 나야말로 지금껏 너를 잘못 봤다고. 너는 평생 깡촌 같은 고향에 틀어박혀 길가에 지나다니는 트럭이나 쳐다보며 살게 될 거야.'

시간은 눈 깜짝할 사이에 지나갔다. 학회 주최 측은 벌써 오래전부터 니노를 위한 싱글룸을 예약해두었다. 내가 너무 늦게 니노와 합류하기로 마음먹었기 때문에 우리는 더블룸으로 바꿀 수 없었다. 우리는 각방을 쓰게 됐지만 나는 매일 밤 샤워를 하고 잠자리에 들 준비를 한 다음 설레는 가슴을 안고 니노의 방을 찾았다. 우리는 니노의 방에서 함께 잤다. 행여나 꿈속에서라도 사악한 기운이 우리

사이를 갈라놓을까봐 밤새 꼭 껴안고 있었다.

아침에는 영화처럼 룸서비스로 침대에서 식사하는 호사를 누렸다. 웃기도 많이 웃었다. 우리는 행복했다. 낮에는 니노와 학회가 열리는 대강당에 함께 갔다. 발제자들은 자기들도 지루해하는 목소리로 끝나지 않을 것처럼 긴 원고를 읽었지만 나는 니노와 함께 있다는 사실만으로도 기뻐서 니노에게 방해가 되지 않게 그의 옆에 가만히 앉아만 있었다.

니노는 모든 발표를 주의 깊게 들었다. 메모를 하고 가끔 내 귀에 발표 내용을 비아냥거리거나 사랑의 말을 속삭이기도 했다. 점심식사와 저녁식사 시간에는 세계 각국에서 온 학자들과 어울렸다. 모두 외국 이름에 외국어를 쓰는 사람들이었다. 명망 높은 발제자들은 당연히 자기들끼리 따로 자리를 잡았기 때문에 우리는 젊은 축에 속하는 학자들과 섞였다.

니노는 강당에서도 레스토랑에서도 매우 활발했다. 그런 니노의 모습은 인상적이었다. 학생 때와는 전혀 다른 모습이었다. 10년 전쯤 밀라노 서점에서 나를 변론해주던 때와도 달랐다. 이제 니노는 예전처럼 논쟁을 일으키려 하지 않고 다양한 학문 분야를 능숙하게 넘나들면서 진지하면서도 호감 가는 태도로 사람들과 교류했다.

니노는 예전에 그랬던 것처럼 정확한 수치를 근거로 설득력 있는 언변을 한껏 뽐냈다. 완벽한 영어와 그보다는 못하지만 수준급 프랑스어로 사람들과 멋지게 대화를 나눴다. 사람들이 니노를 좋아하는 모습을 보자 나는 그가 너무나 자랑스러웠다. 얼마 안 있어 니노는 모든 사람의 호감을 샀다. 여기저기서 그를 찾았다.

발표를 앞둔 전날 밤 딱 한 번 태도가 돌변했었다. 니노는 갑자기 쌀쌀맞고 무례해졌다. 불안해서 어쩔 줄 몰라 했다. 자기 글을 스스로 혹평하면서 자기는 나처럼 쉽게 글을 쓰지 못한다는 말을 몇 번이나 했다. 제대로 준비할 시간이 없었다면서 짜증을 냈다. 우리의 복잡한 상황 때문에 니노가 일에 집중하지 못했다는 생각에 나는 죄책감이 들었다.

나는 니노에게 키스하고 포옹하며 그를 도우려 했다. 니노에게 글을 읽어봐달라고 했다. 니노는 내게 자신이 쓴 글을 읽어주었다. 겁에 질린 어린 학생 같은 그의 모습에 마음이 애틋해졌다. 니노의 글은 먼저 발표한 다른 발제자들의 글 못지않게 지루했다. 하지만 나는 그에게 글이 아주 훌륭하다고 칭찬했고 그제야 니노는 안정을 되찾았다. 다음 날 아침 니노는 의도적으로 연출된 열정적인 태도로 발표했고 사람들의 박수갈채를 받았다.

그날 저녁 미국에서 온 유명한 학자가 니노를 자기 옆자리로 초대했고 나는 홀로 남게 되었다. 그래도 괜찮았다. 니노가 있을 때면 나는 누구와도 이야기를 나누지 않았지만 니노가 곁에 없자 미숙한 프랑스어로 떠듬거리며 말을 할 수밖에 없었다. 그러다 나는 파리에서 온 어떤 커플과 친해지게 되었다. 그들의 상황도 우리와 비슷하다는 것을 알게 되자 그들에게 더 마음이 갔다. 둘 다 가정이라는 제도를 숨 막히게 답답하다고 생각하고 있었다. 힘든 과정을 거쳐 각자의 배우자와 자식들과 헤어졌지만 둘 다 행복해 보였다.

남자의 이름은 어거스탱이었다. 나이는 오십쯤 되어 보였는데 붉은 기가 도는 얼굴에 생기 넘치는 푸른 눈과 옅은 금빛 콧수염을 무성하게 기르고 있었다. 여자의 이름은 콜롱브로 나처럼 서른을 갓 넘긴 것 같았다. 짧고 검은 머리에 얼굴이 자그마하고 눈매와 입술이 또렷한 세련되고 매혹적인 여성이었다. 나는 주로 콜롱브와 이야기를 나눴는데 그녀에게는 일곱 살 난 아들이 있다고 했다.

"내 딸아이는 몇 달 후에 일곱 살이 돼요. 일곱 살도 안 됐는데 올해 벌써 2학년으로 올라가죠. 공부를 아주 잘해요."

"내 아들은 영리하고 상상력이 풍부해요."

"이혼을 잘 받아들였나요?"

"네."

"조금 힘들어하지 않았나요?"

"아이들은 어른들처럼 고정관념에 사로잡히지 않아요. 아이들은 우리보다 훨씬 생각이 유연하답니다."

콜롱브는 어린아이들 사고의 유연성을 누차 강조했는데 그래야 안심이 되는 것 같았다. 콜롱브가 말을 이었다.

"제가 사는 곳에서는 이혼이 꽤 흔해요. 그러니 아이들은 부모가 헤어질 수도 있다는 것을 알고 있죠."

내 주변에는 한 명 빼고 이혼한 여자가 없다고 대답하려는데 콜롱브가 느닷없이 말투를 바꿔 자기 아들에 대해 불만을 털어놓기 시작했다.

"아이가 똑똑하긴 한데 조금 느려요."

콜롱브가 소리를 높였다.

"학교에서 제멋대로라는 소리를 들어요."

나는 그녀의 바뀐 말투에 충격을 받았다. 콜롱브는 마치 아들이 자기를 힘들게 하려고 일부러 그렇게 행동한다는 듯이 애정이 느껴지지 않는 원망스러운 말투로 말했고 그런 콜롱브의 태도에 나는 불안해졌다.

어거스탱이 상황을 눈치채고 대화에 끼어들어 자기 아들들 자랑을 했다. 어거스탱에게는 아들이 둘인데 작은아이는 14세이고 큰아이는 18세라고 했다. 둘 다 나이에 상관없이 모든 여자에게 인기가 많다고 농담했다.

니노가 내 곁에 돌아온 후에는 두 남자, 그중에서도 특히 어거스탱이 발제자 대부분을 욕하기 시작했다. 콜롱브는 조금 어색할 정도로 명랑하게 이야기에 끼어들었다. 뒷담화 덕분에 우리는 급속도로 가까워졌다. 어거스탱은 그날 저녁 내내 이야기하면서 술을 마셨고 콜롱브는 니노가 입만 열어도 웃음을 터뜨렸다. 둘은 우리에게 자기들 차로 함께 파리에 가자고 했다.

우리는 파리에 함께 가자는 그들의 제안에 싫다고도 좋다고도 하지 않았다. 하지만 아이들에 대한 이야기와 함께 가자는 그들의 제안에 비로소 나는 현실 감각을 되찾았다. 물론 데데와 엘사 생각이 머릿속을 맴돌기는 했다. 피에트로도 마찬가지였다. 하지만 그때까지는 남편과 아이들을 생각할 때면 그들이 마치 나와는 다른 평행 우주 안에 멈춰 있을 것 같았다. 피렌체 집 부엌 식탁에 둘러앉아 있거나 TV 앞에 앉아 있거나 침대에 누워 꼼짝하지 않고 있을 것 같았다. 그런데 그 순간 갑자기 두 세계 사이에 교신이 다시 시작됐다.

몽펠리에의 일정은 거의 끝났고 이제 니노와 나는 어쩔 수 없이 각자의 집으로 돌아가야 한다. 나는 피렌체에서, 니노는 나폴리에서 각자의 결혼 문제를 대면해야 한다. 그 사실을 깨닫는 순간 딸들의 육체가 내 육체와 재결합했다. 그 격렬한 충동이 온몸으로 느껴졌다. 지난 5일 동안 딸들이 어떻게 지냈는지 아는 게 하나도 없다는 것을 깨닫는 순간, 나는 심한 구역질을 느꼈다. 참을 수 없을 정도로 아이들이 그리워졌다. 나는 두려웠다. 하지만 미래 전반에 대한 두려움은 아니었다. 어차피 니노가 없는 미래란 불가능했으니까. 내가 걱정한 것은 곧 다가올 미래였다. 당장 내일이나 내일모레 일어날 일이었다.

24

자정이 다 된 늦은 시간이었지만 나는 참지 못하고 피렌체 집에 전화를 걸었다. 어차피 피에트로는 항상 깨어 있으니 상관없을 거라고 생각했다. 해외 전화를 걸기가 쉽지 않았지만 나는 결국 전화를 거는 데 성공했다.

"여보세요."

내가 말했다.

"여보세요."

나는 다시 한번 말했다.

수화기 저편에 피에트로가 있다는 것을 알았기에 나는 그의 이름을 불렀다.

"피에트로, 나야. 엘레나. 아이들은 좀 어때?"

전화가 끊겼다. 나는 잠시 기다렸다 다시 교환원에게 연결을 부탁했다. 필요하면 밤새 시도할 생각이었지만 이번에는 피에트로가 입을 열었다.

"원하는 게 뭐야?"

"아이들 이야기 좀 해줘."

"자고 있어."

"그건 나도 알아. 어떻게 지내는지 이야기해달라는 거야."

"당신이 무슨 상관인데?"

"내 딸들이잖아."

"당신에게 버림받았으니 이제는 당신 딸을 하고 싶지 않대."

"아이들이 당신한테 그렇게 말했어?"

"어머니께 그렇게 말했어."

"어머님을 불렀어?"

"응."

"며칠 후에 돌아가겠다고 말씀드려줘."

"아니. 다시는 돌아오지 마. 나도 아이들도 어머니도 다시는 당신을 보고 싶지 않아."

## 4

나는 한바탕 울고 난 뒤 마음을 가라앉히고 니노 방으로 갔다. 피에트로와 통화한 이야기를 들려주고 니노에게 위로받고 싶었다. 방문을 두드리려는데 니노가 누군가와 이야기하는 소리가 들렸다. 나는 망설였다. 니노는 통화 중이었다. 어떤 언어로 무슨 이야기를 하는지 잘 들리지 않았지만 나는 바로 니노가 자기 아내랑 통화하고 있다고 생각했다. 그러니까 니노는 매일 저녁 이런 짓을 하고 있었던 건가. 내가 취침 준비를 하러 내 방으로 간 사이에 혼자 있는 틈을 타서 엘레오노라와 통화했단 말인가. 둘은 싸우지 않고 헤어질 수 있는 방안을 찾고 있는 걸까. 벌써 화해 단계에 접어든 건 아닐까. 몽펠리에서 보낸 막간의 휴식이 끝나면 니노는 다시 엘레오노라 차지가 되는 것은 아닐까.

나는 망설임 끝에 방문을 두드렸다. 니노는 말을 멈췄다. 잠시 침묵이 흘렀다. 그러다 목소리를 한층 낮춰 이야기를 이어나갔다. 나는 신경을 곤두세우고 다시 한번 문을 두드렸지만 아무런 반응도 없었다. 세 번째로 더 세게 문을 두드리고 나서야 니노는 문을 열어주었다. 나는 바로 따지고 들었다. 나는 그가 나와 같이 있다는 사실을 엘레오노라에게 숨기고 있다고 비난했다. 방금 전 피에트로와 통화했는데 피에트로가 내게 아이들을 보여주지 않으려 한다고 외쳤다. 나는 내 삶의 전부를 걸었는데 정작 너는 그동안 전화로 엘레오노라와 한 쌍의 비둘기처럼 사랑을 속삭이고 있었던 거냐고 악을 써댔다. 끔찍한 밤이었다. 싸움은 밤새 이어졌고 우리는 좀처럼 화해하지 못했다.

니노는 어떻게 해서든 나를 진정시키려 했다. 니노는 신경질적으로 웃었다. 나를 함부로 대했다며 피에트로에게 화를 냈다. 내게 입을 맞추려는 니노를 밀어내자 니노는 내가 미쳤다고 중얼거렸다. 하지만 내가 아무리 다그쳐도 니노는 아내와 통화했다는 사실을 인정하려 하지 않았다. 나폴리를 떠난 후 한 번도 엘레오노라와 통화하지 않았다고 자기 아들을 걸고 맹세했다.

"그러면 대체 누구와 통화한 거야?"

"호텔에 있는 동료와 통화했어."

"밤 12시에?"

"밤 12시에."

"거짓말."

"정말이야."

나는 오랜 시간 동안 그와 사랑을 나누지 않았다. 도저히 그를 받아들일 수 없을 것 같았다. 그러나 니노가 이제는 나를 사랑하지 않을까봐 두렵기도 했다. 나는 모든 것이 끝났다고 생각하고 싶지 않아 결국 니노와 함께 자고 말았다.

다음 날, 5일 동안 동거하면서 처음으로 나는 불쾌한 기분으로 잠에서 깼다. 학회가 곧 끝날 예정이라 이제는 떠나야만 했다. 하지만 나는 몽펠리에가 막간의 휴식으로 끝나기를 바라지 않았다. 나는 집에 돌아가기가 두려웠다. 니노를 집에 돌려보내는 것도 두려웠다. 아이들을 영원히 잃게 될까봐 두려웠다. 어거스탱과 콜롱브가 다시한번 자기들 차로 함께 파리에 가자고 하면서 심지어 파리에서 자기들 집에 묵으라고 하자 나는 니노를 바라보았다. 나는 니노도 우리가 함께하는 시간을 최대한 연장하고 싶어 하기를 바랐다. 돌아가는 날을 최대한 미루려 하길 바랐다. 하지만 니노는 안타깝다는 듯 고개를 가로저으며 말했다.

"그럴 수 없어요. 우리는 이탈리아로 돌아가야 해요."

니노는 비행기 일정이며 티켓이며 기차며 비용 문제를 꺼내들었다.

나는 심신이 약해진 터라 니노의 말에 실망했다. 그가 원망스러웠다. 내 예감이 맞았다고 생각했다. 그가 나를 속인 거라고, 엘레오노라와 관계를 완전히 정리한 것이 아니라고 생각했다.

니노는 매일 밤 아내에게 전화를 했던 거다. 학회가 끝나면 집으로 돌아가기로 약속한 것이다. 그래서 일정을 고작 이틀 늦추는 것도 안 된다고 하는 것이다. 이제 나는 어떻게 해야 하나.

순간 남성이 주조한 여성이라는 주제로 쓴, 짧지만 학구적인 내 글의 출판을 담당한 낭테르에 있는 출판사가 생각났다. 그때까지 나는 아무에게도, 심지어 니노에게도 내 이야기를 하지 않았다. 나는 그저 명석한 나폴리 출신의 교수와 잠자리를 함께하는 미소가 환한 말수 적은 여자였다. 그동안 나는 오직 니노 옆에 딱 달라붙어 그에게 무엇이 필요하고 그가 어떤 생각을 하는지에만 신경을 썼다. 하지만 그 순간만큼은 나는 짐짓 명랑한 목소리로 말했다.

"이탈리아로 돌아가야 하는 사람은 니노예요. 저는 낭테르에 볼일이 있어요. 곧 제 책이 출간될 예정이거든요. 이미 출간되었을지도 몰라요. 에세이와 소설 사이 어딘가에 해당하는 글이지요. 그러니 나는 당신들과 함께 떠날까봐요. 출판사에 잠깐 들러보려고요."

둘은 나를 처음 보는 사람처럼 바라보더니 내가 무엇을 하는지에 대해 묻기 시작했다. 알고 보니 콜롱브는 출판사 사장 중 한 명과 아는 사이였다. 나는 내 책을 출판하는 출판사가 규모는 작지만 꽤 평판이 좋다는 사실을 콜롱브를 통해 알게 되었다.

콜롱브의 말에 나는 긴장을 풀고 지나칠 정도로 쾌활하게 이야기를 이어나갔다. 문학계에서의 내 경력을 조금 과장했던 것 같기도 하다. 어거스탱과 콜롱브 때문에 그랬던 것은 아니었다. 니노 때문이었다. 나는 니노에게 내게도 나만의 만족할 만한 삶이 있으며 내가 아이들과 피에트로를 두고 떠날 수 있었던 것처럼 니노 없이도 살아갈 수 있다는 사실을 알리고 싶었다. 일주일 후나 열흘 후가 아니라 마음만 먹으면 지금 당장 그렇게 할 수 있다는 사실을 알리고 싶었다.

니노는 내 말에 귀를 기울이다가 진지한 표정으로 콜롱브와 어거스탱에게 말했다.

"좋아요. 폐가 되지 않는다면 함께 가도록 하지요."

하지만 둘만 남자 니노는 내게 일장 연설을 늘어놓았다. 말투는 신경질적이었지만 내용은 열정적이었다. 니노는 내게 자기를 믿으라고 했다. 우리의 상황이 복잡하지만 분명 모든 일을 잘 해결할 수 있을 것이라고 했다. 그러려면 집으로 돌아가야 한다고 했다. 몽펠리에에서 파리로, 또 다른 어딘가로 도망 다닐 수는 없다고 했다. 각자의 배우자와 담판을 지은 다음 우리 둘이 함께 생활하기 시작해야 한다고 했다.

갑자기 니노의 말이 논리적일 뿐만 아니라 진정성 있게 느껴졌다. 나는 혼란스러워서 그를 포옹하면서 그렇게 하자고 속삭였다.

그래도 우리는 파리로 향했다. 내겐 단 며칠이라도 시간이 더 필요했다.

# 5

우리는 긴 여행을 했다. 바람이 거세게 불고 가끔 비가 오기도 했다. 주변 풍경은 두텁게 녹이 슨 것처럼 창백했지만 가끔 하늘이 열리면 빗방울은 물론 주변에 있는 모든 것이 눈부시게 빛났다. 나는 여행하는 내내 니노 곁에 꼭 붙어 있었다. 가끔 그의 어깨에 기대어 잠이 들곤 했다. 또다시 내 한계를 뛰어넘은 것 같아 기분이 좋았다. 차 안에 퍼지는 낯선 언어의 울림도 좋았다. 내 책이 마리아로사 덕분에 이탈리아어가 아닌 다른 언어로 먼저 출간된다는 것도, 우리가 바로 그 책을 향해 여행하고 있다는 사실도 좋았다.

이 얼마나 놀라운 일인가. 내겐 정말 경이로운 일이 수없이 일어나고 있었다. 곧 출간될 내 책은 속도와 궤도를 예측할 수 없는 돌멩이 같았다. 어린 시절 릴라와 함께 사내아이 무리를 향해 던졌던 것과는 비교할 수 없는 돌멩이 같았다.

여행 내내 즐겁기만 했던 것은 아니었다. 나는 때때로 우울해졌다. 얼마 지나지 않아 나는 콜롱브와 이야기를 나눌 때 니노의 말투와 어거스탱과 이야기를 나눌 때 니노의 말투가 다르다는 느낌을 받았다. 게다가 니노는 콜롱브의 어깨에 너무 자주 손을 갖다 댔다. 나는 갈수록 기분이 상했다. 나는 니노와 콜롱브가 지나치게 가까워지고 있다는 사실을 깨달았다. 파리에 도착했을 때 둘은 이미 절친한 사이가 되어 있었다. 둘은 자기들끼리 신나게 수다를 떨었다. 콜롱브는 종종 무심하게 머리를 매만지면서 웃음을 터뜨리곤 했다.

어거스탱은 카날 생 마르탱 구역에 있는 멋진 아파트에 살고 있었다. 콜롱브와 살림을 합친 지는 얼마 되지 않았다고 했다. 어거스탱과 콜롱브는 침실을 보여주고 난 후에도 우리를 좀처럼 놓아주려 하지 않았다. 둘만 남게 되는 것을 두려워하는 것 같았다. 둘의 수다는 영원히 끝나지 않을 것 같았다. 나는 피곤하기도 하고 신경도 예민해졌다. 파리에 가고 싶다고 우긴 것은 나였지만 딸들과 멀리 떨어져 잘 알지도 못하는 사람들 틈에서, 내게는 관심조차 없는 니노와 함께 그 집에 있게 된 상황이 어이없었다. 침실에서 나는 니노에게 물었다.

"콜롱브를 좋아해?"

"응, 호감형이야."

"그 여자를 좋아하냐고 물었어."

"지금 나랑 싸우자는 거야?"

"아니."

"그럼 생각 좀 해봐. 내가 사랑하는 건 넌데 어떻게 콜롱브를 마음에 둘 수 있겠어?"

니노의 말투가 조금만 싸늘해져도 나는 겁이 났다. 우리 관계에 뭔가 문제가 있다는 사실을 인정하기가 두려웠던 것이다.

'우리에게 친절을 베푼 사람이기 때문에 상냥하게 대하는 것뿐일 거야.'

나는 그렇게 생각하면서 잠이 들었다. 하지만 깊게 잠들지 못했다. 어느 순간 침대에 혼자 남은 것 같아 일어나려다 다시 잠들고 말았다. 얼마나 시간이 흘렀는지 모르겠지만 다시 정신을 차려보니 니노가 어둠 속에 서 있었다. 아니 그런 것 같았다.

"어서 자."

니노의 말에 나는 다시 잠에 빠져들었다.

다음 날 콜롱브와 어거스탱은 우리를 낭테르까지 바래다주었다. 낭테르로 가는 동안 니노는 계속 콜롱브와 농담을 주고받으면서 은

근한 암시조로 말을 했지만 나는 신경 쓰지 않으려고 애썼다. 평생 그를 감시해야 한다면 어떻게 그와 함께 살 수 있겠는가. 출판사에 도착하자 니노는 출판사 편집장인 마리아로사의 친구와 그녀의 동업자에게도 친근하고 매력적으로 굴었다.

그들은 각각 40대와 60대 여인으로 어거스탱의 애인 콜롱브처럼 매력적인 스타일은 아니었다. 나는 그런 니노를 보고 안도의 한숨을 내쉬었다.

'니노는 나쁜 마음을 먹은 게 아니야.'

나는 결론을 내렸다.

'니노는 모든 여자를 똑같이 대하는 거야.'

그렇게 생각하니 비로소 기분이 좋아졌다.

두 사람은 나를 따뜻하게 반기면서 마리아로사의 안부를 물었다. 나는 내 책이 불과 며칠 전에 출간됐으며 벌써 서평이 두어 개나 나왔다는 사실을 알게 됐다. 나이 든 편집장이 내게 서평을 보여주었다. 그녀 스스로도 평이 너무 좋아 놀란 것 같았다. 그녀는 콜롱브와 어거스탱과 니노에게 그 말을 반복하면서 몇 번이나 놀라워했다.

나는 기사를 띄엄띄엄 몇 줄씩 읽어보았다. 기사 모두 여자가 썼고(나는 몰랐지만 콜롱브와 출판사 사람들은 기사를 쓴 사람들을 알고 있었다) 내 책을 아낌없이 칭찬하고 있었다. 사실 나는 당연히 기뻐해야 했다. 전날만 해도 내가 자화자찬을 늘어놓았어야 했는데 이제는 그럴 필요가 없어지지 않았는가.

하지만 나는 그리 흥분되지 않았다. 내가 니노를 사랑하고 니노가 나를 사랑하게 된 순간부터는 현재든 미래든 아무리 좋은 일이 일어나도 우리의 사랑과 관련이 없다면 그것은 나에게 그저 부차적인 일일 뿐이었다. 나는 예의 바르게 만족감을 표시하고 두 편집장이 제안하는 홍보 계획에 건성으로 동의했다.

"빨리 돌아와야 해요!"

나이 든 편집장이 소리쳤다.

"적어도 우리는 그래 주셨으면 해요."

그러자 나이 어린 편집장이 말했다.

"결혼 생활에 위기를 맞았다는 이야기를 마리아로사에게 들었어요. 큰 아픔 없이 극복해내기를 바랄게요."

나는 나와 피에트로의 관계가 끝났다는 소식이 시어머니뿐 아니라 밀라노와 파리까지 전해졌다는 사실을 알게 되었다.

'이 편이 좋아.'

나는 생각했다.

'이렇게 해야 확실히 이혼할 수 있을 거야.'

'내 권리는 지켜야겠어. 이제는 니노를 잃어버릴까봐 두려움에 떨면서 살지 않을 테야. 데데와 엘사에 대해서도 걱정하지 않을 거고. 나는 행운아야. 니노는 영원히 나를 사랑할 거야. 데데와 엘사가 내 딸이라는 사실에는 변함이 없어. 그러니 다 괜찮아질 거야.'

6

로마에 도착한 후 우리는 온갖 맹세를 하고 나서 헤어졌다. 작별 인사를 하는 내내 미친 듯이 맹세만 했다. 그런 다음 니노는 나폴리로, 나는 피렌체로 향했다.

나는 내 인생에서 가장 힘든 순간을 맞이할 각오로 까치발을 하다시피 조심스럽게 집으로 들어갔다. 그런 내 예상과는 달리 데데와 엘사는 불안해하면서도 기쁘게 나를 맞이해주었다. 아이들은 내가 어디를 가든 집 안 곳곳 내 뒤를 졸졸 쫓아다녔다. 엘사뿐만이 아니었다. 데데도 마찬가지였다. 나를 시야에서 놓치는 순간 내가 다시 사라질까봐 두려워하는 것 같았다.

시어머니는 나를 상냥하게 대했지만 자신이 피렌체까지 오게 된 상황에 대해서는 한마디도 언급하지 않았다. 피에트로는 백짓장처럼 창백한 얼굴로 그동안 나를 찾은 사람들의 이름이 적힌 종이를 한 장 내밀었을 뿐이었다. 릴라의 이름이 무려 네 번이나 적힌 것이 눈에 띄었다. 피에트로는 일 때문에 떠나야 한다고 웅얼거리더니 두 시간 후 자기 어머니와 아이들에게 인사도 하지 않고 슬며시 자취를 감췄다.

시어머니가 본심을 드러내기까지는 며칠이 걸렸다. 시어머니는 내가 정신을 차리고 남편 곁으로 돌아오기를 바랐다. 내게 정신을 차릴 생각도, 남편 곁으로 돌아올 생각도 없다는 것을 시어머니가 깨닫기까지는 몇 주가 걸렸다. 그동안 시어머니는 한 번도 언성을 높이지 않았다. 침착함을 잃지도 않았다. 니노와 자주 길게 통화를 하는데도 비아냥대는 법이 없었다. 그보다는 내가 낭테르에 있는 두 편집자와 통화할 때 더 관심을 보였다. 둘은 내게 책 판매 상황과 프랑스 곳곳을 순회하며 내가 하게 될 일련의 행사 일정을 알려주었다.

시어머니는 프랑스 언론의 우호적인 반응에 크게 놀라지 않았다. 출간되면 분명 이탈리아에서도 그 정도 주목은 받을 수 있을 것이라고 했다. 자기라면 이탈리아 언론에서 그보다 더 좋은 반응을 이끌어낼 수 있을 것이라고 했다. 시어머니는 무엇보다도 내가 똑똑하고 교양있고 용기가 있다고 몇 번이나 칭찬했다. 아예 자취를 감춘 자기 아들 편은 한 번도 들지 않았다.

나는 피에트로가 정말 일 때문에 피렌체를 떠났을 거라는 생각은 애초부터 하지 않았다. 나는 그가 자기 어머니에게 위기에 봉착한 우리 결혼 생활에 대한 해결책을 마련해 달라고 부탁하고는 당사자인 본인은 언제 끝날지 알 수 없는 책을 집필하기 위해 어디론가 숨어버렸다고 생각했다. 나는 그런 피에트로에게 경멸과 분노를 느꼈다. 한 번은 참지 못하고 시어머니에게 말했다.

"어머님 아들과 사는 것은 정말 힘들었어요."

"세상에 함께 살기 쉬운 남자는 없단다."

"피에트로와는 정말 힘들었어요. 믿어주세요."

"니노는 다를 거라고 생각하니?"

"네."

"내가 좀 알아봤는데 밀라노에서는 니노에 대한 소문이 아주 안 좋더구나."

"밀라노에서 나도는 소문은 알고 싶지 않아요. 지난 20년간 그를 사랑해왔으니 소문 따위는 말씀 안 해주셔도 돼요. 저만큼 니노를 잘 아는 사람은 아무도 없어요."

"니노를 사랑한다고 말하는 게 정말 좋은가 보구나."

"그렇지 않을 이유가 뭐 있겠어요?"

"네 말이 맞다. 그럴 이유가 뭐 있겠니. 내가 잘못 생각했구나. 사랑에 빠진 사람은 눈을 뜨게 해줘도 소용이 없어."

그날 이후 우리는 니노 이름을 다시는 입에 담지 않았다. 내가 나폴리로 달려가기 위해 시어머니에게 아이들을 맡겼을 때도 시어머니는 눈 한 번 깜빡이지 않았다. 나폴리에서 돌아오자마자 바로 프랑스로 떠나 그곳에서 일주일 동안 머물러야 한다고 말했을 때도 마찬가지였다. 살짝 비아냥거리는 투로 나에게 물어봤을 뿐이었다.

"크리스마스에는 돌아올 거니? 아이들과 함께 지낼 거야?"

나는 그 질문에 모욕이라도 당한 것처럼 기분이 상했다.

"당연하죠."

나는 속옷과 세련된 옷으로 가방을 한가득 채웠다. 또다시 떠나야 한다는 소식을 알리자 아이들은 격하게 반응했다. 못 본 지 한참 된 자기들 아빠에 대해서는 한 번도 묻지 않던 아이들인데 말이다. 데데는 자기 머리에서 나왔을 리 없는 말을 외쳤다.

"그래요, 가버려요! 엄마는 못생긴 데다 나빠요!"

데데는 악을 썼다. 나는 시어머니를 쳐다보았다. 시어머니가 아이들과 놀아주거나 아이들의 주의를 분산시키기 위해 뭔가 해주기를 바랐지만 시어머니는 꼼짝도 하지 않았다. 내가 현관 쪽으로 향하자 아이들은 끝내 울음을 터뜨리고 말았다.

엘사가 먼저 울기 시작했다.

"엄마랑 갈래요!"

엘사가 울면서 소리쳤다. 데데는 최대한 울음을 참으며 내게 무관심해 보이려 애썼다. 어쩌면 나에 대한 경멸감을 표현하려 한 것인지도 모른다. 하지만 결국 포기하고 엘사보다 더 비통하게 울었다. 나는 아이들을 억지로 떼어내야 했다. 데데와 엘사는 내 옷을 부여잡으며 내게 가방을 내려놓으라고 했다. 집을 나선 후에도 아이들의 울음소리가 내 뒤를 쫓아왔다.

나폴리로 가는 길이 한없이 멀게만 느껴졌다. 목적지에 거의 도착할 무렵 나는 차창 밖을 바라보았다. 도심에 가까워지면서 기차가 속력을 늦출수록 나는 너무나 불안해서 정신을 잃을 지경이었다. 선로와 철탑, 신호등 불빛과 돌로 된 난간 너머로 나폴리 외곽 전경이 보였다. 나지막한 잿빛 건물들이 빼곡히 들어선 풍경이 추해 보였다. 기차가 역에 다다르자 지금껏 구속감을 느껴왔고 이제 내가 돌아가고 있는 나폴리라는 도시가 오직 니노 한 사람으로 집약되는 것 같았다. 나는 그가 나보다 더 심한 곤경에 처해 있다는 것을 알고 있었다. 엘레오노라가 니노를 집에서 내쫓는 바람에 그 역시 모든 것이 불안정한 상태라는 사실을 알고 있었다.

니노는 몇 주 전부터 두오모 가 근처에 사는 대학 동료 집에서 지내고 있었다. 그런 니노가 나를 어디로 데려갈 수 있을까. 이제 우리는 무엇을 하게 될까. 무엇보다도 우리가 처한 상황에 대해 구체적인 해결 방안이 전혀 없는 상태에서 우리는 어떤 결정을 하게 될까.

한 가지 확실한 것은 내가 니노에 대한 욕망으로 불타고 있다는 사실이었다. 그가 그리워 참을 수 없다는 사실이었다. 나는 무슨 일이 생겨 니노가 나를 데리러 나오지 못했을까봐 두려워하면서 기차에서 내렸다. 하지만 니노는 그곳에 있었다. 큰 키 때문에 여행객 사이에서 도드라져 보였다.

나는 니노를 보고 마음을 놓았다. 니노가 나를 위해 메르젤리나의 자그마한 호텔에 방을 예약해두었다는 사실을 알고 더더욱 마음을 놓았다. 이로써 니노가 나를 자기 친구 집에 숨겨둘 생각을 전혀 하지 않았다는 사실이 입증된 것이다.

우리는 미친 듯이 사랑을 나눴다. 시간은 눈 깜짝할 새에 지나갔다. 저녁이 되자 우리는 꼭 붙어서 해변을 걸었다. 니노는 팔로 내 어깨를 감싸 안았고 가끔 고개를 숙여 내게 키스했다. 나는 어떻게 해서든 나와 함께 프랑스로 떠나도록 니노를 설득하려 했다. 처음에는 니노도 마음이 동하는 듯했지만 이내 학교 일을 핑계로 몸을 사렸다. 엘레오노라나 알베르티노 이야기는 하지 않았다. 그들의 이름만 꺼내도 나와 함께하는 즐거움을 망칠 거라고 생각하는 것 같았다.

그런 니노와 달리 나는 데데와 엘사가 얼마나 절망했는지 말해주었다. 최대한 빠른 시일 내에 해결 방안을 찾아야 한다고 했다.

나는 니노가 신경이 곤두선 상태라는 것을 느꼈다. 나는 니노가 조금만 긴장해도 예민해졌다. 니노가 갑자기 이제 더는 못 하겠다고, 집으로 돌아가겠다고 할 것 같아 조마조마했다. 하지만 내 걱정은 빗나갔다. 저녁식사를 하는 동안 니노는 내게 고민을 털어놓았다. 그는 갑자기 심각한 표정으로 귀찮은 소식이 있다고 했다.

"말해봐."

내가 속삭이듯 말했다.

"오늘 아침에 리나에게 전화가 왔어."

"그래?"

"우리를 만나고 싶대."

7

그 한마디로 그날 저녁은 엉망이 되었다. 내가 나폴리에 있다는 소식을 릴라에게 알려준 사람은 내 시어머니라고 니노가 말했다. 니노는 몹시 곤란해하면서 단어 선택에 세심한 주의를 기울이며 몇 가지 사실을 짚고 넘어갔다.

"리나는 내 연락처를 몰랐어. 리나는 마리사에게 내가 머물고 있는 대학 동료의 집 전화번호를 물은 거야. 역으로 오기 조금 전에 리나의 전화를 받았어. 네가 화낼까봐 네게 바로 이야기하지 않았던 거야. 오늘 일정을 망칠까봐 두려웠어."

니노는 유감스럽다는 듯 이야기를 마무리했다.

"리나가 어떤지 너도 잘 알잖아. 차마 거절할 수 없었어. 그래서 내일 11시에 만나기로 했어. 아메데오 광장 지하철 입구 앞으로 나올 거야."

나는 참지 못하고 분통을 터뜨렸다.

"대체 언제부터 서로 연락을 주고받은 거야? 둘이 따로 만나기라도 한 거야?"

"무슨 말이야? 절대 아니야."

"못 믿겠어."

"엘레나, 나는 1963년 이후 한 번도 리나와 이야기를 한 적도, 만난 적도 없어. 맹세해."

"리나 아들이 네 아들이 아니라는 건 알아?"

"오늘 아침에 리나한테 들었어."

"그러니까 오랫동안 깊은 이야기를 나눈 거네."

"아이 이야기를 꺼낸 건 리나였어."

"그럼 너는 이렇게 오랜 시간이 지나는 동안 한 번도 아이가 궁금하지 않았어?"

"그건 내 문제야. 너와 그 이야기를 할 필요는 없다고 보는데."

"이제는 네 문제가 곧 내 문제야. 시간은 없는데 해야 할 이야기가 아주 많아. 나는 리나한테 시간을 허비하려고 내 아이들을 내팽개치고 여기까지 온 게 아니야. 대체 무슨 생각으로 약속을 잡은 거야?"

"난 네가 좋아할 줄 알았어. 어쨌든 저쪽에 전화가 있으니 네 친구에게 전화해서 내일 할 일이 있으니 만날 수 없다고 해."

니노가 갑자기 참을성을 잃자 나는 입을 다물었다. 릴라가 어떤지는 나도 물론 잘 알고 있었다. 피렌체로 돌아온 후 릴라는 내게 자주 전화를 걸었지만 나는 생각이 복잡해서 그때마다 전화를 끊어버렸다. 그뿐만 아니라 시어머니에게 혹시 릴라 전화를 받으면 내가 집에 없다고 해달라는 부탁까지 했다.

릴라는 결코 포기하지 않았다. 아마도 릴라는 시어머니에게서 내가 나폴리로 갔다는 소식을 들었을 것이다. 내가 고향 동네를 찾을 리가 만무하다는 생각에 어떻게 해서든 나를 만나기 위해 니노와 연락할 방법을 알아보았을 것이다. 그게 무슨 잘못이란 말인가. 사실 놀랄 일도 아니지 않은가. 니노가 릴라를 사랑했고 릴라도 니노를 사랑했다는 건 이미 알고 있었다. 그런데 뭐가 문제란 말인가.

워낙 오래전 일이어서 질투한다는 것 자체가 말도 안 되는 일이었다. 나는 니노의 손을 가볍게 쓰다듬으면서 속삭였다.

"좋아. 내일 아메데오 광장으로 가자."

우리는 함께 식사했다. 니노는 우리의 미래에 대해 오랫동안 이야기했다. 그는 내게 프랑스에서 돌아오자마자 피에트로와 별거하겠다는 약속을 받아냈다. 자기는 벌써 자신의 변호사 친구와 연락을 취했다고 했다. 상황이 복잡하고 엘레오노라를 비롯해 그녀의 친척들이 자신을 힘들게 하겠지만 자신은 갈 때까지 가보기로 결심했다면서 나를 안심시켰다.

니노가 말했다.

"이곳 나폴리에서는 이혼하기가 다른 곳보다 훨씬 힘들어. 뒤처진 사고방식과 형편없는 매너로 따지면 내 장인장모도 너와 내 부모님 못지않아. 부유하고 지위가 높은 사람들인데도 말이야."

니노는 자기 이야기를 뒷받침하려는 듯 내 시부모를 칭찬하기 시작했다. 니노가 목소리를 높였다.

"불행히도 나는 너처럼 아이로타 집안사람들과 같은 존경할 만한 사람들과 인연을 맺지 못했어."

니노는 아이로타 집안사람들을 두고 문화적 소양이 뛰어난 데다 놀라울 정도로 점잖은 사람들이라고 했다.

나는 그의 말에 잠자코 귀를 기울이기는 했지만 그새 릴라는 우리와 함께 식탁에 자리를 잡았고 나는 도무지 릴라를 쫓아낼 수 없었다. 니노가 이야기하는 동안 나는 지난날 릴라가 니노와 함께 있으려고 얼마나 큰 위험을 감수했는지 생각했다. 릴라는 스테파노나 오빠인 리노나 미켈레 솔라라에게 어떤 변을 당할지 걱정하지 않았다.

니노가 부모님 이야기를 꺼내자 순간 이스키아 섬이 떠올랐다. 그날 저녁 마론티 해변에서 있었던 일이 머릿속을 스쳐 지나갔다. 릴라가 니노와 함께 밤을 보내는 동안 나는 도나토 사라토레와 축축한 모래사장에 함께 있었다. 순간 나는 두려움에 사로잡혔다.

'그날 저녁 일은 평생 니노에게 고백할 수 없을 거야.'

나는 생각했다. 서로 사랑하는 연인 사이에서도 고백할 수 없는 말이 얼마나 많은가. 다른 사람이 그런 말을 털어놓는 바람에 관계가 깨질 위험은 더욱 크다.

니노의 아버지와 나. 니노와 릴라.

나는 혐오감을 떨쳐내고 피에트로 이야기를 꺼냈다. 피에트로가 얼마나 괴로워하는지 이야기하자 니노는 흥분했다. 이번에는 니노가 질투할 차례였다. 나는 그를 안심시켰다.

니노는 내게 피에트로와 관계를 완전히 정리하고 종지부를 찍으라고 요구했다. 나도 그에게 같은 것을 요구했다. 새로운 삶을 시작하기 전에 거쳐야 할 필수적인 과정 같았다. 우리는 언제 어디서 새로운 삶을 시작할지 함께 고민했다. 니노는 대학 때문에 나폴리를 떠날 수 없었고 나는 아이들 때문에 피렌체를 떠날 수 없었다.

"나폴리로 돌아와."

니노가 불쑥 내게 말했다.

"최대한 빨리 이곳으로 옮겨오도록 해."

"그럴 수 없어. 피에트로에게도 아이들을 보게 해줘야지."

"서로 나눠서 하면 되지. 가끔 네가 피렌체로 아이들을 데리고 가고 가끔은 피에트로가 나폴리로 오면 돼."

"피에트로가 받아들이지 않을 거야."

"받아들일 거야."

그날 저녁 시간은 그렇게 쏜살같이 흘렀다. 문제를 파헤칠수록 상황이 더 복잡하게 느껴졌다. 매일매일 우리가 함께하는 삶을 상상하면 할수록 서로에 대한 갈망은 커져만 갔고 다른 모든 장애물은 희미해졌다. 그러는 동안 텅 빈 식당에는 종업원들만 남아 하품을 하면서 소근소근 이야기를 나누고 있었다.

니노가 계산을 마치자 우리는 아직 흥분이 가시지 않은 채 다시 해변을 걸었다. 잠시 어두운 물결을 바라보면서 바다 내음을 맡다보니 고향 동네가 피사나 피렌체에 있을 때보다 훨씬 더 멀게 느껴졌다. 불현듯 나폴리조차 나폴리에서 멀게 느껴졌다. 릴라가 릴라에게서 멀게 느껴졌다. 지금 내 곁에 있는 것은 릴라가 아니다. 불안한 나의 마음일 뿐이다. 가까이, 아주 가까이 있는 것은 오직 나와 니노뿐이다. 나는 그의 귀에 속삭였다.

"이제 그만 자러 가자."


8


다음 날 나는 아침 일찍 일어나 욕실에 틀어박혔다. 오랫동안 샤워를 하고 세심하게 머리를 말렸다. 호텔에 비치된 드라이어 바람이 너무 거칠어 웨이브 모양이 잘못 잡힐까봐 걱정됐다. 10시가 조금

안 되어 나는 니노를 깨웠다. 그는 잠에서 덜 깨 정신이 몽롱한 채 내게 옷이 잘 어울린다고 했다. 나는 나를 다시 안으려는 니노를 피했다. 내색하지 않으려고 애썼지만 도무지 그를 용서할 수 없었다. 니노는 우리 둘만의 새로운 날을 릴라를 위한 날로 만들어버린 것이다. 이제 곧 릴라를 만나야 한다는 생각이 단 한순간도 머리에서 떠나지 않았다. 우리만의 소중한 시간이 더럽혀진 느낌이었다.

아침식사를 하자고 니노를 침대에서 끌어내자 그는 얌전하게 내 말을 따랐다. 웃지도 않았고 장난을 치지도 않았다.

"정말 예쁘다."

니노가 손끝으로 내 머리를 가볍게 매만지면서 말했다. 내가 긴장했다는 것을 눈치챈 것이 분명했다. 사실 그랬다. 나는 릴라가 최상의 상태로 약속 장소에 나타날까봐 두려웠다. 나야 원래부터 이렇게 생겨먹었지만 릴라에게는 타고난 우아함이 있었다. 게다가 이제 다시 부자가 됐으니 마음만 먹으면 어린 시절 스테파노의 돈으로 그랬던 것처럼 얼마든지 외모를 가꿀 수 있었다. 나는 니노가 또다시 릴라에게 매혹되는 것을 원치 않았다.

우리는 10시 30분쯤 호텔을 나섰다. 바람이 싸늘했다. 우리는 서두르지 않고 아메데오 광장 쪽으로 걸어갔다. 두꺼운 코트를 걸친데다 니노가 어깨를 감싸주었는데도 몸이 덜덜 떨렸다. 가는 내내 릴라 이야기는 하지 않았다. 니노는 약간 인위적인 태도로 공산당 출신 시장이 당선된 이후 나폴리 환경이 훨씬 좋아졌다면서 가능한 한 빨리 아이들과 함께 나폴리로 와서 자기와 살자고 했다.

약속 장소로 가는 동안 니노는 나를 꼭 안아주었다. 나는 지하철역에 도착할 때까지 니노가 그렇게 있어주기를 바랐다. 릴라가 이미 지하철 입구에 도착해 멀리서 우리의 모습을 보고 아름다운 커플이라고 생각하기를 바랐다. '정말 완벽한 커플이야!'라고 인정하지 않을 수 없게 하고 싶었다. 하지만 니노는 약속 장소에서 얼마 떨어지지 않은 곳에서 내 어깨에 두르고 있던 팔을 풀고 담배에 불을 붙였다. 나는 본능적으로 그의 손을 잡고 손에 힘을 줬다. 우리는 그대로 광장에 들어섰다.

릴라의 모습이 바로 보이지 않자 잠깐 동안이나마 나는 릴라가 약속 장소에 나타나지 않기를 바랐다. 하지만 나를 부르는 릴라의 목소리가 들려왔다. 언제나처럼 명령조였다. 릴라는 내가 자기 목소리를 듣지 못하거나 자기 쪽을 돌아보지 않거나 자신의 말에 복종하지 않는 일은 상상조차 하지 못할 것이다.

릴라는 지하철 입구 맞은편 카페 문간에 서 있었다. 흉측한 갈색 코트 주머니에 손을 넣은 채였다. 군데군데 은빛 머리카락이 도드라져 보이는 윤기 흐르는 새까만 머리를 뒤로 묶고 구부정한 자세로 서 있었다. 내가 알고 있는 릴라 모습 그대로였다. 어른이 된 릴라, 공장에서 겪은 고생의 흔적을 고스란히 간직한 릴라였다. 몸은 전혀 치장하지 않았다. 릴라는 힘껏 나를 포옹했지만 나는 그런 릴라를 맥없이 껴안았다. 릴라는 쪽 소리를 내면서 내 두 뺨에 입을 맞추더니 만족한 듯 웃음을 터뜨렸다. 니노에게는 성의 없이 손을 내밀었을 뿐이다.

우리는 카페 안에 자리를 잡았다. 이야기는 거의 릴라가 했다. 릴라는 니노는 안중에도 없다는 듯 그 자리에 우리 둘만 있는 것처럼 이야기했다. 릴라는 내 표정에 뚜렷하게 나타난 적의를 눈치채고 단도직입적으로 그 문제부터 꺼냈다. 릴라는 웃으면서 다정스레 말했다.

"그래, 좋아. 내가 잘못했어. 나 때문에 기분이 상한 거지? 이제 그만해. 언제부터 이렇게 속 좁은 사람이 된 거야? 네가 뭘 하든 난 괜찮다는 거 알고 있잖아. 우리 그만 화해하자."

나는 애매하게 웃으며 대화를 피했다. 좋다고도 싫다고도 하지 않았다. 릴라는 니노와 마주 앉았지만 그에게는 눈길 한 번 주지 않고 말 한마디 건네지 않았다. 릴라는 오직 나를 위해 그 자리에 나온 것이었다. 어느 순간 릴라가 내 손을 잡았지만 나는 살며시 손을 빼냈다. 릴라는 나와 화해하고 싶어 했다. 릴라는 내가 선택한 길을 못마땅하게 생각했다. 그런데도 자신이 내 삶 속으로 다시 들어올 수 있기를 바랐다. 내 대답은 잘 듣지도 않고 질문에 질문을 쏟아내는 릴라를 보면서 나는 그런 내 생각에 확신을 가지게 되었다. 릴라는 나에 대해 속속들이 알고 싶은 나머지 이 이야기에서 저 이야기로 끊임없이 화제를 바꿨다.

"피에트로와는 어떻게 됐어?"

"잘 안됐어."

"아이들은?"

"잘 있어."

"이혼할 생각이야?"

"응."

"그럼 둘이 같이 살 거야?"

"응."

"어디에서 살 건데? 어떤 도시에서?"

"모르겠어."

"여기로 돌아와."

"그러기엔 상황이 복잡해."

"내가 집을 알아봐줄게."

"도움이 필요하면 알려줄게."

"글은 쓰고 있어?"

"책을 한 권 출간했어."

"새 책?"

"응."

"네 책에 대한 이야기는 못 들었는데."

"아직은 프랑스에서만 출간되었어."

"프랑스어로?"

"당연하지."

"소설이야?"

"이야기 비슷한 거야. 논리적인 면이 있는."

"주제가 뭔데?"

나는 애매하게 얼버무리며 대답하고는 화제를 바꿨다. 내 책보다
는 엔초나 젠나로, 동네 소식과 릴라의 직장 이야기를 묻고 싶었다.
젠나로 이야기를 꺼내자 릴라는 장난스러운 눈빛으로 나를 바라보
면서 잠시 후 젠나로를 보게 될 거라고 했다. 지금은 학교에 있을 시
간이지만 나중에 엔초와 함께 올 거라고 했다. 깜짝 놀랄 만한 일이
있다고도 했다. 릴라는 무덤덤하게 동네 소식을 전해주었다. 릴라는
마누엘라 솔라라의 끔찍한 죽음과 그 사건 때문에 한바탕 난리가 났
었던 이야기를 하면서 말했다.

"그게 뭐 대단한 일이라고. 이탈리아치고 살인사건이 일어나지
않는 곳이 어디 있어?"

릴라는 의외로 내 어머니 이야기를 꺼냈다. 릴라는 어머니와 나의
관계가 껄끄럽다는 사실을 뻔히 알고 있으면서도 내게 어머니가 씩
씩하고 지혜로운 분이라면서 칭찬을 늘어놓았다. 릴라는 자기 부모

님에 대해서도 다정하게 말했다. 나는 그런 릴라의 모습에 내 어머니 이야기를 꺼냈을 때만큼이나 놀랐다. 릴라는 부모님이 마음 편하게 지내도록 지금껏 두 분이 평생을 살아온 집을 사기 위해 돈을 따로 모으고 있다고 했다.

"그렇게 하고 싶어. 내가 태어난 곳이잖아. 그래서 정이 들었어. 엔초와 함께 열심히 일하면 집을 살 수 있을 거야."

릴라가 갑자기 자기 부모님에게 관대하게 구는 이유를 변명하듯 말했다.

릴라는 이제 하루에 열두 시간이나 악착같이 일한다고 했다. 미켈레 솔라라뿐 아니라 다른 고객도 생겼다고 했다.

"지금은 시스템 32라는 신형 모델을 공부하고 있어."

릴라가 말했다.

"지난번 아체라에 왔을 때 보여줬던 컴퓨터보다 훨씬 발전한 모델이야. 15센티미터쯤 되는 아주 작은 화면과 키보드 그리고 프린터가 내장되어 있는 커다란 흰색 상자야."

릴라는 앞으로 출시될 새로운 시스템에 대해 쉴 새 없이 말을 이어갔다. 릴라는 아는 것이 많았다. 언제나처럼 새로운 일에 흥미를 보였다. 비록 얼마 안 있어 지겨워하겠지만. 릴라는 새 컴퓨터에 나름대로의 매력이 있다고 했다.

"문제는 컴퓨터 외에는 모든 것이 엉망진창이라는 거야."

릴라가 말했다.

그때 니노가 끼어들었다.

니노는 나와는 상반된 태도를 보였다. 그는 릴라에게 우리 상황을 차고 넘치게 들려주었다. 니노는 내 책에 대해서 열정적으로 이야기했다. 곧 있으면 이탈리아에서도 출간될 것이고 프랑스 출판계에서 긍정적인 평가를 받았다고 했다. 내가 피에트로와 아이들 때문에 곤란한 상황에 처했다는 이야기와 함께 자기도 아내와 헤어졌다고 했다. 내가 나폴리에서 사는 것밖에는 해결 방법이 없다는 말을 강조하면서 릴라에게 집 구하는 것을 도와달라고까지 했다. 니노는 릴라와 엔초의 직업에 대해 나름대로 일가견 있는 질문을 던졌다.

나는 불안한 마음으로 니노의 말에 귀를 기울였다. 니노는 그날 이전에 한 번도 릴라를 만난 적이 없으며 이제는 릴라가 자기에게 아무런 영향도 미치지 못한다는 것을 내게 보여주려고 일부러 쌀쌀 맞게 말하고 있었다. 콜롱브나 다른 여자들과 이야기할 때면 자동적으로 나오던 매혹적인 말투도 쓰지 않았다. 달콤한 말을 하지도, 릴라의 눈을 똑바로 바라보지도, 릴라의 몸에 손을 대지도 않았다. 오직 나를 칭찬할 때만 목소리가 뜨거워졌다.

니노가 아무리 조심해도 치타라 해변에 대한 기억이 떠오르지 않을 수 없었다. 그때 니노와 릴라는 나를 따돌리고 자기들만의 공감대를 형성하려고 다양한 주제를 넘나들면서 대화를 나누곤 했다. 지금 이 순간에는 과거와는 정반대의 상황이 벌어지고 있었다. 둘은 서로 질문과 대답을 주고받으면서도 상대방을 없는 사람 취급하고 나를 향해서만 말했다. 나만이 그들의 유일한 대화 상대인 것처럼 말이다.

니노와 릴라는 그런 식으로 삼십 분은 족히 의논했지만 모든 일에 의견이 달랐다. 둘이 나폴리에 대해 전혀 다른 자신의 의견을 고집스레 주장하는 모습이 특히 인상적이었다. 나는 정치에 대한 지식이 부족했다. 아이들을 돌보고 집필 준비를 하고 초고를 준비하느라 정치는 내 관심에서 멀어졌기 때문이었다. 무엇보다도 최근 내 신변에 일어난 지진 같은 엄청난 변화 때문에 신문조차 읽을 틈이 없었다.

그런 나에 비해 니노와 릴라는 모르는 것이 없었다. 니노는 자신과 개인적으로 친분이 있고 자신이 신뢰하는 몇몇 나폴리 출신 공산당원과 사회당원의 이름을 댔다. 니노는 현 나폴리 시정을 높이 평가했다. 니노는 이제야 비로소 호감형인 데다 존경받을 만하고 과거의 부패와는 거리가 먼 시장이 이끄는 청렴한 지자체가 시를 이끌고 있다고 했다.

"이제는 나폴리에서 살 만해졌어. 지금이야말로 좋은 기회야. 우리도 함께 참여해야 해."

니노가 결론을 내렸다.

릴라는 니노의 의견을 사사건건 비꼬았다. 릴라는 나폴리에서는 여전히 역겨운 일이 일어나고 있다면서 왕정복고주의자든 파시스트든 기독교민주당원이든 자신들이 저지른 더러운 일에 대해 톡톡히 대가를 치러야 한다고 했다. 지금 좌파들이 하는 것처럼 과거 일을 덮고 넘어간다면 얼마 지나지 않아 나폴리는 점주(점주라는 말을 하면서 릴라는 조금 귀에 거슬리게 웃었다)들이나, 시청 관료, 변호사, 회계사, 은행과 카모라 일당이 차지하게 될 거라고 했다.

나는 그런 정치적 토론을 할 때도 그 중심에 내가 있다는 사실을 깨달았다. 니노와 릴라 둘 다 내가 나폴리로 돌아오기를 원했지만 각자 노골적으로 나를 상대방의 영향에서 벗어나게 하려고 했다. 둘다 내가 나폴리로 이사 오기를 원했지만 나폴리에 대한 니노와 릴라의 생각은 전혀 달랐다. 니노가 생각하는 나폴리는 평온하고 올바른 정권의 통치 아래 있는 도시였지만 릴라가 생각하는 나폴리는 약탈자들에게 복수하고 공산당원이나 사회당원들 따위는 거들떠보지 않으며 모든 것을 처음부터 새로 시작하려는 도시였다.

나는 얼마간 둘을 관찰했다. 대화의 주제가 복잡해질수록 감춰두었던 릴라의 표준어 실력이 드러나는 게 인상적이었다. 나는 릴라가 표준어를 뛰어나게 구사한다는 사실을 이미 알고 있었는데도 그날은 몹시 놀랐다. 그만큼 말 한마디를 할 때마다 릴라는 자신이 원하는 것보다 훨씬 지적으로 보였다. 니노도 인상적이었다. 언제나 남들보다 뛰어나고 자신감 넘치는 니노가 그 순간만큼은 단어 선택에 신중을 기하고 간혹 위축되는 모습까지 보였다.

'둘 다 이 자리가 불편한 거야.'

나는 생각했다. 과거에는 거리낌 없이 상대방에게 솔직했었는데 지금은 예전에 그랬던 사실을 수치스러워하고 있는 것이다. 지금 이 순간 대체 무슨 일이 일어나고 있는 걸까. 니노와 릴라가 나를 속이고 있는 건 아닐까. 정말 나를 차지하기 위해 저렇게 서로 싸우는 걸까, 아니면 그저 서로에 대한 옛 감정을 통제하려 애쓰고 있는 걸까. 내가 일부러 불편한 기색을 내비치자 릴라는 이를 알아채고 화장실에 가는 것처럼 자리에서 일어나 자취를 감췄다. 나는 아무 말도 하지 않았다. 니노에게 공격적인 모습을 보이고 싶지 않았던 것이다. 니노도 침묵을 지켰다. 자리에 돌아온 릴라는 밝은 목소리로 말했다.

"자, 그럼 이제 젠나로를 보러 가자."

"안 돼."

내가 말했다.

"할 일이 있어."

"내 아들은 너를 정말 좋아해. 못 보면 서운해할 거야."

"나 대신 안부 전해줘. 나도 젠나로를 정말 좋아한다고 전해줘."

"마르티리 광장에서 만나기로 했어. 여기에서 10분 거리야. 온 김에 알폰소에게 인사하고 바로 가면 되잖아."

내가 릴라를 물끄러미 바라보자 릴라는 내 시선을 피하려는 듯 두 눈을 가늘게 떴다.

이것이 릴라의 목적이었나. 릴라는 니노를 그 옛날 솔라라 구둣가 게로 이끌고 싶었던 것인가. 일 년 가까이 둘이 밀회를 즐겼던 장소로 니노를 다시 데려가고 싶었던 것인가.

나는 애매하게 웃으며 대답했다.

"싫어. 미안하지만 우리는 정말 가봐야 해."

내가 니노를 바라보자 그는 웨이터에게 계산하겠다는 신호를 보냈다.

"계산은 벌써 했어."

릴라가 말했다. 니노가 항의하는 동안 릴라는 나를 향해 구슬리는 목소리로 말했다.

"젠나로 혼자 오는 게 아니야. 엔초가 젠나로를 데리고 오기로 했어. 다른 사람도 같이 올 텐데 그 사람이 너를 미치도록 보고 싶어 해. 이렇게 인사도 하지 않고 가버리면 그 사람이 정말 실망할 거야."

그 사람은 바로 사춘기 시절 내 남자 친구였던 안토니오 카푸초 였다. 솔라라 형제는 자기들 어머니가 살해되자 그를 급히 독일에서 불러들였던 것이다.

9

릴라는 안토니오가 마누엘라 부인의 장례식에 참석하기 위해 돌아왔다고 했다. 고향으로 돌아왔을 때 안토니오는 알아보기 힘들 정도로 야위어 있었다. 며칠 후 안토니오는 스테파노와 아다 집에서 살고 있던 어머니 멜리나를 데리고 나와 가까운 곳에 집을 얻은 다음, 독일에서 부인과 세 아이를 불러들였다. 안토니오는 정말로 독일 여자와 결혼하고 아이까지 낳았던 것이다. 머나먼 기억의 파편들이 머릿속에서 꿰어 맞춰졌다. 안토니오는 내가 속했던 세계에서 큰 비중을 차지했던 사람이었다. 안토니오 소식을 듣고 나니 그날 아침에 느꼈던 부담감이 누그러지면서 마음이 한결 가벼워졌다. 나는 니노에게 속삭였다.

"잠시만 들렀다 가자. 괜찮지?"

니노는 어깨를 으쓱해 보였고 우리는 함께 마르티리 광장으로 향했다. 밀레 가와 필란지에리 가를 지나 마르티리 광장으로 가는 내내 릴라는 나를 독차지했다. 니노는 두 손을 주머니에 넣고 고개를 푹 수그린 채 우리를 뒤따라왔다. 기분이 상한 것이 분명했다.

릴라는 언제나처럼 기세등등하게 이야기를 이어나갔다. 릴라는 내게 최대한 빨리 안토니오의 가족을 만나보라고 했다. 릴라는 안토니오의 아내와 아이들을 생생하게 묘사해주었다. 릴라는 안토니오의 부인이 굉장한 미인인 데다 나보다 더 눈부신 금발이라고 했다. 세 아이 모두 엄마를 닮아 금발이라고 했다. 사라센인*처럼 시꺼먼 안토니오를 닮은 아이는 한 명도 없다고 했다. 다섯 식구가 동네 큰 길을 걸어가는 모습을 보면 안토니오가 백옥 같은 피부에 빛나는 금발의 아내와 아이들을 전쟁에서 데려온 포로들을 전리품마냥 끌고 다니는 것처럼 보인다고 했다.

릴라는 한바탕 웃음을 터뜨리더니 안토니오 말고도 나와 인사하려고 가게에서 기다리는 다른 사람들의 이름을 열거했다. 릴라는 카르멘도 내게 인사하러 왔지만 일 때문에 금방 엔초와 함께 자리에서

---

* 시리아와 아라비아 사막에 사는 유목민.

일어나야 한다고 했다. 이외에도 여전히 솔라라 구둣가게 운영을 맡고 있는 알폰소와 그의 아내 마리사가 아이들과 함께 있다고 했다.

"잠시만 같이 머물러줘."

릴라가 말했다.

"잠시 동안만 함께 있어줘도 모두들 기뻐할 거야. 다들 너를 정말 좋아하잖아."

릴라가 이야기하는 동안 곧 있으면 내가 만나게 될 모든 사람이 내 결혼생활이 파국을 맞게 되었다는 소식을 온 동네에 퍼뜨리고 다닐 거라는 생각이 들었다. 내 부모님도 그 소식을 듣게 될 것이며 어머니가 내가 사라토레 집안 아들의 정부가 되었다는 사실도 알게 될 거라는 생각이 들었다. 하지만 이상하게도 불안하지 않았다. 오히려 내 친구들이 내가 니노와 함께 있는 모습을 보는 것이 좋았다.

'엘레나는 정말 하고 싶은 것은 다 하고 사는 아이야. 남편과 아이들까지 버리고 다른 남자랑 살고 있잖아.'

내 뒤에서 이렇게 수군거릴 것을 생각하니 기분이 좋아졌다. 나는 내가 공식적으로 니노와 연관되기를 간절히 바라고 있다는 사실을 깨닫고 나 스스로 놀랐다. 나는 다른 사람들이 내가 니노와 함께 있는 모습을 봐주길 원했다. 엘레나와 피에트로 커플을 지워버리고 그 자리에 니노와 엘레나 커플이 자리 잡기를 바랐다. 그렇게 생각하니 갑자기 마음이 평온해졌다. 나는 릴라가 준비해놓은 덫에 기꺼이 몸을 내던질 마음이 생겼다.

릴라는 끊임없이 이야기를 늘어놓다 갑자기 예전처럼 나와 팔짱을 꼈다. 나는 그런 릴라의 행동에도 아무런 감정을 느낄 수 없었다.

'릴라는 우리 관계가 변하지 않았다고 믿고 싶은 거야.'

나는 생각했다.

'하지만 이제는 릴라도 우리 사이의 감정이 메말라버렸다는 사실을 인정해야만 해. 내게 릴라의 팔은 나무 조각과 다를 바 없어. 지난 날 서로 몸이 맞닿을 때 느꼈던 짜릿한 감정의 희미한 환영에 지나지 않아.'

나는 지금과는 달리 몇 년 전 릴라가 정말로 병들어 죽어버리기를 원했던 때를 떠올렸다.

'그때도 상황이 좋지 않았지만 그래도 관계는 살아 있었던 거야. 릴라에 대한 감정이 그만큼 강했기 때문에 그토록 고통스러웠던 거야.'

지금은 상황이 변했다. 이제 나는 내가 평생 사랑해온 한 남자에게 온 열정을 쏟고 있다. 릴라에 대해 그런 끔찍한 생각을 하게 만들었던 열정마저 이제는 니노의 것이었다. 릴라는 자신이 아직도 예전처럼 내게 힘을 행사할 수 있을 거라고 믿고 있다. 나를 자신이 원하는 곳으로 끌고 갈 수 있다고 생각하고 있었다. 그래봤자 릴라가 꾸민 일이 무엇인가. 쓰디쓴 사랑, 사춘기 시절 열정과 재회한 것에 불과하지 않은가. 조금 전까지만 해도 악의적으로 느껴졌던 상황이 갑자기 박물관 유물처럼 무해하게 느껴졌다.

릴라가 바라든 바라지 않든 지금 내게 중요한 것은 전혀 다른 것이었다. 내겐 나와 니노, 니노와 나만이 중요했다. 고향 동네라는 이 작은 세계에 일으킨 파장으로 오히려 우리가 커플이라는 사실을 인정받게 된 것 같았다. 나는 이제 릴라를 느낄 수 없었다. 릴라의 팔에는 피가 흐르지 않았다. 옷이 스치는 느낌만 있을 뿐이었다.

우리는 마르티리 광장에 도착했다. 나는 고개를 돌려 니노에게 가게에 니노의 동생 마리사와 그녀의 아이들이 있다는 소식을 전했다. 니노는 뭔가를 짜증스레 중얼거렸다. 그때 '솔라라' 구둣가게 간판이 나타났다. 가게에 들어가자 모든 사람의 시선이 일제히 니노에게 집중됐지만 다들 내가 혼자 온 것처럼 반갑게 나를 맞아주었다. 니노에게 말을 건넨 사람은 마리사뿐이었다. 남매는 그날 만남이 기쁜 것 같지 않았다. 마리사는 집에 들르지도 않고 연락도 하지 않는다고 오빠에게 투덜댔다.

"엄마가 많이 아프셔. 아빠는 갈수록 견디기 힘들어지고. 그런데 오빠는 신경도 안 쓰잖아."

니노는 조카들에게 건성으로 입을 맞출 뿐 마리사의 투덜거림에 응답하지 않았다. 마리사가 끈질기게 공격하자 그제야 짜증내면서 말했다.

"마리사, 나도 골치 아픈 일투성이야. 그러니 나를 좀 내버려둬."

나는 나를 다정하게 부르는 사람들에게 여기저기 불려 다니면서도 니노에게서 시선을 떼지 않았다. 질투심 때문이 아니었다. 그가 불편해할까봐 걱정이 되어서였다.

니노가 안토니오를 기억하고 있는지, 혹시라도 안토니오를 알아봤는지 알 수 없었다. 내 전 남자 친구가 니노를 처참히 짓밟은 적이 있다는 사실을 아는 사람은 나밖에 없었다.

나는 둘이 매우 절제된 인사를 주고받는 광경을 목격했다. 둘은 고개를 살짝 끄덕이고는 가벼운 미소를 주고받았다. 엔초와 알폰소, 카르멘과도 마찬가지였다. 니노에게 이들은 모두 이방인이었다. 나와 릴라의 세계에 속한 사람들일 뿐 니노와는 별 관계가 없었다. 아니 아무런 관계가 없었다.

잠시 후 니노는 담배를 피우면서 가게를 이리저리 돌아다녔다. 일행 중 누구도, 동생인 마리사까지도 니노에게 더는 말을 걸지 않았다. 비록 같은 곳에 있었지만 다른 이들에게 그는 나에게 남편을 버리게 만든 남자일 뿐 그 이상도 그 이하도 아니었다. 릴라도, 아니 그 누구보다도 릴라가 그 사실을 깨달은 듯했다. 모두가 니노를 충분히 관찰한 지금, 나는 최대한 빨리 니노를 데리고 그곳을 떠나고 싶었다.

## 10

가게에 머무르는 동안 나는 과거와 현재가 혼란스럽게 충돌하는 것을 경험했다. 지난날 릴라가 디자인했던 구두와 릴라의 신부복 사진, 구둣가게 개점식 저녁과 릴라의 유산. 자기 목적을 위해 가게를 살롱처럼 꾸미고 사랑의 아지트로 이용했던 릴라… 그리고 현재의 이야기가 있다. 서른을 훌쩍 넘기는 동안 알 만한 사람은 다 아는 소문과 비밀스러운 소문의 중심에서 서로 너무 다른 삶을 살아온 릴라와 내가 있다.

나는 감정을 추스르고 사람들과 즐겁게 이야기했다. 사람들과 차례로 포옹과 키스를 나누고 젠나로와도 잠깐 이야기했다. 젠나로는 그새 입술 위로 솜털이 거뭇하게 난 열두 살의 과체중 소년이 되어 있었다. 외모가 스테파노 사춘기 시절 때 모습을 어찌나 빼닮았는지 아이를 잉태하는 순간 어머니인 릴라는 아이의 몸에서 감쪽같이 쏙 빠져나가 버린 것 같았다.

나는 마리사와 그녀의 아이들에게는 다정하게 대해주어야 할 것 같은 의무감을 느꼈다. 내가 관심을 보이자 기분이 좋아진 마리사는 은근히 내게 어떤 변화가 닥칠지 자기도 잘 안다는 티를 냈다.

"이제 나폴리에 자주 오게 됐으니 얼굴 좀 보여줘. 둘 다 바쁘다는 거 알고 있어. 우리와는 달리 둘 다 공부하느라 바쁜 사람들이니까.

그렇지만 잠시라도 좋으니 시간을 내주어야 해."

마리사는 자기 남편 곁에서 틈만 나면 가게 밖으로 뛰쳐나가려는 아이들을 얌전히 있게 하려고 애쓰고 있었다. 나는 마리사의 얼굴에서 니노와 혈연관계라는 흔적을 찾아보려 했지만 부질없는 일이었다. 마리사에게서는 오빠인 니노의 흔적도 어머니의 흔적도 찾아볼 수 없었다. 몸에 약간 살이 붙자 오히려 아버지 도나토 사라토레와 더 닮아 보였다. 자기 가정이 화목하고 행복하다는 인상을 주기 위해 마리사가 늘어놓는 말을 듣다보니 제 아버지의 위선적인 입담까지 물려받은 듯했다.

알폰소는 그런 마리사의 말에 동의를 표하면서 고개를 끄덕였다. 알폰소는 새하얀 치아를 드러내며 내게 조용히 미소를 보냈다. 그의 외모는 나를 혼란스럽게 했다. 알폰소는 세련되기 이를 데 없었다. 그는 까맣고 긴 머리를 뒤로 넘겨 묶고 있었다. 그 덕분에 곱상한 얼굴선이 도드라졌다. 하지만 알폰소의 동작과 표정에는 내가 이해할 수 없는 무엇인가가 있었다. 예기치 못했던 그 무언가 때문에 나는 마음이 불편했다. 알폰소는 나와 니노를 빼면 가게에 모인 사람 가운데 유일하게 부잣집 도련님처럼 공부한 사람이었다. 내가 보기에 제대로 교육받은 흔적이 세월의 흐름에 따라 희미해지기는커녕 유연한 몸과 섬세한 얼굴에 더 자연스럽게 배어든 것 같았다.

알폰소는 정말이지 잘생긴 데다 정중했다. 마리사는 자신에게서 도망치려는 알폰소를 어떻게 해서든 차지하려 했고 그 결과 이 자리에 함께 있게 된 것이다. 나이가 들수록 마리사의 얼굴선이 점점 남성적으로 변해가는 데 비해 알폰소는 시간이 갈수록 자신의 남성성을 억누르고 여성스러워졌다. 사람들은 둘 사이에 태어난 아이들을 두고 미켈레 솔라라의 자식이라고 수군거렸다.

"그래."

알폰소가 우리를 초대하려는 자기 아내의 말에 동의를 표하면서 속삭였다.

"언제 우리 집에서 저녁식사라도 하자. 그래준다면 난 정말 기쁠 거야."

마리사가 물었다.

"다음 책은 언제 쓸 예정이야, 레누? 우리 모두 기다리고 있어. 하지만 그전에 너도 공부를 좀 해야겠더라. 예전엔 네가 야한 이야기를 썼다고 생각했는데 사실 그리 야한 것도 아니었어. 요즘 사람들이 쓰는 포르노 같은 소설을 읽어 봤어?"

일동 중 아무도 니노에게 호감을 나타내지는 않았지만 그렇다고 내 심경의 변화를 비난하는 사람도 없었다. 그 누구도 우리 쪽을 힐끔거리거나 묘한 미소를 짓지 않았다. 오히려 내가 이 사람 저 사람과 포옹하고 대화를 주고받는 동안 모두들 나에 대한 애정과 존경심을 표현하려고 애썼다. 엔초는 엔초다운 진지한 태도로 나를 꼭 껴안아주었다. 미소만 지을 뿐 별다른 말은 하지 않았지만 이렇게 말하는 듯했다.

'네가 무슨 결정을 하든 나는 네가 좋아.'

카르멘은 나를 보자마자 구석으로 데리고 갔다. 신경이 잔뜩 곤두서서 시종일관 시계만 바라봤다. 카르멘은 내가 선하고 전지전능한 위정자라도 되는 것처럼 내게 자기 오빠 이야기를 장황하게 늘어놓았다. 내가 어떤 실수로도 손상되지 않는 아우라를 가진 사람이라고 생각하는 것 같았다. 카르멘은 아이들이나 자기 남편 이야기는 꺼내지도 않았다. 내 이야기나 자기 이야기도 하지 않았다. 나는 카르멘이 자기 오빠가 테러리스트라는 사실에 매우 부담을 느끼고 있다는 사실을 깨달았다. 하지만 카르멘은 그런 자신의 부담을 오빠의 관점에서 오빠의 이야기를 재구성하는 방식으로 나타내려고 했다.

고작 몇 분밖에 이야기를 나누지 못했지만 대화를 나누는 내내 카르멘은 자기 오빠가 부당한 탄압을 받고 있다고 주장했다. 파스콸레가 용기 있고 선량한 사람이라는 것을 강조했다. 카르멘의 눈은 무슨 일이 있어도 파스콸레 편에 서겠다는 의지로 불타올랐다. 카르멘은 언제든지 나와 연락할 수 있어야 한다면서 내 전화번호와 주소를 알려달라고 했다.

"너는 유명 인사잖아, 레누."

카르멘이 내게 속삭였다.

"너는 오빠를 도와줄 수 있는 사람들을 알고 있을 거야. 물론 그전에 오빠가 살해당하지 않는다면 말이야."

카르멘은 그때까지 다른 사람들과 약간 거리를 유지하며 엔초와 얼마 떨어지지 않은 곳에 있던 안토니오에게 우리 쪽으로 오라는 신호를 보냈다.

"이리 와."

카르멘이 부드럽게 말했다.

"너도 말 좀 해봐."

안토니오는 고개를 푹 수그린 채 우리 쪽으로 다가와 몹시 수줍은 말투로 대충 이런 말을 했다.

"나는 파스콸레가 너를 믿는다는 것을 알아. 지금의 삶을 선택하기 전에 네 집을 찾아간 것도 그 때문이겠지. 그러니까 만약에 파스콸레와 다시 만나게 된다면 말이야, 그 친구에게 꼭 경고해줘. 파스콸레는 사라져야 해. 이탈리아에 머물러서는 안 돼. 카르멘에게는 이미 말했지만 진짜 문제는 경찰이 아니라 솔라라 형제야. 솔라라 형제는 파스콸레가 마누엘라 부인을 살해했다고 확신하고 있어. 지금 당장이나 내일이 아니라 몇 년이 지나서라도 만약 솔라라 형제가 파스콸레를 찾아낸다면 나도 그를 도울 수 없을 거야."

"안토니오 말 알아들었어, 레누?"

안토니오가 심각하게 이야기하는 동안 카르멘은 재차 물으면서 이야기에 끼어들었다. 카르멘은 근심이 가득한 눈빛으로 내 반응을 살폈다.

마지막으로 카르멘은 나를 포옹하고 입을 맞추면서 속삭였다.

"너랑 리나는 내게는 친자매 같아."

카르멘은 할 일이 있다면서 엔초와 급히 자리를 떠났다.

이렇게 해서 나는 안토니오와 단둘이 남게 되었다. 순간 내 앞에 서 있는 안토니오에게서 전혀 다른 두 사람의 모습이 보였다. 한 사람은 과거 저수지에서 내 몸을 꼭 껴안고 나를 숭배했던 소년이었다. 그 시절 안토니오의 강한 체취는 내 기억 속에 충족되지 못한 욕망으로 각인되었다. 동시에 그는 현재의 성인 남자이기도 했다. 그 남자는 지방이라고는 1그램도 없을 것 같은 몸매에 뼈마디가 굵었다. 눈빛이 공허하고 표정은 굳어 있었다. 머리에서부터 거대한 신발 속 발끝까지 피부가 팽팽했다.

나는 민망해하면서 파스콸레를 도와줄 만한 사람을 알지 못하며 카르멘이 나를 과대평가하는 거라고 했다. 하지만 나는 곧 안토니오가 카르멘보다 더 내 명성을 과대평가하고 있다는 사실을 깨달았다. 안토니오는 내가 항상 겸손하다면서 자기는 내 책을 무려 독일어로 읽었다고 했다. 그는 세계적으로 내 이름을 모르는 사람이 없을 거라고 중얼거렸다. 오랫동안 외국에 살면서 솔라라 형제의 명령에 따라 온갖 추악한 짓을 목격하고 자신이 직접 그런 짓을 저지르기도 했을 텐데 안토니오는 여전히 우리 고향사람다웠다. 그렇기 때문에 아직도 내게 그런 힘이 있다고 상상할 수 있는 것이다. 내가 대학을 졸업하고 표준어로 말하고 글을 쓰기 때문에 내게도 권위 있는 사람들이 가진 힘이 있을 거라고 상상하고 있는 것이다. 물론 그저 내 기분을 좋게 해주고 싶은 마음에 그러는 척하는 것일 수도 있겠지만. 나는 웃으면서 말했다.

"독일에서 그 책을 산 사람은 너밖에 없을 거야."

나는 안토니오에게 그의 아내와 아이에 대해 물었지만 단답형 대답만 되돌아왔다. 안토니오는 나를 가게 밖 광장으로 이끌었다. 그곳에서 안토니오는 내게 다정히 말했다.

"이제는 내 말이 옳았다는 사실을 인정해야 해."

"무슨 말이야?"

"애초부터 너는 그를 원했어. 내겐 거짓말만 했던 거야."

"철없던 소녀 시절이었어."

"아니야. 너는 성숙한 아이였어. 게다가 나보다 더 똑똑했지. 네가 나를 정신 나간 사람 취급하는 바람에 내가 얼마나 힘들었는지 몰라."

"그만해."

안토니오는 입을 다물었다. 나는 다시 가게로 향했다. 안토니오는 나를 쫓아오더니 문턱에서 붙잡았다. 그는 한쪽 구석에 앉아 있는 니노를 잠시 바라보더니 내게 속삭였다.

"혹시 저 자식이 너를 아프게 하면 내게 말해."

나는 웃음을 터뜨렸다.

"당연하지."

"웃지 마. 리나와 이야기를 해봤는데 리나는 저 자식을 아주 잘 알고 있어. 리나 말로는 믿을 만한 사람이 못 된대. 우리는 너는 존중하지만 저 자식은 아니야."

릴라는 이렇게 안토니오를 전령 삼아 내게 미래에 닥칠 수 있는 불운을 전했다. 그런데 정작 릴라는 어디로 간 걸까. 나는 릴라가 일동과 조금 떨어진 곳에서 마리사의 아이들과 놀아주고 있는 모습을 발견했다. 겉으로는 아이들과 놀아주고 있는 것처럼 보였지만 실은 두 눈을 가늘게 뜨고 우리 모두를 지켜보고 있는 중이었다. 릴라는 언제나처럼 제 나름의 방식으로 카르멘, 알폰소, 마리사, 엔초, 안토니오 그리고 자기 아들과 다른 사람의 자식까지 통제하고 있었다. 그 자리에는 없지만 구둣가게 주인인 솔라라 형제까지도 결국 릴라의 통제권 아래 있을 것이다. 나는 릴라가 적어도 내게는 그렇게 하지 못할 거라고 다시 한번 생각했다. 릴라의 영향을 받던 그 오랜 시기는 이제 끝났다고.

나는 릴라에게 작별 인사를 했다. 릴라는 나를 자기 몸속에 가두려는 듯 다시 꼭 껴안았다. 한 명씩 돌아가며 작별 인사를 하면서 나는 알폰소의 모습에 또 한 번 충격을 받았다. 이번에는 처음 그를 보았을 때부터 나를 힘들게 했던 것이 무엇인지 이해할 수 있었다. 알폰소의 얼굴에는 그가 돈 아킬레와 마리아 아주머니의 아들이자 스테파노와 피누차의 동생이라는 희미한 흔적마저 완전히 사라졌다. 지금은 긴 머리를 뒤로 묶은 모습이 묘하게도 릴라와 닮아보였다.

## 11

나는 피렌체로 돌아와 별거 문제를 두고 피에트로와 이야기를 나눴다. 우리가 격렬하게 다투는 동안 시어머니는 데데와 엘사를 데리고 자기 방에 틀어박혔다. 아마도 아이들뿐 아니라 자기를 보호하겠다는 의지도 있었을 것이다.

한참을 싸우고 나서도 우리 행동이 너무 과하다는 것을 깨닫기는 커녕 아이들이 없는 곳에서 맘 놓고 싸워야겠다는 생각에 집에서 나와 길에서 다퉜다.

그러다 피에트로가 어디론가 자취를 감추었고 나는 혼자 집으로 돌아왔다. 너무나 화가 나서 다시는 그를 보고 싶지도 그의 목소리를 듣고 싶지도 않았다. 아이들은 이미 잠들어 있었고 시어머니는 홀로 부엌에 앉아 책을 읽고 있었다. 내가 말했다.

"어머님 아들이 저를 어떻게 대하는지 보셨어요?"

"그러는 너는 어떤데?"

"저요?"

"그래, 너 말이다. 네가 지금 그 애를 어떻게 대하고 있는지 아니? 지금껏 어떻게 대해왔는지 알고 있어?"

나는 시어머니를 내버려두고 홱 돌아서서 침실 문을 쾅 닫았다. 시어머니의 말투에서 느껴지는 경멸감에 놀랐다. 나는 상처를 받았다. 시어머니가 나에 대한 적의를 그토록 노골적으로 드러낸 것은 그때가 처음이었다.

다음 날 나는 프랑스로 떠났다. 대성통곡하는 아이들에 대한 죄책감과 이동 중에 공부하려고 잔뜩 챙겨온 책 때문에 몸과 마음이 무거웠다. 독서에 열중하려 하면 할수록 니노와 피에트로, 데데와 엘사, 카르멘이 늘어놓은 파스콸레에 대한 변명과 안토니오가 내게 한 말, 변해버린 알폰소의 모습이 책 내용과 뒤섞였다. 기차 여행은 고단했다. 파리에 도착했을 때 나는 어느 때보다 혼란스러운 상태였다.

하지만 둘 중 젊은 편집장이 역으로 마중 나와 있는 것을 보자 기분이 좋아졌다. 니노와 함께 몽펠리에서 경험했던 것처럼 내 능력을 한껏 펼치며 만족감을 느꼈다. 하지만 이번에는 호텔도 거대한 강당도 없었다. 모든 것이 전에 비해 빈약했다. 두 편집장은 나를 매일같이 크고 작은 도시로 데리고 다녔다. 저녁마다 서점에서 토론회를 열었다. 가끔 개인 아파트에서 모임을 할 때도 있었다. 식사는 가정식으로 해결하고 잠은 작은 침대에서 잤다. 가끔은 소파에서 자기도 했다.

나는 몹시 피곤했다. 갈수록 외모에 신경 쓰지 않게 되었다. 살도 많이 빠졌다. 그렇지만 편집장들과 저녁마다 열리는 행사에 참여하는 청중들은 이런 나를 좋아했다. 이 도시 저 도시를 옮겨 다니면서 모국어는 아니지만 짧은 기간에 능숙해진 외국어로 다양한 사람과 토론하다 보니 예전에 첫 작품을 홍보할 때 두각을 보였던 내 자신의 소질을 재발견하게 되었다.

내게는 일상의 소소한 일을 자연스럽게 공적인 사유의 소재로 만드는 능력이 있었다. 나는 매일 즉흥적으로 내 사적인 경험을 소재삼아 모임을 성공적으로 이끌었다. 나는 내가 태어나고 자란 세계에 대해 이야기했다. 그 세계의 빈곤과 비참한 환경, 분노에 찬 남성과 여성에 대해 이야기했다. 카르멘 이야기도 했다. 카르멘과 오빠 파스콸레와의 유대 관계, 파스콸레가 저질렀을 리 없는 폭력 행위에 대한 카르멘의 변명을 이야기했다. 나는 청중 앞에서 아주 어린 시절부터 내 어머니를 비롯한 고향 동네 여자들에게서 가정생활과 모성애, 남성을 받들며 사는 삶의 가장 비참한 면모를 봐왔다고 했다.

나는 여자들이 자기가 사랑하는 남자 때문에 다른 여자나 자기가 낳은 자식들에게까지 어떤 파렴치한 짓을 하는지에 대해 이야기했다. 피렌체와 밀라노의 페미니스트 단체와 잘 어울리기 힘들었다는 말도 했다.

지금껏 별일 아니라고 생각했던 그때의 경험이 갑자기 중요하게 느껴졌다. 청중 앞에서 이야기를 하다 보니 당시 힘겹게 문제를 파헤치는 과정을 옆에서 지켜보면서 내가 꽤 많은 것을 배웠다는 사실도 깨달았다.

나는 어린 시절부터 남자와 같은 지성을 가지기 위해 노력했다는 말도 했다. 매일 저녁 나는 내가 남자에 의해 만들어진 것 같고 남성 판타지에 속박된 것 같다는 말로 토론을 시작했다. 어떻게 해서든 자신의 성 정체성을 뒤집어 자신에게서 여자의 모습을 끌어내려는 어린 시절 친구 이야기도 들려주었다.

나는 얼마 전 솔라라 구둣가게에서 30분 남짓 시간을 보낼 때 일어난 일에서 많은 소재를 얻었지만 그 사실을 깨달은 것은 한참 지나고 나서였다. 아마 그 무렵 릴라 생각을 전혀 하지 않아서였던 것 같다. 청중 앞에서 이야기할 기회가 그렇게 많았는데도 왠지 모르게 나는 한 번도 우리 둘의 우정에 관해서는 말하지 않았다. 릴라는 자기 자신과 유년 시절 친구들의 거친 욕망의 바닷속으로 나를 잡아끌기는 했어도 그로 인해 내가 목격한 광경의 의미를 해석할 능력은 없었다. 아마도 그래서 나는 우리 우정에 대해 언급하지 않았던 것 같다.

예컨대 릴라도 내가 알폰소를 보자마자 알아챈 것을 알았을까. 이에 대해 깊이 생각해봤을까. 나는 그럴 리 없다고 생각했다.

릴라는 동네의 흙탕물 속에 가라앉았고 그곳에 안주했다. 반면, 프랑스에서 활동하던 시절, 나에게는 혼돈의 중심에 있으면서도 그속에서 어떠한 법칙을 구분해낼 수 있는 능력이 있다고 느꼈다. 이러한 확신은 내가 쓴 짧은 책이 다소 성공함으로써 더욱 확고해졌다. 그 덕분에 나는 미래에 대한 불안감을 조금이나마 가라앉힐 수 있었다. 말이나 글을 이치에 맞게 할 수 있으면 실제 상황도 그렇게 만들 수 있을 것 같았다.

'그래.'

나는 생각했다.

'부부도, 가정도, 문화라는 이름의 틀도, 모든 사회 민주주의적 합의도 결국은 다 무너지는 거야. 그 과정에서 모든 것은 격렬하게, 지금까지는 생각조차 하지 못했던 새로운 형태를 취하려 하지. 나와 니노, 내 아이들과 그의 아이들, 노동 계급의 패권, 사회주의와 공산주의, 무엇보다도 예측할 수 없는 주체인 여성과 나 자신도 말이야.'

나는 매일 저녁 총체적인 분열과 새로운 재구성이라는 매혹적인 생각에 내 상황을 대입하면서 이곳저곳을 돌아다녔다.

프랑스 일정을 소화하는 도중 때때로 가쁜 숨을 몰아쉬면서 시어머니에게 전화를 걸곤 했다. 데데와 엘사와 통화할 때면 아이들은 언제나 내 질문에 "네, 아니요"라는 단답형으로 대답하거나 노래의 후렴구처럼 "엄마, 언제 와요?"라고 묻곤 했다.

크리스마스 즈음 나는 두 편집장에게 작별 인사를 하려 했다. 하지만 내 장래에 대해 진심으로 걱정하게 된 두 여인은 좀처럼 나를 놓아주지 않았다. 그새 내 첫 작품을 읽고 소설을 재출간하고 싶어 했다. 두 여인은 내 첫 소설을 재출간하기 위해서 몇 년 전 내 책을 출간했지만 큰 성공을 거두지 못한 프랑스 출판사의 편집부까지 나와 함께 가주었다.

나는 두 여인의 지원을 받아 출판사와 담판을 지었다. 수줍은 나에 비해 내 편집장들은 매우 전투적이었다. 둘은 상대방을 어르고 달래고 위협할 줄 알았다. 결국 밀라노 출판사 측이 중재해주어 우리는 합의에 도달했다. 그 결과 내 책은 이듬해 새 출판사에서 다시 빛을 보게 되었다.

전화로 그 소식을 전하자 니노는 매우 기뻐했다. 하지만 이야기를 하다 보니 니노가 불만을 드러냈다.

"이젠 내가 필요하지 않은가봐."

니노가 말했다.

"농담해? 난 네 품에 안길 날만 기다리고 있어."

"너무 바빠서 나를 위한 여유가 없는 것 같아."

"아니야. 내가 이 책을 쓴 것도 다 네 덕분인걸. 네 덕분에 생각이 정리된 거야."

"그러면 나폴리에서 만나자. 아니면 로마에서라도 말이야. 지금 당장. 크리스마스 전에 보자."

하지만 니노를 만나기는 불가능했다. 출판사 일로 바쁜 데다 데데와 엘사를 보러 가야만 했기 때문이다. 그런데도 나는 참지 못하고 니노와 로마에서 몇 시간만이라도 만나기로 했다. 나는 12월 23일 아침 로마에 도착했다. 밤새 침대칸을 타고 여행해 녹초가 된 상태였다. 나는 몇 시간 동안 하염없이 역에서 니노를 기다렸지만 니노는 나타나지 않았다. 나는 걱정도 되고 속상하기도 했다.

피렌체행 기차를 타려는 순간 니노가 나타났다. 날씨가 추운데도 온몸이 땀에 흠뻑 젖어 있었다. 그는 수많은 난관을 극복하고 로마까지 운전하고 왔다고 했다. 기차를 탔으면 절대 도착하지 못했을 것이라고 했다. 우리는 되는대로 급히 식사를 하고 역에서 멀리 떨어지지 않은 나치오날레 가에 숙소를 잡고 호텔방에 틀어박혔다. 원래는 그날 오후 바로 출발할 예정이었지만 나는 차마 니노를 홀로 내버려두지 못하고 다음 날로 출발을 미뤘다.

우리는 함께 잠을 잤다는 행복에 겨워 눈을 떴다. 잠에 취해 혼미한 상태에서 깨어나 다리를 뻗었을 때 니노가 나와 같은 침대에 있다는 사실을 느끼는 것은 너무나도 멋진 일이었다. 그날이 크리스마스이브였기 때문에 우리는 서로 선물을 사주기 위해 호텔을 나섰다.

나는 계속해서 출발 시간을 뒤로 미뤘고 그것은 니노도 마찬가지였다. 늦은 오후가 되어서야 나는 가방을 끌고 니노의 차가 있는 곳까지 갔다. 니노와 헤어지기가 너무 힘들었다.

마침내 니노는 자동차 시동을 켰다. 차는 혼잡한 도로로 사라져버렸다. 니노와 헤어진 후 레푸블리카 광장에서 역까지 힘겹게 짐을 끌고 갔지만 너무 늦게 도착하는 바람에 몇 분 차이로 기차를 놓치고 말았다. 절망적이었다. 이대로라면 한밤중에야 피렌체에 도착할 터였다. 하지만 이미 엎질러진 물이었다. 나는 체념하고 피렌체 집에 전화를 걸었다. 피에트로가 전화를 받았다.

"어디야?"

"로마. 기차가 역에서 꿈쩍도 하지 않아. 언제 다시 출발할지 모르겠어."

"그놈의 기차는 언제나 말썽이군. 아이들에게 크리스마스이브 만찬에 엄마가 못 온다는 소식을 전할까?"

"응. 아무래도 제시간에 도착하기 힘들 것 같아."

피에트로는 웃음을 터뜨리더니 전화를 끊었다.

나는 얼어붙은 텅 빈 기차를 타고 피렌체로 향했다. 표 검역원조차 지나가지 않았다. 모든 것을 잃어버린 채, 철저한 공허를 향해 나아가는 느낌이었다. 비참한 기분에 죄책감이 커져만 갔다. 피렌체에 도착했을 때는 이미 한밤중이라 택시를 잡을 수 없었다. 나는 추위에 떨면서 가방을 끌고 인적이 끊긴 거리를 걸었다. 밤이 깊어 크리스마스 종소리마저 멈춘 지 오래였다.

나는 열쇠로 문을 열고 집으로 들어갔다. 집 안은 어둠에 싸여 있었다. 고통스러운 정적이 흘렀다. 돌아다니면서 방문을 열어 보았지만 아이들의 흔적도 시어머니의 흔적도 찾을 수 없었다. 나는 지치고 두려웠지만 한편으로는 분노가 치밀었다. 어디에 갔는지 쪽지라도 한 장 남겨놓지 않았을까 싶어 찾아보았지만 아무것도 없었다.

집은 완벽히 정돈된 상태였다.


## 12


별의별 생각이 다 들었다. 나는 데데나 엘사가 다쳤거나 더 심각하게는 두 아이 모두 다쳐서 피에트로와 시어머니가 병원에 데려갔을지 모른다고 생각했다. 아니면 피에트로 때문에 병원에 갔을지도 모른다고 생각했다. 그가 이성을 잃고 미친 짓을 하지나 않았을까 생각했다. 그래서 시어머니가 아이들과 함께 남편 곁에 있는 거라고 생각했다.

나는 불안감에 사로잡혀 집 안을 배회했다. 무엇을 해야 할지 알 수 없었다. 그러다 무슨 일이 일어났든 시어머니라면 마리아로사에게는 알렸을 것이라는 생각에 새벽 3시인데도 시누이에게 전화를 걸었다. 마리아로사는 한참 후에야 전화를 받았다. 그녀는 잠에 취해 좀처럼 정신을 차리지 못했다. 하지만 나는 결국 마리아로사에게서 시어머니가 아이들을 제노바에 있는 시댁으로 데려갔다는 사실을 알아냈다. 시어머니는 나와 피에트로에게 마음 편히 우리 문제를 논의하게 하고 데데와 엘사가 평화로운 분위기에서 크리스마스를 보낼 수 있도록 아이들과 함께 이틀 전에 피렌체를 떠났던 것이다.

그 소식에 한편으로는 마음이 놓였지만 한편으로는 화가 났다. 피에트로는 나를 속였던 것이다. 내가 전화했을 때 그는 크리스마스이브 만찬 따위는 없으며 아이들이 나를 기다리는 대신 이미 할머니와 떠났다는 것을 알고 있었다. 시어머니는 또 어떤가. 어떻게 감히 내 아이들을 데려갈 생각을 했단 말인가. 나는 마리아로사에게 분통을 터뜨렸다. 시누이는 아무 말 없이 내 말에 귀를 기울였다. 내가 물었다.

"내가 잘못한 걸까? 그러니 이런 일을 당해도 싼 걸까?"

내 말에 마리아로사는 심각해졌지만 그래도 내게 용기를 북돋아주었다. 시누이는 내게도 내 삶을 살아갈 권리가 있다고 했다. 공부와 집필 활동을 계속할 의무가 있다고 했다. 상황이 힘들어지면 언제든 아이들과 자기 집에 와서 지내라고 했다.

나는 마리아로사의 말에 안정을 되찾았지만 여전히 잠이 오지 않았다. 불안과 분노, 니노에 대한 열망이 가슴속에서 뒤섞였다. 본심이야 어떻든 알베르티노와 함께 자기 가족들 곁에서 크리스마스를 보낼 니노에 비해 나는 텅 빈 집에 쓸쓸히 홀로 남겨진 외톨이가 되었다는 사실이 불만스럽기 이를 데 없었다. 아침 9시가 되자 현관문 열리는 소리가 들렸다. 피에트로였다. 나는 대뜸 악을 쓰면서 피에트로를 몰아세웠다.

"왜 내 허락도 없이 아이들을 당신 어머니한테 맡긴 거야?"

피에트로의 옷은 형편없이 구겨져 있었다. 수염이 덥수룩한 데다 포도주 냄새가 진동했지만 술에 취한 것 같지는 않았다. 피에트로는 아무런 반응도 하지 않고 그저 내가 소리치도록 내버려두었다. 그는 우울한 목소리로 몇 번이나 같은 말을 반복했다.

"난 일 때문에 아이들을 돌볼 수 없고 당신은 애인 때문에 아이들을 돌볼 시간이 없잖아."

나는 피에트로를 억지로 부엌에 앉혔다. 흥분을 가라앉힌 후 나는 그에게 말했다.

"우리는 합의를 해야 해."

"설명을 좀 해봐. 어떤 합의를 해야 한다는 거야?"

"아이들은 나랑 살 거야. 당신은 주말마다 아이들을 만날 거고."

"주말에 어디에서 만나?"

"내 집에서."

"당신 집이 어딘데?"

"아직 몰라. 이제 정해야지. 여기가 될 수도 있고 밀라노나 나폴리가 될 수도 있어."

나폴리라는 말을 듣자 피에트로는 자리에서 벌떡 일어나 눈을 크게 뜨고 나를 물어뜯기라도 할 듯 입을 크게 벌렸다. 주먹을 쳐들었는데 표정이 어찌나 사나운지 나는 겁이 덜컥 났다. 그 순간이 영원히 끝나지 않을 듯 길게 느껴졌다. 수도꼭지에서는 물이 한 방울씩 똑똑 떨어졌다. 냉장고는 웅웅거렸고 아파트 앞뜰에서는 누군가의 웃음소리가 들렸다.

피에트로는 몸집이 큰 편이었다. 새하얀 손가락 관절이 거대해 보였다. 과거의 경험으로 비추어보아 이번에는 한 방에 목숨을 잃을 수도 있겠다 싶어 어떻게든 막아보려고 재빨리 팔을 쳐들었다. 피에트로는 갑자기 생각을 바꿔 몸을 돌리더니 평소에 빗자루를 보관하는 금속 수납장을 한 번, 두 번 그리고 세 번 내리쳤다. 내가 그의 팔에 매달려 "'제발 그만둬! 이러다 다치겠어!'라고 외치지 않았다면 그는 계속 금속 수납장을 내리쳤을 것이다.

피에트로의 분노 때문에 내가 처음 집 안에 들어서면서 두려워했던 일이 실제로 일어나고 말았다. 결국 병원에 가게 된 것이다. 병원에서 피에트로는 팔에 깁스를 했다. 돌아오는 길에 그는 오히려 명랑하게 보이기까지 했다. 나는 오늘이 크리스마스라는 사실을 기억해내고 먹을 것을 준비했다. 식탁에 앉자 피에트로가 느닷없이 말했다.

"어제 당신 어머니께 전화 드렸어."

나는 펄쩍 뛰었다.

"대체 어쩌자고 그런 짓을 했어?"

"누군가는 어머님께도 소식을 전해야 했으니까. 당신이 내게 무슨 짓을 했는지 어머님께 알려드렸어."

"그 소식을 전해야 할 사람은 나였어."

"왜? 나한테 그랬던 것처럼 거짓말이나 하려고?"

나는 다시 불안해졌지만 애써 참았다. 이번에도 피에트로가 내 뼈를 부러뜨리지 않으려다 자기 뼈를 부러뜨릴까봐 두려웠다. 정작 피에트로는 깁스한 팔을 바라보면서 평온하게 미소지었다.

"이 상태로는 운전을 못 하겠어."

그가 중얼거렸다.

"어디 가려고?"

"기차역에."

그제야 나는 어머니가 크리스마스 당일에 기차를 타고 곧 피렌체에 도착할 예정이라는 사실을 알게 되었다. 어머니가 일 년 중 가장 중요하게 생각하고 정성을 다해 준비하는 가족 행사인 크리스마스 당일에 말이다.

# 13

나는 도망이라도 치고 싶었다. 어머니가 나의 도시인 피렌체를 향해 오고 있는 바로 이 순간, 나는 어머니의 도시인 나폴리로 도망쳐서 니노 곁에 머무르며 안정을 취할까 하는 생각도 해보았다. 하지만 나는 그렇게 하지 않았다. 내가 아무리 많이 변했다 해도 나는 여전히 그 어떤 상황에서도 물러서지 않는 데 익숙해져 있었다. 어머니가 와봤자 내게 무슨 짓을 할 수 있겠나 싶기도 했다. 나는 이제 어린아이가 아닌 성인이 아닌가. 어머니는 기껏해야 10년 전 노르말레 대학 시절 내가 아팠을 때처럼 나에게 맛있는 음식이나 가져다주고 떠날 것이다.

나는 피에트로와 함께 어머니를 모시러 역으로 갔다. 운전은 내가 했다. 어머니는 기세등등하게 기차에서 내렸다. 새 옷에 새 가방, 새 신을 신고 있었다. 볼에 가벼운 화장까지 했다.

"보기 좋아요."

내가 말했다.

"세련되어 보여요."

어머니가 쏘아붙였다.

"네 덕분은 아니란다."

그 후로 어머니는 내게 말 한마디 걸지 않았다. 그 대신 피에트로에게는 몹시 다정하게 대했다. 어머니가 피에트로에게 팔에 깁스한 이유를 묻자 그는 문에 부딪혔다고 얼버무렸다. 어머니는 어설픈 표준어로 중얼거렸다.

"부딪혔다고? 누가 부딪히게 했는지 알 만하네. 부딪혔다니, 나 원."

집에 도착하자 어머니는 애써 침착하게 굴던 태도를 버렸다. 어머니는 절뚝이며 거실을 오갔다. 그러고는 내게 일장 연설을 늘어놓았다. 피에트로를 과하게 칭찬하면서 내게 당장 그의 용서를 구하라고 했다. 내가 그럴 기미를 보이지 않자 어머니는 피에트로에게 나를 용서해 달라고 직접 애원하기 시작했다. 페페와 잔니와 엘리사의 이름을 걸고 우리 둘이 화해하기 전에는 집으로 돌아가지 않겠다고 했다. 처음에는 어머니의 과장이 너무 심해서 나와 피에트로를 놀리는 게 아닌가 싶었다. 어머니는 한도 끝도 없이 피에트로의 칭찬을 늘어놓았다. 나에 대한 칭찬도 하기는 했다. 어머니는 지성으로 보나 학력으로 보나 우리 둘은 천생연분이라고 몇 번이나 말했다. 어머니는 자신이 가장 좋아하는 손녀 데데 이야기도 했다. 어머니는 무엇이 데데를 위한 일인지 생각해보라고 했다. 엘사 이야기는 잊어버리고 꺼내지도 않았다. 어머니는 데데도 벌써 알 건 다 아는 아이인데 그런 데데를 힘들게 하면 안 된다고 했다.

어머니가 말하는 내내 피에트로는 연신 동의를 표했다. 비록 도가 지나친 광경을 목격했을 때처럼 넋 나간 표정을 짓기는 했지만. 어머니는 피에트로를 껴안고 입을 맞추고 그의 관대함에 고마워했다. 어머니는 피에트로의 관대함 앞에 무릎을 꿇어도 모자란다고 내게 소리질렀다. 손바닥으로 내 등짝을 세게 내리쳤다. 어머니는 나와 피에트로를 서로를 향해 밀어붙였다. 억지로 포옹하고 입 맞추게 하려 했다. 나는 거칠게 몸을 빼냈다.

'도저히 못 참겠어. 무엇보다도 피에트로가 보는 앞에서까지 내가 이 여자의 딸이라는 사실에 대한 대가를 치러야 한다는 사실을 견딜 수 없어.'

나는 생각했다.

나는 어떻게 해서든 마음을 가라앉히려고 했다.

'언제나처럼 수선을 떠시는 것뿐이야. 저러다 지쳐서 주무시러 가겠지.'

하지만 어머니는 나에게 또다시 엄청난 잘못을 저질렀음을 인정하라면서 나를 붙잡았다. 순간 나는 인내심을 잃고 말았다. 어머니의 손이 내 몸에 닿자 기분이 나빠졌다. 나는 몸을 빼내면서 말했다.

"그만하세요, 어머니. 어머니가 이러셔도 소용없어요. 저는 이제 피에트로와 살 수 없어요. 저는 다른 사람을 좋아해요."

실수였다. 나는 내 어머니를 잘 알고 있었다. 어머니는 내가 자신을 조금이라도 도발하기만을 기다렸던 것이다. 어머니는 푸념을 멈췄다. 순식간에 상황이 돌변했다.

"닥쳐, 걸레 같은 년! 닥쳐! 닥쳐! 닥치라니까!"

어머니는 내 뺨을 거칠게 때리면서 연거푸 외쳤다.

어머니는 내 머리를 잡아채려고 했다. 나를 더는 참고 봐줄 수 없다고 했다. 내가, 다른 사람도 아닌 내가 쓰레기 같은 지 애비보다 더 형편없는 도나토 사라토레의 아들을 따라다니다 인생을 망치려 한다는 사실을 믿을 수 없다고 했다. 어머니가 말했다.

"예전에는 네 친구 리나가 너를 안 좋은 길로 이끈다고 생각했었지. 하지만 내가 잘못 생각한 거였어. 파렴치한 건 리나가 아니라 바로 너였어. 네가 없으니 리나는 정말 훌륭한 아이가 되었지. 아! 네가 어렸을 때 네 다리몽둥이를 분질러 놓아야 했었는데. 세상에 둘도 없이 훌륭한 남편이 이렇게 아름다운 도시에서 사모님처럼 살게 해주고 너를 좋아해주고 네게 두 딸까지 주었는데 너는 그 은혜를 이런 식으로 되갚는단 말이냐? 못된 년 같으니라고. 당장 이리 오지 못해? 내가 너를 낳았으니 오늘 내 손에 죽어줘야겠다."

어머니는 내게 달려들었다. 어머니는 정말로 나를 죽이고 싶어 하는 것 같았다. 순간 나는 내가 얼마나 어머니를 실망시켰는지 생생하게 느낄 수 있었다. 증오와 파멸로 변질된 모성애를 생생하게 느낄 수 있었다.

어머니는 당신 기준으로 볼 때 내 안위를 위한 일을 내가 받아들이지 않자 절망에 빠진 것이다. 어머니는 당신이 평생 누리지 못한 것을 내가 누리는 것을 자랑스럽게 생각해왔다. 내 덕분에 전날까지만 해도 어머니는 자신이 우리 동네 어머니들 가운데 가장 운이 좋다고 생각했었다. 그런 내가 이제 와서 신께서 주신 선물을 걷어차려는 것을 보고 어머니의 모성애는 나에 대한 증오심과 그런 나를 벌하기 위해 파멸로 몰아넣고 싶은 욕망으로 변질된 것이었다.

순간 나는 어머니를 밀쳐버렸다. 어머니보다 더 크게 악을 쓰면서 어머니를 밀쳐냈다. 의도하지는 않았지만 본능적으로 너무 세게 밀쳐내는 바람에 어머니가 균형을 잃고 바닥에 쓰러지고 말았다.

피에트로는 소스라치게 놀랐다. 나는 피에트로의 표정과 눈빛에서 나의 세계가 그의 세계와 충돌하는 광경을 보았다. 피에트로는 평생 그런 광경을 한 번도 목격한 적이 없었을 것이다. 그런 식으로 악을 쓰며 이성을 잃고 행동하는 것을 한 번도 보지 못했을 것이다. 어머니는 의자와 같이 바닥에 세게 쓰러졌고 아픈 다리 때문에 좀처럼 일어나지 못했다. 어머니는 책상 가장자리를 잡고 몸을 일으키려고 한쪽 팔을 휘둘러 댔다. 그러면서도 내게 온갖 위협과 욕설을 계속 퍼부어댔다.

당황한 피에트로가 성한 팔로 어머니를 일으켜 세울 때조차 어머니는 계속해서 나를 비난했다. 어머니는 두 눈을 크게 뜨고 헉헉거리면서 말했다.

"너는 이제 내 자식이 아니다. 내 자식은 피에트로야. 네 아버지도 너를 원하지 않는다. 네 동생들도 마찬가지야. 사라토레네 아들 녀석은 네게 임질과 매독을 옮길 게다. 대체 내가 무슨 죄를 지었기에 이 꼴을 봐야 한단 말이냐. 오, 주여, 주여, 주여. 차라리 지금 당장 죽어버렸으면 좋겠구나. 지금 당장 콱 죽어버렸으면 좋겠어."

어머니는 목이 메어 외쳤다. 분노로 가득 찼지만 진정으로 고통스러워하는 목소리였다. 그때 나로서는 도저히 믿을 수 없는 일이 일어났다. 어머니가 괴로움을 참지 못하고 울음을 터뜨린 것이다.

나는 침실로 도망가 열쇠로 방문을 잠가버렸다. 더는 무엇을 해야 할지 알 수 없었다. 피에트로와 이혼하는 일이 이토록 고통스러울 거라고는 예상하지 못했다. 나는 속상하기도 하고 두렵기도 했다. 어머니를 그토록 거칠게 밀쳐낼 단호함이 대체 어디에서 나왔단 말인가. 평소 어머니와 다를 바 없는 행동이 아닌가. 내게 그런 어두운 면이 있었던가. 내가 그토록 오만했었단 말인가. 잠시 후 피에트로가 침실 문을 노크하더니 조용히 말했다. 예상외로 목소리가 상냥했다.

"문 열지 마. 들어가려는 게 아니야. 단지 이런 일이 벌어지길 바란 것은 아니었다는 말을 해주고 싶었어. 오늘 일은 너무 심했어. 당신조차도 이런 일을 당해서는 안 된다고 생각해."

피에트로의 말에 마음이 겨우 가라앉았다.


14


다음 날 아침 나는 어머니의 태도가 누그러졌기를 바랐다. 언제나처럼 갑자기 태도가 돌변해서 어떤 식으로든 자신은 나를 사랑하고 상황이 어떻든 나를 자랑스럽게 생각한다는 걸 표현해주기를 바랐다. 하지만 그런 일은 일어나지 않았다. 어머니는 밤새 피에트로와 소곤소곤 이야기를 나눴다.

어머니는 피에트로를 달래면서 비통한 어조로 내가 평생 자신의 십자가였다고 했다. 한숨을 내쉬면서 나에 대해서는 인내심을 가져야 한다고 했다. 다음 날 나는 어머니와 또 싸우지 않기 위해서 피에트로와 어머니만의 비밀 이야기에 끼어들지 않고 집 안을 돌아다니거나 책을 읽었다.

나는 몹시 불행했다. 어머니를 밀쳐낸 것도 어머니와 함께 벌인 소동도 부끄러웠다. 어머니에게 사과하고 어머니를 껴안아드리고 싶었지만 내가 항복한 걸로 어머니가 오해할까봐 두려웠다. 릴라가 아니라 바로 내가 릴라의 검은 영혼이라고까지 생각한 것을 보면 어머니는 나에게 참을 수 없을 만큼 많이 실망했다는 뜻일 것이다. 나는 어머니 관점에서 생각해보려 했다.

'어머니 사고의 기준은 고향 동네야. 어머니 눈에는 지금 모든 것이 제자리를 찾은 것처럼 보일 거야. 엘리사 덕분에 솔라라 집안과 친척이 된 데다 아들들은 마르첼로 덕분에 드디어 직업이 생겼어. 게다가 어머니는 마르첼로를 자기 사위라고 자랑스럽게 부르고 있잖아. 어머니가 입고 있는 새 옷만 봐도 갑자기 형편이 폈다는 것을 알 수 있어. 그러니 지금 미켈레를 위해 일하고 엔초와 안정적으로 결합한 데다 자기 부모님에게 작기는 하지만 지금 살고 있는 집까지 사줄 정도로 부자가 된 릴라가 나보다 훨씬 성공한 것처럼 보일 만도 해.'

그런 식의 생각은 릴라와 나 사이에 그만큼 거리가 생겼다는 증거에 지나지 않았다. 우리 사이에는 그 정도로 교류가 없었다.

어머니는 떠날 때까지 내게 한마디 말도 걸지 않았다. 피에트로와 나는 함께 어머니를 역까지 바래다주었지만 어머니는 운전석에 앉은 나를 없는 사람 취급했다. 어머니는 피에트로에게 진심으로 잘 지내기를 바란다고 인사했다. 기차가 떠날 때까지 다친 팔의 경과와 아이들 소식을 전해달라고 신신당부했다.

어머니가 떠나자마자 나는 어머니의 갑작스러운 침입이 놀랍게도 예상치 못한 결과를 가져왔다는 사실을 깨달았다. 집으로 돌아가는 길부터 피에트로는 벌써 전날 밤 방문을 사이에 두고 작은 소리로 내게 공감을 표현해주었을 때보다 진일보한 태도를 보여주었다. 피에트로는 어머니와 내가 상상을 초월하는 싸움을 하는 것을 보고 내가 자라온 환경이 그동안 내게 들어왔던 것이나 그가 생각했던 것 이상이라는 사실을 깨달은 듯했다. 내가 안됐다고 생각하는 것 같았다.

그는 갑자기 제정신으로 돌아왔다. 우리는 다시 서로에게 예의를 갖추게 됐다. 며칠 후 우리는 변호사를 찾아갔다. 변호사는 이런저런 이야기 끝에 우리에게 물었다.

"두 분은 같이 살고 싶지 않다는 것을 확신하나요?"

"나를 원하지 않는 사람과 어떻게 함께 살 수 있겠어요?"

피에트로가 말했다.

"부인은 더 이상 남편 분을 원치 않나요?"

"그거야 당신이 알 바 아니죠. 변호사님은 별거 수속만 진행해주시면 돼요."

밖으로 나와 피에트로는 웃음을 터뜨렸다.

"당신 정말 어머님이랑 똑같아."

"그렇지 않아."

"그래. 당신 말이 맞아. 어머니는 배우시지도 못하고 소설을 쓰지도 않으셨으니까."

"대체 무슨 말이야?"

"그러니까 당신이 어머니보다 심하다고."

나는 조금 기분이 나빴지만 그렇다고 못 참을 정도는 아니었다. 나는 피에트로가 그 정도나마 정신을 차린 것에 만족했다. 나는 안도의 한숨을 내쉬고 할 일에 몰두했다. 니노와 길게 시외통화를 하며 로마에서 우리가 헤어진 이후 내게 일어난 일을 모두 들려주었다. 우리는 나폴리로 이사할 계획에 대해 이야기를 나누었다. 나는 조심스러운 마음에 각방을 쓰기는 하지만 피에트로와 같은 지붕 아래에서 생활하고 있다는 이야기는 하지 않았다. 나는 아이들과 자주 전화하려고 특별히 신경을 썼다. 시어머니에게는 노골적으로 적의를 드러내면서 곧 아이들을 데리러 가겠다고 선언했다.

"걱정하지 마려무나."

시어머니가 나를 안심시키려 했다.

"필요하다면 얼마든지 아이들을 내게 맡겨도 좋아."

"데데는 학교에 가야 해요."

"여기서도 보낼 수 있어. 근처에 학교가 있거든. 내가 다 알아서 할게."

"아니에요. 아이들은 저와 있어야 해요."

"잘 생각해보렴. 너는 딸 둘이 딸린 이혼녀야. 게다가 너는 네 야망이 있잖니. 상황을 잘 따져봐야 한단다. 무엇을 포기하고 무엇을 포기하지 않을지 결정해야 해."

시어머니의 말 한마디 한마디가 모두 거슬렸다.

# 15

나는 당장 제노바로 떠나고 싶었지만 마침 그 무렵 프랑스에서 연락이 왔다. 두 편집장 가운데 나이가 더 많은 쪽이 예전에 독자 토론회에서 내가 한 이야기를 주제로 비중 있는 잡지에 글을 기고해 달라고 부탁했다. 나는 딸들을 데리러 제노바로 가거나 글을 쓰는 일 가운데 한 가지를 선택해야 할 상황에 처했다.

나는 제노바로 가는 것을 미루고 잘 써야 한다는 부담감을 안고 밤낮으로 글 쓰는 일에 매달렸다. 글을 더 그럴듯하게 만들려고 애쓰고 있는데 니노에게서 학기가 시작하기 전 며칠 동안 시간이 났다며 나를 보러 오겠다는 연락이 왔다. 나는 유혹을 뿌리치지 못하고 그와 함께 차를 타고 아르젠타리오로 갔다. 그곳에서 나는 사랑에 취해 정신을 잃었다. 우리는 겨울바다에 몸을 맡기고 멋진 시간을 보냈다. 프랑코나 피에트로와 함께 있을 때와는 달리 나는 니노와 함께 시간을 보내면서 먹고 마시는 즐거움에 눈을 떴다. 교양 있는 대화와 섹스의 즐거움을 알게 되었다. 나는 매일 아침 새벽에 일어나 글을 썼다.

어느 날 저녁 침대에서 니노는 내게 자신이 쓴 글이 적힌 종이를 몇 장 내밀었다. 내 의견을 꼭 알고 싶다고 했다. 바뇰리에 있는 이탈시데르* 사태를 다룬 내용이 복잡한 에세이였다. 나는 니노 곁에 꼭 붙어서 니노의 글을 읽었다.

"나는 글을 잘 못 써. 원하면 고쳐도 좋아. 네가 나보다 글을 훨씬 잘 쓰니까 말이야. 고등학교 시절부터 그랬어."

---

* 이탈리아의 철강 회사.

이따금 니노가 자아비판적으로 말했다.

나는 니노의 글이 매우 훌륭하다고 그를 칭찬하면서 몇 가지 수정 사항에 대해 의견을 제시했다. 니노는 이에 만족하지 않고 내가 더 깊이 관여하기를 바랐다. 자신의 글을 교정할 필요가 있다는 사실을 내게 설득하고 싶었는지 니노는 내게 고백할 말이 있다며 과거 자신이 끔찍한 일을 저질렀다고 했다.

그는 민망함과 비아냥거림이 뒤섞인 어조로 그 비밀이야말로 자신이 평생 저지른 일 가운데 가장 수치스러운 일이라고 했다. 지난날 종교학 선생님과 충돌한 일을 요약한 내 기사와 관련된 일이라고 했다. 고등학교 시절 학생들을 위한 잡지에 싣겠다면서 니노가 나에게 쓰라고 했던 기사였다.

"대체 무슨 일을 저지른 건데?"

내가 웃으면서 물었다.

"이야기해줄게. 대신 그땐 내가 어렸다는 걸 기억해줘."

나는 니노가 진심으로 수치스러워한다는 사실을 깨닫고 조금 긴장했다. 니노는 내 글을 읽으면서 어느 누구도 그렇게 재미있고 지적인 글을 쓸 수는 없을 것이라 생각했다고 말했다.

나는 니노의 칭찬에 기분이 좋아져서 그에게 입을 맞췄다. 그 짧은 글을 쓰려고 릴라와 열심히 노력했던 일이 생각났다. 나는 니노에게 지면이 부족하다는 이유로 그 기사가 실리지 않았을 때 내가 느꼈던 실망과 아픔에 대해 자조적으로 말했다.

"내가 그렇게 말했던가?"

니노가 불편해하면서 물었다.

"아마도. 이젠 잘 기억이 나지 않아."

니노는 쓸쓸한 미소를 지었다.

"사실 네 기사를 실을 지면은 충분했어."

"그런데 왜 실어주지 않은 거야?"

"너를 질투해서."

나는 웃음을 터뜨렸다.

"편집부 사람들이 나를 질투했어?"

"아니. 너를 질투한 사람은 나야. 나는 네 글을 읽고 휴지통에 던져버렸어. 네가 나보다 뛰어나다는 걸 참을 수 없었어."

나는 잠시 아무 말도 하지 않았다. 그 기사는 내게 정말 중요했었다. 그 기사가 실리지 않았을 때 나는 정말 힘들었다. 니노의 말을 믿을 수 없었다. 갈리아니 선생님의 애제자인 고등학교 고학년 학생이 풋내기 저학년생이 쓴 몇 줄 안 되는 글을 휴지통에 던져버릴 정도로 심하게 질투했었다는 것이 말이 되는가. 니노가 내 반응을 기다린다는 것은 알고 있었지만, 나는 그렇게 옹졸한 니노의 행동을 소녀 시절 내가 니노에게 부여했던 눈부신 후광과 어떤 식으로 연결해야 할지 알 수 없었다. 시간이 흐르는 동안, 나는 다소 혼란스러운 상황에서 니노의 비겁한 행동을 니노에 대한 좋지 않은 소문이 밀라노에 떠돈다는 시어머니의 말이나 니노를 믿지 말라던 릴라와 안토니오의 말과 연결하지 않으려고 애썼다.

나는 그 모든 생각을 떨쳐버렸다. 갑자기 니노의 고백의 좋은 면에 생각이 미쳐 그를 껴안아주었다. 사실 니노는 내게 그 이야기를 할 필요가 없었다. 머나먼 과거에 저지른 나쁜 일일 뿐이었으니 말이다. 그런데도 니노가 내게 그 이야기를 했다는 것은 자신의 이미지가 손상될 위험이 있는데도 그가 손익을 따지지 않고 내게 솔직해지고 싶었다는 뜻이다. 그렇게 생각하자 오히려 이 사실이 감동적으로 느껴졌다. 이제부터는 니노를 평생 믿을 수 있을 것 같았다.

그날 밤 우리는 평소보다 더 열정적으로 사랑을 나눴다. 잠에서 깬 후 나는 니노가 자신의 잘못을 인정함으로써 자신이 어린 시절부터 나를 언제나 비범한 소녀로 생각해왔다는 사실을 인정한 거라고 생각했다. 나디아와 사귀는 동안에도, 릴라의 정부가 되었을 때도 말이다.

사랑뿐 아니라 존경을 받는다는 것은 그 얼마나 짜릿한가. 니노는 내게 자신의 글을 맡겼다. 나는 니노를 도와 글을 더 완성도 있게 다듬었다. 니노와 함께 아르젠타리오에서 보낸 며칠 동안, 나는 내 경청 능력과 이해력과 표현력이 비로소 완전히 무르익었음을 깨달았다. 나는 니노에게 자극받아 그에게 잘 보이고 싶은 마음에서 쓴 책이 해외에서 좋은 평가를 받고 있다는 사실이 이를 증명한다고 자랑스럽게 생각했다. 그 시절 내겐 부족한 것이 없었다. 데데와 엘사만 내 삶의 가장자리로 밀려났을 뿐이었다.

## 16

시어머니에게 니노 이야기는 하지 않았다. 프랑스 잡지에 기고문을 써달라는 의뢰를 받았다는 이야기와 그 일로 집필에 매진하고 있다고만 했다. 내키지 않았지만 데데와 엘사를 돌봐주셔서 감사드린다는 말도 했다.

시어머니를 완전히 신뢰하지는 않았지만 나는 시어머니가 제기했던 문제가 현실이었음을 깨달았다. 딸들과 내 삶을 병행하려면 어떻게 해야 할까. 물론 언젠가는 니노와 함께 살게 될 것이다. 그때는 서로 도움을 줄 수 있을 것이다. 하지만 그러기 전까지는 어떻게 해야 하나. 니노를 만나면서 데데와 엘사를 돌보고 글을 쓰고 공적인 행사에 참여하면서 피에트로까지 감당하기는 쉽지 않을 터였다. 피에트로는 예전에 비하면 이성을 되찾기는 했지만 전혀 부담되지 않는 것은 아니었다. 게다가 경제적인 문제도 있었다. 수중에 돈이 얼마 남지 않은 데다 새 책의 수입이 얼마나 될지 가늠하기 힘들었다. 지금 당장은 집 임대료와 통신료, 나와 아이들의 생활비를 감당할 수 없었다.

그뿐만이 아니었다. 대체 어디에 자리를 잡는단 말인가. 당장이라도 아이들을 데려오고 싶었지만 그런 다음 갈 곳이 없었다. 데데와 엘사를 데리고 아이들이 태어나고 자란 피렌체 집으로 올 수도 있겠지만 그렇게 되면 상냥한 아버지와 다정한 어머니가 함께 있는 모습에 아이들은 기적적으로 모든 것이 정상적으로 돌아왔다고 생각할 것이다. 니노가 나타나는 순간 아이들이 다시 실망할 것을 뻔히 알면서 아이들에게 헛된 희망을 주어야 하나. 관계를 깬 것은 나인데 피에트로에게 집에서 나가달라고 해야 하나. 아니면 내가 집을 떠나야 하나.

나는 정답이 없는 수많은 질문만을 가슴에 품은 채 제노바로 향했다. 시부모님은 나를 정중하지만 차가운 태도로 맞았다. 내가 나타나자 엘사는 불안해 하면서도 기뻐했고 데데는 노골적으로 적대감을 드러냈다. 집이 환했다는 인상 빼고는 내겐 제노바 시댁에 대한 기억이 거의 없었다. 이번에 제대로 보니 방마다 책과 오래된 가구가 가득했다. 천장에는 크리스털 샹들리에가, 창문에는 두꺼운 커튼이 달려 있었고 바닥에는 값비싼 양탄자가 깔려 있었다. 내 기억처럼 밝은 방은 거실밖에 없었다. 거실에 있는 거대한 창문 너머로 펼쳐진 눈부신 바다 전경 덕분에 창문이 값비싼 액자처럼 보였다.

나는 데데와 엘사가 피렌체 집에 있을 때보다 더 자유롭게 시댁

곳곳을 돌아다니고 있다는 사실을 깨달았다. 아이들이 물건을 마음대로 만지고 집어 들어도 야단치는 사람이 아무도 없었다. 아이들은 자기 할머니에게 배운 정중하지만 은근히 명령하는 말투로 가정부에게 말했다. 내가 도착하자 아이들은 자기들 방을 보여주었다. 수많은 장난감을 보여주면서 내가 자기들과 함께 기뻐해주기를 바랐다. 나와 피에트로는 사줄 수 없는 값비싼 장난감이었다.

아이들은 그동안 자기들이 무슨 일을 했고 무엇을 보았는지 내게 자랑을 늘어놓았다. 나는 데데가 할아버지를 몹시 좋아하는 반면 엘사는 무슨 일이든 할머니를 찾는다는 사실을 서서히 눈치챘다. 엘사는 귀찮을 정도로 내게 입을 맞추고 나를 껴안고 있다가도 피곤해지면 할머니 무릎에 기어올라 엄지를 빨면서 슬픈 눈으로 나를 바라보았다. 그새 아이들은 나 없이도 잘 지내는 법을 배운 것일까. 아니면 최근 몇 달 동안 보고 들은 일 때문에 지친 것일까. 나 때문에 또 한바탕 난리가 날까봐 불안한 마음에 나를 다시 받아들이기를 두려워하는 것일까. 판단이 서지 않았다.

나는 도착하자마자 '이제 떠나야 하니 짐을 싸렴'이라고 차마 말하지는 못했다.

나는 며칠 동안 시댁에 머물면서 아이들을 돌보기 시작했다. 시부모님은 절대로 끼어들지 않았다. 오히려 처음으로 데데가 내 권위에 맞서기 위해 할아버지, 할머니를 찾자 두 분 모두 충돌을 피하기 위해 뒤로 물러나주었다.

특히 시아버지는 나와는 되도록 다른 이야기를 하려고 애썼다. 내가 처음 시댁에 도착했을 때 시아버지는 피에트로와 나의 결별에 대해서 아예 입을 다물었다. 저녁식사 후 데데와 엘사가 잠들면 시아버지는 연구하기 위해 밤늦도록 서재에 틀어박히기 전까지 예의상

나와 함께 시간을 보내곤 했는데 (밤늦게 연구하는 것까지 똑같은 것을 보면 피에트로는 분명히 자기 아버지와 판박이었다) 그럴 때면 시아버지는 항상 어색해했다. 시아버지는 어색함을 감추기 위해 정치 이야기를 방패로 삼았다. 날로 심화되는 자본주의 위기와 경제의 만병통치약인 긴축정책, 사회적 소외 지역의 확장, 이탈리아의 불안정한 현실을 상징적으로 드러내는 사건인 프리울리 지역에서 발생한 지진, 곤경에 처한 좌파, 구태의연한 정당과 정당 간 파벌 등의 이야기를 늘어놓았다. 그렇다고 시아버지가 내 의견에 정말 관심이 있는 것도 아니었다. 나도 군이 정치적인 의견을 내세우려고 노력하지 않았다. 정말로 내 의견을 듣고 싶을 때면 시아버지는 내 책 이야기를 꺼냈다.

나는 시댁에서 이탈리아어로 출간된 내 책을 처음으로 보게 되었다. 별다른 특색이 없어 보이는 얇은 책이었다. 시부모님 앞으로 배송된 것이었다. 내 책은 언젠가 누군가 펼쳐보기를 기다리면서 탁자 위에 쌓여만 가는 다른 수많은 책이며 잡지와 함께 놓여 있었다.

어느 날 저녁 시아버지가 내 책에 대해 물었다. 나는 시아버지가 아직 내 책을 읽지 않았으며 앞으로도 읽을 리가 없다는 것을 알고 있었지만, 시아버지에게 책의 주제를 요약해서 설명하고 본문의 일부를 읽어드렸다. 시아버지는 전반적으로 진지하고 주의 깊게 내 말에 귀를 기울였다. 딱 한 번 내가 경솔하게도 소포클레스에 관한 부분을 언급했을 때만은 박식하게 이에 반론을 제시했다.

학생을 가르치는 듯한 교수 같은 말투에 나는 수치심을 느꼈다. 시아버지는 가만히 있어도 권위가 느껴지는 사람이었다. 하지만 권위라는 것은 결국 일종의 광택제일 뿐이다. 가끔 사소한 일로도 그 권위에 균열이 가면 그 안에 숨어 있는 덜 교화적인 모습이 드러나게 된다. 실제로 내가 페미니즘을 언급하자 시아버지는 갑자기 침착성을 잃고 예상치 못한 악의를 눈빛으로 드러냈다. 평소에는 빈혈 환자처럼 창백한 얼굴이 시뻘겋게 달아올라 비아냥거리며 어디선가 주워들은 페미니즘 슬로건을 노래 가사처럼 흥얼거리기 시작했다.

"내가 열망하는 섹스여, 그 누가 왕과 같은 오르가슴을 느낄 것인가? 그 누구도 그럴 수 없다네."

시아버지는 이런 가사도 흥얼거렸다.

"우리는 생산을 위한 기계가 아니라 해방을 위해 투쟁하는 여성이라네."

시아버지는 상기된 얼굴로 노래를 흥얼거리다 웃음을 터뜨렸다. 그러다 나를 불쾌하게 했다는 사실을 깨닫자 안경을 집어 들어 꼼꼼히 닦더니 서재로 들어가버렸다.

그렇게 며칠을 보내는 동안 시어머니는 거의 한마디도 하지 않았다. 하지만 나는 얼마 지나지 않아 시어머니와 시아버지가 나서서 상처를 헤집는 대신 내 쪽에서 먼저 이야기를 꺼내게 할 속셈이라는 것을 눈치챘다. 내가 좀처럼 미끼를 물지 않자 결국 시아버지는 자기 나름대로 문제를 정면 돌파했다.

하루는 데데와 엘사가 자기 전에 인사를 하러 오자 시아버지는 언뜻 듣기에 기분 좋은 저녁 인사처럼 손녀들에게 물었다.

"우리 예쁜 숙녀님들 이름이 뭐지?"

"데데요."

"엘사요."

"그리고? 할애비는 이름을 제대로 듣고 싶은데."

"데데 아이로타예요."

"엘사 아이로타예요."

"아이로타는 누구 이름이지?"

"아빠 이름이에요."

"그리고 또 누구 이름이지?"

"할아버지요."

"그럼 엄마 이름은 뭐지?"

"엘레나 그레코요."

"너희 이름은 뭐지? 그레코니 아니면 아이로타니?"

"아이로타요."

"똑똑한 아이들이로구나. 잘 자렴, 얘들아. 좋은 꿈 꾸고."

아이들이 시어머니와 함께 방에서 나가자 시아버지는 아이들의 앙증맞은 대답에 뒤이어 대화를 이어나갔다.

"피에트로와 이혼하는 이유가 니노 사라토레 때문이라더구나."

나는 흠칫했지만 고개를 끄덕여 보였다. 시아버지는 미소를 짓고 니노를 칭찬하기 시작했다. 하지만 예전처럼 진정성 있게 들리지는 않았다. 시아버지는 니노를 아주 영리한 청년이라고 평가했다.

"자기가 무슨 일을 하는지 잘 알고 있는 청년이지. 그렇지만."

시아버지는 역접 접속사를 강조하며 계속 말했다.

"변덕스러운 면이 있는 친구야."

시아버지는 자신이 올바른 표현을 사용했는지 확인하려는 듯 변덕스럽다는 말을 되뇌더니 힘주어 말했다.

"사라토레가 가장 최근에 쓴 글은 별로 마음에 들지 않아."

시아버지는 갑자기 경멸 섞인 어조로 니노를 생산계급과 사회의 관계 변화를 모색하는 것보다 신자본주의의 메커니즘을 작동하는 것이 더 급하다고 생각하는 부류 가운데 하나로 치부했다. 말은 이렇게 했지만 시아버지의 말투는 모욕에 가까웠다.

나는 듣고 있기가 힘들어 애써 시아버지 생각이 틀렸음을 증명하려 했다. 내가 보기에 아주 극단적인 축에 속하는 니노의 글에 대해 이야기하자 시아버지는 동의하지도 반대하지도 않을 때 내는 애매한 소리를 내며 내 말을 들었다. 그러던 차에 시어머니가 들어왔고 나는 잔뜩 흥분한 상태에서 갑자기 말을 멈췄다.

"이탈리아가 직면한 지금의 혼란스러운 시기에 제대로 방향을 잡기는 사실 쉬운 일이 아니지. 니노 같은 젊은이들이 힘들어하는 것도 이해해. 특히 뭔가 해보려는 의지가 있는 친구들이 더 힘들 수 있어."

시아버지는 방금 자신이 한 말을 무마하려는 듯 이렇게 말한 후 서재에 가기 위해 자리에서 일어났다. 하지만 서재로 들어가기 전에 생각이 바뀌었는지 문턱에 서서 냉정하게 말했다.

"하지만 그것도 하기 나름이지. 사라토레의 지성에는 뿌리가 없어. 그러니 자신의 신념을 위해 투쟁하기보다는 권력자의 호감을 사는 것을 더 좋아하는 거야. 니노는 아주 충성스러운 관료가 될거다."

시아버지는 말을 멈췄다. 그보다 더 잔인한 말을 하고 싶은 것처럼 잠시 망설이다 결국 잘 자라고 웅얼거리고는 서재로 들어가버렸다. 나를 바라보는 시어머니의 따가운 시선에 나도 그만 잠자리에나 들어야겠다고 생각했다. 뭔가 핑곗거리를 생각해내야겠다고, 피곤하다고 말해야겠다고 생각했다. 하지만 나는 시어머니에게서 마음을 진정시킬 수 있을 만한 회유의 말을 듣고 싶은 마음에 이렇게 물었다.

"니노가 뿌리 없는 지성인이라는 말씀이 무슨 의미인가요?"

시어머니는 비아냥대는 듯한 눈초리로 나를 바라보았다.

"그가 아무것도 아니라는 뜻이지. 아무것도 아닌 사람에게는 누군가가 되는 것이 가장 중요한 법이야. 결국 사라토레 씨는 믿을 만한 사람이 못 된다는 거란다."

"하지만 저도 뿌리 없는 지성인인 걸요."

시어머니는 미소를 지었다.

"그래. 너도 그렇지. 그러니까 너도 믿을 만한 사람이 아니란다."

순간 정적이 흘렀다. 시어머니는 침착했다. 말에 감정이 하나도 실리지 않은 것 같았다. 그저 객관적인 사실을 서술하는 것처럼 들렸다. 그런데도 나는 모욕감을 느꼈다.

"무슨 뜻이지요?"

"네게 내 아들을 맡겼는데 너는 그 아이를 정직하게 대하지 않았다는 뜻이야. 다른 사람을 원했으면서 대체 왜 그 아이와 결혼한 거니?"

"그때는 제가 다른 사람을 원하는지 몰랐어요."

"거짓말."

나는 잠시 망설이다 인정했다.

"그래요. 거짓말이에요. 하지만 제가 그렇게 말한 것은 어머님이 단순명료한 설명을 원했기 때문이에요. 단순명료한 대답은 대부분 거짓말이지요. 어머님도 피에트로에 대해 좋지 않게 말씀하셨잖아요. 피에트로 대신 제 편을 들어주셨잖아요. 그럼 어머님도 저를 속이신 건가요?"

"아니. 그땐 정말 네 편이었다. 그 대신 네가 꼭 지켜야 할 조건이 있었어."

"그게 뭐죠?"

"네 남편과 아이들 곁에 남아 있는 것이지. 너는 아이로타였다. 네 아이들도 아이로타였어. 나는 네가 불편해하거나 불행해지지 않기를 바랐어. 네가 좋은 어머니이자 좋은 아내가 될 수 있도록 도와주고 싶었어. 하지만 그 전제 조건 없이는 모든 게 깨지는 거야. 앞으로 나와 네 시아버지에게 아무것도 기대하지 마라. 아니, 나는 내가 네게 허락했던 모든 것을 빼앗아버릴 테다."

나는 한숨을 길게 내쉬었다. 시어머니처럼 침착한 목소리를 내려고 애썼다.

"어머니."

내가 말했다.

"저는 엘레나 그레코예요. 아이들은 제 자식이에요. 빌어먹을 아이로타 집안사람들은 저와 아무 상관없어요."

시어머니는 고개를 끄덕였다. 얼굴은 창백했지만 표정은 평온했다.

"너는 확실히 엘레나 그레코로구나. 이제 그 사실이 너무 확실해졌어. 하지만 데데와 엘사는 내 아들의 아이들이란다. 네가 그 애들을 망가뜨리도록 내버려두지 않을 게야."

시어머니는 나를 내버려두고 침실로 향했다.


17


그것이 시부모님과 충돌한 첫 번째 마찰이었다. 우리는 그 후로도 계속 충돌했지만 서로에 대한 모멸감을 그렇게 적나라하게 표현한 적은 없었다. 그날 이후로 시부모님은 내가 내 일을 하려면 데데와 엘사를 자신들에게 맡겨야 한다는 사실을 어떻게 해서든 증명하려고 애썼다.

　물론 나는 저항했다. 화가 나서 아이들을 데리고 떠나려는 생각을 하지 않은 날이 단 하루도 없었다. 피렌체든 밀라노든 나폴리든 상관 없었다. 단 일 분이라도 아이들을 시댁에 더 머무르지 않게 할 수 있다면 어디든 괜찮았다. 하지만 그것도 잠시일 뿐 나는 계속해서 출발을 미뤘다. 어쩔 수 없는 일이 잇따라 일어났다. 예컨대 니노가 전화하면 나는 참지 못하고 그가 원하는 곳이라면 어디든 달려갔다. 게다가 이제는 이탈리아에서도 내 책이 작은 반향을 불러일으키기 시작했다. 주요 언론사 측에는 무시당했지만 나름대로 독자층이 형성되고 있었다. 책과 관련된 행사에 나갈 때는 일부러 거기에서 니노와 만날 일을 만들었기 때문에 아이들과 떨어져 지내는 시간이 길어질 수밖에 없었다.

　아이들과 헤어지는 것은 매번 힘들었다. 나를 원망하는 듯한 아이들의 시선이 온몸에 느껴져 괴로웠다. 하지만 기차에 올라 책을 읽고 공식 석상에서 할 토론을 준비하고 니노와 해후할 상상을 하면 어느새 마음속에서 주체할 수 없는 기쁨이 끓어올랐다. 얼마 지나지 않아 나는 내가 행복과 불행을 동시에 느끼는 것에 익숙해지고 있다는 사실을 깨달았다. 그런 상태가 내 삶의 피할 수 없는 새로운 규율이 된 것 같았다.

　제노바로 돌아갈 때면 나는 죄책감에 사로잡혔다. 데데와 엘사는 이제 할머니, 할아버지 집을 편하게 생각했다. 내가 없어도 아이들은 그곳에서 학교도 다니고 친구들도 있는 데다 원하는 것은 뭐든지 할 수 있었다.

　일단 제노바를 떠나고 나면 아이들에 대한 나의 죄책감은 그저 귀찮은 장애물 같았고 자연스럽게 희미해졌다. 물론 나도 그런 사실을 알고는 있었다. 나는 그런 내 감정 변화 때문에 비참했다. 약간의 명성과 니노를 향한 사랑 때문에 데데와 엘사를 등한시하고 있다는 사실을 인정하는 것은 굴욕적이었다. 하지만 사실이 그랬다.

"아이들이 얼마나 상처받을지 생각해봐."

릴라의 말은 영원히 지워지지 않는 비문이 되어 나를 불행으로 이끌었다. 여행이 잦다보니 잠자리가 자주 바뀌어서 제대로 자지 못할 때가 많았다. 그럴 때면 어머니가 내게 퍼부었던 악담이 생각났다. 어머니의 말이 릴라의 말과 한데 뒤섞였다. 평생 동전의 양면 같던 어머니와 릴라가 그럴 때면 동일인물처럼 느껴졌다. 둘 다 내 새로운 삶에 적대적이었다. 둘 다 내 새로운 삶과는 관계가 없었다. 나는 한편으로는 드디어 내가 독립적인 개체가 된 것 같았지만 다른 한편으로는 외로웠다. 나 홀로 속수무책의 상태로 난관에 봉착한 것 같았다.

나는 마리아로사와 다시 가깝게 지내려고 했다. 시누이는 언제나처럼 호의적이었다. 그녀는 밀라노의 한 서점에서 나를 위한 독자 토론회를 기획해주었다. 행사 참가자들은 주로 여성이었다. 그날 나는 성향이 완전히 다른 두 그룹의 참가자들에게 거센 비난을 받기도 하고 격찬을 듣기도 했다. 처음에는 당황했지만 마리아로사가 무게 있게 중재에 나서주었다.

그날 나는 찬성과 반대 의견을 요약해서 중재자 역할을 수행하는 데 의외로 재능이 뛰어나다는 사실을 스스로 깨달았다. "제가 의도한 바는 그게 아니에요"라고 내가 말하면 사람들은 내 말을 꽤나 설득력 있게 받아들였다. 행사가 끝날 즈음에는 참석자 모두에게, 특히 마리아로사에게 칭찬을 받았다.

행사를 마친 후 나는 마리아로사의 집에서 식사를 하고 잠을 잤다. 그곳에는 프랑코와 실비아, 그녀의 아들 미르코가 있었다. 마리아로사의 집에 머무르는 내내 나는 미르코를 훔쳐보았다. 이제 여덟 살쯤 되어 보이는 미르코는 외모뿐 아니라 성격까지 니노와 비슷했다. 그때까지 나는 니노에게 한 번도 미르코 이야기를 꺼낸 적이 없었고 앞으로도 절대 그 이야기를 하지 않기로 결심했다. 마음은 그렇게 먹었지만 저녁 내내 나는 미르코에게 말을 걸고 미르코를 예뻐해주고 미르코와 놀아주었다. 나는 미르코를 내 무릎에서 내려놓지 못했다.

이 얼마나 혼란스러운 삶인가. 우리 몸은 폭발이 일어나 수많은 파편으로 조각난 것처럼 여기저기에 흩어져 있었다. 그로 인해 밀라노에는 미르코가, 제노바에는 내 딸들이, 나폴리에는 알베르티노가 있게 된 것이다. 나는 참지 못하고 실비아, 마리아로사, 프랑코와 함께 환멸에 빠진 논리학자 같은 태도로 이러한 흩어짐에 대해 이야기했다. 사실 나는 내 전 남자 친구가 언제나처럼 대화를 주도하기를 바랐다. 현재를 정리하고 미래를 예측하는 현란한 논증법으로 우리를 안심시켜주기를 바랐다. 하지만 그날 프랑코는 의외의 태도를 보였다.

프랑코는 '객관적으로' 혁명적이었던 시대의 종말이 가까이 다가왔다고 했다. 프랑코는 '객관적'이라는 수사를 냉소적으로 사용했다. 혁명의 종말과 함께 지금껏 나침반 역할을 하던 모든 계급이 사라지고 있다고 했다.

"그렇지 않아."

나는 반론을 제기했지만 그저 프랑코를 자극하기 위해서였다.

"이탈리아 상황은 역동적이고 전투적이야."

"그건 지금 네 현 상황에 만족하기 때문이야."

"전혀 그렇지 않아. 나는 우울해."

"우울한 사람은 글을 쓰지 않아. 자기 상황에 만족하는 사람들이나 글을 쓸 수 있는 거야. 여행을 하고 사랑에 빠진 사람들이나 글을 쓸 수 있는 거라고. 말도 그런 사람들이 하는 거야. 궁극적으로 자기 말이 옳다는 확신을 가지고 말이야."

"실은 그렇지 않다는 거야?"

"응. 그런 경우는 거의 없어. 간혹 그렇게 되더라도 아주 잠시 동안일 뿐이야. 그 외에는 다 입에서 나오는 대로 지껄이는 헛소리일 뿐이야. 지금 내가 하는 말처럼 말이야. 아니면 모든 것이 제대로 통제되고 있는 척할 뿐이지."

"통제되고 있는 척할 뿐이라고? 그럼 지금까지 모든 것을 통제했던 너도 그러는 시늉만 했던 거였어?"

"왜 아니겠어? 시늉을 하는 것은 거의 생리적인 일이야. 이른바 혁명 주창 세력이었던 우리는 혼돈 속에서도 질서를 만들어냈고 모든 일이 어떤 방향으로 진행될지 잘 알고 있는 시늉을 했지."

"지금 자아비판을 하고 있는 거야?"

"그래. 제대로 된 문법에 그럴싸한 구문론이면 모든 일을 설명할 수 있어. 여기에 이 일은 이것 때문에 일어났고 그래서 필연적으로 이러한 결과를 낳았다는 정교한 결론론을 더하면 만사해결이지. 그걸로 게임 끝인 거야."

"이제는 그렇지 않다는 거야?"

"아니, 지금도 그렇지. 무슨 일이 있어도 혼란스러워하지 않을 수 있는 능력은 정말 굉장한 거야. 상처가 덧날 일도, 꿰맨 흔적이 남을 일도, 어둠 속에서 두려워할 일도 없지. 문제는 어느 순간 그런 속임수가 통하지 않게 된다는 거야."

"무슨 뜻이야?"

"재잘 재잘 재잘. 다 흰소리라는 거야, 레나. 언어가 의미를 잃고 있어."

프랑코는 멈추지 않고 한참 동안 나와 자기 자신을 웃음거리로 만들면서 자기 말에 대해 빈정댔다.

"바보 같은 소리를 너무 많이 했어."

프랑코는 중얼거리더니 그 후로는 잠자코 우리가 하는 말에 귀를 기울였다.

나는 실비아에게는 그 끔찍했던 폭력의 흔적이 사라진 데 비해 프랑코는 몇 년 전 당했던 폭행 때문에 지금까지와는 전혀 다른 육체와 전혀 다른 영혼이 서서히 프랑코의 내면에서 드러나고 있다는 사실에 충격을 받았다. 프랑코는 자주 화장실에 가려고 일어났다. 눈에 확 띄지는 않았지만 걸을 때 절뚝거렸다. 자줏빛 눈두덩은 진짜 눈보다 더 전투적으로 보이는 의안 때문에 어색했다. 이에 비해 다른 눈은 진짜 자기 눈인데도 우울함 때문에 흐릿해 보였다. 가장 큰 차이점은 지난날 언제나 좋은 기운을 내뿜던 모습도, 투병하면서 그늘졌던 모습도 모두 사라졌다는 것이다. 프랑코는 상냥하지만 어딘지 우울한 사람이 된 것 같았다. 애정 어린 냉소를 보낼 줄 아는 사람이 된 것 같았다.

실비아는 내게 데데와 엘사를 데리고 오는 게 좋을 것 같다고 했고 마리아로사는 주변을 정리할 때까지 아이들을 할머니, 할아버지와 두는 것이 좋을 것 같다고 했다. 하지만 프랑코는 역설적이게도 내 재능을 남성적이라고 정의내리고 그런 내 능력을 칭찬하면서 여성으로서의 의무감에 무릎 꿇지 말고 재능을 더 연마하라고 했다.

나는 그날 밤 잠자리에 든 다음에도 좀처럼 잠을 이루지 못했다.

무엇이 데데와 엘사에게 이롭고 무엇이 해로울까. 내게 이로운 일과 해로운 일은 무엇이며 그것은 내 딸들에게 이로운 일과 해로운 일과 일치할까 아니면 그렇지 않을까. 그날 밤 내 마음속에서 니노는 주변부로 밀려나고 릴라가 다시 등장했다. 릴라는 어머니의 도움 없이 혼자 힘으로 내 마음을 차지했다. 나는 릴라와 싸우고 싶은 욕구를 느꼈다. 릴라에게 악을 쓰고 싶었다.

"그렇게 잔소리만 하지 말고 내가 어떻게 해야 할지 책임지고 말해보란 말이야!"

나는 겨우 잠이 들었다. 다음 날 나는 제노바로 돌아가 시부모님이 보는 앞에서 밑도 끝도 없이 데데와 엘사에게 물었다.

"얘들아. 요즘 엄마가 너무 바쁘단다. 며칠 후면 또다시 떠나야 하고 그 후로도 마찬가지일 거야. 엄마와 함께 갈래, 아니면 여기서 할머니, 할아버지와 함께 있을래?"

이런 질문을 한 것에 대해 나는 이 글을 쓰고 있는 지금도 부끄럽게 생각한다.

처음에는 데데가 다음에는 엘사가 입을 열었다.

"할머니, 할아버지랑 있을래요. 그 대신 돌아올 때 꼭 선물 사다주세요."


18


2년 동안 수많은 기쁨과 고통, 예기치 않았던 어려움과 힘겨운 조정 과정을 거친 후에야 나는 비로소 어느 정도 신변을 정리할 수 있었다. 개인적으로는 괴롭기 그지없는 나날이었지만 공적으로는 잇따라 크게 성공을 거두었다. 오직 니노에게 잘 보이고 싶은 마음에 쓴 100페이지도 채 되지 않는 책이 얼마 지나지 않아 독일어와 영어로도 번역되었다. 프랑스와 이탈리아에서 10년 전에 출간됐던 내 첫 소설도 재조명을 받았고 나는 다시 신문과 잡지에 기고하기 시작했다. 내 이름과 얼굴은 나름대로 널리 알려지기 시작했고 나는 한때 그랬던 것처럼 바쁜 나날을 보내게 되었다. 당시 꽤나 공신력 있는 사람들이 내게 호기심을 가졌고 이들 가운데 어떤 이들은 존경심을 표하기도 했다.

하지만 내가 결정적으로 자신감을 되찾은 것은 처음 만났을 때부터 내게 호의적이었던 밀라노 출판사의 편집장이 털어놓은 내 책의 출간과 관련된 일화 덕분이었다. 어느 날 저녁 나는 그와 저녁식사를 하면서 출판계에서의 내 미래에 대해 대화를 나누었다. 내심 이번 기회에 니노의 에세이집 출간을 제안해보려는 속셈도 있었다. 그날 저녁 편집장은 내게 시어머니가 지난해 크리스마스 즈음 내 책이 출간되는 것을 막으려고 출판사에 압력을 넣었다는 사실을 알려주었다.

편집장이 말했다.

"아이로타 집안사람들은 고위급 각료의 임명권에도 영향을 미치는 사람들이야. 그들은 아침에는 자기들 구미에 맞는 차관을 임명하기 위해 계략을 세우고 저녁에는 성에 차지 않는 장관을 해임하기 위해 모의하지. 하지만 그런 그들도 자네 책에는 손을 대지 못했다네. 당시 자네 책은 이미 출간 준비가 다 끝난 상황이어서 우리는 인쇄소로 원고를 보내기로 했지."

편집장은 내 책이 생각보다 국내 언론의 주목을 받지 못했던 것도 시어머니의 입김이 작용했기 때문이라고 생각했다. 그런데도 내 책이 인정받은 것은 아이로타 여사님께서 생각을 고쳐먹어 주셔서가 아니라 순전히 내 글이 가지고 있는 힘 덕분이라는 것이었다. 그날 나는 제노바에 갈 때마다 시어머니가 내 귀에 못이 박히도록 하던 말과는 달리 내가 시어머니에게 진 빚이 아무것도 없다는 사실을 알게 되었고 이를 계기로 자신감과 자부심을 갖게 되었다. 결국 나는 이 일을 계기로 더는 시어머니에게 의존하지 않기로 마음먹었다.

릴라는 이런 내 사정을 전혀 몰랐다. 릴라는 이제는 내게 코딱지만 하게 느껴지는 머나먼 고향 동네에 틀어박혀 살면서 여전히 나를 자신의 부속품처럼 생각하고 있었다. 피에트로에게 제노바 시댁의 전화번호를 알아낸 릴라는 시부모님이 성가셔 할 거라는 생각은 전혀 하지 않고 전화를 걸어댔다. 전화를 받으면 릴라는 내가 한마디도 하지 않는데도 모르는 척 내 몫까지 쉴 새 없이 수다를 떨었다. 릴라는 내게 엔초의 근황과 직장 소식을 전했다. 젠나로가 공부를 잘한다는 말과 함께 카르멘과 안토니오 소식도 들려주었다.

내가 집에 없어도 릴라는 끈질기게 전화를 걸었다. 정신병자 수준으로 전화를 걸어대는 바람에 시어머니가 내게 대놓고 불편하다고 투덜거릴 정도였다. 시어머니는 공책에 내게 걸려오는 전화를 기록해두었다. 몇 월 며칠에 사라토레에게서 세 통, 체룰로에게서 아홉 통, 뭐 이런 식으로 말이다. 나는 릴라에게 제노바에 있는 집은 내 집이 아니기 때문에 시어머니가 전화를 받아 내가 집에 없다고 하면 다시 전화해봤자 소용없다는 사실을 이해시키려 애썼지만 통하지 않았다.

릴라는 급기야 니노에게까지 연락하기에 이르렀다. 실제로 일이 어떤 식으로 전개된 건지는 잘 모르겠다. 니노는 민망해하면서 상황을 되도록 간단하게 묘사하려고 했다.

니노는 행여나 말실수를 해서 나를 화나게 할까봐 두려워했다. 니노는 릴라가 처음에는 엘레오노라 집에 계속 전화해 엘레오노라의 성질을 돋웠다고 했다. 그러더니 갑자기 엘레오노라에게는 전화하지 않고 두오모 가에 있는 니노의 대학 동료 집으로 전화를 걸었다고 했다. 결국 니노는 릴라가 엘레오노라에게 전화하는 것을 막기 위해 자기가 먼저 릴라에게 연락해야만 했다고 말했다. 실제 상황이 어땠는지는 모르지만 확실한 것은 니노가 릴라와 만날 수밖에 없었다는 것이다. 단둘이 만난 것은 아니었다. 니노는 릴라가 약속장소에 카르멘과 함께 왔다는 점을 강조했다. 사실 내게 급히 연락하고 싶어 했던 사람은 릴라가 아니라 카르멘이었던 것이다.

나는 니노에게서 그날 만남의 전말을 전해 들었다. 듣는 내내 나는 아무런 감정도 느껴지지 않았다. 처음에 릴라는 내가 공식 석상에서 책 이야기를 할 때 어떤 식으로 행동하는지 세세히 알고 싶어 했다고 했다. 릴라는 내가 옷은 어떻게 입고 머리는 어떻게 하고 화장은 어떻게 하는지, 그런 자리에서 수줍어하는지 재미있게 이야기를 하는지, 준비한 자료를 읽는지 아니면 즉흥적으로 이야기하는지 알고 싶어 했다고 했다. 하지만 그다음부터는 카르멘에게 대화의 주도권을 넘겨주고 내내 침묵을 지켰다고 했다.

이렇게 해서 릴라가 내게 연락하려고 그렇게 난리를 쳤던 이유가 파스콸레 때문이었다는 사실이 밝혀졌다. 카르멘은 나름의 소식통에게 나디아가 해외로 무사히 도피했다는 소식을 들었다고 했다. 그래서 내게 고등학교 시절 은사였던 갈리아니 선생님에게 연락해 혹시 파스콸레도 나디아와 함께 안전한 곳으로 피신했는지 물어봐달라고 하려던 것이었다. 니노와 이야기하는 동안 카르멘은 똑같은 말을 몇 번이나 반복했다고 했다.

"있는 집 자식들은 요리조리 빠져나가는데 우리 오빠 같은 사람들만 곤경에 처하게 할 수는 없어."

카르멘은 혹시 내게 자기를 도울 마음이 있다면 갈리아니 선생님에게 연락할 때나 자기에게 연락할 때 절대 전화기를 사용하지 말라고 전해달라고 했다는 것이다. 제 오빠를 걱정하는 것 자체가 심각한 범죄여서 자칫하면 나까지 위험에 처할 수 있다고 생각하는 것 같았다. 니노가 결론지었다.

"카르멘도 리나도 제정신이 아닌 것 같더라. 연락하지 말고 내버려둬. 그 사람들 때문에 괜히 너까지 곤란해질 수 있어."

불과 몇 달 전까지만 해도 나는 카르멘과 함께일지라도 릴라와 니노가 만나는 것을 불안해했을 것이다. 하지만 다행히 지금은 그런 말을 들어도 아무렇지 않다는 사실에 마음이 놓였다. 설사 릴라가 내게서 니노를 빼앗으려고 마음먹을지라도 절대 성공하지 못할 거라고 믿을 만큼 나에 대한 니노의 사랑에 확신이 생겼기 때문이리라. 나는 니노의 뺨을 쓰다듬으면서 짓궂게 말했다.

"부탁이니 너야말로 곤경에 빠지지 않도록 조심해. 매일 시간이 없다면서 이번에는 어쩐 일로 틈을 낸 거야?"

## 19

그즈음 나는 처음으로 릴라에게 자신의 행동반경에 대해 세운 엄격한 기준이 있다는 것을 눈치챘다. 세월이 흐를수록 릴라는 고향밖에서 일어나는 일에는 관심이 없었다. 고향 밖에서 일어나는 일이 유년시절을 함께한 사람들과 관련이 있을 때만 관심을 보였다. 내가 알기로는 컴퓨터에 관한 일까지도 제한된 범위 내에서만 관심을 가졌다. 엔초는 때때로 밀라노나 토리노까지 출장을 다니곤 했지만 릴라는 달랐다. 릴라는 절대로 나폴리를 벗어나지 않았다. 여행의 참 맛에 눈뜬 이후부터 나는 릴라의 이러한 폐쇄성에 더욱 주목하게 되었다.

그 시절 나는 기회만 있으면 해외로 나가려고 했다. 니노와 함께 나갈 수 있을 때면 더 그랬다. 내 책을 출간한 소규모 독일 출판사가 서독과 오스트리아 홍보 여행을 기획했을 때 니노는 모든 일을 제쳐놓고 홍보 기간 내내 쾌활하고 말 잘 듣는 운전기사 역할을 해주었다. 우리는 보름 동안 서독과 오스트리아 방방곡곡을 누볐다. 지역마다 색다른 풍경이 눈부신 색채의 그림처럼 우리 곁에 펼쳐졌다. 이동 중 마주치는 산과 호수, 도시와 웅장한 건축물이 그 순간 오직 우리가 한 쌍의 연인으로 그곳에 함께 있다는 사실을 더욱 즐겁게 해주기 위해 존재하는 것 같았다. 모든 것이 제 나름대로 우리의 행복을 더 완벽하게 만들어주었다. 가끔 잔혹한 현실에 대한 감각이 되돌아오기도 했다. 그럴 때면 현실이 그 당시 내가 매일 저녁 극단적인 관중 앞에서 늘어놓던 암울하기 이를 데 없는 이야기와 일치한다는 것을 깨닫고 두려움에 휩싸이곤 했다. 하지만 우리는 나중에는 신나는 모험담처럼 서로의 두려움에 대해 이야기를 나눴다.

어느 날 밤 호텔로 돌아가던 중 경찰이 우리 차를 세웠다. 어둠 속에서 손에 무기를 들고 제복을 입은 사내들의 입에서 튀어나오는 독일어는 내게도 니노에게도 불길하게 들렸다. 경찰은 우리를 차에서 끌어내린 다음 따로 떨어뜨려 놓았다. 나는 소리를 질렀다. 경찰은 우리를 각각 다른 경찰차에 태웠다. 우리는 작은 방에서 다시 만났다. 경찰은 얼마 동안 우리를 그냥 내버려두었다가 거칠게 심문하기 시작했다. 그들은 우리에게 신분증을 요구하고 독일에 머무르는 이유와 직업 등을 물었다. 벽에는 사진들이 길게 붙어 있었는데 사진

속 사람들도 하나같이 표정이 어두웠다. 대부분 수염이 덥수룩한 사내였지만 이따금씩 머리가 짧은 여인들 사진도 눈에 띄었다.

어느새 나는 내가 불안에 떨면서도 그 사진들 속에서 파스콸레와 나디아의 얼굴을 찾고 있다는 사실을 깨닫고 깜짝 놀랐다. 하지만 사진 속에 둘의 모습은 없었다. 경찰은 새벽이 되어서야 우리를 풀어주었다. 그들은 우리를 자동차를 세워둔 공터로 다시 데려다주었다. 아무도 우리에게 미안하다고 말하지 않았다. 이탈리아 자동차 번호판을 달고 있는 데다 우리가 이탈리아인이기 때문에 응당 받아야 할 검문이었다.

나는 내가 독일까지 가서 전 세계 범죄자 식별용 사진 사이에서 당시 릴라가 소중히 생각하던 사람의 얼굴을 본능적으로 찾아 헤맸다는 사실에 놀랐다. 그날 밤 파스콸레 펠루소는 태양계에 회오리바람처럼 휘몰아치는 사건 가운데 자신의 존재를 나에게 알리기 위해 릴라가 자신의 작은 우주에서 그보다 훨씬 더 광활한 나의 우주를 향해 쏘아올린 로켓 같았다. 그 짧은 순간 카르멘의 오빠는 세월이 흐를수록 좁아지는 릴라의 세계와 점점 팽창하는 나의 세계의 접점이 되었다.

미지의 외국 도시에서 내 책에 대해 이야기를 하다보면 마지막에는 언제나 그 당시 엄중했던 정치적 분위기에 대한 질문이 쏟아졌고 나는 상식적인 대답으로 사태를 모면하곤 했다. 내 대답의 골자는 거의 '탄압'이었다. 나는 소설가라면 상상력이 풍부해야 한다고 생각했기에 거대한 증기 롤러를 예로 들었다. 나는 어디든 예외는 없다고 말했다. 거대한 증기 롤러가 국경을 지나 모든 것을 정돈하며 동쪽에서 서쪽으로 진격하는데 그것이 지나가고 나면 노동자는 일을 하고 실업자는 쇠약해지고 굶주린 자는 굶어죽고 지식인은 허풍을 떨고 흑인은 흑인답게 행동하고 여자는 여자답게 행동하게 된다고 했다.

하지만 때로는 진짜 이야기를 하고 싶었다. 더 진정성 있는 이야기를 하고 싶었다. 나만의 이야기를 하고 싶었다. 그럴 때면 나는 파스콸레 이야기를 했다. 나는 청중들에게 파스콸레가 유년시절부터 도피생활을 선택하기까지 겪은 그의 비극적인 인생을 시기별로 들려주었다. 내게는 그보다 더 구체적인 이야기를 할 능력이 없었다. 내 어휘는 10년 전에 습득한 상태 그대로였고 그 표현들은 고향 동네에서 일어난 사건과 연결될 때야 비로소 의미를 얻었다. 그렇지 않을 때면 사람들이 어떤 반응을 보일지 뻔하게 예측할 수 있는 진부한 표현으로 끝날 뿐이었다.

차이가 있다면 첫 번째 책을 출간했을 때는 당시만 해도 혁명은 보편적인 감정이었기에 언제나 혁명의 필요성을 호소하면서 행사를 마무리 지었지만 지금은 혁명이라는 단어를 입에 담지 않는다는 것이었다. 니노는 혁명이라는 단어가 진부하다고 했고 니노에게 정치의 복합적인 면모를 배운 나는 단어를 더 신중히 사용하게 됐다. 나는 그 대신 '반항하는 것은 합당한 행위다'라는 표현을 자주 사용했다. 여기에 사회적 합의의 범위를 확장할 필요가 있다는 말도 덧붙였다. 국가라는 체제의 존속 기간이 예상했던 것보다 연장되었으니 국가를 제대로 통치하는 법을 배우는 것이 시급하다고 했다.

모든 모임이 만족스럽지는 않았다. 가끔은 단지 니노를 만족시키기 위해 온화한 말투를 쓰기도 했다. 니노는 담배 연기가 자욱한 작은 방에서 내 또래나 나보다 어린 아름다운 외국 여인들 사이에 앉아 내 말에 귀를 기울였다. 나는 가끔 지난날 피에트로와 다툼의 원인이 되었던 어두운 충동을 참지 못하고 지나친 말을 하기도 했다.

특히 내 책을 읽고 내게서 폐부를 찌르는 말을 기대하는 여성들 앞에서 이야기할 때면 더 그랬다. 그때 나는 이렇게 말하곤 했다.

"스스로에게 경찰처럼 굴면 안 돼요. 투쟁은 마지막 피 한 방울을 다 흘릴 때까지 계속될 거고 오직 승리를 거둔 후에야 끝날 거예요."

모임이 끝나면 니노는 나를 놀려댔다. 그는 내가 언제나 도를 넘어선다고 했고 우리는 함께 웃곤 했다.

밤에는 가끔 니노 곁에 웅크리고 누워 내 심리 상태를 분석해보곤 했다. 나는 확실히 체제전복적인 표현을 좋아했다. 정당들의 타협과 국가의 폭력을 지탄하는 그런 표현을 좋아했다. 나는 니노에게 말하곤 했다.

"네가 말하는 정치는 지겨워. 그게 정치의 본모습이겠지만. 정치는 네게 양보할게. 그건 내 적성에 맞지 않아."

되돌아보면 지난날 아이들을 데리고 시위현장에 다니면서 했던 일도 내 적성에 맞는 것 같지 않았다. 나는 시위대의 위협적인 고함소리가 두려웠다. 폭력적인 소수집단과 무장 범죄단, 길가에 너부러진 시체와 무분별한 증오로 가득 찬 혁명세력도 마찬가지였다.

나는 고백했다.

"청중 앞에서 이야기하면서도 사실 내가 누군지 잘 모르겠어. 어디까지가 정말 내 생각인지도 잘 모르겠고."

니노와 함께라면 나 자신에게조차 감추어온 가장 은밀한 감정까지 언어로 표현할 수 있을 것 같았다. 가장 모순적이고 비열한 내 감정까지도.

니노는 자신감 넘치고 결이 단단한 사람이었다. 모든 일에 의견이 명확했다. 그에 비하면 나는 겉보기에 번지르르한 글귀가 적힌 명함으로 포장했을 뿐 여전히 유년시절의 치기어린 반항아였다.

한번은 니노와 함께 집회에 참석하기 위해 볼로냐에 간 적이 있었다. 당시 우리는 자유로운 삶의 대명사인 그곳으로 향하기로 결연히 결심한 시위대의 일원이었다. 그때 우리는 계속 경찰의 제지를 받았다. 경찰은 무려 다섯 번이나 우리를 검문했다. 경찰은 우리를 향해 총을 겨누고 우리를 자동차에서 끌어내린 후 서류를 요구하고 벽 쪽으로 밀어붙였다.

나는 독일에서 검문당했을 때보다 더 놀랐다. 내 조국에서 모국어를 사용하는 상황이었는데도 신경이 날카로워졌다. 입을 다물고 순순히 따르려고 했는데 나도 모르게 악을 쓰기 시작했다. 어느새 내 입에서 사투리가 튀어나왔다. 함부로 밀지 말라고 경찰에게 욕설을 퍼붓기 시작했다. 두려움과 분노가 뒤섞여 두 감정 중 어느 쪽도 통제할 수 없었다. 그런 나에 비해 니노는 침착했다. 경찰과 농담을 주고받으면서 그들의 화를 누그러뜨리고 나를 진정시켰다. 니노에게 중요한 것은 오직 우리 둘뿐이었다.

"우리가 함께 있다는 사실을 기억해."

니노가 말했다.

"다른 것은 모두 언젠가는 어차피 변할 배경일 뿐이야."


## 20


그 시절 우리는 언제나 돌아다녔다. 우리는 모든 일을 함께하고 싶었다. 함께 관찰하고, 공부하고, 이해하고, 생각하고, 증언하고 싶었다. 무엇보다 사랑하고 싶었다.

경찰차 사이렌 소리와 진입 금지 구역, 헬리콥터 날개 돌아가는 소리와 살해당한 사람들, 이 모든 것은 우리가 함께한 시간을 기록하기 위한 얇은 판일 뿐이었다. 피렌체 집에서 내가 니노의 방을 찾아간 그날 밤 이후 한 주, 한 달, 일 년 그리고 또다시 일 년 6개월이라는 세월이 지나는 동안 우리가 함께한 세월을 기록하기 위한 얇은 판일 뿐이었다. 우리는 그날 밤 우리의 진정한 삶이 시작되었다고 말하곤 했다. 우리는 매일 끔찍한 현장을 돌아다니는 중에도 사라지지 않는 기적 같은 광채를 느끼는 것을 진정한 삶이라 했다.

알도 모로*가 납치되었을 때 우리는 로마에 있었다. 그때 니노는 이탈리아 남부의 정치와 지리에 대해 책을 쓴 나폴리 대학 동료의 글을 소개하기 위해 로마에 왔고 나는 그런 니노를 만나기 위해 로마에 머무르고 있었다. 니노는 정작 책에 대해서는 거의 이야기하지 않았다. 그날 대화의 중심은 피랍된 기독교민주당 당수였다. 발언 도중에 니노는 국가 이미지에 먹칠하고 국가가 가진 최악의 단면을 드러내게 하고 붉은 여단이 탄생할 수밖에 없는 환경을 조성한 것은 바로 알도 모로 자신이라고 했다.

그러자 일부 참석자들이 겁이 날 정도로 흥분하기 시작했다. 니노는 알도 모로가 부패한 기독교민주당에 대한 불편한 진실을 외면하고 당의 비난과 처벌을 피하기 위해 당을 국가와 동일시했다고 했다. 니노가 국가기관을 보호하기 위해서는 악행을 숨길 것이 아니라 모든 것을 예외 없이 투명하게 하고 효율성을 고쳐고 철저하게 정의를 실현할 필요가 있다고 했을 때도 사람들은 흥분을 가라앉히지 못하고 니노에게 욕설을 퍼부었다. 나는 니노의 낯빛이 점점 창백해지는 것을 눈치채고 틈나는 대로 재빨리 그를 밖으로 데리고 나왔다. 우리는 빛나는 갑옷 같은 우리의 사랑 속으로 피신했다.

---

* 이탈리아의 법학자이자 정치가. 1978년 3월 붉은 여단에게 납치당해 살해되었다.

그 시절은 그렇게 흘러갔다. 한번은 페라라에서 열린 저녁 행사에서 나도 곤란에 처한 적이 있었다. 알도 모로의 시체가 발견된 지 한 달이 조금 지났을 무렵이었는데 나는 나도 모르게 그를 납치했던 사람들을 살인자라고 부르고 말았다. 올바른 어휘를 선택하기는 언제나 힘든 일이었다. 그날 모인 청중은 내가 극좌파에서 통용되는 어법에 따라 어휘를 잘 조율해 사용하기를 원했다. 하지만 나는 너무 흥분해서 어휘를 조율하지 못할 때도 종종 있었다. 청중 가운데 누구도 살인자라는 표현을 좋게 받아들이지 않았다. 일반적으로 살인자란 파시스트를 일컫는 용어였으니까.

나는 공격받고 비판당하고 조롱당했다. 나는 아연실색했다. 나는 사람들이 갑자기 내게 동조하지 않을 때 몹시 힘들어했다. 그럴 때면 다시 내 근본으로 추락하는 느낌이었다. 정치적으로 무능하고 입 닥치고 있는 것이 더 나은 여자가 된 것처럼 느껴졌다. 그런 일을 겪고 나면 한동안 모든 공식 행사를 피했다.

나는 생각했다.

'다른 사람을 죽이면 어쨌든 살인자가 아닌가.'

그날 저녁은 끝이 좋지 않았다. 니노는 작은 홀 맨 끝에서 어떤 사내와 주먹다짐을 벌일 뻔했다. 하지만 그때도 정말 중요한 것은 우리 둘의 관계뿐이었다. 정말 그랬다. 우리 둘이 함께 있을 때면 그 어떤 비판도 우리를 진정으로 건드리지는 못했다. 우리는 오히려 더 교만해져서 다른 이들의 의견은 무의미하다고 생각했다. 우리는 서둘러 저녁식사를 하러 달려갔다. 맛있는 음식을 먹고 와인을 마시고 섹스를 하러 달려갔다. 우리는 그저 서로의 몸을 꼭 부둥켜안고 싶을 뿐이었다.

## 21

이런 상황에 처음으로 찬물을 끼얹은 것은 당연히 릴라였다. 그 일은 1978년 말에 일어났지만 같은 해 10월 중순부터 이미 좋지 않은 일들이 일어나기 시작했다. 먼저 피에트로가 퇴근길에 두 청년에게 공격당했다. 공산당의 소행이었는지 아니면 파시스트의 소행이었는지는 밝혀지지 않았다. 둘 다 민낯이었고 몽둥이로 무장하고 있었다고 했다.

나는 피에트로의 상태가 최악일 거라고 확신하면서 즉시 병원으로 달려갔다. 하지만 막상 병원에 도착하니 피에트로는 머리에는 붕대를 감고 한쪽 눈은 시커멓게 멍들었는데도 기분이 좋아보였다. 그는 온화한 목소리로 내게 인사한 다음 내 존재는 곧 잊어버리고 병실에 찾아온 자기 제자들과 이야기를 나눴다. 그 가운데 몹시 사랑스러운 아가씨가 눈에 띄었다. 학생들이 대부분 병실을 떠나고 나자 그 아가씨는 침대 가장자리로 다가가 피에트로 곁에 앉아 그의 손을 잡았다. 그녀는 하얀색 폴라 니트에 감청색 미니스커트를 입고 있었다. 갈색 머리가 등까지 흘러내렸다. 나는 그녀에게 학업에 대해 상냥하게 물어보았다. 그녀는 시험을 두 번만 더 보면 대학 과정을 마치게 된다고 했다. 벌써 카툴루스*에 관한 졸업 논문을 쓰고 있다고 했다.

"정말 뛰어난 학생이야."

피에트로가 그녀를 칭찬했다. 그녀의 이름은 도리아나였다. 도리아나는 내가 병실에 머무르는 내내 피에트로의 베개를 정리해줄 때

* 로마의 서정 시인.

를 빼고는 한 번도 그의 손을 놓지 않았다.

저녁이 되자 시어머니가 데데와 엘사를 데리고 집에 왔다. 내가 피에트로의 병실에서 본 아가씨 이야기를 하자 시어머니는 만족스러운 듯 미소를 지어보였다. 이미 아들의 연애를 알고 있었던 것이다. 시어머니가 말했다.

"네가 그 애를 버렸으니 당연하지 않니."

다음 날 우리는 모두 함께 병원으로 향했다. 데데와 엘사는 도리아나를 보자마자 그녀에게 푹 빠졌다. 도리아나의 목걸이와 팔찌에 정신을 빼앗겼다. 아이들은 나나 제 아빠는 뒷전이고 병원 뜰에서 도리아나와 할머니와 함께 놀면서 시간을 보냈다. 나는 이제 우리 관계가 새로운 단계로 접어들었다고 생각하며 조심스럽게 피에트로와 함께 현 상황을 분석해 보았다. 이번에 갑작스러운 공격을 당하기 전부터 피에트로가 데데와 엘사를 찾는 횟수가 뜸해져 의아하게 생각했었는데 이제야 그 이유를 알게 된 것이다. 내가 도리아나에 대해 묻자 피에트로는 그답게 애정을 담아 도리아나에 대해 이야기했다.

"둘이 합칠 생각이야?"

내가 묻자 피에트로는 아직은 너무 이르다고, 잘 모르겠다고 하다가 아마도 그럴 거라고, 그럴 것 같다고 했다.

"그럼 아이들에 대해 생각해보자."

내가 운을 떼자 피에트로도 동의했다.

기회가 생기자 나는 바로 시어머니에게 새로운 상황에 대한 이야기를 꺼냈다. 시어머니는 내가 이 상황을 못마땅해 할 거라고 생각했던 것 같다. 하지만 나는 전혀 속상하지 않으며 문제는 아이들이라고 말했다.

"무슨 뜻이니?"

시어머니가 긴장하며 물었다.

"지금까지 아이들을 어머님께 맡긴 건 제 상황에서 도움이 필요해서이기도 했고 피에트로에게 정리할 시간이 필요해서이기도 했어요. 하지만 이제 피에트로도 새로 만나는 사람이 생겼으니 사정이 달라졌어요. 제게도 안정적으로 살아갈 권리가 있어요."

"그러니 어찌할 셈이냐?"

"나폴리에 집을 얻어 아이들과 함께 살 생각이에요."

나와 시어머니는 아이들을 두고 격렬하게 다퉜다. 시어머니는 아이들에게 애착이 강했다. 내가 아이들을 맡는 것에 안심하지 못했다. 내가 내 일에만 신경을 쓰느라 아이들을 제대로 돌보지 못했다고 나를 비난했다. 딸이 둘이나 있으면서 낯선 남자와 살림을 차리는 것은 경솔하기 짝이 없는 짓이라고 했다. 물론 낯선 남자란 니노를 의미했다. 시어머니는 맹세코 자기 손녀들을 나폴리처럼 혼란스러운 곳에서 자라게 할 수는 없다고 했다.

시어머니와 나는 할 말 못 할 말을 가리지 않고 모욕적인 언사를 퍼부었다. 시어머니는 내 어머니까지 들먹였다. 피에트로가 피렌체에서 벌어졌던 끔찍한 일에 대해 말한 것이 분명했다.

"네가 집을 비울 때면 사부인에게 아이들을 맡길 셈이니?"

"전 제가 맡기고 싶은 사람에게 아이들을 맡길 거예요."

"자기감정도 제대로 통제하지 못하는 사람에게 데데와 엘사를 맡기고 싶지 않구나."

내가 되받았다.

"지금까지 어머님이야말로 제가 평생 원했던 어머니 상이라고 생각했는데 제가 틀렸네요. 어머님보다는 제 어머니가 훌륭한 분이

세요."

22

시어머니와 부딪힌 후 나는 피에트로에게도 같은 제안을 했다. 피에트로는 많이 망설이기는 했지만 도리아나와 시간을 더 보낼 수만 있다면 어떤 의견이든 다 받아들일 태세였다.

일이 여기까지 진행되자 나는 니노와 이야기를 나누기 위해 나폴리로 갔다. 이렇게 중요한 일을 전화 한 통으로 끝내고 싶지는 않았기 때문이다. 이제까지 자주 그랬듯이 나는 두오모 가에 있는 집에서 묵었다. 이제 니노는 계속 그곳에 머물렀다. 그곳이 니노의 집이었다. 매번 임시로 머무르는 것 같았고 침대보가 너무 낡았다는 사실이 마음에 들지 않기는 했지만 나는 니노와 만난다는 생각에 행복해하면서 언제나 기쁜 마음으로 그 집에 머물렀다.

내가 딸들과 함께 나폴리로 이사 올 준비가 된 것 같다고 하자 니노는 기뻐서 어쩔 줄 몰라했다. 우리는 함께 내가 내린 결정을 축하했다. 니노는 우리가 함께 머무를 집을 최대한 빨리 찾아보겠다고 약속했다. 귀찮은 일은 다 자기가 처리하겠다고 했다.

나는 드디어 마음이 놓였다. 그동안 바쁘게 뛰어다니기도 하고 여행도 참 많이 다녔다. 괴로운 일도 즐거운 일도 많았다. 이제는 정착할 때도 됐다. 마침 수중에 돈이 어느 정도 있었고 아이들 양육비로 피에트로에게서 받을 돈도 있었다. 게다가 상당히 좋은 조건으로 다음 작품을 계약할 참이었다.

그뿐만 아니라 날로 명성이 높아지는 가운데 나는 내가 드디어 완전한 성인이 된 것 같았다. 이런 상황에서 나폴리로 돌아가는 것이

짜릿한 도박 같았다. 집필에도 도움이 될 것 같았다. 하지만 무엇보다도 나는 니노와 함께 살고 싶었다. 그와 함께 산책하고 그의 친구를 만나고 토론을 하고 밤늦게까지 시간을 보낼 수 있다니 얼마나 멋진 일인가. 나는 바다가 보이는 환한 곳에 집을 얻고 싶었다. 데데와 엘사가 제노바에서 누렸던 안락한 생활을 아쉬워하게 할 수는 없었다.

릴라에게는 내 결정을 알리기 위해 일부러 전화하지 않았다. 내 일에 막무가내로 끼어들어서 혼란을 불러올 것이 분명했기 때문이다. 그 대신 카르멘에게는 먼저 연락했다. 지난 한 해 동안 카르멘과는 좋은 관계를 유지해왔다. 나는 카르멘을 위해 나디아의 오빠 아르만도와도 만났다. 아르만도는 이제 그냥 의사가 아니었다. 그는 민중민주당의 중요 인사가 되어 있었다.

그때 아르만도는 나를 매우 정중히 대해주었다. 내 최신 저서를 칭찬하며 어디론가 함께 가서 책을 소개해 달라고 고집을 부렸다. 아르만도는 나를 자신이 직접 만든 라디오 방송국으로 끌고 갔다. 청취율이 꽤 높다고 했다. 아르만도는 초라하기 짝이 없는 혼잡한 방송국에서 나와 인터뷰했다.

하지만 막상 내가 나디아에 대해 묻자 그는 나디아에 대한 나의 호기심은 도무지 사라지지 않는다고 빈정거리면서 애매한 대답만 했다. 그는 나디아는 잘 있다고 했다. 나디아가 어머니와 함께 긴 여행을 떠났다며 그 이상은 말하려 하지 않았다. 파스콸레에 대해서는 들은 바도 없을뿐더러 알고 싶은 생각도 없다고 했다. 아르만도가 강조했다.

"파스콸레 같은 사람들이야말로 정치가 바뀔 수 있는 다시 오기 힘든 기회를 망친 주범이지."

나는 당연히 카르멘에게는 아르만도의 말을 적당히 걸러서 말했다. 그런데도 카르멘은 낙담했다. 나는 불행을 대하는 카르멘의 담담한 태도에 감동해 나폴리에 갈 때면 가끔이라도 카르멘과 만나곤 했다. 나는 카르멘의 괴로움을 이해할 수 있었다. 파스콸레는 우리들의 파스콸레였다. 파스콸레가 무슨 짓을 저질렀든 무슨 일을 하고 있든 파스콸레는 우리에게 소중한 존재였다. 내게는 이미 파스콸레에 대한 불확실하고 파편적인 기억만 남아 있었다. 둘이 함께 고향에서 도서관 행사에 참석했던 일, 파스콸레가 마르티리 광장에서 두들겨 맞았던 일, 나를 릴라에게 데려가려고 차를 타고 찾아왔던 일, 나디아와 함께 피렌체 집에 찾아왔던 일이 내가 기억하는 파스콸레의 전부였다.

그런 파스콸레에 비해 카르멘의 존재감은 내게 더 확실하게 느껴졌다. 유년시절 카르멘이 겪었던 아픔이 (나는 아직도 카르멘의 아버지가 체포되던 광경을 잊을 수 없다) 오빠 때문에 받는 고통과 오빠의 운명을 지켜주려는 굳센 의지로 이어진 것 같았다. 예전에 카르멘은 릴라 덕분에 카라치 집안의 식료품점에서 일하게 된 유년시절 친구일 뿐이었지만 지금은 기꺼이 만나고 싶은 소중한 사람이었다.

우리는 두오모 가에 있는 카페에서 만났다. 가게 안이 어두워 가게 입구 가까이에 자리를 잡았다. 나는 카르멘에게 내 계획을 상세히 설명해주었다. 나는 카르멘이 내 말을 릴라에게 전할 거라고 확신했다. 나는 그러는 편이 좋다고 생각했다.

카르멘은 어두운 색상의 옷을 입고 있었다. 안색도 그만큼이나 어두워 보였다. 카르멘은 내 말을 중간에 한 번도 끊지 않고 집중해 들었다. 세련된 옷을 차려 입고 니노 이야기와 멋진 집에서 살고 싶다는 이야기를 늘어놓다보니 나 자신이 속물처럼 느껴졌다. 잠시 후 카르멘이 시간을 확인하더니 내게 말했다.

"곧 리나가 도착할 거야."

나는 신경이 날카로워졌다. 카르멘과 약속한 것이지 릴라와 약속한 것은 아니었으니까. 나 역시 시계를 보고 말했다.

"그만 가봐야겠어."

"5분만 기다려. 곧 도착할 거야."

카르멘은 릴라 이야기를 늘어놓기 시작했다. 카르멘에게서 릴라에 대한 애정과 릴라에게 고마워하는 마음이 오롯이 느껴졌다. 카르멘은 릴라가 친구들을 돌봐주고 있다고 했다. 부모님과 오빠인 리노부터 심지어는 스테파노에 이르기까지 릴라의 도움을 받지 않은 사람이 없다고 했다. 릴라는 안토니오가 집을 구하는 것도 도와주었고 그의 독일인 부인과도 친구가 되어주었다고 했다. 카르멘은 릴라가 자립해 컴퓨터 회사를 차릴 예정이라고 했다. 릴라는 진솔하고 부자인 데다 관대하기까지 하다고 했다. 릴라는 어려움에 처한 사람이 있으면 바로 지갑을 열었고 어떻게 해서든 파스콸레를 도와주려 한다고 했다.

"레누, 너희 둘이 어렸을 때부터 이렇게 친한 건 정말 큰 행운이야. 내가 예전에 너희 관계를 얼마나 부러워했는지 몰라."

카르멘이 말했다. 나는 카르멘의 목소리와 손짓에서 릴라의 말투와 몸짓을 느꼈다. 문득 알폰소가 생각났다. 남자인 알폰소가 외모까지 릴라를 닮아간다는 것을 알아차렸을 때가 떠올랐다. 정말로 우리 동네 전체가 릴라의 영향력 아래 제자리를 찾아가고 있는 걸까. 릴라 덕분에 방향성을 찾은 걸까.

"그만 가볼게."

내가 말했다.

"조금만 더 기다려. 리나가 네게 중요한 말을 해야 한대."

"네가 말해줘."

"안 돼. 그건 리나가 해야 할 일이야."

나는 릴라를 기다리기는 했지만 시간이 갈수록 꺼림칙했다.

드디어 릴라가 도착했다. 릴라는 지난번 아메데오 광장에서 만났을 때보다 훨씬 외모에 신경을 쓴 태가 났다. 나는 릴라가 마음만 먹으면 지금보다 훨씬 예뻐 보일 수 있다는 사실을 깨달았다. 릴라가 탄성을 질렀다.

"드디어 결심했구나! 나폴리로 돌아오기로 했다면서."

"그래."

"카르멘한테만 이야기하고 나에게는 아무 말도 안 하기야?"

"말하려고 했어."

"부모님은 아셔?"

"아니."

"엘리사는?"

"그 애도 아직 몰라."

"네 어머님 건강이 좋지 않으셔."

"어디가 안 좋으신데?"

"기침이 심한데 좀처럼 병원에는 가시려고 하지 않아."

나는 자리에 앉아 안절부절못했다. 다시 시계를 쳐다보았다.

"카르멘 말이 내게 중요하게 할 말이 있다던데."

"썩 좋은 일은 아니야."

"말해봐."

"안토니오에게 니노를 미행해달라고 했어."

나는 놀라서 펄쩍 뛰었다.

"미행이라니 무슨 말이야?"

"무슨 일을 하는지 지켜봐달라고 했어."

"대체 왜?"

"너를 위해서야."

"내 일은 내가 알아서 해."

릴라는 도움을 청하는 듯한 눈빛으로 카르멘을 바라보다 다시 내게 시선을 돌렸다.

"그런 식으로 나오면 더는 아무 말도 하지 않을 거야. 너를 또다시 화나게 하고 싶지 않아."

"화내지 않을 테니 빨리 말해봐."

릴라는 내 눈을 똑바로 바라보면서 표준어로 다소 퉁명스레 니노는 자기 아내와 헤어진 것이 아니라고 했다. 아직도 엘레오노라와 알베르티노와 함께 살고 있다고 했다. 그에 대한 대가로 얼마 전 장인이 행장으로 있는 은행에서 운영하는 중요한 연구소의 소장으로 니노가 임명됐다고 했다. 릴라가 내게 진지하게 물었다.

"알고 있었어?"

나는 고개를 저었다.

"아니."

"내 말 못 믿겠으면 같이 니노한테 가자. 그 자식 앞에서 네게 한 말을 토씨 하나 틀리지 않고 읊어줄 수 있어."

나는 그럴 필요가 없다는 의미로 손을 내저었다.

"네 말 믿어."

나는 기어들어가는 소리로 말했다. 그러면서도 릴라와 시선을 마주치지 않으려고 계속 문간 너머 길을 바라보았다.

"니노한테 갈 때 나도 함께 갈래. 우리 셋이 같이 그 자식을 제대로 손봐주자. 그런 자식은 거시기를 잘라내 버려도 싸."

카르멘의 말이 아득히 멀게 들려왔다. 카르멘은 내 관심을 끌려고 내 팔을 살짝 건드렸다. 어린 시절 우리는 성당 옆에 있는 공원에 앉아 함께 연애 소설을 읽곤 했다. 소설의 여주인공이 곤경에 처하면 그녀를 도와주고 싶어 했다. 지금 카르멘은 분명 그 시절 소설을 읽으면서 느꼈던 것과 같은 연대감을 느꼈을 것이다. 물론 사태가 사태이니만큼 그보다 심각한 감정이겠지만. 카르멘은 진심이었다. 소설이 아닌 실제로 일어난 부정한 행위를 보고 느끼는 감정이었다.

그런 카르멘과 달리 릴라는 어렸을 때부터 우리가 그런 연애 소설 나부랭이를 읽는 것을 멸시했다. 지금 이 순간에도 다른 속셈을 가지고 내 앞에 있는 것이 분명했다. 나는 릴라가 이 상황을 흡족해한다고 생각했다. 니노의 거짓말이 밝혀졌을 때, 아마 안토니오도 같은 심정이었을 것이다.

릴라와 카르멘이 시선을 주고받았다. 뭔가 결정을 내리기 전에 상의하는 눈빛이었다. 그 순간이 길게 느껴졌다. 나는 카르멘이 입모양으로 '아니'라고 말하는 것을 보았다. 카르멘은 가볍게 숨을 내쉬면서 보일 듯 말 듯 고개를 내저었다.

'뭐가 아니라는 거지?'

릴라는 입을 벌린 채 다시 나를 바라보았다. 언제나처럼 내 심장에 못 박을 궁리를 하는 것이리라. 그렇게 해서 내 심장을 멈추는 것이 아니라 더 강하게 뛰게 하려는 것이리라. 릴라는 눈을 가늘게 뜨고 넓은 이마에 한껏 주름을 잡고 있었다. 내 반응을 기다리고 있는 것이었다. 내가 울음을 터뜨리고 악을 쓰기를 바라는 것이었다. 나를 다시 자기에게 기대게 만들고 싶은 것이었다. 나는 조용히 말했다.

"이젠 정말 가봐야겠어."

23

나는 그 후 일어난 모든 일에서 릴라를 배제했다.

상처가 너무나 컸다. 릴라가 내게 2년이 지나도록 니노가 자신의 결혼에 대해 거짓말을 해왔다는 사실을 폭로해서가 아니었다. 릴라의 말이 처음부터 옳았음을, 그러니까 내 선택이 잘못되었으며 내가 멍청하기 짝이 없었다는 것을 릴라가 끝내 증명해내고야 말았기 때문이었다.

나는 몇 시간 후 니노를 만났지만 태연하게 행동했다. 고작해야 그가 나를 껴안으려 했을 때 피했을 뿐이었다. 나는 비참했다. 뜬눈으로 밤을 새웠다. 니노의 호리호리한 육체를 껴안고 싶은 욕망이 이제 사라져버렸다. 다음 날 니노는 내게 집을 보러 타소 가에 가자고 했다.

"집이 마음에 들면 임대료 걱정은 하지 않아도 돼. 내가 다 알아서 할게. 곧 중요한 업무를 맡게 될 예정인데 그렇게 되면 돈 걱정은 하지 않아도 될 거야."

니노가 이렇게 말했을 때도 알겠다고만 했다. 저녁이 되어서야 나는 더 참지 못하고 분통을 터뜨렸다. 우리는 그때 두오모 가에 있는 집에 있었는데 언제나 그렇듯 그의 친구는 집에 없었다. 나는 니노에게 말했다.

"내일 엘레오노라를 만나봐야겠어."

니노가 의아한 표정으로 나를 바라보았다.

"왜?"

"이야기를 좀 해봐야겠어. 우리 관계를 어디까지 알고 있는지, 네가 언제 집을 나온 건지, 언제부터 둘이 같이 자지 않은 건지 물어봐야겠어. 법적으로 별거를 했는지도 물어봐야겠고 엘레오노라의 부모님이 딸의 결혼이 끝났다는 사실을 알고 있는지 물어봐야겠어."

니노는 여전히 침착했다.

"그런 거라면 나에게 물어봐. 확실치 않은 부분이 있으면 내가 명확하게 설명해줄게."

"아니. 엘레오노라밖에 못 믿겠어. 너는 거짓말쟁이야."

나는 니노에게 사투리로 악을 써대기 시작했다. 니노는 포기가 빨랐다. 그는 모든 사실을 인정했다. 릴라의 말이 사실이 아닐 리 없었다. 나는 니노의 가슴을 주먹으로 내리쳤다. 그러는 와중에 그를 더 아프게 하고 싶어 하는 또 하나의 자아가 내게서 분리되는 것 같았다. 그 자아는 니노의 뺨을 때리고 그의 얼굴에 침을 뱉고 싶어 했다. 어린 시절 고향 동네에서 싸움이 났을 때 봤던 것처럼 말이다. 그에게 개자식이라고 외치고 그를 손톱으로 할퀴고 그의 눈알을 파내고 싶었다.

나는 그런 내 감정이 놀랍고 두려웠다.

'내게 이렇게 포악한 면이 있었던가. 이곳 나폴리에서, 이 지저분한 집에서 할 수만 있다면 온 힘을 다해 이 사내의 심장에 칼을 찔러넣고 싶어 하는 이 사람이 정말 나인가. 내 어머니를 비롯해 여자의 몸으로 태어난 나의 모든 선조에게서 물려받은 이 어두운 힘을 참아야 하나 아니면 이대로 분출해야 하나.'

그렇게 생각하면서 나는 악을 바락바락 써대며 니노를 때렸다. 니노는 처음에는 장난스레 주먹을 피하다가 갑자기 침울해졌다. 소파에 털썩 주저앉아 그 이상 내 공격을 피하려 하지 않았다.

나는 속도를 늦췄다. 심장이 터질 것 같았다. 니노가 조용히 말했다.

"그만하고 앉아봐."

"싫어."

"내게 설명할 기회라도 좀 줘."

나는 니노에게서 최대한 멀리 떨어져 있는 의자에 무너지듯 주저앉았다. 니노가 말을 하도록 내버려두었다.

"너도 알다시피."

니노가 목이 멘 소리로 말했다.

"몽펠리에로 떠나기 전에 나는 엘레오노라에게 모든 것을 고백했어. 그걸로 우리 관계는 돌이킬 수 없을 거라 생각했지."

니노가 기어들어가는 소리로 말했다.

니노가 막상 몽펠리에에서 돌아와보니 상황이 복잡하게 되었다는 것이었다. 엘레오노라가 정신이 나가 알베르티노의 생명까지 위험하게 된 것이었다. 그래서 어쩔 수 없이 나를 더는 만나지 않는다고 거짓말을 했다고 했다. 엘레오노라는 얼마간 그 거짓말을 믿었다. 하지만 집을 비울 때마다 니노가 말도 안 되는 변명을 늘어놓자 엘레오노라는 다시 난리를 치기 시작했다는 것이다. 칼로 자기 배를 찌르려 한 적도 있었고 발코니 문을 열어젖히고 아래로 뛰어 내리려 한 적도 있었다고 했다. 한 번은 아이를 데리고 사라지기까지 했다. 니노는 엘레오노라가 하루 종일 돌아오지 않아 두려워 죽을 것 같다고 했다. 평소 엘레오노라를 아끼는 이모 집에서 겨우겨우 엘레오노라를 찾아냈는데 그날 이후 엘레오노라는 어딘가 변했다고 했다. 그때부터 엘레오노라는 니노에게 화를 내지 않았다. 그저 가벼운 경

122

멸감만 드러낼 뿐이었다.

"그러던 어느 날 아침 엘레오노라가 내게 너와 헤어졌는지 물었어."

니노가 괴로워하면서 말했다.

"내가 그렇다고 하자 엘레오노라는 알겠다고, 내 말을 믿는다고 했어. 그래. 그렇게 말했어. 그리고 그 후로는 정말 내 말을 믿는 척했어. 정말 그러는 척했어. 우리는 거짓된 삶을 살고 있지만 그 대신 다 잘 되고 있어. 지금 여기에 너와 함께 있잖아. 나는 너와 함께 잠자리에 들고 떠나고 싶으면 너와 함께 떠날 수 있어. 엘레오노라는 모든 것을 알고 있으면서 아무것도 모르는 척하는 거야."

여기까지 이야기를 마친 후 니노는 잠시 숨을 돌리고 목소리를 가다듬었다. 내가 자기 이야기에 귀를 기울이는지 아니면 여전히 씩씩대고만 있는지 확인하려는 것 같았다. 나는 여전히 아무 말도 하지 않고 다른 쪽으로 시선을 고정시켰다. 니노는 내 마음이 가라앉았다고 생각했는지 아까보다 확신에 찬 목소리로 설명을 이어나갔다. 니노답게 끊임없이 말을 늘어놓았다. 니노는 혼신의 힘을 다했다. 때론 설득조였고 때론 자조적이었고 때론 고통스럽고 때론 절망적이었다. 하지만 니노가 내게 다가왔을 때 나는 악을 쓰며 그를 밀쳐냈다. 그러자 니노는 참지 못하고 울음을 터뜨리고 말았다. 그는 손짓을 하며 내 쪽으로 몸을 뻗었다. 눈물을 흘리면서 중얼거렸다.

"네가 나를 용서해주기를 바라지는 않아. 단지 이해해주기를 바랄 뿐이야."

순간 내 분노는 최고조에 달했다. 나는 고함을 치며 니노의 말을 가로막았다.

"너는 엘레오노라도 속이고 나도 속였어. 우리 둘 중 어느 누구를 사랑해서 그런 게 아니야. 오직 너를 위해서 그런 거야. 네 선택에 자신이 없으니까. 네가 겁쟁이여서 그런 거야."

나는 사투리로 온갖 모욕적인 말을 퍼붓기 시작했다. 니노는 내가 쏟아내는 욕설을 잠자코 듣고만 있었다. 몇 번인가 서운하다는 뜻을 내비쳤을 뿐이다. 얼마 안 있어 나는 숨이 가빠 헉헉대다 입을 다물었다. 니노는 그 틈을 놓치지 않고 다시 나를 설득하는 작업에 착수했다. 니노는 내게 거짓말을 하는 것이 비극을 막기 위한 유일한 방법이었다는 사실을 또다시 증명하려 했다. 한참을 떠들던 니노는 내가 자신의 말에 넘어왔다고 믿었는지 엘레오노라가 우리 사이를 묵인해주기 때문에 이제 우리는 아무런 걱정 없이 함께 살 수 있다고 했다. 나는 차분한 목소리로 우리 사이는 이제 끝났다고 통보하고는 제노바로 떠났다.

<br>

24

날이 갈수록 시댁에서는 긴장감이 높아져갔다. 니노는 끈질기게 전화를 해댔다. 나는 대놓고 전화를 끊어버리거나 지나치게 소리를 높여 싸우곤 했다. 릴라에게서도 두어 번 연락이 왔다. 릴라는 일이 어떻게 되어가는지 알고 싶어 했다.

"잘 되고 있어. 네가 바라던 대로 아주 잘 되고 있어."

나는 이렇게 말하고 전화를 끊어버렸다. 그 무렵 나는 나 자신을 통제할 수 없는 상태였다. 별일 아닌 일로 데데와 엘사에게 악을 쓰기가 다반사였다. 나는 특히 시어머니에게 시비를 걸었다. 하루는 내 책이 출간되는 것을 막으려 했던 일에 대해 시어머니에게 따지고 들었다. 시어머니는 자신이 그랬던 사실을 부정하지 않았을 뿐 아니라 한술 더 떴다.

"그래봤자 고작 팸플릿일 뿐이잖니. 책으로 출간할 만한 가치가 없다고 생각했다."

나는 대답했다.

"저는 고작 팸플릿을 썼지만 그러는 어머님은 평생 그것조차 못 하셨잖아요. 도대체 뭘 믿고 그렇게 권위를 내세우시는지 이해가 안 돼요."

시어머니는 기분이 상해 내게 내뱉었다.

"넌 나에 대해 아무것도 모른다."

아니, 사실 나는 시어머니가 상상할 수조차 없는 일을 알고 있었 지만 그때는 애써 입을 다물었다. 그렇지만 며칠 후 내가 니노와 격 렬하게 싸우며 전화기에 대고 험한 사투리로 악을 써대자 시어머니 가 멸시하는 투로 나를 나무랐고 나는 그런 시어머니를 경멸하며 쏘 아붙이고 말았다.

"저는 그만 내버려두시고 어머님 자신이나 생각하시죠."

"무슨 말이니?"

"아시잖아요."

"모르겠구나."

"피에트로가 어머님에게 애인이 있었다고 하던데요."

"내게?"

"그래요. 어머님에게요. 모르는 척하지 마세요. 저는 모든 사람 앞에서 제 행동에 대한 책임을 졌어요. 데데와 엘사 앞에서까지 말 이에요. 지금 그에 대한 대가를 톡톡히 치르고 있고요. 그런데 어머 님은 어떤가요? 어머님은 혼자서 잘난 척은 다 하면서 자신이 저지 른 추악한 짓은 이불 밑에 감추어 놓는 위선적인 부르주아일 뿐이에요."

순간 시어머니의 안색이 창백해지면서 말을 잃었다. 시어머니는
날카로운 표정으로 뻣뻣하게 자리에서 일어나 거실 문을 닫았다. 그
런 다음 거의 귓속말에 가까운 낮은 목소리로 나에게 정말 못돼먹은
여자라고 했다. 나 같은 사람은 누군가를 진심으로 사랑하고 그 사
람을 포기하는 것이 무엇인지 절대 이해하지 못할 거라고 했다. 남
의 비위를 잘 맞추고 유순해 보이는 내 겉모습 뒤에 뭐든 다 차지하
려는 천박한 욕망을 감추고 있다고 했다. 아무리 공부를 많이 하고
책을 많이 읽어도 그 천박한 욕망은 다스리지 못할 거라고 했다. 시
어머니는 이야기를 마무리했다.

"내일 당장 이 집에서 나가거라. 네 아이들과 함께 말이야. 여기에
서라면 적어도 아이들이 자라서 너처럼 되지는 않을 수 있었을 텐데
안타까울 따름이구나."

내가 심했다는 것을 알았기에 나는 아무 말도 하지 않았다. 시어
머니에게 사과하고 싶은 마음도 있었지만 그렇게 하지 않았다. 다
음 날 아침 시어머니는 가정부에게 내가 짐 싸는 것을 도와주라고
했다.

"제가 알아서 할게요."

내가 소리쳤다.

나는 마치 아무 일도 없었던 것처럼 서재에 틀어박혀 있는 시아버
지에게 작별 인사도 하지 않고 시댁을 나섰다. 문득 정신을 차려보
니 나는 짐을 잔뜩 짊어진 채 두 아이와 함께 어느새 기차역까지 와
있었다. 데데와 엘사는 내가 대체 무슨 생각을 하고 있는지 알고 싶
다는 듯 나를 물끄러미 바라보고 있었다.

당장 쓰러질 것 같은 엄청난 피로감과 기차역의 굉음, 대기실 전

경이 아직도 생생하다. 데데는 자기를 떠밀지 말라고 툴툴댔다.

"밀지 마세요. 그렇게 소리만 치지 마시고요. 저 귀 안 먹었어요."

엘사가 내게 물었다.

"우리 아빠한테 가는 거예요?"

학교에 가지 않는다는 생각에 둘 다 기분이 들떠 있었지만 나는 아이들이 엄마를 믿지 않는다는 것을 느낄 수 있었다. 데데와 엘사는 내가 화를 내면 입을 다물 마음의 준비를 하고 조심스럽게 내게 물었다.

"이제 우리 뭐해요? 할아버지 할머니 집에는 언제 돌아가요? 밥은 어디서 먹어요? 오늘 잠은 어디서 자요?"

나는 너무나 절망해서 처음에는 아이들을 데리고 니노와 엘레오노라의 집을 찾아갈 생각이었다.

'그래. 그래야겠어. 나와 내 아이들이 이 지경이 된 건 니노 잘못이기도 하니까. 니노도 대가를 치러야 해.'

나는 내 혼란이 나를 덮쳤던 것처럼 니노도 덮치기를 바랐다. 갈수록 엉망이 되어가는 내 삶처럼 니노의 삶도 엉망이 되기를 바랐다. 니노는 나를 속였다. 자기 가정은 가정대로 지키고 나는 나대로 심심풀이 장난감처럼 가지고 논 것이다. 나는 결단을 내렸는데 니노는 그렇게 하지 않았다. 나는 피에트로를 떠났는데 니노는 엘레오노라와 관계를 유지했다. 그러니 이번에는 내가 옳다. 내게는 니노의 삶을 침범할 권리가 있다. 나는 니노에게 이렇게 말할 권리가 있다.

'내 사랑, 우리가 왔어. 당신 아내가 미친 짓을 해서 걱정된다고 했지? 그럼 이번에는 내가 미친 짓을 할 테니 어디 한번 해결해봐.'

나폴리를 향한 견디기 힘든 기나긴 여정을 준비하려다 나는 갑작스레 생각을 바꿨다. 확성기에서 흘러나오는 안내방송을 듣고 밀라노로 가기로 마음먹은 것이다. 상황이 달라진 지금 이 시점에서 내 겐 다른 어느 때보다 돈이 절실했다. 먼저 출판사를 찾아가 일감을 부탁해야겠다고 생각했다.

기차에 오르고 나서야 나는 내가 돌연히 목적지를 바꾼 진짜 이유 를 깨달았다. 이러한 상황에서도 내 마음은 여전히 니노를 사랑하는 마음 때문에 괴로웠고 그렇기 때문에 니노에게 해를 끼치는 것은 생 각하기도 싫었던 것이다. 여성의 독립에 대한 글을 쓰고 여기저기에 이야기하고 다녔는데도, 나는 니노의 육체와 목소리와 지성 없이 살 수 없었다. 인정하기는 끔찍했지만 나는 여전히 그를 원했다. 나는 내 자식보다 니노를 더 사랑했다. 그에게 상처를 주고 그를 다시는 보지 않을 생각에 나는 고통스럽게 시들어갔다. 교양 있고 자유로운 여인은 꽃잎을 잃고 두 아이의 어머니인 여인에게서 떨어져 나갔다. 두 아이의 어머니인 여인은 유부남의 정부인 여인에게서, 유부남의 정부인 여인은 광분한 창녀에게서 멀어져갔다. 우리는 모두 다른 방 향으로 뿔뿔이 흩날릴 참이었다.

밀라노에 가까워질수록 릴라와 멀어진 지금, 나라는 인간의 정체 성의 기준이 될 사람은 니노밖에 없다는 사실을 깨달았다. 내게는 스스로 자신의 기준이 될 만한 능력이 없었다. 니노가 없으면 고향 동네를 넘어 세계적으로 나의 역량을 뻗어나갈 수 있는 핵심마저 사 라져버렸다. 니노가 없는 나는 그저 한 무더기의 쓰레기에 지나지 않았다.

나는 지칠 대로 지치고 겁에 질려 마리아로사의 집에 도착했다.

## 25

마리아로사의 집에서 얼마나 머물렀더라? 몇 달은 되었으리라. 때로는 마리아로사와 같이 사는 것이 쉽지 않았다. 시누이는 나와 시어머니 사이에서 있었던 마찰을 이미 알고 있었다. 마리아로사는 그녀답게 솔직하게 말했다.

"내가 너를 얼마나 아끼는지 알지? 그래도 어머니에게 그런 식으로 행동한 것은 잘못한 거야."

"어머님이 나를 함부로 대하셨어."

"지금은 그렇지. 하지만 처음에는 널 도와주셨잖아."

"그거야 당신 아들 면을 세우려고 한 일이지."

"그렇게 말하는 건 불공평해."

"아니. 나는 솔직하게 말할 뿐이야."

마리아로사는 그녀답지 않은 짜증스러운 눈빛으로 나를 바라봤다. 그녀는 절대불문의 규칙을 선포하듯이 말했다.

"그럼 나도 솔직하게 말할게. 어머니는 어머니야. 아버지나 동생에 대해서는 뭐라 말해도 상관없어. 하지만 어머니는 건드리지 마."

이 일만 빼면 마리아로사는 친절했다. 마리아로사는 특유의 편안한 태도로 우리를 받아주었다. 작은 침대 세 개가 딸린 큰 방과 수건을 내어주고 그녀의 아파트를 드나드는 다른 손님들과 다를 바 없이 우리를 내버려두었다.

마리아로사의 생기 가득한 눈빛은 언제 봐도 인상적이었다. 몸 전체가 낡은 가운처럼 두 눈에 매달려 있는 느낌이었다. 나는 마리아로사의 안색이 심하게 창백한 데다 살이 많이 빠진 것을 눈치챘지만 크게 마음에 두지는 않았다. 내 골칫거리와 문제, 고통에 집중하느라 마리아로사에게 신경 쓸 겨를이 없었다.

우선 나는 먼지가 쌓이고 지저분하고 잡동사니가 가득한 방을 정리해보려 했다. 나와 아이들을 위한 잠자리를 준비하고 필요한 물품 목록을 만들었다. 하지만 얼마 지나지 않아 나는 뭔가 정리해보려는 의욕을 잃고 말았다. 정신이 산만한 데다 아무런 결정을 내리지 못한 상태에서 처음 며칠 동안은 전화기만 붙들고 있었다. 니노가 너무나 그리워서 나는 밀라노에 도착하자마자 그에게 연락을 하고 말았다. 니노는 마리아로사의 전화번호를 물었고 그 후로는 끈질기게 전화를 걸어왔다. 니노와의 통화는 언제나 다툼으로 끝났다.

처음 니노의 목소리를 들었을 때는 너무 기뻤다. 가끔은 못 이기는 척 그의 말을 따르고 싶은 생각도 들었다. 나는 속으로 생각했다.

'따지고 보면 나도 예전에 피렌체에 있을 때 피에트로가 집으로 돌아와 그와 같은 지붕 아래 있었다는 사실을 니노에게 숨겼지 않은가.'

하지만 이내 그런 생각을 한 나 자신에게 화가 났다. 그것이 어떻게 똑같은 일인가. 나는 그 후로 한 번도 피에트로와 잠자리를 함께하지 않았지만 니노는 지금도 엘레오노라와 같이 자고 있지 않은가. 나는 이혼 수속을 시작했는데 니노는 엘레오노라와 관계를 오히려 더 공고하게 만들지 않았나.

우리는 다시 다투기 시작했고 나는 니노에게 다시는 내게 연락하지 말라고 악을 썼다. 그렇지만 전화벨은 아침저녁으로 규칙적으로 울렸다. 니노는 나 없이는 살 수 없다면서 제발 나폴리로 돌아와 달라고 애원했다.

그러던 어느 날 니노는 타소 가에 아파트를 임대했다며 나와 아이들이 들어오기만 하면 된다고 했다. 니노는 끊임없이 말하고 선언하고 약속했다. 나를 위해 뭐든 할 것 같았지만 가장 중요한 '엘레오노라와는 이제 완전히 끝났어'라는 말을 내게 해야겠다는 결정은 내리지 못했다.

나는 니노와 통화하다가 결국에는 아이들도, 집 안을 드나드는 다른 사람들도 안중에 없이 나를 더 이상 괴롭히지 말라고 소리친 다음 독이 오를 대로 올라 전화를 끊어버리곤 했다.

## 26

나는 자기모멸감으로 가득 찬 나날을 보냈다. 머리에서 니노 생각을 떨쳐낼 수 없었다. 나는 마지못해 글을 쓰고 책임감 때문에 어쩔수 없이 출장을 떠났다가 어쩔 수 없이 돌아오고 혼자 절망하고 망가져갔다.

나는 릴라가 옳았음을 깨달았다. 나는 내 아이들을 잊고 있었다. 나는 아이들을 제대로 돌보지도 않고 학교에도 보내지 않은 채 방치하고 있었다.

데데와 엘사는 새로운 환경에 빠져들었다. 아이들은 자기들 고모를 잘 몰랐지만 마리아로사가 분출하는 자유로운 분위기를 동경했다.

산탐브로지오 가에 있는 마리아로사의 집은 항구처럼 붐볐다. 마리아로사는 편견에 사로잡히지 않은 수녀나 친자매 같은 태도로 집에 찾아온 모든 사람을 받아주었다. 지저분하거나 정신병이 있거나 범죄를 저질렀거나 마약에 중독된 사람도 개의치 않았다. 특별히 할일이 없었던 아이들은 늦은 밤까지 호기심 어린 태도로 집 안 곳곳을 누볐다.

데데와 엘사는 사람들의 이야기와 그들이 사용하는 다양한 분야의 은어에 귀를 기울였다. 사람들이 음악을 연주하고 노래하고 춤을 출 때면 너무 즐거워했다.

마리아로사는 아침이면 대학에 출근했다가 늦은 오후에 돌아오곤 했다. 신경질 내는 법 없이 아이들을 언제나 웃게 해주었다. 마리아로사는 조카들 뒤를 쫓아다니기도 하고 숨바꼭질이나 술래잡기를 하면서 함께 놀아주었다. 외출하지 않고 집에 머무를 때면 아이들과 나를 비롯해 자기 집에 머무르는 방황하는 모든 영혼을 부추겨 대대적으로 집 안 청소를 했다.

마리아로사는 그들의 육체보다는 지성을 돌보아주려 했다. 대학 동료들을 초빙해 야간 수업도 했다. 가끔 직접 수업할 때도 있었는데 마리아로사의 수업은 재미있고 아주 유익했다. 마리아로사는 수업할 때마다 조카들을 자기 곁에 앉혀놓고 조카들에게 말을 걸고 수업에 참여시켰다. 마리아로사가 수업하는 날이면 그녀의 집은 성별을 가리지 않고 그녀의 수업을 듣기 위해 찾아온 친구들로 붐볐다.

어느 날 저녁 마리아로사가 수업을 하고 있는데 누군가가 현관문을 두드렸다. 한창 손님맞이에 재미를 붙인 데데가 쏜살같이 뛰쳐나갔다. 거실로 돌아온 데데는 몹시 흥분한 목소리로 경찰이 왔다고 했다. 순간 거실에 모인 얼마 되지 않은 청중은 분개하며 웅성거렸다. 그 소리가 거의 위협적으로 들렸다. 마리아로사는 침착하게 일어나 경찰과 이야기를 하러 갔다. 경찰은 두 명이었는데 아마도 이웃집에서 신고가 들어왔다고 했던 것 같다.

마리아로사는 경찰을 매우 정중히 대했다. 두 경찰을 억지로 집 안으로 데리고 와 반강제로 거실에 있는 다른 사람들 사이에 앉혀놓고 다시 수업을 시작했다. 처음으로 가까이에서 경찰을 본 데데는 둘 중 나이가 어린 경찰의 무릎에 팔꿈치를 걸치고 말을 걸었다. 자기 고모가 훌륭한 사람이라는 것을 설명하기 위해 데데가 처음 꺼낸 말을 나는 아직도 기억한다.

"사실은 말이죠."

데데가 말했다.

"우리 고모는 교수님이에요."

"사실은이라…"

경찰은 불안한 미소를 지으면서 중얼거렸다.

"그렇다니까요."

"너 정말 말을 잘 하는구나."

"감사합니다. 사실은 말이죠, 고모 이름은 마리아로사 아이로타이고 예술사를 가르치셔요."

어린 경찰은 자기 동료의 귀에 대고 무엇인가를 소곤거렸다. 둘은 10분쯤 더 붙잡혀 있다가 자리를 떴다. 데데가 그들을 문까지 배웅해주었다.

얼마 후 나도 그런 수업을 하게 됐다. 그날 저녁에는 평소보다 더 많은 사람이 참석했다. 데데와 엘사는 큰 거실 맨 앞줄에 방석을 하나씩 깔고 앉아 내 말에 얌전히 귀를 기울였다. 내 기억으로는 데데가 나에게 호기심을 가지고 나를 면밀히 관찰하기 시작한 것이 아마 그때부터였던 것 같다. 데데는 제 아빠와 할아버지를 존경했고 지금은 마리아로사도 존경했다. 그에 비해 나에 대해서는 아는 바가 별로 없었고 별로 알고 싶어 하지도 않았다. 데데에게 나는 허구한 날 하지 말라는 말만 하는 엄마일 뿐이었다.

데데는 나를 힘들어했다. 데데는 한 번도 내 말에 관심을 가져본 적이 없는 자신과는 달리 사람들이 내 말에 집중하는 것을 신기하게 생각했던 것 같다. 그날 내게 예상하지 못한 비난을 한 마리아로사를 내가 차분하게 제압한 것도 마음에 들었던 것 같다.

시누이는 그날 참석한 여자들 가운데 유일하게 내가 하는 말에 조금도 공감하지 않았다. 내가 공부하고 글을 쓰고 출간할 수 있게 용기를 북돋아주었던 그녀였는데. 마리아로사는 내게 허락도 받지 않고 내가 피렌체에서 어머니와 대판 싸움을 벌였던 일을 사람들에게 말했다. 마리아로사는 그날 일어난 일을 자세히 알고 있었다. 그녀는 수많은 현학적인 인용문을 언급해가며 "자기 어머니를 사랑하지 않는 여자는 자신의 근원을 부정하는 것이다"라는 이론을 내세웠다.

## 27

나는 내가 데데와 엘사를 시누이에게 맡기고 떠날 때마다 실제로는 프랑코가 아이들을 돌봐준다는 것을 알게 되었다. 프랑코는 평소에 자기 방에 틀어박혀서 야간 수업에 참석하지도 않고 사람들이 들락날락해도 별 관심을 보이지 않았지만 데데와 엘사에게만큼은 정성이었다. 아이들을 위해 요리도 하고 나름대로 교육적인 놀이를 만들어내기도 했다. 데데는 프랑코의 말을 듣고 메네니우스 아그리파*의 실없는 우화에 이견을 제시하기까지 했다.

그 무렵 나는 아이들을 학교에 등록시켰는데 수업 중 아그리파에

---

* 고대 로마의 귀족으로 프레푸스(평민)의 이탈, 즉 제1차 성산(聖山, Mons Sacer) 사건 때(B.C. 494) 귀족 대표로 평민을 방문해 다음과 같은 우화를 들려준다. 손과 입, 발 등의 수족은 계속 먹어대기만 하는 위를 벌하기 위해 위를 굶기기로 한다. 그러자 음식을 먹지 않으면 위는 물론 몸의 다른 기관마저 허약해져 죽고 만다. 이렇게 해서 위도 중요한 역할, 즉 음식을 소화시키고 재분배해 다른 구성원을 살찌게 하는 역할을 한다는 것이 밝혀졌다. 아그리파는 이 우화를 들려줌으로써 그 분노를 부드럽게 하고 양자를 화합하는 데 성공했다.

대해 배운 데데는 아그리파의 우화가 바보 같다고 했다. 데데는 내게 웃으면서 말했다.

"엄마, 로마의 귀족이었던 메네니우스 아그리파는 말솜씨로 평민의 얼을 빼놓기는 했지만 인간이 다른 사람의 배를 채운다고 자기 수족까지 배 부르게 만들 수는 없다는 사실까지는 속이지 못했어요. 하하하."

프랑코는 커다란 세계지도를 가지고 데데에게 불평등한 부의 분배와 처절한 빈곤의 관점에서 본 세계 지리학을 가르쳐주기도 했다. 덕분에 그 무렵 데데는 "부당함의 극치"라는 말을 입에 달고 살았다.

어느 날 저녁 마리아로사가 집을 비웠을 때 피사 대학 시절 내 애인은 고함을 지르며 집 안을 뛰어다니는 아이들을 바라보면서 짙은 회한에 젖은 목소리로 말했다.

"저 아이들이 우리 아이들일 수도 있었는데."

나는 그의 말을 바로 잡았다.

"그랬으면 지금보다 나이가 더 많았겠지."

프랑코는 고개를 끄덕였다. 프랑코가 자신의 신발 끝을 바라보는 동안 나는 잠시 그의 모습을 훔쳐보았다. 나는 현재의 프랑코와 15년 전의 박학다식하고 부유한 대학생 프랑코를 비교해 보았다. 그는 프랑코가 분명했지만 과거의 프랑코와는 다른 사람이었다. 그는 이제 책을 읽지도, 글을 쓰지도 않았다. 일 년 가까이 집회나 토론회, 시위에도 거의 참석하지 않았다. 유일한 관심거리인 정치에 대해서는 지금도 이야기를 했지만 과거의 확신과 열정은 느껴지지 않았다. 오히려 다가올 불운을 예언하는 자신의 암울한 능력에 대해 점점 더 자조적인 태도를 보였다. 프랑코는 과장된 어조로 내게 미래에 닥칠 일련의 재앙을 읊어주곤 했다.

프랑코는 우선 탁월한 혁명 주체인 노동계급이 쇠락할 것이라고 했다. 자본주의의 앞잡이 역할을 하려고 허구한 날 싸우느라 변질될 대로 변질되어버린 사회당과 공산당의 정치적 유산이 소멸될 것이라고 했다. 마지막으로 이러한 현상으로 인해 모든 변화의 가능성이 사라질 것이라고 했다.

"이제 변화는 물 건너갔어. 어떻게 해서든 지금 이 상태에 적응할 수밖에 없어."

프랑코의 말에 나는 회의적으로 물었다.

"정말 그렇게 될 거라고 생각해?"

"당연하지."

프랑코는 웃음을 터뜨렸다.

"하지만 너도 알다시피 내가 원래 말로만 떠드는 데 일가견이 있잖아. 원한다면 변증법적 논리를 바탕으로 그 반대 경우를 증명해볼게. 공산주의는 필연적인 것이고 무산계급 독재야말로 궁극의 민주주의야. 러시아연방과 중국, 북한과 타이는 미국보다 훨씬 나아. 냇물처럼 피를 찔끔 흘리든 아니면 강물처럼 쏟아내든 피 흘리는 것은 경우에 따라 범죄일 수도 있지만 경우에 따라서는 정의로운 일일 수도 있어. 어때, 이 편이 더 마음에 들어?"

단 두 번 나는 프랑코에게서 지난날 청년 시절의 모습을 다시 볼 수 있었다. 어느 날 아침 피에트로가 도리아나 없이 불쑥 나타났다. 그는 조사를 하러 나온 감사 같은 분위기를 풍기며 자기 딸들이 어떤 환경에서 살고 있고 어떤 학교에 다니고 있으며 현재 생활에 만족하는지 확인하려 했다. 피에트로의 방문에 온 집 안에 긴장감이 감돌았다. 데데와 엘사가 아이다운 상상력과 과장을 섞어가며 아빠에게 자신들의 생활에 대해 너무 자세히 이야기를 해주는 바람에 피에트로는 처음에는 자기 누나와, 그러고는 나와 심하게 다퉜다. 피에트로는 나와 마리아로사 둘 다 무책임하다고 비난했다. 나는 평정심을 잃고 그에게 고함을 쳤다.

"당신 말이 맞아. 그러니 아이들을 데리고 가. 도리아나와 함께 아이들을 키우도록 해."

사태가 이 지경에 이르자 프랑코가 자기 방에서 고개를 내밀었다. 그는 우리 사이에 끼어들어 오랜만에 특유의 현란한 화법을 구사했다. 예전에 프랑코가 소란스러운 집회를 통제할 때 사용했던 바로 그 능력이었다. 프랑코와 피에트로는 부부와 가족, 자식 양육에 대해 현학적인 대화를 나누기에 이르렀다. 나중에는 나와 마리아로사는 까맣게 잊고 플라톤에 대한 이야기까지 나누었다. 신경이 잔뜩 곤두선 피에트로는 상기된 얼굴로 눈을 희번덕거렸지만 드디어 지적이고 교양 있게 대화를 나눌 수 있는 상대를 만났다는 생각에 내심 흡족해하면서 피렌체로 떠났다.

니노가 아무런 예고 없이 나타난 날 연출된 광경은 이보다 더 험악했다. 내게는 정말 끔찍한 경험이었다. 니노는 오랫동안 운전을 해서 지칠 대로 지쳐 있었다. 외모에 신경 쓰지 않은 태가 역력한 데다 신경이 몹시 날카로운 상태였다.

나는 니노가 나와 내 딸들의 운명에 대해 중대한 선언을 하러 왔다고 생각했다.

'이제 다 끝났어. 엘레오노라와의 관계는 해결했으니 나와 함께 나폴리에서 살자.'

나는 니노가 이렇게 말해주기를 바랐다. 그렇게만 해준다면 나는 군말 없이 니노를 따라갈 생각이었다. 나는 당시의 불안정한 환경에 지쳐 있었다. 하지만 그런 일은 일어나지 않았다.

우리는 방에 들어가 문을 닫았다. 니노는 손을 비틀고 머리와 얼굴을 매만지다 오랜 망설임 끝에 내 기대와는 달리 아내와 헤어질 수 없다고 했다. 그는 안절부절못하면서 나를 껴안으려고 했다. 엘레오노라와 결혼생활을 유지하는 것만이 나와 함께할 수 있는 유일한 방법이라는 사실을 내게 설득하려 했다. 다른 때였으면 나는 그런 니노의 모습에 마음이 아팠을 것이다. 그는 진심으로 괴로워하고 있었다. 하지만 그 순간만큼은 나는 그가 얼마나 괴로워하든 상관없었다. 나는 넋이 나가 그를 바라보았다.

"그게 대체 무슨 말이야?"

"엘레오노라와 헤어질 수 없지만 너 없이 살 수도 없다는 거야."

"그러면 내가 정리를 해볼게. 그러니까 이제 네 정부가 아니라 네 후처로 살라는 거네. 그게 가장 합리적인 해결방안이라는 거네."

"무슨 말이야. 그렇지 않아."

"네 말이 딱 그 뜻이잖아."

나는 그에게 사납게 소리쳤다. 나는 손가락으로 문을 가리켰다. 니노의 잔꾀와 말도 안 되는 발상과 비열하기 그지없는 말 한마디 한마디에 넌덜머리가 났다. 니노는 목에서 쥐어짜내는 듯한 소리로 자기가 그렇게 행동할 수밖에 없는 불가항력적인 이유를 말했다. 그는 내가 다른 사람에게 이 소식을 듣는 것이 싫어서 자신이 직접 말해주러 온 것이라며 내게 자신이 찾아온 이유를 고백했다. 엘레오노라가 임신 7개월이라는 것이었다.

28

살 만큼 산 지금 와 돌이켜보면 당시 내 반응이 지나쳤다는 것을 인정한다. 글을 쓰고 있는 이 순간도 그때를 생각하면 나도 모르게 웃음이 난다. 이제 나는 여성이든 남성이든 나와 비슷한 경험을 한 사람이 많다는 것을 알고 있다. 그만큼 사랑과 섹스는 비이성적이고 잔혹한 것이니까. 하지만 당시만 해도 나는 그런 니노의 고백을 도저히 감당할 수 없었다. 엘레오노라가 임신 7개월이라는 사실은 니노가 나에 대해 저지를 수 있는 가장 끔찍한 실수처럼 느껴졌다.

문득 릴라가 떠올랐다. 릴라가 마치 내게 해야 할 말이 있는 것처럼 카르멘과 불안한 시선을 주고받던 순간이 생각났다. 안토니오는 엘레오노라의 임신을 알고 있었던 걸까. 릴라와 카르멘도 이미 그 사실을 알고 있었던 걸까. 그렇다면 릴라는 왜 내게 이야기를 해주지 않았던 걸까. 자기에게 감히 내 고통의 강약을 조절할 권리가 있다고 생각한 걸까.

가슴속에서 뭔가 뚝 부러지는 소리가 났다. 니노가 불안에 떨면서 엘레오노라가 임신한 덕분에 그녀가 안정을 되찾기는 했지만 다른 한편으로는 그녀와 헤어지기가 더 힘들어졌다고 기어들어가는 소리로 변명을 늘어놓는 동안 나는 너무나 괴로워서 팔짱을 낀 채 몸을 앞으로 굽혔다. 온몸이 욱신거렸다. 말을 할 수도 소리를 지를 수도 없었다.

나는 벌떡 몸을 일으켰다. 그때 아파트에는 프랑코밖에 없었다. 정신 나간 여자도, 비탄에 빠진 여자도, 노래를 흥얼거리는 여자도, 병든 여자도 없었다. 마리아로사는 내가 니노와 편히 이야기할 수 있게 아이들을 데리고 산책을 나갔다. 나는 방문을 열고 가냘픈 소리로 피사 대학 시절 내 남자 친구를 불렀다. 프랑코는 즉시 내게 달려왔고 나는 손으로 니노를 가리켰다. 나는 숨을 헐떡이면서 말했다.

"저 자식 좀 내쫓아줘."

프랑코는 니노를 쫓아내는 대신 그에게 조용히 하라는 신호를 보냈다. 무슨 일인지 묻는 대신 내가 움직이지 못하도록 내 손목을 꽉 잡고 내가 정신을 가다듬기를 기다렸다. 프랑코는 나를 주방으로 데려가 의자에 앉혔다. 니노는 우리 뒤를 졸졸 따라왔다. 나는 숨을 헐떡이면서 절망한 나머지 꺽꺽 소리를 냈다.

"내쫓아버리라니까!"

니노가 다가오려 하자 내가 다시 말했다. 프랑코는 니노를 내게서 밀어내며 침착한 목소리로 말했다.

"엘레나는 내버려두고 우선 나가봐요."

니노는 프랑코의 말을 따랐고 나는 프랑코에게 장황하게 상황을 설명했다. 프랑코는 중간에 한 번도 끼어들지 않고 내 말에 귀를 기울이다 내가 기진맥진해서 말을 멈추자 교양이 철철 넘치는 태도로 이룰 수 없는 일에 집착하기보다는 가능한 선에서 최대한 즐기는 것이 상책이라고 했다. 이 말에 나는 프랑코에게도 화를 냈다.

"사내들은 언제나 그렇게 말하지."

나는 프랑코에게 소리를 질렀다.

"가능한 선에서 즐기라니 말이 돼? 정말 바보 같은 말이야."

프랑코는 기분 나빠하지 않고 내게 상황을 있는 그대로 분석해보라고 했다.

"좋아."

프랑코가 말했다.

"그러니까 네 말은 저기 저 신사 양반이 지난 2년 반 동안 너를 속였다는 거지? 부인과 헤어졌고 더는 아무 관계가 없다고 했었는데 지금 와서 7개월 전에 부인을 임신시켰다는 것을 고백했다는 거지?

네 말이 맞아. 정말 끔찍한 일이야. 저 니노라는 작자는 비열한 인간이야."

프랑코는 내게 한 가지 사실을 상기시켰다.

"하지만 자기 아내가 임신한 것을 알고 나서 마음만 먹었다면 너를 버리고 그냥 사라질 수도 있었을 거야. 그런데 대체 왜 차를 타고 나폴리에서 밀라노까지 온 걸까? 왜 밤새 그 먼 길을 온 거지? 왜 모든 것을 자백하고 이런 수모를 당하고 있는 걸까? 왜 네게 자기를 버리지 말아달라고 애원하는 거지? 이 모든 것에 나름대로 의미가 있는 것이 아닐까?"

"의미가 있고말고!"

내가 외쳤다.

"그 자식이 거짓말쟁이라는 뜻이야! 경솔한 데다 선택 장애가 있다는 뜻이야!"

프랑코는 내 말에 동의한다는 뜻으로 고개를 끄덕였다. 그러고는 물었다.

"너를 정말 사랑하지만 이런 식으로밖에 사랑하는 법을 모르는 거라면?"

그게 바로 니노가 주장하는 바라는 것을 미처 외칠 틈도 없이 현관문이 열리고 마리아로사가 나타났다. 데데와 엘사는 니노를 알아보고 사랑스럽기 그지없는 태도로 수줍어했다. 니노의 관심을 받고싶어 지난 몇 달 동안 자기들 아빠가 니노의 이름을 욕설처럼 입에 달고 다녔던 일은 까맣게 잊고 만 것이다.

니노는 바로 아이들에게 관심을 쏟았고 마리아로사와 프랑코는 나를 돌보아주었다. 정말이지 쉬운 일이 하나도 없었다. 데데와 엘사가 큰 소리로 웃고 떠드는 동안 두 집주인은 나와 심각한 이야기를 나눴다. 둘 다 내가 이성적으로 생각할 수 있도록 도우려 했지만 각자의 내면에 깔린 감정을 감추지 못했다. 프랑코는 놀랍게도 예전처럼 상황에 명확한 종지부를 찍기보다는 애정 어린 중재를 해주는 쪽이었다. 이에 비해 내 시누이는 처음에는 나를 완전히 이해해주는 듯싶었으나 나중에는 니노를 이해하려 했고 급기야는 엘레오노라가 처한 극적인 상황을 이해해야 한다는 듯한 태도를 보여 내 마음을 상하게 했다. 마리아로사가 의도치 않게 그런 것인지 아니면 계산된 행동이었는지는 잘 모르겠다.

"화내지 마."

마리아로사가 말했다.

"생각을 좀 해봐. 너처럼 지각 있는 여성이라면 한 여성의 행복이 다른 여성의 파멸이라는 상황에 대해 어떻게 생각해야겠어?"

둘은 그런 식으로 나를 설득하려 했다. 프랑코는 주어진 상황 안에서 최대한 많은 것을 취하라고 나를 부추겼고 마리아로사는 어린 아들과 곧 태어날 아이와 함께 버림받는 엘레오노라의 모습을 상기시켰다.

"엘레오노라와 가까워지도록 해. 상대방의 처지를 생각해봐."

마리아로사가 내게 충고했다.

나는 기진맥진했다. 뭘 제대로 알지도 못하고 이해도 못하는 사람 입에서나 나올 법한 멍청한 소리라고 생각했다. 릴라라면 언제나 그랬듯이 이 모든 상황에서 빠져나왔을 것이다. 릴라라면 내게 이렇게 충고했을 것이다.

'지금까지 저지른 실수만으로도 충분해. 이제 모든 사람의 낯짝에 침을 뱉고 떠나도록 해.'

이것이야말로 릴라가 언제나 원하던 바였다. 하지만 나는 두려웠다. 프랑코와 마리아로사가 떠들어대는 말 때문에 더 혼란스러워져 더는 두 사람의 말에 귀를 기울이지 않았다. 나는 니노를 훔쳐보았다. 데데와 엘사에게 다시 호감을 얻으려 애쓰는 니노의 모습은 정말이지 잘생겨보였다. 니노는 아이들을 데리고 방으로 돌아와 천연덕스러운 태도로 마리아로사에게 아이들을 칭찬했다.

"이것 봐요 고모. 정말 예쁜 아가씨들이죠?"

니노는 너무나 자연스럽게 매혹적인 말투로 말하면서 마리아로사의 맨무릎을 가볍게 만졌다. 나는 니노를 집밖으로 끌고 나가 산탐브로지오 지역을 돌아다니면서 오랫동안 산책했다.

몹시도 무더운 날이었다. 우리는 벽돌색 길을 따라 걸었다. 플라타너스 꽃가루가 어지러이 흩날렸다. 나는 니노에게 이제 너 없이 사는 것에 익숙해져야겠다고 했다. 하지만 지금으로서는 불가능하다고, 시간이 필요하다고 했다.

그러나 니노는 나 없이는 절대로 살아갈 수 없다고 했다. 나는 그런 니노에게 너는 평생 아무것도 포기하지 못하고 그 누구와도 헤어지지 못할 사람이라고 쏘아붙였다. 니노는 내 말을 부정했다. 상황 때문에 어쩔 수 없었다고, 모든 것을 포기하지 않은 것은 그래야만 나를 차지할 수 있기 때문이었다고 했다.

나는 그 이상 니노를 몰아세워봤자 소용이 없다는 사실을 깨달았다. 니노는 눈앞에 펼쳐진 심연을 보고 겁에 질려 있었다. 나는 그를 차까지 바래다주고 나폴리로 돌려보냈다. 니노는 출발하는 순간까지 내게 물었다.

"어떻게 할 생각이야?"

나는 대답하지 않았다. 사실 나도 어떻게 해야 할지 몰랐으니까.

# 29

내가 결정을 내리게 된 것은 그로부터 몇 주 후에 일어난 사건 때문이었다. 그때 마리아로사는 보르도에 일정이 있어 얼마간 집을 비우게 됐다. 떠나기 전에 마리아로사는 나를 따로 불러 프랑코에 대한 이야기를 다소 혼란스럽게 늘어놓았다. 마리아로사는 내게 자기가 없는 동안 프랑코를 돌봐달라고 부탁했다. 마리아로사는 프랑코가 몹시 우울한 상태라고 했다. 그제야 나는 지금껏 때때로 느낌이 왔다가 다른 일에 정신이 팔려 잊어버리곤 했던 일이 사실임을 깨달았다.

마리아로사는 프랑코와의 관계에서만큼은 다른 사람들에게 하듯이 착한 사마리아인을 연기하는 것이 아니었다. 마리아로사는 진심으로 프랑코를 사랑했다. 마리아로사는 그의 어머니이자 누나이자 연인이었다. 힘들어 보이는 마리아로사의 표정과 야윈 몸은 프랑코에 대한 걱정을 떨쳐버릴 수 없었기 때문이었다. 그가 너무 약해져 언젠가는 부서져버릴 거라는 확신 때문이었다.

마리아로사는 8일 동안 집을 비웠다. 머릿속이 복잡해서 쉽지는 않았지만 나는 최대한 프랑코에게 다정하게 대해주었다. 나는 매일 밤늦게까지 프랑코와 대화를 나누었다. 나는 프랑코가 정치 이야기 대신 우리의 추억을 이야기하는 것이 좋았다. 프랑코는 혼잣말처럼 예전에 우리가 얼마나 즐거웠는지 이야기했다. 그는 봄에 우리가 피사에서 오랫동안 함께 산책을 했던 일, 아르노 강가를 걸을 때 풍기던 악취, 아무에게도 말하지 않았던 유년시절 이야기와 자기 부모님과 조부모님 이야기를 내게 털어놓았던 일을 기억했다.

나는 무엇보다도 프랑코가 내 걱정거리를 들어줘서 기뻤다. 나는 밀라노 출판사와 맺은 새로운 계약과 계약을 지키기 위해 써야 할 새 책에 대한 고민이며 나폴리로 돌아가야 할지도 모르는 상황과 니노에 대한 걱정을 털어놓았다. 프랑코는 내 문제를 일반화하거나 피상적인 말로 위로하려고 하지 않았다. 오히려 무례하다고 느껴질 정도로 직설적으로 말했다.

"니노가 네 자신보다 소중하다면 말이야."

유난히도 멍해 보이던 어느 날 저녁 프랑코가 말했다.

"있는 그대로 그를 받아들여. 유부남에 애까지 딸린 데다 평생 여기저기 씨를 뿌리고 돌아다니겠지만 말이야. 비열한 인간인 데다 앞으로 얼마나 더 비열한 짓을 저지를지 모르지만 있는 그대로 그를 받아들이도록 해. 아! 레나, 레누차…"

프랑코는 다정스레 속삭이면서 고개를 저었다. 그러고는 갑자기 웃음을 터뜨리더니 소파에서 몸을 일으켰다. 프랑코는 암울한 목소리로 자기는 사랑이란 아무런 두려움이나 혐오감 없이 제정신으로 돌아올 수 있게 될 때야 비로소 완전히 끝나는 거라고 생각한다고 했다. 그러고는 마치 발밑에 바닥이 진짜로 있다는 것을 확인이라도 하고 싶은 것처럼 발을 질질 끌면서 방에서 나갔다. 그 순간 왜 파스콸레가 생각났는지 모르겠다. 사회적 배경으로 보나 문화적 배경으로 보나 정치적 성향으로 보나 프랑코와 닮은 점이라고는 하나도 없는데 말이다. 그런데도 나는 잠시 내 소꿉친구가 그를 집어삼킨 어둠에서 다시 솟아난다면 꼭 지금의 프랑코처럼 걸어갈 것 같다고 생각했다.

다음 날 프랑코는 하루 종일 방에서 나오지 않았다. 나는 저녁에 일약속이 있어서 노크를 하고 프랑코에게 데데와 엘사의 저녁식사를 부탁했다. 프랑코는 내게 아이들의 저녁을 챙겨주겠다고 했다.

밤늦게 집에 돌아와 보니 평소와는 달리 부엌이 엉망이었다. 나는 식탁을 치우고 설거지를 했다. 그날 밤 나는 오래 자지 못하고 새벽 6시경에 눈을 떴다. 화장실에 가려고 프랑코의 방을 지나가는데 공책에서 찢어 낸 의문의 종이 한 장이 압정으로 방문에 꽂혀 있는 것이 눈에 띄었다. 종이에는 '레나, 아이들을 들여보내지 마'라고 쓰여 있었다.

나는 최근 데데와 엘사가 프랑코를 성가시게 했거나 전날 밤 그를 화나게 했나보다라고 생각해 아이들을 혼쭐내야겠다고 다짐하면서 아침식사를 하러 갔다. 하지만 다시 생각해보니 평소 아이들과 사이가 좋은 프랑코가 어떤 이유에서든 아이들에게 화가 났을 리는 없을 것 같았다. 8시쯤 나는 다시 한번 조심스레 프랑코의 방문을 두드렸다. 아무런 응답이 없었다. 나는 문을 더 세게 두드린 다음 조심스럽게 방문을 열었다. 프랑코의 이름을 불러보았지만 여전히 대답이 없어 나는 불을 켰다.

베개와 침대 시트가 피로 물들어 있었다. 거대한 검붉은 얼룩이 프랑코의 발까지 길게 내려왔다. 죽음이란 이토록 혐오스러운 것이다. 여기서는 그저 내가 그토록 속속들이 알고 있던 그 육체가, 한때 행복과 생기가 넘치던 그 육체가, 그토록 많은 책을 읽고 그토록 많은 경험을 했던 그 육체가 생명력을 잃고 쓰러져 있는 광경에 연민과 혐오감을 동시에 느꼈다고만 해두자.

프랑코는 정치적 소양이 풍부하고 이타적인 취지와 희망을 가졌으며 언제나 정중했던 살아 숨 쉬는 생명체였다. 그랬던 그가 이토록 끔찍한 장면을 연출하게 된 것이었다. 프랑코는 자기 자신과 자신을 감싸고 있는 피부와 감정, 말과 생각 그리고 엉망이 되어버린 주변 세상을 증오했음이 분명했다. 그렇지 않으면 어떻게 그 모든 추억과 언어, 모든 일에 의미를 부여하는 능력을 그토록 잔혹한 방식으로 제거해버릴 수 있단 말인가.

그 후 며칠 동안 파스콸레와 카르멘의 어머니 주세피나 아주머니 생각이 났다. 주세피나 아주머니도 어느 순간 자기 자신을 견디지 못했다. 자기 몫으로 남은 보잘것없는 삶의 파편을 견디지 못하게 됐다. 하지만 주세피나 아주머니만 해도 우리보다 전 세대에 속했다.

프랑코는 달랐다. 그는 나와 동시대를 살았다. 그렇기 때문에 그의 이러한 지친 퇴장은 내게 깊은 인상을 남긴 정도가 아니라 나를 뒤흔들어 놓았다. 나는 오랫동안 그가 세상에 남긴 유일한 메모를 생각했다. 그 글은 내게 남긴 것이었다. 프랑코는 아이들이 자신의 모습을 보지 못하도록 방에 들어오지 못하게 하라고 했다. 바꾸어 말하면 나는 방에 들어와도 되고 자신의 모습을 봐야 한다는 내용이었다. 아직도 나는 그가 남긴 중의적 명령에 대해 생각한다. 그 가운데 하나는 명확한 명령이었고 다른 하나는 함축적인 명령이었다.

한 무리의 열혈 활동가들이 힘없는 주먹을 쥐고 참석했던 장례식이 끝난 후 (그때까지만 해도 프랑코는 존경받는 유명 인사였다) 나는 마리아로사와 다시 가까워지고 싶었다. 그녀 곁을 지켜주고 싶었다. 그녀와 함께 프랑코 이야기를 하고 싶었다. 하지만 마리아로사는 내가 다가가는 것을 허락하지 않았다. 마리아로사는 갈수록 기력이 쇠해졌다. 병적인 불신의 흔적이 외모에도 영향을 미쳐 생기 넘치던 눈빛마저 흐려졌다.

마리아로사의 집은 서서히 텅 비어갔다. 마리아로사는 이제 나를 친동생처럼 대하지 않았고 갈수록 나에게 적대적인 태도를 보였다. 하루 종일 학교에 있거나 집에 있을 때에도 방 안에 틀어박혀 방해

받지 않고 싶어 했다. 데데와 엘사가 놀면서 시끄럽게 하면 화를 냈고 내가 그런 아이들을 야단치면 더 화를 냈다. 나는 짐을 싸서 데데와 엘사를 데리고 나폴리로 향했다.

## 30

니노는 진심이었다. 정말로 나와 아이들을 위해 타소 가에 아파트를 임대해 놓았다. 나는 바로 그 집으로 들어갔다. 비록 개미가 들끓는 데다 가구라고는 머리판도 없는 부부용 침대와 아이들을 위한 작은 침대, 탁자와 의자 몇 개밖에 없었지만 말이다. 나는 우리의 사랑에 대한 이야기도 미래에 대한 이야기도 꺼내지 않았다.

나는 니노에게 내가 나폴리에 오게 된 결정적인 요인은 프랑코라는 것을 설명해주었다. 그러고는 좋은 소식 나쁜 소식을 하나씩 전했다. 좋은 소식은 내 출판사에서 글을 조금 덜 무미건조하게 수정한다는 조건으로 니노의 에세이집을 출간해주기로 했다는 것이고 나쁜 소식은 그가 내 몸에 손끝 하나 댈 수 없다는 것이었다.

니노는 첫 번째 소식에 기뻐했고 두 번째 소식에 절망했다. 하지만 결국 우리는 매일 밤 마주보고 앉아 그의 에세이를 다시 썼고 그러다보니 계속 화를 내기가 힘들어졌다. 엘레오노라가 아직 출산도 하지 않은 상태에서 우리는 다시 사랑을 나눴고 그녀가 리디아라는 이름의 딸을 낳았을 무렵 니노와 나는 다시 한 쌍의 연인이 되어 있었다. 우리는 우리만의 일상을 공유하고 아름다운 집에서 두 딸을 데리고 공적으로나 사적으로나 꽤나 밀도 있는 삶을 공유했다.

"그렇다고 내가 언제나 네 말을 따를 거라고는 생각하지 마."

내가 선을 그었다.

"지금은 너 없이 살 수 없지만 언젠가는 너를 떠날 테니까."

"그럴 리 없어. 그럴 이유가 없을걸."

"이유야 지금도 많지."

"곧 모든 것이 바뀔 거야."

"그거야 두고 볼 일이지."

이 모든 것이 사실은 연극이었다. 나는 비이성적인 데다 굴욕적이기 짝이 없는 이 상황을 지극히 합리적인 것처럼 나 자신을 속이고 있었다. 나는 프랑코의 말을 빌려 생각했다.

'나는 지금 내게 없어서는 안 될 것을 취하는 것뿐이야. 니노의 얼굴과 말을 질릴 때까지 누리다가 내 모든 욕망을 충족하면 그를 쫓아버릴 거야.'

아무리 기다려도 니노가 나를 찾지 않을 때면, 가뜩이나 할 일이 많은데 니노가 내게 너무 달라붙으니 지금 이대로가 좋다고 생각했다. 질투심에 괴로울 때면 니노가 사랑하는 사람은 나라고 생각하면서 마음을 가라앉히려 했다. 니노의 아이들이 떠오를 때면 애써 니노가 알베르티노와 리디아보다 데데와 엘사와 보내는 시간이 더 많다고 생각했다.

물론 이 모든 것은 사실이기도 했고 거짓이기도 했다. 물론 언젠가는 니노의 매력도 사라질 것이다. 물론 나는 할 일이 태산이었다. 물론 니노는 나를 사랑했다. 데데와 엘사도 사랑했다.

그렇지만 내가 애써 무시하고 있는 사실도 있었다. 나는 그 어느 때보다 니노에게 이끌렸다. 나는 그가 원하기만 하면 모든 것을 버릴 준비가 되어 있었다. 엘레오노라와 알베르티노 그리고 막 태어난 리디아와의 유대관계는 나와 내 아이들과의 유대관계만큼 강력하다. 하지만 나는 그 부분은 어두운 베일로 가려두곤 했다. 베일이 여기저기 찢겨 실상이 적나라하게 드러나면 나는 황급히 글을 쓰거나 강연을 다니면서 미래 사회에 대해 떠들어 댄 거창한 말을, 그러니까 모든 것은 변할 것이고 지금 새로운 동거 형태가 형성되고 있는 중이라는 말을 생각했다.

하지만 나는 매일 온갖 어려움에 만신창이가 됐고 마음속 균열은 커져만 갔다. 그동안 나폴리의 상황은 조금도 좋아지지 않았다. 이 도시의 고질병은 나를 지치게 만들었다. 타소 가는 살기 불편했다. 니노는 내게 하안색 중고 르노4를 마련해주었다. 나는 처음부터 그 차가 마음에 들었지만 초반에는 교통체증 때문에 운전하고 다니기가 어려웠다. 나폴리에서는 수 없이 많은 일상적인 일을 처리하기가 피렌체나 제노바, 밀라노에서보다 훨씬 힘들었다. 데데는 수업 첫날부터 담임선생님과 학급 친구들을 증오했고 그새 초등학교 1학년이 된 엘사는 매일 붉게 충혈된 눈으로 슬픔에 잠겨 집으로 돌아오곤 했다. 엘사는 학교에서 무슨 일이 있었는지 내게 이야기해주지 않았다.

나는 두 아이를 야단쳤다. 나는 아이들에게 어려움을 이겨낼 줄도, 자기주장을 관철할 줄도 모르는 데다 새로운 환경에 적응을 제대로 못한다고 야단치면서 어떻게 해서든 배워나가는 수밖에 없다고 했다.

두 아이는 서로 동맹을 맺어 나에게 대항했다. 아이들은 아델레 할머니와 마리아로사 고모가 무슨 여신이라도 되는 것처럼 말하기 시작했다. 할머니와 고모가 행복한 자기들만의 왕국을 만들어주었다면서 갈수록 대놓고 두 사람을 그리워했다. 데데와 엘사의 마음을 얻으려고 딸들을 끌어안고 귀여워해줘도 뚱한 표정으로 안기거나 가끔 나를 밀어내기까지 했다.

일적인 면에서도 마찬가지였다. 사실 그 당시 비교적 상황이 좋았기 때문에 기회를 놓치지 않고 밀라노에 남아 출판사에 자리를 잡는 편이 나았을 뻔했다. 홍보활동을 하던 중 알게 된 사람 가운데 나를 도와주겠다고 한 사람들이 있었는데 그 생각을 하면 차라리 로마에 가는 것도 나쁘지 않았을 것이다. 나와 내 딸들은 어쩌자고 나폴리까지 오게 된 걸까. 그저 니노를 만족시키기 위해서? 원래 나는 자유롭고 독립적인 여성이 아니었던 건가. 나 자신을 기만한 것인가. 그동안 보잘것없는 책 두 권으로 모든 여성에게 지금까지 자기 자신에게조차 말하지 못했던 것을 고백할 수 있게 도와주는 조력자 역할을 연기했지만 실은 나야말로 독자들을 기만하고 있는 것은 아닐까. 내게 편리하기 때문에 그런 말을 믿었을 뿐 실은 나도 보수적인 내 동년배 여성들과 별 차이가 없는 것은 아닐까. 말만 번지르르하게 했지 나야말로 나나 내 딸들의 욕구보다 사내의 욕구를 더 중요하게 여길 정도로 철저하게 남성에 의해 주조된 여성이 아닐까.

나는 이런 고민을 하는 내 자신을 차츰 회피하는 법을 익혔다. 니노가 현관문을 두드리는 순간 모든 회한은 사라졌다. 나는 생각했다.

'이것이 지금 내 인생이야. 어떻게 해도 달라질 수 없어.'

나는 나름대로 기준을 세웠다. 나는 쉽게 포기하지 않았고 가끔은 전투적인 태도를 취했다. 때로는 정말 행복하기도 했다. 집 안은 언제나 환했고 발코니에서 바라보면 나폴리가 황금빛으로 빛나는 푸른 바다까지 멀리 펼쳐지는 광경이 한눈에 들어왔다. 나는 제노바와 밀라노의 불안정한 생활에서 데데와 엘사를 데리고 나왔다. 나폴리의 공기와 색채, 길에서 들려오는 사투리, 한밤중인데도 아랑곳하지 않고 니노가 집으로 끌고 오는 수준 높은 사람들은 내게 자신감을 주고 나를 즐겁게 했다.

가끔은 데데와 엘사를 피렌체에 있는 피에트로에게 데려다주었다. 그가 아이들을 보러 나폴리까지 올 때도 나는 그를 반갑게 맞이했고 니노가 불평하는데도 집에 묵게 했다. 나는 아이들 방에 피에트로의 침대를 마련해주었다. 아이들은 아빠에 대한 애정을 보란 듯 과시했다. 아빠에 대한 애정을 표현하면 할수록 아빠를 더 붙잡아둘 수 있다고 생각하는 것 같았다. 피에트로와 나는 편안한 관계를 유지하기 위해 애썼다. 나는 피에트로에게 도리아나에 대해 물었다. 드디어 집필을 끝마치는가 싶으면 어김없이 새로 심도 있게 다룰 필요가 있는 부분이 생기는 그의 책에 대해서도 물었다. 아이들이 내 존재를 무시하고 제 아빠 곁에 꼭 붙어 있을 때면 나는 잠깐이나마 여유를 즐겼다. 아르코 미렐리까지 내려가 해변 근처 카라치올로 가를 따라 산책하거나 아니엘로 팔코네 가까지 올라가 플로리디아나에 가곤 했다. 나는 그곳에서 벤치를 하나 골라 앉아 책을 읽었다.

## 31

타소 가에서 지내다보니 고향 동네는 도심에서 멀리 떨어진 곳에 있는 희미한 빛깔의 돌무더기처럼 느껴졌다. 베수비오 화산 기슭에 쌓아놓은 식별하기 힘든 도시 쓰레기 더미 같았다. 나는 앞으로도 계속 고향 동네가 내게 그런 존재로 남기를 바랐다. 나는 예전과는 다른 사람이었다. 다시 고향 동네 일에 휘말리고 싶지 않았다. 하지만 이때도 내 결심은 확고하지 못했다. 아파트를 정리하느라 정신없이 사나흘을 보낸 후 나는 고향을 멀리하겠다는 결심을 포기했다. 나는 정성껏 몸을 단장하고 딸들에게 예쁜 옷을 입혔다. 나는 딸들에게 말했다.

"이제 임마콜라타 할머니랑 비토리오 할아버지랑 삼촌들을 만나러 가자."

우리는 아침 일찍 집에서 출발해 아메데오 광장에서 지하철을 탔다. 딸들은 열차가 도착할 때 부는 세찬 바람에 즐거워했다. 바람 때문에 머리가 엉망이 되고 옷이 몸에 딱 달라붙고 숨이 막히는 것을 재미있어 하는 것 같았다. 나는 피렌체에서 어머니와 심하게 싸운 이래로 어머니와 만난 적도 없고 이야기를 나눈 적도 없었다. 어머니가 나를 만나주지 않을까봐 걱정이 됐다. 내가 집에 간다고 미리 알리지 않은 것도 그 때문이었다.

솔직히 말하면 내가 고향을 방문하기로 한 데는 다른 숨겨진 이유가 있었다. 그 사실을 인정하기 힘들었기에 나는 이런저런 이유를 핑계로 여기저기 방문할 계획을 세운 것이었다. 내게 고향 동네는 부모님에 앞서 릴라를 의미했다. 어머니를 찾아가기로 마음먹은 것은 앞으로 릴라와의 관계를 어떻게 할 것인지 결정하기 위해서이기도 했다. 아직 이렇다 할 결정을 내리지 못했으니 우연에 기대고 싶었다. 어쨌든 릴라와 마주칠 가능성이 있었기에 나는 나와 딸들 외모에 최대한 신경 썼다. 혹시나 마주치더라도 내가 품위 있는 여성이고 내 딸들은 고통받거나 망가지지 않고 잘 지내는 것을 릴라가 알아주기를 바랐다.

결과적으로 그날 나는 감정적인 소모가 컸다. 나는 터널을 지나 일부러 카르멘과 그녀의 남편 로베르토가 일하는 주유소를 피해 집 앞 뜰을 가로질렀다. 두근거리는 마음으로 내가 태어난 낡은 건물의 부서져가는 계단을 올라갔다. 데데와 엘사는 엄청난 모험을 앞두기라도 한 듯 기대에 부풀어 몹시 흥분한 상태였다.

나는 아이들을 앞세우고 초인종을 눌렀다. 집 안에서 절뚝거리는 어머니의 발소리가 들려왔다. 어머니는 현관문을 열더니 귀신이라도 본 것처럼 눈을 크게 떴다. 나 역시 어머니의 달라진 모습에 놀란 표정을 짓고 말았다. 내가 알고 있는 어머니와 지금 내 눈앞에 있는 어머니 사이의 간극이 너무나 컸다. 어머니는 몰라보게 변해 있었다. 나는 잠깐 동안이지만 어린 시절 몇 번 본 적이 있는 어머니의 사촌을 보는 것 같은 착각에 빠졌다. 외종이모는 어머니보다 나이가 예닐곱 살쯤 많았지만 어머니와 많이 닮았었다. 어머니는 그새 살이 많이 빠졌다. 얼굴뼈와 코, 귀가 지나치게 커보였다.

나는 어머니를 껴안으려 했지만 어머니는 몸을 피했다. 아버지도 페페와 잔니도 집에 없었다. 가족들 소식을 알아내기는 어려웠다. 어머니는 거의 한 시간 동안 내게 말 한마디 건네지 않았다. 그렇지만 데데와 엘사에게는 다정했다. 아이들을 끊임없이 칭찬하며 아이들이 옷을 더럽히지 않도록 커다란 앞치마를 하나씩 입힌 후 아이들과 함께 설탕으로 사탕을 만들기 시작했다.

나는 몹시 민망했다. 어머니는 나를 아예 없는 사람 취급했다. 내가 아이들에게 사탕을 그만 먹으라고 하자 데데가 기다렸다는 듯 할머니에게 물었다.

"더 먹어도 돼요?"

"얼마든지 먹으렴."

어머니가 내 쪽은 쳐다보지도 않고 대답했다.

어머니가 손녀들에게 뜰에 나가 놀아도 된다고 했을 때도 비슷한 상황이 연출됐다. 피렌체에 있을 때나 제노바에 있을 때나 밀라노에 있을 때 나는 아이들끼리만 밖으로 내보낸 적이 없었다.

내가 말했다.

"애들아 안 돼. 집에 있으렴."

딸들은 입을 모아 물었다.

"나가도 돼요, 할머니?"

"할미가 된다고 하지 않았니?"

나는 어머니와 단둘이 마주하게 되었다. 나는 어린아이처럼 불안해하면서 말했다.

"저 이사 왔어요. 타소 가에 집을 얻었어요."

"잘했구나."

"이제 사흘 됐어요."

"잘했다."

"책도 새로 나왔어요."

"그게 나랑 무슨 상관이란 말이냐?"

나는 입을 다물었다. 어머니는 비위가 상한 표정으로 레몬을 반으로 잘라 컵에 즙을 짜냈다.

"왜 레모네이드를 드시는 거죠?"

내가 물었다.

"너를 보니 속이 뒤집혀서 그런다."

어머니는 레몬즙에 물을 탄 다음 발포성 중탄산염을 넣고 기포가 생기는 음료를 단숨에 들이켰다.

"몸이 안 좋으세요?"

"아니, 아픈 데 없다."

"거짓말하지 마세요. 병원에는 가보셨어요?"

"병원이나 약 따위에 낭비할 돈이 어디 있단 말이냐?"

"엘리사는 어머니 상태를 알고 있나요?"

"그 애는 임신했다."

"왜 제게 아무 말씀도 안 해주셨어요?"

어머니는 대답하지 않았다. 힘겹게 긴 한숨을 내쉬면서 컵을 싱크대 위에 올려놓고 손등으로 입술을 훔쳤다. 내가 말했다.

"제가 병원에 모셔다 드릴게요. 다른 증상이 있나요?"

"다 너 때문에 생긴 증상이다. 너 때문에 배 속에 있는 정맥이 터져버렸어."

"대체 무슨 말씀이세요?"

"너 때문에 속이 터져 죽을 것 같단 말이다."

"저는 어머니를 사랑해요."

"나는 아니다. 아이들까지 데리고 나폴리에 온 거냐?"

"네."

"네 남편은 같이 안 오고?"

"네."

"다시는 이 집에 발 들여놓을 생각 마라."

"어머니, 요즘은 세상이 예전 같지 않아요. 남편이랑 헤어지고 다른 사람이랑 살아도 얼마든지 존경받을 수 있어요. 왜 저한테는 이렇게 화를 내시면서 결혼도 하지 않은 상태에서 임신한 엘리사에게는 아무 말씀도 안 하시는 거죠?"

"너는 엘리사가 아니니까 그렇지. 엘리사가 너처럼 공부를 많이 했더냐? 내가 엘리사에게 너한테 그런 것처럼 많은 것을 기대했을 것 같아?"

"저는 지금 어머니께서 기뻐하실 만한 일을 하고 있어요. 그레코라는 이름이 명성을 얻고 있어요. 이제 저는 해외에서도 어느 정도 유명해졌어요."

"내 앞에서 네 자랑할 생각은 마라. 너는 아무것도 아니야. 네가 생각하기에는 네가 대단할지 모르지만 보통 사람들에게 너는 아무 것도 아니다. 내가 우리 동네에서 존경받는 것은 네 어머니이기 때문이 아니야. 엘리사를 낳았기 때문이지. 제대로 배우지도 못하고 중학교도 졸업하지 못했지만 엘리사는 사모님이 되었단다. 그런데 대학교까지 졸업한 너는 어떠니? 저 아이들이 안타까울 뿐이구나. 저렇게나 예쁘고 말도 잘하는데 말이다. 너는 저 애들 생각은 안 해 본 거니? 쟤들 아비 손에서 텔레비전에 나오는 아이들처럼 자라던 아이들을 어쩌자고 나폴리까지 데리고 왔단 말이냐."

"아이들 교육은 제가 시켰어요, 어머니. 쟤들 아버지가 아니에요. 제가 어디로 데려가든 아이들은 잘 클 거예요."

"하나님 맙소사, 너라는 아이는 정말이지 오만하기 짝이 없구나. 내가 너를 잘못 봤다. 나는 항상 리나가 오만하다고 생각했는데 그게 아니었어. 네 친구는 부모님에게 집을 사주었다던데 너는 뭘 했니? 네 친구는 온 동네를 좌지우지하고 그 대단한 미켈레 솔라라까지 자기 마음대로 하는데 너는 어떠니? 고작 도나토 사라토레의 그 형편없는 아들놈이나 부려먹고 있지 않니?"

어머니는 갑자기 릴라에 대한 칭찬을 늘어놓기 시작했다. 릴라는 예쁜 데다 관대하고 이제는 자기 회사까지 운영한다고 했다. 엔초와 함께 제대로 실력을 보여주었다고 했다. 그제야 나는 어머니가 내게 부여한 가장 중한 죄목은 반론의 여지없이 내가 릴라보다 못하다는 사실이라는 것을 알았다. 어머니는 일부러 나를 쏙 빼놓고 데데와 엘사를 위해 요리를 해주고 싶다고 했고 나는 어머니가 내게 점심 한 끼 먹이는 것조차 부담스러워한다는 것을 알아차리고 씁쓸한 기분으로 친정을 나섰다.

## 32

큰길에서 나는 망설였다. 아버지에게 인사라도 드리게 대문 앞에서 기다려볼까. 남동생들을 찾아 동네를 돌아다녀볼까. 엘리사가 있는지 집에 전화해볼까. 나는 공중전화 박스를 찾아 엘리사에게 전화를 걸었다. 아이들을 끌고 베수비오 화산이 보이는 엘리사의 커다란 아파트로 향했다.

아직 임신한 태가 하나도 안 났지만 엘리사는 많이 변해 있었다. 단순히 임신했다는 사실만으로 갑자기 너무 성장한 것처럼 보였는데 그 과정에서 뭔가 일그러진 느낌이었다. 육체적으로나 사용하는 어휘나 말투까지 다 천박해진 것 같았다.

엘리사는 안색이 흙빛인 데다 기분이 너무 우울해서 마지못해 우리를 맞이했다. 내게 보여왔던 어린아이 같은 애정과 존경심은 조금도 느낄 수 없었다. 엘리사는 내가 어머니 건강 문제를 꺼내자 내게 상상도 못할 정도로 사납게 달려들었다. 엘리사가 다른 사람도 아닌 내게 그런 식으로 말할 수 있을 것이라고는 한 번도 생각해본 적이 없었다. 엘리사가 소리쳤다.

"언니, 의사 선생님 말이 어머니는 멀쩡하대. 마음의 병이라는 거야. 어머니는 건강해. 마음만 치료하면 돼. 언니가 그렇게 실망시키지만 않았어도 지금처럼 되시지는 않았을 거야."

"대체 그게 무슨 바보 같은 말이니?"

엘리사는 더 쌀쌀맞게 말했다.

"바보 같다고? 좋아. 한마디만 더하자. 건강으로 따지자면 내 상태가 어머니보다 더 나빠. 어쨌든 언니가 나폴리로 돌아왔고 병원에 대해서는 일가견이 있는 것 같으니 이제부터는 언니가 어머니를 돌봐드려. 나한테만 부담주지 말란 말이야. 어머니는 언니가 조금만 신경을 써줘도 다시 건강해지실 거야."

나는 화가 치미는 것을 꾹 참았다. 엘리사와 싸우고 싶지 않았다. 엘리사는 왜 내게 이런 식으로 말하는 걸까. 나도 엘리사처럼 안 좋게 변한 걸까. 자매애가 좋았던 시기는 이제 끝난 건가. 그것도 아니라면 우리 가족의 막내둥이가 동네가 예전보다 지금 사람을 더 심하게 망가뜨린다는 사실에 대한 산증인이 된 것일까.

데데와 엘사는 입을 꼭 다문 채 소파에 얌전히 앉아 있었다. 둘은 이모가 살갑게 대해주지 않자 실망한 눈치였다.

나는 아이들에게 할머니가 준 사탕을 먹어도 된다고 한 다음 엘리사에게 물었다.

"마르첼로와는 어떻게 지내?"

"아주 잘 지내. 잘 지내지 않을 리 없잖아? 시어머님이 돌아가신 다음부터 생긴 온갖 골칫거리만 없었다면 더 좋았겠지만 말이야."

"무슨 골칫거리?"

"그냥 골치 아픈 일이야. 말 그대로 골칫거리지. 언니는 책에나 신경 쓰면 끝이지만 진짜 삶은 전혀 다른 거야."

"페페와 잔니는?"

"둘 다 일하느라 고생이지."

"그 애들 얼굴 보기가 힘들어."

"그야 도통 집에 오지 않는 언니 탓이지."

"이제부터는 자주 올 거야."

"그래. 그럼 우선 언니 친구 리나랑 이야기를 좀 해봐."

"무슨 일인데?"

"별일 아니야. 하지만 마르첼로의 수많은 골칫거리 중에는 리나도 있거든."

"무슨 뜻이야?"

"그건 리나에게 직접 물어봐. 뭐라고 하면 주제넘은 짓 하지 말라고 해."

나는 엘리사에게서 솔라라 집안사람들 특유의 위협적으로 느껴지는 과묵함을 감지하고 우리가 다시는 예전처럼 친밀한 관계로 되돌아가지 못할 것이라는 사실을 깨달았다. 나는 릴라와의 관계가 예전만 못하다고 한 뒤 방금 어머니에게 릴라가 미켈레 밑에서 일하는 대신 회사를 차렸다는 소식을 들었다고만 했다. 내 말에 엘리사가 툴툴거렸다.

"우리 돈으로 차린 회사야."

"자세히 좀 설명해봐."

"설명을 해달라고? 그 년이 미켈레를 자기 마음대로 가지고 놀았어. 하지만 우리 마르첼로는 어림도 없지."

## 33

엘리사도 우리에게 점심을 먹고 가라고 권하지 않았다. 우리를 현관까지 바래다주고 나서야 자신의 무례함을 알았는지 엘사에게 말했다.

"이모랑 같이 가자."

몇 분 동안 둘이서만 모습을 감추자 데데는 괴로워했다. 데데는 소외감을 느끼지 않으려고 내 손을 꼭 잡았다. 그들이 다시 나타났을 때 엘사의 표정은 심각했지만 눈빛은 즐거워 보였다. 서 있는 것조차 힘겨워 보이던 엘리사는 우리가 층계참에 들어서자마자 문을 닫아버렸다.

길에 나오자 엘사는 이모에게서 받은 비밀 선물을 공개했다. 엘사 손에는 2만 리라가 들려 있었다. 엘리사는 어린 시절 우리보다 그나마 조금 형편이 나은 친척들이 하던 것처럼 아이에게 용돈을 쥐여 주었던 것이다. 하지만 우리 어린 시절만 해도 그런 돈은 명목상으로만 아이들을 위한 선물이었다. 우리는 돈을 받으면 무조건 어머니께 갖다 바쳐야 했고 어머니는 그 돈을 생활비에 보탰다. 아마 엘리사도 엘사가 아니라 내게 돈을 주고 싶은 것이었으리라. 하지만 엘리사가 돈을 준 이유는 예전에 어른들이 우리에게 돈을 준 이유와는 달랐다. 당시 2만 리라는 고급 양장본 책 세 권은 살 수 있는 정도의 돈이었다. 엘리사는 그 돈으로 내게 마르첼로의 사랑과 자신의 부유함을 증명하고 싶었던 것이다.

나는 벌써부터 티격태격하고 있는 아이들을 달랬다. 집요하게 심문당한 후에야 엘사는 이모가 돈을 데데 언니와 만 리라씩 나눠가지라고 했다는 사실을 털어놓았다. 아이들이 서로를 잡아당기며 옥신각신하고 있는데 누군가 내 이름을 부르는 소리가 들렸다. 푸른색 주유소용 가운을 걸친 카르멘이었다. 경황이 없어 주유소를 피해 가는 것을 잊어버린 것이다. 까만 곱슬머리에 얼굴이 넙데데한 카르멘은 나를 향해 손을 흔들었다.

카르멘은 주유소 문을 닫더니 자기 집에서 점심을 먹자고 했다. 나는 그런 카르멘을 거절할 수 없었다. 얼마 안 있어 지금까지 한 번도 보지 못했던 카르멘의 남편이 도착했다. 아이들을 데리러 유치원에 다녀오는 길이라고 했다. 카르멘은 아들만 둘이었는데 하나는 엘사와 동갑이었고 다른 하나는 한 살 어렸다. 만나고 보니 카르멘의 남편은 온화하고 매우 친절한 사람이었다. 그는 상을 차리면서 아이들도 자신을 돕게 했고 식사를 마친 후에는 직접 식탁을 정리하고 설거지까지 했다. 내 또래 부부 중에서 그토록 금실이 좋고 함께 있는 것을 행복해하는 부부는 처음이었다.

나는 드디어 환영받는 느낌을 받았다. 데데와 엘사도 편한 눈치였다. 아이들은 맛있게 식사를 하고 엄마 같은 태도로 두 사내아이를 돌봤다. 나는 두 시간쯤 편히 쉬면서 기력을 회복했다. 로베르토가 주유소를 다시 열기 위해 급히 자리를 뜨자 나는 카르멘과 둘이 남게 됐다.

카르멘은 사려 깊었다. 이미 내 사정을 아는 눈치였지만 끝내 니노에 대해서도, 내가 니노와 살기 위해 나폴리에 왔는지도 묻지 않았다. 그 대신 자기 남편 이야기를 들려주었다. 카르멘은 로베르토가 부지런한 일꾼인 데다 가정적인 사람이라고 했다. 카르멘이 말했다.

"레누, 괴로운 일이 정말 많았지만 로베르토와 아이들은 내 삶의 유일한 위안이야."

카르멘은 과거 이야기를 시작했다. 자기 아버지에게 일어난 끔찍한 일과 어머니의 희생과 죽음, 스테파노 카라치의 식료품 가게에서 일하던 시절과 아다가 릴라 자리를 차지하고 들어와 자신을 괴롭혔던 일을 이야기했다. 엔초와 사귀었던 이야기를 하면서 심지어 조금 웃기까지 했다.

"정말 말도 안 되는 일이었지 뭐야."

카르멘이 말했다. 파스콸레의 이름은 한 번도 꺼내지 않았다. 내가 먼저 그의 소식을 묻자 카르멘은 바닥에 시선을 고정시킨 채 고개를 저었다. 카르멘은 말하고 싶지 않거나 말할 수 없는 무엇인가를 떨쳐내려는 듯 자리에서 벌떡 일어났다.

"리나한테 연락해야겠어."

카르멘이 말했다.

"너를 만났는데도 내가 알리지 않았다는 것을 알면 다시는 나와 말도 하지 않을 거야."

"바쁠 텐데 내버려둬."

"바쁘긴. 이제 리나가 사장이니 자기 마음대로 할 수 있어."

나는 어떻게 해서든 카르멘에게 말을 걸어 릴라에게 전화하는 것을 막아보려 했다. 나는 조심스럽게 릴라와 솔라라 형제의 관계에 대해 물었다. 카르멘은 곤란해하면서 그 일에 대해서라면 자기는 거의 아는 바가 없다고 한 뒤 결국 전화를 하러 가고 말았다. 나는 카르멘이 기쁜 목소리로 릴라에게 나와 내 아이들이 자기 집에 와 있다고 알리는 소리를 들었다. 카르멘은 돌아와서 말했다.

"리나가 정말 좋아했어. 바로 오겠대."

그때부터 나는 점점 신경이 곤두섰다. 하지만 사실 나는 릴라를 만날 준비가 되어 있었다. 카르멘의 정갈한 집은 편안했고 네 아이는 다른 방에서 놀고 있었다. 이윽고 초인종이 울렸다. 카르멘이 문을 열자 릴라의 목소리가 들렸다.

## 34

나는 처음에는 젠나로와 엔초가 함께 온지 몰랐다. 길게만 느껴지던 그 몇 초 동안 예기치 않게 밀려드는 죄책감과 함께 내 귀에는 릴라 소리밖에 들리지 않았다. 나는 어떻게 해서든 릴라를 멀리하려고 애쓰는데 이번에도 릴라는 나를 보러 만사를 제치고 뛰어왔다는 사실이 순간 옳지 않게 느껴졌던 것 같다. 아니면 항상 내 일에 관심을 가지는 릴라에 비해 언제나 릴라를 피하고 침묵으로 일관하고 이제는 그녀에게 관심 없다는 신호만 보내온 내 태도가 무례하다는 생각을 했던 것 같기도 하다. 내가 죄책감을 느낀 명확한 이유는 알 수 없지만 릴라가 나를 포옹하는 순간 나는 생각했다.

'니노를 욕하면서 나를 자극하지만 않고 그가 또다시 아기 아버지가 됐다는 사실을 모른 척해주고 데데와 엘사에게 상냥하게 대해준다면 나도 릴라를 친절하게 대해야지. 그다음 일은 상황에 따라 생각해보자.'

우리는 자리에 앉았다. 두오모 가에 있는 카페에서 만난 후 처음으로 한자리에 모인 셈이었다. 릴라가 먼저 입을 열었다. 릴라는 몸집이 거대한 여드름쟁이 사춘기 소년이 된 젠나로를 내 쪽으로 떠밀면서 아이의 학교 성적에 대해 푸념을 늘어놓기 시작했다.

"초등학교, 중학교 때만 해도 공부를 꽤 하는 편이었는데 올해는 낙제했지 뭐야. 라틴어랑 그리스어 수업을 힘들어 해."

말은 이렇게 했지만 말투는 다정했다.

나는 젠나로의 뺨을 가볍게 쓰다듬으며 위로해주었다.

"연습하면 괜찮아질 거야. 우리 집에 오면 내가 복습을 시켜줄게."

순간 나는 충동적으로 가장 껄끄러운 문제를 내 편에서 먼저 꺼내기로 마음먹었다.

"며칠 전에 나폴리로 이사 왔어. 니노와의 문제는 가능한 선에서 해결이 됐고, 지금은 잘 지내고 있어."

나는 편안한 목소리로 데데와 엘사를 불렀다. 아이들이 다가오자 나는 소리 높여 말했다.

"우리 아이들이야. 어때 정말 많이 컸지?"

거실이 잠시 소란스러워졌다. 젠나로를 알아본 데데는 기뻐하면서 젠나로를 자기 쪽으로 유혹하듯이 잡아끌었다. 데데는 아홉 살, 젠나로는 거의 열다섯 살쯤 되었을 때였다. 엘사는 제 언니에게 지기 싫은 마음에 덩달아 젠나로를 자기 쪽으로 끌어당겼다. 나는 어머니로서 뿌듯해하면서 딸들을 바라보았다.

"나폴리에 잘 돌아왔어. 너 하고 싶은 대로 해야지. 데데와 엘사도 정말 잘 컸네. 너무 예쁘다."

릴라의 말에 나는 기분이 좋아졌다. 마음이 가벼워졌다. 엔초는 내게 말을 붙이려고 내 일에 대해 물었다. 나는 이번에 출간된 신간이 성공을 거두었다고 조금 자랑했다. 하지만 나는 내 첫 소설이 고향 동네에서 꽤 회자되었던 것에 비해 두 번째 책에 대해서는 아무도 모른다는 사실을 깨달았다. 첫 소설의 경우에는 실제 책을 읽은 사람들도 있었는데 두 번째 책에 대해서는 엔초도 카르멘도 릴라까지도 출간이 됐다는 사실조차 몰랐다. 나는 자조적인 어투로 말을 얼버무리고는 릴라와 엔초의 사업에 대해 물었다. 나는 웃으며 말했다.

"이제는 프롤레타리아가 아니라 사장님이 되었다면서?"

릴라가 별일 아니라는 듯 인상을 찡그리면서 엔초를 바라보자 엔초는 내게 간단하게 상황을 설명해주려 했다. 엔초는 최근 몇 년간 컴퓨터 기술이 크게 발전했으며 IBM사가 기존 모델과는 전혀 다른 컴퓨터를 시장에 출시했다고 했다. 엔초는 이번에도 어김없이 기술적인 부분을 상세히 이야기하느라 엉뚱한 데로 빠져 나를 지루하게 만들었다. 엔초는 34시스템이니 5120모델이니 하는 약어를 늘어놓으며 이제는 천공카드도 천공기도 검사기도 모두 사라지고 베이직이라는 새로운 프로그래밍 언어 체계를 구축했다고 했다. 기존 컴퓨터에 비해 계산 능력이나 데이터 저장 공간이 줄어든 대신 컴퓨터

크기가 갈수록 작아지고 가격은 저렴해지고 있다고 했다.

엔초의 말에서 내가 이해한 것은 그 새로운 기술이야말로 릴라와 엔초가 자립하기로 마음먹은 결정적인 계기가 되었다는 사실이다. 둘은 이것저것 따져본 후 독립하기로 하고 함께 '베이직 사이트'라는 회사를 설립했다.

"회사 이름을 영어로 지은 이유는 그래야만 사람들이 믿을 만한 회사라고 생각하기 때문이지."

엔초가 말했다. 본사는 릴라와 엔초의 집에 있는 남는 방이었다.

"그러니 사장이라는 말은 가당치 않아."

엔초는 회사의 최대 주주이자 경영자였다. 하지만 엔초는 릴라를 가리키면서 회사의 영혼은, 회사의 진짜 영혼은 릴라라고 자랑스럽게 말했다.

"이 로고 좀 봐."

엔초가 말했다.

"이것도 릴라가 디자인한 거야."

나는 로고를 꼼꼼히 살펴보았다. 세로로 그은 획 주위에 소용돌이 모양의 무늬가 그려져 있었다. 로고를 바라보고 있자니 새삼 감정이 복받쳐 올랐다. 통제할 수 없는 릴라의 머리에서 나온 새로운 결과물이었다. 나는 지금껏 얼마나 많은 것을 놓쳤을까.

나는 예전에 릴라와 즐거웠던 순간이 그리워졌다. 릴라는 뭐든 새로운 것을 배웠다가 익힌 것을 뒤로하고 다시 새로운 것을 배웠다. 절대로 멈추거나 후퇴하지 않았다. 컴퓨터도 마찬가지였다. 34시스템과 5120모델, 베이직과 베이직 사이트 그리고 로고 디자인까지.

"멋지다."

내가 말했다. 나는 어머니나 동생에게서 느끼지 못했던 감정을 느졌다. 모두들 내가 자신들과 함께 있는 것을 기뻐하는 것 같았다. 모두 넉넉한 마음으로 나를 자신들의 삶에 끌어들이고 싶어 했다.

엔초는 사업이 잘되고 있지만 자신은 변한 것이 없다는 것을 증명하려는 듯 특유의 건조한 화법으로 공장을 전전하면서 목격한 일을 들려주었다. 엔초는 사람들이 몇 푼 안 되는 돈 때문에 끔찍한 환경에서 일하고 있다고 했다. 더러운 착취의 흔적을 컴퓨터 프로그램으로 깔끔하게 정리하는 과정에서 가끔 수치심을 느낄 때도 있다고 했다. 릴라는 이른바 업주라 불리는 작자들이 겉보기에만 깔끔한 외형을 갖추기 위해 자신들이 저질러 놓은 쓰레기 같은 짓거리를 보여주었다고 했다. 릴라는 잘 정돈된 회계 장부 뒤에 감추어진 거짓말과 속임수와 사기 행각에 대해 비아냥댔다.

카르멘도 이에 지지 않고 정유업계의 비리를 이야기했다. 그 바닥도 지저분하기는 마찬가지라고 했다. 카르멘은 파스콸레 이야기를 꺼냈다. 카르멘은 파스콸레가 잘못된 선택을 하기는 했지만 거기에는 합당한 이유가 있다고 했다. 카르멘은 우리의 어린 시절과 사춘기 시절의 동네를 추억했다. 그날 카르멘은 처음으로 자신과 오빠의 어린 시절 이야기를 들려주었다. 카르멘은 아버지가 자기들에게 돈 아킬레가 이끄는 파시스트 일당의 만행을 조목조목 들려주었다고 했다. 카르멘은 아버지가 터널 입구에서 파시스트에게 뭇매를 맞기도 했고 무솔리니의 사진에 입을 맞추라는 강요를 당하기도 했다고 말했다. 그때 주세페 아저씨는 사진에 입을 맞추는 대신 침을 뱉었는데 그 일 때문에 살해당하거나 다른 공산당원들처럼 행방불명되지 않은 것은 목공소를 운영하고 있었던 그가 동네에서 꽤 명망이 높았기 때문이라고 했다. 그가 사라지면 온 동네 사람들이 그 사실을 알아챌 수밖에 없었기 때문이라고도 했다. 그 당시 파시스트에게 죽임을 당하거나 행방불명된 사람들의 종적에 대해서는 아직도 알려진 바가 없다.

우리는 그런 이야기를 나누면서 시간을 보냈다. 한참 이야기를 나누다보니 오랜만에 마음이 너무 잘 맞는다고 느낀 일행은 나에 대한 자신들의 우정을 증명해 보이고 싶어 했다. 카르멘은 먼저 엔초와 릴라에게 무엇인가를 묻는 듯한 시선을 보내고 나서 조심스럽게 말했다.

"레누라면 믿을 수 있어."

엔초와 릴라가 동의하자 카르멘은 내게 최근 파스콸레를 만났다는 사실을 털어놓았다. 파스콸레가 한밤중에 카르멘의 집을 찾아왔다고 했다. 카르멘은 릴라에게 연락했고 릴라는 엔초와 함께 한걸음에 달려왔다고 했다. 파스콸레는 건강했다. 한 치의 흐트러짐도 없이 멀끔한 데다 세련된 옷차림 덕분에 겉보기에 외과 의사처럼 보였다고 했다. 하지만 몹시 우울한 상태였다. 그의 사상에는 변함이 없었지만 그의 감정 상태는 슬프고 슬프고 또 슬펐다. 파스콸레는 목숨이 붙어 있는 한 자신은 결코 포기하지 않겠다고 했다. 떠나기 전에 파스콸레는 잠든 조카들을 바라보았다. 그는 조카들 이름도 몰랐다. 이 말을 하면서 카르멘은 끝내 울음을 터뜨렸다. 울음소리를 듣고 아이들이 쫓아오지 않도록 숨죽여 흐느꼈다.

우리는 모두 파스콸레의 선택이 마음에 들지 않았다. 우리는 이탈리아와 세계 전역을 휩쓸고 있는 피비린내 나는 혼란에 혐오감을 느꼈다. 하지만 우리는 본질적으로는 파스콸레가 우리와 똑같다고 믿었다. 신문에서 떠들어대는 수많은 끔찍한 일 가운데 그가 실제로 저지른 일이 무엇이든 우리는 결코 파스콸레를 부정하지 않을 것이다. 비록 각각 컴퓨터, 주유소, 라틴어와 그리스어, 책에 파묻혀 각자

의 삶을 살아가고 있지만 우리는 결코 파스콸레를 부정하지 않을 것
이다. 그를 좋아하는 사람 중에서 그를 부정할 사람은 아무도 없었
다. 처음으로 이런 말을 한 것은 카르멘이었다. 카르멘은 나나 릴라
보다 훨씬 적극적으로 말했다. 릴라는 말을 아꼈고 엔초는 고개만
끄덕이는 정도였다.

이 대화를 마지막으로 그날의 만남은 마무리되었다. 마음이 편해
지기도 하고 조금 전 엘리사에게 들은 말이 생각나기도 해서 나는
릴라와 엔초에게 물었다.

"솔라라 형제는 어떻게 됐어?"

엔초는 바로 시선을 바닥으로 떨구었고 릴라는 어깨를 으쓱했다.

"솔라라 형제야 여전히 형편없는 자식들이지."

릴라는 미켈레가 미쳤다고 비아냥거렸다. 미켈레는 그의 어머니
가 살해당한 후 질리올라와 헤어졌다고 했다. 그는 질리올라와 아이
들을 포실리포 집에서 내쫓아버리고는 행여 그들이 자기 눈앞에 나
타나면 사정없이 두들겨 팼다고 했다.

"이제 솔라라 집안의 시대도 끝났어."

릴라는 은근히 즐겁다는 듯이 말했다.

"마르첼로가 자기 동생이 저 지경이 된 것이 나 때문이라고 떠들
고 다닐 정도라니까."

릴라는 그런 마르첼로의 말이 칭찬이라도 되는 듯 눈을 가늘게 뜨
며 짐짓 만족스러운 표정을 지었다. 릴라가 결론을 내렸다.

"네가 떠나 있는 동안 많은 것이 변했어, 레누. 이제부터는 우리
곁에 있어야 해. 전화번호 좀 알려줘. 최대한 자주 만나야겠어. 그
리고 젠나로를 네게 보내도록 할게. 네가 도와줄 수 있는지 한 번
봐줘."

릴라는 펜을 쥐고 받아 적을 준비를 했다. 나는 처음 두 자리는 바로 말했지만 다음 번호가 헷갈렸다. 전화번호를 외운 지 얼마 되지 않아 기억이 잘 나지 않았다. 하지만 번호가 생각난 다음에도 나는 또 망설였다. 나는 릴라가 다시 내 인생에 끼어들어 눌러앉을까봐 두려웠다. 마지막 숫자 두 개를 일부러 틀리게 불렀다. 현명한 선택이었다. 아이들을 데리고 카르멘의 집을 나서려는 참에 데데와 엘사를 포함한 모두가 듣고 있는 자리에서 릴라가 내게 물었다.

"니노와 아이도 낳을 생각이야?"

## 35

"당연히 아니지."

나는 대답을 하고 민망해서 조그맣게 웃었다.

하지만 집으로 가는 길에 나는 아이들에게, 특히 엘사에게 동생을 낳을 생각이 조금도 없으며 엄마 딸은 데데와 엘사뿐이라고 말해주어야 했다. 데데는 뚱한 표정으로 입을 꼭 다물고 있었다.

그날의 만남 이후 나는 꼬박 이틀 동안 골치가 아팠다. 잠도 오지 않았다. 교묘하게 의도적이었던 몇 마디 안 되는 말로 릴라는 즐거웠던 그날의 만남에 분란을 일으켰다. 나는 생각했다.

'어쩔 수 없어. 릴라는 정말 못 말리겠어. 어떻게 해서든 내 삶을 복잡하게 만든다니까.'

데데와 엘사를 불안하게 만든 것 때문만은 아니었다. 릴라는 그동안 내 내면에 감추어두었던 어떤 것을 정확하게 자극했다. 그것은 지금으로부터 벌써 12년 전 마리아로사의 집에서 어린 미르코를 품 안에 안는 순간 느꼈던 모성에 대한 갈망이었다. 그때 나는 너무나 비이성적인 충동과 사랑이 내린 명령 같은 감정에 압도당했었다. 그 때부터 나는 이미 그런 내 감정이 단지 아이를 가지고 싶다는 순수하고 단순한 욕망이 아니라는 것을 알고 있었다. 나는 특정한 아이, 미르코 같은 아들, 그러니까 니노의 아이를 가지고 싶었다. 그 집착은 피에트로로도 데데와 엘사를 임신하는 것으로도 충족되지 않았다. 오히려 실비아의 아들을 볼 때마다 과거의 욕망이 되살아났다. 얼마 전 니노에게서 엘레오노라가 임신했다는 소식을 들었을 때는 더 그랬다. 이제 그 욕망은 전보다 자주 내 마음을 헤집어놓았고 릴라는 특유의 날카로운 시선으로 그러한 내 욕망을 간파한 것이었다.

'이런 일은 릴라의 전공이지.'

나는 생각했다.

'엔초, 카르멘, 안토니오, 알폰소에게도 그런 식으로 행동한 거야. 미켈레와 질리올라에게도 마찬가지였을 거고. 친절하고 다정한 척하면서 살짝 상처를 주고 살짝 마음을 흔들어놓은 다음 결국 사람을 망가뜨려놓지. 나와 니노에게도 다시 그런 식으로 영향을 미치고 싶은 거야. 이번 일도 그래. 미미한 눈 떨림처럼 무시하면 그만인 미세한 진동을 이렇게 뚜렷하게 만들어버렸잖아.'

"니노와 아이도 낳을 생각이야?"

그 후로 며칠 동안 집에 혼자 있을 때건 다른 사람들과 함께 있을 때건 이 말이 맴돌아 마음이 싱숭생숭했다. 더는 릴라가 내게 하는 질문이 아니었다. 내가 나 자신에게 던지는 질문이었다.


36


그 후로도 나는 고향 동네를 자주 방문했다. 특히 피에트로가 아

171

이들을 보러 올 때면 더 그랬다. 나는 아메데오 광장까지 걸어가 지하철을 타곤 했다. 가끔은 철도 다리에서 동네 큰길을 내려다보기도 했고 때로는 터널을 지나 성당까지 산책도 했다. 하지만 그보다 어머니를 병원에 데리고 가기 위해 전쟁을 치르러 갈 때가 더 많았다. 나는 그 전쟁에 아버지와 페페, 잔니를 끌어들였다. 어머니는 고집불통이었다. 건강 문제를 꺼낼 때마다 아버지는 물론 동생들에게도 불같이 화를 냈다.

"닥쳐라. 너 때문에 내가 더 빨리 죽게 생겼구나!"

어머니는 내게 한결같이 이렇게 말하고는 나를 내쫓거나 화장실로 달려가 문을 잠가버렸다.

릴라로 말하자면 릴라는 성공에 필요한 모든 것을 갖추었다. 미켈레는 오래전부터 그런 릴라의 재능을 알아보았다. 엘리사가 릴라에게 그토록 적대적인 것은 마르첼로와의 마찰 때문만은 아니었다. 릴라가 또 한 번 솔라라 형제에게서 떨어져 나왔기 때문이었다. 그들을 실컷 우려먹은 후 혼자서 잘나가고 있기 때문이었다.

베이직 사이트 덕분에 릴라는 날이 갈수록 변화에 발 빠르고 이재에 밝다는 평판을 얻게 되었다. 릴라는 어려서부터 상대방의 머리와 가슴속의 혼란을 끄집어내 잘 정돈해주었다. 만약 상대가 자기 마음에 들지 않을 때는 반대로 생각을 더 혼란스럽게 해 결국에는 상대방을 비참하게 만드는 능력이 있는 특출난 소녀였다. 그런데 이제는 그 정도가 아니었다. 릴라는 새로운 일을 배울 수 있는 가능성을 상징했다. 아무도 릴라가 하는 일이 무슨 일인지 제대로 알지 못했지만 어찌 됐든 릴라는 이윤을 창출하고 있었다.

릴라의 사업은 순풍에 돛을 달았고 그 덕분에 엔초가 자기 집 부엌과 침실 사이에 만들어놓은 가짜 사무실 말고 사무실 자리로 적합한 곳을 찾는다는 소문이 돌았다. 하지만 아무리 똑똑한들 엔초가 누구였던가. 엔초는 릴라에게 종속적인 존재였다. 정말로 사업체를 움직이는 것은, 모든 것을 만들고 해체하는 것은 릴라였다. 약간 과장하면 얼마 안 되는 사이 고향 사람들은 마르첼로와 미켈레처럼 사는 법을 배우든가 아니면 릴라처럼 사는 법을 배우는 두 부류로 나뉘었다.

내 집착 때문일 수는 있지만 적어도 그 시기에는 릴라와 가까웠거나 여전히 가까운 관계에 있는 모든 사람에게서 릴라의 모습이 보였다. 한번은 스테파노를 만났는데 그는 그새 살이 많이 찐 데다 안색이 누리끼리했고 옷차림도 형편없었다. 돈은 말할 것도 없고 릴라와 결혼했던 시절 젊은 사업가의 흔적은 조금도 남아 있지 않았다. 그런데도 대화를 몇 마디 나누는 동안 나는 스테파노가 릴라와 상당히 비슷한 표현을 사용한다는 사실을 깨달았다. 아다도 마찬가지였다. 그 시절 아다는 스테파노에게 돈을 준다는 이유로 릴라를 우러러보았고 릴라에 대한 칭찬을 아끼지 않았다. 그런 아다도 내 눈에는 릴라의 몸짓을 흉내 내고 있는 것처럼 보였다. 웃는 모습까지도 어딘지 닮아 보였다.

릴라의 회사는 어떻게 해서든 한자리를 차지해보려는 친척들과 친구들로 붐볐다. 모두 그 자리에 적합한 것처럼 보이기 위해 최선을 다했다. 어느 날 갑자기 아다까지 베이직 사이트에 취직했다. 일단은 전화 업무로 시작해 뭔가 다른 일을 배우게 될 것이라고 했다. 유난히도 일진이 사나웠던 어느 날 마르첼로와 대판 싸우고 가게 일을 그만둔 리노도 릴라에게 묻지도 않고 대뜸 릴라의 사업에 끼어들었다. 리노는 필요한 것은 눈 깜짝할 사이에 다 배울 수 있다고 큰소리쳤다.

가장 예상치 못했던 일은 어느 날 저녁 니노가 들려준 소식이었다. 니노는 마리사에게 들었다면서 이제는 알폰소까지 베이직 사이트에 자리를 잡았다고 했다. 여전히 제정신을 못 차리고 있는 미켈레 솔라라가 아무런 이유 없이 마르티리 광장의 구둣가게를 닫아버리는 바람에 알폰소가 실직자가 되었다는 것이다. 그 결과 이제는 알폰소마저 릴라 덕분에 재교육을 받게 됐고 적어도 그의 경우에는 결과가 매우 성공적이라고 했다.

마음만 먹으면 더 자세한 내용을 알 수도 있었다. 사실 그러고 싶기도 했다. 릴라네 집에 들르거나 전화기만 들면 되는 일이었지만 나는 그렇게 하지 않았다. 한 번은 길을 가다 우연히 릴라와 마주쳤는데 릴라는 마지못해 멈추어 섰다. 릴라는 내가 틀린 전화번호를 알려주고 젠나로의 공부를 도와준다고 해놓고 사라져버린 데다 자기는 나와 화해하려고 최선을 다했는데 나는 몸을 사렸기 때문에 기분이 상한 것 같았다. 릴라는 급한 일이 있다면서 내게 사투리로 물었다.

"여전히 타소 가에서 사는 거야?"

"응."

"불편할 텐데."

"그 대신 바다가 보여."

"그 먼 곳에서 바다가 보여봤자 얼마나 보인다고. 푸른색이 조금 보일 정도지. 바다를 보려면 가까이에서 봐야지. 그래야 그 바다가 쓰레기투성이에 흙탕물같이 더러운 오염된 오줌 물에 지나지 않다는 사실을 알게 되지. 책을 읽고 글을 쓰는 너희 같은 식자들은 진실보다 거짓을 더 선호하지."

나는 릴라의 말꼬리를 잘랐다.

"나는 이미 그곳에 자리 잡았어."

릴라는 나보다 더 쌀쌀맞게 말을 잘랐다.

"지금이라도 바꿀 수 있잖아. 말과 행동이 일치하지 않은 경우가 얼마나 많아? 그러지 말고 고향으로 돌아와."

나는 고개를 가로젓고 작별 인사를 했다. 릴라가 원하는 것이 이것이었나. 릴라는 나를 고향 동네로 데려가고 싶은 것일까.

## 37

가뜩이나 복잡한 내 삶에 전혀 예기치 못한 사건이 동시에 두 가지나 일어났다. 니노가 소장으로 있는 연구소가 뭔지 모를 중요한 이유로 뉴욕으로 초대됐고 이와 동시에 보스턴에 있는 소규모 출판사가 내 책을 출간하게 된 것이다. 이 두 사건 덕분에 우리는 미국 여행을 할 수 있게 되었다.

수많은 망설임과 대화, 몇 번의 다툼 끝에 우리는 결국 미국으로 휴가를 떠날 수 있는 기회를 놓치지 않기로 했다. 대신 2주 동안 데데와 엘사를 맡아줄 사람이 필요했다. 평상시에도 아이들을 돌보는 것은 예삿일이 아니었다. 잡지에 기고하고 번역하고 크고 작은 토론회에 참석하고 새 책을 출간하기 위한 메모까지 해가면서 헉헉대며 아이들까지 돌보기란 여간 힘든 일이 아니었다.

나는 거의 미렐라를 부르곤 했다. 미렐라는 니노의 제자였는데 믿을 만한 데다 돈도 많이 요구하지 않았다. 미렐라도 시간이 없을 땐 이웃집에 사는 안토넬라라는 여자에게 아이들을 맡겼다. 오십 줄에 들어선 안토넬라는 장성한 아이들을 둔 베테랑 엄마였다.

처음에는 피에트로에게 아이들을 맡기려 했지만 그는 아이들을 장기간 데리고 있기가 힘들다고 했다. 나는 상황을 곰곰이 따져보았다. 시어머니와는 연락을 끊은 지 오래고 마리아로사는 어디론가 떠났으며 어머니는 원인 모를 병 때문에 노쇠하셨고 엘리사는 날이 갈수록 내게 적대적이었다. 도무지 빠져나갈 구멍이 보이지 않았다.

보다 못한 피에트로가 먼저 이야기를 꺼냈다.

"당신 친구 리나에게 물어봐. 리나는 당신한테 몇 달 동안이나 아이를 맡겼었잖아. 그 정도는 해줘야지."

나는 망설였다. 가장 피상적인 내 자아는 릴라가 바쁜 상황에서 아이들을 맡아준다고 해도 데데와 엘사를 까탈스럽고 요구사항 많은 인형 취급을 할 거라고 생각했다. 릴라가 아이들을 괴롭히고 젠나로의 손에 방치할 거라고 생각했다. 하지만 마음속 깊이 숨겨진 내 다른 자아는 릴라야말로 아이들이 잘 지내도록 최선을 다해줄 유일한 사람이라고 믿었다.

사실 릴라야말로 유일하게 믿을 만한 사람이라고 믿는 내 자신이 더 싫었다. 뭐든 해결방안을 찾아야 했기에 급한 마음에 결국 릴라에게 연락했다. 내가 몇 번이나 도중에 말을 끊어가면서 빙빙 돌려 부탁하자 릴라는 조금도 망설이지 않고 말했다.

"네 아이들은 내 아이들보다 더 소중해. 언제든 데려와. 필요한 시간을 충분히 가져."

나는 언제나처럼 그런 릴라에게 놀랐다.

내가 니노와 함께 떠난다는 말을 했는데도 릴라는 니노 이름을 꺼내지 않았다. 수많은 주의사항을 늘어놓으며 아이들을 맡기러 갔을 때도 마찬가지였다. 이렇게 해서 1980년 5월 불안감에 지칠 대로 지쳤지만 부푼 가슴을 안고 나는 미국으로 떠났다.

미국 여행은 완전히 새로운 경험이었다. 또 한 번 한계를 넘어선 것 같은 느낌이었다. 대서양을 날아 내 영역을 전 세계로 확장할 수 있을 것 같은 느낌이었다. 너무나 흥분해서 정신을 잃을 지경이었다. 물론 2주 내내 일정에 쫓긴 데다 경비도 많이 들었다. 내 책을 출간한 여자들은 형편이 넉넉하지 않았다. 그들은 내게 잘 해주려고 나름대로 최선을 다했지만 그런데도 내 개인적인 지출이 꽤 컸다. 니노의 경우에는 비행기 티켓 비용을 돌려받는 데도 어려움이 있었다. 그래도 우리는 행복했다. 적어도 나는 그때처럼 행복했던 적이 없었다.

돌아오는 길에 나는 내가 임신했다고 확신했다. 미국 여행을 떠나기 전부터 몸 상태가 조금 의심스럽기는 했지만 니노에게는 말을 꺼내지 않았다. 여행 내내 나는 혼자서 무책임한 만족감을 느끼며 임신했을지도 모른다는 행복감을 음미했다. 아이들을 데리러 갔을 때 즈음에는 임신을 완전히 확신했고 너무 기뻐서 그 사실을 릴라에게 털어놓고 싶었다. 하지만 나는 언제나처럼 포기하고 말았다.

'분명히 뭔가 기분 상할 말을 할 거야. 니노의 아이를 원치 않는다는 거짓말을 했다고 나를 비난하겠지.'

하지만 말을 안 해도 내 얼굴에는 희색이 흘렀고 릴라도 내 행복에 전염된 듯 나를 기쁘게 맞이해주었다. 릴라가 감탄했다.

"너 정말 예뻐졌다!"

나는 릴라에게 릴라와 엔초, 젠나로에게 주려고 산 선물을 건네주었다. 미국의 도시 전경과 그곳에서 만난 사람들에 대해 자세히 들려주었다. 내가 말했다.

"비행기에서 구름에 뚫린 구멍 사이로 대서양을 봤어. 미국인은 사교성이 좋아. 독일인처럼 꽉 막히지도 않았고 프랑스인처럼 잘난 척하지도 않아. 영어를 잘 못해도 주의 깊게 들어주고 이해하려고 애를 써. 식당에서는 다들 고래고래 소리를 질러. 나폴리보다 더 심하더라. 보스턴이나 뉴욕에 있는 빌딩에 비하면 노바라 가에 있는 빌딩은 빌딩 축에도 못 끼어. 미국은 길마다 번호가 있어. 지금은 누 군지조차 알 수 없는 옛날 사람들 이름 대신에 말이야."

나는 니노 이야기는 한 번도 하지 않았다. 니노나 니노의 일에 대해서는 입을 다물었다. 나는 마치 혼자 여행을 다녀온 것처럼 이야기했다.

릴라는 내 말을 주의 깊게 들으면서 이따금 질문을 던졌지만 내가 답할 수 있을 만한 질문은 하나도 없었다. 릴라는 진심으로 데데와 엘사를 칭찬했다. 아이들과 정말 잘 지냈다고 했다. 나는 기분이 좋아져서 또 한 번 임신했다는 이야기를 할 뻔했다. 하지만 미처 그럴 새도 없이 릴라가 진지하게 말했다.

"네가 돌아와서 다행이야, 레누. 지금 막 기쁜 소식을 들었거든. 네게 가장 먼저 알리게 되어 기뻐."

릴라도 임신한 것이다.


## 38


릴라는 성심성의껏 데데와 엘사를 돌봐주었다. 아침마다 이른 시간에 아이들을 깨워 세수를 시키고 옷을 입히고 최대한 신속하고 든든하게 아침을 먹게 했다. 출근 시간의 혼잡한 교통 체증을 뚫고 타소 가에 있는 학교까지 아이들을 바래다주고 아침 시간과 똑같은 혼잡을 뚫고 하교 시간에 맞춰서 아이들을 데리러 갔다가 집으로 데리고 와 밥 먹이고 숙제 잘하는지 감시하면서 회사 일과 집안일까지 병행하기는 쉽지 않았을 것이다. 하지만 데데와 엘사에게 꼬치꼬치

캐물어 본 결과 릴라는 이 모든 임무를 분명히 훌륭하게 해냈다.

덕분에 나는 데데와 엘사 눈에 전보다 더 무능한 엄마가 됐다. 나는 리나 이모처럼 토마토소스 파스타도 만들 줄 모르고 리나 이모처럼 머리를 말려주고 리나 이모처럼 부드럽게 머리를 빗겨주고 예쁘게 묶어줄 줄도 몰랐다. 아이들이 보기에는 기껏해야 아이들이 좋아하는 노래 중에서 나는 알고 리나 이모는 모르는 동요를 불러준 것 정도를 제외하면 내가 리나 이모보다 섬세하게 할 줄 아는 게 아무것도 없었다.

두 아이 가운데 특히 데데에게 릴라는 그 누구보다도 특별했다. 데데는 릴라를 정말 멋진 여자라고 생각했다. 데데 생각에 나는 그런 릴라를 너무 가끔 만나는 잘못을 저지르고 있었다. 데데는 틈만 나면 말했다.

"엄마, 왜 리나 이모네 안 가요? 리나 이모네에 더 자주 자러 가면 안 돼요? 엄마는 이제 여행 안 가요?"

아무튼 데데에게 릴라가 특별했던 이유는 릴라가 젠나로의 엄마이기 때문이었다. 데데는 젠나로를 리노라 불렀는데 데데에게는 젠나로가 세상에서 가장 멋진 남자였다.

순간 나는 기분이 상했다. 원래부터 나와 아이들의 관계는 항상 밝지만은 않았는데 아이들이 릴라를 너무 이상적으로 생각하는 바람에 상황이 더 안 좋아졌다. 언젠가 아이들이 또다시 나에 대한 불평불만을 털어놓자 나는 인내심을 잃고 고함을 치고 말았다.

"이제 그만들 해! 이럴 거면 엄마를 파는 시장에 가서 다른 엄마를 사려무나."

엄마 시장은 우리끼리 하는 농담이었다. 평소에는 갈등을 무마하고 화해하기 위해 꺼내는 말이었다.

"엄마가 마음에 안 들면 엄마 시장에 가서 내다 팔아버리렴."

내가 이렇게 말하면 아이들은 대답하곤 했다.

"아니에요, 엄마. 엄마 안 팔 거예요. 우리는 지금 엄마가 좋아요."

그런데 그때는 내 쌀쌀맞은 말투 때문이었는지 몰라도 데데가 엉뚱한 대답을 했다.

"그래요. 지금 당장 가요. 엄마를 팔고 리나 이모를 살래요."

그 시절 우리 집의 전반적인 분위기는 이랬다. 그러니 아이들에게 전에 내가 한 말이 거짓이었다는 것을 알리기에는 그리 적합한 시기가 아니었다.

그때 내 감정 상태는 매우 복잡했다. 나는 뻔뻔스러웠지만 수치스럽기도 했고 즐거웠지만 불안했다. 한편으로는 나쁠 것이 없다고 믿었지만 다른 한편으로는 죄책감을 느끼기도 했다. 나는 어디서부터 이야기를 풀어나가야 할지 몰랐다.

'얘들아, 엄마가 아이를 낳을 마음이 없다고 생각했는데 알고 보니 그렇지 않았나봐. 엄마가 또 임신을 하게 됐지 뭐니. 이제 너희들에게 남동생이 생길 거야. 뭐, 여동생일 수도 있고. 하지만 너희 동생은 너희들과 아빠가 다르단다. 동생 아빠는 니노 아저씨야. 하지만 니노 아저씨에겐 이미 아내와 두 아이가 있지. 그러니 니노 아저씨가 엄마의 임신 소식을 어떻게 받아들일지 잘 모르겠구나.'

나는 생각에 생각을 거듭하다 아이들에게 임신 소식을 알리는 것을 미뤘다.

그러던 어느 날 아이들과 놀라운 대화를 나누게 되었다. 데데가 조금 긴장한 것같이 보이는 엘사 앞에서 뭔가 아주 심각한 문제가 있는 것처럼 이야기를 꺼냈다.

"엄마, 리나 이모가 엔초 아저씨랑 결혼도 안 하고 같이 자는 거 알아요?”

“누가 그래?”

“리노가요. 엔초 아저씨는 리노 아빠가 아니래요.”

“리노가 그런 말도 했니?”

“네. 그래서 리나 이모한테 물어봤더니 이모가 설명을 해줬어요.”

“뭐라고?”

데데는 긴장했다. 내가 화난 것은 아닌지 조심스레 살폈다.

“말해도 돼요?”

“그럼.”

“리나 이모도 엄마처럼 남편이 있대요. 스테파노 카라치라는 사람인데 그 사람이 리노 아빠래요. 그리고 엔초 아저씨도 있대요. 엔초 스칸노 아저씨 말이에요. 리나 이모는 아저씨랑 잔대요. 엄마랑 똑같은 상황이에요. 엄마에겐 아빠가 있고 아빠 이름은 아이로타이지만 잠은 니노 아저씨랑 자잖아요. 니노 아저씨 이름은 사라토레고요.”

나는 데데를 안심시키기 위해 미소를 지어보였다.

“어떻게 그 많은 성을 다 외웠니?”

“리나 이모가 이야기해줬어요. 말도 안 되는 일이라면서요. 리노는 이모 배에서 나온 데다 이모 집에서 사는데 정작 이름은 자기 아빠처럼 카라치래요. 우리도 엄마 배 속에서 나와 아빠보다는 엄마와 시간을 더 많이 보내지만 이름이 아이로타이고요.”

“그래서?”

“리나 이모의 배를 보고 스테파노 카라치의 배라고 하는 사람은 없잖아요. 리나 체룰로의 배라고 해야지요. 엄마도 마찬가지예요. 엄마 배는 엘레나 그레코의 배예요. 피에트로 아이로타의 배가 아니라고요."

"그게 무슨 뜻이니?"

"리노를 리노 체룰로라고 부르고 우리에게는 데데와 엘사 그레코라고 부르는 것이 더 옳다는 뜻이지요."

"네 생각이 그렇다는 거니?"

"아니요. 리나 이모가 그랬어요."

"너는 어떻게 생각하는데?"

"제 생각도 마찬가지예요."

"그래?"

"네. 확실해요."

분위기가 좋게 흘러가자 엘사가 나를 잡아당기면서 끼어들었다.

"거짓말이에요, 엄마. 언니는 자기가 결혼하면 데데 카라치가 될 거라고 했어요."

데데가 버럭 화를 냈다.

"닥치지 못해! 거짓말쟁이 같으니라고!"

나는 엘사에게 물었다.

"왜 데데 카라치가 되는데?"

"언니는 리노랑 결혼하고 싶어 하니까요."

나는 데데에게 물었다.

"그렇게 리노가 좋니?"

"네."

데데가 씩씩거리며 대답했다.

"결혼 안 해도 전 리노랑 같이 잘 거예요."

"리노랑?"

"그래요. 리나 이모가 엔초 아저씨랑 같이 자는 것처럼요. 엄마가 니노 아저씨랑 같이 자는 것처럼요."

"언니가 그래도 돼요?"

엘사가 미심쩍다는 듯 물었다.

나는 얼버무리며 대답을 피했다. 하지만 그 대화로 기분이 한결 좋아졌다. 그날을 기점으로 새로운 시기가 시작된 것 같았다. 나는 릴라가 들려준 진짜 아빠와 가짜 아빠 이야기와 과거의 이름과 새로운 이름에 대한 이야기 덕분에 데데와 엘사가 나 때문에 자신들이 처하게 된 상황을 받아들이게 됐을 뿐 아니라 흥미롭게 느끼게 됐다는 사실을 깨달았다. 실제로 그때부터 아이들은 기적적으로 제 할머니와 마리아로사 고모를 그리워하지 않게 되었다. 피렌체에서 돌아올 때마다 아빠와 도리아나와 함께 살고 싶다고 툴툴댔었는데 이제는 그러지 않았다. 베이비시터인 미렐라를 원수 취급하며 말썽을 피우지도 않았다. 학교와 선생님과 학교 친구들 그리고 나폴리 자체를 거부하지 않게 되었다. 무엇보다도 아이들은 니노가 나와 한 침대에서 잔다는 사실을 받아들였다.

한마디로 둘 다 온순해졌다. 나는 그런 아이들의 변화에 안도감을 느꼈다. 릴라가 내 딸들의 인생에 들어와 딸들과 가까워졌다는 사실이 거슬리기도 했다. 하지만 릴라가 아이들에게 애정을 쏟고 최선을 다해 아이들을 보살펴주고 아이들의 불안감을 가라앉히는 데 도움을 주었다는 사실을 인정하지 않을 수 없었다.

그런 릴라야말로 내가 사랑하는 릴라였다. 때때로 못돼 먹은 평소의 릴라에게서 불쑥 튀어나와 나를 놀라게 하는 또 다른 릴라였다. 갑자기 릴라에게서 받은 모욕감이 희미해졌다.

'릴라는 못됐어. 언제나 그랬지. 하지만 릴라에게는 그 이상의 무언가가 있어. 그렇기 때문에 힘들어도 릴라를 받아들일 수밖에 없는

거야.'

나는 릴라가 아이들이 최대한 상처받지 않도록 나를 도와주고 있다는 사실을 깨달았다.

어느 날 아침 눈을 떴을 때 정말 오랜만에 릴라를 향한 적대감이 전혀 느껴지지 않았다. 릴라의 결혼과 첫 번째 임신이 생각났다. 그때 릴라 나이가 16세였다. 데데보다 기껏해야 일고여덟 살쯤 많은 나이였다. 얼마 안 있으면 데데도 평생 우리를 유령처럼 따라다니는 사춘기 소녀 시절 나이가 될 것이다. 나는 상대적으로 길지 않은 기간 내에 내 딸이 릴라처럼 신부복을 입고 사내에게 침대에서 폭행당하고 카라치 부인이라는 역할 속에 갇혀 사는 모습을 상상조차 할 수 없었다. 나처럼 단지 복수심 때문에 한밤중에 마론티 해변에서 어두운 모래와 체액으로 몸이 더럽혀진 채 나이 든 사내의 무거운 육체 아래 깔리는 것도 상상할 수 없었다.

나는 그동안 릴라와 내가 함께 겪은 수많은 끔찍한 일을 생각했다. 나는 릴라와의 연대감이 다시 강해지는 것을 받아들이기로 했다. 나쁜 감정에만 사로잡혀 우리의 오랜 관계를 망치는 것은 매우 아깝다고 생각했다. 물론 나쁜 감정에서 완전히 벗어날 수는 없다. 중요한 것은 그런 감정에 저항할 수 있어야 한다는 것이다. 나는 딸들이 릴라를 보고 싶어 한다는 핑계로 릴라와 다시 가까워졌다. 나머지는 우리의 임신이 다 알아서 해결해주었다.

39

우리는 똑같은 임신부였지만 상황은 전혀 달랐다. 내 몸은 임신에 너무나 잘 적응한 데 비해 릴라의 몸은 그렇지 않았다. 릴라가 임신을 원했었는데도 말이다. 릴라는 처음부터 자기가 임신을 원했다는 사실을 강조했다. 스스로 임신을 프로그래밍했다고 웃으며 말하곤 했다. 그런데도 예전에도 그랬듯이 릴라의 몸 안에 있는 무엇인가가 임신에 저항했다. 나는 임신한 이후 몸에서 분홍빛이 발산되는 것 같았는데 릴라는 안색이 파리해지고 눈의 흰자위가 노래졌다. 특정 냄새를 견디기 힘들어했고 쉴 새 없이 구역질했다.

"어쩌겠어."

릴라가 말했다.

"나는 행복한데 내 배 속에 들어 있는 이 녀석은 아닌가봐. 나한테 심술이 난 것 같아."

엔초는 릴라의 말을 부정했다.

"그럴 리가 없잖아. 이 녀석이야말로 가장 행복할 거야."

릴라는 엔초를 놀렸다. 릴라 말에 따르면 엔초의 진의는 이러했다.

"내가 네 배 속에 넣은 아이니 믿어봐. 내가 들어가서 직접 본 바로는 아주 착한 녀석이야. 걱정하지 마."

엔초를 만나면 만날수록 나는 그가 더 좋아지고 그를 존경하게 되었다. 원래 릴라에 대한 자부심이 강했는데 릴라가 임신한 후에는 자랑거리가 늘었다고 생각하는 것 같았다. 그 결과 엔초는 전보다 백 배는 더 열심히 일했다. 또 집에서나 직장에서나 길에서 자신의 동반자를 보이는 위험과 보이지 않는 위험을 막론하고 모든 위험에서 지켜주고 그녀의 모든 욕망을 미리 채워주려는 의지로 불탔다.

엔초는 자기가 직접 나서서 릴라의 임신 소식을 스테파노에게 전했다. 스테파노는 릴라의 임신 소식에 눈 하나 깜짝하지 않았다. 살짝 인상을 찌푸리고는 자리에서 일어났다. 식료품 가게의 수입이 거의 없는 상태에서 그나마 전 부인에게서 도움을 받지 못하면 생활을 유지하기 어려워서일 수도 있고 아니면 릴라와의 관계가 너무나 머나면 과거의 일처럼 느껴졌기 때문일 수도 있었다. 그렇지 않아도 자기 문제를 해결하고 자기 욕심을 차리기에도 바쁜데 릴라의 임신이 자기와 무슨 상관이란 말인가.

무엇보다도 엔초는 릴라의 임신을 젠나로에게 알리는 임무까지 도맡았다. 사실 릴라는 나만큼이나 자신의 임신 사실을 젠나로에게 알리는 것을 민망해했다. 릴라의 상황은 나보다 훨씬 납득할 만한 데도 말이다. 젠나로는 이제 어린아이가 아니었다. 젠나로에게 데데와 엘사에게 했던 것처럼 어린아이 같은 말투와 단어를 사용할 수는 없었다.

젠나로는 사춘기를 심하게 겪고 있는, 아직 균형 잡히지 않은 소년이었다. 고등학교에서 2년 연속으로 낙제하는 바람에 잔뜩 예민해진 상태여서 걸핏하면 눈물을 흘렸고 좀처럼 수치심에서 벗어나지 못했다. 젠나로는 온종일 길에서 방황하거나 자기 아버지 식료품점 한쪽 구석에 앉아 넓적한 얼굴에 난 여드름을 만지작거리거나 말 한마디 없이 자기 아버지의 행동과 표정을 면밀히 관찰하곤 했다.

"젠나로는 내 임신을 좋게 받아들이지 않을 거야."

릴라는 걱정했다. 그러면서 이렇게 망설이고만 있다가 젠나로가 다른 사람 입에서 그 소식을 먼저 들을까봐 걱정하기도 했다. 예컨대 스테파노에게서 그 이야기를 들으면 어떻겠는가. 그래서 어느 날 저녁 엔초는 젠나로를 따로 불러내 엄마가 임신했다는 소식을 전했다. 젠나로는 꿈쩍도 하지 않았다.

"어서 가서 엄마를 안아드리렴. 엄마에게 사랑한다고 해드려."

엔초가 권하자 젠나로는 그의 말을 따랐다.

며칠 후 엘사가 제 언니 몰래 내게 물었다.

"엄마, 암돼지*가 뭐예요?"

"암돼지는 꿀꿀이의 아내야."

"정말요?"

"그럼."

"리노가 데데 언니한테 리나 이모는 암돼지라고 했어요."

확실히 문제가 있었지만 말해봤자 소용 없을 것 같아 릴라에게 따로 이 이야기를 하지는 않았다. 사실 나도 내 코가 석자였다. 나는 내임신 소식을 피에트로에게도 아이들에게도 알리지 못했다. 가장 심각한 것은 니노에게조차 말하지 못했다는 사실이다. 나는 피에트로가 도리아나와 함께 살고 있기는 하지만 내가 임신한 것을 알면 화를 낼 거라고 생각했다. 자기 부모님에게 냉큼 일러바쳐서 시어머니가 나를 괴롭히게 만들 거라고 생각했다. 데데와 엘사도 나를 다시미워하게 될 거라고 생각했다.

하지만 가장 큰 문제는 니노였다. 나는 아이를 매개로 니노와 나의 결속력이 더 강해지기를 바랐다. 니노가 내 아이의 아빠가 될 거라는 사실을 알고 엘레오노라가 그를 떠나기를 바랐다. 하지만 내희망은 너무나 미약했고 그보다는 두려움이 앞섰다. 니노는 우리의상태 때문에 불안하고 긴장되고 골칫거리투성이지만 아내와 헤어지느라 예전에 겪었던 트라우마를 또다시 겪는 것보다는 차라리 두집 살림을 하는 편이 낫다고 내게 분명히 말한 바 있다. 그렇기 때문에 나는 니노가 내게 아이를 낙태하라고 할까봐 두려웠다. 매일 임신 소식을 알리려고 마음을 먹었다가도 미루곤 했다.

* 이탈리아에서는 매춘부라는 의미로도 사용된다.

'아니야, 내일 말하는 게 좋을 것 같아.'

그러다 모든 일이 자연스럽게 정리되기 시작했다. 어느 날 저녁 나는 피에트로에게 전화를 걸어 소식을 전했다.

"나 임신했어."

긴 침묵 끝에 피에트로는 목소리를 가다듬고 작은 소리로 언젠가는 이렇게 될 줄 알았다고 말했다. 그가 물었다.

"아이들에게는 말했어?"

"아니."

"내가 말해줄까?"

"아니야."

"몸 조심해."

"그럴게."

그게 다였다. 그날 이후 피에트로에게서 자주 전화가 왔다. 피에트로는 다정했다. 그는 아이들의 반응을 걱정하면서 원한다면 나 대신 자기가 아이들에게 소식을 알려주겠다고 했다. 하지만 아이들에게 내 임신 소식을 전한 것은 나도 피에트로도 아닌 릴라였다. 정작 자기 아들에게는 자신의 임신 소식을 전하는 것을 꺼려했으면서 말이다. 릴라는 때가 오면 아빠는 다르지만 니노 아저씨와 엄마 사이에서 태어날 살아 있는 인형을 돌보게 될 것이며 그 일은 정말 재미있을 거라는 말로 내 아이들을 설득했다. 데데와 엘사는 그런 릴라의 설명을 잘 받아들였다. 리나 이모가 그랬다는 이유로 자기들도 곧 태어날 동생을 인형이라고 부르기 시작했다. 아이들은 내 배 상태에 관심을 가지고 매일 아침 눈을 뜨면 나에게 물었다.

"인형은 잘 있어요, 엄마?"

피에트로와 아이들에게 소식을 전한 후 나는 드디어 니노와 대면했다. 일은 이렇게 진행됐다. 유난히도 마음이 불안했던 어느 날 오후 나는 릴라를 찾아가 내 심정을 털어놓았다. 나는 릴라에게 물었다.

"니노가 낙태하라고 하면 어떻게 하지?"

"간단해."

릴라가 말했다.

"모든 것이 명확해지는 거지."

"명확해지다니?"

"네가 일 순위가 아니라는 사실. 네 자리는 니노 부인과 니노 자식들 다음이라는 거."

잔인하고 직선적인 말이었다. 릴라는 내게 숨기는 것이 많았지만 니노와 나의 관계에 대한 반감만은 숨기지 않았다. 하지만 기분이 나쁘지 않았다. 아니, 릴라가 그렇게 확실하게 말해준 것이 다행이었다. 릴라는 결국 내가 차마 인정하기 싫었던 사실을, 그러니까 니노의 반응이야말로 우리 관계가 얼마나 견고한지 가늠해볼 수 있는 증거라는 사실을 말해준 셈이었다. 나는 이렇게 대답했다.

"그럴 수도 있지. 어떻게 되는지 한번 보자."

잠시 후에 카르멘이 아들들과 함께 도착하자 릴라는 카르멘도 우리 대화에 끌어들였다. 그날 오후 우리는 사춘기 시절로 돌아간 것 같았다. 우리는 서로에게 속마음을 털어놓고 음모를 꾸미고 계획을 세웠다. 카르멘은 미리 화부터 내면서 만약 니노가 못마땅하면 자기가 직접 가서 몇 마디 해줘야겠다고 했다. 카르멘이 말했다.

"너처럼 수준 높은 사람이 어떻게 그런 굴욕을 참는지 이해할 수가 없어."

나는 내 상황과 내 동거인을 변호했다. 나는 니노가 장인장모에게서 도움을 많이 받았고 지금도 그렇다고 했다. 내가 지금 수준의 삶을 유지할 수 있는 것도 니노가 처갓집과 부인 덕분에 수입이 많기 때문이라고 했다.

"내 인세와 피에트로가 주는 양육비로는 어느 정도 품위 있는 생활을 유지할 수 없어."

나는 속사정을 털어놓았다.

"그렇다고 오해하지는 마. 니노는 정말 다정해. 일주일에 최소한 나흘은 우리 집에서 자. 나를 비참하게 만든 적은 한 번도 없어. 여유가 있을 때는 데데와 엘사를 친딸처럼 돌봐줘."

내 말이 끝나자마자 릴라는 내게 명령하다시피 말했다.

"그렇다면 당장 오늘 저녁에 이야기하도록 해."

나는 릴라의 말을 따랐다. 나는 집으로 돌아갔다. 니노가 오자 함께 저녁식사를 하고 아이들을 재운 다음 드디어 내 임신 소식을 알렸다. 한없이 길게 느껴지는 순간이 흐른 후 니노는 나를 껴안고 내게 입을 맞췄다. 그는 너무나 기뻐했다. 그제야 나는 안도했다.

"사실 임신 사실을 안 지는 꽤 오래됐어. 네가 화낼까봐 무서워서 말하지 않았던 거야."

니노는 나를 나무라면서 놀라운 말을 했다.

"데데와 엘사를 데리고 우리 부모님께 가서 이 기쁜 소식을 전하자. 어머니가 정말 기뻐하실 거야."

니노는 그렇게 우리의 관계는 물론 자신이 아버지가 된다는 사실을 공식적으로 인정받고 싶었던 것이다. 나는 동의한다는 표정을 부드럽게 지으면서 속삭였다.

"엘레오노라에게도 알릴 거야?"

"그녀와는 상관없는 일이야."

"아직 그녀의 남편이잖아."

"다 형식일 뿐이야."

"우리 아이에겐 네 이름을 줘야지."

"그렇게 할 거야."

나는 흥분했다.

"아니, 아니야. 너는 그렇게 하지 않을 거야. 지금껏 그랬던 것처럼 아무것도 하지 않을 거야."

"나랑 있는 게 싫어?"

"아니 정말 좋아."

"내가 너를 소홀히 했어?"

"아니. 하지만 나는 내 남편과 헤어졌잖아. 나는 너와 함께 있으려고 나폴리까지 왔잖아. 나는 내 인생을 송두리째 바꿨는데 너는 아직 너만의 인생을 고스란히 간직하고 있어."

"내 인생은 너야. 데데와 엘사 그리고 이제 곧 태어날 우리 아이라고. 다른 것은 우리 삶에 필요한 배경일 뿐이야."

"대체 누구한테 필요한 배경인데? 너에게? 난 필요 없어."

니노는 나를 꼭 껴안고 속삭였다.

"나를 믿어."

다음 날 나는 릴라에게 전화를 걸었다.

"다 잘됐어. 니노가 아주 기뻐했어."

## 40

그 후 몇 주 동안은 골치 아픈 일이 연달아 일어났다. 내 몸이 임신에 그토록 즐겁고 자연스러운 반응을 보이지 않고 릴라처럼 몸이 계속 괴로웠다면 도저히 그 상황을 견뎌낼 수 없었을 거라고 종종 생각하곤 했다.

밀라노 출판사는 오랜 망설임 끝에 결국 니노의 에세이집을 출간해주기로 했다. 나는 시어머니와의 관계가 최악이었는데도 예전에 시어머니가 그랬던 것처럼 니노의 책이 언론의 주목을 받을 수 있게 내가 알고 있는 몇몇 안 되는 중요한 사람들에게 전화했다. 또 니노와 아는 사이이긴 하지만 자존심 때문에 니노가 직접 전화하기를 껄끄러워하는 그보다 훨씬 많은 사람들에게 전화를 돌렸다.

때마침 피에트로의 책도 출간되었다. 피에트로는 데데와 엘사를 보러 나폴리에 올 때 자신의 책을 내게 직접 가져다주었다. 피에트로는 내가 그의 헌사를 읽는 모습을 안절부절못하며 지켜보았다. 책에는 쑥스럽게도 '내게 아픈 사랑법을 가르쳐준 엘레나에게'라고 쓰여 있었다. 우리는 함께 감동했다. 피에트로는 피렌체에서 열리는 책 출판 기념회에 나를 초대했고 나는 아이들을 피에트로에게 데려다주기 위해서라도 행사에 참석해야만 했다.

이 일로 나는 나를 노골적으로 적대시하는 시부모님과 마주해야 했을 뿐만 아니라 출판 기념회 전후로 니노의 신경질을 받아주어야 했다. 니노는 내가 피에트로와 연락할 때마다 질투했다. 내게 쓴 헌사를 보고 화가 난 데다 내가 전남편의 책이 뛰어나다고 말한 것에 잔뜩 토라져 있었다. 피에트로의 책은 학계 안팎에서 긍정적으로 회자되고 있는데 자기 책은 아무런 주목을 받지 못했기 때문에 니노는 불만이 가득했다.

우리 관계는 나를 너무나도 지치게 했다. 내 입에서 나오는 말 한마디 한마디와 니노의 입에서 나오는 말 한마디 한마디, 우리의 모든 행동은 아슬아슬하기 짝이 없었다. 니노는 피에트로의 이름도 들기 싫어했다. 내가 프랑코를 회상해도 기분 나빠했고 내가 자기 친구와 너무 많이 웃는다고 질투하면서 정작 자기는 나와 자기 아내 사이를 오가면서 두 집 살림하는 것을 당연하게 생각했다.

필란지에리 가에서 엘레오노라와 두 아이와 함께 있는 니노를 두어 번 마주친 적이 있었다. 처음에는 둘 다 나를 못 본 체하고 내 앞으로 지나갔다. 두 번째 마주쳤을 때 나는 환한 미소를 머금고 둘 앞에 멈춰서 아직 배가 나오지도 않았는데 일부러 내 임신에 관해 말했다. 나는 터질 듯한 심장과 격렬한 분노를 가슴에 품고 자리를 떠났다. 나중에 니노가 쓸데없이 도발적인 행동을 했다면서 나를 못마땅해했을 때 우리는 크게 다퉜다.

"나는 네가 아이 아빠라고 말하지 않았어. 그저 임신했다고만 했을 뿐이지."

나는 니노를 집에서 쫓아냈다가 다시 받아들였다.

그제야 비로소 나는 내 모습을 깨달았다. 나는 니노가 원하는 것이라면 언제나 뭐든지 하는 니노의 몸종이었다. 나는 그의 마음을 상하게 하지 않으려고 주의를 기울였다. 그를 곤란하게 하지 않기 위해 너무 나서지 않으려고 애썼다. 니노를 위해 요리하고 그가 벗어놓고 간 더러운 옷을 빨고 학교일에 대한 푸념과 그가 맡은 수많은 일 이야기에 귀를 기울여주었다. 그리 대단할 것 없는 처갓집의 권력과 주변 사람들의 호의 덕분에 니노는 날이 갈수록 많은 일을 맡게 되었다.

나는 니노를 언제나 기쁘게 맞이했다. 나는 니노가 엘레오노라 집보다 우리 집에서 더 편하게 지내기를 바랐다. 내 집에서 안식을 취하고 내게 속마음을 털어놓기를 바랐다. 일 때문에 항상 지쳐 있는 니노가 안쓰러웠다.

나는 엘레오노라가 나보다 그를 더 사랑하는 게 아닌가 하는 생각까지 하게 되었다. 그렇기 때문에 니노가 아직 내 자신의 것이라고 믿고 싶은 마음 하나만으로 그 모든 굴욕을 참을 수 있는 것이 아닌가 하는 생각까지 하게 됐다. 하지만 나는 가끔 도저히 참지 못하고 데데와 엘사가 들을지 모르는데도 그에게 악을 썼다.

"대체 나는 네게 어떤 존재지? 내가 여기 와서까지 매일 저녁 너를 하염없이 기다려야 하는 이유를 설명해봐. 내가 왜 이 상황을 참아야 하는지 이야기 좀 해보라고!"

그럴 때면 니노는 겁에 질려 내게 진정하라고 애원했다. 어느 일요일 점심, 니노가 나를 정말로 나치오날레 가에 있는 자기 부모님 집으로 데려간 것도 오직 나만이 자신의 진짜 아내이고 엘레오노라는 자기 삶에서 아무런 의미가 없다는 사실을 증명하고 싶은 마음 때문이 아니었던가 싶다. 나는 차마 니노의 부탁을 거절할 수 없었다. 그날은 다정한 분위기 속에서 시간이 더디게 흘러갔다. 니노의 어머니 리디아 아주머니는 어느새 노인이 되어 있었다. 피로에 지친 리디아 아주머니의 눈은 바깥세상이 아니라 자기 가슴속에서 느껴지는 위협에 대한 두려움으로 가득했다. 꼬맹이였을 때 봤던 피노와 클렐리아와 치로도 어느새 장성해 있었다. 하나는 학교에 다니고 하나는 직장에 다니고 있었다. 클렐리아는 얼마 전에 결혼했다고 했다.

얼마 지나지 않아 마리사와 알폰소가 아이들과 함께 도착했고 우리는 식사를 했다. 음식이 끊임없이 나오는 바람에 2시에 시작한 점심이 저녁 6시까지 계속됐다. 어딘지 과하게 들뜬 분위기였지만 그래도 애정만은 진심으로 느껴졌다. 특히 리디아 아주머니는 나를 진짜 며느리처럼 대해주었다. 아주머니는 나를 자기 가까이 앉히고 데데와 엘사를 칭찬해주고 내 임신을 축하해주었다.

그날 유일하게 긴장감을 조성한 사람은 도나토 사라토레였다. 20년이 지난 후 그를 다시 보니 감회가 새로웠다. 도나토 사라토레는 짙은 푸른색 실내용 재킷에 갈색 슬리퍼를 신고 있었다. 살은 쪘지만 몸이 전체적으로 쪼그라든 느낌이었다. 나이가 들어 얼굴에 검버섯이 피었고 손톱 밑에 시꺼멓게 때가 긴 뭉툭한 손을 쉴 새 없이 흔들어댔다. 얼굴 살이 늘어나서 뼈에 걸쳐진 것처럼 보였고 눈빛이 흐릿했다. 붉은 기가 살짝 도는 색으로 염색한 얼마 남지 않은 머리카락이 민머리를 덮고 있었다.

그는 빠진 이를 드러내면서 웃었다. 처음에는 예전처럼 속물 같은 말투로 이야기를 했다. 그는 몇 번이고 내 가슴을 물끄러미 바라보다 내게 은근히 암시적인 말을 건넸다. 그러더니 갑자기 불만을 쏟아내기 시작했다. 요즘 사람들은 도무지 주제 파악을 할 줄도 모른다고 했다. 십계명은 폐지되었으며 계집들이 설치고 다니는 것을 막는 사람이 없어서 어디든 사창가와 다름없다고 했다. 자식들이 그에게 입을 다물라고 면박하고 자신을 소외시키자 그는 그제야 말을 멈췄다.

점심식사 후 그는 알폰소를 구석으로 끌고 가 자기 과시욕의 희생양으로 삼았다. 알폰소는 매우 세련되고 섬세해 보였다. 내가 보기에는 릴라만큼, 아니 릴라보다 더 예뻐 보였다. 나는 이따금씩 믿을 수 없다는 듯이 그 노인을 바라보다 생각했다.

'어떻게 소녀 시절 마론티 해변에서 저런 추한 인간과 관계를 맺었을까? 아니야, 사실이 아니야. 하나님 맙소사. 저 꼬락서니 좀 봐.'

도나토 사라토레는 대머리에 지저분하고 눈빛이 음흉했다. 그런 그가 자기가 원해서 여성화된 내 고등학교 시절 친구 옆에 있는 것이다. 내 친구는 남자 옷을 입은 젊은 여자 같았다. 나 역시 이스키아 섬에서와는 너무나 달라진 모습으로 지금 그와 같은 공간에 있다. 그 시절에 비하면 지금은 얼마나 많은 변화가 있었던가!

갑자기 도나토 사라토레가 정중한 말투로 나를 불렀다.

"레누!"

알폰소도 몸짓과 눈짓으로 나에게 계속 자기들 쪽으로 와달라는 신호를 보냈다. 나는 불편한 마음으로 그들이 있는 구석으로 갔다. 도나토 사라토레는 귀머거리에게 말하는 것처럼 소리를 높여 나에 대한 칭찬을 쏟아내기 시작했다.

"레누는 정말 훌륭한 학자야. 세상에 레누와 필적할 만한 뛰어난 작가는 없지. 소녀 시절부터 레누를 알았다는 것이 얼마나 자랑스러운지 몰라. 이스키아에 휴가를 보내러 왔을 때만 해도 아이였는데 말이야. 그때 레누는 보잘것없는 내 시를 읽으면서 문학에 대한 열정을 알게 되었지. 잠자기 전에 내 시를 읽곤 했었는데, 그렇지 않니, 레누?"

그는 갑자기 애원하듯 불안한 눈빛으로 나를 바라보았다. 내가 문학이 내 천직이라는 사실을 깨닫는 데 있어 자신의 시가 중요한 역할을 했다는 사실을 인정해달라고 나에게 눈빛으로 부탁하고 있었다.

"맞아요. 어렸을 때 내가 아는 사람 가운데 시집을 내고 자기 생각을 신문에 싣는 사람이 있다는 사실을 믿을 수 없었어요."

내가 말했다.

나는 지금으로부터 12년 전 그가 내 데뷔작에 써준 서평에 감사 드린다고 했다. 그 글이 내게 큰 도움이 됐다고 했다. 도나토 사라토레는 기쁨에 겨워 얼굴이 빨개졌다. 기다렸다는 듯 옳다구나 하고 자화자찬을 늘어놓았다. 범인들의 질투 때문에 자신이 실력보다 이름을 떨치지 못했다고 푸념했다. 도나토 사라토레는 니노가 거칠게 끼어들 때까지 말을 멈추지 않았다. 니노는 나를 다시 자기 어머니 곁으로 데리고 갔다.

집으로 돌아오는 길에 니노는 나를 나무랐다.

"아버지가 어떤 사람인지 잘 알잖아. 맞장구 쳐주면 안 돼."

나는 고개를 끄덕이면서 니노의 모습을 곁눈질했다. 니노도 자기 아버지처럼 머리가 빠질까. 뚱뚱해질까. 자기보다 성공한 사람들을 깎아내릴까. 너무나 잘생긴 지금의 니노를 보니 그런 일은 생각조차 하고 싶지 않았다.

"도무지 포기를 모르는 사람이야. 나이가 들수록 심해진다니까."

니노가 자기 아버지를 두고 말했다.

## 41

바로 그 무렵 엘리사가 출산했다. 엘리사는 극도로 불안해했고 출산 내내 고통스러워했다. 엘리사는 사내아이를 낳았는데 마르첼로의 아버지 이름을 따 실비오라고 부르기로 했다. 어머니의 건강 상태가 좋지 않기 때문에 내가 엘리사를 뒷바라지했다. 엘리사는 피곤에 지쳐 얼굴이 창백한 데다 아이 때문에 두려움에 질려 있었다. 피와 체액으로 범벅된 아이를 본 엘리사는 고통스러워하는 작은 육체에 충격을 받고 아이를 혐오스러워했다. 실비오는 생명력이 넘치는 아이였다. 아이는 주먹을 꼭 쥔 채 절망적으로 울어댔다.

엘리사는 아직 아이를 안는 방법도 몰랐다. 목욕을 시킬 줄도 탯줄을 자른 뒤에 생긴 상처를 치료하는 법도 손톱 발톱을 깎는 법도 몰랐다. 아이가 사내라는 것도 끔찍해했다. 나는 엘리사에게 아기 보는 방법을 가르쳐주려고 했지만 그마저도 얼마 가지 못했다. 나를 항상 거북해했던 마르첼로는 나를 대할 때면 왠지 불안해했다. 나는 그런 마르첼로의 태도 뒤에서 나를 성가시게 생각하는 그의 마음을 느꼈다. 마르첼로는 내가 자기 집에 있으면 상황이 복잡해진다고 생각하는 것 같았다. 게다가 내 동생 엘리사는 내게 고마워하기는커녕 내가 무슨 말을 할 때마다 짜증을 냈다. 내가 최선을 다해 도와주는 것조차 귀찮게 생각했다. 나는 속으로 생각했다.

'이제 그만두자. 내 일도 태산인데. 내일부터는 그만 와야지.'

그런데도 나는 계속 엘리사의 집을 찾았다. 엘리사 집에 발길을 끊게 된 것은 그 후 일어난 일 때문이었다.

끔찍한 일이었다. 몹시 무더웠던 날 아침 나는 엘리사네 집을 찾았다. 뜨거운 먼지가 흩날렸고 온 동네는 꾸벅꾸벅 졸고 있었다. 볼로냐 역에서 폭탄테러가 일어난 지 얼마 지나지 않아서였다.

페페에게서 어머니가 화장실에서 정신을 잃고 쓰러졌다는 전화가 왔다. 나는 어머니에게 달려갔다. 어머니는 식은땀을 흘리면서 몸을 떨고 있었다. 배가 참을 수 없을 정도로 아프다고 했다. 그제서야 나는 어머니를 억지로 병원에 데려갈 수 있었다. 몇 가지 검사를 한 후에 의사는 어머니가 중병에 걸렸다고 했다. 애매모호한 표현이었지만 나 역시 바로 그 표현에 익숙해져야 했다. 그 말은 우리 동네에서는 암을 의미하는 표현이었고 그것은 의사들 사이에서도 마찬가지였다. 의사들은 나를 위해 중병이라는 표현을 뜻은 같지만 조금은 더 유식한 말로 해석해주었다. 그들은 어머니의 중병은 심각한 정도를 넘어 불치병이라고 했다.

아버지는 그 소식에 무너져 내렸다. 상황을 감당하지 못하고 우울증에 빠졌다. 남동생들은 누렇게 뜬 얼굴로 어딘지 멍한 눈빛을 주고받았다. 그러다 얼마간은 뭐든 도와줄 것처럼 호들갑을 떨다가 정체를 알 수 없는 일 때문에 밤낮 할 것 없이 바빠 돈만 내놓고는 슬며시 사라졌다. 사실 진료비며 약값 때문에 돈이 필요하기는 했다. 엘리사는 두려움에 떨면서 집에 틀어박혀 있기만 했다. 엘리사는 잘 씻지도 않고 잠옷 차림으로 있다가 실비오가 울 기미만 보여도 바로 젖을 물렸다. 나는 임신 4개월의 몸으로 병든 어머니를 돌봐야 한다는 부담을 오롯이 짊어지게 됐다.

싫지는 않았다. 나는 어머니가 평생 나를 괴롭혔는데도 내가 어머니를 사랑한다는 사실을 어머니가 알아주기를 바랐다. 나는 최선을 다했다. 니노와 피에트로의 인맥을 총동원해 유명한 의사들을 소개받고 어머니를 여러 권위자에게 데리고 갔다. 어머니가 급하게 수술을 받았을 때 나는 병원에서 어머니의 곁을 지켰다. 퇴원했을 때도 어머니를 지켰다. 집에 모시고 와서도 나는 어머니의 간호를 도맡았다.

날씨는 견딜 수 없을 정도로 더웠다. 나는 만성적인 불안에 시달렸다. 내 배가 행복하게 불러 오고 그 안에서 내 심장과는 다른 심장이 자라는 동안 나는 매일 고통스럽게 어머니가 시들어가는 모습을 지켜봐야만 했다. 어머니가 정신을 잃지 않기 위해 어린 시절 내가 어머니 손에 매달렸던 것처럼 내게 매달리는 모습에 나는 안타까웠다. 어머니가 연약해지고 겁이 많아질수록 나는 내가 어머니의 생명줄을 붙잡고 있다는 사실에 자부심을 느꼈다.

처음에 어머니는 언제나처럼 고약하게 굴었다. 내가 무슨 말을 하든 쌀쌀맞게 거부했다. 내가 없어도 못할 것이 하나도 없다는 투였다. 진료라면 혼자서도 받을 수 있다고 했다. 병원에도 혼자 가고 치료도 혼자 알아서 하겠다고 했다.

"아무것도 필요 없으니 그만 가보렴. 네가 있어봤자 성가시기만 하구나."

어머니는 투덜거렸다.

말은 이렇게 하면서도 내가 일 분만 늦어도 화냈다.

"다른 일이 있으면서 오겠다는 말은 대체 왜 한단 말이냐?"

어머니가 부탁한 것을 바로 하지 않으면 내게 욕을 했다. 어머니는 내가 잠자는 숲속의 공주보다 더 느려 터졌으며 자신이 나보다 더 기운이 넘친다는 것을 증명하기 위해 절뚝이는 걸음으로 맹렬히 돌진했다.

"저리 비켜라. 대체 무슨 생각을 하고 있는 거냐. 생각이 딴 데 가 있는 게로구나. 너만 기다리고 있다가는 감기에 걸리겠다."

어머니는 내가 의사와 간호사를 예의 바르게 대한다고 무섭게 질책했다.

"그 치들 면상에 침을 뱉지 않으면 그 몹쓸 것들이 너를 무시할 게다. 겁을 줘야 일을 제대로 하는 법이야."

그러는 동안 어머니의 내면에서 무엇인가가 변화하고 있었다. 어머니는 안절부절못하는 자신의 모습에 스스로 깜짝깜짝 놀라곤 했다. 땅이 발아래로 무너져 내릴까봐 두려워하는 것처럼 살살 움직였다. 한번은 어머니가 거울을 바라보고 있는 모습을 본 적이 있는데 (그 무렵 어머니는 지금껏 한 번도 보이지 않았던 호기심 어린 표정으로 자신의 모습을 종종 바라보곤 했다) 그때 어머니는 내게 민망해하면서 물었다.

"너는 내 젊었을 적 모습이 기억나니?"

그러고는 마치 금방 한 말과 관련이 있는 것처럼 내게 평소와 같은 거친 태도로 다시는 자신을 병원에 입원시키지 않겠다는 맹세를 하라고 했다. 절대 어머니를 홀로 병실에서 죽게 내버려두지 않겠다고 맹세하게 했다. 어머니의 눈에 눈물이 그렁그렁했다.

나는 어머니가 너무 쉽게 감정에 복받치는 것이 걱정스러웠다. 지금껏 그런 적이 한 번도 없었다. 어머니는 데데 이름만 들어도 울먹였다. 아버지가 갈아 신을 깨끗한 양말이 없을까봐 걱정하거나, 아이 때문에 바쁜 엘리사 이야기를 하거나, 임신 초기인 내 배를 바라만 보거나, 과거 고향 동네의 나지막한 건물을 둘러싸고 널리 펼쳐졌던 들판을 떠올리기만 해도 울컥했다. 병 때문에 지금껏 한 번도 드러나지 않았던 어머니의 연약한 면이 드러난 것이다. 그런 어머니의 섬약함은 신경쇠약 증세를 누그러뜨려주기는 했지만 대신 변덕스러운 고통으로 바꿔놓았다. 그 때문에 어머니는 갈수록 자주 눈시울을 붉히곤 했다. 어느 날 오후에는 갑자기 올리비에로 선생님이 생각난다면서 울음을 터뜨리기까지 했다. 그 선생님을 그토록 싫어했으면서 말이다.

"너 기억나니?"

어머니가 말했다.

"올리비에로 선생이 네게 중학교 입학시험을 보게 하려고 그렇게 고집을 부렸잖니."

그러더니 어머니는 눈물을 흘렸다. 흐르는 눈물을 주체하지 못했다.

"어머니."

내가 말했다.

"진정하세요. 대체 왜 우시는 거예요?"

그토록 아무것도 아닌 일로 비통해하는 어머니의 모습에 나는 충격을 받았다. 내겐 그런 어머니가 익숙지 않았다. 어머니도 자신이 믿기지 않는다는 듯 고개를 저었다. 어머니는 웃으면서 눈물을 흘렸다. 자신도 왜 우는지 모르겠다는 것을 내게 알리려고 계속 웃었다.

42

어머니가 그렇게 쇠약해지는 바람에 더디게나마 어머니와 나 사이에는 지금껏 없었던 친밀한 관계가 형성되었다. 처음에 어머니는 다른 사람에게 자신의 아픈 모습을 보이는 것을 수치스러워했다. 어머니는 실신할 것 같을 때 아버지나 남동생들이나 실비오와 함께 온 엘리사가 있으면 화장실로 몸을 숨겼다.

"어머니, 좀 어뗘세요. 문 좀 열어주세요."

식구들이 조심스럽게 채근하면 문을 잠가놓고 말했다.

"나는 괜찮다. 원하는 게 뭐냐. 나는 화장실도 편하게 못 간단 말이냐?"

하지만 어머니는 어느 순간부터 내게는 몸을 맡겼다. 내게는 부끄러워하지 않고 자신의 고통을 내보였다.

어느 날 아침 친정에 있는데 어머니가 자신이 절름발이가 된 이유를 내게 불쑥 꺼냈다. 어머니는 자랑스럽게 말했다.

"내가 아주 어렸을 때 죽음의 천사가 나를 스쳐간 적이 있단다. 그때도 꼭 지금처럼 아팠더랬지. 하지만 나는 그놈을 엿 먹였어. 아주 어렸을 때였는데 말이야. 두고 보렴. 이번에도 그렇게 할 거야. 그렇게 할 수 있는 건 내가 고통받는 법을 알기 때문이란다. 열 살부터 고통이 사라진 적이 한순간도 없었거든. 고통받는 법을 제대로 알면 죽음의 천사들도 나를 존중하게 되지. 천사는 조금 기다리다 그냥 가버릴 거야."

어머니는 그렇게 말하면서 옷자락을 들췄다. 자신의 아픈 다리를 머나먼 과거에 치른 전투의 유물처럼 나에게 보여주며 희미한 미소를 띤 채 겁먹은 눈으로 다리를 찰싹 때려보였다.

그날 이후 어머니는 침통한 표정으로 입을 다물고 있기보다는 할 말 안 할 말 가리지 않고 내게 속마음을 털어놓으며 점점 더 많은 시간을 보냈다. 가끔은 민망하기 짝이 없는 이야기도 했다. 어머니는 아버지 말고는 다른 남자를 안 적이 없다고 했다. 관계를 가질 때 아버지가 일을 너무 빨리 끝낸다고 적나라하게 말하기까지 했다. 어머니는 아버지 품에 안기는 것이 좋았던 적이 있는지조차 잘 기억나지 않는다고 했다. 평생 아버지를 사랑했고 지금도 사랑하지만 남매 같은 감정이라고 했다.

어머니는 살면서 유일하게 기뻤던 순간은 자신의 첫딸인 내가 어머니 배에서 나왔던 때였다고 했다. 어머니는 자신의 가장 큰 죄악은 (어머니는 그 죄 때문에 자신은 지옥에 떨어질 것이라고 했다) 나 말고 다른 자식들에게 한 번도 애정을 느낀 적이 없었던 것이라고 털어놓았다. 동생들의 존재는 자신에게 형벌처럼 느껴졌고 아직까지 그렇다고 했다. 한마디로 어머니가 친자식으로 생각하는 자식은 나밖에 없다고 했다. 어머니가 내게 이런 말을 해준 것은 진료를 받으러 병원에 갔을 때였던 걸로 기억한다. 그날 어머니는 마음이 너무 아파 평소보다 훨씬 많이 울었다. 어머니가 속삭였다.

"나는 항상 네 걱정만 했어. 다른 아이들은 다 의붓자식이었지. 그러니 네가 이렇게 나를 실망시키는 것도 당연한 거야. 내가 죗값을 치르는 거야. 레누, 얘야. 너는 이 어미 가슴에 못을 박았단다. 충격이 너무나 컸어. 넌 피에트로와 헤어지는 것이 아니었다. 사라토레 집안 아들놈과 함께 사는 게 아니었어. 그놈은 지 애비보다 못한 놈이야. 제대로 된 사내치고 유부남에 아이가 둘이나 딸렸는데 다른 사람 아내를 꼬드기는 놈이 어디 있단 말이냐."

나는 니노를 옹호했다. 나는 어머니에게 이혼에 관해 말했다. 우리 둘 다 이혼할 예정이고 그런 다음 결혼할 거라는 말로 어머니를 안심시키려 했다. 어머니는 이야기를 끊지 않고 내 말에 귀를 기울였다. 예전처럼 발끈해서 언제나 자기 말이 옳다고 우길 힘이 없기에 지금은 그저 고개만 가로저을 뿐이었다. 어머니는 뼈밖에 안 남은 데다 안색이 창백했다. 내 말에 반박할 때도 낙담한 말투로 느릿느릿 말하는 게 다였다.

"대체 언제 어디서 결혼을 한단 말이냐? 네가 나보다 형편없어지는 모습을 내 눈으로 봐야겠니?"

"그렇지 않아요, 어머니. 걱정하지 마세요. 저는 더 잘될 거예요."

"이제는 네 말을 못 믿겠구나, 얘야. 너는 이미 멈추지 않았니."

"어머니를 자랑스럽게 해드릴게요. 우리 모두 그럴 거예요. 우리 사남매 모두가요."

"나는 네 동생들을 버렸다. 정말 부끄럽구나."

"무슨 말씀이세요. 엘리사는 부족한 것 없이 지내고 페페와 잔니도 멀쩡한 직업이 있는 데다 돈도 잘 버는데 무슨 걱정이세요?"

"이제 모든 것을 바로잡아야겠다. 나는 큰 실수를 저질렀어. 자식 셋을 모두 마르첼로에게 갖다 바쳤지 뭐냐."

어머니는 낮은 목소리로 내가 전혀 예상하지 못했던 밑그림을 보여주었다. 어떤 말로도 어머니를 위로할 수 없었다.

"마르첼로는 미켈레보다 더 지독한 악당이다."

어머니가 말했다.

"겉보기에는 둘 가운데 그나마 착해 보이지만 그렇지 않아. 내 아이들을 진흙탕 속으로 빠뜨렸단다."

어머니는 마르첼로 때문에 엘리사가 변했다고 했다. 그 때문에 엘리사는 이제 자신이 그레코가 아니라 솔라라라고 생각하며 매사에 마르첼로 편을 든다고 했다. 말하는 내내 어머니는 목소리를 죽였다. 우리가 지금 나폴리에서 가장 유명한 병원의 지저분하고 사람들이 바글대는 대기실에서 몇 시간 동안 차례를 기다리고 있는 것이 아니라 마르첼로와 멀지 않은 곳에 있다고 생각하는 것 같았다. 나는 어머니를 진정시키기 위해 분위기를 가볍게 하려고 애썼다. 병들고 나이 들어서 어머니가 과장하는 거라고 생각했다.

"어머니가 쓸데없는 걱정을 하시는 거예요."

내 말에 어머니가 대답했다.

"너는 모른다. 나는 사정을 잘 아니까 걱정하는 거야. 내 말을 못 믿겠으면 리나한테 물어보렴."

동네 사정이 얼마나 악화됐는지에 대해 우울하게 말을 늘어놓던 어머니는 (어머니는 심지어 돈 아킬레가 군림하던 시절이 더 낫다고까지 했다) 갑자기 다른 때보다 더 열렬히 자신이 릴라를 지지한다는 것을 드러냈다. 어머니는 릴라야말로 동네를 제대로 굴러가게 할 수 있는 유일한 사람이라고 했다. 릴라는 좋든 나쁘든 수단과 방법을 가리지 않고 목적을 이룰 줄 안다고 했다. 물론 후자에 더 능하지만. 어머니는 릴라는 모르는 게 없으며 누가 어떤 끔찍한 일을 저질렀는지도 다 알지만 절대 사람을 정죄하지는 않는다고 했다. 릴라는 누구든 실수할 수 있다는 사실을 안다고 했다. 자기도 그랬으니까. 그렇기 때문에 곤경에 처한 사람을 돕는다는 것이다. 어머니의 눈에 릴라는 큰길에서부터 공원, 오래된 건물과 새로 지은 건물을 복수의 빛으로 비추는 성스러운 여전사처럼 보이는 것 같았다.

어머니의 말을 듣다보니 새롭게 부상한 동네의 실세와 가까운 사이라는 사실 외에는 어머니는 나를 쓸모없는 존재로 생각하는 것 같았다. 어머니는 나와 릴라의 우정이 유용하다면서 언제나 이 관계를 잘 유지해야 한다고 했다. 곧이어 나는 어머니가 그렇게 말하는 이유를 알게 됐다.

"부탁이 있다."

어머니가 말했다.

"리나랑 엔초에게 페페와 잔니를 길바닥에서 거둬달라고 부탁해보렴. 회사에서 일하게 해달라고 부탁 좀 해봐."

나는 미소를 지으면서 어머니의 잿빛 머리카락을 정리해주었다. 어머니는 나 말고 다른 자식들에게는 신경을 못 써주었다고 하면서도 지금 이 순간 등을 한껏 웅크리고 떨리는 손으로 손톱이 하얗게 되도록 내 팔을 잡고 그 누구보다 동생들을 걱정하고 있는 것이었다. 어머니는 그들을 솔라라에게서 거두어 릴라에게 맡기고 싶어 했다. 그런 식으로 어머니가 평생 선의를 가진 이들과 악의를 가진 이들 사이에서 치러온 전쟁에서 자신이 저지른 전략적인 실수를 만회하고 싶었던 것이다. 나는 어머니가 지금 릴라를 선의의 화신으로 생각한다는 것을 깨달았다.

"어머니."

내가 말했다.

"원하시는 것은 뭐든 할게요. 하지만 리나가 동생들을 취직시켜줄 수는 없어요. 공부를 해야 할 수 있는 일이니까요. 게다가 설령 리나가 동생들을 받아준다고 해도 페페와 잔니는 얼마 안 되는 돈 몇 푼 받으려고 리나네 회사에서 일하려 하지 않을 거예요. 솔라라 형제를 위해 일하는 게 돈벌이가 훨씬 좋으니까요."

어머니는 어두운 표정으로 고개를 끄덕이면서도 고집을 부렸다.

"그래도 한번 물어보렴. 너는 오랫동안 떠나 있어서 잘 모르지만 동네 사람들은 모두 리나가 미켈레를 바보로 만들었다는 것을 안다. 지금은 임신까지 했으니 더 강해졌겠지. 마음만 먹으면 솔라라 형제쯤이야 다리를 두 동강 낼 수도 있을 게다."

## 43

걱정이 태산이었는데도 나의 임신 기간은 빠르게 지나갔고 릴라의 임신 기간은 한없이 느리게 지나갔다. 우리는 둘 다 똑같이 출산을 기다리면서도 각자 받는 느낌이 전혀 다르다는 사실을 종종 깨닫곤 했다. 내가 "벌써 임신 4개월째네"라고 말하면 릴라는 "이제 겨우 4개월이네"라고 말했다. 물론 얼마 지나지 않아 릴라는 안색도 나아지고 얼굴선도 다시 부드러워졌다. 하지만 과정은 똑같은데도 릴라와 나의 신체 기관은 임신 기간에 따라 반응하는 방식이 전혀 달랐다. 내 몸은 임신을 아주 잘 받아들이는 데 비해 릴라의 몸은 무기력한 체념 상태에 가까웠다. 우리를 둘 다 아는 사람들은 빨리 흘러가는 내 시간과 더디게 흘러가는 릴라의 시간에 놀라곤 했다.

어느 일요일 릴라와 함께 아이들을 데리고 톨레도 가를 걷던 중 질리올라와 마주친 적이 있었다. 그 일은 꽤나 중요한 사건이었다. 질리올라와의 만남은 내 마음에 적잖은 파문을 일으켰다. 나는 그날의 만남으로 릴라가 정말로 미켈레의 미친 짓과 관련이 있다는 사실을 깨닫게 되었다.

질리올라는 화장만 진하게 했을 뿐 머리는 헝클어진 데다 옷차림은 꾀죄죄했다. 주체할 수 없이 풍만한 가슴과 골반, 갈수록 커져가는 엉덩이를 마음껏 과시하고 있었다. 질리올라는 우리를 만나서 기뻤는지 도무지 놓아주려 하지 않았다. 데데와 엘사에게 칭찬을 쏟아 부은 다음 우리를 감브리누스로 이끌었다. 그곳에서 음식을 잔뜩 주문하고 단 음식과 짠 음식을 가리지 않고 뭐든 게걸스럽게 먹어치웠다. 질리올라는 데데와 엘사는 곧바로 잊어버렸다. 그것은 데데와 엘사도 마찬가지였다. 질리올라가 큰 소리로 미켈레가 자신에게 저지른 온갖 만행을 낱낱이 늘어놓기 시작하자 데데와 엘사는 지루해했다. 아이들은 이내 호기심에 가득 차 식당 탐험에 나섰다.

질리올라는 미켈레가 자신을 그런 식으로 취급했다는 사실을 받아들이지 못했다.

"짐승 같은 자식이야."

질리올라가 말했다. 질리올라는 미켈레가 자기한테 이런 말까지 했다고 했다.

"말로만 그러지 말고 진짜 죽어버려! 발코니에서 뛰어내려 죽어버리란 말이야!"

미켈레는 질리올라를 감정도 없이 돈이면 만사가 해결되는 사람 취급하며 그녀의 가슴과 주머니에 수백만 리라를 찔러 넣어주었다고 했다. 질리올라는 분노했고 절망했다. 질리올라는 오랫동안 고향을 떠나 있었기 때문에 사정을 잘 모르는 나에게 말했다. 그녀는 미켈레에게 흠씬 두들겨 맞고 포실리포 집에서 쫓겨나 두 아들과 함께 동네에 있는 어두컴컴한 두 칸짜리 집으로 옮겨왔다고 했다. 하지만 미켈레가 상상할 수 있는 모든 병에 걸려서 가장 끔찍하게 죽어버렸으면 좋겠다고 저주를 퍼부을 때는 내가 아니라 릴라를 바라보았다. 나는 그런 질리올라의 모습에 놀랐다. 질리올라는 릴라가 자신의 저

주를 실현하는 데 도움을 줄 수 있다고 믿는 것 같았다. 릴라를 자신의 동맹으로 여기는 것 같았다.

"그렇게 높은 급여를 받고 그만두기를 정말 잘했어."

질리올라가 흥분하면서 말했다.

"혹시라도 돈을 좀 뜯어냈다면 더 잘한 거고. 그 자식을 다루는 방법을 아는 네가 부러워. 그런 자식은 더 단단히 혼쭐을 내줘야 해."

질리올라는 악을 썼다.

"그 자식이 네 무관심을 못 견뎌 해. 네가 자기를 안 볼수록 더 잘 지낸다는 사실을 견디기 힘든 거야. 잘했어, 정말 잘했어. 그 자식을 완전히 돌게 만들어야 해. 비참하게 죽게 해야 해."

말을 마친 질리올라는 짐짓 마음이 풀린 척 한숨을 내쉬었다. 그제야 우리 둘이 임신했다는 것을 생각해내고 배를 만져보고 싶어 했다. 질리올라는 옆으로 넓게 부푼 내 배에 손을 얹고 몇 개월째인지 물었다. 손이 거의 내 음부에 닿을 지경이었다.

"벌써 임신 4개월이라니 믿기지 않아!"

질리올라가 탄성을 질렀다. 반면 릴라에게는 갑자기 냉정하게 말했다.

"대체 언제 출산할 수 있을까 싶은 여자들이 있어. 평생 아이를 배 속에 간직하고 싶어 하는 여자들 말이야. 너는 그쪽에 속하는 것 같아."

나는 질리올라에게 우리가 같은 시기에 임신했고 둘 다 이듬해 1월에 출산할 예정이라고 말했지만 소용 없었다. 질리올라는 고개를 가로저으면서 릴라에게 말했다.

"나는 네가 벌써 애를 낳은 줄 알았다니까?"

질리올라는 괴로운 기색을 보이며 횡설수설했다.

"미켈레는 네 배를 볼 때마다 더 괴로워할 거야. 그러니 그를 최대한 괴롭혀줘. 너는 그런 짓 잘하잖아. 배를 미켈레 눈앞에 들이밀어. 콱 죽어버리게."

질리올라는 급한 일이 있다면서 앞으로 더 자주 만나자고 몇 번이나 말했다.

"어렸을 때처럼 다시 뭉치자. 아, 그때는 정말 좋았는데. 얼간이 같은 사내자식들은 엿이나 먹으라고 하고 우리 생각만 해야 했어."

질리올라는 바깥에서 놀고 있는 데데와 엘사에게는 인사 한마디 없이 웨이터를 향해 웃으면서 음탕한 말을 던지고는 사라졌다.

"멍청한 년."

릴라가 뚱하게 말했다.

"내 배가 뭐가 문제라는 거야?"

"문제 같은 건 없어."

"나는?"

"너도 마찬가지로 문제 없어. 신경 쓰지 마."

## 44

정말 그랬다. 릴라에겐 아무런 문제가 없었다. 변한 것이 하나도 없었다. 릴라는 언제나 그랬듯 지금도 거부할 수 없는 매력을 지닌 불안한 영혼의 소유자였고 그 매력은 릴라를 특별하게 만들었다. 좋은 일이든 나쁜 일이든, 임신에 대한 반응이든, 미켈레에게 한 일이든, 미켈레를 제압한 것과 고향에서 권위를 떨치게 된 일까지 릴라와 관련된 일이라면 뭐든 우리가 하는 일보다 밀도 있게 느껴졌다. 아마도 그래서 릴라의 시간이 더 느리게 가는 것처럼 느껴질 수도 있었다.

나는 어머니를 간병하느라 고향 동네에 올 일이 많아졌기 때문에 릴라와 더 자주 만났다. 이제는 우리 사이에 새로운 균형점이 생겼다. 내가 공적으로 유명한 사람이 되었기 때문인지 아니면 그간 수많은 일을 겪었기 때문인지 나는 릴라보다도 내가 더 성숙해졌다고 느꼈다. 그래서인지 나는 이제 괴로워하지 않고 릴라의 매력을 인정할 수 있게 되었다. 나에게는 갈수록 릴라를 있는 그대로 내 삶에 받아들일 수 있다는 확신이 생겼다.

그 시절 나는 헉헉대며 정신없이 사방팔방으로 뛰어다녀야 했다. 시간은 빠르게 흘렀다. 어머니를 병원에 모시고 가느라 도시를 가로지를 때도 이상하게 마음이 가벼웠다. 아이들을 맡길 곳이 없으면 카르멘에게 부탁하거나 가끔 알폰소에게도 도움을 청했다. 알폰소는 몇 번이나 전화를 해 내게 도움이 되고 싶다고 했다. 그렇지만 내가 가장 신뢰하고 무엇보다도 데데와 엘사가 제일 좋아하는 사람은 릴라였다. 릴라는 항상 과중한 업무에 시달렸고 임신 때문에 지쳐 있었다. 날이 갈수록 내 배와 릴라의 배는 확연히 달라졌다. 앞으로 부풀어오르기보다는 옆으로 넓어지는 내 거대한 배에 비해 릴라의 배는 가느다란 허리에 꽉 낀 것처럼 자그마했고 당장이라도 골반에서 굴러떨어질 것처럼 앞으로 튀어나와 있었다.

임신 소식을 알리자마자 니노는 나를 자기 동료 부인이 의사로 있는 산부인과로 데려갔다. 나는 그 여의사가 마음에 들었다. 경험이 많은 데다 친절하고 실력 면에서나 태도 면에서 피렌체의 무뚝뚝한 의사들과는 달랐다. 나는 이 사실을 릴라에게 기쁘게 전하면서 시험 삼아 한 번만이라도 나와 함께 진료를 받아보자고 졸랐다.

그렇게 해서 우리는 검진을 받을 때 언제나 함께 가게 됐다. 우리는 일부러 같이 검진을 받을 수 있게 해달라고 부탁했다. 내가 진료를 받는 동안 릴라는 한쪽 구석에 조용히 앉아 있었고 릴라가 진료를 받는 동안 나는 의사들 때문에 항상 예민해지곤 하는 릴라의 손을 꼭 잡아주었다. 하지만 가장 행복한 순간은 대기실에서 진료를 기다리는 시간이었다. 나는 그 순간만큼은 십자가 길을 걷는 것 같은 어머니의 고통을 잠시 잊고 소녀 시절로 돌아갈 수 있었다. 그렇게 릴라와 내가 같이 나란히 앉아 있는 것이 너무 좋았다.

나는 금발이고 릴라는 검은색 머리였다. 나는 느긋한 데 비해 릴라는 안절부절못했다. 나는 호감형인데 릴라는 쌀쌀맞았다. 우리 둘은 너무나 달랐지만 죽이 잘 맞았다. 우리는 다른 임신부들에게서 멀찌감치 떨어져 앉아 짓궂은 시선으로 그들을 훔쳐보았다.

드물게 즐거운 시간이었다. 한번은 우리 몸에서 형태를 갖추어 가는 작은 생명체를 생각하다보니 지금 병원 대기실에 같이 앉아 있는 것처럼 어린 시절 집 앞뜰에서 둘이 꼭 붙어 앉아 인형을 가지고 소꿉장난을 하던 때가 떠올랐다. 내 인형의 이름은 티나였고 릴라 인형의 이름은 누였다. 릴라는 티나를 어두운 창고로 던져버렸고 나는 심술이 나서 누도 똑같이 던져버렸다.

"너 기억나?"

내가 묻자 릴라는 미심쩍은 표정을 지었다. 애써 기억을 끄집어내려는 듯 아련한 미소를 지었다. 그때 우리가 나중에 릴라의 시아버지가 될 악명 높은 돈 아킬레가 인형을 훔친 범인이라고 생각해 두려웠지만 용기를 내 그의 집 현관 앞 계단을 함께 올라갔던 이야기를 내가 신이 나서 들려주자 그제야 릴라도 재미있어했다. 우리는 푼수처럼 소리 내어 웃으면서 우리보다 점잖은 임신부들의 배 속에 사는 생명체의 휴식을 방해했다.

"체룰로 씨와 그레코 씨 들어오세요."

간호사가 이렇게 외치고 나서야 우리는 겨우 웃음을 멈췄다. 우리는 처녀 시절 이름으로 병원에 등록했다. 여의사는 쾌활한 성격에 체구가 큰 편이었는데 매번 릴라의 배를 만지면서 "이 안에는 사내아이가 있어요"라고 했고 내게는 "이 안에는 여자아이가 있네요"라고 했다. 의사를 따라가면서 나는 릴라에게 속삭이곤 했다.

"난 벌써 딸이 둘이나 있으니 네 아이가 정말 아들이면 나한테 줄래?"

릴라가 대답했다.

"그래. 우리 맞교환하자. 못할 것도 없잖아."

의사는 항상 우리 상태가 아주 좋다고 했다. 검사 결과도 좋고 모든 것이 순조롭다고 했다. 사실 매번 나보다는 릴라 상태가 더 좋다고 했는데 그것은 의사가 다른 그 무엇보다도 몸무게에 신경을 썼기 때문이었다. 릴라는 언제나처럼 날씬한 데 비해 나는 갈수록 살이 쪘다.

둘 다 골칫거리가 한두 가지가 아니었지만 진료 받으러 갈 때만은 비교적 항상 행복했다. 36세가 되어서야 다시 서로에 대한 애정을 되찾을 수 있어서 기뻤다. 우리는 모든 면에서 전혀 달랐지만 그런데도 가까웠다.

하지만 릴라가 고향 동네를 향해 뛰어가고 나는 타소 가를 향해 올라가다 보면 멀어진 거리만큼이나 우리 사이에 존재하는 차이점이 부각됐다. 우리가 다시 가까워진 것은 분명했다. 우리는 함께 있는 것이 좋았다. 함께 있음으로써 삶의 무게가 가벼워졌다. 하지만 차이점도 명확했다. 나는 릴라에게 나에 관한 모든 일을 이야기했지만 릴라는 나에게 자기 이야기를 거의 하지 않았다. 나는 릴라에게 어머니 이야기며 지금 쓰고 있는 기사며 데데와 엘사 문제를 전부 이야기했다. 나중에는 정부이자 아내의 신분으로 살아가고 있는 내 상황에 대해서도 이야기했다. 물론 누구의 정부이자 아내라는 말은 하지 않았다. 니노 이름은 최대한 언급하지 않는 것이 상책이었으니 까. 그 점만 주의하면 나는 편하게 속내를 털어놓을 수 있었다.

릴라도 자기 이야기와 자기 부모님 이야기, 동생들 이야기, 오빠 인 리노 이야기, 젠나로 때문에 골치 아픈 이야기, 우리가 둘 다 아는 친구들과 지인들 이야기, 엔초 이야기, 솔라라 형제 이야기를 비롯 한 온 동네 이야기를 들려주기는 했지만 어딘지 애매모호했다. 나를 완전히 신뢰하는 것 같지 않았다. 릴라는 나를 여전히 고향을 떠났 다가 다시 돌아오기는 했지만 떠나 있는 동안 생각이 변하고 나폴리 로 돌아와서도 부촌에서 살기 때문에 예전처럼 온전히 환영받을 수 없는 사람 취급을 했다.

## 45

사실 그랬다. 내게는 어느 정도 이중적인 면이 있었다. 니노는 자 신의 지식인 친구들을 타소 가의 집으로 데리고 왔다. 그들은 모두 나를 존중했다. 특히 내 두 번째 책을 좋아했고 내가 자기들이 쓰고 있는 글을 한번 봐주기를 바랐다. 우리는 늦은 밤까지 세상일에 통 달한 사람들처럼 토론했다. 프롤레타리아 계급의 존재에 의문을 제 기하고 사회주의 좌파를 호의적으로 평하고 공산당은 신랄하게 비 판했다. 우리는 공산당이야말로 진짜 경찰이나 성직자보다 더 심하 게 경찰 노릇을 하려 든다고 했다. 날이 갈수록 쇠락하는 국가의 통 치 가능 여부를 두고 언쟁을 벌이기도 했다. 어떤 사람은 당당하게 마약을 했다. 우리는 요한 바오로 2세가 성적 자유를 원천봉쇄하려고 새로 발견된 병을 과장한다고 비아냥대기도 했다.

하지만 나는 타소 가의 삶에 만족하지 않고 여러 곳을 돌아다녔다. 나는 나폴리에 갇혀 지내고 싶지 않았다. 나는 종종 아이들을 데리고 피렌체에 갔다. 꽤 오래전부터 자기 아버지와 다른 정치 노선을 걷기 시작한 피에트로는 갈수록 사회주의자들과 가까워지는 니노와는 달리 스스로 대놓고 공산당임을 자처했다. 나는 피에트로의 집에 몇 시간 동안 머무르며 조용히 그의 말에 귀를 기울였다. 피에트로는 나에게 자기 당의 능력과 정직성에 찬사를 보내면서 대학교에서 겪고 있는 문제에 대해서도 들려주었다. 자신이 쓴 책이 학계, 특히 영미권에서 반응이 좋다는 말도 했다.

나는 데데와 엘사를 피에트로와 도리아나에게 맡기고 다시 길을 나섰다. 나는 밀라노에 있는 출판사를 찾아갔다. 시어머니가 고집스레 펼치는 나에 대한 중상모략 캠페인에 맞서기 위해서였다. 시어머니는 틈만 나면 나를 깎아내리면서 내게 변덕스럽고 신뢰할 수 없는 사람이라는 딱지를 갖다 붙였다. 편집장의 초대로 저녁식사를 하던 중 편집장 스스로 시어머니가 이러한 짓을 했다는 것을 인정했다. 그 결과 나는 출판사에서 만나는 모든 사람에게 호감을 얻기 위해 애를 썼다. 나는 사람들과 교양 있는 대화를 나누면서 출판사 홍보팀이 부탁하는 모든 사항에 성의를 다했다. 사실은 아직 시작도 안 했으면서 편집장에게는 새 책의 집필이 상당히 진척되었다고 했다. 그런 다음 나는 다시 밀라노를 떠나 아이들을 데리러 피렌체에 들렀다 미끄러지듯 나폴리로 돌아와 그곳 삶에 적응했다.

나폴리의 교통은 언제나 혼잡했다. 당연한 내 권리를 쟁취하기 위해 매번 영원히 끝나지 않을 것 같은 언쟁을 벌여야 했다. 걸핏하면 싸움을 벌이는 사람들 사이에 줄을 서서 기다리느라 기운이 빠졌다. 내 권리를 주장하기 위해 고군분투해야 했다. 어머니를 데리고 의사들을 찾아가고 병원과 검사실을 돌아다니며 끊임없이 불안에 시달려야 했다. 나는 타소 가와 이탈리아 전역에서는 나름대로 명성을 누리는 여성이었지만 나폴리에만 내려오면, 특히 고향 동네에만 오면 품위와는 거리가 멀어지게 됐다. 이곳에는 내 두 번째 책에 대해 아는 사람이 아무도 없었다. 타인의 횡포에 화가 나면 내 입에서 당장 사투리와 추잡한 욕설이 튀어 나왔다.

이탈리아 북부와 남부를 잇는 유일한 공통점은 유혈사태뿐인 것 같았다. 베네토에서도 롬바르디아에서도 에밀리아에서도 라치오에서도 캄파니아에서도 날이 갈수록 많은 사람이 살해당했다. 아침에 신문을 훑어보면 가끔 고향 동네야말로 이탈리아에서 가장 평화로운 곳이 아닌가 싶었다. 물론 그렇지 않았다. 동네에서도 언제나처럼 폭력이 난무했다. 사내들은 자기들끼리 치고받고 싸웠고 여자들에게 손찌검을 했다. 알 수 없는 이유로 살해당하기도 했다. 가끔은 내가 좋아하는 사람들까지도 서로 신경을 곤두세우고 위협적인 말투로 말하곤 했다. 하지만 그런 사람들도 내게는 항상 정중했다.

사람들은 나를 호의적으로 대했다. 하지만 그것은 환영은 하지만 잘 알지 못하는 일에 대해서는 가만히 입 다물고 있기를 바라는 손님에게 할 법한 행동이었다. 실제로 나는 일이 돌아가는 상황을 파악할 만한 충분한 정보가 없는 외부 관찰자가 된 것 같았다. 카르멘이나 엔초를 비롯한 다른 사람들이 나보다 훨씬 많은 것을 알고 있는 것 같았다. 릴라가 내게는 말해주지 않은 비밀을 그들에게는 털어놓는 것 같았다.

어느 날 오후 데데와 엘사를 데리고 베이직 사이트에 간 적이 있었다. 창문 너머로 지난날 우리가 다녔던 초등학교의 정문이 보이는 방 세 칸짜리 사무실이었다. 내가 온다는 소식을 듣고 카르멘도 릴라의 사무실에 들렀기에 나는 파스콸레 이야기를 꺼냈다. 이제 나는 파스콸레 하면 시간이 갈수록 끔찍한 범죄에 더 깊게 연루되어 도망치는 투사의 모습이 떠올랐지만 나는 그래도 파스콸레를 아끼고 좋아하는 마음에 그의 이야기를 꺼냈다. 파스콸레에 관한 새 소식이 있는지 알고 싶어 물었을 뿐인데 카르멘과 릴라는 내가 마치 신중치 못한 말이라도 한 것처럼 갑자기 경직된 태도를 보였다. 그렇다고 대답을 피하지는 않았다. 오히려 우리는 꽤 오랫동안 이야기를 나눴다. 아니, 정확히 말하면 릴라와 내가 불안해하는 카르멘의 푸념을 들어주는 쪽이었다. 하지만 어떤 이유에서인지는 모르지만 릴라와 카르멘이 내게 그 이상은 말하지 않기로 한 것 같은 느낌은 지울 수 없었다.

안토니오와 마주친 적도 두세 번 있었다. 내가 기억하기로는 한 번은 릴라와 함께 있을 때였고 다른 한 번은 릴라 말고도 카르멘, 엔초도 함께였다. 나는 그들이 다시 가까워진 것을 보고 놀랐다. 솔라라 형제의 끄나풀인 안토니오가 이제 릴라와 엔초를 모시는 것처럼 행동하는 것을 보고도 놀랐다. 물론 우리 모두 어린 시절부터 알아 온 사이였다. 하지만 이들의 만남이 단지 예전부터 그래왔던 습관처럼 보이지는 않았다. 그들 넷은 나를 보고 마치 모두 우연히 마주친 것처럼 행동했지만 사실은 그렇지 않았다. 그들은 나와는 공유할 수 없는 모종의 비밀 계약을 맺은 것처럼 행동했다. 그것이 파스콸레에 관한 일인지 사업과 관련된 일인지 아니면 솔라라 형제 일인지는 잘 모르겠다.

"배가 부르니 참 예쁘네."

언젠가 그런 식으로 마주쳤을 때 안토니오가 무심코 말한 것을 기억할 뿐이다. 적어도 내 기억으로는 안토니오가 유일하게 내게 한 말이었다.

나를 못 믿어서 그랬던 걸까. 그렇지는 않을 것이다. 내가 보기에 내 친구들은 내가 주변 사람들에게 존경받는 사람이 된 대신 이해력을 상실했다고 생각하는 것 같았다. 그 가운데 특히 릴라가 그렇게 생각하는 것 같았다. 그렇기 때문에 내가 몰라서 저지르는 실수를 하지 않도록 나를 보호하기 위해서 그러는 게 아닐까 생각해보곤 했다.

## 46

어쨌든 뭔가 문제가 있는 것은 확실했다. 모든 것이 명확해 보이는 순간에서조차도 뭔가 정확히 정의할 수 없는 감정이 느껴졌다. 먼 옛날 어린 시절 릴라가 즐겨 하던 놀이와 비슷했다. 명확한 사실 이면에 뭔가 다른 것이 있는 것처럼 보이도록 상황을 만들어가는 놀이였다.

어느 날 아침(이때도 베이직 사이트에서였다) 나는 오랫동안 보지 못했던 리노와 이야기를 나누었다. 리노는 거의 알아보기 힘들 정도로 변해 있었다. 비쩍 마른 데다 눈빛이 멍해 보였다. 리노는 내게 지나치게 다정하게 굴었다. 내 몸이 고무로 된 것처럼 나를 만져댔다. 리노는 컴퓨터에 대한 이야기를 늘어놓고 자기가 무슨 대단한 업무라도 하는 것처럼 이야기를 장황하게 늘어놓았다. 그러더니 갑자기 태도가 돌변했다. 천식 발작 같은 것을 일으키더니 목소리를 낮춰 뚜렷한 이유 없이 릴라 욕을 늘어놓기 시작했다. 나는 리노에게 진정하라며 물이라도 한 잔 가져다주려 했지만 리노는 나를 굳게 닫힌 릴라 사무실 앞에 내버려둔 채 릴라에게 야단맞을까봐 두려운 듯 자취를 감췄다.

나는 노크를 하고 사무실에 들어갔다. 내가 조심스럽게 릴라에게 리노가 아프냐고 묻자 릴라는 신경질적으로 인상을 찌푸리면서 말했다.

"오빠가 어떤 사람인지 알잖아."

나는 그렇다고 말하면서 엘리사를 생각했다. 형제들과의 관계가 단순하지만은 않다고 중얼거렸다. 그 순간 나는 페페와 잔니가 생각났다. 어머니가 동생들 때문에 걱정이 많고 동생들을 마르첼로에게서 빼내고 싶어 한다고 했다. 릴라가 동생들에게 일거리를 줄 수 있는지 알아봐달라는 부탁을 어머니가 했다는 말도 했다. 릴라는 '마르첼로에게서 빼내 일거리를 줄 수 있느냐'는 문장의 의미를 내가 어디까지 이해하는지 알고 싶은 듯 눈을 가늘게 뜨고 나를 바라보았다. 그러다 내가 그 말뜻을 완전히 이해하지 못했다고 확신했는지 쌀쌀맞게 말했다.

"그 애들을 여기에 둘 수는 없어, 레누. 리노 오빠만으로도 버거운걸. 젠나로가 감수해야 하는 위험은 말할 것도 없고 말이야."

나는 그 순간 뭐라고 대답해야 할지 몰랐다. 젠나로, 내 동생들, 릴라의 오빠 그리고 마르첼로 솔라라 사이에 무슨 관계가 있는 걸까. 나는 그 문제에 대해 다시 이야기를 해보려 했지만 릴라는 화제를 돌렸다.

뒤이어 일어난 알폰소와 관련된 일도 릴라는 그런 식으로 얼버무렸다. 그 무렵 알폰소는 릴라와 엔초의 회사에 완전히 자리 잡았지만 리노처럼 할 일 없이 빌붙어 있는 것이 아니었다. 알폰소는 그새 실력이 늘어서 릴라와 엔초가 데이터를 수집하러 다른 회사에 갈 때 알폰소를 데리고 다녔다. 나는 곧바로 릴라와 알폰소가 고용주와 피고용인 관계 이상이라는 사실을 눈치챘다. 과거 알폰소가 고백했던 것처럼 이끌림과 반감이 교차하는 관계도 아니었다. 지금 둘 사이에는 그 이상의 무엇인가가 있었다. 뭐라 정의하기는 힘들지만 알폰소에게는 릴라를 시야에서 놓치지 않으려는 욕구가 있었다. 그들의 관계는 특수했다. 그 관계는 릴라에게서 흘러나와 알폰소를 변화시키는 은밀한 흐름을 기반으로 하는 것 같았다.

나는 얼마 지나지 않아 마르티리 광장에 있던 가게의 폐점과 뒤이은 알폰소의 해고가 그 흐름과 관련이 있을 것이라고 확신했다. 하지만 릴라와 미켈레 사이에서 어떤 일이 있었고 릴라가 어떻게 그에게서 벗어날 수 있었으며 왜 미켈레가 알폰소를 해고했는지 물으면 릴라는 깔깔 웃으면서 말했다.

"난 할 말이 없어. 미켈레는 이제 자기가 뭘 원하는지도 몰라. 제멋대로 가게를 열고 닫고 뭐든 만들었다 부숴버리고는 남 탓을 하지."

릴라의 웃음은 비웃음도, 즐거움이나 만족에서 나오는 웃음도 아니었다. 내가 더는 물고 늘어지지 못하게 하려는 웃음이었다. 어느 날 오후 릴라와 나는 밀레 가에 쇼핑을 하러 갔다. 그 구역은 수년 동안 알폰소의 영역이었기 때문에 알폰소가 우리와 함께 가주겠다고 나섰다. 우리에게 어울리는 가게를 운영하는 친구가 있다고 했다.

알폰소가 게이라는 것은 공공연한 사실이었다. 그는 형식적으로는 마리사와 살고 있었지만 카르멘은 그의 아들들이 모두 미켈레의 소생이라고 했다. 카르멘은 내게 이런 말도 해주었다.

"마리사는 지금 스테파노의 애인이야."

그렇다. 알폰소의 형이자 릴라의 전남편 스테파노 말이다. 그가 마리사와 애인 사이라는 것이 동네에 떠도는 최신 소문이었다.

"하지만 말이야."

카르멘이 이해한다는 듯 말했다.

"알폰소는 전혀 상관 안 해. 알폰소와 마리사는 각자의 삶을 살고 있어."

그런 말을 들었기 때문에 알폰소가 웃으며 상점 주인인 자기 친구가 게이라고 소개했을 때도 나는 놀라지 않았다. 내가 놀란 것은 릴라가 알폰소에게 시킨 놀이 때문이었다.

릴라와 나는 임부복을 입어보고 있었다. 우리는 탈의실에서 나와 거울에 모습을 비춰보았다. 알폰소와 그의 친구는 우리 모습에 감탄하면서 우리에게 어울리는 옷을 골라주기도 하고 어울리지 않는다고 충고해주기도 했다. 분위기는 전반적으로 좋았는데 릴라가 갑자기 인상을 찌푸리면서 이유 없이 안절부절못했다. 릴라는 마음에 드는 것이 하나도 없다고 투정을 부리면서 뾰족하게 튀어나온 배를 쓰다듬었다. 피곤해보였다. 릴라가 알폰소에게 말했다.

"말도 안 돼. 제대로 봐줘야지. 너라면 이런 색깔 옷을 입겠어?"

순간 나는 그 상황에서 가시적인 것과 비가시적인 것 사이에서 일어나는 특유의 진동을 느꼈다. 릴라는 갑자기 짙은 색 아름다운 원피스를 집어 들더니 가게에 있는 거울이 깨지기라도 한 듯 자신의 옛 시동생을 향해 말했다.

"이 옷이 내게 어울릴지 한번 보여줘."

릴라는 그 부조리한 말을 지극히 평범한 요구인 것처럼 말했다. 알폰소는 기다렸다는 듯이 옷을 집어 들더니 오랫동안 탈의실에 틀어박혔다.

내가 계속 옷을 입어보는 동안 릴라는 무심한 시선으로 나를 바라보았다. 가게 주인은 내가 뭘 입든 나를 칭찬했다. 나는 의아해하며 알폰소가 다시 나타나기를 기다렸다. 그가 다시 모습을 드러냈을 때 나는 입을 다물 수 없었다. 머리를 풀어 내리고 세련된 옷을 입은 내 학창 시절 짝꿍은 릴라의 복사판이었다. 오래전 눈치챘던 릴라를 닮으려는 그의 성향이 갑작스레 완결된 느낌이었다. 그 순간만큼은 알폰소가 릴라보다 잘생겨 보였다. 아니 릴라보다 아름다운 여인 같았다. 알폰소는 내 책에 나오는 남성인 동시에 여성인 존재였다. 몬테 베르지네의 흑인 성모 마리아를 향해 길을 나설 준비가 된 남성이자 여성이었다.

알폰소가 조금 불안해하면서 릴라에게 물었다.

"내 모습이 마음에 들어?"

가게 주인은 기뻐하며 박수를 치면서 공모자처럼 말했다.

"지금 네 모습을 정말 좋아할 사람이 있지. 너 정말 아름다워."

모든 말이 암시로 가득했다. 나만 모르고 그들은 알고 있는 사실이었다. 릴라는 냉혹한 미소를 지으며 퉁명스레 말했다.

"네게 선물할게."

그게 다였다. 알폰소는 릴라의 선물을 기쁘게 받아들였지만 그 이상 아무 말도 하지 않았다. 마치 릴라가 알폰소와 그의 친구에게 내게 보여줄 만큼 보여주고 들려줄 만큼 들려주었으니 이제 그만하라는 무언의 명을 내린 것 같았다.


## 47


나는 분명함과 모호함 사이를 교묘하게 오가는 릴라 때문에 한 번 크게 상처를 받았다. 그날 우리는 산부인과에 진료를 받으러 갔었는데 그날따라 일이 제대로 풀리지 않았다. 11월이었는데도 여름이 아직 끝나지 않은 것처럼 도시 전체가 열기를 내뿜고 있었다. 병원에 가던 길에 릴라가 몸이 좋지 않아 우리는 잠시 카페에서 쉬었다가 조금 긴장한 상태로 진료를 받았다. 릴라는 비아냥거리며 배 속에 들어 있는 녀석이 벌써 커다랗게 자라 자신을 발로 차고 잡아당기고 억누르고 힘들게 하고 허약하게 만든다고 했다. 우리의 담당 산부인과 의사는 재미있어하면서 릴라의 말에 귀를 기울였다. 의사는 릴라를 안심시켰다.

"당신처럼 활발하고 상상력이 풍부한 아들이 태어날 거예요."

거기까지는 아무런 문제가 없었다. 다 좋았다. 하지만 병원에서 나오기 전에 나는 다시 한번 확인을 받고 싶었다.

"리나는 정말 괜찮은 거죠?"

"그럼요."

"그럼 왜 그런 건가요?"

릴라가 발끈했다.

"그게 뭐든 임신과는 관련이 없어요."

"그럼 무엇과 관련이 있죠?"

"머리 문제죠."

"제 머리에 대해서 어떻게 알죠?"

"당신 친구 니노가 제게 당신 칭찬을 많이 했거든요."

니노? 니노가 릴라의 친구라고?

순간 정적이 흘렀다.

병원에서 나온 나는 릴라가 담당 의사를 바꾸지 않도록 설득하느라 애를 먹었다. 헤어지기 전에 릴라는 사납기 짝이 없는 목소리로 말했다.

"네 애인이 내 친구가 아닌 것은 분명하지만 내 생각에는 네 친구
도 아닌 것 같다."

이렇게 해서 나는 내 문제의 핵심이 무엇인지 알게 되었다. 그것
은 바로 니노에 대한 불신이었다. 예전에도 릴라는 이미 니노에 대
해 내가 잘 모르는 사실을 자신은 알고 있다는 말을 내비친 적이 있
었다. 이번에도 릴라는 니노에 관해 나는 모르지만 자기는 알고 있
는 일이 있다고 말하고 싶은 것일까. 내가 좀 자세히 설명해달라고
했지만 소용없었다. 릴라는 말을 싹둑 끊고 떠나버렸다.

## 48

그날 나는 니노와 다퉜다. 니노의 경솔함과 그가 릴라에 대해 자
기 동료 부인인 여의사에게 한 말과 그동안 나 혼자 속으로 삭여 왔
던 불만 때문이었다. 니노는 분개하면서 자기는 그런 적이 없다고
했지만 나는 그가 여의사에게 릴라에 대해 말했을 것이라고 확신했
다. 하지만 내 불만에 대해서는 끝내 입을 다물고 말았다.

나는 니노에게 릴라가 그를 거짓말쟁이에 배신자라고 생각한다
는 말을 하지 않았다. 말해봤자 소용없을 테니까. 니노는 분명 웃어
넘길 터였다. 하지만 릴라가 니노에 대한 불신을 언급했을 때 그게
뭔가 구체적인 일을 암시한다는 의심이 머리에서 떠나지 않았다. 느
리고 무기력한 의심이었다. 나조차 그 의심을 받아들이기 힘든 확신
으로 바꾸고 싶지 않았다. 그런데도 그 의심이 사라지지 않았기에
나는 11월 어느 일요일에 친정에 들렀다가 저녁 6시쯤 릴라의 집을
찾아갔다.

데데와 엘사는 피렌체에 있는 자기들 아빠 집에 있었고 니노는 그의 가족과 함께 장인의 생신을 축하하느라 바빴다. 나는 니노에게 그의 처갓집 사람들을 칭할 때 아예 대놓고 너희 가족이라고 부르곤 했다. 나는 릴라도 혼자 있다는 것을 알고 있었다. 엔초가 아벨리노에 있는 자기 친척집에 가면서 젠나로도 데려간 것이다.

그날따라 배 속의 아이가 예민하게 굴었다. 나는 날씨 탓이라고 생각했다. 릴라도 아이가 너무 많이 움직인다고 툴툴댔다. 아이 때문에 배 속에서 바다가 일렁이는 느낌이라고 했다. 릴라는 아이를 진정시키기 위해서 산책을 가고 싶어 했다. 하지만 나는 릴라와 단둘이 이야기를 나누고 싶은 마음에 달콤한 빵을 가져가 직접 커피를 끓였다. 나는 창밖으로 큰길이 내다보이는 횅한 집의 친근한 분위기 속에서 릴라와 이야기를 나누고 싶었다.

나는 그저 가벼운 수다를 떨고 싶은 것처럼 행동했다. 왜 마르첼로가 너에게 자기 동생을 망쳤다고 하는 거냐는 등 대체 미켈레에게 무슨 짓을 한 거냐는 등 사실 별 관심 없는 이야기를 재미있다는 말투로 늘어놓았다. 그냥 한번 웃자고 꺼낸 이야기처럼 말했다. 나는 그런 식으로 서서히 릴라의 신뢰를 얻은 다음 내가 정말 가슴에 담아두었던 질문을 할 생각이었다.

'니노에 대해 너는 알고 나는 모르는 게 뭐지?'

릴라는 마지못해 대답했다. 릴라는 앉았다 일어나기를 반복하면서 탄산수를 몇 리터나 마신 것처럼 속이 더부룩하다고 했다. 내가 사간 칸놀리 빵 냄새도 힘들어했다. 평상시에 릴라가 좋아하는 빵이었는데 지금은 역하다고 했다.

"마르첼로가 어떤지 너도 잘 알잖아."

릴라가 말했다.

"마르첼로는 어렸을 때 내게 당한 일을 잊은 적이 없어. 하지만 비겁해서 면전에 대고 할 말을 못하니까 착하고 순진한 척하면서 뒤로 소문을 퍼뜨리고 다니는 거야."

릴라는 다정하지만 짓궂음이 섞인 말투로 말했다. 그 무렵 릴라는 종종 그런 식으로 말했다.

"하지만 너 같은 숙녀가 들을 이야기는 못 돼. 내 문제는 내버려두고 네 어머님은 어떠신지 이야기를 좀 해봐."

릴라는 언제나처럼 내가 이야기하길 바랐다. 하지만 나는 포기하지 않고 어머니 이야기를 하다가 어머니가 엘리사와 남동생들을 걱정한다는 말을 거쳐 화제를 다시 솔라라 형제로 돌렸다.

릴라가 툴툴대면서 사내들은 섹스를 엄청나게 중요하게 생각한다고 비아냥댔다. 릴라가 웃으면서 말했다.

"마르첼로 이야기가 아니야. 물론 그 자식도 장난 아니지만 미켈레는 정말 미친 것 같아. 그는 오래전부터 내게 집착했어. 내 그림자의 그림자도 따라다닐 지경이지."

릴라는 '내 그림자의 그림자'라는 말을 되뇌었다. 마르첼로가 릴라에게 앙심을 품고 위협하는 것도 그 때문이라고 했다. 릴라가 자기 동생에게 목줄을 달아 동생을 굴욕의 길로 이끄는 것을 참지 못하기 때문이라고 했다. 릴라는 다시 웃으면서 투덜댔다.

"마르첼로는 나를 겁줄 수 있다고 믿고 있어. 하지만 어림없지. 내가 유일하게 무서워했던 사람은 그 집 어머니였는데 마누엘라 부인이 어떻게 됐는지는 너도 봐서 알잖아."

릴라는 말하면서 이마를 만졌다. 무더운 데다 아침부터 가벼운 두통이 있다고 푸념했다. 나는 릴라가 나를 안심시키려 한다는 것을 알아챘다. 그러면서 릴라는 모순적이게도 자신이 매일 생활하고 일하는 삶의 터전에 도사리고 있는 것이 무엇인지 조금이나마 내게 보여주고 싶어 했다. 나는 릴라가 건물들과 신시가지와 구시가지에 난 길 이면에 무엇이 있는지 내게 보여주고 싶어 한다는 사실을 알았다. 릴라는 한편으로는 우리 동네가 위험하지 않다고 하면서도 다른 한편으로는 날로 늘어나는 범죄와 강탈, 폭행과 절도, 고리대금과 복수에 복수를 낳는 보복 행위에 대한 이야기를 늘어놓았다.

릴라는 마누엘라 부인이 정리하던 붉은색 장부가 그녀가 죽은 후 미켈레의 손을 거쳐 지금은 마르첼로의 손에 넘어갔다고 했다. 마르첼로는 미켈레가 못 미더워서 이제 동생에게서 불법적인 거래와 합법적인 거래를 포함한 모든 거래에 대한 권한을 비롯해 정치권과의 인맥까지 빼앗고 있다고 했다. 릴라가 갑자기 말했다.

"몇 년 전 마르첼로가 동네에 마약을 들여왔어. 무슨 일이 벌어질지 내가 두고 볼 거야."

이렇게 말하는 릴라의 안색은 몹시 창백했다. 릴라는 치맛자락을 펄럭이면서 부채질을 했다.

릴라가 한 모든 이야기 가운데 내게 가장 충격적이었던 것은 마약 이야기와 그 말을 하는 릴라의 부정적이고 혐오스러운 말투였다. 당시 내게 마약은 마리아로사의 집을 의미했다. 타소 가에서의 저녁 모임이 생각나기도 했다. 나는 호기심에 살짝 피워본 경험 외에는 마약을 한 적이 없었다. 그렇다고 다른 사람들이 마약하는 것을 심각하게 생각해본 적도 없었다. 나와 교류했던 사람들이나 지금 교류하는 사람 중에 마약을 한다고 경악하는 사람은 없었다. 그렇기 때문에 나는 대화를 이어나가기 위해 밀라노 시절 마리아로사를 떠올리며 내 생각을 말했다. 나는 릴라에게 마약은 개인의 행복을 추구하기 위한 여러 가지 방법 가운데 하나이며 금기에서 자유로워지기

227

위한 길이자 해방감을 만끽하기 위한 지적인 방법이라고 했다. 하지만 릴라는 내 말에 반대했다. 고개를 저었다.

"해방감은 무슨. 레누, 2주 전에 팔미에리 부인의 아들이 마약 때문에 죽었어. 시체가 공원에서 발견됐다고."

'해방감'이라는 단어에 묻어난 긍정적인 뉘앙스가 릴라에게는 거슬렸다는 사실을 알았다. 나는 표정을 굳히고 조심스럽게 말했다.

"심장에 문제가 있었나 보지."

릴라가 대답했다.

"헤로인 문제였어."

릴라는 급히 덧붙였다.

"이제 그만하자. 지겨워졌어. 솔라라 형제가 저지르는 추잡한 짓거리나 이야기하면서 일요일을 보내고 싶지는 않아."

말은 그렇게 했지만 릴라는 평소보다 솔라라 형제들에 대해 말을 많이 한 편이었다. 긴 시간은 순식간에 흘러갔다. 불안 때문인지 피로 때문인지 본인의 의도 때문인지는 모르지만 릴라는 평소에 비해 여러 가지 이야기를 했다. 릴라는 많은 말은 하지 않았지만 내 머릿속을 새로운 상상으로 채워놓았다.

나는 오래전부터 미켈레가 릴라를 원한다는 사실을 알고 있었다. 미켈레는 릴라에게 관념적으로 집착했고 그 집착은 미켈레를 망가뜨렸다. 릴라는 분명 그런 미켈레의 감정을 이용해 그를 굴복시켰을 것이다. 하지만 지금 릴라가 말한 '그림자의 그림자'라는 표현을 듣고 나니 눈앞에 알폰소의 모습이 떠올랐다. 밀레 가의 가게에서 임부복을 입고 거울에 비친 릴라처럼 행동했던 알폰소의 모습이 보였다. 미켈레의 모습도 보였다. 미켈레가 홀린 듯 알폰소의 옷을 들어 올리고 그를 끌어안는 모습이 보였다.

마르첼로 이야기를 듣고 나자 이제는 마약이 부유한 사람들이 해방감을 만끽하기 위해 즐기는 유희 정도로 느껴지지 않았다. 이제 마약은 성당 옆 지저분한 공원으로 무대를 옮겨 독사가 되었다. 내 동생들과 리노 그리고 아마도 젠나로의 핏속에서 독이 되어 퍼지고 사람들의 목숨을 빼앗았다. 과거 마누엘라 부인이 관리하다 지금은 미켈레를 거쳐 마르첼로 손에 넘어가 내 여동생 엘리사가 자기 집에 보관하는 붉은색 장부에 돈을 갖다 바치고 있었다.

나는 얼마 안 되는 단어만으로 제멋대로 사람들의 상상력을 통제하기도 하고 자유롭게 하기도 하는 릴라의 화법에 매료되었다. 아무것도 덧붙이지 않고 그저 말하고 말하다가 멈추는 것만으로도 상상력과 감정의 날개를 펼칠 수 있게 해주는 릴라의 능력이 놀라웠다. 나는 내가 아는 것은 모두 기록했던 지금까지의 내 글쓰기 방식이 틀렸다는 생각에 혼란스러웠다.

'릴라가 말하는 것처럼 글을 써야겠어. 깊은 구렁을 파야겠어. 다리를 짓되 완성하지 않아야겠어. 독자들이 직접 글의 흐름을 만들도록 해야겠어.'

마르첼로가 내 동생 엘리사와 실비오, 페페와 잔니, 리노와 젠나로, 릴라의 그림자의 그림자에 매료된 미켈레와 함께 빠르게 사라지는 모습이 떠올랐다.

그 모든 사람이 팔미에리 부인 아들의 핏줄 속으로 빨려 들어가는 장면을 암시하는 장면을 써야겠다고 생각했다. 한 번도 보지 못한 그 소년 때문에 나는 마음이 아팠다.

소년의 핏줄은 니노가 타소 가에 데리고 오는 사람들의 핏줄과는 전혀 달랐다. 마리아로사나 그녀의 친구들과도 달랐다. 그제야 나는 마리아로사에게도 아파서 재활치료를 받으러 떠나야 했던 친구가 있었던 사실을 기억해냈다. 그러고 보니 마리아로사는 대체 어디로 간 걸까. 연락을 못 한 지 한참 지났는데. 하긴 살아남는 사람이 있으면 목숨을 잃는 사람도 있는 법이다.

나는 남자들끼리 쾌락에 빠져 삽입을 하는 모습과 혈관에 주사기를 꽂는 모습, 욕망과 죽음의 이미지를 쫓아내려 애썼다. 다시 대화를 이어나가려 했지만 왠지 힘겨웠다. 늦은 오후의 더위가 목에서 느껴지는 것 같았다. 무거운 다리와 목에 흐르던 땀이 아직도 기억난다. 부엌 벽에 걸린 시계를 보니 이제 막 저녁 7시 30분이 지나고 있었다.

니노 이야기를 꺼내고 싶은 마음이 싹 가셨다. 내 앞에 앉아 있는 릴라에게, 전력이 낮은 노란색 전등 아래 앉아 있는 릴라에게 니노에 대해 나는 모르고 너는 아는 게 뭐냐고 묻고 싶지 않았다. 릴라는 분명 많은 것, 지나치게 많은 것을 알고 있을 것이다. 릴라라면 나를 자신이 원하는 대로 상상하게 만들 수 있을 것이다. 나는 그 상상을 평생 머릿속에서 지워내지 못할 것이다. 릴라와 니노는 함께 잠자리를 가졌고 함께 공부했다. 지금 내가 니노의 에세이를 봐주는 것처럼 릴라도 예전에 니노가 기사 쓰는 것을 도와주었다. 아주 잠깐 동안 시기와 질투가 돌아왔다. 나는 괴로움에 그런 감정을 떨쳐버렸다.

사실 시기와 질투를 몰아낸 것은 건물 아래에서, 큰길 아래에서부터 울려오는 천둥 같은 소리였는지도 모른다. 마치 큰길을 지나던 트럭이 갑자기 우리 쪽으로 방향을 바꿔 전속력으로 지하로 내려가 모든 것을 덮치고 부서뜨리며 건물의 지반 사이를 폭주하는 것 같았다.

## 49

숨이 막혔다. 잠시 동안 나는 무슨 일이 일어난 건지 이해하지 못했다. 커피 잔이 찻잔 받침 위에서 흔들렸고 식탁 다리가 내 무릎에 부딪혔다. 나는 자리에서 벌떡 일어났다. 릴라도 긴장했는지 일어나려고 애쓰고 있었다. 순간 의자가 릴라 뒤쪽으로 기울어졌다. 릴라는 의자를 붙잡으려 했지만 동작이 너무 느렸다. 릴라는 구부정한 자세로 한쪽 손은 나를 향해 앞쪽으로 뻗었고 다른 한 손은 의자 등받이를 향해 내뻗었다. 어떤 일에 반응을 나타내기 전에 집중할 때처럼 눈을 가늘게 떴다. 그러는 동안 건물 아래에서 계속 천둥이 쳤고 지하에서 불어오는 바람이 보이지 않는 바다처럼 벽을 향해 파도를 일으키고 있었다. 천장을 올려다보니 전등이 분홍색 유리 전등갓과 함께 요동치고 있었다.

"지진이야!"

내가 소리쳤다. 땅이 움직였다. 보이지 않는 폭풍이 발밑에서부터 휘몰아쳐 돌풍에 쓰러지는 숲에서 메아리치는 절규 같은 소리를 내면서 방을 흔들어 댔다. 벽이 삐걱거렸다. 벽면이 부풀어 올라 심하게 흔들리다가 구석부터 다시 가라앉았다. 천장 아래에서 먼지가 안개처럼 자욱이 일고 벽에서도 안개가 피어올랐다. 나는 다시 한번 지진이 일어났다고 외치면서 문을 향해 몸을 던졌다. 하지만 내 의지는 행동으로 옮겨지지 못하고 나는 한 걸음도 움직이지 못했다. 다리가 무거웠다. 머리, 가슴 할 것 없이 온몸이 무거웠다. 특히 배는 더했다. 몸을 기대고 싶은데 바닥이 꺼져들었다. 진동이 잠시 멈추는가 싶더니 곧바로 바닥이 발밑에서 멀어졌다.

순간 릴라가 생각나 릴라를 찾았다. 의자는 결국 넘어지고 가구들은 처마 틈에 자라는 잡초가 산들바람에 흔들리듯 창문 유리와 함께 흔들렸다. 특히 조그만 장식품들이며 컵, 식기, 중국풍 장식품이 든 오래된 장식장이 심하게 흔들렸다.

릴라는 방 한가운데 구부정한 자세로 고개를 푹 수그린 채 눈을 꼭 감고 인상을 찌푸리고 있었다. 배가 몸에서 떨어져 나와 회벽에서 이는 먼지 속으로 사라질까봐 걱정되는 듯 양손으로 배를 꼭 잡고 있었다. 몇 초가 더 흘렀지만 상황이 정상으로 돌아올 기미가 보이지 않았다. 릴라를 불러보았지만 아무런 반응이 없었다.

릴라는 단단해보였다. 그 순간 떨리거나 흔들리지 않는 유일한 존재였다. 모든 감정을 거세한 것 같았다. 귀는 듣기를 멈추고 목은 공기가 통하지 않고 입은 굳게 다물고 눈꺼풀은 시선을 차단하고 있었다. 릴라는 딱딱하게 굳은 채 움직이지 않는 부동의 생명체였다. 살아 있는 것은 오직 손가락을 쫙 펴고 배를 꼭 잡고 있는 손뿐이었다.

나는 릴라를 부르며 릴라에게 다가가 릴라를 끌어당기려 했다. 그것이야말로 가장 시급한 일이었다. 하지만 그동안 약해졌다고 생각했던 나의 가장 나약한 자아가 다시 모습을 드러내 내게 속삭였다.

'릴라처럼 해야 하는 건지도 몰라. 도망치지 말고 그대로 멈춰 웅크리고 앉아 네 아이를 지켜.'

나는 좀처럼 결정을 내리지 못했다. 겨우 한 걸음만 가면 되는 거리였는데 릴라가 있는 곳까지 가기가 힘들었다. 나는 결국 릴라의 팔을 붙잡고 릴라의 몸을 흔들었다.

릴라가 눈을 떴다. 흰자만 보이는 것 같았다. 베수비오 화산과 길과 바다와 트리부날리 구역과 콰르티에리 구역의 오래된 건물과 포실리포의 새 건물을 비롯한 온 도시가 쏟아내는 소리를 견딜 수 없었다. 릴라는 몸부림치며 고함을 질렀다.

"만지지 마!"

분노에 가득 찬 고함이었다. 내겐 릴라의 그 외침이 길게만 느껴졌던 지진보다 더 인상적이었다. 순간 내가 틀렸다는 사실을 깨달았다. 모든 것을 통제해왔던 릴라가 그 순간만큼은 아무것도 통제하지 못했다. 릴라는 공포에 질려 꼼짝도 못하고 있었다. 내 손이 스치기만 해도 자기 몸이 부서져 버릴까봐 두려워하고 있었다.

# 50

나는 릴라를 거칠게 잡아당기고 밀치고 애원하며 밖으로 이끌었다. 우리를 마비시킨 진동에 이어 그보다 더 끔찍하고 치명적인 지진이 뒤따를까봐 두려웠다. 모든 것이 우리 위로 무너져 내릴까봐 두려웠다. 나는 릴라를 질책하고 릴라에게 애원했다. 배 속에 있는 아이들을 지켜야 한다는 사실을 상기시켰다.

우리는 겁에 질린 고함소리의 한가운데로 뛰어들었다. 미처 날뛰는 사람들과 갈수록 커지는 아우성이 뒤섞여 도심과 고향 동네의 중심부가 무너져 내릴 것만 같았다. 뜰로 나오자마자 릴라는 토했고 나는 배를 쥐어짜는 듯한 구역질을 애써 참아냈다.

1980년 11월 23일에 발생한 지진은 영원히 끝나지 않을 것 같은 파멸과 함께 우리의 뼛속까지 스며들었다. 지진은 일상의 견고함과 안정감을 앗아갔고 매일 똑같은 일이 반복될 거라는 확신을 없애버렸다. 익숙한 소리와 행동, 그것을 분별할 수 있다는 확신이 사라졌다. 모든 확신에 의심이 스며들었다. 모든 불운을 예고하는 예언이 신빙성을 얻고 사람들은 세상이 무너질 것 같은 징조에 불안한 관심을 쏟게 되었다. 통제력을 되찾기가 여간 어렵지 않았다. 끝나지 않을 것 같은 순간순간이 뒤를 이었다.

바깥 상황은 집 안보다 더 좋지 않았다. 모든 것이 굉음을 내며 요동치고 있었다. 사람들이 떠들어대는 말 때문에 두려움이 더 커졌다. 철도 쪽으로 붉은 섬광이 보였다. 베수비오 화산이 다시 깨어난 것이다. 파도가 메르젤리나와 시청, 키아타모네를 덮쳐왔고 폰티 로시는 무너져 내렸다. 피안토 공동묘지는 시신들과 함께 가라앉았고 포지오레알레 지역 전체가 파괴됐다. 죄수들은 폐허 밑에 깔리거나 감옥에서 도망쳐 나와 아무런 이유 없이 살인을 저지르고 다녔다. 마리나 쪽으로 연결되는 터널이 무너지는 바람에 도망치던 동네 사람들 반이 땅속에 묻혔다. 상상력은 또 다른 상상력을 자극했고 릴라는 내 팔을 꼭 붙잡고 덜덜 떨면서 들려오는 말을 다 믿었다.

"도시는 위험해."

릴라가 속삭였다.

"여기서 빠져나가야 해. 건물들이 부서져서 우리 위로 무너져 내리고 있어. 시궁창 물이 사방에 튀고 있고. 저기 쥐새끼들 도망가는 것 좀 봐."

사람들이 자동차를 향해 달려가 도로가 혼잡해지기 시작하자 릴라가 나를 잡아당기면서 말했다.

"모두들 들판으로 가는 거야. 거기가 더 안전할 거야."

릴라도 자기 자동차 쪽으로 달려가려 했다. 머리 위로 무너져 내릴 것이라고는 그날따라 유난히도 가벼워 보이는 하늘밖에 없는 열린 공간으로 가고 싶어 했다. 나는 도무지 릴라를 진정시킬 수 없었다.

자동차가 있는 곳까지 왔지만 릴라에게는 자동차 열쇠가 없었다. 집에서 뛰쳐나올 때 빈손으로 온 것이다. 우리가 나오자 대문은 이미 닫혔고 돌아갈 용기가 있다 해도 다시 집 안으로 들어갈 방도가 없었다. 내가 자동차 손잡이를 잡고 온 힘을 다해 흔들자 릴라가 소리를 질렀다. 릴라는 자동차를 흔들 때 나는 소리와 진동을 도저히 참을 수 없다는 듯 두 손으로 귀를 막았다. 나는 주변을 살피다 벽에서 떨어져 나온 커다란 돌멩이를 발견하고 그 돌멩이로 창문을 박살냈다.

"나중에 내가 고쳐줄게."

내가 말했다.

"우선 이 안에서 기다리자. 다 괜찮아질 거야."

우리는 자동차 안에 자리를 잡았지만 상황은 전혀 나아지지 않았다. 땅이 계속 떨리는 것 같았다. 우리는 뿌연 앞창 유리 너머로 동네 사람들이 무리 지어 이야기 나누는 모습을 지켜보았다. 모든 것이 안정을 되찾았나 싶은 순간 누군가 고함을 치며 차 앞으로 달려 지나갔고 이에 자극받은 사람들이 우르르 도망치기 시작했다. 사람들이 자동차에 세게 부딪힐 때마다 심장이 멎을 것 같았다.

## 51

나는 겁이 났다. 그렇다. 나는 정말로 두려웠다. 그렇지만 놀랍게도 릴라만큼은 아니었다. 지진이 일어나자 릴라는 순식간에 방금 전의 모습을 벗어버렸다. 치밀하게 생각과 말과 행동을 조율하고 전술과 전략을 세울 줄 아는 여자의 모습을 마치 쓸모없는 갑옷에 불과한 것처럼 벗어던져 버렸다. 이 순간 릴라는 전혀 다른 사람이었다. 지금의 릴라는 카라치 집안과 솔라라 집안이 불꽃놀이 전쟁을 벌였던 1958년 섣달 그믐날 밤의 릴라였다. 브루노 소카보의 공장에서 일하던 시절 심장병에 걸려 죽을 것이라는 생각에 젠나로를 부탁하려고 나를 산 조반니 아 테두초로 불렀을 때의 릴라와도 비슷했다. 차이가 있다면 예전에는 릴라의 상반된 모습 사이에 어느 정도 접점이 있었는데 지금은 방금 전의 모습과는 전혀 다른 릴라가 땅속 깊은 곳으로부터 바로 솟아난 것 같다는 점이었다. 지금 내 눈앞에 있는 릴라는 조금 전까지 내가 뛰어난 어휘력을 부러워했던 내 친구와 닮은 점이 하나도 없었다. 불안감에 일그러져서 얼굴 윤곽마저도 달라 보였다.

나는 절대로 그런 갑작스러운 변화를 겪지 못할 것이다. 나는 자기 훈련이 잘 되어 있었기 때문에 가장 끔찍한 순간에도 세상이 무너지는 것처럼 느껴지지는 않았다. 나는 데데와 엘사가 피렌체에 아빠와 함께 있다는 사실을 알고 있었다. 피렌체는 안전한 곳이었기 때문에 이 사실만으로도 안심이 됐다. 나는 최악의 상황이 끝났기를 바랐다. 고향 동네 건물이 한 채도 무너지지 않았기를 바랐다. 니노도 어머니와 아버지도 엘리사도 남동생들도 나와 릴라처럼 놀라기는 했겠지만 우리처럼 무사하기를 바랐다.

릴라는 달랐다. 릴라는 그런 식으로 생각하지 못했다. 릴라는 몸을 뒤틀고 바들바들 떨면서 배를 쓰다듬었다. 단단한 연결고리가 될 만한 것이 하나도 없다고 생각하는 것 같았다. 릴라는 젠나로와 엔초의 연결고리가 끊어졌다고 생각했다. 그 두 사람과 우리와의 연결고리도 끊어져 둘 다 죽어버렸을 것이라고 생각했다. 릴라는 눈을 크게 뜨고 헐떡거리면서 자기 몸을 꽉 껴안았다. 지금 상황과는 전혀 들어맞지 않는 형용사와 명사를 광적으로 반복했다. 나를 끌어당기면서 확신에 찬 말투로 의미 없는 문장을 내뱉었다.

나는 릴라에게 우리가 아는 사람들을 가리켜 보이면서 차 문을 열고 팔을 흔들면서 그들의 이름을 불러보았다. 릴라에게 일부러 그들의 이름을 들려주고 지진으로 그들이 겪은 끔찍한 경험을 듣게 하려고 했다. 나는 한참 동안 그런 식으로 릴라를 정상적인 대화로 이끌어보려 했지만 부질없었다. 나는 릴라에게 카르멘과 카르멘의 남편 그리고 우스꽝스럽게도 베개로 머리를 가리고 가는 그들의 아이들을 손가락으로 가리켜 보였다. 카르멘 남편의 형제인 것 같은 남자도 그들과 함께 있었는데 그는 등에 침대 매트리스까지 짊어지고 있었다. 그들은 다른 사람들과 함께 기차역 쪽으로 급히 걸어가고 있었다. 사람들은 어처구니없는 물건을 이고 가고 있었는데 프라이팬을 들고 가는 여자도 있었다.

나는 릴라에게 식솔들을 이끌고 가는 안토니오도 가리켜 보였다. 그의 아내와 아들들이 다들 예쁘고 잘생겨서 너무 놀랐다. 하나같이 영화배우 같았다. 이들은 침착하게 녹색 트럭에 올라타더니 어디론가 떠나버렸다. 카라치 집안과 그 일가, 그러니까 일가친척과 남편, 아내, 아버지, 어머니, 동거인, 정부가 우르르 몰려가는 모습도 보였다. 더 정확히 말하자면 스테파노와 아다, 멜리나, 마리아, 피누차, 리노, 알폰소, 마리사와 그들 모두의 아이들이었다. 그들은 인파 속에 뒤섞여 나타났다 사라지기를 반복했다. 카라치 집안사람들은 헤어질까봐 두려워 끊임없이 서로의 이름을 불러댔다. 나는 릴라에게 마르첼로의 고급 자동차도 가리켜 보였다. 마르첼로의 자동차는 부르릉 대면서 꽉 막힌 도로에서 벗어나려고 했다. 마르첼로 옆에는 내 동생 엘리사가 아이를 안고 있었고 뒷좌석에는 내 어머니와 아버지의 그림자가 어렴풋이 보였다.

나는 차창을 내리고 이들의 이름을 부르면서 릴라도 함께 이들의 이름을 부르게 하려고 했다. 하지만 릴라는 꼼짝도 하지 않았다. 나는 사람들이, 그중에서도 특히 우리가 아는 사람들이 릴라를 더 두렵게 한다는 사실을 깨달았다. 사람들이 흥분하거나 고함을 지르거나 뛰어갈 때마다 릴라는 놀랐다. 마르첼로의 자동차가 인도를 침범한 뒤 경적을 울리면서 이야기를 나누는 사람들 사이를 뚫고 가는 모습에 릴라는 내 손을 꼭 잡고 두 눈을 감았다.

"오, 성모 마리아시여!"

릴라가 외쳤다. 지금껏 나는 릴라가 그렇게 말하는 것을 한 번도 들어본 적이 없었다.

"왜 그래?"

내가 묻자 릴라는 헐떡이면서 자동차의 경계가 해체되었다고 했다. 운전석에 앉아 있던 마르첼로도 경계가 해체되어 자동차와 마르첼로가 본래 틀과 몸에서 쏟아져 나와 그 금속성 액체와 살이 뒤섞여버리고 말았다는 것이다.

그때 릴라는 분명 '경계의 해체'라는 표현을 썼다. 릴라가 그 표현을 쓴 것은 그때가 처음이었다. 릴라는 힘겹게 그 말의 뜻을 설명했다. 릴라는 내가 '경계의 해체'가 무엇인지 이해해주기를 바랐다. 그것이 얼마나 두려운 것인지 알아주기를 바랐다. 릴라는 숨을 헐떡이면서 내 손을 더 세게 쥐었다. 릴라는 사물과 사람의 경계는 섬세해서 무명실처럼 잘 끊어진다고 말했다. 릴라는 자기는 항상 어떠한 사물이나 사람의 경계가 해체되어 그 내용물이 다른 대상 위로 쏟아지는 모습을 봐왔다고 했다. 이질적인 물질이 녹아 서로 합쳐지고 뒤섞이는 모습을 목격해 왔다고 했다. 릴라는 평생 삶의 경계가 단단하다고 믿으려고 애써왔다고 말했다. 하지만 어린 시절부터 현실은 절대 그렇지 않다는 사실을 알고 있기에 우리의 삶이 상처나 충격에 내구력이 있다는 것을 믿을 수 없었다고 했다.

릴라는 방금 전까지와는 전혀 다른 모습으로 과장된 표현을 마구 내쏟았다. 릴라 입에서는 사투리가 뒤범벅된 문장이 튀어나오기도 했고 어린 시절 다독가다운 표현이 튀어나오기도 했다. 릴라는 자기는 절대로 정신을 놓을 수 없다고 했다. 잠시라도 정신을 놓으면 거칠고 고통스럽게 뒤틀린 사물의 본모습 때문에 두려워진다고 했다. 릴라는 사물의 거짓된 모습은 외적으로나 내적으로 잘 정돈됐기 때문에 오히려 자기 마음을 안정시킨다고 했다. 그런 사물의 거짓된 모습을 사물의 본모습이 밀쳐내 버리면 자기는 혼란스럽고 끈적거리는 현실의 나락으로 떨어져 감정에 뚜렷한 경계를 그을 수 있는 능력을 상실한다고 했다. 촉각이 시각으로, 시각이 후각으로 녹아내린다고 했다.

"아! 세상의 본질이란 무엇일까? 지금 너도 봤잖아, 레누. 확실하게 정의내릴 수 있는 것은 하나도 없어. 그런 건 아무것도 없어."

릴라는 그렇기 때문에 자기가 신경 쓰지 않으면, 사물의 경계에 주의를 기울이지 않으면 모든 것이 응고된 생리 혈과 악성 종양과 누런 섬유질이 되어 흘러가버리는 거라고 말했다.

## 52

릴라는 한참 동안 말을 이었다. 그날 릴라는 처음이자 마지막으로 내게 자신이 살고 있는 세계에 대해 어떤 감정을 느끼는지 설명해주었다. 이제부터 하는 말은 릴라가 한 말을 지금 내 나름대로 요약한 것이다.

"이제껏 나는 그런 힘든 순간이 일종의 성장통처럼 스쳐가는 건 줄 알았어. 예전에 내가 말한 터진 구리 냄비 이야기를 기억해? 솥라라 형제가 우리에게 총을 쐈던 1958년 섣달 그믐날 밤을 기억해? 그날 나는 총 때문에 두려웠던 것이 아니었어. 내가 두려웠던 건 불꽃 색깔이 너무 예리해 보였기 때문이었어. 특히 녹색과 보라색이 너무나도 날카로워 보였어. 그 불빛에 난도질당할 것 같았어. 폭죽이 지나가면서 남긴 비행운이 물건을 가는 데 쓰는 줄처럼 리노를 쓸고 지나가 리노의 살이 찢어져 그 안에서 혐오스럽기 짝이 없는 리노의 다른 모습이 흘러나올 것만 같았어. 그 순간 바로 원래 몸속으로 그것을 집어넣지 않으면 그것이 덤벼들어 나를 해칠 것만 같았어.

레누, 나는 평생 그런 순간에 저항해왔어. 마르첼로가 두려우면 스테파노를 이용해서 나 자신을 보호했고 스테파노가 두려우면 미켈레를 이용해서 나 자신을 보호했어. 미켈레가 두려우면 니노를 이용해서, 니노가 두려우면 엔초를 이용해서 나 자신을 보호해왔어. 사실 보호라는 말 한마디로는 부족해. 내가 몸을 감추기 위해 지금껏 꾸며낸 크고 작은 일을 네게 일일이 다 열거하자면 끝이 없을 거야. 결국은 하나도 소용이 없었지만.

이스키아 섬에서 내가 얼마나 밤하늘을 두려워했었는지 기억해? 너희들은 모두 밤하늘이 아름답다고 했지만 나는 그렇게 말할 수 없었어. 밤하늘을 바라보고 있으면 달걀 껍질과 흰자 속에 갇힌 녹색 빛이 감도는 상한 노른자 맛이 입 안에 느껴지는 것 같았어. 깨져서 속이 드러나 보이는 삶은 달걀 말이야. 입 속에 독이 든 달걀 같은 별을 머금은 느낌이었어. 고무 같은 질감의 하얀 별빛이 새까만 아교 같은 밤하늘과 함께 이빨에 쩍쩍 들러붙는 것 같았어. 구역질을 참으면서 그걸 잘게 부수면 입 속에서 모래알 부서지는 느낌이 났지. 내 말이 무슨 말인지 알겠어? 내가 제대로 설명하는 건가? 이스키아 섬에서 한창 사랑에 빠져 행복했었는데도 그런 느낌이 들었어. 그래 봤자 소용없었던 거야. 내 머리는 언제나 틈새를 찾아내거든. 사방 팔방에서 현실 너머 공포가 도사리고 있는 곳이 보이는 틈새를 찾아 내고 말지.

예를 들면 브루노의 공장에서 일할 때 동물 뼈를 손가락으로 스치 기만 해도 거기서 악취 나는 골수가 흘러나오곤 했어. 그때 나는 너 무 혐오스러워서 내가 병들었다고 생각했어. 그렇지만 나는 그때 정 말 병들었던 것일까? 정말 심잡음 증세가 있었나? 아니. 내 유일한 문제는 항상 불안한 마음이었어. 나는 도무지 가만히 있지 못해. 항 상 무엇인가를 하거나 다시 시작하지. 진실을 감추기도 하고 밝혀내 기도 하고 뭐든 튼튼하게 만들었다가 갑자기 파괴하거나 부서뜨려 버리지.

알폰소만 해도 그래. 알폰소는 어렸을 때부터 나를 불안하게 했 어. 그의 경계를 형성하고 있는 무명실이 끊어질 것만 같았거든. 미 켈레는 또 어떻고. 자기가 무슨 대단한 사람인 것처럼 굴지만 경계 를 구성하는 선을 찾아내 당기기만 하면 되는 거였어. 하하하. 그 래. 나는 그의 실을 끊어버렸어. 그러고는 알폰소의 실과 엉클어 놓 았지. 사내의 물질을 다른 사내의 물질 속에 뒤섞어 놓은 거야. 낮에 짜놓은 직물이 밤새 풀려버린 거야. 내 머리가 그렇게 만들어놓은 거지.

하지만 그래도 소용없어. 두려움은 사라지지 않거든. 두려움은 정 상적인 것과 그렇지 않은 것 사이에 있는 틈 속에 언제나 존재해. 그 곳에서 적당한 때가 오기를 기다리고 있는 거야. 영원한 것은 아무 것도 없어, 레누. 언제나 그럴 거라고 의심해 왔었는데 오늘 저녁 확 신을 가지게 됐어. 네 배 속에 있는 생명체도 오래갈 것 같지만 그러지 못할 거야.

내가 스테파노와 결혼했을 때를 기억해? 동네를 원점으로 되돌리고 싶어 했던 것을 기억해? 과거의 추악한 일이 더는 반복되지 않게 하고 싶었어. 좋은 것만 남기고 싶었지. 하지만 그 상태가 얼마나 갔지? 좋은 감정은 연약한 거야. 내게는 사랑조차 오래가지 못해. 남자에 대한 사랑도 자식에 대한 사랑마저도 오래가지 못하고 구멍이 나버려. 구멍을 들여다보면 선의로 형성된 성운이 악의로 형성된 성운과 뒤섞이는 것이 보이지. 젠나로를 보면 죄책감이 들어. 배 속에 있는 이 작은 것은 나를 베고 할퀴지만 내가 책임져야 할 존재야. 사랑은 언제나 증오를 동반해. 나는 선의에 집중할 수가 없어. 그럴 능력이 없어.

올리비에로 선생님이 옳았어. 나라는 사람은 못 돼먹었어. 우정도 제대로 지키지 못하지. 너는 정말 친절해, 레누. 항상 인내심을 가지고 나를 대해주었지. 하지만 오늘 저녁 나는 확실히 깨달았어. 어디건 용매 작용을 하는 것이 있어. 굳이 지진이 나지 않아도 따스한 열로 서서히 모든 것을 파괴하지. 그러니 부탁이야. 나 때문에 기분이 상하거나 내가 안 좋은 말을 하면 귀를 막아버려. 내가 하고 싶어서 그러는 게 아니야. 제발 부탁이니 지금 나를 떠나지 말아줘. 네가 떠나버리면 나는 추락하고 말 거야."

## 53

"알았어. 알았으니 이제 그만 쉬어."

나는 릴라가 말하는 내내 자주 이렇게 말했다. 내가 옆에서 꼭 껴안아주자 릴라는 결국 잠이 들었다. 나는 언젠가 릴라가 내게 부탁했던 것처럼 잠을 자지 않고 밤새 그런 릴라를 지켜봐주었다. 가끔 경미한 여진이 다시 느껴지기도 했다. 자동차 안에서 공포에 질려 비명을 지르는 사람도 있었다. 이제 도로는 텅 비어 있었다. 배 속에서 아이가 움직일 때마다 파도가 일렁이는 것 같았다. 릴라의 배를 만져보니 릴라의 아이도 움직이고 있었다. 모든 것이 움직이고 있었다. 지면 아래에서 흐르는 화염의 바다도 용광로처럼 일렁이는 별빛도 행성도 우주도 암흑 속의 빛과 얼어붙을 것 같은 추위 속의 침묵까지도.

나는 여전히 릴라가 겁에 질려 쏟아낸 파도 같은 말을 떠올리며 생각에 잠겼다. 두려움은 내 안에 뿌리를 내리지 못했다. 용암도, 모든 것을 녹여버리고 지구 내부에서 흐르는 상상 속의 불타는 강물마저도 나를 두렵게 하지 못했다. 모든 두려움은 내 머릿속에서 정돈된 문장과 조화로운 이미지로 정리되어 나폴리의 길처럼 까만 돌로 포장된 도로가 되었다. 그 도로의 중심은 어디까지나 나였다. 한마디로 나는 어떤 상황에서도 중심을 잡을 수 있었다. 공부든 책이든 프랑코든 피에트로든 아이들이든 니노든 지진이든 그 무엇이 내게 부딪혀 올지라도 결국 다 지나갈 것이다. 세월이 흐를수록 늘어나는 나의 수많은 자아 가운데 그 어떤 것도 결코 흔들리지 않을 터였다. 나는 연필심이 원을 그리는 동안 움직이지 않는 컴퍼스의 고정된 축이었다.

그런 나에 비해 릴라는 좀처럼 안정을 찾지 못했다. 나는 이제야 그런 사실에 확신이 생겼고 뿌듯했다. 그 덕분에 침착할 수 있었고 릴라가 더 애틋하게 느껴졌다.

릴라는 도무지 안정을 되찾지 못했다. 릴라에게는 그럴 능력이 없었고 그렇게 할 수 있다는 믿음도 없었다. 릴라는 분노하며 분개하면서 언제나 우리 위에 군림해왔고 모두에게 자신의 생각을 강요해왔다. 그런 릴라가 정작 자신을 녹아내린 액체라고 생각하고 있었다.

지금껏 릴라가 한 모든 노력은 결국 자기 형태를 잃지 않기 위한 것이었다. 자기를 보호하기 위해 모든 사물과 사람을 자기가 유리한 쪽으로 조종했는데도 액체가 범람하면 릴라는 스스로의 형태를 잃어버렸다. 그럴 때면 혼돈만이 유일한 진실이 되었다. 그렇게나 활발하고 용맹한 릴라는 사라지고 겁에 질려 무無가 되고 말았다.

## 54

동네는 텅 비고 길은 정적에 휩싸이고 공기는 차가워졌다. 어두운 돌 무더기로 변한 건물에서는 전등 불빛도, 텔레비전의 알록달록한 불빛도 새어나오지 않았다. 어느새 나도 깜빡 잠이 들었다가 깜짝 놀라 일어나보니 아직 어두웠다. 릴라는 차 안에 없었다. 릴라 쪽 차문이 열려 있기에 나도 차문을 열고 주변을 돌아보았다. 멈춰 서 있는 자동차마다 안에 사람들이 있었다. 기침을 하는 사람도 있고 잠꼬대를 하는 사람도 있었다.

릴라가 보이지 않자 나는 불안해서 터널 쪽으로 갔다. 릴라는 카르멘의 주유소에서 얼마 떨어지지 않은 곳에 있었다. 릴라는 건물의 처마에서 떨어진 조각과 다른 파편 사이를 걸으면서 자기 집 창문 쪽을 쳐다보았다. 릴라는 나를 보자 민망해했다.

"몸이 안 좋았어."

릴라가 말했다.

"미안해. 쓸데없는 말로 네 머리를 가득 채워놓았지 뭐야. 그래도 함께 있어서 다행이었어."

릴라는 불편한 미소를 희미하게 지었다. 릴라는 그날 밤 추위에 떨면서 쏟아낸 거의 이해할 수 없었던 수많은 말에 한마디를 덧붙였다.

"다행이야. 펌프질할 때 처음 새어 나오는 향긋한 바람 같아."

릴라의 상태가 아직 좋지 않은 것 같아 나는 릴라에게 자동차로 돌아가자고 했다. 차로 돌아온 릴라는 얼마 지나지 않아 다시 잠이 들었다.

날이 밝자 나는 릴라를 깨웠다. 안정을 되찾은 릴라는 내게 변명을 하려 했다. 릴라가 별일 아니라는 듯 말했다.

"내가 원래 좀 그렇잖아. 가끔 가슴이 꽉 막히는 것 같아."

내가 말했다.

"괜찮아. 피곤해서 그래. 신경 쓸 일이 너무 많잖아. 모두에게 끔찍한 경험이었어. 영원히 끝날 것 같지 않았어."

릴라는 고개를 저었다.

"나는 내가 제일 잘 알아."

우리는 릴라 집에 다시 들어갈 방법을 찾았다. 여기저기 전화를 돌려봤지만 연결되지 않거나 전화벨만 울릴 뿐 아무도 대답하지 않았다. 릴라의 부모님도 엔초와 젠나로 소식을 알고 있을 아벨리노에 있는 엔초의 친척도 전화를 받지 않았다. 니노도 그의 친구들도 전화를 받지 않았다.

피에트로와는 전화가 연결됐다. 그는 방금 지진 소식을 들었다고 했다. 나는 그에게 며칠만 아이들을 맡아달라고 했다. 위험한 상황이 완전히 끝났는지 알기 위해서는 시간이 필요했다. 하지만 시간이 흐를수록 지진의 피해는 커져만 갔다. 우리는 별일 아닌 일로 놀랐던 것이 아니었다. 릴라가 변명하듯 중얼거렸다.

"그것 봐. 땅이 두 동강 나는 것 같았다니까."

우리는 만감이 교차하는 데다 너무 피곤해서 넋이 나간 상태였지만 그래도 고향 동네와 도심을 돌아다녔다. 도시는 비탄에 잠겨 있었다. 간혹 귀에 거슬리는 사이렌 소리가 흐르는 적막을 뚫고 고향 동네를 가로질렀다. 우리는 불안한 마음을 진정하기 위해 말을 많이 했다. 니노는 어디 있을까. 엔초는 어디 있을까. 젠나로는 어디 있을까. 어머니는 괜찮으실까. 마르첼로는 어머니를 모시고 대체 어디로 간 걸까. 릴라의 부모님은 어디에 계신 걸까.

나는 릴라가 지진이 난 순간에 대해 이야기하고 싶어 한다는 사실을 알아차렸다. 릴라는 지진으로 인한 충격에 관해 이야기하고 싶은 것이 아니었다. 감정을 추스르기 위한 기준점이 필요했기 때문이었다. 나는 기회 있을 때마다 릴라에게 지진에 대해 말했다.

릴라가 자기 통제력을 찾아갈수록 이탈리아 남부 전체를 휩쓸고 간 파멸과 죽음의 흔적이 뚜렷해졌다. 릴라는 얼마 지나지 않아 민망해하지 않고도 지진에 대한 두려움을 이야기하게 되었다. 나는 그제야 안심했다. 하지만 뭐라고 명확하게 정의내릴 수 없는 흔적이 아직도 릴라에게 남아 있었다. 릴라의 걸음걸이가 조심스러워졌고 목소리에서도 불안감이 희미하게 느껴졌다.

지진에 대한 기억은 오래갔다. 나폴리는 지진의 기억을 간직했다. 안개처럼 희뿌연 숨결 같은 더위만이 굼뜨고 거친 도시의 생명과 육체에서 떠나가고 있었다.

우리는 니노와 엘레오노라 집에 도착했다. 한참 동안 문을 두드려 보았지만 아무런 응답이 없었다. 릴라는 100미터쯤 떨어진 곳에서 툭 튀어 나온 배를 한껏 내밀고 못마땅한 표정으로 나를 바라보고 있었다. 가방 두 개를 들고 현관문을 나서는 사람에게 물으니 건물은 텅 비었다고 했다. 나는 그곳에 잠시 머물렀다. 그곳을 떠나야 할지 결정할 수가 없었다.

나는 릴라의 모습을 훔쳐보았다. 지진이 나기 전에 릴라가 내게 한 말과 암시한 바가 생각났다. 순간 악마 군단 전체가 릴라를 뒤쫓고 있는 것 같은 느낌이 들었다. 릴라는 엔초를 이용하고 파스콸레를 이용하고 안토니오를 이용했다. 릴라는 알폰소에게 새로운 모습을 만들어주었다. 미켈레가 자신과 알폰소를 광적으로 사랑하게 만들어서 그를 제압했다. 미켈레는 벗어나려고 몸부림쳤다. 미켈레는 알폰소를 해고하고 마르티리 광장 가게를 폐점했지만 소용없었다. 릴라는 그를 비참하게 만들었고 지금도 그를 노예처럼 부리면서 굴욕감을 주었다.

릴라는 솔라라 형제의 불법 거래에 대해 어디까지 알고 있는 것일까. 릴라는 컴퓨터에 입력하기 위해 데이터를 수집하면서 그들의 사업에 대해 알게 되었을 것이다. 릴라는 그들이 마약으로 벌어들이는 수입에 대해서도 알고 있었다. 그렇기 때문에 마르첼로가 릴라를 증오하고 내 동생 엘리사가 릴라를 미워하는 것이다. 릴라가 모든 것을 알고 있기 때문이다.

릴라가 이 모든 사실을 알고 있는 이유는 생물이든 사물이든 상관없이 모든 것에 대한 순수한 두려움 때문이었다. 릴라는 니노의 악행에 대해서는 얼마나 알고 있을까. 릴라가 멀리서 내게 말하는 것 같았다.

'그만둬. 그 자식이 자기 가족만 챙겨서 안전한 곳으로 도망간 것을 우리 둘 다 알고 있잖아. 네 생각은 조금도 하지 않고 말이야.'

# 55

사실 그랬다. 엔초와 젠나로는 그날 저녁 숨을 헐떡거리면서 정신이 나간 채 참혹한 전쟁터에서 돌아온 귀환자의 몰골로 집으로 돌아왔다. 엔초와 젠나로는 오로지 릴라의 안위만을 걱정했다. 그러나 니노는 며칠 후에야 모습을 드러냈다. 휴가라도 다녀온 것 같은 모습이었다.

"상황 판단을 할 수 없었어."

니노가 말했다.

"우선 내 아이들을 데리고 도망쳐야만 했어."

내 아이들이라, 참으로 책임감 넘치는 아버지의 모습이 아닌가. 내 배 속에 있는 아이는 어찌 되든 상관없단 말인가.

니노는 아이들과 엘레오노라, 장인 장모와 함께 민투르노에 있는 처갓집 소유의 빌라에 피신해 있었다고 언제나처럼 쾌활하게 말했다. 나는 기분이 상해 며칠 동안 니노를 멀리했다. 꼴도 보기 싫었다. 부모님이 걱정됐지만 먼저 동네에 돌아온 마르첼로에게서 자신이 우리 부모님을 엘리사와 실비오와 함께 가에타에 있는 자기 소유 건물로 안전하게 모셨다는 소식을 전해 들었다. 니노처럼 자기 식구만 챙긴 사람이 여기 또 있었던 것이다.

나는 우선 혼자 타소 가의 집으로 돌아왔다. 기온이 떨어져서 집 안이 얼어붙을 듯 추웠다. 벽을 하나하나 살펴보았지만 금이 간 것 같지는 않았다.

막상 저녁이 되자 잠자기가 겁이 났다. 또 지진이 날까봐 두려웠다. 피에트로와 도리아나가 아이들을 얼마간 맡아주기로 해서 다행이었다.

크리스마스가 되자 나는 더는 버티지 못하고 니노와 화해했다. 데데와 엘사를 피렌체에서 데려와 다시 일상적인 삶이 시작됐지만 끝이 보이지 않는 요양기에 접어든 것 같은 느낌이었다. 이제는 릴라를 만날 때마다 릴라의 불안정한 감정이 느껴졌다. 특히 릴라가 사납게 말할 때는 더 그랬다. 릴라는 '넌 내 말에 숨겨진 뜻을 알고 있지?'라고 묻는 듯한 눈빛으로 나를 바라보았다.

정말 내가 릴라 말의 참뜻을 알고 있다고 할 수 있을까. 나는 바리케이드로 막아 놓은 길을 가로지르거나 두꺼운 나무 기둥이 받치고 있는 수많은 텅 빈 건물 옆을 지나갔다. 형편없고 무능력한 피해 복구 조치의 산물인 참혹한 피해 현장의 한가운데 서기도 했다.

종종 릴라 생각도 했다. 릴라는 지진이 끝나자마자 바로 직장에 복귀했다. 다시 사람들을 조종하고 마음대로 움직이고 비웃고 공격했다. 불과 몇 초 만에 릴라를 파멸로 몰아넣었던 지진의 공포가 떠올랐다. 평상시에도 손가락을 펴고 배를 감싸 안고 있는 릴라의 행동에서 그 공포의 흔적이 엿보였다. 나는 불안해하면서 반문하곤 했다.

'지금의 릴라는 누구일까. 릴라는 앞으로 무엇이 될까. 어떤 행동을 할까.'

최악의 순간이 지나갔다는 것을 확인하는 차원에서 릴라에게 이렇게 말한 적이 있다.

"이제 모든 것이 제자리로 돌아온 것 같아."

릴라가 짓궂게 말했다.

"애초에 제자리라는 것이 있기는 했어?"

## 56

임신 막달에는 모든 것이 힘겨웠다. 우선 니노가 직장일 때문에 바쁘다는 핑계로 거의 나타나지 않았다. 나는 몹시 화가 났다. 그나마 드물게 니노가 나를 찾을 때는 내가 쌀쌀맞게 굴었다. 나는 내가 못생겨져서 그가 나를 원하지 않는 거라고 생각했다. 사실 그랬다. 나 자신도 눈살을 찌푸리지 않고는 거울을 보기 힘들 정도였다. 볼이 통통 부은 데다 코도 거대해 보였다. 가슴과 배가 몸의 나머지 부분을 삼켜버린 것 같았다. 목이 아예 없어진 데다 다리는 짧아지고 발목은 두꺼워졌다. 나는 내 어머니처럼 되어가고 있었다. 겁 많고 연약한 지금의 노인이 아니라 내가 평생 두려워했고 이제는 내 기억 속에서만 존재하는 어머니의 표독한 모습을 닮아가고 있었다.

이제 나를 구박하던 어머니가 내 안에서 날뛰기 시작했다. 죽어가는 어머니의 나약한 모습과 물에 빠진 사람 같은 어머니의 눈빛은 나를 힘들고 불안하고 고통스럽게 했고 과거의 어머니는 그 모든 감정을 마음껏 드러내며 내 몸을 통해 움직이기 시작했다.

나는 대하기 힘든 사람이 됐다. 일이 복잡해질 때마다 뭔가 꿍꿍이가 있다고 생각하고 걸핏하면 소리를 지르곤 했다. 불만이 최고조에 달했을 때 나폴리의 혼란이 내 몸 안에 자리를 잡은 것처럼 느껴졌다. 사람들을 기분 좋게 대하고 호감을 얻는 법을 잊어가는 것 같았다. 나는 아이들과 통화하려고 전화한 피에트로를 쌀쌀맞게 대했다. 출판사나 신문사에서 전화가 와도 임신 9개월째인 사람에게 대체 뭘 원하는 거냐며 힘들어 죽겠으니 나를 내버려두라고 했다.

딸들과의 관계도 나빠졌다. 데데와는 별문제가 없었다. 데데는 제 아빠처럼 영리하고 다정하고 주변사람을 짜증나게 만들 정도로 논리적인 아이였고 나는 그런 데데에게 이미 익숙했다. 나를 속상하게 한 것은 엘사였다. 그렇게나 온순한 인형 같던 아이가 언제부턴가 이목구비가 흐릿해지기 시작했다. 학교 선생님은 엘사에 대해 불만을 토로하며 엘사가 약아빠진 데다 공격적이라고 했다. 나 역시 집에서나 길에서나 장소를 가리지 않고 엘사를 끊임없이 야단쳐야 했다. 엘사는 다른 사람에게 먼저 시비를 걸고 다른 사람의 물건을 빼앗으려 했다. 억지로 돌려주게 하면 물건을 아예 망가뜨려버렸다.

'정말이지 멋진 여성 삼인조 그룹이지 뭐야.'

나는 속으로 생각했다.

'이러니 니노가 우리를 피해 엘레오노라와 알베르티노, 리디아와 함께 있는 것을 더 좋아하는 것도 이상하지 않지.'

아이가 배 속에서 마치 움직이는 공기 방울이라도 되는 것처럼 정신없이 움직여대는 바람에 잠을 자지 못하는 밤이면 나는 모두가 예상하고 있는 것과 다르게 아이가 아들이었으면 좋겠다고 생각하곤 했다. 니노를 닮은 아들이었으면 좋겠다고 생각했다. 니노의 마음에 들었으면 좋겠다고, 니노가 제일 사랑하는 아이가 되었으면 좋겠다고 생각했다.

나는 내가 언제나 비참한 감정이나 폭력적인 감정을 현명하게 다스릴 줄 아는 균형 잡힌 성격의 소유자가 되기를 바랐다. 하지만 아무리 그런 이상적인 모습을 되찾으려 애를 써봐도 임신 말기에 나는 도무지 안정을 찾지 못했다. 지진 탓이라고 생각했다. 그 순간에는 지진이 내게 별 영향을 미치지 못한 것 같았는데 알고 보니 내면 깊은 곳, 배 속까지 그 흔적이 남아 있다고 생각했다.

차를 타고 카포디몬테 터널을 지날 때마다 나는 두려움에 사로잡혔다. 또다시 지진이 일어나 터널이 무너져 내릴까봐 겁이 났다. 말

251

타 가에 있는 고가다리 위를 지날 때도 마찬가지였다. 원래 흔들림이 있다는 것을 알면서도 나는 다리가 당장 무너져 내릴까봐 발걸음을 재촉하곤 했다. 종종 욕실에 나타나는 개미와도 전쟁을 치르지 않게 되었다. 개미가 천재지변을 먼저 감지한다는 말을 알폰소에게서 듣고 나서부터는 개미를 잡는 대신 가끔씩 개미의 움직임을 관찰하는 편이 마음이 놓였기 때문이었다.

하지만 내 기분을 엉망으로 만든 것이 지진의 여파만은 아니었다. 묘사력이 뛰어난 릴라의 암시도 한몫했다. 언젠가부터 나는 길을 가면서 밀라노에서는 별 생각 없이 보고 지나쳤던 주사기가 길가에 떨어져 있는지 유심히 살피게 됐다. 동네 공원에서 주사기를 찾아내면 분노가 뭉게구름처럼 피어나 당장 마르첼로와 내 동생들에게 쫓아가 한바탕 해대고 싶어졌다. 하지만 나는 그들에게 무슨 말을 해야 할지 몰랐다. 결국 나는 가증스러운 말과 행동을 하고 말았다. 어느 날 혹시 릴라에게 페페와 잔니 이야기를 했냐면서 나를 성가시게 하는 어머니에게 나는 쌀쌀맞게 쏘아붙였다.

"어머니, 리나는 그 애들에게 일자리를 줄 수 없어요. 마약쟁이 오빠만으로도 버겁다고요. 게다가 자기 아들도 걱정되겠죠. 우리 가족이 해결하지 못한 문제를 리나에게 떠넘길 수는 없어요."

어머니는 경악스러운 표정으로 나를 바라보았다. 어머니는 단 한 번도 마약 이야기를 한 적이 없었다. 그제서야 나는 입에 담아서는 안 될 말을 했다는 사실을 알았다. 다른 때 같으면 어머니가 동생들을 감싸면서 나에게 악을 써대며 내 무신경함을 탓했을 텐데 지금의 어머니는 어두운 부엌 한구석에 틀어박힌 채 제대로 숨을 쉬지도 못했다. 그 모습에 나는 후회하면서 어머니에게 속삭였다.

"걱정하지 마세요. 뭔가 방법이 있을 거예요."

무슨 방법이 있겠는가. 나는 상황을 더 복잡하게 만들고 말았다. 나는 페페를 동네 공원에서 어렵게 찾아냈다. 잔니는 어디 있는지 알 수 없었다. 나는 페페에게 다른 사람들의 나쁜 습관을 이용해 돈을 버는 것이 얼마나 추악한지에 대해 일장 연설을 늘어놓았다.

"뭐든 좋으니 이 짓만은 하지 마. 네 신세를 망치게 될 뿐만 아니라 어머니가 걱정하시다 돌아가실지도 몰라."

내가 말했다.

페페는 내가 말하는 내내 왼손 엄지 손톱으로 오른손 손톱에 낀 때를 빼내고 있었다. 그러면서도 눈을 내리깔고 내 말에 공손히 귀 기울였다. 페페는 나보다 고작 세 살 어렸을 뿐이지만 유명한 사람이 된 큰누나 앞에 서니 자기가 한참 동생처럼 느껴지는 모양이었다. 하지만 페페는 내 말이 다 끝나자 키득거리면서 말했다.

"그래도 내 돈이 아니었으면 엄마는 벌써 돌아가셨을걸."

페페는 고개를 살짝 숙여보이고는 자리를 떴다.

페페의 말에 나는 마음이 더 상했다. 나는 하루 이틀 기다렸다가 마르첼로와 만날 수 있기를 바라며 엘리사의 집으로 갔다. 날이 몹시 추운 데다 신시가지의 길은 어느새 구시가지의 길처럼 망가지고 지저분해져 있었다.

마르첼로는 집에 없었다. 집 안 꼴이 엉망진창이었고 동생의 망가진 모습 때문에 나는 짜증이 났다. 엘리사는 씻지도 않고 옷도 제대로 입지 않은 채 그저 아이만 보고 있었다. 나는 엘리사에게 고함치다시피 말했다.

"네 남편에게 말해!"

나는 엘리사와 마르첼로가 결혼을 하지 않았는데도 '남편'이라는 말에 일부러 힘을 실었다.

"우리 동생들의 인생을 망쳐놓고 있다고 말이야. 마약을 팔고 싶으면 직접 하라고 해!"

내가 토씨 하나 안 틀리고 표준어로 쏘아붙이자 엘리사의 안색이 창백해졌다.

"언니, 지금 당장 내 집에서 나가. 대체 나를 뭘로 보는 거야? 내가 언니가 친하게 지내는 그 잘난 사람들과 똑같은 줄 알아? 당장 꺼져! 언니는 교만해. 언제나 그랬어."

내가 뭐라고 대답하려고 하자 엘리사가 악을 써댔다.

"다시는 내 집에 와서 우리 마르첼로를 두고 이러쿵저러쿵하지 마. 마르첼로는 좋은 사람이야. 이만큼 사는 것도 다 마르첼로 덕분이야. 나는 마음만 먹으면 언니도 돈으로 살 수 있어. 그 창녀 같은 리나도, 언니가 그렇게 좋아라 하는 그 멍청한 자식들까지 몽땅 다 살 수 있다고!"

## 57

나는 릴라 때문에 얼핏 보게 된 동네의 진짜 모습과 관련된 일에 날이 갈수록 깊게 빠져들었다. 나폴리로 돌아오기 전 고향 일에 연루되지 않겠다고 다짐했던 나와의 약속을 어기고 바로잡기 힘든 일을 헤집고 돌아다니고 있다는 사실을 나는 너무 늦게 깨달았다.

어느 날 오후 나는 아이들을 미렐라에게 맡기고 친정에 갔다가 릴라의 사무실에 들렀다. 마음의 안정을 되찾고 싶어서였는지 아니면 불안한 마음을 털어놓고 싶어서였는지는 확실치 않다.

아다가 나를 반기며 문을 열어주었다. 릴라는 사무실에서 고객과 큰 소리로 의논을 하고 있었고 엔초는 리노와 함께 업체 방문 중이었다. 아다는 자기라도 내 말동무가 되어야겠다고 생각했는지 나에게 자신의 딸 마리아 이야기를 늘어놓았다. 아다는 마리아가 그새 많이 컸고 학교 공부도 아주 잘한다고 했다. 마침 그때 전화벨이 울렸다. 아다가 전화를 받으러 달려가면서 알폰소를 불렀다.

"레누가 왔어! 이리 좀 나와봐!"

그새 몸짓이며 머리 모양과 옷 색상이 전보다 더 여성스러워진 내 학창 시절 동창은 약간 민망해하면서 나를 작고 초라한 방으로 안내했다. 그곳에서 나는 놀랍게도 미켈레를 만났다.

미켈레를 본 지 한참이 지난 터라 셋 다 서로 어색해했다. 미켈레는 그새 많이 변한 것 같았다. 여전히 몸매가 다부지고 운동선수 같았지만 머리가 많이 센 데다 얼굴에는 주름이 깊게 파여 있었다. 무엇보다도 내가 함께 있는 것을 민망해하면서 평소와는 전혀 다르게 행동했다. 정말 이상했다. 우선 미켈레는 내가 방에 들어가자 자리에서 일어났다. 게다가 나를 정중하게 대하면서도 말은 거의 하지 않았다. 심술궂은 말을 쏟아내던 평소의 모습은 찾아볼 수 없었다. 도움을 청하는 눈빛으로 알폰소를 흘끔거리다가 그를 바라보기만 해도 부끄럽다는 듯 바로 시선을 피했다. 알폰소도 미켈레 못지않게 불편해했다. 쉴 새 없이 긴 머리를 쓸어 넘기고 뭔가 할 말을 찾는 것처럼 입맛을 다셨다.

얼마 지나지 않아 대화거리가 바닥이 났다. 조심스러운 순간이었다. 나는 신경이 예민해졌지만 이유는 알 수 없었다. 다른 사람도 아닌 내게 둘이 뭔가를 숨기려 한다는 사실이 못마땅했던 것 같다. 그 조그만 동네 사무실보다 훨씬 진보적인 환경에 익숙한 내가, 성적 정체성이 얼마나 깨지기 쉬운 것인지에 대한 책을 써서 해외에서도 각광을 받았던 내가 자기들을 이해하지 못할 것처럼 행동하는 미켈레와 알폰소의 모습에 화가 났던 것인지도 모르겠다.

'그러니까 둘이 사귄다는 거지!'

이렇게 소리치고 싶은 것을 겨우 참은 것은 내가 릴라의 암시를 잘못 이해했을까봐 두려웠기 때문이었다. 하지만 나는 침묵을 견디지 못하고 말을 많이 하면서 대화를 그런 방향으로 이끌었다.

나는 미켈레에게 물었다.

"질리올라가 둘이 헤어졌다던데?"

"그래."

"나도 이혼했어."

"알아. 누구랑 같이 사는지도 알고."

"원래 니노를 싫어했었지?"

"응. 하지만 원하는 대로 하고 살아야지. 그렇지 않으면 병들어."

"포실리포에 있는 집에서 사는 거야?"

알폰소가 기뻐하면서 끼어들었다.

"응. 경치가 정말 좋아."

미켈레는 짜증 섞인 시선으로 그를 바라보면서 말했다.

"그 집이 편해."

내가 말했다.

"혼자서는 편히 지내기 힘들지."

"안 맞는 사람과 함께 있는 것보다는 혼자 있는 게 나아."

미켈레가 말했다.

알폰소는 내가 미켈레에게 뭔가 기분 나쁜 말을 하려는 것을 눈치채고 주의를 자신에게 돌리려 했다.

알폰소가 말했다.

"나도 마리사와 이혼하려고 해."

알폰소는 재산 문제로 자기 아내랑 다툰 일을 상세히 들려주었다. 알폰소는 사랑이나 섹스나 마리사가 바람을 피운 이야기는 한마디도 하지 않았다. 얼마간 끈질기게 돈 문제에 대해서만 이야기했다. 스테파노에 관해서는 애매모호하게 말을 흐리며 마리사가 아다를 밀어냈다는 사실을 암시했을 뿐이었다.

"여자들은 아무런 망설임 없이 다른 여자에게서 사내를 빼앗아버리지. 아니 오히려 그러면서 만족감을 느끼는 것 같아."

알폰소의 말을 들으니 그에게 마리사는 그녀가 저지른 일에 대해 남의 일인 것처럼 비아냥거릴 수 있는 지인 그 이상도 그 이하도 아닌 것 같았다.

"정말 멋진 왈츠이지 뭐야."

알폰소가 웃으면서 말했다.

"아다가 릴라에게서 스테파노를 빼앗았는데 이제는 마리사가 아다에게서 스테파노를 빼앗아갔잖아. 하하하."

알폰소의 말을 듣다보니 조금씩 같은 책상에 나란히 앉아 있었을 때 공유하던 유대감이 되살아나는 것 같았다. 물론 내가 깊은 우물에서 건져내듯 알폰소의 그런 모습을 끄집어내야 했지만 말이다. 하지만 나는 그제야 비로소 내가 예전에 알폰소의 성향을 잘 몰랐으면서도 그를 좋아했던 것은 그가 다른 남자들과 다르기 때문이었다는 사실을 알게 되었다. 나는 동네의 남자들과는 다른 그의 행동에서 느껴지는 비정상적인 이질감 때문에 그를 좋아했던 것이다. 그리고 지금 알폰소가 이야기하는 동안 나는 우리의 관계가 아직 유효하다는 사실을 깨달았다. 반면 미켈레는 다시 한번 내 기분을 상하게 했다. 그는 마리사에 대해 뭔가 천박한 말을 하더니 알폰소의 수다가 길어지자 인내심을 잃고 갑자기 버럭 화를 내며 알폰소의 말을 중간에서 끊었다.

"나도 레누랑 이야기 좀 하게 해줄래?"

미켈레는 나에게 어머니 안부를 물었다. 그는 어머니가 아프다는 사실을 알고 있었다. 알폰소는 얼굴이 시뻘게져서 입을 다물었다. 나는 어머니 이야기를 하면서 일부러 어머니가 동생들 때문에 걱정을 많이 한다고 말했다.

"어머니는 페페와 잔니가 마르첼로를 위해 일하는 것을 못마땅해 하셔."

"마르첼로가 어때서?"

"그야 나도 모르지. 네가 설명을 좀 해줘봐. 요즘 형이랑 사이가 안 좋다면서?"

미켈레는 조금 당황하며 나를 바라보았다.

"네가 잘못 안 거야. 어쨌든 너희 어머님이 형이 주는 돈을 싫어하시면 페페와 잔니를 다른 사람 밑에서 일하게 하시라고 해."

다른 사람 밑에서 일하게 하라는 말을 두고 나는 미켈레와 한바탕 하려고 했다. 밑이라니? 왜 내 동생들이 자기나 마르첼로나 다른 누군가의 밑에서 일해야 한단 말인가. 내 동생들이 남들 밑에서 일하게 된 것은 내가 내 동생들의 학업을 도와주지 않아서인가. 밑이라고? 그 누구도 다른 사람 밑에 있을 수는 없다. 더더구나 솔라라 형제는 말할 것도 없다. 나는 기분이 더 안 좋아져서 아까보다 싸우고 싶은 마음이 강해졌다. 바로 그 순간 릴라가 고개를 들이밀었다.

"왜 이리 사람이 많아?"

릴라가 미켈레를 향해 말했다.

"내게 볼 일이 있어?"

"응."

"오래 걸릴 것 같아?"

"응."

"그렇다면 먼저 레누와 이야기를 할게."

미켈레는 수줍게 고개를 끄덕였다. 나는 자리에서 일어나 미켈레에게 말했다. 미켈레를 쳐다보면서도 알폰소를 미켈레 쪽으로 가볍게 밀듯 알폰소의 팔에 내 손을 올려놓았다.

"언제 둘이 저녁에 포실리포로 나를 초대해줘. 나는 항상 혼자거든. 봐서 내가 요리할게."

미켈레가 할 말을 잃고 입을 떡 벌리자 알폰소가 다급히 끼어들었다.

"그럴 필요 없어. 내가 요리를 잘하거든. 미켈레가 우리 둘 다 초대해주면 내가 알아서 할게."

릴라는 나를 데리고 방에서 나왔다.

릴라는 자기 사무실에서 나와 오랫동안 수다를 떨었다. 릴라도 출산이 얼마 남지 않았지만 이제는 임신 때문에 힘들어하지 않는 것 같았다. 릴라는 컵 모양으로 오므린 손으로 배 아래를 받치며 말했다.

"이젠 정말 적응이 됐나봐. 몸이 좋아졌어. 그냥 낳지 말고 평생 배 속에 넣고 살까봐."

릴라는 평소의 그녀답지 않은 허영심을 드러내며 자랑스레 옆모습을 과시해 보였다. 아담한 젖가슴과 배, 등에서부터 발목 선까지 이어지는 큰 키에 호리호리한 릴라의 몸매는 아름다웠다. 릴라는 약간 음란하게 웃으면서 말했다.

"엔초는 임신한 상태에서 하는 게 더 좋은가봐. 이제 출산이 얼마 남지 않았다는 게 짜증나."

나는 생각했다.

'릴라에게 지진은 정말 끔찍한 경험이었나봐. 지진 때문에 매 순간에 대한 확신이 없어져 뭐든 그대로 두고 싶은 거야. 임신까지도 말이야.'

나는 가끔씩 시계를 쳐다보았지만 릴라는 미켈레가 기다리고 있다는 사실에 별 신경을 쓰지 않는 것 같았다. 아니, 오히려 나랑 있으면서 일부러 시간을 더 끄는 것 같았다.

"미켈레는 할 일이 있어서 온 게 아니야."

내가 미켈레가 기다리고 있다는 사실을 상기시키자 릴라가 말했다.

"그러는 척하는 것뿐이야. 핑곗거리를 찾는 거지."

"핑계라니?"

"말 그대로 핑곗거리야. 너는 신경 쓰지 마. 네 할 일이나 하면서 이 일엔 아예 발을 들여놓지 않는 게 좋아. 혹시 관여를 한다면 정말 제대로 해야 하거든. 포실리포에서 저녁식사를 하자는 말도 하지 않는 것이 좋았을 뻔했어."

나는 당황했다. 나는 하루하루가 긴장의 연속이라면서 엘리사와 페페와 충돌한 이야기를 들려주었다. 어찌 됐든 조만간 마르첼로와도 대면할 생각이라고 했다. 릴라는 고개를 저으며 강조했다.

"그 문제 역시 괜히 말만 꺼내고 나서 타소 가로 돌아간다고 해결될 일이 아니야."

"어머니가 자식들 걱정에 불안해하면서 돌아가시게 하고 싶지는 않아."

"어머니를 안심시켜 드려."

"어떻게?"

릴라는 미소를 지어보였다.

"거짓말을 하면 돼. 거짓말이 진정제보다 나은 법이야."

## 58

그 시절 나는 너무나 우울해서 선의의 거짓말조차 할 수 없었다. 엘리사가 어머니에게 나 때문에 기분이 상했고 다시는 나를 보고 싶지 않다고 한 데다 페페와 잔니도 어머니에게 내가 무슨 경찰이라도 되는 것처럼 자기들 앞에서 일장 연설을 늘어놓게 하는 일이 다시는 일어나지 않게 하라고 소리를 지르고 나서야 나는 결국 거짓말을 하기로 마음먹었다. 나는 어머니에게 릴라와 이야기를 했는데 릴라가 페페와 잔니를 돌봐주겠다고 약속했다고 말했다. 하지만 어머니는 내가 자신 없어 하는 것을 알아채고 우울하게 말했다.

"그래, 잘했다. 이제 그만 가보렴. 아이들을 돌봐야지."

나는 내 자신에게 화가 났다. 며칠 동안 어머니는 더 불안해했다. 빨리 죽고 싶다고 투덜거렸다. 그러던 어느 날 어머니를 병원에 모시고 갔는데 그날 어머니는 평소보다 편안해 보였다.

"전화가 왔더구나."

어머니가 슬픔에 잠겨 쉰 소리로 말했다.

"누구에게서요?"

"리나에게서 말이다."

나는 너무 놀라서 입을 다물지 못했다.

"뭐라고 했는데요?"

"안심하라고. 페페와 잔니는 자기가 알아서 한다더구나."

"어떻게요?"

"그야 나도 잘 모르지. 약속을 했으니 리나는 방법을 찾아낼 게야."

"그건 그래요."

"나는 리나를 믿는다. 그 아이는 어떻게 행동해야 할지 알아."

"맞아요."

"리나가 얼마나 예뻐졌는지 봤니?"

"네."

"여자아이면 자기 엄마 이름을 따서 눈치아라고 부른다더라."

"아들일 거예요."

"여자아이면 눈치아라고 부른다고 했다."

어머니가 고집스레 반복했다. 어머니는 내 얼굴을 보며 말하는 대신 대기실에서 기다리고 있는 고통에 일그러진 사람들의 얼굴을 바라보았다.

"저는 틀림없이 딸을 낳을 거예요. 배 모양만 봐도 알 수 있어요."

내가 말했다.

"그래서?"

나는 마지못해 약속을 하고 말았다.

"아이에게 어머니 이름을 붙여줄게요. 걱정하지 마세요."

어머니가 중얼거렸다.

"사라토레네 아들놈은 제 어미 이름을 주고 싶어 할 게다."

59

그 문제에 대해서라면 니노는 할 말이 없었다. 그때 나는 니노 이름만 들어도 화가 치밀어 올랐다. 니노는 바쁘다는 핑계로 아예 모습을 감췄다.

내가 아이에게 어머니의 이름을 붙여주겠다는 약속을 한 바로 그 날 저녁 데데와 엘사와 식사를 하는데 니노가 불쑥 나타났다. 니노 는 시종일관 쾌활했다. 내 기분이 좋지 않은 것을 모르는 척하고 우 리와 함께 식사를 했다. 아이들과 장난을 치고 아이들에게 이야기를 들려주면서 자기가 직접 데데와 엘사를 잠자리에 눕히고 아이들이 잠들 때까지 기다려주었다.

니노의 뻔뻔하고 얄팍한 태도에 나는 기분이 더 상했다. 지금은 잠시 얼굴을 들이밀었지만 또 사라지면 언제 다시 나타날지 알 수 없었다. 니노는 대체 무엇을 두려워하는 걸까. 내 곁에서 잠자는 동 안 산통이 시작될까봐 두려운 걸까. 나를 병원까지 데려다주는 게 두려운 걸까. 엘레오노라에게 엘레나가 내 아이를 낳고 있으니 함께 있어줘야 한다고 해야 할까봐 두려운 걸까.

데데와 엘사가 잠들자 니노가 다시 거실로 나왔다. 니노는 나를 쓰다듬으면서 내 앞에 무릎을 꿇더니 내 배에 입을 맞췄다. 순간 미 르코 생각이 머리를 스쳐지나갔다. 미르코는 지금 몇 살일까. 열두 살쯤 됐겠지?

"네 아들에 대해 어디까지 알고 있어?"

나는 밑도 끝도 없이 니노에게 물었다.

니노는 당연히 내 말을 이해하지 못했다. 배 속에 있는 아이에 대 해서 말하는 줄 알고 혼란스럽다는 듯이 웃었다. 그제야 나는 과거 나 자신과 했던 약속을 기꺼이 어기고 니노에게 내 말의 의미를 설 명했다.

"실비아의 아들 미르코를 말하는 거야. 나도 본 적이 있는데 너를 아주 똑 닮았더라. 너는 그 아이가 네 아들인 것을 알아봤어? 보살펴준 적이 있어?"

니노는 인상을 찌푸리더니 일어났다.

"가끔 너를 어떻게 대해야 할지 모르겠어."

니노가 중얼거렸다.

"무슨 말이야? 설명해봐."

"넌 분명 똑똑한데 가끔 다른 사람이 되는 것 같아."

"무슨 뜻이야? 내가 비이성적이라는 거야? 바보 같다는 거야?"

니노는 조그맣게 웃으며 성가신 벌레를 쫓는 시늉을 했다.

"리나 말에 너무 신경 쓰는 것 같아."

"리나가 무슨 상관이야?"

"리나는 너를 망가뜨리고 있어. 네 생각과 감정을 비롯한 네 모든 것을."

그 말에 나는 완전히 이성을 잃고 말았다. 내가 소리쳤다.

"오늘은 혼자 자고 싶어."

니노는 망설이지 않았다. 그는 심히 부당하지만 조용히 살고 싶어서 참는다는 듯한 태도로 살며시 문을 닫고 나갔다.

두 시간쯤 지났다. 잠을 자고 싶지 않아 집 안을 돌아다니는데 가벼운 진통이 왔다. 생리통 정도의 진통이었다. 나는 피에트로에게 전화를 걸었다. 어차피 밤새 공부를 하고 있을 터였다. 나는 그에게 말했다.

"나 이제 곧 출산할 것 같아. 내일 데데와 엘사를 데리러 와줘."

전화기를 내려놓을 틈도 없이 다리 사이로 따뜻한 액체가 흘러내렸다. 나는 필요한 물건을 넣어둔 가방을 챙겨 들고 문이 열릴 때까지 이웃집 초인종에서 손가락을 떼지 않았다. 미리 이야기를 해두었기 때문에 이웃집 안토넬라는 잠에 취해 있었어도 놀라지는 않았다.

내가 말했다.

"때가 온 것 같아요. 아이들을 놔두고 가요."

순간 분노와 불안감이 사라졌다.

## 60

내 세 번째 출산일은 1981년 1월 22일이었다.

이전까지 했던 두 번의 출산에 대해서도 특별히 고통스러웠던 기억이 없지만 세 번째 출산은 그중에서도 가장 수월했다. 행복한 해방감이라고 표현해도 무방할 정도였다. 의사는 나의 자기 통제력을 칭찬해주었다. 의사는 내가 아무 문제도 일으키지 않아 기뻤을 것이다.

"모든 산모가 당신 같았으면 좋겠어요."

의사가 말했다.

"아이를 낳기 위해 세상에 태어난 것 같아요."

의사는 내 귓가에 속삭였다.

"니노가 밖에서 기다리고 있어요. 내가 연락했거든요."

그 말에 나는 기분이 좋아졌다. 니노를 원망했던 마음이 사라져 더 기뻤던 것 같다. 출산과 함께 막달의 까칠함도 빠져나간 것 같았다.

나는 기뻤다. 모든 일을 부드럽게 만들 줄 아는 온화한 성격을 되찾은 것 같았다. 나는 우리 가족의 새로운 구성원을 다정하게 맞이했다. 시뻘건 얼굴에 머리숱이 거의 없는 3.2킬로그램의 여자아이였다. 나는 힘쓰느라 엉망이 된 모습을 조금이나마 정돈한 다음 니노가 병실에 들어오도록 허락했다. 그가 병실에 들어오는 순간 내가 말했다.

"이제 여자만 넷이니 우리를 떠나도 이해해줄게."

그 전날 싸움에 대해서는 한마디도 하지 않았다. 니노는 나를 껴안고 내게 입을 맞췄다. 나 없이는 살 수 없다면서 펜던트가 달린 아주 예쁜 금목걸이를 선물했다.

몸이 조금 회복되자마자 나는 안토넬라에게 전화를 걸었다. 안토넬라는 언제나 부지런한 피에트로가 이미 도착해 있다고 전했다. 나는 피에트로와 통화했다. 피에트로는 아이들을 데리고 병원에 오고 싶다고 했다. 나는 아이들을 바꿔달라고 했지만 둘 다 아빠랑 있는 것이 즐거워서 정신이 딴 데 있었다. 내 말에 단답형으로 대답할 뿐이었다. 나는 내 전남편에게 며칠 동안만 아이들을 피렌체로 데리고 가 달라고 부탁했다. 피에트로는 아주 다정했다. 나는 피에트로에게 빨리 와줘서 고맙다고, 그를 좋아한다고 말해주고 싶었다. 하지만 취조하는 듯한 니노의 시선이 따가워서 그렇게 할 수 없었다.

나는 바로 부모님께 전화했다. 아버지의 반응은 냉랭했다. 수줍어서일 수도 있었고 내가 엉망으로 살고 있다고 생각했기 때문일 수도 있었다. 내 일에는 간섭하지 못하게 했으면서 최근에 자기들 일에 간섭하고 다닌 나를 못마땅하게 생각하는 동생들과 의견이 같을 수도 있었다.

어머니는 당장 손녀를 보고 싶다고 했다. 그런 어머니를 진정시키기는 쉽지 않았다. 릴라에게 전화하자 릴라가 짓궂게 말했다.

"너는 항상 일이 쉽게 풀리더라. 내 아이는 움직일 기미도 없는데 말이야."

바빠서인지 릴라는 급히 전화를 끊었다. 병원에 오겠다는 말은 없었다. 나는 모든 일이 잘됐다고 생각하고 기분 좋게 잠이 들었다.

잠에서 깨어났을 때 당연히 사라졌을 거라고 생각한 니노가 아직 내 곁에 있었다. 니노는 산부인과 의사인 자기 친구와 오랫동안 이야기를 나누었다. 니노는 자신을 아이의 친부로 등록하기 위한 정보를 알아보았고 엘레오노라가 어떤 반응을 보일지 전혀 불안해하지 않았다. 내가 아이에게 내 어머니의 이름을 붙이겠다고 하자 기뻐했다. 기운을 차리자마자 우리는 시청 직원을 찾아가 내 배 속에서 갓 태어난 새로운 생명체의 이름을 임마콜라타 사라토레로 등록했다.

그때도 니노는 전혀 불편한 기색을 내비치지 않았다. 오히려 내 쪽에서 혼란스러워했다. 나는 내가 조반니 사라토레의 아내라고 했다가 기어들어가는 소리로 피에트로 아이로타와 별거 중이라고 정정했다. 나는 혼란스럽게 이름과 성과 부정확한 정보를 늘어놓았다. 하지만 그 순간 나는 기뻤고 내 삶의 질서를 되찾기 위해서는 그저 약간의 인내심이 필요할 뿐이라고 믿게 되었다.

출산 후 며칠 동안 니노는 만사를 제쳐두고 온갖 방법을 동원해 내가 자신에게 얼마나 중요한 존재인지 보여주었다. 딱 한 번 내가 아이에게 세례를 주고 싶지 않다고 했을 때만 표정이 어두워졌다.

"아이들은 세례를 받아야 해."

니노가 말했다.

"알베르티노랑 리디아도 세례를 받았어?"

"그럼."

나는 평소 반교권주의적 성향을 보이는 니노도 세례는 필수라고 생각한다는 사실을 알게 되었다. 잠시 민망한 순간이 흘렀다. 고등학교 시절부터 나는 니노가 신자가 아니라고 생각했고 니노는 내가 종교학 선생님과 벌인 논쟁 때문에 나를 신자라고 믿었다고 했다.

"어찌 됐든 말이야."

니노가 난처해하면서 말했다.

"믿음이 있든 없든 세례는 받아야 하는 거야."

"그건 대체 무슨 논리야?"

"논리가 아니야. 감정적인 거지."

나는 일부러 익살맞게 말했다.

"내가 일관성 있는 사람이 될 수 있게 해줘. 데데와 엘사도 세례를 받지 않았으니 임마콜라타도 그렇게 할래. 커서 자기들이 알아서 결정하면 돼."

니노는 잠시 생각에 잠겼다 웃음을 터뜨렸다.

"그렇게 하자. 그게 뭐가 중요하다고. 세례를 핑계로 파티를 하려는 것뿐이었어."

"파티는 하면 되지."

나는 니노의 친구들을 위해 파티를 준비하겠다고 약속했다. 우리 딸이 태어난 지 얼마 되지 않았을 때 나는 니노의 모든 행동과 표정을 유심히 관찰했다. 니노가 못마땅할 때는 어떤 표정을 짓고 내 말에 동의할 때는 어떤 표정을 짓는지 살펴보았다. 행복하면서도 혼란스러웠다.

'정말 이 사람일까? 이 남자가 내가 평생 사랑한 그 사람일까? 나는 지금 실은 잘 알지도 못하는 이방인에게 억지로 명확하고 확실한 형태를 부여하기 위해 애를 쓰고 있는 것은 아닐까?'

## 61

내 친척과 동네 친구들 중에 병원에 찾아온 사람은 아무도 없었다. 나는 퇴원 후 집에 돌아와 이들을 위해 소박한 파티라도 열어야겠다고 생각했다. 식구들을 비롯한 고향 사람들과 너무 거리를 두다 보니 동네에서 보내는 시간이 적은 것도 아니었는데 그동안 내 유년 기와 사춘기 시절과 관련된 사람을 타소 가에 초대한 적이 한 번도 없었다.

나는 후회했다. 그토록 칼로 자르듯 동네 사람들과 거리를 둔 것은 나의 미성숙과 내 삶에서 가장 나약했던 시기의 흔적이라고 생각했다. 한참 그런 생각에 잠겨 있는데 전화벨이 울렸다. 릴라였다.

"곧 도착해."

"누가?"

"나랑 네 어머님."

몹시 추운 오후였다. 베수비오 화산 정상에 하얀 눈이 먼지처럼 쌓여 있었다. 손님을 받기에 적당한 날이 아니었다.

"이렇게나 추운데? 이런 날 외출하는 것은 어머니 건강에 좋지 않아."

"나도 그렇게 말씀드렸는데 도무지 듣지 않으셔."

"며칠 후에 파티를 할 거야. 모두 다 초대하려고 해. 그때 오셔서 아이를 보시라고 말씀 드려줘."

"네가 직접 말해."

나는 그 이상의 언쟁을 포기했다. 파티를 하려던 마음이 싹 가셨다. 릴라와 어머니의 방문이 사생활 침해처럼 느껴졌다. 나는 집에 돌아온 지 얼마 되지 않은 데다 아이에게 젖을 먹이고 아이를 목욕 시키느라 바쁜 데다 상처를 꿰맨 곳이 불편해 몹시 피곤했다. 게다가 하필이면 집에 니노가 있었다. 나는 어머니가 니노를 보고 속상해하는 것을 원치 않았다. 내 몰골이 아직 말이 아닌 상태에서 릴라와 니노가 만나는 것도 불편했다. 나는 어떻게 해서든 니노라도 내

쫓아보려 했지만 니노는 눈치가 없었다. 오히려 어머니가 온다는 소식에 기뻐하며 눌러앉았다.

나는 욕실로 달려가 몸단장을 했다. 릴라와 어머니가 현관문을 두드리자 서둘러 나가 문을 열어주었다. 그날 나는 열흘 만에 어머니를 만났다. 아직 두 개의 생명을 품고 있는 생기 넘치고 아름다운 릴라의 모습과 마치 릴라가 해일이 이는 바다 위에 떠 있는 구명대라도 되는 양 릴라의 팔에 매달려 있는 어머니의 모습이 너무나 강렬하게 대조되었다. 어머니는 예전보다 더 꾸부정했고 기력이 다해 당장이라도 쓰러질 것 같았다. 나는 어머니를 부축해 창문 앞 소파에 앉혔다. 어머니가 속삭였다.

"바다가 정말로 아름답구나."

어머니는 계속 테라스 너머를 바라보고만 있었다. 니노를 쳐다보지 않으려고 일부러 그러는 것 같기도 했다. 하지만 니노는 그런 어머니 곁에 자리를 잡더니 니노다운 사랑스러운 태도로 어머니에게 하늘과 바다 사이로 보이는 희미한 윤곽을 설명해주기 시작했다.

"저기가 이스키아 섬이고 저기 보이는 저곳은 카프리예요. 이쪽으로 와 보세요. 여기에서 더 잘 보이거든요. 제게 몸을 기대시고요."

니노가 릴라 쪽은 쳐다보지도 않고 릴라에게 인사도 하지 않기에 내가 나서서 릴라를 맡았다.

"빨리 회복했네."

릴라가 말했다.

"조금 피곤하긴 하지만 괜찮아."

"계속 이 위에서 살 거야? 오기 너무 힘들어."

"전망이 좋잖아."

"글쎄."

"이리 와. 아이를 데리러 가자."

나는 릴라를 임마콜라타의 방으로 데리고 갔다.

"벌써 네 얼굴이 돌아왔네."

릴라가 나를 칭찬해주었다.

"머리가 정말 아름다워. 이 목걸이는 뭐야?"

"니노가 준 선물이야."

나는 아이를 요람에서 안아 들었다. 릴라는 아이 냄새를 맡았다. 코를 아이 목주름에 갖다 대고는 집에 들어오는 순간 아이 냄새가 났다고 했다.

"무슨 냄샌데?"

"아기 파우더와 우유와 소독약과 새것에서 나는 냄새지."

"냄새가 좋아?"

"응."

"더 무거울 줄 알았어. 나만 뚱뚱한 거였나봐."

"내 아들은 어떨까?"

언젠가부터 릴라는 자기 아이를 아들이라고 불렀다.

"착하고 잘생긴 아들일 거야."

릴라는 고개를 끄덕였지만 내 말이 들리지 않는 듯 내 딸을 유심히 관찰했다. 릴라는 검지로 아이의 이마와 귀를 쓰다듬으면서 농담삼아 했던 우리의 계약을 다시 떠올렸다.

"아이가 아들이면 정말 바꾸자."

나는 웃어보이고는 아이를 어머니에게 데리고 갔다. 어머니는 창문 옆에서 니노의 팔에 기대어 있었다. 이제 어머니는 호감어린 눈빛으로 니노를 아래에서 올려다보았다. 어머니는 자기 자신을 잊어버리고 젊은 아가씨라도 되는 것처럼 니노를 향해 미소를 지었다.

"여기 임마콜라타가 왔어요."

내가 말했다.

어머니가 니노를 바라보자 그는 기다렸다는 듯 외쳤다.

"정말 예쁜 이름이에요."

어머니가 중얼거렸다.

"그렇지 않아. 그 이름 대신 임마라고 부르렴. 그나마 그게 더 현대적이잖니."

어머니는 니노의 팔을 놓고 내게 손녀를 달라는 몸짓을 했다. 어머니에게 아이를 안을 힘이 없을 것 같아 두려워하면서도 나는 아이를 넘겨주었다.

"세상에, 정말 예쁜 아이로구나."

어머니가 속삭이며 릴라에게 말했다.

"마음에 드니?"

릴라는 어머니의 발을 쳐다보느라 정신이 산만했다.

"네."

릴라가 눈길을 돌리지 않은 채 말했다.

"이제 좀 앉으세요."

나는 릴라가 바라보는 곳을 쳐다보았다. 어머니의 검은색 옷 아래로 핏방울이 떨어지고 있었다.


## 62


나는 본능적으로 아이를 어머니에게서 빼앗아 들었다. 그제야 어머니는 자신에게 무슨 일이 일어나고 있는지 알았다. 어머니의 얼굴에 수치심과 혐오감이 스쳐지나갔다. 어머니가 기절하기 직전 니노가 어머니를 붙잡았다.

"어머니! 어머니!"

니노가 손끝으로 어머니의 뺨을 가볍게 때리는 동안 내가 외쳤다. 나는 두려웠다. 어머니는 좀처럼 정신을 차리지 못했고 아이는 울기 시작했다. 나는 겁에 질려 어머니가 돌아가실 거라고 생각했다. 임마콜라타를 볼 때까지 버티다가 이제 힘을 다한 거라고 생각했다. 나는 점점 소리를 높여 계속 어머니를 불렀다.

"앰뷸런스를 불러."

릴라가 말했다.

나는 전화기 쪽으로 가다가 혼란스러워서 잠시 멈췄다. 아이를 우선 니노에게 건네주려는데 니노가 나를 피했다. 니노는 그보다는 어머니를 차에 태워 병원으로 모시고 가는 편이 빠를 거라고 내가 아닌 릴라에게 말했다. 심장이 목에서 뛰는 것 같았다. 아이는 계속 울어댔고 그새 정신을 차린 어머니는 넋두리를 시작했다. 어머니는 울면서 병원에 가고 싶지 않다고 했다. 내 치맛자락을 끌어당기면서 예전에도 입원한 적이 있지 않느냐며 자기는 버림받은 채 죽고 싶지 않다고 했다. 어머니가 바들바들 떨면서 말했다.

"아이가 자라는 모습을 보고 싶구나."

"가자!"

니노는 이미 고등학교 시절부터 어려움에 직면했을 때면 보이던 단호한 태도로 말했다.

니노는 어머니를 양팔로 안아 번쩍 들어올렸다. 어머니가 가녀린 목소리로 항의하자 자기가 다 알아서 하겠다면서 어머니를 안심시켰다. 릴라는 미심쩍은 눈초리로 나를 바라보았다. 나는 생각했다.

'병원에서 어머니를 돌봐주는 주치의는 엘레오노라 집안 친구야.

지금 이 순간 니노는 없어서는 안 될 존재지. 함께 있어서 정말 다행이야.'

릴라가 말했다.

"아이는 내게 맡겨두고 같이 가봐."

나는 동의를 표하고 임마콜라타를 릴라에게 내밀었지만 순간 망설였다. 아이가 아직 내 배 속에 있는 것처럼 느껴질 만큼 아이와 긴밀히 연결되어 있는 것 같았다. 젖도 먹여야 하고 목욕도 시켜야 하는데 그 순간 아이를 내게서 떼어놓을 수는 없었다. 하지만 나는 어머니에게도 평생 느껴보지 못했던 강한 유대감을 느꼈다. 나는 겁이 나서 몸이 떨렸다. 그 피는 대체 뭘까. 무슨 의미일까.

"어서!"

니노가 참지 못하고 릴라에게 말했다.

"서두르자!"

"그래."

내가 작은 소리로 말했다.

"둘이 가봐. 나중에 연락해줘."

문이 닫힌 다음에야 나는 방금 벌어진 일 때문에 받은 상처를 실감했다. 릴라와 니노가 내 어머니를 데려간 것이었다. 내가 해야 할 일을 그 둘이 하고 있는 것이었다.

나는 힘이 하나도 없는 데다 혼란스러웠다. 마음을 가라앉히기 위해 소파에 앉아 임마콜라타에게 젖을 물렸다. 바닥에 묻은 핏자국에서 눈을 뗄 수 없었다. 머릿속에는 차가운 도로를 달리는 자동차가 떠올랐다. 위급한 상황을 알리기 위해 창밖으로 내민 손수건과 경적 위에 놓인 손, 뒷좌석에서 죽어가는 어머니의 모습이 떠올랐다.

'릴라 차니까 릴라가 운전을 하겠지? 아니면 니노가 운전대를 잡

았을까?'

나는 그만 진정해야겠다고 생각했다.

나는 아이를 침대에 눕혀놓고 엘리사에게 전화를 걸었다. 나는 과장하지 않았다. 상황을 되도록 축소시켰다. 니노 이야기는 하지 않고 릴라만 언급했다. 엘리사는 금세 이성을 잃고 울음을 터뜨리며 내게 욕을 퍼부어댔다. 내가 우리 어머니를 잘 알지도 못하는 여자와 알 수 없는 곳으로 보냈다고 악을 써댔다. 앰뷸런스를 불러야 했다면서 항상 내 일만 생각하고 나 편한 대로만 한다고 했다. 어머니가 돌아가시기라도 하면 다 내 책임이라고 했다. 엘리사는 그런 다음 몇 번이고 마르첼로를 불렀다. 지금까지 한 번도 들어보지 못한 명령조였다. 불안하고 성급한 고함소리였다. 나는 엘리사에게 말했다.

"알 수 없는 곳이라니. 리나는 어머니를 병원으로 모시고 간 거야. 대체 왜 그런 식으로 말하는 거니?"

엘리사는 거칠게 전화를 끊어버렸다.

어찌 됐든 엘리사 말에도 일리가 있었다. 나는 제정신이 아니었다. 앰뷸런스를 불렀어야 했다. 아니면 아이를 떼어내 릴라에게 맡겼어야 했다. 나는 니노의 권위에 굴복한 것이다. 결단력 있는 구원자처럼 보이고 싶어 하는 남자의 열망에 굴복한 것이다. 나는 전화기 옆에서 니노와 릴라의 연락만을 기다렸다.

한 시간이 지나고 한 시간 반이 더 지나서야 전화벨이 울렸다. 릴라가 침착하게 말했다.

"어머님은 입원하셨어. 니노가 어머니 치료를 맡은 의사들을 잘 알고 있어. 다 괜찮다고 했으니 이제 안심해."

내가 물었다.

"어머니는 혼자 계셔?"

"응. 아무도 못 들어가게 해."

"혼자 있는 상태에서 돌아가시고 싶어 하지 않으셔."

"돌아가시지 않을 거야."

"어머니는 겁에 질려 있어, 릴라. 뭐든 좀 해봐. 예전의 어머니가 아니야."

"병원 방침인걸."

"내 이야기는 안 하셔?"

"네게 임마콜라타를 데리고 와달라고 하셨어."

"이제 어떻게 할 거야?"

"니노는 의사들과 이야기를 조금 더 하겠대. 나는 가보려고."

"그래. 고마워. 너무 무리하지 마."

"시간 나는 대로 니노가 연락할 거야."

"그래."

"불안해하지 마. 모유 안 나올라."

모유 이야기는 확실히 내게 도움이 됐다. 나는 임마콜라타와 가까이 있어야만 젖이 잘 나오는 것처럼 요람 옆에 꼭 붙어 앉았다. 여성의 몸이란 무엇인가. 배 속에 있을 때 아이에게 영양분을 주었는데 태어난 후에도 아이는 여전히 내 가슴에서 영양분을 취하고 있지 않은가.

나에게도 어머니 배 속에 있던 시절과 어머니의 가슴에서 젖을 빨았던 시절이 있었다는 생각이 났다. 어머니의 가슴은 내 가슴만큼이나 컸다. 아니 어쩌면 더 클 수도 있다. 어머니가 아프기 전까지만 해도 아버지는 어머니의 가슴을 두고 야한 말을 하곤 했다. 나는 어머니가 브래지어를 푼 것을 한 번도 본 적이 없었다. 젊었을 때도 늙었을 때도 마찬가지였다. 어머니는 아픈 다리 때문에 자기 몸에 자신이 없었다. 항상 몸을 감추려고만 했다. 그러면서도 포도주 한 잔이면 아버지 못지않은 야한 말로 자신의 아름다움을 과시하면서 아버지의 외설적인 성향을 자극했다. 순전히 뻔뻔스럽게 연기하는 것이었다. 다시 전화벨이 울리기에 나는 달려갔다. 또 릴라였다. 이번에는 목소리가 퉁명스러웠다.

"여기 문제가 좀 있어, 레누."

"상태가 안 좋아지셨어?"

"아니. 의사들은 침착해. 그런데 마르첼로가 와서 미친 짓을 하고 있어."

"마르첼로라니? 마르첼로가 무슨 상관이야?"

"그거야 나도 모르지."

"좀 바꿔줘 봐."

"기다려. 지금 니노랑 싸우고 있어."

전화기 너머로 사투리로 말하는 마르첼로의 굵은 목소리와 니노의 세련된 표준어가 들려왔다. 니노는 침착성을 잃을 때면 그렇듯 목소리가 날카로웠다. 나는 걱정이 되어 말했다.

"니노에게 이제 그만 내버려두라고 해. 지금 당장 병원에서 나오라고 해."

릴라는 내 말에 대답하지 않았다. 릴라도 언쟁에 합류한 것 같았지만 하나도 알아들을 수 없었다. 갑자기 릴라가 사투리로 악을 썼다.

"마르첼로! 대체 무슨 말도 안 되는 소리를 하는 거야? 당장 꺼지지 못해?"

릴라가 내게 소리쳤다.

"부탁이니 이 얼간이 같은 자식한테 네가 말 좀 해봐. 너희들끼리 알아서 해. 나는 이 일에 더 관여하고 싶지 않아."

멀리서 이야기하는 소리가 들리더니 얼마 후 마르첼로가 전화를 받았다. 그는 최대한 정중하게 말하려고 애쓰면서 엘리사가 어머니를 국립병원에 두지 말라고 했다는 것이었다. 어머니를 카포디몬테에 있는 최고급 사설 클리닉에 모시고 가려고 자기가 직접 왔다고 했다. 마르첼로는 진심으로 내게 동의를 구하는 것처럼 물었다.

"내가 잘한 거지? 잘했다고 말해줘."

"진정해."

"나는 침착해, 레누. 하지만 생각을 좀 해봐. 너도 사설 클리닉에서 출산했고 엘리사도 마찬가지야. 그런데 왜 네 어머니를 이런 곳에서 돌아가시게 하려는 거야?"

내가 불안해하면서 말했다.

"어머니를 돌봤던 의사들이 그곳에 있으니까."

마르첼로는 그동안 내게 한 번도 보인 적이 없는 공격적인 태도로 돌변했다.

"의사들은 돈이 있는 데서 일하는 거야. 대체 여기서 지시하는 사람이 누구야? 너야, 리나야? 아니면 저 얼간이야?"

"그게 중요한 게 아니잖아."

"아니, 그렇지 않아. 네 친구들에게 내가 어머님을 카포디몬테로 모시고 가게 놔두라고 말해! 그렇지 않으면 내가 누군가의 머리통을 박살내고 모시고 갈 테니 알아서 해."

"리나 좀 바꿔줘."

내가 말했다. 서 있기조차 힘에 겨운 데다 관자놀이까지 울렸다.

"니노에게 어머니를 옮길 수 있는지 의사들에게 물어봐달라고 해

278

쥐. 그런 다음 다시 연락 줘."

나는 손을 움켜잡으며 전화를 끊었다. 무엇을 해야 할지 판단이 서지 않았다.

몇 분 지나지 않아 다시 전화벨이 울렸다. 니노였다.

"레누, 저 짐승 같은 자식을 좀 진정시켜봐. 아니면 당장 경찰을 부를 거야."

"의사들에게 어머니를 옮겨도 되는지 물어봤어?"

"당연히 안 되지."

"니노! 물어봤어? 안 물어봤어? 어머니는 병원에 있기 싫어하셔."

"사설 클리닉은 여기보다 환경이 더 안 좋아."

"알아. 이제 그만 진정해."

"난 침착해."

"좋아. 그럼 지금 당장 집으로 돌아와."

"여기는 어쩌고?"

"리나가 알아서 할 거야."

"리나를 저 자식 하고만 남겨둘 수는 없어."

나는 목소리를 높였다.

"리나는 제 몸 하나는 챙길 수 있어. 나는 지금 일어서 있기도 힘들어. 아이는 울고 있고 목욕도 시켜야 해. 지금 당장 집으로 돌아와!"

나는 전화를 끊었다.


## 63


힘든 시간이었다. 니노는 넋이 나간 채 집으로 돌아왔다. 신경이 잔뜩 날카로워져 있었다. 사투리로 똑같은 말만 반복했다.

"누가 이기는지 두고 보자."

나는 내 어머니의 입원 문제가 니노에게는 원칙의 문제가 되었다는 것을 알아차렸다. 니노는 마르첼로가 어머니를 정말로 적합하지 않은 곳으로 데리고 갈까봐 걱정했다. 오직 돈을 벌 요량으로 만들어놓은 그런 곳 말이다. 니노는 다시 표준어로 외쳤다.

"국립병원에서 네 어머니는 뛰어난 전문 의료진에게 치료받을 수 있어. 어머니 상태가 많이 악화됐는데도 지금까지 인간으로서의 존엄성을 잃지 않고 살아계신 것도 다 그 의료진 덕분이야."

나는 니노의 걱정에 공감했고 니노는 갈수록 문제 해결에 적극적으로 발 벗고 나섰다. 니노는 저녁식사 시간인데도 아랑곳하지 않고 여러 사람에게 전화를 걸었다. 당시 나폴리에서 명망을 떨치던 유명한 사람들이었다. 나는 니노가 하소연을 하고 싶어서 전화를 하는 건지 아니면 마르첼로의 횡포에 맞서기 위한 전투에 지원을 받고 싶어서 전화를 하는 건지 알 수 없었다. 확실한 것은 니노 입에서 솔라라는 이름이 나오면 이야기가 복잡해진다는 것이었다.

니노는 입을 다물고 조용히 상대방의 말에 귀를 기울였다. 밤 10시가 되어서야 니노는 겨우 조용해졌다. 나는 너무 불안했지만 행여 니노가 다시 병원으로 돌아갈까봐 전혀 내색하지 않았다. 내 불안이 임마콜라타에게 전해졌는지 아이가 울었다. 아이는 내가 젖을 물리면 겨우 조용해졌다가 다시 울었다.

나는 한숨도 자지 못했다. 다음 날 새벽 6시에 다시 전화벨이 울렸고 나는 아이도 니노도 깨지 않기를 바라면서 전화를 받으러 달려갔다. 릴라였다. 병원에서 밤을 새운 것이다. 릴라는 지친 목소리로 내게 상황을 정리해주었다. 마르첼로는 겉보기에는 포기한 것처럼 릴라에게 인사도 하지 않고 병원을 떠났다고 했다. 릴라는 몰래 빠져

나가 재빨리 계단을 오르고 복도를 지나 어머니가 입원한 병실을 찾아냈다고 했다. 그곳은 말 그대로 고통의 방이었다. 어머니 말고도 여자가 다섯 명 더 있었는데 모두 고통스러워하면서 신음하고 고함을 지르고 있었다고 했다. 모두 고통 속에 버려져 있었다. 릴라는 꼼짝하지 않고 두 눈을 크게 뜬 채 천장을 바라보면서 낮은 목소리로 말하고 있는 어머니를 발견했다고 했다.

"오, 성모 마리아여. 제발 저를 빨리 죽여주소서."

어머니는 고통을 참느라 온몸을 바들바들 떨고 있었고 릴라는 어머니 옆에 쪼그리고 앉아 어머니를 진정시켰다고 했다. 날이 밝아 간호사들이 돌아다니기 시작해서 지금은 몰래 빠져나왔다고 했다. 릴라는 자기가 수많은 규칙을 어긴 사실을 재미있어했다. 릴라는 항상 반항하는 걸 좋아했으니까. 하지만 그때만큼은 나를 위해 애쓴 일에 대해서 내게 부담을 주지 않으려고 일부러 재미있는 척하는 것 같았다. 출산이 얼마 남지 않은 시기라 릴라도 분명 지쳤을 것이다. 최소한의 욕구를 충족하지 못해 괴로웠을 것이다. 나는 어머니만큼 릴라가 걱정됐다.

"너는 좀 어때?"

"괜찮아."

"정말?"

"그럼."

"어서 가서 쉬어."

"마르첼로랑 네 동생이 오면 바로 갈게."

"마르첼로가 정말 올까?"

"난리를 피울 수 있는 기회인데 안 올 리 있겠어?"

내가 통화하는 동안 잠에 취해 몽롱한 상태로 니노가 나타났다.

니노는 통화 내용을 조금 듣다가 말했다.

"나 좀 바꿔줘 봐."

나는 전화를 바꿔주지 않고 니노에게 쏘아붙였다.

"벌써 끊었어."

니노는 투덜대면서 어머니가 최상의 서비스를 받을 수 있도록 수많은 사람에게 손을 써두었다면서 그게 효과가 있었는지 알고 싶다고 했다.

"지금으로서는 없는 것 같아."

내가 말했다.

세찬 바람이 불었지만 니노는 나와 아이를 병원까지 차로 태워다주기로 했다. 니노는 차에 남아 임마콜라타를 보고 나는 어머니를 돌보다가 중간 중간 내려와서 젖을 주기로 했다.

니노의 친절함에 나는 마음이 누그러졌다. 그렇게나 모든 일에 간섭하고 다녔으면서 방문 시간처럼 정말 필요한 정보는 알아볼 생각을 못 했다는 사실에는 짜증이 나긴 했지만.

나는 병원에 전화를 걸어 시간을 확인하고 아이를 잘 감싼 다음 병원으로 출발했다. 릴라에게서 연락이 없었지만 나는 병원에 가면 릴라를 만날 수 있을 거라고 생각했다. 하지만 병원에 도착하자 우리는 병원에 릴라는 물론 어머니도 없다는 사실을 알게 됐다. 그새 퇴원하신 것이었다.

## 64

나는 나중에 엘리사에게 일의 전말을 듣게 되었다.

'잘난 척만 할 줄 알았지 우리가 없으면 아무것도 못하는 주제에.'

엘리사는 딱 이런 말투였다. 그날 9시 정각에 마르첼로는 사설 클리닉의 무슨 과장의사라는 사람과 함께 병원에 도착했다. 마르첼로가 그 사람 집까지 가서 직접 모셔왔다는 것이다. 어머니는 카포디몬테에 있는 사설 병원으로 옮겨졌다.

"그곳에서는 어머니를 여왕처럼 받들어 모셔줄 거야."

엘리사가 말했다.

"친척들도 머물고 싶은 만큼 머물 수 있고 병실에 침대가 따로 있어서 아버지가 밤새 어머니 곁에 있을 수 있어."

엘리사는 나를 멸시하듯이 말했다.

"걱정하지 마. 비용은 우리가 알아서 할게."

그다음에 내 동생은 노골적으로 위협적인 말을 했다.

"언니 남자 친구인 교수 양반께서는 자기가 누구를 상대하는지 잘 모르는 모양이니 언니가 설명을 좀 해주는 게 좋겠어. 리나 년은 그 양반보다는 똑똑하겠지만 그래도 전해줘. 마르첼로는 변했다고 말이야. 마르첼로는 이제 예전의 리나 약혼자가 아니야. 리나 손 안에서 놀아나는 미켈레와는 다르다고. 마르첼로는 리나가 한 번만 더 내게 언성을 높이거나 오늘 병원에서 한 것처럼 다른 사람들이 보는 앞에서 나를 모욕하면 그 년을 죽여버린다고 했어."

물론 나는 릴라에게 내 동생이 한 말을 한마디도 전하지 않았다. 릴라가 내 동생과 어떤 식으로 부딪혔는지 알고 싶지도 않았다. 하지만 그 후 며칠 동안 나는 릴라를 최대한 다정하게 대했다. 고마운 내 마음을 표현하기 위해 평소보다 자주 전화를 걸었다. 내가 릴라를 좋아하고 릴라도 빨리 출산하길 바란다는 것을 알아주기를 바랐다.

"몸은 괜찮아?"

내가 물었다.

"그럼."

"아직도 기별이 없어?"

"기별은 무슨. 오늘 도와줄까?"

"아니야. 봐서 괜찮으면 내일 부탁할게."

힘든 나날이었다. 원래 있던 문제에 새로운 문제까지 복잡하게 얽혔다. 내 몸은 아직도 임마의 조그마한 몸과 긴밀한 공생관계에 있었기 때문에 아이를 떼어놓는 것이 너무나 힘들었다. 데데와 엘사도 너무나 그리웠기에 결국 피에트로에게 전화를 걸어 아이들을 다시 데려와 달라고 했다. 엘사는 처음에는 막냇동생을 예뻐하는 척했지만 얼마 가지 못했다. 몇 시간도 채 안 됐는데 싫증이 난 듯 인상을 찌푸리면서 내게 말했다.

"엄마, 정말 못생긴 아이를 낳았네요."

그런가 하면 데데는 자기가 나보다 훨씬 훌륭한 엄마라는 것을 증명해 보이려고 애썼다. 그러다보니 몇 번이나 아이를 떨어뜨릴 뻔하거나 목욕을 시키다 익사시킬 뻔했다.

나는 처음 며칠 동안만이라도 도움이 절실했다. 사실 피에트로가 돕겠다고 나서기는 했다. 피에트로는 남편이었을 때는 내 부담을 덜어주기 위한 노력을 거의 하지 않았으면서 갈라선 지금은 나를 갓난아이를 포함한 세 아이와 홀로 내버려두고 싶지 않아 했다. 피에트로는 며칠만이라도 집에 머물러 주겠다고 했지만 나는 그런 그를 보내야만 했다. 도움받고 싶지 않아서가 아니었다. 피에트로가 타소가 집에 머무른 몇 시간 동안 니노가 나를 괴롭혔기 때문이었다. 니노는 피에트로가 갔는지, 그와 마주치지 않고 자기 집으로 돌아올 수 있는지 확인하기 위해 전화통에 불이 나도록 전화를 해댔다. 물론 피에트로가 떠나자 니노 역시 직장일과 정치 활동에 치여 바빠졌다. 결국 나는 홀로 남게 되었다. 장을 보고, 데데와 엘사를 학교에 데려다 주고 데리러 가고, 책 읽는 시늉이라도 하고, 두어 줄이라도 글을 쓰려면 임마를 이웃집에 맡겨야만 했다.

여기까지는 아무것도 아니었다. 사설 클리닉에 어머니 문병을 가는 것은 훨씬 더 복잡했다. 나는 미렐라를 믿을 수 없었다. 데데와 엘사에 갓난아이까지 맡는 것은 미렐라에게도 너무 버거운 일이었다. 나는 데데와 엘사가 학교에 있는 시간을 이용해 임마를 잘 감싼 다음 택시를 불러 카포디몬테에 갔다.

어머니의 상태는 많이 호전됐다. 그러나 아직은 몸이 허약했다. 어머니는 자식들이 매일 찾아오지 않으면 좋지 않은 일이 일어났다는 생각에 울기 시작했다. 그전까지만 해도 힘들어하기는 했지만 움직이기도 하고 밖에 나가기도 했었는데 이제는 침대에서 일어나지도 못했다.

내가 보기에도 사설 클리닉의 호사로운 생활이 어머니에게 좋은 영향을 미친다는 것은 부정할 수 없는 사실이었다. 사모님 대접을 받는 일은 입원하자마자 어머니의 고통을 잊게 해주는 즐거운 놀이가 되었다. 여기에 고통을 완화해주는 약물의 도움으로 어머니는 가끔 희열을 느끼기까지 했다.

어머니는 크고 밝은 병실을 좋아했다. 매트리스가 편하다고 했다. 혼자 쓸 수 있는 욕실이, 그것도 방 안에 그런 욕실이 있다는 사실을 뿌듯해했다. 어머니는 화장실이 아니라 욕실이라고 강조하면서 일어나서 내게 욕실을 보여주려 했다. 게다가 이제 막 태어난 어머니의 손녀가 있었다. 임마를 데리고 병원에 가면 어머니는 손녀를 곁에 두고 아이처럼 이야기했다. 그럴 리는 없겠지만 아이가 자기를 보고 웃었다면서 좋아했다.

아이에 대한 어머니의 관심이 오래가지는 못했다. 어머니는 자기 어린 시절과 사춘기 시절 이야기를 시작했다. 5세 때로 돌아가는가 하면 어느새 12세 때로, 그러고는 14세 때로 미끄러져 들어가 그 시절 자신이 겪었던 일과 친구들에 대해서 이야기해주었다. 어느 날 아침 어머니는 내게 사투리로 말했다.

"어렸을 때부터 나는 사람은 결국 죽는다는 사실을 알고 있었단다. 나는 항상 알고 있었어. 하지만 내 차례가 될 거라고는 한 번도 생각해본 적이 없단다. 지금도 도무지 믿기지 않는구나."

한번은 혼자만의 생각에 잠겨 웃음을 터뜨리더니 내게 속삭였다.

"아이에게 세례를 주지 않은 것은 잘한 일이다. 다 부질없는 짓이야. 이제 죽으면 나도 한낱 조그만 조각으로 부서져 버리겠지."

느릿느릿 흘러가는 시간 속에서 나는 그제야 어머니가 가장 사랑하는 자식은 나라는 사실을 진정으로 깨달았다. 어머니는 나와 작별 인사를 할 때면 먼 옛날 내가 어머니 배 속에 있었던 것처럼 이제는 어머니가 내 안에 쏙 들어와 계속 남고 싶다는 듯이 내 품에 꼭 안겼다. 어머니가 건강할 때는 어머니의 몸이 내 몸에 닿는 것이 싫었지만 지금은 좋았다.

## 65

흥미롭게도 어머니의 병실은 고향 동네 늙은이들과 젊은이들의 만남의 광장이 되었다. 아버지는 어머니 곁에서 잤다. 아침이면 나는 겁먹은 눈에 수염이 덥수룩한 아버지와 마주쳤다. 우리는 겨우 인사만 나눴지만 특별히 이상하게 느껴지지는 않았다. 원래부터 나는 아버지와 교류가 거의 없었다. 가끔 나를 다정하게 대해줄 때도 있었지만 아버지는 대개 내 일에 무심했다. 어쩌다 어머니와 싸울 때 내 편을 들어준 적이 있는 정도였다.

아버지와는 항상 피상적인 관계만을 유지했을 뿐이었다. 어머니는 필요에 따라서 아버지에게 역할을 부여하기도 하고 박탈하기도 했다. 그런데 내 인생에 이래라저래라 참견할 수 있는 사람은 자기밖에 없어야 한다고 생각했는지 특히 나와 관련된 일에 대해서는 아버지를 주변부로 내몰았다. 그런 아내가 기력을 잃자 이제 아버지는 나를 어떻게 대해야 할지 몰랐고 그건 나도 마찬가지였다. 내가 인사하면 아버지는 내 인사를 받아주면서 말했다.

"네가 어머니와 함께 있는 동안 나는 나가서 담배나 한 대 피우고 오마."

가끔 이토록 평범한 아버지가 그 험한 나폴리에서 어떻게 살아남았는지 의구심이 들 때도 있었다. 직장에서도 동네에서도 하물며 집에서조차 말이다.

엘리사가 아이를 데리고 올 때 보면 엘리사와 아버지 사이에서 친밀함이 느껴졌다. 엘리사는 다정한 태도로 아버지를 좌지우지했다. 엘리사는 병원에서 하루 종일 머물 때가 많았다. 가끔은 아버지를 집에 가서 주무시게 하고 자기가 밤새 어머니 곁에 남기도 했다.

엘리사는 병원에 도착하자마자 온갖 트집을 잡았다. 먼지가 많다, 창문 유리가 더럽다, 음식이 형편없다고 했다. 엘리사가 그런 식으로 행동하는 것은 다른 사람들에게서 대접받기 위해서였다. 지시하는 사람이 누구인지 확실히 보여주기 위해서였다.

페페와 잔니도 엘리사 못지않았다. 둘 다 어머니가 조금만 괴로워하거나 아버지가 불안해하면 당황해서 벨을 눌러 간호사를 불렀다.

간호사가 조금이라도 늦으면 동생들은 간호사를 호되게 야단치고 나서는 어이없게도 팁을 두둑히 챙겨주곤 했다. 특히 잔니는 돌아가기 전에 간호사 주머니에 푼돈을 꽂아 넣으면서 말했다.

"병실 문 앞에 서 있다가 어머님이 부르시면 당장 튀어와. 커피는 쉬는 시간에나 마시고. 알아들었어?"

잔니는 우리 어머니가 중요한 사람이라는 것을 이해시키려는 듯 솔라라라는 이름을 서너 번 들먹였다.

"그레코 부인은 말이야."

잔니가 말했다.

"솔라라 집안 거야."

'솔라라 집안 거라니.'

나는 잔니의 말에 화가 나기도 하고 부끄럽기도 했다. 그러면서도 나는 생각했다.

'참지 않으면 다시 국립병원행이겠지. 그 대신 나중에(그 나중이 언제를 뜻하는지는 차마 생각하기 싫었지만) 동생들과 마르첼로와 많은 일을 바로잡아야겠어.'

지금으로서는 병실에서 어머니가 동네 친구 분들과 함께 계시는 모습을 보는 것이 좋았다. 모두 어머니와 동년배였다. 어머니는 친구들에게 가녀린 목소리로 자랑했다.

"자식들이 내가 여기에 있기를 원해."

어머니는 나를 가리키며 말하기도 했다.

"엘레나는 유명한 작가야. 타소 가에 사는데 집에서 바다가 보여. 엘레나 아이를 좀 봐. 너무 예쁘지? 이름이 나처럼 임마콜라타야."

어머니의 지인들이 조그만 소리로 어머니가 잠드셨다면서 떠나가면 나는 곧바로 방에 들어가 어머니의 상태를 확인하고는 임마를 데리고 복도로 나왔다. 복도 공기가 그나마 더 상쾌하게 느껴졌기 때문이었다. 나는 어머니의 무거운 숨소리를 듣기 위해 일부러 병실 문을 열어두었다. 어머니는 사람들이 방문하고 나면 지쳐서 종종 깊은 잠에 빠져 꿈을 꾸며 신음하곤 했다.

가끔 일이 쉽게 풀리는 날도 있었다. 카르멘이 어머니에게 인사하고 싶다는 핑계로 나를 자기 차로 병원까지 바래다줄 때가 그랬다. 알폰소도 마찬가지였다. 물론 그들이 병원을 방문하는 것은 나에 대한 애정을 표시하기 위함이었다. 카르멘과 알폰소는 어머니에게 예의 바르게 인사하고 때에 따라서 병실이 편하다거나 손녀가 예쁘다는 칭찬으로 어머니를 기쁘게 한 다음에는 내내 나와 함께 복도에 앉아 수다를 떨었다. 아니면 병원 밖에 주차해 놓고 내가 제시간에 데데와 엘사를 데리러 학교에 갈 수 있게 차 안에서 나를 기다렸다.

카르멘이나 알폰소와 보내는 아침시간은 기억에 남고 흥미로웠다. 두 친구와 있다 보면 몰락을 앞둔 어머니의 고향과 릴라의 영향 아래 발전하고 있는 고향이 서로 가까워지는 느낌이었다.

나는 카르멘에게 릴라가 내 어머니를 위해 한 일을 들려주었다. 카르멘은 만족스러워하면서 말했다.

"누가 리나를 막을 수 있겠어."

카르멘은 릴라에게 무슨 신통한 능력이라도 있는 것처럼 말했다. 어머니가 진료를 받을 동안 알폰소와 함께 깨끗한 병원 복도에서 15분 남짓한 시간을 보내면서 나는 더 많은 사실을 알게 됐다. 알폰소도 언제나처럼 릴라에 대한 고마운 마음을 표현하는 데 열을 올렸다. 내가 충격을 받은 것은 그가 처음으로 자신의 정체성에 대해 가감 없이 말했기 때문이었다. 알폰소가 말했다.

"리나는 내게 전도유망한 일을 가르쳐줬어."

알폰소가 말했다.

"리나가 없었으면 나는 뭐가 됐을까. 아마 보잘것없는 존재가 됐을 거야. 평생 성취감을 맛보지 못했을 거야. 그저 살아 숨 쉬는 고깃덩이에 지나지 않았을 거야."

알폰소는 릴라와 마리사를 비교했다.

"나는 마리사와 헤어졌어. 어차피 마리사는 마음 내키는 대로 바람을 피우고 다녔으니까. 자기 아이들에게 내 성을 물려주었는데도 내게 화가 나 있었어. 예전에도 그랬고 지금도 나를 괴롭혀. 내 얼굴에 수없이 침을 뱉었어. 마리사는 내가 자기를 속였대."

알폰소가 변명했다.

"속이다니, 레누. 너는 지성인이니까 나를 이해할 수 있을 거야. 제일 크게 속은 사람은 바로 나야. 나 자신에게 속았거든. 리나가 도와주지 않았다면 나는 평생 그렇게 살다 죽었을 거야."

알폰소의 눈가가 촉촉해졌다.

"리나가 내게 준 최고의 선물은 내가 명확하게 판단을 내릴 수 있게 해준 일이야. 리나는 내가 여자의 맨발을 스칠 땐 아무것도 느낄 수 없지만 남자의 맨발을 만지고 싶은 욕망에 죽을 것 같다고 말할 수 있게 해줬어. 그의 손을 쓰다듬고 손톱깎이로 그의 손톱을 다듬어주고 거뭇한 여드름을 짜주고 싶다고 말할 수 있게 해줬어. 무도회장에서 그에게 왈츠를 출 줄 알면 내게 춤을 청해 달라고, 내게 얼마나 리드를 잘 하는지 보여 달라고 말할 수 있게 해줬어."

알폰소는 머나먼 과거 이야기를 꺼냈다.

"너랑 리나가 우리 집에 와서 아버지에게 인형을 돌려달라고 했던 일을 기억해? 그때 아버지가 나를 부르면서 비아냥댔지. '알폰소! 네가 인형을 가져간 게냐?' 아버지가 그렇게 말했던 건 내가 가

문의 수치였기 때문이었어. 내가 누나 인형을 가지고 놀고 어머니의 목걸이를 하고 다녔거든."

알폰소는 내가 이미 모든 것을 알고 있는 것처럼 이야기를 이어나갔다. 자기의 정체성에 대해 누군가 말할 대상이 필요한 것 같았다.

"어렸을 때부터 나는 다른 사람들이 생각하는 것과는 달랐어. 물론 내가 생각하는 것과도 달랐지. 나는 속으로 생각하곤 했어. '내 안에는 뭔가 다른 것이 있어. 이름조차 없는 어떠한 존재가 내 혈관 속에 숨어서 기다리고 있어.' 하지만 나는 그게 무엇인지 몰랐어. 무엇보다도 그 존재가 나 자신이라는 사실을 몰랐어. 그러다 리나가 내게 억지로 리나 모습의 일부를 취하게 한 거야. 달리 뭐라 표현해야 할지 모르겠어. 리나가 어떤지 잘 알잖아. 리나는 이렇게 말했어. '이것부터 한번 해봐. 어떻게 되는지 한번 보자.' 그렇게 해서 우리는 섞이기 시작했어. 정말 재미있었어. 이제 나는 예전의 나도 아니고 리나도 아니야. 조금씩 뚜렷한 형태를 갖춰가는 완전히 다른 사람이 된 거야."

알폰소는 내게 마음을 털어놓을 수 있어 기뻐했고 나 역시 마찬가지였다. 그 순간 우리 사이에 새로운 신뢰 관계가 형성됐다. 학창 시절 집까지 함께 걸어오면서 생겼던 신뢰와는 또 다른 감정이었다. 나는 카르멘과도 더 가까워진 것을 느꼈다. 그러다 카르멘과 알폰소 둘 다 각자 표현은 다르게 했지만 내게 더 많은 것을 바라고 있다는 사실도 알게 되었다. 나는 두 사건을 통해 그 사실을 알게 되었는데 두 번 다 마르첼로가 병원에 왔을 때였다.

내 동생 엘리사와 조카 실비오는 평소 도메니코라는 노인이 운전하는 차를 타고 병원에 왔다. 도메니코는 두 모자를 병원에 데려다주고 가는 길에 아버지를 동네까지 태워다주곤 했다.

가끔은 마르첼로가 직접 엘리사와 실비오를 바래다주기도 했다. 어느 날 아침 마르첼로가 병원에 왔을 때 나는 마침 카르멘과 함께 있었다. 나는 둘 사이에 긴장감이 감돌 것이라고 생각했다. 그러나 둘은 특별히 반가워하지는 않았지만 그렇다고 서로 가시를 곤두세우지 않고 평범하게 인사를 나눴다. 그런데 카르멘이 주인이 손짓만 해도 당장 달려갈 것 같은 애완동물 같은 태도로 마르첼로의 곁을 맴돌았다. 우리 둘만 남게 되자 카르멘은 신경이 잔뜩 날카로워져서는 낮은 목소리로 자기는 솔라라 형제를 증오하지만 파스콸레를 위해 그들에게 최대한 친근하게 굴 수밖에 없다고 털어놓았다. 카르멘은 탄식했다.

"정말 힘들어, 레누! 나는 그들을 증오해. 모가지를 비틀어 죽여버리고 싶어. 어쩔 수 없어서 그러는 거야."

카르멘은 내게 물었다.

"네가 나라면 어떻게 하겠니?"

알폰소와 함께 있을 때도 비슷한 일이 일어났다. 어느 날 아침 알폰소가 나를 병원에 데려다주었는데 중간에 마르첼로가 나타났다. 알폰소는 그를 보기만 해도 두려워했다. 그렇다고 마르첼로가 평소와 다르게 행동한 것도 아니었다. 마르첼로는 내게는 정중하지만 차갑게 인사를 하고 알폰소에게는 그가 기계적으로 내민 손을 못 본척하고 고개만 까딱했다. 괜한 충돌을 피하기 위해 나는 임마에게 젖을 먹여야 한다는 핑계로 알폰소를 복도로 끌고 나왔다. 병실에서 나오자 알폰소가 투덜거렸다.

"혹시 내가 살해당한다면 범인은 마르첼로라는 것을 기억해줘."

내가 말했다.

"말이 지나치잖아."

알폰소는 긴장한 나머지 동네에서 기꺼이 자기를 죽일 만한 사람들의 이름을 나열하기 시작했다. 그 가운데 내가 아는 사람도 있었고 모르는 사람도 있었다. 그의 명단에는 그의 형 스테파노도 있었다. 알폰소는 웃으면서 말했다.

"형이 내 아내랑 같이 자는 것은 단지 우리 가족들이 다 게이가 아니라는 사실을 증명하기 위해서야."

리노의 이름도 나왔다. 알폰소는 이때도 웃으면서 말했다.

"내가 자기 동생과 닮아간다는 것을 알고 나서부터는 리나에게 감히 못할 짓을 내게 하고 싶어 해."

하지만 명단의 일 순위는 누가 뭐래도 마르첼로였다. 알폰소 말로는 자기를 가장 증오하는 인간은 마르첼로라고 했다.

알폰소는 만족감과 불안감이 뒤섞인 말투로 말했다.

"마르첼로는 나 때문에 미켈레가 미친 거라고 생각해."

알폰소는 키득거렸다.

"리나는 내가 자기를 닮아가도록 나를 유도했어. 내가 자기를 닮으려고 애쓰는 게 좋았던 거야. 내가 자신의 모습을 어떤 식으로 왜곡하는지 보는 게 좋았던 거야. 그 왜곡이 미켈레에게 끼친 영향도 마음에 들었을 테고. 사실 나도 그래."

알폰소는 말을 멈추고 내게 물었다.

"너는 어떻게 생각해?"

나는 알폰소의 말에 귀를 기울이면서 임마에게 젖을 먹였다. 알폰소와 카르멘은 내가 나폴리로 이사 와서 우리가 가끔 만나는 것만으로는 만족하지 않았다. 둘은 내가 고향에 완전히 동화되기를 원했다. 내가 수호신처럼 릴라를 보좌해주기를 바랐다. 그들은 나와 릴라에게 때로는 협력하고 때로는 경쟁하면서 자기들을 언제나 곤경에서 구해주는 신처럼 행동해달라는 무언의 압력을 보내고 있었다. 평소에 나는 자신들의 일에 더 관여해주길 바라는 그들의 요청이 부당한 압박으로 느껴졌다. 릴라도 나름대로 내게 항상 그런 압력을 행사하곤 했었다. 하지만 그날만큼은 내 마음이 움직였다. 나는 알폰소의 목소리에 동네 사람들에게 나를 자신의 가장 중요한 부분인 것처럼 자랑스럽게 소개하는 내 어머니의 힘겨운 목소리가 겹쳐지는 것을 느꼈다. 나는 임마를 품에 꼭 껴안고 바람을 막아주려고 포대기를 여몄다.

66

병원에 찾아오지 않은 사람은 니노와 릴라뿐이었다. 니노는 처음부터 선을 그었다.

"다시는 그 카모라 자식을 보고 싶지 않아. 어머님 일은 유감이야. 꼭 안부 전해드려줘. 하지만 너를 바래다줄 수는 없어."

가끔은 니노가 사라지려고 핑계를 대는 것 같았다. 하지만 그보다는 자기가 내 어머니를 위해 발 벗고 나섰는데 나나 내 가족이 결국에는 마르첼로의 말을 들어서 마음이 상한 것 같았다. 나는 니노에게 문제가 복잡하다고 했다.

"마르첼로 때문이 아니야. 어머니를 만족시키기 위해 그렇게 한 거였어."

니노는 여전히 툴툴거렸다.

"이런 식이라면 나폴리는 절대 바뀔 수 없어."

릴라는 어머니를 사설 클리닉으로 옮긴 일에 대해 한마디도 하지 않았다. 릴라는 출산이 임박했는데도 여전히 나를 도와주었다. 나는 그런 릴라에게 죄책감을 느꼈다.

"나 때문에 너무 걱정하지 마. 네 몸부터 챙겨야지."

"괜찮아."

릴라는 장난기와 불안감이 뒤섞인 표정으로 자기 배를 가리키면서 말했다.

"아이는 늦게 나올 거야. 나도 낳을 생각이 없고 아이도 나올 생각이 없어."

릴라는 필요할 때마다 바로 나에게 달려와 주었다. 물론 카르멘이나 알폰소처럼 나를 병원에 데려다주지는 않았다. 그렇지만 데데와엘사가 열이 나서 학교에 못 가게 될 때마다(임마가 태어난 후 약 3주 동안은 날이 추운 데다 비까지 와서 아이들이 자주 아팠다) 기꺼이 나서주었다. 릴라는 엔초와 알폰소에게 회사를 맡기고 타소 가까지 올라와 세 아이를 돌봐주었다.

나는 릴라가 내 아이들을 돌봐주는 게 좋았다. 아이들이 릴라와보내는 시간은 언제나 유익했다. 릴라는 데데와 엘사를 막내와 친해지게 하는 방법을 알았다. 데데에게 책임감을 키워주고 엘사를 통제할 줄도 알았다. 미렐라처럼 아이가 울 때마다 젖꼭지를 입에 물리지 않고도 임마의 울음을 잠재울 줄도 알았다.

유일한 문제는 니노였다. 내가 혼자 있을 때는 항상 바쁜 니노가하필 릴라가 세 아이와 있을 때 기적적으로 시간을 내 나를 도와주러 집에 오기라도 할까봐 두려웠다. 그런 생각 때문에 마음속 깊은곳은 잠시도 편안하지 않았다. 릴라가 도착하면 나는 릴라에게 온갖당부를 늘어놓았고 병원 전화번호를 써주고 이웃집 안토넬라에게급할 때 연락을 달라고 부탁한 뒤 카포디몬테를 향해 달려갔다.

나는 어머니와 함께 한 시간 이상 시간을 보내지 못하고 아이에게 젖을 주고 식사를 준비하기 위해 도망치듯 길을 나서야 했다. 가끔은 집에 들어가는 순간 니노와 릴라가 함께 있는 모습을 발견하는 상상을 하곤 했다. 둘이 예전에 이스키아 섬에서 그랬던 것처럼 서로 마음을 터놓고 대화를 나누고 있을 것 같았다. 물론 그보다 더 심한 상상도 했지만 그럴 때는 나 스스로도 끔찍해하면서 생각을 떨쳐냈다.

하지만 그보다 더 끈질기게 나를 괴롭히는 두려움은 따로 있었다. 운전하면서 생각하다보면 그 일이야말로 실제로 일어날 가능성이 가장 큰 것 같았다. 그 일은 바로 니노가 집에 있을 때 릴라의 산통이 시작되는 것이었다. 나는 겁이 나 죽겠으면서도 분별력 있는 어른 흉내를 내는 데데와 그 틈을 타 뭐라도 훔쳐보려고 릴라의 가방을 뒤지고 있는 엘사와 배고픔과 기저귀 때문에 생긴 발진으로 괴로워서 흐느껴 우는 임마를 요람에 내버려두고 니노가 급히 릴라를 병원까지 데려다주는 장면을 상상했다.

실제로 이와 비슷한 일이 일어나기는 했지만 니노와는 아무 상관이 없었다. 어느 날 아침, 시간에 맞춰 30분 만에 집으로 돌아와 보니 릴라가 없었다. 산통이 시작된 것이다. 나는 걱정이 되어 견딜 수가 없었다. 릴라는 사물이 진동하면서 형태가 망가지는 순간을 참지 못했다. 릴라는 어떤 고통도 힘들어했고 언어가 의미를 잃고 공허해지는 순간을 끔찍해했다. 그런 릴라를 알기에 나는 릴라가 고통을 잘 견뎌내기를 빌었다.

## 67

나는 릴라의 출산에 대해 두 사람에게서 이야기를 들었다. 하나는 릴라에게 들었고 다른 하나는 산부인과 의사에게 들었다. 여기에서는 두 이야기를 내 나름대로 요약해보겠다.

릴라가 출산한 날에는 비가 내렸다. 임마가 태어난 지 20일이 지났고, 어머니가 병원에 입원한 지는 2주가 지났을 때였다. 그즈음 어머니는 나를 못 보면 불안해하면서 아이처럼 울음을 터뜨리곤 했다. 데데에게 미열이 있었는데 엘사는 자기가 언니를 돌보겠다고 고집을 부리며 학교에 가지 않겠다고 했다. 카르멘도 알폰소도 상황이 여의치 않아 나는 결국 릴라에게 전화를 했다. 나는 평소처럼 전제조건을 달았다.

"몸이 좋지 않거나 할 일이 있으면 오지 않아도 괜찮아. 내가 다른 방법을 찾아볼게."

릴라는 평소와 다름없이 자기는 멀쩡하다고 했다. 사장이 하는 일이라는 게 원래 다른 사람에게 할 일을 정해주는 것이니 자기는 마음껏 시간을 쓸 수 있다고 장난스럽게 말했다. 릴라는 데데와 엘사를 사랑했다. 하지만 릴라가 가장 좋아하는 것은 아이들과 함께 임마를 돌보는 것이었다. 이는 네 명 모두를 즐겁게 하는 놀이였다.

"지금 바로 갈게."

릴라가 말했다.

나는 늦어도 한 시간 안에 릴라가 도착할 것이라고 생각했는데 의외로 한참을 기다려도 릴라가 나타나지 않았다. 나는 조금 더 기다려보다가 릴라가 약속을 꼭 지킬 것이라고 믿었기에 이웃집 안토넬라에게 곧 릴라가 도착할 거라면서 아이들을 맡긴 다음 서둘러 병원으로 향했다.

릴라가 늦은 것은 뭔가 전조를 느꼈기 때문이었다. 산통은 시작되지 않았지만 릴라는 몸이 좋지 않았다. 결국 만약을 대비하기 위해 릴라는 엔초를 거느리고 우리 집까지 왔다. 현관에 미처 들어서기도 전에 첫 진통이 시작됐다. 릴라는 바로 카르멘에게 전화를 걸어 당장 우리 집에 와서 이웃집 여자를 도우라고 명령했다. 엔초는 그런 릴라를 우리를 담당했던 산부인과 의사가 일하는 병원으로 태우고 갔다. 고통은 갑자기 격렬해졌지만 결정적이지는 않았다. 결국 릴라는 16시간이나 산통한 끝에 아이를 낳았다.

릴라는 재미있는 에피소드를 들려주는 것처럼 내게 당시 상황을 이야기해주었다.

"첫 아이 때만 아프고 다음부터는 훨씬 쉽다는 말은 다 거짓말이야. 출산은 항상 고통스러운 거야."

릴라는 냉정하면서도 재치 있게 말했다. 릴라는 태내에 있는 아이를 보호하려는 마음과 내쫓고 싶은 마음이 공존하는 것이 말이 안 되는 것 같다고 했다.

릴라는 말했다.

"9개월간의 극진한 환대가 배 속의 손님을 거칠게 내쫓고 싶은 욕망과 공존하다니 정말 어이없지 뭐야."

릴라는 그 모순적인 구조에 화를 내면서 고개를 가로저었다.

"정말 미친 짓이야."

릴라가 표준어로 외쳤다.

"네 육체가 네 자신에게 저항하는 거야. 아니 그 정도가 아니라 네 육체가 네게 가장 끔찍한 고통을 선사할 최악의 원수가 되는 거야."

릴라는 몇 시간 동안 배 안에서 서늘하게 날이 선 화염을 느꼈다고 했다. 배 속 깊숙한 곳을 고통스레 헤집어 놓다가 신장이 내려앉을 것처럼 고통스러웠고 참을 수 없는 통증도 느꼈다고 했다.

"넌 거짓말쟁이야."

릴라가 짓궂게 말했다.

"대체 뭐가 아름다운 경험이라는 거야?"

릴라는 다시는 임신하지 않겠다고 맹세했다. 이번에는 진심이었다. 하지만 산부인과 의사는 릴라가 지극히 평범하게 출산했다고 했다. 하루는 니노가 의사와 의사의 남편을 저녁식사에 초대했는데 그때 의사는 릴라의 출산을 두고 다른 여자라면 호들갑을 떨지 않고 아이를 낳았을 만한 상황이었다고 했다. 문제는 릴라의 머리가 너무 복잡한 데 있다면서 그런 릴라 때문에 너무 힘들었다고 했다.

"지금 정확히 반대로 하고 있어요!"

출산을 돕던 의사는 릴라를 꾸짖었다.

"아이를 밀어내야 하는데 힘을 반대로 주고 있잖아요. 자, 힘을 줘봐요! 아이를 밀어내란 말이에요!"

의사는 릴라가 자신의 피조물을 세상에 내놓지 않으려고 안간힘을 쓰는 것 같았다고 했다. 어느새 의사는 릴라에게 노골적인 적대감을 품고 있었는데 그날 저녁 우리 집에서는 그런 자신의 감정을 숨기려 하지 않았다. 특히 니노에게는 공모자 같은 태도로 릴라에 대한 적의를 한층 적나라하게 드러냈다.

출산을 돕던 릴라는 온 힘을 다해 아이가 나오지 못하도록 아이를 배 속에 붙잡고 있으면서 숨을 헐떡였다.

"배를 갈라줘요! 나는 도저히 못 하겠으니까 당신이 꺼내줘요!"

그런데도 할 수 있다고 계속 의사가 릴라를 독려하자 릴라는 의사에게 험한 욕설을 퍼부었다고 했다. 의사는 릴라의 온몸이 땀에 흠뻑 젖었다고 했다. 넓은 이마 아래로 눈에 핏줄이 다 터진 채 악을 썼다고 했다.

"그렇게 말로만 지껄이면서 이래라저래라 명령하지만 말고 내 상황이 되어보란 말이야, 이 바보 같은 년아! 할 수 있으면 당신이 이 아이를 좀 내보내 줘! 아이가 나를 죽일 것 같아!"

나는 기분이 상해서 의사에게 쏘아붙였다.

"그런 이야기까지 하면 안 되는 거 아닌가요?"

의사는 한층 더 격앙된 어조로 외쳤다.

"친구들끼리 있으니 하는 말이에요."

의사는 기분이 상했는지 갑자기 사무적인 말투로 말했다. 의사는 뭔가 어색한 듯한 진지한 태도로 우리가 정말 릴라를 좋아한다면 (물론 여기서 우리란 니노와 나를 말한다) 릴라가 정말 좋아하는 일에 집중할 수 있도록 릴라를 도와줘야 한다고 했다. 그렇지 않으면 춤추는 것처럼 가만히 있지 못하는 릴라의 불안한 머리가 (그렇다. 의사는 그렇게 말했다) 릴라뿐만 아니라 릴라 주변에 있는 모든 사람을 곤란하게 만들 거라고 했다. 의사는 그날 분만실에서 자연의 섭리에 반하는 투쟁, 즉 어머니와 아이의 끔찍한 싸움을 목격했다는 말을 되풀이했다.

"정말이지 기분 나쁜 경험이었어요."

의사가 말했다.

그렇게 태어난 릴라의 피조물은 여자아이였다. 모두의 예상을 뒤엎고 아들이 아니라 딸이 태어난 것이다. 내가 병원에 가자 릴라는 정신을 잃을 정도로 지쳐 있었는데도 내게 자랑스럽게 자기 딸을 보여주었다.

"엄마는 태어났을 때 몇 킬로였어?"

릴라가 물었다.

"3.2킬로."

"눈치아는 거의 4킬로나 돼. 배가 별로 나오지도 않았는데 아이가 이렇게나 커."

릴라는 정말 아이에게 자기 어머니 이름을 붙였다. 엔초의 친척들의 성질과 젊었을 때보다 더 불같아진 페르난도 아저씨의 성질을 건드리지 않기 위해 아이에게 동네 성당에서 세례를 받게 한 뒤에 베이직 사이트 본사에서 성대한 파티를 열었다.

68

아이들이 태어나자 우리는 더 많은 시간을 함께 보내게 되었다. 릴라와 나는 서로 통화도 하고 두 갓난아이를 데리고 함께 산책도 했다. 우리 이야기가 아닌 아이들 이야기를 끊임없이 나눴다. 적어도 우리가 느끼기에는 그랬다. 실제로도 서로의 아이에게 세심하게 관심을 기울이면서 우리 관계는 예전보다 풍요롭고 완전해졌다. 우리는 한 아이의 건강과 질병이 다른 아이의 건강과 질병을 선명하게 비추는 거울이라도 되는 것처럼 임마와 눈치아를 모든 면에서 비교했다. 그렇게 함으로써 우리는 두 아이의 건강을 지키고 병에 걸릴 위험을 없애기 위해 언제라도 행동할 수 있는 태세를 갖췄다.

우리는 아이들을 건강하게 키우는 데 좋고 유용한 모든 정보를 공유했다. 누가 아이들에게 가장 좋은 유아식을 발견하고 더 편한 기저귀를 찾고 기저귀 발진에 가장 효과 있는 로션을 찾는지 선의의 경쟁을 벌였다.

릴라는 언제부턴가 눈치아를 눈치아티나의 애칭인 티나라고 불렀다. 릴라는 티나에게 예쁜 옷을 사줄 때마다 잊지 않고 임마 것까지 챙겼다. 나도 형편이 허락하는 한 그렇게 했다.

"이 우주복이 티나에게 너무 잘 어울려서 임마 것도 같이 샀어."

릴라는 이렇게 말하곤 했다.

"이 신발이 티나에게 너무 잘 어울려서 임마 것도 샀어."

"그거 알아?"

어느 날 내가 웃으면서 말했다.

"네가 네 딸에게 내 인형 이름을 붙였다는 거 말이야."

"무슨 인형?"

"티나 말이야. 기억 안 나?"

릴라는 머리가 아픈 것처럼 이마를 매만졌다. 릴라가 말했다.

"그러네. 일부러 그런 건 아니야."

"예쁜 인형이었어. 내겐 정말 소중했었는데."

"내 딸이 더 예뻐."

몇 주가 지나자 어느덧 여기저기서 향긋한 봄 내음이 솔솔 풍겼다. 어느 날 아침 어머니의 상태가 악화되어 모두 공황상태에 빠졌다. 동생들이 보기에도 사설 클리닉 의사들의 실력으로는 해결될 것 같지 않았는지 어머니를 다시 국립병원으로 옮기자는 말이 나왔다. 나는 니노에게 예전에 어머니를 치료해준 적이 있고 니노의 장인 장모와도 안면이 있는 교수들을 통해 어머니를 일반병동 대신 1인실에 입원시켜줄 수 있는지 알아봐달라고 부탁했다. 니노는 그런 식으로 인맥을 활용하거나 감정에 호소하는 일에 자신은 반대한다면서 공공 기관에서는 모두가 공평하게 대우받아야 한다고 했다. 니노는 기분이 상한 듯 투덜거렸다.

"우리나라 사람들은 병원에 입원하기 위해서조차 무슨 비밀 결사단 같은 데 가입하거나 카모라에게 부탁해야 한다는 생각부터 고쳐 먹어야 한다니까."

물론 니노는 내가 아니라 마르첼로에게 화가 난 것이었지만 불쾌하기는 마찬가지였다. 하지만 고통을 심하게 느끼시는 어머니가 단한 시간이라도 국립병원의 병동에 있는 것보다는 차라리 편안하게 죽는 편이 좋겠다는 의사를 확실히 하지 않았다면 결국 니노도 나를 도와주었을 것이다.

어느 날 아침 마르첼로는 다시 한번 우리 모두를 놀라게 했다. 예전에 어머니를 치료하던 전문의 가운데 한 의사를 사설 클리닉까지 데리고 온 것이다. 국립병원에서는 무뚝뚝하던 그 교수는 어머니를 너무나 친절하게 대했고 그날 이후 자주 병동을 찾았다. 그가 올 때마다 사설 클리닉 의사들은 그를 공손하게 맞이했고 어머니의 상태도 호전됐다.

얼마 지나지 않아 병원 상황이 다시 복잡해졌다. 그때 어머니는 남아 있는 힘을 모두 끌어 모아 모순적이지만 어머니가 보기에는 똑같이 중요한 일을 두 가지 처리했다. 그즈음 릴라는 이런저런 방법으로 페페와 잔니를 위해 바이아노에 있는 고객사에 일자리를 주선해주었다. 하지만 페페와 잔니는 그 일자리에 별 관심을 보이지 않았다. 어머니는 내 친구의 관대함에 천 번 만 번 축복을 내리면서 두 아들을 불러들였다. 어머니는 동생들과 오랫동안 대화를 나누면서 잠시나마 예전의 모습을 되찾았다. 어머니는 분노에 가득 찬 눈빛으로 동생들을 쏘아보면서 릴라가 주선해준 일자리를 받아들이지 않으면 저승에서도 그들을 쫓아다니면서 괴롭히겠다고 위협했다. 한마디로 어머니는 두 동생 눈에서 눈물을 쏙 빼놓고 동생들을 순한 양으로 만들어놓았다. 어머니는 동생들이 당신 말에 복종할 거라는 확신이 들 때까지 둘을 놓아주지 않았다.

그런 다음 어머니는 이와 정확히 반대되는 일에 착수했다. 어머니는 마르첼로를 불러들였다. 방금 전에는 마르첼로에게서 페페와 잔니를 빼앗아놓고서 지금은 마르첼로에게 자신이 영원히 눈을 감기 전에 막내딸과 결혼할 것을 엄숙히 맹세하게 했다. 마르첼로는 어머니를 안심시켰다. 자기와 엘리사가 결혼식을 미룬 것은 어머니의 건강이 나아지기를 기다렸기 때문이라고 했다. 이제 어머님이 완쾌할 날도 얼마 남지 않았으니 당장 혼인 신고에 필요한 서류를 준비하겠다고 했다. 어머니의 얼굴은 그제야 환해졌다.

어머니는 릴라가 가진 힘과 마르첼로가 가진 힘이 다르다고 생각하지 않았다. 어머니는 양쪽에 똑같은 압력을 행사했고 그 결과 어머니에게는 세상의 전부인 고향에서 가장 중요하다고 생각하는 사람들에게 자식들의 안위를 보장받아 그저 행복할 뿐이었다.

어머니는 평화로운 기쁨 속에서 이틀을 더 버텼다. 나는 어머니가 사랑해 마지않는 데데를 어머니에게 데려갔다. 임마도 어머니 품에 안겨드렸다. 어머니는 평소 별로 좋아하지 않던 엘사까지 다정하게 대했다. 나는 어머니를 가만히 바라보았다. 100세도 아니고 이제 겨우 예순인데 어머니는 얼굴이 쭈글쭈글한 반백의 노인이 다 돼 있었다.

나는 처음으로 세월의 힘을 실감했다. 세월은 이제 나도 마흔의 문턱으로 이끌고 있었다. 세월의 속도에 삶이 마모되고 죽음의 가능성도 구체화되고 있었다. 나는 생각했다.

'어머니에게 일어나는 일이라면 언젠가는 나에게도 일어날 거야. 피할 수 없어.'

임마가 태어난 지 두 달이 조금 지난 어느 날 아침 어머니가 내게 가냘픈 소리로 말했다.

"레누, 이제 나는 정말로 행복하구나. 이제 내 걱정은 너밖에 없다. 하지만 너는 너니까. 너는 언제나 네가 원하는 대로 상황을 바로잡았지. 그러니 나는 너를 믿는다."

어머니는 그대로 잠이 든 후 혼수상태에 빠졌다. 어머니는 그 상태로 며칠을 더 버텼다. 죽고 싶지 않았던 것이다. 임마와 함께 어머니 병동에 있는데 어머니의 고통스러운 숨소리가 멈추지 않았던 것이 기억난다. 그 소리는 병원에서 들리는 일상적인 소리의 일부가 된 것 같았다. 아버지는 그 소리를 참지 못해 그날은 울면서 집에 계셨다.

엘리사는 실비오에게 바람을 쐬주러 뜰로 나갔고 내 남동생들은 어머니 병실에서 얼마 떨어지지 않은 작은 방에서 담배를 피우고 있었다. 나는 침대시트 밑으로 드러난 밋밋한 굴곡을 오랫동안 바라보았다. 부담스러울 만큼 거대했던 어머니가 이제는 거의 사라질 것 같았다. 나는 어머니의 무게 때문에 평생을 거대한 바위에 눌린 벌레처럼 살아왔다. 나는 그런 어머니에게 보호와 억압을 동시에 받았다. 나는 이제 그만 어머니가 헐떡거리지 않기를 바랐다. 지금 당장 그렇게 되기를 빌었다.

놀랍게도 내 바람은 현실이 됐다. 갑자기 병실에 정적이 흘렀다. 나는 잠시 기다렸다. 일어나서 어머니 곁으로 다가갈 힘이 없었다. 그때 임마가 입술을 오물오물 빨면서 정적을 깨뜨렸다. 나는 의자에서 일어나 침대로 다가갔다. 우리 둘, 그러니까 나와 잠결에도 아직 자신이 내 몸의 일부인 것처럼 느끼고 싶어 내 젖가슴을 열심히 찾는 내 아이는, 그 병든 공간에서 어머니가 남긴 것 가운데 유일하게 건강하고 살아 숨 쉬는 것이었다.

마침 그날 나는 어머니가 20년도 더 지난 먼 옛날에 내게 선물해준 팔찌를 차고 있었다. 평소에는 시어머니 취향인 세련된 장신구를 착용했기 때문에 정말 오랜만에 그 팔찌를 찬 것이었다. 그날 이후 나는 어머니에게 받은 그 팔찌를 자주 찼다.

## 69

나는 좀처럼 어머니의 죽음을 받아들일 수 없었다. 눈물 한 방울 흘리지 않았지만 어머니의 죽음에 따른 고통은 오래갔다. 아니 사실 아직도 그 고통이 완전히 사라지지 않은 것일지도 모른다. 나는 어머니가 무디고 속된 사람이라고 생각했다. 나는 그런 어머니를 두려 워했고 그런 어머니에게서 도망치려고 했다. 그런데 어머니의 장례 식을 마치고 나니 갑작스럽게 불어온 거센 비바람에 주변을 둘러 봐 도 피할 곳이 하나도 없는 것 같은 느낌이 들었다.

몇 주 동안 밤낮 할 것 없이 어머니의 모습이 눈앞에서 아른거리 고 어머니의 목소리가 귓가에 맴돌았다. 어머니의 모습은 내 상상 속에서 심지 없이 타오르는 수증기 같았다.

어머니를 간호하던 때가 그리웠다. 그때 우리는 처음으로 서로 다 른 방식으로도 함께할 수 있다는 사실을 알게 됐었다. 나는 내가 어 렸을 적 젊었던 어머니와 좋았던 추억을 떠올리면서 그때의 느낌을 계속 간직하려 했다. 내 죄책감은 어머니를 붙잡아두고 싶어 했다. 나는 서랍에 어머니의 머리핀이며 손수건, 가위 등을 넣어두었지만 그것만으로는 충분치 않았다. 팔찌도 마찬가지였다. 임신 중에 엉덩 이께의 통증이 재발해 임마를 낳고 나서도 사라지지 않았는데도 병 원에 가지 않은 것도 아마 그런 이유에서였던 것 같다. 나는 그 통증 을 어머니가 내 몸에 남기고 간 유산처럼 키웠다.

어머니가 임종 직전에 내게 한 말("너는 너니까. 그러니 나는 너 를 믿는다")도 오랫동안 뇌리에서 떠나지 않았다. 어머니는 타고난 내 성향과 내가 받아온 교육을 고려할 때 나라면 그 어떤 일에도 흔들리지 않을 것이라고 믿으며 돌아가셨다. 이런 생각은 나의 내면에 영향을 미쳤고 궁극적으로 내게 도움이 되었다.

나는 어머니가 나를 제대로 봤다는 사실을 증명해보이기로 마음먹었다. 나는 다시 나 자신을 열심히 돌보기 시작했다. 자투리 시간을 활용해 책을 읽고 글을 썼다. 나는 지엽적인 정치적 현안에 완전히 흥미를 잃었다. 아무리 애를 써도 다섯 개의 정당과 공산당 사이에 벌어진 싸움에 얽힌 음모에 관심이 가지 않았다. 그것은 니노의 전문 분야였다.

그 대신 나는 부패와 폭력 속에 표류하는 이탈리아의 상황에 관심을 가지고 이를 예의 주시했다. 페미니즘 관련 서적도 꾸준히 읽었다. 두 번째 책의 성공에 힘입어 여성독자를 겨냥해서 새로 창간한 잡지에 기사를 제안하기도 했다. 하지만 솔직히 말하면 나는 새 소설 작업이 꽤 진척되었다는 사실을 밀라노 출판사가 믿게 하는 데 가장 많은 기력을 쏟아부었다.

2년 전 나는 새 책에 대한 선금으로 꽤 많은 계약금의 절반을 미리 받았지만 그동안 작업을 거의 하지 못했다. 나는 아직도 이야깃거리를 찾아 헤매고 있었다. 책임지고 나에게 후한 선금을 준 밀라노 출판사의 편집장은 그동안 내게 한 번도 부담을 주지 않았다. 그는 언제나 조심스럽게 작업이 어느 정도 진행되었는지 물었고 내가 사실대로 말하기 부끄러워 대답을 회피하면 그마저도 받아주었다.

그러던 어느 날 불쾌한 사건이 일어났다. 『코리에레 델라 세라』지가 어느 정도 성공을 거둔 신인 작가의 데뷔작을 칭찬해준 다음 후속 작품을 내놓지 못하고 사라진 이탈리아 문학의 신예들을 살짝 비아냥대는 내용의 기사를 실은 것이다. 그중에는 내 이름도 있었다.

그로부터 며칠 후 편집장이 나폴리에 나타났다. 권위 있는 학회에 참석차 왔다면서 나와 만나기를 원했다.

편집장의 목소리가 심각했기에 나는 불안했다. 그를 안 지 거의 15년이나 됐는데 그는 그동안 한 번도 자신의 지위를 이용해 내게 부담을 준 적이 없었다. 시어머니에게 맞서 내 편을 들어주었고 나를 항상 정중하게 대했다. 나는 짐짓 명랑하게 그에게 타소 가에 있는 집에서 함께 저녁식사를 하자고 했다. 마음이 불안하고 힘들었지만 편집장을 초대한 이유는 마침 니노가 에세이집 출간을 제의하고 싶어 했기 때문이기도 했다.

편집장은 정중했지만 다정하지는 않았다. 내게 어머니에 대한 조의를 표하고 임마를 칭찬했다. 데데와 엘사에게는 알록달록한 그림이 그려진 책을 두 권 선물했다. 편집장은 내가 저녁식사를 준비하고 아이들을 돌보는 척하는 동안 니노가 그의 말동무를 빙자해 자기 책 이야기를 꺼내도록 술수를 부리는 데도 인내심을 가지고 기다려주었다. 디저트 차례가 되었을 때 편집장은 나와 만나자고 한 진짜 이유를 꺼냈다. 편집장은 내 소설의 출간 일정을 이듬해 가을로 잡아도 되는지 물었다. 내 얼굴이 화끈 달아올랐다.

"1982년 가을인가요?"

"1982년 가을 말이네."

"아마도요. 상황을 좀 더 지켜봐야 알 수 있을 것 같아요."

"지금 당장 알아야 하네."

"끝나려면 아직 멀었어요."

"우선 내게 조금이라도 보여주지 않겠나?"

"아직 준비가 덜 됐어요."

순간 정적이 흘렀다. 편집장은 와인을 한 모금 마시더니 심각하게 말했다.

"이보게, 엘레나. 지금까지 자네는 운이 좋았어. 마지막 책은 특히 반응이 좋았지. 자네는 지금 존경받고 있다네. 어느 정도 독자층도 있고. 하지만 독자란 양성되는 것이라네. 한 번 독자를 잃어버리면 다른 책을 출간할 기회도 잃게 되는 거야."

나는 마음이 상했다. 열 번 찍어 안 넘어가는 나무가 없다고 나는 결국 시어머니가 교양 있고 예의 바른 편집장에게까지 마수를 뻗쳤다는 것을 깨달았다. 피에트로의 어머니가 어떤 어휘로 어떤 말을 했을지 상상이 갔다.

'엘레나는 믿을 수 없는 남부 여자예요. 호감 가는 겉모습 뒤로 정교한 직물처럼 거짓말을 만들어내죠.'

내가 시어머니의 말이 옳다는 사실을 편집장에게 확인시켜주고 있다는 생각에 나 자신이 원망스러웠다. 편집장은 디저트를 먹으면서 퉁명스럽게 니노의 제안을 단칼에 거절했다. 지금은 에세이집을 내기에 적합한 시기가 아니라고 했다. 갈수록 분위기가 어색해졌다. 내가 임마 이야기만 늘어놓자 편집장은 시계를 쳐다보면서 그만 가봐야겠다고 했다. 그제야 나는 참지 못하고 말했다.

"좋아요. 내년 가을에 출간할 수 있도록 원고를 드릴게요."


70


내가 이렇게 약속하자 편집장은 안심했다. 그는 한 시간쯤 더 머물면서 이런저런 이야기를 했다. 니노의 제안에도 긍정적인 태도를 보이려 애썼다. 편집장은 떠나기 전에 나를 포옹하면서 말했다.

"나는 자네가 분명 멋진 소설을 쓰고 있을 거라고 믿네."

편집장이 나가고 문이 닫히자마자 나는 탄식했다.

"시어머니가 여전히 나를 공격하고 있어. 정말 곤란하게 됐어."

하지만 니노는 동의하지 않았다. 자기 책이 출간될 수도 있다는 희미한 가능성에 평정을 되찾은 것이었다. 게다가 최근 팔레르모에서 열린 사회당 집회에서 아이로타 교수 부부를 만났는데 교수가 니노가 최근에 쓴 글들을 칭찬해주었다고 했다. 니노는 나를 달래는 투로 말했다.

"아이로타 교수 부부의 음모를 너무 과장해서 생각할 필요는 없어. 네가 작업에 착수하겠다고 약속한 것만으로도 상황이 완전히 변했잖아?"

우리는 심하게 다퉜다. 나는 방금 책 한 권을 써주겠다는 약속을 했다. 그렇다. 하지만 대체 어떻게 글을 쓴단 말인가. 도대체 언제쯤 집필하는 데 꼭 필요한 집중력과 지속력을 가지고 글을 쓸 수 있겠는가. 니노는 대체 내 삶에 무슨 일이 일어났고 지금 이 순간 내가 무슨 일을 겪고 있는지 알기는 할까.

나는 내게 일어난 모든 일을 뒤죽박죽 늘어놓았다. 어머니가 병에 걸려 돌아가셨고 데데와 엘사를 돌보면서 집안일을 해야만 하는 데다 임신을 해 임마까지 태어났다고 했다. 그 와중에 너는 아이에게는 관심도 없이 항상 혼자 이 학회 저 집회에 참석하고 다니느라 정신이 없다고 했다. 나는 그를 엘레오노라와 공유해야 하는 이 상황이 혐오스럽다고 했다. 그렇다. 나는 그에게 혐오스럽다고 했다. 나는 니노에게 악을 썼다.

"나는 이제 곧 피에트로와 완전히 이혼하는데 너는 별거조차 하지 않았잖아."

이렇게 걱정거리가 많은데 어떻게 니노의 도움 없이 혼자서 글을 쓰겠는가.

그렇게 난리를 피워봤자 소용없었다. 니노의 반응은 항상 똑같았다. 그는 시무룩해져서 속삭였다.

"너는 도무지 이해를 하려 하지 않아. 이해를 못 하는 것 같아. 너는 내게 부당하게 굴어."

니노는 우울한 목소리로 나를 사랑한다고, 자신은 엄마와 아이들과 나 없이는 못 산다고 맹세했다. 내가 가사 도우미의 도움을 받도록 내게 돈을 대주겠다고 했다.

니노는 그전에도 내게 아이들을 돌보고 장을 보고 음식을 해주고 집안일을 도와줄 수 있는 사람을 구해보라는 말을 했었다. 하지만 나는 니노에게 과한 요구를 하는 사람처럼 보이고 싶지 않아 언제나 필요 이상으로 경제적인 부담을 지우고 싶지는 않다고 대답했었다. 평소 나는 내게 도움이 되는 일보다 니노가 좋아할 만한 일을 더 중요하게 생각했으니까. 게다가 나는 지난날 피에트로와 겪었던 문제가 우리 사이에서도 나타나고 있다는 사실을 받아들이고 싶지 않았다. 하지만 그날 나는 니노의 예상을 뒤엎고 바로 좋다고 답했다.

"그래. 좋아. 최대한 빨리 누군가를 좀 구해줘."

순간 내가 내 어머니의 목소리로 말하는 것 같았다. 돌아가시기 전의 가녀린 목소리가 아니라 전투력 충만하던 시기의 목소리 말이다. 돈이 무슨 상관이람. 나는 내 미래를 생각해야 했다. 여기서 내 미래는 몇 달 내에 소설을 완성하는 것이었다. 그것도 아주 훌륭한 소설을. 그 무엇도, 심지어 니노까지도 내가 내 일을 잘 해내는 것을 방해하지 못할 것이다.

## 71

나는 상황을 정리해보았다. 두 권의 전작은 내게 어느 정도의 수입을 가져다주었다. 여기에는 번역본 출간도 한몫했다. 하지만 얼마 전부터는 인세가 들어오지 않았다. 새로 집필할 소설의 선금으로 받은 돈과 아직 받지 못한 돈은 곧 바닥날 것이다. 늦은 밤까지 기사를 써봤자 소정의 원고료를 받거나 그마저도 받지 못할 때가 많았다. 그러니 나는 결국 피에트로가 매달 꼬박꼬박 보내주는 돈과 니노가 집 임대료와 공과금 명목으로 보태주는 돈으로 생활하고 있었다. 니노가 아이들과 내게 옷을 사 입으라고 종종 따로 돈을 줬다는 사실은 인정해야 할 것이다. 하지만 나폴리로 이사 오면서 내가 겪게 된 변화와 수많은 불편과 고통을 생각하면 당연히 그래야 한다고 생각했다.

그날 저녁 나는 최대한 빨리 경제적으로 자립해야겠다고 마음먹었다. 나는 정기적으로 글을 쓰고 책을 내야 했다. 작가로서의 명성을 확고히 해야 했다. 글을 써서 돈을 벌어야 했다. 그렇게 마음먹은 것은 문학적인 소명 때문만은 아니었다. 나의 미래 때문이었다. 니노가 과연 나와 내 딸들을 평생 보살펴줄까.

내가 약간이나마 (정말로 약간일 뿐이었다) 니노만 믿고 있을 수 없다고 의식하기 시작한 것은 바로 그때부터였다. 그 때문에 특별히 힘들지도 않았다. 예전에 니노가 나를 떠날까봐 두려워했던 감정과는 달랐다. 갑자기 시야가 확 좁아진 것 같은 느낌이었다. 나는 먼 미래를 생각하는 대신에 지금 당장 니노에게서 받는 돈보다 더 많은 돈을 받기는 힘들다고 생각했다. 이제 그 돈이 과연 내게 충분한지 결정을 내려야 했다.

나는 여전히 니노를 사랑했다. 나는 그의 길고 호리호리한 몸매와 논리 정연한 지성을 좋아했다. 나는 그가 이뤄내는 일의 성과로도 그를 매우 존경했다. 데이터를 수집하고 분석하는 니노의 재능은 시간이 지나면서 점점 발전해 많은 사람에게 각광받았다. 경제 위기와 건축업, 금융업과 민영 방송을 잠식한 비밀스러운 자본의 움직임을 분석한 니노의 최근 글은 큰 호응을 얻었다. 시아버지 마음에 들었다는 글도 아마 이 글이었을 것이다.

그러나 나는 니노가 어딘지 거슬리기 시작했다. 예컨대 니노가 내전 시아버지가 다시 자기에게 호의를 보였다면서 좋아하는 모습에 기분이 상했다. 니노가 언젠가부터 피에트로는 자기 아버지와 다르다고 말하기 시작한 것도 탐탁지 않았다. 니노는 피에트로가 오로지 물려받은 이름과 공산당에 대한 미련한 집착 때문에 존중받는, 상상력이 부족하고 별 볼일 없는 교수 나부랭이에 불과하다고 했다. 반면 그의 아버지 아이로타야말로 진짜 교수이자 사회주의 좌파 투쟁의 대표적인 인물이라면서 헬레니즘 문명의 근본에 대해 그가 집필한 저서를 입에 침이 마르도록 칭찬했다.

니노가 시어머니에 대해 새삼 호감을 표현했을 때도 나는 상처를 받았다. 니노는 계속해서 시어머니를 홍보 능력이 뛰어난 대단한 여자라고 칭송했다. 한마디로 니노는 권위 있는 사람들에게 인정받는 데 민감했다. 하지만 그만한 권위가 없거나 지금은 권위가 없지만 앞으로 권위 있는 사람이 될 가능성이 있는 사람들은 밀어내버리거나 때로는 질투심 때문에 그들을 모욕하곤 했다.

그뿐만이 아니었다. 그때는 정치적으로나 문화적으로 분위기가 변하고 있었고 기존의 글과는 다른 종류의 글이 힘을 얻고 있었다. 이제 아무도 극단적인 이야기는 하지 않았다. 나 역시 몇 년 전까지만 해도 피에트로와 싸우기 위해 딴죽을 걸어 반대했던 그의 의견에 지금은 어느새 동의하고 있다는 것을 깨닫고 놀라곤 했다. 하지만 니노의 경우는 정도가 지나쳤다. 니노는 모든 가치전복적인 주장뿐 아니라 윤리적 선언이나 순수함을 드러내는 것을 우스꽝스럽다고 생각했다. 니노는 나를 놀리면서 말했다.

"요즘 주변에 세상물정을 모르는 사람이 너무 많아."

"무슨 뜻이야?"

"정당들이 일을 제대로 하지 않으면 범죄조직이나 비밀결사조직과 다를 바 없다는 걸 몰랐다는 것처럼 새삼 호들갑을 떠는 사람이 많단 말이야."

"무슨 말이 하고 싶은 거야?"

"내가 하고 싶은 말은 정당이란 동의를 얻는 대신 그에 상응하는 혜택을 제공하는 유통업자에 지나지 않는다는 거야. 사상이란 그저 장식물 같은 존재일 뿐이지."

"그럼 나도 세상물정 모르는 사람이겠네."

"네가 원래 그런 사람이라는 건 이미 알고 있었어."

나는 자신이 정치적으로 무슨 대단한 사람인 것마냥 행동하려 드는 그의 집착이 불편하게 느껴지기 시작했다. 사람들을 저녁식사에 초대해놓고 좌파의 관점에서 우파에 대한 변명을 늘어놓아 손님들을 민망하게 만들었다. 그는 이런 주장을 펼쳤다.

"파시스트 말이 언제나 틀렸던 것은 아니야. 우리는 대화하는 법을 배워야 해."

이런 말도 했다.

"단순한 규탄만으로는 부족해. 진정 변화를 원한다면 직접 손을 더럽힐 수밖에 없어."

"판사들이 민주주의 체제를 위협하는 지뢰가 되는 것을 원치 않는다면 지금 당장 사법부를 통치 의무가 있는 측의 논리 앞에 무릎을 꿇게 해야 해."

"급여 인상을 막아야 해. 물가임금연동제 때문에 이 나라는 망하고 말 거야."

누군가 니노의 의견에 반대하면 그는 상대방을 경멸했다. 키득거리면서 머리에 고리타분한 슬로건만 가득한 장님들과는 이야기할 필요가 없다는 태도를 보였다.

나는 니노에게 반기를 들기 싫어서 불편한 마음으로 침묵을 지켰다. 니노는 흐르는 모래 같은 현실을 사랑했다. 니노에게 미래는 미리 결정할 수 있는 것이 아니었다. 니노는 정당별 내부 사정을 비롯해 국회에서 일어나는 일이며 중앙정부와 노조의 내밀한 움직임을 속속들이 알고 있었다. 그런 니노에 비해 나는 어두운 음모에 관한 글만 열심히 읽었다. 납치와 공산당 테러 집단의 필사적인 저항, 노동자 계급의 몰락에 대한 논쟁과 새롭게 형성되고 있는 야권 세력에 관한 글이었다. 결과적으로 나는 니노보다 니노와 함께 식탁에 앉아 있는 다른 사람들의 말에 더 공감했다.

어느 날 저녁 니노는 자신의 친구인 건축학과 교수와 말다툼을 벌였다. 그날 니노는 너무 열정적이다 못해 흥분했다. 머리가 헝클어진 그의 모습이 매력적으로 보였다.

"자네들은 일보 전진과 일보 후퇴와 정체의 의미를 몰라."

"일보 전진이 무슨 뜻인데?"

동료 교수가 물었다.

"기독교민주당 출신이 아닌 사람이 총리가 되는 거지."

"정체는?"

"철강 노동자들의 시위지."

"일보 후퇴는?"

"사회주의자와 공산당 가운데 어느 쪽이 더 청렴한지 고민하는
거지."

"자네 너무 냉소적으로 변하는 것 같아."

"그러는 자네는 갈수록 얼간이가 되어가는군."

그렇다. 나는 이제 예전처럼 니노의 말에 믿음이 가지 않았다. 뭐
라 꼭 집어 정의내리기는 힘들지만 그 무렵 니노는 언제나 도발적이
고 모호한 말을 했다. 시야를 넓히는 것이 중요하다고 그렇게나 강
조하던 니노가 지금은 나나 그의 친구들이 보기에는 뼛속까지 썩어
빠진 정치적 공방에만 신경을 쓰는 것처럼 말하고 있었다.

"권력에 대한 유아적인 혐오를 멈춰야 해."

니노가 말했다.

"모든 현상이 발생하고 사라지는 환경의 중심에 있어야 해. 정당
이나 은행이나 방송사 같은 곳 말이야."

나는 니노의 말에 귀를 기울이기는 했지만 그가 나를 바라보면서
시선을 내리깔았다. 나는 니노의 말이 조금 지루하기도 하고 그의
가치를 깎아내리는 약점 같아 보인다는 사실을 숨기지 않았다.

한번은 니노가 학교 선생님이 내준 엉뚱한 과제를 해야 하는 데데
에게 그런 식으로 일장 연설을 늘어놓은 적이 있었다.

나는 니노의 지나친 실용주의를 완화하기 위해 끼어들었다.

"데데야, 국민에게는 언제나 뭐든 다 뒤엎을 수 있는 선택권이 있
단다."

"네 엄마는 말이다."

니노가 유쾌한 어조로 말했다.

"이야기를 만들어내는 것을 좋아하지. 그건 정말 멋진 일이야. 그렇지만 엄마는 우리가 살고 있는 이 세계가 어떻게 돌아가는지는 잘 몰라. 그러니 마음에 안 드는 게 있으면 마치 그게 마법의 주문이라도 되는 것처럼 전부 뒤엎자고 하지. 하지만 너는 선생님께 지금 이미 존재하는 세계가 제대로 돌아갈 수 있게 해야 한다고 말씀드리렴."

"어떻게?"

내가 물었다.

"법으로."

"판사들이야말로 통제해야 할 대상이라고 네 입으로 말했었잖아."

니노는 지난날 피에트로가 그랬던 것처럼 못마땅하게 고개를 흔들었다.

"들어가서 책이나 쓰도록 해."

니노가 말했다.

"나중에 우리 때문에 일하지 못했다고 하지 말고."

니노는 데데에게 권력 분할에 대해 강의하기 시작했다. 가만히 들어보니 처음부터 끝까지 틀린 말이 하나도 없었다.


72


집에 있을 때 니노는 데데와 엘사와 함께 재미있는 광경을 연출하곤 했다. 셋은 나를 내 책상이 있는 작은 방으로 끌고 와서는 내게 일을 하라고 단호하게 명령한 다음 방문을 열 생각일랑은 꿈도 꾸지 말라고 윽박지르며 문을 닫았다.

시간만 있으면 니노는 아이들과 잘 놀아주었다. 데데와 엘사 모두에게 그랬다. 니노는 데데가 지나치게 경직된 면은 있지만 매우 영리하다고 생각했고 순종적인 것 같은 겉모습 뒤에 영악하고 못된 면을 숨기고 있는 엘사를 매우 재미있어 했다. 하지만 정작 내가 원했던 일은 일어나지 않았다. 니노는 어린 임마에게는 특별한 애정을 느끼지 못했던 것이다. 물론 임마와 놀아주기는 했다. 가끔은 정말 즐거워하는 것 같기도 했다. 예컨대 니노는 임마에게 '강아지'라는 말을 하게 하려고 데데와 엘사와 함께 임마 주위를 맴돌면서 강아지 짖는 소리를 내곤 했다. 나는 그들이 집 안을 돌아다니며 멍멍거리는 소리를 들으면서 뭐라도 써보려고 애를 썼지만 부질없었다. 가끔 임마가 우연히 목에서 '가앙'에 가까운 구별할 수 없는 소리를 내기라도 할 때면 니노는 아이들과 함께 한목소리로 소리치곤 했다.

"임마가 말을 했어! 잘했어! 정말 잘했어! '가앙'!"

그게 다였다. 사실 니노는 막내를 데데와 엘사를 즐겁게 해주기 위한 인형처럼 이용할 뿐이었다.

시간이 갈수록 니노는 우리 집을 찾는 발걸음이 뜸해졌다. 그나마 날씨가 좋을 때면 니노는 데데와 엘사와 함께 임마를 데리고 플로리디아나에 가곤 했다. 공원의 가로수 길을 지날 때면 니노는 아이들에게 유모차를 밀게 했다. 넷은 항상 만족해서 집에 돌아왔다. 하지만 긴 말을 나누지 않아도 나는 니노가 데데와 엘사에게 임마의 가짜 엄마 노릇을 하도록 내버려두고 자기는 아이들을 데리고 바람을 쐬러 나온 보메로 지역 진짜 엄마들과 실컷 수다만 떨고 돌아왔다는 사실을 알아차렸다.

시간이 지나면서 나는 니노가 본능적으로 이성에게 유혹적인 태도를 취하는 것에 익숙해졌다. 나는 그런 태도가 일종의 틱 장애 같은 것이라고 생각했다. 나는 니노가 금세 여자들의 호감을 얻는 일에 익숙해졌다. 하지만 언제부턴가 그 부분도 뭔가 신경에 거슬리기 시작했다. 나는 니노에게 여자 친구가 놀랄 정도로 많다는 사실과 니노만 가까이 오면 그들의 얼굴이 밝아진다는 사실을 알았다. 나는 그들이 발산하는 빛이 무엇인지 잘 알았다. 놀랍지도 않았다. 니노와 함께 있으면 무엇보다도 자기가 보기에도 자신이 특별한 사람이 된 것 같아 기분이 좋아졌다. 꼭 성적인 욕망 때문이 아니더라도 많은 여자가 나이를 불문하고 니노를 좋아하는 것이 이상하지 않았다.

'내 생각에 니노는 네 친구도 아닌 것 같아.'

나는 종종 예전에 릴라가 했던 이 말을 두고 고민하곤 했다. 나는 그 말이 '그 여자들이 니노의 연인은 아닐까?'라는 의구심으로 바뀌지 않도록 최선을 다했다. 니노가 나를 배신할까봐 신경이 쓰이는 것이 아니었다. 뭔가 다른 이유가 있었다. 나는 니노가 그 여인들의 모성애를 자극한다고 확신했다. 니노는 그들의 모성애를 할 수 있는 한 최대로 이용하고 있었다.

임마가 태어난 지 얼마 되지 않아 니노는 사회적으로 탄탄대로를 걷기 시작했다. 집에 올 때마다 니노는 자랑스럽게 자신의 성공에 대해 이야기를 늘어놓았다. 나는 그럴 때마다 니노의 처갓집 식구들이 그의 경력에 얼마나 큰 도움을 주었는지 기억해내곤 했다. 니노가 맡은 모든 일의 배후에는 그런 식으로 여자의 도움이 있었다. 어떤 여자는 니노가 『마티노』지에 격주로 칼럼을 연재할 수 있도록 해주었고 어떤 여자는 페라라에서 열린 중요한 학회에서 기조연설을 하게 해주었다. 또 어떤 여자는 그를 토리노에 있는 잡지사 편집 이사회에 넣어주었다. 나폴리에 주둔하고 있는 나토군 장교와 결혼한 필라델피아 출신의 여자는 최근 니노의 이름을 미국에서 운영하는 어떤 재단의 고문으로 올려주었다.

니노에게 호의를 베푼 여자들의 목록은 갈수록 길어졌다. 사실 나부터도 비중 있는 출판사에서 니노 책을 출간할 수 있도록 그를 도와주고 있지 않은가. 잘 생각해보면 니노가 고등학교 시절 뛰어난 학생이라는 명성을 처음 얻게 된 것도 갈리아니 선생님 덕분이 아니었던가.

나는 니노가 상대 여성을 유혹하는 데 열중하는 모습을 자세히 관찰하기 시작했다. 니노는 종종 젊은 부인들과 자신보다는 조금 더 나이 든 부인들을 우리 집에 초대하곤 했다. 여자들만 초대할 때도 있었고 남편이나 파트너와 함께 초대할 때도 있었다. 그럴 때면 나는 조금 불안해하면서 니노가 여자들에게 멍석을 얼마나 잘 깔아주는지 지켜보곤 했다. 니노는 남자들에게는 거의 신경 쓰지 않고 여자들에게만 집중했다.

가끔이지만 특별히 한 여자에게 집중하기도 했다. 나는 니노가 여러 사람이 함께 모여 있는 자리인데도 관심 가는 한 여자와 마치 단둘이 있는 것처럼 대화하는 모습을 여러 번 목격했다. 그렇다고 특별히 무언가를 암시하거나 낯 뜨거운 이야기를 하는 것은 아니었다. 니노는 그저 질문을 던질 뿐이었다.

"그러고는 무슨 일이 있었죠?"

"집을 떠났죠. 저는 열여덟 살에 레체를 떠났어요. 나폴리는 결코 만만한 도시가 아니었죠."

"어디에서 살았어요?"

"트리부날리 구역에 있는 다 쓰러져가는 아파트에서요. 다른 두 여자아이와 함께 살았기 때문에 조용히 공부할 만한 공간이 없었어요."

"남자는요?"

"남자는 무슨 남자요."

"그래도 누군가 있었을 거 아니에요."

"유일하게 한 명 있었는데 불행히도 여기 있는 바로 이 사람이랍니다. 그 남자와 결혼한 거죠."

여자가 남편을 대화에 참여시키려고 남편 이야기를 꺼냈는데도 니노는 이를 무시하고 열정적인 목소리로 대화를 이어나갔다.

니노는 여자들의 세계에 순수한 호기심을 보였다. 그 당시는 남자들이 자신들이 누리는 혜택을 조금이나마 양보하는 시늉이라도 하던 때였다. 하지만 니노는 다른 남자들과 전혀 달랐다. 나는 이미 그 사실을 잘 알고 있었다. 우리 집을 찾던 교수들이나 건축가들, 예술가들만 해도 어느 정도 여성 친화적인 행동과 감정과 의견을 보였는데 니노는 이런 사람들과 비교할 때만 뒤떨어지는 것이 아니었다.

로베르토나 엔초와 비교해도 마찬가지였다. 카르멘의 남편 로베르토는 친절하기 그지없었고 엔초는 릴라를 위해서라면 한 치의 망설임도 없이 자기 시간을 송두리째 갖다 바칠 사람이었다. 니노는 여성이 자신의 정체성을 어떻게 찾는지에 진심으로 관심이 많기는 했다. 저녁식사 때마다 여성과 함께 생각하는 것만이 진정한 사색을 하기 위한 유일한 방법이라는 말을 반복하곤 했다. 말은 그렇게 했지만 니노는 자기만의 공간과 수많은 활동을 포기하려 하지 않았다. 자기의 일만을 가장 중요하게 여겼으며 자기 시간을 조금도 포기하려 하지 않았다.

나는 언젠가 한번 모두가 듣는 앞에서 다정한 말투로 장난스럽게 니노의 말을 부정해보려고 한 적이 있었다.

"이 사람 말을 믿지 마세요. 처음에는 식탁 정리며 설거지까지 도와줬지만 요즘은 바닥에 떨어진 양말 한 짝 줍지 않는답니다."

"그렇지 않아."

니노가 발끈했다.

"사실인걸요. 이이는 다른 사람의 여자는 해방시켜주고 싶어 하면서 자기 여자는 그렇게 해줄 마음이 없어요."

"당신의 자유 때문에 내가 자유를 포기할 필요는 없잖아."

장난처럼 나눈 이런 대화 때문에 지난날 피에트로와 다투었던 일이 생각나서 마음이 불편했다. 왜 나는 전남편에게는 그토록 화를 냈으면서 니노는 그냥 내버려두는 걸까.

'남자와의 관계에서는 똑같은 모순이 반복될 수밖에 없나봐. 어떤 때 보면 저 재수 없는 대답까지 똑같지 뭐야.'

그렇지만 나는 이내 생각을 고쳐먹었다.

'너무 확대해석하지 말자. 그래도 피에트로 때랑은 달라. 니노와의 관계가 훨씬 나아.'

정말 그랬을까. 시간이 갈수록 나는 그 확신을 잃었다. 나는 지난날 니노가 피렌체에서 우리 집에 묵는 동안 피에트로에게 맞설 수 있게 나를 지지해주었던 일을 생각했다. 니노가 내게 글을 쓰라고 용기를 북돋아주었던 일을 떠올리며 흐뭇해했다. 하지만 지금은 어떤가. 진지하게 다시 일을 시작해야 하는 지금 이 순간 니노는 내게 예전과 같은 믿음을 주지 못했다. 세월이 흐르면서 많은 것이 변했다. 니노는 항상 바빴기 때문에 그러고 싶어도 내게 할애할 시간이 없었다.

니노는 내 마음을 가라앉히기 위해 자기 어머니를 통해 나에게 실바나라는 여자를 급히 소개해주었다. 실바나는 오십 줄에 접어든 몸집이 거대한 여자였는데 자식이 셋이었다. 실바나는 항상 명랑하고 활동적이었으며 딸 셋을 능숙하게 다뤘다. 니노는 관대하게도 실바나의 급여에 대해서는 특별히 언급하지 않았다. 일주일쯤 후에 "괜찮아? 도움이 될 것 같아?"라고 물어봤을 뿐이었다. 하지만 니노는 자신이 실바나를 고용하는 비용을 부담하는 대신 나에게 더는 신경 쓰지 않아도 된다고 생각하는 것이 분명했다. 물론 니노는 세심했다. 그는 정기적으로 내게 묻곤 했다.

"글은 잘 쓰고 있어?"

하지만 그게 다였다. 연애 초처럼 글을 쓰려는 내 노력에 관심을 보이지 않았다. 그뿐만이 아니었다. 당황스럽지만 나 자신도 전처럼 니노의 권위를 인정하지 않았다. 내가 가진 수많은 자아 가운데 니노가 그다지 믿을 만한 사람이 아니라는 사실을 인정한 내 자아는 이제 어린 시절 니노 입에서 나오는 말 한마디 한마디를 휘감고 있던 그 찬란한 광채를 보지 못했다. 내가 아직 완전히 다듬지 않은 글을 니노에게 보여줘도 그는 "완벽해!"라고 말했다. 개요를 짜고 있는 이야기의 내용과 인물을 요약해주면 니노는 그저 "좋아. 아주 영리한 설정이야"라고 말하곤 했다.

니노의 말은 내게 확신을 주지 못했다. 나는 그의 말을 믿을 수 없었다. 니노는 너무 많은 여자의 일에 열광적인 반응을 보였다. 니노가 다른 커플과 저녁을 보낸 다음에 하는 말은 항상 똑같았다.

"정말이지 따분한 작자야. 여자 쪽이 남자보다 훨씬 나아."

니노의 모든 여자 친구는 자기의 친구라는 이유 하나만으로 항상 뛰어나다는 평가를 받았다. 여자들에 대한 니노의 평가는 전반적으로 호의적이었다. 니노는 우체국 직원의 새디스트적인 퉁명스러움마저 좋게 말했다. 데데와 엘사의 교양머리 없고 투박한 학교 선생들에 대해서도 좋게 말했다.

나는 이제 니노에게 세상에 둘도 없는 특별한 사람이 아니었다. 나는 다른 여자들과 똑같은 답변을 채워넣는 서식에 불과했다. 내가 니노에게 특별하지 않다면 어떻게 그의 의견이 내게 도움이 될 수 있겠는가. 어떻게 니노 덕분에 힘이 나서 뭐든 잘 해낼 수 있겠는가.

어느 날 저녁 나는 내가 빤히 보는 앞에서 니노가 자기 친구인 생물학자에게 칭찬 세례를 퍼붓는 것을 지켜보고 넌덜머리가 났다. 내가 그에게 물었다.

"멍청한 여자가 한 명도 없다는 게 말이 돼?"

"내 말은 그런 뜻이 아니었어. 내 말은 전반적으로 당신네 여자들이 남자보다 더 낫다는 말이야."

"그럼 나도 너보다 더 나아?"

"당연히 그렇지. 예전부터 그렇게 생각했는걸."

"그래. 네 말을 믿을게. 그럼 살면서 한 번이라도 못된 여자를 만난 적이 있어?"

"응."

"누군데?"

나는 이미 니노의 대답을 알고 있었지만 그의 입에서 엘레오노라의 이름이 나오기를 바라면서 대답하라고 고집을 피웠다. 내가 기다리자 니노는 진지해졌다.

"말 못 해."

"말해봐."

"말하면 화낼 텐데."

"화내지 않을게."

"리나."

## 73

예전에는 니노가 릴라에 대해 반복적으로 적대감을 드러낼 때마다 그의 말을 조금이라도 믿었지만 이제는 그렇지 않았다. 니노가 릴라에 대해 완전히 상반된 감정을 드러낸 것이 한두 번이 아니었기 때문이다. 며칠 전 저녁에도 그런 일이 있었다. 니노는 피아트사의 자동화와 노동문제에 대한 글을 마무리하다가 어려움에 부딪힌 것 같았다. 마이크로프로세서는 무엇이고 칩은 또 무엇인가. 이것들은 또 어떻게 작동한단 말인가. 나는 니노에게 말했다.

"그럼 엔초 스칸노와 이야기를 나눠봐. 실력이 뛰어나거든."

니노는 무심한 목소리로 엔초 스칸노가 누구냐고 물었다.

"리나의 동반자 말이야."

내가 그에게 말했다. 니노는 애매하게 웃으며 말했다.

"그러느니 차라리 리나랑 이야기하는 편이 좋겠어. 분명 더 많이 알 테니까."

니노는 그제야 생각났다는 듯이 얄밉게 한마디를 덧붙였다.

"스칸노라면 야채장수네 멍청한 아들내미 아니었어?"

그 순간 나는 니노의 말투에 놀랐다. 엔초는 혁신적인 소기업의 창업자였다. 고향 동네의 구시가지에 그런 회사가 있다는 사실만으로도 기적 같은 일이었다. 니노는 학자로서 마땅히 엔초에게 존경과 관심을 표하고 경탄해야 했다. 그런데 니노는 엔초가 야채장수의 멍청한 아들내미가 아니었느냐는 과거 시제를 사용함으로써 그를 초등학교 시절로 되돌려놓았다. 어머니의 가게 일을 돕고 아버지와 수레를 끌면서 동네를 돌아다니느라 공부할 시간이 없어 눈에 띄지 못했던 그 시절로 되돌려놓은 것이다.

니노는 짜증스레 엔초의 공을 빼앗아 릴라의 것으로 돌렸다. 그 순간 나는 내가 집요하게 파고든다면 니노는 여자가 가질 수 있는 지성의 최고봉에 릴라가 있다고 생각한다는 사실을 털어놓을 거라는 걸 알았다. 여자의 지성을 숭배하는 니노의 성향과 여자의 지성이 아깝게 소비되는 것이야말로 세상에서 가장 아까운 일이라는 니노의 주장마저도 릴라에게서 비롯되었을 것이다. 나는 우리의 사랑은 이미 저물어가고 있지만 그가 이스키아 섬에서 릴라와 보냈던 시절은 그에게 평생 눈부시게 기억될 것이라는 사실을 깨달았다. 나에게 피에트로를 버리게 한 이 남자는 릴라와의 만남 덕분에 지금의 모습을 갖추게 된 것이라고 나는 생각했다.

## 74

그런 생각이 떠오른 것은 어느 쌀쌀한 가을 아침이었다. 데데와 엘사를 학교에 데려다주던 중이었다. 멍하니 운전을 하는 동안 그 생각은 내 머릿속에 뿌리를 내렸다. 나는 어린 시절 고향 동네 친구였을 때의 니노와 고등학교 시절 니노에 대한 나의 사랑(소년 시절 니노에 대한 감정은 이스키아 섬 시절 전에 형성된 내 상상의 산물이었다)과 밀라노의 서점과 피렌체 집에 나타나 내 마음을 뒤흔들어놓은 니노에 대한 열정을 분리해보았다. 나는 언제나 이 두 감정 사이에 연결점이 있다고 생각해왔다.

그날 아침에는 갑자기 그런 연결점이 존재하지 않는 것처럼 느껴졌다. 그런 연결점은 이성의 농간이었을 뿐이라는 생각이 들었다. 나는 릴라를 향한 니노의 사랑 때문에 두 감정의 연속성이 끊어졌다고 생각했다. 그 일 이후 니노를 내 삶에서 영원히 지워버렸어야 했는데 나는 그런 사실을 회피해버렸다. 그렇다면 지금 이 순간 나는 두 니노 가운데 어떤 쪽에 구속된 것일까. 둘 중 내가 사랑하는 사람은 누구일까.

평소에는 실바나가 데데와 엘사를 학교에 바래다주고 나는 니노가 자는 동안 임마를 돌보곤 했다. 하지만 그날 아침에는 오전 내내 집 밖에서 시간을 보낼 수 있게 평소와는 다르게 일정을 조정했다. 나는 국립도서관에 가서 로베르토 브라코가 쓴 『여성의 세계에서』라는 오래된 책을 찾아보려고 했다. 아침 시간에 혼잡한 교통체증 속에서 차가 천천히 나아가는 동안 마침 그런 생각이 떠올랐다.

나는 운전하면서 아이들의 질문에 대답을 하다가 니노의 양분된 모습에 대해, 그러니까 그의 친숙한 면과 낯선 면에 대해 생각에 잠겼다. 온갖 잔소리를 쏟아부으며 데데와 엘사를 각자의 학교까지 데려다주고 난 다음 내 생각은 이미지가 되었고 그 무렵 종종 그랬듯이 아직 태어나지 않은 이야기의 씨앗이 되었다. 나는 해안을 향해 운전하면서 생각에 잠겼다.

'어린 시절 사랑했던 남자와 결혼하지만 신혼 첫날밤 남자 몸의 일부분만 자신의 소유일 뿐 나머지 부분은 실은 어린 시절 친구가 차지하고 있었다는 사실을 깨닫는 여자에 대한 이야기를 쓸 수 있겠어.'

그런 생각은 집안일 때문에 갑자기 머릿속에서 경보음이 울리자 산산조각이 났다. 임마의 기저귀를 산다는 걸 깜빡했던 것이다.

그즈음은 일상적인 일이 불쑥 튀어나와 어렴풋한 몽상에 찬물을 끼얹는 일이 종종 있었다. 그럴 때면 몽상은 쓸모없고 말도 안 되는 생각으로 전락하고 말았다. 나는 스스로에게 화를 내면서 차의 방향을 틀었다. 급히 사야 할 물건들을 수첩에 꼼꼼히 적어놨는데 너무나 지쳐서 수첩의 존재 자체를 잊어버리고 만 것이다. 나는 한숨을 내쉬었다. 나는 도무지 계획대로 일을 진행할 줄 몰랐다. 니노는 업무차 중요한 약속이 있었기 때문에 벌써 집에서 나갔을 것이다. 설령 그렇지 않더라도 니노에게는 기대하지 않는 편이 나았다.

그렇다고 실바나를 약국에 보낼 수는 없었다. 그러면 임마가 혼자 집에 남게 될 테니까. 결론적으로 임마에게 갈아줄 기저귀가 없었다. 그렇지 않아도 임마는 며칠 전부터 엉덩이에 생긴 발진 때문에 괴로워하고 있었다. 나는 타소 가로 돌아갔다. 약국으로 달려가 기저귀를 사서 헐떡이며 집에 도착했다. 층계참부터 임마가 칭얼대는 소리가 들릴 줄 알았는데 열쇠로 현관문을 열고 집에 들어가도 의외로 조용했다.

반은 벌거벗은 채 거실에 있는 임마의 모습이 언뜻 보였다. 임마는 기저귀도 차지 않고 아기 울타리 안에 앉아 인형을 가지고 놀고 있었다. 엄마를 보면 안아달라고 보챌까봐 나는 임마 몰래 자리를 피했다. 실바나에게 기저귀만 전해주고 도서관으로 갈 생각이었다.

순간 큰 욕실에서 어떤 소리가 어렴풋이 들렸다. 우리 집에는 욕실이 두 개였는데 작은 욕실은 니노가, 나머지 하나는 나와 아이들이 사용했다. 나는 실바나가 욕실을 청소하고 있는 것이라고 생각했다. 욕실 쪽으로 가보니 문이 살짝 열려 있었다. 나는 욕실 문을 밀었다. 가장 먼저 내 눈에 들어온 것은 긴 욕실 거울에 비친 눈부신 창문 앞에 있는 실바나의 머리였다. 실바나는 머리를 앞쪽으로 숙이고 있었다. 머리 정중앙에 있는 가르마가 인상적이었다. 두 갈래로 나뉜 새까만 머리에 하얀 새치가 가득했다. 그다음으로 니노의 감은 눈과 열린 입이 내 눈에 들어왔다. 찰나의 순간 거울에 비친 상과 진짜 육체 사이의 경계가 허물어졌다.

니노는 민소매 셔츠 한 장만 걸치고 있었다. 맨발로 길고 날씬한 다리를 벌리고 있었다. 실바나는 몸을 앞으로 굽히고 세면대에 양손을 받치고 있었다. 커다란 팬티가 무릎까지 내려온 데다 짙은 치마는 허리께에 올라가 있었다. 니노는 성기로 실바나의 몸을 가격하면서 한 손으로는 그녀의 무거운 배를 받치고 다른 한 손으로는 셔츠와 브래지어 밑으로 튀어나온 거대한 젖가슴을 꽉 쥐고 있었다. 그러면서 평평한 배를 실바나의 새하얗고 평퍼짐한 엉덩이에 부딪혔다.

니노가 눈을 뜨고 실바나가 고개를 번쩍 들어 두려움에 가득 찬 시선으로 나를 바라보던 바로 그 순간, 나는 있는 힘을 다해 욕실 문을 닫았다. 나는 임마를 데려가려고 아기 울타리를 향해 달려갔다.

"엘레나, 기다려!"

니노가 이렇게 외쳤을 때 나는 이미 집 밖에 있었다. 나는 엘리베이터를 기다리지도 않고 임마를 품에 안은 채 계단을 뛰어 내려갔다.

## 75

나는 자동차 안으로 몸을 피했다. 시동을 걸고 임마를 무릎에 앉힌 채 출발했다. 임마는 행복해보였고 엘사가 가르쳐준 대로 경적을 울리려 했다. 내가 안아주자 좋아서 알 수 없는 옹알이를 하면서 때때로 환성을 내질렀다. 나는 정처 없이 차를 몰았다. 그저 집에서 최대한 멀리 떨어지고 싶었을 뿐이었다. 그러다보니 어느새 산 엘모성이었다. 나는 차를 세우고 시동을 껐다. 그제야 내가 눈물도 흘리지 않았다는 사실을 깨달았다. 그다지 괴롭지도 않았다. 그저 끔찍함에 몸이 얼어붙었을 뿐이었다.

도무지 믿을 수 없었다. 발기한 성기를 나이 든 여자의 성기 안에 밀어 넣고 있던 그 남자가 진정 사춘기 시절 내가 사랑했던 그 소년 과 같은 인물이란 말인가. 그 여자는 나 대신 집 안을 청소하고 장을 봐주고 요리를 해주고 내 딸들을 돌봐주는 여자였다. 삶의 고된 흔 적을 고스란히 간직하고 있는 뚱뚱하고 망가진 여자였다. 니노가 저 녁식사에 초대하는 교양 있고 세련된 여자들과 거리가 먼 여자였다. 옷도 제대로 못 입고 내 무릎에 앉아 경적을 울려 보려고 애를 쓰면 서 엄마를 해맑게 부르는 임마의 무게조차 느끼지 못하고 장님처럼 운전을 하면서도 나는 방금 전 내가 목격한 니노의 모습에 확실한 정체성을 부여할 수 없었다. 집에 돌아왔는데 예기치 못하게 욕실 안에서 외계인을 발견한 것 같은 기분이었다. 평소에 막내딸의 아버 지라는 껍질 속에 숨어 있던 외계인이 모습을 드러낸 것 같았다. 그 생명체는 니노와 닮은 구석이 있었지만 니노는 아니었다. 그렇다면 그는 누구인가. 이스키아 섬에서 일어난 일 이후에 나타난 또 다른 니노인가.

그 가운데서도 도대체 어떤 니노란 말인가. 실비아를 임신시킨 니 노인가. 마리아로사의 연인이었던 니노인가. 충실하지도 않으면서 너무나 강하게 아내에게 구속된 엘레오노라의 남편 니노인가. 아니 면 유부녀였던 나에게 그 어떤 대가를 치르더라도 나를 가지고 싶다 고 말하던 유부남 니노인가.

보메로로 운전하는 동안 나는 혐오감을 떨쳐내기 위해 고등학교 시절의 니노를, 다정하고 사랑스러웠던 니노의 모습을 붙잡으려고 안간힘을 썼다. 산 엘모 성 아래 차를 세우고 나서야 욕실의 광경과 거울을 통해 니노와 욕실 문턱에 서 있는 내가 눈이 마주쳤던 순간이 생각났다. 그제야 모든 것이 확실해졌다. 릴라와 사랑을 나눈 다음에 나타난 사내와 릴라와 사랑에 빠지기 전, 어린 시절 내가 사랑에 빠졌던 소년 사이에 분열 따위는 일어나지 않았다. 니노는 언제나 한 사람이었다. 나는 실바나의 몸을 범할 때 니노가 지은 표정에서 그 사실을 확인했다. 니노의 표정은 그의 아버지 도나토 사라토레의 표정과 똑같았다. 마론티 해변에서 내 처녀성을 빼앗을 때의 표정이 아니라 넬라 아주머니의 부엌에서 침대 시트 아래로 손을 넣어 내 다리 사이를 만지던 때의 표정이었다.

외계인 따위는 없었다. 그저 지극히 추악한 인간이 있을 뿐이었다. 니노는 애초부터 자신이 그렇게도 되고 싶지 않아 하던 사람이었던 것이다. 실바나의 엉덩이에 리드미컬하게 배를 부딪치면서 친절하게도 그녀가 쾌락을 느낄 수 있도록 애쓰던 그 순간, 니노는 진심이었다. 잘못을 저지른 후에 내게 후회하면서 미안하다고, 용서해달라고 애원하고 나를 사랑한다고 맹세할 때 진심이었던 것처럼 말이다.

'니노는 애초부터 그런 사람이었던 거야.'

나는 생각했다. 하지만 그 사실이 위로가 되어주지는 않았다. 나는 끔찍한 공포가 희미해지기는커녕 내 생각 속에서 확실한 안식처를 찾았다는 것을 깨달았다. 그러던 참에 무릎 아래로 뜨끈한 액체가 흐르는 것을 느꼈다. 나는 깜짝 놀랐다. 벌거벗은 임마가 내 무릎에 오줌을 싼 것이다.

## 76

몹시 추운 데다 임마가 감기에 걸릴 수도 있었지만 집으로 돌아간다는 것은 생각조차 할 수 없었다. 나는 마치 놀이를 하는 것처럼 임마를 내 코트로 꽁꽁 싸매고 기저귀를 사왔다. 물티슈로 임마의 엉덩이를 닦아준 다음 기저귀를 갈아주었다. 이제 무엇을 해야 할지 결정해야 했다. 얼마 안 있으면 데데와 엘사가 우울하고 굶주린 상태로 학교에서 나올 터였다. 임마는 벌써 배고파했다. 청바지는 젖어 있고 코트도 입고 있지 않은 데다 신경까지 날카로워진 나는 추위에 벌벌 떨었다. 나는 공중전화를 찾아 릴라에게 전화를 걸었다.

"점심때 아이들이랑 너희 집에 가도 될까?"

"그럼."

"엔초가 싫어하지 않을까?"

"엔초가 기뻐할 거라는 거 알잖아."

티나의 밝은 목소리가 들렸다.

"쉿! 조용히 해!"

릴라가 말했다. 그러고는 내게 평소와는 다르게 조심스럽게 물었다.

"무슨 문제라도 있어?"

"응."

"무슨 일인데?"

"네가 예상했던 일."

"니노랑 싸운 거야?"

"가서 말해줄게. 지금은 가봐야겠어."

나는 하교시간보다 조금 먼저 학교에 도착했다. 임마는 그새 엄마나 운전대나 경적에 흥미를 모두 잃고 신경질을 내면서 소리를 지르기 시작했다. 나는 다시 한번 아이를 코트로 싸매고 비스킷을 사러 갔다. 침착하게 행동하고 있다고 생각했는데 지나가는 사람들이 젖은 바지를 입고 코트 안에 꽁꽁 싸여 발버둥 치면서 울고 있는 아이를 꼭 안고 달려가는 나를 호기심과 경계심 섞인 눈빛으로 바라보고 있다는 사실을 알았다. 하지만 내 마음은 평온했다. 분노보다는 혐오감이 앞섰다. 달팽이가 교미하는 모습을 보더라도 이와 비슷한 혐오감을 느꼈으리라.

임마는 비스킷을 받아들자 바로 조용해졌다. 임마가 안정을 되찾는 순간 나는 불안해졌다. 니노가 약속을 미루고 나를 찾고 있을 것 같았다. 학교 앞에서 그와 마주칠 수도 있었다. 중학교 2학년인 데데보다 엘사의 수업이 빨리 끝나기 때문에 나는 남의 눈에 띄지 않고 초등학교 정문을 바라볼 수 있는 구석에 자리를 잡았다.

이빨이 덜덜 떨릴 정도로 추운 데다 임마가 침이 잔뜩 묻은 과자로 내 코트를 더럽히고 있었다. 나는 경계하는 눈빛으로 주변을 살펴보았지만 니노는 보이지 않았다. 중학교 정문 쪽도 마찬가지였다. 얼마 지나지 않아 데데가 서로 밀치며 사투리로 소리를 지르고 욕설을 하는 한 무리의 학생들과 함께 정문을 나왔다.

데데와 엘사는 내게는 별로 신경을 쓰지 않았지만 내가 임마를 데리고 자기들을 데리러 왔다는 사실에는 관심을 보였다. 지금까지는 한 번도 그런 적이 없었다.

"왜 임마를 코트 속에 싸매고 있는 거예요?"

데데가 물었다.

"임마가 추울까봐."

"엄마 코트를 엉망으로 만들고 있는 거 알아요?"

"괜찮아."

"옛날에 내가 그랬을 때는 뺨을 때려 놓고선."

"내가 언제."

333

"정말이에요."

"임마는 왜 윗도리랑 기저귀밖에 안 입었어요?"

데데가 캐물었다.

"그래도 괜찮아."

"무슨 일이 있나요?"

"아니. 이제 리나 이모 집에 점심 먹으러 가자."

둘은 그 소식에 기뻐하며 차에 올라탔다. 그러고는 데데와 엘사의 관심을 한 몸에 받고 행복에 겨워 알 수 없는 언어로 언니들에게 말을 건네는 막냇동생을 서로 품에 안겠다고 싸우기 시작했다. 나는 임마를 잡아당기지 말고 같이 안고 있으라고 했다.

"아이 몸이 고무로 된 줄 아니?"

나는 소리쳤다. 엘사는 내 해결책에 만족하지 못하고 제 언니에게 사투리로 욕을 했다. 나는 엘사의 뺨을 때리려고 했다. 백미러로 엘사를 노려보면서 쏘아붙였다.

"지금 뭐라고 했어? 다시 한번 말해봐."

엘사는 울지 않고 임마를 데데 품에 내버려두었다. 동생 보는 일은 지겹다고 중얼거렸다. 임마가 같이 놀자고 자기 쪽으로 손을 뻗자 거칠게 밀어내버렸다.

"그만해, 임마! 귀찮단 말이야! 너 때문에 나까지 더러워지잖아!"

엘사가 소리를 지르는 바람에 나는 신경이 곤두섰다. 내가 참지 못하고 버럭 악을 쓰자 세 아이 모두 깜짝 놀랐다. 우리는 긴장감이 감도는 분위기 속에서 시내를 지나갔다. 데데와 엘사가 자기들 인생에 또 무슨 돌이킬 수 없는 일이 일어났는지 이해하기 위해 속닥거리는 소리만 들릴 뿐이었다.

나는 자매의 비밀 회담마저 참을 수 없었다. 아무것도 참을 수 없었다. 데데와 엘사가 아직 어린아이들이라는 것도, 어머니라는 역할도, 임마의 옹알이도 참기 힘들었다. 게다가 뒷좌석에 앉아 있는 아이들의 존재는 뇌리에서 떠나지 않는 니노와 실바나의 성교 장면과 부딪쳤다. 아직도 콧속에서 느껴지는 것 같은 섹스 냄새와 충돌했다. 험한 사투리로 한바탕 욕설을 쏟아내고 싶은 마음과 함께 솟아오르는 분노와도 상충됐다. 니노는 우리 집 하녀와 성관계를 맺고서 나와 자기 딸에게는 눈곱만치도 신경 쓰지 않고 자기 약속에 나간 것이다.

"아, 몹쓸 자식 같으니라고."

내 삶은 정말이지 실수투성이였다. 니노는 제 아버지를 닮은 걸까. 아니. 그건 너무 단순한 생각이다. 니노는 아주 똑똑한 사람이다. 놀랍도록 교양 있는 사람이다. 여자라면 아무하고나 성관계를 맺으려는 니노의 성향은 파시스트 문화와 남부 문화 특유의 무식하고 투박한 남성성의 과시에서 나온 것이 아니었다. 그가 내게 저질렀고 지금 저지르고 있는 일은 매우 섬세한 자각의 과정을 거친 것이다. 니노는 복잡한 개념을 다룰 줄 아는 사람이었다. 니노는 자신의 행동 때문에 내가 회복하지 못할 정도로 모욕받을 것이라는 사실을 잘 알고 있었다. 그런데도 그런 일을 저지른 것이다.

니노는 이렇게 생각했을 것이다.

'이 멍청한 년이 귀찮게 한다고 내 쾌락을 포기할 수는 없어.'

그렇다. 이렇게 생각한 것이 틀림없다. 그는 분명 자기 행동에 보이는 내 반응을 속물적이라고 생각했을 것이다. 그때만 해도 속물이라는 표현은 우리 환경에서 흔히 사용하는 말이었다. 속물이라…

나는 니노가 자신의 행동을 세련되게 변명하려고 무슨 말을 읊어댈지도 벌써 알고 있었다.

'내가 뭐 그리 큰 잘못을 저질렀다고 그래? 육체는 약한 거야. 책이란 책에 다 그렇게 쓰여 있다고.'

그렇다. 그 몹쓸 자식은 그렇게 말할 것이다.

분노가 치밀어오르고 끔찍한 공포감이 밀려왔다. 나는 임마에게, 아니 정확히 말하자면 임마를 포함한 세 아이에게 닥치라고 악을 썼다. 릴라의 집에 도착했을 때 나는 니노를 그 누구보다 증오하고 있었다.

평생 누군가를 그토록 증오해본 적은 한 번도 없었다.


## 77


릴라는 벌써 점심을 준비해놓고 우리를 기다리고 있었다. 릴라는 데데와 엘사가 토마토소스를 곁들인 오레키에테 파스타*를 좋아한다는 것을 알고 있었다. 아이들에게 토마토소스 오레키에테 파스타를 준비했다고 하자 아이들은 기뻐서 호들갑을 떨었다. 그뿐만이 아니었다. 릴라는 내 품에서 임마를 안아들고 자기 딸이 갑자기 두 명으로 늘어난 것처럼 임마와 티나를 똑같이 돌봐주었다. 릴라는 두 아이의 기저귀를 갈아주고 닦아주고 똑같은 옷을 입힌 다음 놀라운 모성애를 보이며 둘을 귀여워해주었다. 임마와 티나가 서로를 알아보고 자기들끼리 놀기 시작하자 릴라는 아이들이 옹알이를 하면서 기어 다니며 놀 수 있게 아이들을 낡은 카펫 위에 내려놓았다.

임마와 티나는 너무 달랐다. 나는 씁쓸한 마음으로 나와 니노 사이에서 태어난 아이와 릴라와 엔초 사이에서 태어난 아이를 비교해

* 귀 모양으로 생긴 파스타의 한 종류.

보았다. 내 눈에는 티나가 더 예쁘고 건강해 보였다. 티나는 견고한 관계가 맺은 아름다운 결실이었다.

그러는 동안 엔초가 직장에서 돌아왔다. 그는 언제나처럼 다정했지만 말수가 적었다. 식사를 하는 동안 엔초도 릴라도 내가 왜 음식에 손도 대지 않는지 묻지 않았다. 자기를 비롯한 다른 사람들의 좋지 않은 생각에서 나를 끌어내고 싶었는지 유일하게 데데만 한마디 했다.

"엄마는 살찔까봐 항상 조금만 먹어요. 저도 마찬가지고요."

나는 데데를 윽박질렀다.

"너는 접시에 든 파스타를 하나도 남기지 말고 다 먹어야 해!"

엔초는 누가 먼저 접시에 있는 음식을 다 먹어치우는지 게임을 하자고 했다. 아마도 내 딸들을 내게서 보호하기 위해서였으리라. 엔초는 데데가 젠나로에 대해 집요하게 질문하는데도 친절하게 대답해주었다. 데데는 점심때라도 젠나로를 만나고 싶어 했다. 엔초는 그런 데데에게 젠나로가 공장에서 일하기 시작했기 때문에 하루 종일 밖에 있다고 설명해주었다. 식사가 끝나자 엔초는 데데와 엘사를 은밀하게 젠나로의 방으로 데리고 가 젠나로의 보물들을 보여주었다. 몇 분 후 방에서는 격렬한 음악소리가 터져 나왔고 셋은 돌아오지 않았다.

나는 릴라에게 고통스럽고 자조적인 말투로 모든 일을 상세히 들려주었다. 릴라는 중간에 한 번도 끼어들지 않고 내 말에 귀를 기울였다. 그날 일어난 일을 말로 표현하면 할수록 그 뚱뚱한 여자와 가냘픈 니노의 정사 장면이 우스꽝스럽게 느껴졌다. 나는 불현듯 사투리로 말했다.

"일어나서 화장실에 실바나가 있는 것을 보고 오줌을 누기도 전

337

에 그 여자 치마를 위로 올리고 자기 성기를 집어넣은 거야."

나는 천박하게 웃음을 터뜨렸다. 릴라는 그런 내 모습을 불편한 표정으로 바라보았다. 그런 말투는 평소에 릴라가 쓰던 것이었다. 내가 그런 말을 할 거라고는 생각지 못했던 것이다.

"진정해."

릴라가 말했다. 마침 임마가 울음을 터뜨려 우리는 함께 아이들이 있는 방으로 갔다.

금발의 임마는 얼굴이 시뻘게져서 입을 한껏 벌리고 커다란 눈물을 뚝뚝 흘리고 있었다. 나를 보자마자 안아달라고 두 팔을 들었다. 검은색 머리의 티나는 창백한 얼굴에 당황한 표정으로 임마를 바라보고 있었다. 릴라를 보고도 움직이지 않았다. 상황을 이해할 수 있도록 도와달라는 듯이 릴라를 보고 "엄마"라고 또박또박 말했다. 릴라는 두 아이를 한 팔에 한 명씩 안았다. 뽀뽀를 해서 임마의 눈물을 입술로 닦아주고 임마에게 속삭이면서 임마를 진정시켰다.

나는 깜짝 놀랐다.

'임마는 티나보다 거의 한 달이나 빨리 태어났는데도 아직 엄마 소리를 못 하는데 티나는 벌써 완벽한 발음으로 엄마를 부르네.'

나는 패배감과 슬픔을 느꼈다. 1981년이 얼마 남지 않은 시점이었다. 나는 실바나를 쫓아내야 했다. 아직 어떤 글을 써야 할지도 모르는데 몇 달 정도는 눈 깜짝할 새 지나갈 것이다. 나는 책을 끝마치지 못하고 작가로서의 기반과 명성을 잃을 것이다. 나는 미래를 잃고 피에트로의 돈에 의존해 니노 없이 세 딸과 홀로 남게 될 것이다.

나는 니노를 잃었다. 니노와는 이제 끝이다.

니노를 사랑하는 내 자아가 목소리를 내기 시작했다. 피렌체에서 니노와 사랑에 빠졌던 자아가 아니라 초등학교 시절 학교에서 나오

는 니노를 바라보며 사랑을 느꼈던 어린 소녀에 가까운 자아 말이·
다. 나는 혼란스러우면서도 수치심을 무릅쓰고 니노를 용서할 구실
을 찾았다. 막상 니노를 내 삶에서 쫓아낸다고 생각하니 견딜 수 없
었다.

니노는 지금 어디에 있을까. 나를 찾으려는 시도조차 하지 않았다
는 게 말이 되는가. 나는 선뜻 데데와 엘사를 맡아준 엔초와 내 부담
을 덜어주고 내 이야기를 끝까지 들어준 릴라의 태도를 연결해 생각
해보았다. 그제야 나는 내가 동네에 도착하기도 전에 엔초와 릴라가
이미 모든 것을 알고 있었다는 사실을 알아챘다. 나는 릴라에게 물
었다.

"니노가 전화했었어?"

"응."

"뭐라고 했어?"

"별일 아니라고. 네 곁에 있어달라고. 요즘 다들 그렇게 산다는 것
을 네게 이해시켜달라고. 말도 안 되는 소리지."

"그래서 너는 어떻게 했는데?"

"전화를 끊어 버렸지."

"니노가 다시 전화할까?"

"당연하지."

나는 좌절했다.

"릴라, 나는 니노 없이 살 수 없어. 함께 산 지 얼마 되지도 않았잖
아. 나는 이혼을 하고 아이들을 데리고 여기까지 왔어. 딸까지 낳았
고. 대체 어쩌자고 그랬던 걸까?"

"네가 실수한 거야."

릴라의 대답이 마음에 들지 않았다. 오래전 나를 향해 퍼부었던

모욕의 메아리처럼 들렸다. 릴라는 내가 실수하지 않도록 자기가 그렇게 나를 말렸는데도 내가 실수했다는 사실을 다시 내 앞에서 꺼내든 것이다. 내가 일부러 실수하는 바람에 결과적으로 자기도 실수하고 말았다고 말하고 있는 것이다. 자기 생각과는 달리 내가 똑똑하지 못한 멍청한 여자였다는 사실을 말하고 있는 것이다. 나는 말했다.

"니노와 이야기를 해야겠어. 그와 담판을 지어야겠어."

"좋아. 아이들은 내게 맡겨."

"혼자서는 힘들어. 네 명이나 되는걸."

"다섯이겠지. 젠나로도 있잖아. 젠나로가 제일 힘들어."

"그것 봐. 우리 애들은 데리고 갈게."

"말도 안 되는 소리."

나는 릴라의 도움이 필요하다는 것을 인정하고 말했다.

"내일까지만 부탁해. 상황을 해결할 시간이 필요해."

"어떻게 해결하려고?"

"그건 나도 잘 몰라."

"니노랑 계속 가려는 거야?"

릴라가 못마땅해 하는 것 같아 나는 거의 소리치다시피 대답했다.

"내가 지금 뭘 할 수 있겠어?"

"해야 할 일은 단 하나야. 니노와 헤어지는 거지."

릴라는 내가 니노와 헤어지는 것이야말로 올바른 해결방안이라고 생각했다. 릴라는 항상 그렇게 되기를 바랐고 그 사실을 내게 숨기지 않았다. 내가 말했다.

"생각해볼게."

"아니. 너는 그렇게 하지 않을걸? 벌써 아무 일도 없었던 것처럼 덮어두고 그냥 살 생각을 하고 있잖아."

내가 대답을 피하자 릴라는 나를 몰아세웠다. 릴라는 이런 식으로 내 삶을 낭비해서는 안 된다고 했다. 내겐 다른 운명이 있다고 했다. 이렇게 살다보면 시간이 흐를수록 나 자신을 잃어버릴 거라고 했다.

나는 릴라의 목소리가 쌀쌀맞아지는 것을 느꼈다. 나를 릴라가 말리기 위해서 오랫동안 입을 다물어 왔던, 내가 알고 싶어 하던 일까지 말할 준비가 된 것을 직감했다.

나는 두려웠다. 하지만 그동안 몇 번이나 릴라에게서 진실을 들을 기회를 엿보지 않았던가. 릴라에게 그 비밀에 대해 듣는 것도 지금 릴라에게 달려온 이유 가운데 하나가 아니었던가.

"내게 할 말이 있으면 해."

내가 속삭이듯 말했다.

그제야 릴라는 마음을 먹었다. 릴라가 나와 눈을 마주치려 했지만 나는 눈을 내리깔았다. 릴라는 니노가 자기를 여러 번 찾았다고 했다. 나와 만나기 전에도 그리고 그 이후에도 자기랑 같이 살자고 청했다고 했다. 둘이 함께 병원에 내 어머니를 모시고 갔을 때는 평소보다 더 끈질기게 매달렸다고 했다. 릴라에 따르면 의사가 어머니를 진찰하고 둘이 대기실에서 결과를 기다리는 동안 니노는 릴라에게 나와 함께 사는 이유는 오직 릴라와 더 가까워지기 위해서였다고 했다는 것이었다.

"나 좀 봐."

릴라가 속삭였다.

"이런 말을 하는 내가 못됐다고 생각하겠지만 나보다 훨씬 못된 건 니노야. 니노가 가진 최악의 악덕은 그가 얄팍한 인간이라는 거야."

## 78

나는 니노와 관계를 완전히 청산하겠다고 굳게 마음먹고 타소 가로 돌아왔다. 집은 완벽하게 정리되어 있었지만 아무도 없었다. 나는 발코니로 이어지는 프랑스식 창문가에 자리를 잡았다. 그 집에서 살 날도 이제 얼마 남지 않았다. 불과 2년 만에 내가 나폴리로 이사온 이유가 사라진 것이다.

니노가 나타나기를 기다리는 동안 걱정이 커져만 갔다. 그러는 동안 몇 시간이 흘렀고 나는 깜빡 잠이 들었다. 화들짝 놀라 잠에서 깨어보니 어둠이 내려앉은 집에 전화벨이 울리고 있었다.

니노가 틀림없다는 생각에 달려가 전화를 받았는데 안토니오였다. 안토니오는 집에서 멀리 떨어져 있지 않은 카페에 있다면서 내게 나올 수 있냐고 물었다.

"그러지 말고 네가 올라와."

내가 말했다. 그가 망설이는 게 느껴졌다. 결국 안토니오는 올라오겠다고 했다. 나는 릴라가 내게 안토니오를 보냈다는 것을 추호도 의심하지 않았고 그도 이내 그 사실을 인정했다.

"릴라는 네가 바보 같은 짓을 하지 않기를 바라는 거야."

안토니오가 애써 표준어로 말했다.

"내가 바보 같은 짓을 하면 네가 막을 수 있을 거라고 생각해?"

"응."

"어떻게?"

안토니오는 커피를 끓여주겠다는 내 말을 거절하고 상세하게 보고하는 데 익숙한 말투로 차분히 니노 연인들의 명단을 이름부터 직업, 가족관계까지 조목조목 읊었다. 그가 오래전에 관계를 맺었던 사람들 가운데는 내가 모르는 여자들도 있었지만 우리 집에서 저녁까지 함께 먹었던 사람들도 있었다. 나와 아이들에게 상냥했던 사람들이었다. 데데와 엘사, 임마를 돌봐주었던 미렐라는 니노와 관계를 맺은 지 3년이나 됐다. 나와 릴라의 아이를 받아준 산부인과 의사와는 그보다 더 오랫동안 관계를 맺고 있었다.

안토니오는 수많은 계집의 이름을 열거했다(안토니오는 니노의 여자들을 그렇게 불렀다). 안토니오는 시기만 달랐을 뿐 그 여자들을 대하는 니노의 방식은 언제나 똑같았다고 했다. 얼마간 뜨겁게 교제하다가 만나는 횟수는 점점 뜸해지지만 완전히 헤어지는 법은 없었다.

"애정이 넘치는 사내지 뭐야."

안토니오가 비아냥대며 말했다.

"그 자식은 절대로 관계를 완전히 정리하지 않아. 이 여자를 찾아갔다가 또 저 여자를 찾기도 하지."

"리나는 이 사실을 알고 있었어?"

"응."

"언제부터?"

"얼마 안 됐어."

"그런데 왜 내게 바로 말해주지 않았던 거야?"

"나는 바로 말해주고 싶었어."

"리나는?"

"리나는 기다리라고 했어."

"너는 그 말에 복종한 거고? 너희는 나를 바로 전날 니노와 바람을 피웠거나 아니면 그다음 날 바람 피울 여자들을 위해 요리하고 식사를 준비하게 만들었어. 식탁 아래로 니노가 그 여자들의 발이나 무릎이나 다른 부분을 만지는 동안 나는 그들과 식사를 했어. 내가 다른 곳을 바라볼 때마다 니노가 달려들었을 것이 뻔한 어린 계집에 게 내 딸들을 맡겼다고."

안토니오는 어깨를 으쓱해보이고는 손을 바라보았다. 그는 깍지 낀 손을 무릎 사이로 떨궜다.

"나는 명령대로 행동할 뿐이야."

그가 사투리로 말했다.

말은 그렇게 했지만 그는 혼란스러워했다.

"대개는 그렇지."

그는 변명을 늘어놓으려 했다.

"가끔은 돈에 복종하고 가끔은 존경심에 복종하고 때에 따라서는 내 생각을 따르지."

안토니오가 속삭였다.

"상대방의 배신은 말이야. 적절한 시기에 알게 되지 않으면 알아 봤자 소용이 없어. 사랑에 빠져 있을 때는 뭐든 다 용서하게 되거든. 배신이 제대로 효과를 발휘하려면 애정이 조금이라도 식어야만 해."

안토니오는 그런 식으로 눈먼 사랑에 대한 고통스러운 문장을 혼 란스럽게 늘어놓았다. 안토니오는 그에 대한 예로 지난날 솔라라 형 제의 명령에 따라 니노와 릴라를 미행했던 이야기를 들려주었다. 그 때 자기는 솔라라 형제의 명령을 따르지 않았었다고 안토니오는 당 당하게 말했다.

안토니오는 릴라를 미켈레에게 갖다 바치고 싶지 않았다. 그는 릴 라를 곤란한 상황에서 구출해달라고 엔초를 불렀다. 안토니오는 그 때 자기가 니노를 두들겨 팼다는 이야기도 했다.

안토니오가 중얼거렸다.

"내가 그렇게 한 건 무엇보다도 네가 나 아닌 그 자식을 사랑했기 때문이야. 또 그 형편없는 자식이 리나에게 돌아가면 리나가 그 자식한테 정이 들어 평생 신세를 망칠 거라는 걸 알았기 때문이야."

안토니오가 결론을 맺었다.

"내 말 들어봐. 그때도 말로 해결할 수 있는 상황이 아니었어. 리나는 내 말을 듣지 않았을 거야. 사랑에 빠지면 눈만 머는 것이 아니라 귀도 멀게 되거든."

나는 기가 막혀서 안토니오에게 물었다.

"니노가 그날 밤 리나한테 돌아가려 했다는 사실을 지금껏 한 번도 리나에게 알려주지 않은 거야?"

"응."

"말은 해줬어야지."

"왜? 일단 내 머리가 이렇게 하는 것이 좋겠다고 말하면 나는 그렇게 하고는 다시는 그 일에 대해 생각하지 않아. 그렇게 해봤자 골치 아픈 일만 일어날 뿐이야."

안토니오는 그새 정말 현명한 사람이 되어 있었다. 그제야 나는 안토니오가 니노를 두들겨 패서 릴라에게서 억지로 떼어놓지 않았다면 릴라와 니노의 사랑이 얼마간 더 지속됐을 거라는 사실을 알게 됐다. 하지만 나는 그들이 평생 헤어지지 않고 릴라도 니노도 지금과는 다른 사람이 되었을지도 모른다는 가정은 머리에서 바로 지워버렸다. 가능성이 없을 뿐 아니라 견디기 힘든 생각이었다. 나는 성마른 한숨을 내쉬었다. 지난날 안토니오는 자기 나름대로 판단해 릴라를 구원했고 이제 릴라는 나를 구원하기 위해 그를 보낸 것이다. 나는 안토니오를 바라보면서 여자들의 보호자가 나타나셨다며 대놓고 비아냥댔다.

나는 피렌체에도 안토니오가 나타났어야 했다고 생각했다. 내가 한창 불안정해서 무엇을 해야 할지 몰랐을 때 안토니오가 나타나 그 울퉁불퉁한 손으로 나 대신 결정을 내려주었으면 좋았을 것이라고 생각했다. 수년 전 릴라 대신 결단을 내렸던 때처럼 말이다. 나는 심술궂게 안토니오에게 물었다.

"그래서 지금은 무슨 명령을 받았어?"

"리나는 나를 여기로 보내기 전에 그 얼간이의 면상을 박살내지 말라고 했어. 하지만 예전에 그랬듯이 이번에도 그렇게 하고 싶어."

"너는 믿을 만한 사람이 못 되는구나."

"그렇기도 하고 아니기도 하지."

"무슨 뜻이야?"

"상황이 복잡해, 레누. 너는 뒤로 빠져 있어. 만약 네가 사라토레 아들 녀석이 태어난 것을 후회하게 만들어달라고 하면 내가 그렇게 해줄게."

나는 안토니오의 어설픈 진지함에 참지 못하고 웃음을 터뜨리고 말았다. 소년 시절 동네에서 배운 말투였다. 강인하고 과묵한 사내다운 말투였다. 본래 수줍고 겁 많은 안토니오가 그렇게 되기까지 얼마나 노력했을까. 하지만 이제 그 말투는 완전히 안토니오의 것이 되었다. 다른 식으로 말하고 싶어도 방법을 몰랐을 것이다. 예전과 유일하게 다른 점이 있다면 표준어로 말하려고 애를 쓰다보니 힘들어서 외국어 억양이 나온다는 정도일 것이다.

내가 웃자 안토니오의 얼굴이 어두워졌다. 그는 창문의 까만 유리를 바라보면서 속삭였다.

"웃지 마."

나는 날씨가 추운데도 안토니오의 이마가 반짝이는 것을 보았다.

내게 우습게 보였다는 생각에 수치스러워서 땀까지 흘리고 있는 것이었다. 안토니오가 말했다.

"내가 말주변이 없다는 거 알아. 나는 이탈리아어보다 독일어가 더 편해."

나는 안토니오의 체취를 느꼈다. 먼 옛날 저수지에서 밀회를 즐길 때와 똑같은 체취였다. 내가 사과했다.

"난 지금 이 상황 때문에 웃은 거야. 너는 평생 니노를 죽이고 싶어 했는데 나는 니노가 지금 이 순간 집에 오면 네게 그 자식을 죽여버리라고 할 테니까. 나는 절망해서 웃는 거야. 평생 이토록 수치스러웠던 적이 없어. 내가 얼마나 비참한지 너는 상상조차 못 할 거야. 지금 이 순간 너무 아파 기절할 것 같아서 웃은 거야."

실제로 나는 힘이 없었다. 내 마음은 이미 죽어버렸다. 갑자기 다른 사람이 아닌 안토니오를 내게 보내준 릴라의 배려에 고마움을 느꼈다. 안토니오는 그 순간 나에 대한 애정을 의심하지 않을 수 있는 유일한 사람이었다. 게다가 그의 깡마른 몸과 큼지막한 뼈, 짙은 눈썹과 투박한 얼굴은 내게 너무나 친숙했다. 나는 그런 안토니오에게 혐오감도 두려움도 느끼지 않았다.

내가 말했다.

"저수지에 있을 때면 추위도 춥지 않았지. 몸이 떨려. 네게 가까이 가도 될까?"

안토니오는 나를 불안하게 바라보았지만 나는 그가 허락할 때까지 기다리지 않았다. 나는 자리에서 일어나 안토니오의 무릎 위에 앉았다. 그는 꼼짝도 하지 않았다. 내 몸에 닿을까봐 두려워 팔을 벌려 소파의 양끝으로 떨구었을 뿐이었다. 나는 그에게 몸을 기댔다. 안토니오의 목과 어깨 사이에 얼굴을 기댔다. 잠시 잠이 들었던 것 같았다.

"레누!"

"응?"

"몸이 안 좋아?"

"나를 좀 안아줘. 몸을 따뜻하게 해야겠어."

"싫어."

"왜?"

"네가 나를 원하는지 확실하지 않으니까."

"나는 너를 원해. 지금 이 순간 단 한 번만. 네가 내게, 그리고 내가 네게 진 빚이야."

"나는 네게 진 빚이 없어. 나는 너를 좋아하는데 너는 언제나 그 자식을 좋아했잖아."

"맞아. 하지만 나는 지금껏 그 누구도 그때 너를 원했던 것처럼 간절히 원하지 않았어. 니노마저도."

나는 오랫동안 말을 했다. 내가 안토니오에게 한 말은 진실이었다. 그 순간의 진실이자 먼 옛날 저수지에서 사랑을 나누던 시절의 진실이었다. 안토니오는 내게 처음으로 성적인 흥분을 경험하게 해준 사람이었다. 안토니오 덕분에 배 속의 구덩이가 뜨거워졌다가 열리기도 했고 액체가 되어 뜨거운 나른함을 느끼기도 했다. 프랑코와도 피에트로와도 니노와도 그런 느낌은 받지 못했다. 도중에 발을 헛디뎌 결국은 한 번도 그런 만족감에 도달하지 못했다. 그것은 분명치 않은 대상에 대한 기다림이기 때문이었다. 충족하기 가장 어려운 쾌락에 대한 희망이기 때문이었다. 안토니오의 입에서 나는 맛과 그의 욕구가 내뿜는 냄새와 그의 손과 허벅지 사이에 꼿꼿이 선 그의 커다란 성기는 비교 불가능한 '이전'을 상징했다. '이후'는 결코 통조림 공장 폐허에 숨어서 보내던 오후 시간과 비교할 수 없었다. 비록 삽입도 하지 않고 오르가슴을 느끼지도 못할 때가 많았지만 말이다.

나는 표준어로 안토니오에게 복잡한 이야기를 했다. 안토니오에게라기보다는 내가 저지르려는 일에 대해 나 자신을 설득하기 위해서였다. 그런 내 행동이 안토니오에게 믿음을 주었는지 그는 만족스러워했다. 안토니오는 나를 껴안고 처음에는 어깨에 다음에는 목에 마침내 입술에 키스했다. 나는 평생 다시는 그런 사랑을 하지 못했다.

그날의 사랑은 20년도 지난 예전의 저수지와 타소 가의 방과 소파와 바닥과 침대를 이어주었다. 그 사이에 존재하는 모든 것을 쓸어가버렸다. 우리를 갈라놓은 모든 것을 없애버렸다. 나라는 사람을 구성하는 모든 것을, 그라는 사람을 구성하는 모든 것을 없애버렸다. 안토니오는 때로는 부드러웠고 때로는 거칠었다. 나도 마찬가지였다. 나는 분노와 불안감 속에서 그에게 많은 것을 요구했고 그도 마찬가지였다. 규율을 어기고 싶은 욕망이 내 마음속에 그토록 강하게 존재했는지 나는 미처 몰랐었다. 마지막에 안토니오는 경이로움에 정신을 잃었다. 나도 그랬다.

"무슨 일이 일어난 거지?"

내가 그새 절대적인 친밀감을 나누었던 기억을 잃어버린 것처럼 넋이 나가 물었다.

"나도 모르겠어. 하지만 이런 일이 일어나서 다행이야."

안토니오가 말했다.

나는 미소를 지었다.

"너도 다른 남자들과 똑같아. 부인을 배신했네."

농담 삼아 한 말인데 안토니오는 내 말을 진지하게 받아들였다.

안토니오는 사투리로 말했다.

"나는 아무도 배신하지 않았어. 내 아내는 '지금 이 순간 전'에는 존재하지 않았으니까."

모호한 말이었지만 나는 그 의미를 이해했다. 안토니오는 자기도 내 생각에 동의한다는 말을 하고 싶었던 것이다. 정상적인 시간의 흐름 밖에 또 다른 시간이 존재한다는 것을 자기 나름대로 내게 설명하고 싶었던 것이다. 그는 우리가 '지금 이 순간'인 현재의 시간이 아니라 20년 전에 해당하는 어느 날 중에서도 아주 짧은 시간을 살았다는 말을 하고 싶은 것이었다. 나는 그에게 키스하고 속삭였다.

"고마워."

나는 안토니오에게 우리가 격정적인 섹스를 하게 된 각자의 잔혹한 이유를 눈감아줘서 고맙다고 했다. 우리의 관계를 정리해야 한다는 필요성만을 봐줘서 고맙다고 했다.

순간 전화벨이 울려 받으러 갔다. 아이들 때문에 릴라가 전화했을 거라 생각했는데 니노였다.

"집에 있어서 다행이다."

니노가 숨을 헐떡이면서 말했다.

"지금 당장 갈게."

"안 돼."

"그럼 언제 갈까?"

"내일."

"내게 해명할 기회를 줘. 꼭 그렇게 해야만 해. 지금 당장."

"싫어."

"대체 왜?"

나는 이유를 말하고 전화를 끊어버렸다.

## 79

니노와의 이별은 힘들었다. 헤어지는 데 몇 달이나 걸렸다. 남자 때문에 그렇게 괴로웠던 적은 처음이었다. 그와 헤어지는 것도 그를 다시 받아들이는 것도 괴롭기는 마찬가지였다.

니노는 자기가 릴라에게 사귀자고 했거나 성적인 제안을 했다는 사실을 인정하려 들지 않았다. 니노는 릴라를 욕하고 조롱했다. 우리 관계를 망치려 한다고 비난했다. 하지만 그의 말은 모두 거짓이었다. 처음 며칠 동안 니노는 거짓말만 늘어놓았다. 내가 너무 피곤한 데다 질투심에 눈이 멀어서 욕실에서 환영을 본 것이라고 나를 설득하려 들었다.

니노는 조금씩 포기하기 시작했다. 그는 자신이 몇몇 여자와 바람을 피운 사실을 고백했지만 오래전 일이라고 했다. 변명할 여지없이 최근 일어난 일에 대해서는 그 여자들은 자기에게 아무런 의미가 없다고 했다. 그는 자신과 그 여자들 사이에는 사랑 아닌 우정만이 있을 뿐이라고 맹세했다.

우리는 크리스마스 시즌을 거쳐 겨울 내내 다퉜다. 나는 항상 남 탓이나 하고 변명만 늘어놓으면서 내가 당연히 용서해줄 거라고 기대하는 니노에게 넌덜머리가 나서 그에게 입 닥치라고 했지만 때로는 그의 절망이 진심같기도 해 마음이 약해지곤 했다. 그 무렵 니노는 종종 술에 취해 집에 나타나곤 했다.

니노는 정직해서인지 교만해서인지 아니면 자존심 때문인지 내게 그가 이른바 여자 친구라고 부르는 여자들을 절대로 만나지 않을 것이며 기나긴 여자 친구 명단에 더는 이름을 추가하지 않겠다는 약속을 하지 않았다. 나는 그런 니노에게 화가 나 그를 집밖으로 쫓아버리곤 했다.

니노는 유식한 기가 철철 넘치는 기나긴 독백으로 이 모든 일이 자기 잘못이 아니라는 사실을 내게 설득하려고 했다. 니노는 그것은 자연의 섭리이자 영적인 문제라고 했다. 성기의 해면체와 그 해면체에서 분비되는 과다한 정액 때문이라고 했다. 자기 신장이 지나치게 뜨겁기 때문이라고 했다. 한마디로 자기 정력이 너무 강하기 때문이라고 했다.

니노가 내게 말했다.

"아무리 많은 책을 읽고 많은 언어를 배우고 수학과 과학과 문학을 공부해도 어쩔 수 없어. 너를 너무나 사랑하고 너 없이는 살 수 없고 너를 가질 수 없다는 생각만 해도 두렵지만 그래도 어쩔 수 없어. 제발 내 말을 믿어줘. 네게 애원할게. 제발 믿어줘. 나는 참을 수 없어. 정말이야. 도저히 참을 수 없어. 나는 이따금 솟아오르는 욕구를 이겨내지 못해. 아무리 어리석고 하찮은 욕구일지라도."

니노의 말투에서 진정성과 괴로움이 묻어났지만 그 와중에도 지나치게 무게를 잡는 그의 모습이 우스꽝스러웠다.

가끔은 니노의 말에 감동하기도 했지만 짜증날 때가 더 많았다. 나는 평소에는 그런 니노의 말에 비아냥거림으로 응수했다. 그러면 니노는 입을 다물고 신경질적으로 머리를 헝클어뜨리고는 처음부터 다시 시작했다.

어느 날 아침 나는 니노에게 네가 여자들과의 관계에 그렇게 목매는 이유는 사실 이성애적 성 정체성에 대한 확신이 약하기 때문이라고 쌀쌀맞게 말했다. 빈약한 성적 정체성을 쉴 새 없는 성관계를 통해 확인하려는 것 같다고 하자 니노는 기분이 상해 며칠 동안이나 나를 괴롭혔다. 니노는 자기보다 안토니오와의 잠자리가 더 좋았는지 알고 싶어 했다. 나는 니노가 숨 가쁘게 늘어놓는 헛소리에 넌덜머리가 나서 그에게 그렇다고 소리 질렀다.

괴로운 싸움이 계속되던 시기에 마침 니노의 친구 중 몇몇이 어떻게 해서든 내 침대 속으로 들어오려고 했다. 나는 그 모든 상황이 지겹기도 하고 니노에게 복수하고 싶기도 해서 몇 번은 그들의 제안을 받아들였다. 그러고는 니노에게 상처를 주려고 그가 좋아하는 사람들의 이름을 들먹이면서 그 친구들과의 잠자리가 더 좋았다고 했다.

니노는 내 눈앞에서 사라졌다. 평소에 데데와 엘사 없이는 살 수 없고 자기 아이들 가운데 임마를 제일 사랑한다고 해놓고서, 설령 우리 사이가 회복되지 않더라도 세 아이를 계속 돌봐주겠다고 해놓고서 니노는 시간이 지나자 우리들의 존재를 잊어버렸을 뿐만 아니라 타소 가의 임대료와 전기세, 가스비, 전화요금 같은 공과금을 내는 것도 잊어버렸다.

나는 근처에서 더 저렴한 집을 찾아봤지만 소용없었다. 대개 지금 사는 집만 못하고 더 작은데도 더 많은 임대료를 요구하기 일쑤였다. 마침 그때 릴라가 자기 집 바로 위층에 방 세 개에 부엌이 딸린 집이 나왔다는 소식을 전해주었다. 임대료가 거의 공짜나 다름없는 데다 창문 너머로 큰길과 뜰이 보인다고 했다. 릴라는 릴라답게 정보 차원에서 알려주는 것이니 마음대로 하라는 투로 내게 그 소식을 전했다. 나는 우울하기도 하고 두렵기도 했다. 그즈음 나는 엘리사와 다툰 적이 있는데 그때 엘리사가 내게 소리쳤다.

"아버지가 혼자 사시는데 아버지 집으로 들어가! 나 혼자 아버지를 돌보기 벅차단 말이야."

물론 나는 거절했다. 지금 상황에서 아버지까지 떠맡을 수는 없었다. 나는 이미 세 딸의 노예처럼 살고 있었다. 임마는 끊임없이 아팠고 데데가 감기에서 나았나 싶으면 다음은 엘사 차례였다. 엘사는 엘사대로 내가 자기 옆에 달라붙어 있지 않으면 숙제를 하는 법이 없었다. 그러면 데데는 화를 내면서 자기 숙제도 도와달라고 했다.

나는 지칠 대로 지쳐 신경쇠약증에 걸릴 지경이었다. 모든 것이 엉망이 되는 바람에 그때까지 해오던 최소한의 외부활동마저 할 수 없는 상황이었다. 나는 행사 초청이며 협업 요청이며 출장 제의를 전부 거절했다. 책에 대해 물어볼까봐 겁이 나서 차마 출판사에서 걸려온 전화도 받지 못했다.

나는 소용돌이에 휩싸여 추락하고 있었다. 이 마당에 고향으로 돌아가는 것은 내가 바닥을 쳤다는 것을 인정하는 것이나 마찬가지였다. 세 딸과 함께 고향 동네 사람들의 사고방식 속으로 침몰하는 것을 의미했다. 릴라와 카르멘과 알폰소를 비롯한 고향 사람들이 원했던 것처럼 그들에게 흡수되는 것을 의미했다.

아니. 그럴 수는 없다. 나는 차라리 트리부날리나 두케스카나 라비나이오나 포르첼라 구역으로 가겠다고 다짐했다. 고향으로 돌아갈 바에는 아직도 지진의 피해를 고스란히 드러내고 있는 가설물 사이에서 사는 것이 나았다. 그런 상황에서 나는 편집장의 전화를 받았다.

"어떻게 돼가고 있나?"

순간 머릿속이 대낮처럼 환하게 밝아졌다. 그제서야 나는 뭐라고 말하고 무엇을 해야 하는지 깨달았다.

"어제 막 끝냈어요."

"정말인가? 오늘 당장 보내주게."

"내일 아침에 우체국에 갈게요."

"고맙네. 원고를 받으면 읽고 알려주겠네."

"천천히 하세요."

나는 전화를 끊었다. 침실 옷장에 넣어두었던 커다란 상자를 찾아 몇 년 전 시어머니도 릴라도 좋아하지 않았던 원고를 꺼냈다. 나는 원고를 다시 읽어볼 생각조차 하지 않았다.

다음 날 아침 나는 아이들을 학교에 데려다준 다음 임마를 데리고 소포를 부치러 갔다. 위험한 행동이라는 것은 알고 있었지만 당시로서는 내 평판을 지킬 수 있는 유일한 방법 같았다. 원고를 보내주기로 했으니 그 약속을 지킨 것이다. 형편없는 실패작이라도 어쩔 수 없었다. 출판사에서 출간하지 않기로 하면 그만이었다. 나는 열심히 노력했고 아무도 속이지 않았다. 다음에 더 잘하면 된다.

우체국의 줄은 사람을 지치게 했다. 나는 새치기를 하는 사람들에게 계속 항의해야 했다. 상황이 거의 재난 수준이 되자 내 삶이 엉망이라는 사실이 사무치게 느껴졌다.

'나는 도대체 왜 지금 이곳에 있지? 왜 이렇게 시간 낭비를 하고 있는 거지? 나는 산 채로 내 딸들과 나폴리에게 잡아먹히고 있어. 이제는 공부도 못하고 글도 쓰지 못하고 그동안 훈련을 통해 습득한 능력도 잃어가고 있어.'

나는 내 운명과는 다른 삶을 쟁취했다고 생각했는데 그 결과가 이것이란 말인가. 나는 화가 났다. 누구보다도 어머니와 나 스스로에게 죄책감이 들었다. 얼마 전부터는 임마가 걱정이 되었다. 티나랑 비교할 때마다 임마는 발달장애가 있는 아이 같았다. 릴라의 딸은 우리 아이보다 3주나 늦게 태어났는데 매우 활발했다. 오히려 한 살은 더 많아 보였다. 임마는 반응도 잘 보이지 않고 항상 졸린 것 같았다.

나는 임마를 관찰하는 데 집착했다. 그 자리에서 바로 생각해낸 테스트로 임마를 귀찮게 했다. 어느 순간 이런 생각까지 들었다.

'니노가 내 삶을 망쳐놓았을 뿐만 아니라 장애가 있는 아이까지 낳게 한 거라면 정말 끔찍한 일이야.'

하지만 임마를 데리고 길을 가다 보면 사람들이 임마가 금발인 데다 너무 통통하고 예쁘다면서 나를 멈춰 세우곤 했다. 우체국에서도 줄을 서 있던 여자들이 임마가 토실토실하다고 칭찬했다. 그런데도 임마는 조금도 웃지 않았다. 어떤 사람이 사탕을 주자 임마는 내키지 않은 듯 손을 뻗어 사탕을 받아 그대로 땅에 떨어뜨리고 말았다. 정말이지 불안해서 견딜 수가 없었다. 하루에 하나씩 새로운 골칫거리가 생겼다. 나는 소포를 부치고 우체국을 나섰다. 이제는 정말 돌이킬 수 없었다. 순간 나는 흠칫했다.

'세상에. 내가 지금 무슨 짓을 저지른 거지? 출판사에서 내 원고를 시어머니에게 보여줄 거라는 생각은 왜 못 했지?'

사실 내 첫 번째 책과 두 번째 책이 출간되길 원했던 사람도 내 전 시어머니였다. 출판사 측은 예의상으로라도 시어머니에게 원고를 보낼 것이다. 원고를 보고 나서 시어머니는 분명히 이렇게 말할 것이다.

'그레코가 당신네들을 속이고 있어요. 이 글은 새로 쓴 게 아니에요. 나는 벌써 몇 년 전에 이 글을 읽은 적이 있는데 형편없었죠.'

식은땀이 흐르고 맥이 빠졌다. 구멍을 막으려다 다른 구멍을 낸 것이다. 그때 내게는 내 행동이 불러올 결과를 통제할 수 있는 최소한의 능력조차 없었다.

## 80

바로 그 무렵 니노가 다시 나타났고 그 바람에 일이 더 복잡해졌다. 내가 몇 번이나 돌려달라고 했는데도 니노는 내게 집 열쇠를 돌려주지 않았다.

어느 날 니노는 미리 전화도 없이 노크도 하지 않고 불쑥 집에 나타났다. 나는 그에게 꺼지라고 했다. 임대료도 내지 않는 데다 임마 양육비를 단 한 푼도 보태주지 않으니 여기는 이제 내 집이라고 했다.

니노는 우리가 헤어지고 나서 너무 고통스러워 송금하는 것을 잊어버렸다고 했다. 진심인 것 같았다. 니노는 귀신에 홀린 것 같았고 그새 몹시 야위었다. 그는 다음 달부터 다시 임대료를 내겠다고 했다. 말투가 어찌나 진지한지 의도와는 달리 우스꽝스럽게 느껴졌다.

니노는 비통한 목소리로 임마에 대한 애정을 고백했다. 그는 언뜻 듣기에는 가벼운 말투로 안토니오와의 만남에 대해 캐묻기 시작했다. 처음에는 일반적인 이야기로 시작해서 나중에는 섹스에 대해 캐물었다. 안토니오 이야기로 그런 류의 이야기에 물꼬를 튼 니노는 이어서 자기 친구들 이야기도 꺼냈다. 그는 내가 이런저런 남자들에게 굴복한 이유가 (그는 굴복이라는 말이 이 상황에 적합한 표현이라고 생각한 것 같다) 정말 그들에게 이끌려서가 아니라 자기에게 복수하기 위해서였다는 사실을 인정하기를 바랐다.

니노가 내 어깨와 무릎, 뺨을 쓰다듬기 시작하자 나는 긴장했다. 나는 니노의 눈빛과 목소리에서 그가 절망에 빠진 건 내 사랑을 잃어서가 아니라는 것을 깨달았다. 니노는 내가 정말로 그가 언급한 남자들과 관계를 가졌다면 얼마 지나지 않아 또 다른 남자들과 관계를 가질 것이고 그렇게 되면 내가 자기보다 그 남자들을 더 좋아하게 될까봐 걱정하는 것이었다.

그날 아침 니노는 오직 내 침대 속으로 다시 기어들어오기 위해서 갑자기 나타난 것이었다. 니노는 내가 최근 관계를 가졌던 애인들을 깎아내리고 내 유일한 욕망은 그의 남성을 내 몸에 다시 받아들이는 것뿐이라고 말하기를 강요하고 있었다. 자기가 아직 나에게 일 순위라는 사실만 확인한 다음 다시 사라질 요량이었던 것이다.

나는 그런 니노에게서 집 열쇠를 빼앗고 그를 집에서 내쫓았다. 그제야 나는 놀랍게도 그에게서 아무런 감정도 느껴지지 않는다는 사실을 깨달았다. 그를 사랑했던 기나긴 세월이 그날 아침 송두리째 사라진 것이다.

그날 이후 나는 일감을 찾거나 하다못해 중학교 임시 교사직이라도 구하려면 무엇을 해야 하는지 알아보기 시작했다. 하지만 곧 그마저도 쉽지 않으며 새 학년이 시작될 때까지 기다려야 한다는 사실을 알았다. 편집장과의 관계가 끝날 것이라는 확신과 그 때문에 작가라는 지위도 무너져 내릴 거라는 상상으로 나는 겁이 났다.

딸들은 태어났을 때부터 유복한 삶에 익숙했다. 피에트로와 결혼한 후로는 나부터 예전처럼 책도, 잡지도, 신문도, 전축도, 영화도, 연극도 없는 삶을 상상할 수 없었다. 지금 당장 임시적인 일이라도 해야 했다. 나는 근처 상가에 과외수업을 한다는 전단지를 붙여놓았다.

6월의 어느 날 아침 편집장의 전화를 받았다. 내 원고를 받아 읽어봤다는 것이다.

"벌써요?"

내가 천연덕스럽게 물었다.

"그렇다네. 자네가 이런 글을 쓸 거라고는 상상도 못 했어. 다른 사람도 아닌 자네가 이런 글을 쓰다니 정말 놀랍네."

"형편없다는 뜻인가요?"

"처음부터 끝까지 이야기가 줄 수 있는 즐거움의 극치를 보여주는 작품이더군. 심장이 미친 듯이 뛰었네."

"좋다는 뜻인가요 그렇지 않다는 뜻인가요."

"굉장한 작품이네."

## 81

나는 자랑스러웠다. 순식간에 스스로에 대한 믿음을 회복했을 뿐만 아니라 내 글에 대해 어린아이처럼 열광적으로 떠들어대기 시작했다. 나는 헤프게 웃으며 내 글에 대한 칭찬을 제대로 듣고 싶은 마음에 편집장을 집요하게 심문했다. 나는 이내 그가 내 글을 일종의 자서전이라고 생각한다는 것을 깨달았다. 나폴리에서 가장 빈곤하고 가장 폭력적인 곳에서 겪은 내 경험을 소설의 형식을 빌려 표현했다고 생각한다는 것을 깨달았다. 그는 내가 고향에 돌아가서 좋지 않은 영향을 받을까봐 걱정했다고 말했다. 하지만 이제는 고향으로 돌아간 것이 결국 내게 도움이 되었음을 인정해야겠다고 했다. 나는 실은 그 책을 수년 전 피렌체에서 썼다는 사실을 말하지 않았다.

"거친 소설이야."

편집장이 강조했다.

"남성적인 소설이지. 하지만 모순적이게도 섬세한 측면도 있어. 자네 정말 장족의 발전을 했어."

편집장은 기획적인 부분에 대해 말하기 시작했다. 그는 소설의 출간을 1983년 봄으로 연기하고 싶어 했다. 자기가 직접 꼼꼼하게 편집하고 잘 준비해서 출간하기 위해서라고 했다. 편집장은 마지막으로 살짝 심술궂은 말을 덧붙였다.

"자네 전 시어머니에게 이야기했더니 예전에 이 이야기의 전신을 읽은 적이 있었는데 마음에 들지 않았다고 하더군. 이제 아델레의 감각도 녹이 슨 게야. 아니면 사적인 감정 때문에 공정한 평가를 못 했던가."

나는 급히 예전에 시어머니에게 초고를 보여준 적이 있다는 사실을 시인했다. 편집장이 말했다.

"나폴리 공기가 자네 재능을 꽃피우게 해주었나보군."

전화를 끊고 나니 마음이 훨씬 가벼워졌다. 기분이 완전히 달라졌다. 나는 특히 아이들에게 다정해졌다. 출판사에서 남은 계약금을 지급했기 때문에 주머니 사정도 나아졌다. 갑자기 나폴리, 특히 고향 동네가 무시해서는 안 되는 존재 정도가 아니라 좋은 글을 쓰기 위해 필수적인 내 삶의 중요한 일부처럼 보이기 시작했다. 스스로에 대한 불신으로 가득 차 있던 감정이 순식간에 기분 좋은 만족감으로 도약했다. 파국의 시작이라고 생각했던 일로 되레 문학적 수준을 인정받았을 뿐 아니라 이는 내 글의 문화적·정치적 성향을 특징 짓는 결정적인 선택이 되었다.

편집장은 이러한 사실을 권위 있는 말로 인정해주었다.

"출발점으로 돌아간 것이 자네에게는 일보 전진의 계기가 되었군."

물론 나는 편집장에게 피렌체에서 그 책을 썼다는 사실을 말하지 않았다. 나폴리로 돌아간 것이 그 글에 아무런 영향을 미치지 않았다는 말을 하지 않았다. 하지만 이야기의 소재와 등장인물들의 깊이는 고향 동네의 것이었다. 스토리상의 전환점도 고향에서 일어났다. 나의 전 시어머니에게는 그런 사실을 이해할 만한 감수성이 없었고 그렇기 때문에 내 글의 가치를 알아보지 못해 놓치고 말았던 것이다. 아이로타 집안사람들 모두 그랬다. 니노도 마찬가지다. 그는 나를 다른 여자들과 별다를 바 없다고 생각했다. 명단에 있는 여자들 가운데 한 명이라고 생각했다.

무엇보다도 의미 있는 것은 릴라도 내 글의 가치를 알아보지 못했다는 사실이다. 릴라는 내 원고를 마음에 들어 하지 않았고 혹독하게 비판했다. 내 원고를 좋지 않게 평가해 내게 상처를 줄 수밖에 없게 되자 릴라는 그녀로서는 드물게 울음을 터뜨렸다. 하지만 나는 릴라가 우는 것을 원치 않았다. 오히려 릴라가 틀려서 기뻤다. 어린 시절부터 나는 릴라를 지나치게 중요하게 생각했는데 이제야 짐을 내려놓은 기분이 들었다.

드디어 나는 나고 릴라는 릴라라는 사실이 확실해졌다. 내게는 이제 릴라의 권위가 필요하지 않았다. 나만의 권위가 생겼으니까. 나는 나 스스로 강해졌음을 느꼈다. 이제는 내가 출신의 피해자처럼 느껴지지 않았다. 나는 내 출신을 지배할 수 있게 되었다. 내 출신에 어떠한 형태를 부여하고 나와 릴라를 비롯한 모두를 위해서 우리의 출신을 이용할 수 있게 되었다. 지난날 나를 나락으로 끌어내리던 것이 이제는 나를 더 높은 곳으로 올라가게 해줄 바탕이 되었다. 1982년 어느 날 아침 나는 릴라에게 전화를 걸었다.

"좋아. 너희 집 위층을 얻을게. 고향으로 돌아갈게."

## 82

나는 한여름에 이사했다. 이사는 안토니오가 도맡았다. 그는 건장한 장정 몇몇을 데리고 와서 타소 가 집을 깨끗이 비우고 이사 갈 집을 정리해주었다.

새 집은 어두웠다. 벽을 다시 칠했지만 집 안에 생기가 돌지 않았다. 하지만 처음 나폴리로 돌아왔을 때와는 달리 조금도 힘들게 느껴지지 않았다.

오히려 그 반대였다. 창문 사이로 힘겹게 들어오는 먼지 쌓인 햇빛을 보니 유년 시절 추억이 떠올라 감정이 북받쳐 올랐다. 데데와 엘사는 한동안 이사를 반대했다. 아이들은 피렌체와 제노바와 타소 가에 있는 환한 집에서 성장했다. 데데와 엘사는 새로 이사 갈 집 바닥의 깨진 타일과 비좁고 어두운 화장실과 큰길에서 들려오는 소음을 싫어했다. 무시할 수 없는 좋은 점이 없었다면 아이들은 끝까지 포기하지 않았을 것이다. 아이들은 우선 리나 이모를 매일 볼 수 있고 학교가 가까워서 아침에 늦게 일어날 수 있으며 자기들끼리 등교를 하고 오랫동안 길이나 뜰에서 놀 수 있다는 점 때문에 이사를 받아들였다.

나는 당장 동네를 다시 내 것으로 만들어야겠다는 열망에 사로잡혔다. 엘사를 내가 졸업한 초등학교에 등록시키고 데데도 내가 나온 중학교에 등록시켰다. 나는 나이에 상관없이 아직도 나를 기억하고 있는 모든 동네 사람에게 연락했다. 카르멘과 카르멘의 가족, 알폰소, 아다, 피누차와 함께 내가 다시 돌아온 것을 축하했다.

걱정되는 부분도 있었다. 우선 피에트로가 내 선택을 탐탁해하지 않고 끝내 불편한 심기를 내비쳤다. 피에트로가 전화로 말했다.

"대체 무슨 생각으로 우리 딸들을 당신이 도망쳐 나온 곳에서 키우려는 거야?"

"여기서 키우려는 게 아니야."

"그렇지만 이미 집도 옮기고 학교도 그쪽에 등록했잖아. 그런 곳에서 자라고 공부할 아이들이 아닌데 말이야."

"나는 원고를 써야 해. 원고를 잘 마무리할 수 있는 곳은 여기밖에 없어."

"나한테 맡기지 그랬어."

"엄마도 맡아줄 거야? 셋 다 내 딸이야. 막내가 언니들한테서 떨어지는 것은 싫어."

피에트로는 곧 마음을 가라앉혔다. 그는 내가 니노랑 헤어졌다는 사실에 만족했고 얼마 지나지 않아 이사를 눈감아주었다.

"일 열심히 해."

피에트로가 말했다.

"나는 당신을 믿어. 당신은 뭘 해야 하는지 잘 알잖아."

나는 피에트로의 말이 사실이기를 바랐다. 나는 시끄러운 소음과 함께 먼지를 일으키면서 큰길을 지나다니는 트럭을 바라보았다. 주사기가 널려 있는 공원을 산책했다. 버려진 텅 빈 성당에 들어가보기도 했다. 상영을 중단한 교구 영화관과 버림받은 둥지처럼 보이는 정당 사무실 앞에서 슬픔에 잠겼다. 아파트에서는 남녀노소 할 것 없이 사람들의 고함소리가 들려왔다. 밤이면 더 심했다. 나는 식구들끼리 그렇게나 큰 앙심을 품을 수 있고 이웃 사람들끼리 그렇게나 강한 적대심을 가질 수 있다는 사실에 놀랐다. 사람들이 쉽게 폭력을 쓰는 것에도 아이들끼리 벌이는 패싸움에도 놀랐다.

약국에 갈 때마다 지노가 떠올랐다. 그가 살해당한 곳을 실제로 보니 소름이 끼쳤다. 나는 조심스럽게 그 주변을 맴돌다가 연민을 담아 지노의 부모님에게 말을 걸었다. 두 분은 여전히 어두운 나무 계산대 뒤에 있었다. 몸은 예전보다 더 구부정해졌지만 여전히 새하얀 가운을 입고 있었고 여전히 친절했다. 어린 시절에는 견뎌야 했던 이런 환경을 이제는 내가 다스릴 수 있는지 시험해보자고 나는 생각했다.

"왜 이런 결정을 한 거야?"

이사를 마친 후 릴라가 내게 물었다. 아마도 릴라는 내게 '네가 여기 남길 참 잘했어. 여기저기 다녀봤자 별거 없더라. 이제야 그 사실을 깨닫게 되었어'라는 다정한 대답을 기대했을 것이다. 아니면 자신의 선택이 옳았다는 말을 기대했을 것이다.

그런 릴라의 바람과는 달리 나는 말했다.

"실험해보는 거야."

"무슨 실험?"

그날 우리는 릴라의 사무실에서 이야기를 나누고 있었다. 티나는 릴라 곁에서 맴돌고 있었고 임마는 혼자서 돌아다니고 있었다. 나는 릴라에게 말했다.

"재구성하는 실험. 너는 평생을 고향에서 살았지만 나는 그러지 못했잖아. 내 몸이 여기저기 흩어져 있는 것 같아."

릴라는 동의하지 않는다는 표정을 지었다.

"실험 따위는 그만둬, 레누. 해봤자 실망해서 다시 떠나겠다고 할걸? 여기저기 흩어져 있는 것처럼 느끼는 건 나도 마찬가지야. 우리 아버지의 구둣방과 이 사무실은 몇 미터밖에 안 떨어져 있지만 내게는 남극과 북극처럼 멀게 느껴져."

나는 짐짓 재미있다는 듯 말했다.

"힘 빠지게 하지 마. 나는 직업상 사건과 사건을 언어로 연결시켜야 해. 결과적으로는 모든 일을 일관성 있어 보이게 해야 한다고. 실제로는 그렇지 않더라도 말이야."

"없는 일관성을 왜 있는 척해?"

"정리하기 위해서. 예전에 보여줬던 소설 기억해? 네가 싫어했던 소설 말이야. 나는 그 소설에서 내가 아는 나폴리를 나중에 피사나 피렌체나 밀라노에서 습득한 지식 안에 끼워 맞추려고 했어. 얼마 전에 그 글을 출판사에 넘겼는데 반응이 좋아. 출간해주겠대."

릴라는 눈을 가늘게 뜨고 조용히 말했다.

"읽어봤자 나는 아무것도 모를 거라고 했잖아."

나는 릴라가 내 말에 상처받았다는 것을 알아챘다. 나는 릴라의 면전에서 대놓고 이렇게 말한 것이나 마찬가지였다.

'네가 구두 이야기와 컴퓨터 이야기를 하나의 이야기로 연결하지 못한다고 그게 불가능한 것은 아니야. 네게 그럴 만한 능력이 없었던 것뿐이지.'

나는 급히 내 말을 수습했다.

"출간되어봤자 아무도 사지 않을 거야. 결국 네 말이 옳았다는 게 증명될 테고."

그러고는 내가 생각하기에 내 글의 단점과 출간하기 전에 바꾸고 싶거나 그대로 두고 싶은 부분에 대해 머릿속에 떠오르는 대로 늘어놓았다. 하지만 릴라는 내 책에 대한 이야기를 피하고 명예회복을 하려는 듯 컴퓨터에 관해 이야기하기 시작했다. 릴라는 마치 네겐 네 전문 분야가 있지만 내게는 내 전문 분야가 있다는 말을 하고 싶은 것 같았다.

릴라는 아이들에게 말했다.

"엔초 아저씨가 산 새 컴퓨터를 보여줄까?"

릴라는 우리를 작은 방으로 안내하고 컴퓨터에 대해 데데와 엘사에게 설명해주었다.

"이게 바로 퍼스널 컴퓨터라는 거야. 정말 비싸지만 엄청난 일을 할 수 있어. 어떻게 작동하는지 보여줄게."

릴라는 등받이가 없는 의자에 앉은 뒤 먼저 티나를 자기 무릎에 앉혔다. 그러고는 데데와 엘사와 티나에게 인내심을 가지고 컴퓨터에 대해 상세히 설명했다. 릴라는 아이들에게만 말을 하고 내게는 한 번도 말을 걸지 않았다.

나는 릴라가 설명하는 내내 티나를 바라보았다. 티나는 자기 엄마한테 말을 걸고 손가락으로 뭔가를 가리키면서 "이게 뭐야?" 하고 묻곤 했다. 엄마가 자기 말을 들어주지 않으면 셔츠 자락을 잡아당기고 엄마 턱을 꽉 쥐면서 끈질기게 "엄마, 이게 뭐야?"라고 물었다. 그러면 릴라는 어른한테 하듯 티나에게 설명을 해줬다. 그러는 동안 임마는 방 안을 돌아다니고 있었다. 바퀴가 달린 작은 수레를 끌고 다니다가 가끔 어리벙벙한 표정으로 바닥에 주저앉았다.

"이리 와, 임마. 리나 이모 이야기를 들어봐."

나는 몇 번이나 임마를 불렀지만 임마는 수레를 가지고 놀기만 했다.

임마는 릴라의 딸과 같은 재능을 타고나지 못했다. 며칠 전부터 임마에게 발달장애가 있는 게 아닌가 하는 불안감이 수그러들기는 했다. 실력이 뛰어난 소아과 의사가 임마에게 특별히 발달이 더딘 부분이 없다고 했기 때문이었다. 나는 그제야 안심했다. 그런데도 임마와 티나를 비교할 때마다 조금 속상했다.

티나는 정말이지 활발한 아이였다. 티나가 말하는 것을 듣고 티나를 보고만 있어도 기분이 좋아졌다. 릴라와 티나가 함께 있는 것을 볼 때마다 나는 감정이 복받쳤다. 릴라가 컴퓨터에 대해 이야기하는 동안 (우리는 어느새 그 용어에 익숙해졌다) 나는 엄마와 딸을 경탄하는 눈빛으로 바라보았다.

그때는 내 자신에 대한 자긍심과 행복으로 충만했던 시기였다. 그렇기 때문에 내가 나의 친구를 있는 그대로 좋아하고 있다는 사실을 뚜렷하게 느꼈다. 나는 릴라의 장점과 단점을 있는 그대로 좋아했다. 릴라가 세상에 내놓은 그 작은 생명체에게도 똑같은 애정을 느꼈다. 티나는 호기심으로 가득했다. 뭐든 단숨에 익혔고 어휘력이 풍부한 데다 놀라울 정도로 손재주가 뛰어났다. 나는 생각했다.

'티나는 릴라랑 똑같네. 엔초는 별로 닮지 않았어. 눈을 크게 뜨는 모습이나 가늘게 뜨는 모습도 그렇고 귓불이 없는 것까지 릴라를 똑 닮았어.'

나는 차마 내가 내 친딸보다 티나에게 더 이끌린다는 사실을 인정할 수 없었다. 릴라가 자신의 능력을 다 뽐내자 나는 컴퓨터의 놀라운 기능에 대해 열렬한 반응을 보이고 엄마가 괴로워할 거라는 것을 알면서도 티나에게 칭찬을 퍼부었다.

"우리 티나 정말 똑똑하네. 아유, 예뻐라. 말도 잘하고. 아는 것도 많네."

나는 무엇보다도 내 책이 출간될 거라는 소식으로 불편해진 릴라의 마음이 누그러지기를 바랐기에 릴라에게 칭찬을 아끼지 않았다. 나는 내 세 딸과 릴라 딸의 미래가 밝을 거라고 했다.

"모두들 공부도 하고, 세계를 누비며 여행도 하고, 훌륭한 사람이 될 거야."

내가 말했다.

릴라는 티나와 한참 뽀뽀한 다음 말했다.

"그래. 티나는 똑똑하지."

하지만 릴라는 이내 씁쓸하게 덧붙였다.

"어렸을 때는 젠나로도 그랬어. 말도 잘하고, 글도 빨리 익히고, 학교 성적도 뛰어났지. 하지만 지금 어떻게 됐는지 좀 봐."

## 83

어느 날 저녁 릴라가 젠나로 흉을 보자 데데가 용기를 내서 젠나로를 변론했다. 데데는 얼굴이 새빨개져서 말했다.

"젠나로는 정말 똑똑해요."

릴라는 재미있다는 듯 데데를 바라보더니 웃으면서 대답했다.

"너는 정말이지 상냥한 아이로구나. 엄마로서 네 말을 들으니 기분이 아주 좋은걸."

그때부터 데데는 그래도 된다는 허가라도 받은 것처럼 틈만 나면 젠나로를 감싸고 돌았다. 릴라가 젠나로에게 몹시 화가 나 있을 때도 마찬가지였다. 젠나로는 이제 18세의 다 큰 청년이 되었다. 젊은 시절의 자기 아버지와 똑 닮은 잘생긴 청년이었지만 제 아버지보다 체형이 작고 통통했다. 무엇보다 정서적으로 불안정했다. 이제 겨우 12세인 데데가 젠나로 눈에 들어올 리 없었다. 젠나로의 관심은 다른 데 있었다. 그런데도 데데는 여전히 젠나로를 인류 역사를 통틀어 가장 경이로운 존재라고 생각했고 기회가 있을 때마다 젠나로를 끝도 없이 칭찬했다. 기분이 안 좋을 때면 릴라는 그런 데데에게 대꾸조차 하지 않았지만 그렇지 않을 때면 웃음을 터뜨리며 외치곤 했다.

"말도 안 되는 소리. 젠나로는 불한당 같은 녀석이야. 너희 세 자매야말로 정말 똑똑하지. 너희들은 분명히 엄마보다 더 훌륭한 사람이 될 거야."

데데는 릴라의 칭찬에 좋아하면서도 (데데는 자기가 엄마보다 낫다는 말을 들으면 매우 기뻐했다) 젠나로를 띄워주기 위해 자기 자신을 낮췄다.

데데는 젠나로를 흠모했다. 데데는 종종 젠나로가 공장에서 돌아오는 모습을 보기 위해 창가에서 기다리다 젠나로가 나타나면 "안녕, 리노!"라고 외치곤 했다. 젠나로가 "안녕"이라고 대답해주기라도 하면 (그런 경우는 드물었지만) 데데는 젠나로가 올라오는 모습을 보려고 층계참으로 달려가 피곤해 보인다는 둥, 손은 어쩌다 다친 거냐는 둥, 작업복을 입고 있으면 덥지 않느냐는 둥 어떻게든 말을 걸어보려고 했다. 젠나로가 몇 마디만 대꾸를 해줘도 데데는 흥분했다. 젠나로가 평소보다 자기에게 조금이라도 관심을 더 기울이는 것 같으면 그와 더 오래 머무르고 싶은 마음에 임마를 안고 "티나랑 놀게 임마를 리나 이모 집에 데려다줄게요"라고 외친 다음 내가 미처 그렇게 하라는 말을 마치기도 전에 집 밖으로 사라지곤 했다.

릴라와 나 사이를 갈라놓는 공간이 이토록 가까웠던 적은 없었다. 우리는 어린 시절보다 더 가까이에 있었다. 우리 집 바닥이 릴라네 집 천장이 아닌가. 층계를 두 개만 내려가면 내가 릴라네 집에 갈 수 있었고 층계를 두 개만 오르면 릴라가 우리 집에 올 수 있었다. 아침저녁으로 릴라네 집에서 내용을 알아들을 수 없는 이야기 소리가 들려왔다. 티나가 재잘대는 소리와 그런 티나에게 재잘대며 대답하는 릴라의 목소리가 들려왔다. 엔초의 굵직한 목소리도 들렸다. 엔초는 평소에는 과묵했지만 딸에게 이야기할 때만은 말이 많아졌고 티나에게 노래도 자주 불러줬다.

나는 릴라도 내 존재를 느낄 수 있을 거라고 생각했다. 릴라가 출근하고 데데와 엘사는 학교에 가서 집에 임마와 티나밖에 없을 때면 (티나는 종종 우리 집에서 자고 가곤 했다) 아랫집이 텅 비었다는 사실이 새삼스레 와 닿았다. 그럴 때면 나는 직장에서 돌아온 릴라와 엔초의 발소리가 빨리 들리기를 기다렸다.

얼마 지나지 않아 모든 일이 제대로 돌아가기 시작했다. 데데와 엘사는 임마를 정성껏 보살펴주었다. 동생을 데리고 뜰에서 놀기도 하고 릴라네 집에 데려가기도 했다. 내가 출장을 가야 할 때면 릴라는 세 아이를 모두 다 돌봐주었다. 그 무렵 나는 시간적 여유가 거의 없었다. 내 글을 읽고 다듬느라 바빴다. 니노도, 니노를 잃는 것에 대한 불안감도 사라지니 마음이 편해졌다.

피에트로와의 관계도 좋아졌다. 피에트로는 예전보다 자주 딸들을 보러 나폴리를 찾았다. 그러다보니 피에트로도 우중충하고 누추한 우리 집에 익숙해졌다. 나폴리 사투리, 그중에서도 엘사가 쓰는 사투리에도 적응했다. 피에트로가 오면 우리 집에서 자고 가는 일이 잦았다. 그렇게 우리 집을 찾을 때면 피에트로는 엔초를 친절하게 대했고 릴라와 많은 이야기를 나누었다. 예전에는 릴라를 좋지 않게 봤었는데 이제는 그가 릴라와 시간을 보내는 것을 즐기는 게 눈에 보였다. 릴라는 피에트로가 떠나고 나면 그에 대해 열광적으로 말했다. 지금껏 누구에게도 보인 적이 없는 반응이었다.

"피에트로는 평생 책을 몇 권이나 읽었을까?"

릴라가 진지하게 말했다.

"5만 권쯤 읽었을까? 아니면 10만 권?"

릴라는 내 전남편에게서 어린 시절 상상 속에 존재하던 현자의 화신을 본 듯했다. 직업 때문이 아니라 순수하게 지식을 위해 책을 읽고 글을 쓰는 사람들 말이다.

"너는 정말 똑똑해."

어느 날 저녁 릴라가 내게 말했다.

"하지만 나는 피에트로가 말하는 방식이 정말 좋아. 활자를 있는 그대로 목소리로 옮겨놓은 것처럼 말하면서도 절대 딱딱한 책을 읽는 것처럼 고리타분하지 않거든."

"반면에 나는 그렇다는 거야?"

내가 장난스럽게 물었다.

"조금 그런 면이 있지."

"아직도?"

"응."

"그런 식으로 말하는 법을 배우지 못했다면 고향 밖 어느 누구도 내 말에 귀를 기울여주지 않았을 거야."

"피에트로가 말하는 투도 너랑 비슷해. 단지 더 자연스러울 뿐이지. 젠나로가 어렸을 때 나는 젠나로가 딱 피에트로 같은 사람이 되기를 바랐어. 그땐 피에트로를 알기 전이었는데 말이야."

릴라는 젠나로 이야기를 자주 했다. 젠나로에게 더 많은 것을 주었어야 했는데 그럴 만한 시간도 끈기도 능력도 없었다고 했다. 처음에 자기가 어설프게 가르쳐보려 했다가 자신감을 잃고 그만두었다면서 자책했다. 어느 날 저녁에는 젠나로 이야기를 하다가 티나 이야기로 옮겨갔다. 릴라는 티나도 크면서 재능을 잃을까봐 두렵다고 했다. 내가 진심으로 티나를 아낌 없이 칭찬하자 릴라가 진지하게 말했다.

"이제 고향으로 돌아왔으니 티나도 네 딸들처럼 자랄 수 있게 도

371

와줘야 해. 엔초도 정말 중요하게 생각하고 있어. 네게 도와달라고 부탁하라고 했어."

"그럴게."

"너는 나를 돕고 나는 너를 돕는 거야. 학교 교육으로는 부족해. 올리비에로 선생님 기억하지? 내게는 충분하지 못했어."

"시대가 변했잖아."

"글쎄. 젠나로에게도 최선을 다했는데 결과가 안 좋았잖아."

"그건 고향 동네 탓이야."

릴라는 나를 심각하게 바라보면서 말했다.

"나는 그렇게 생각하지 않아. 하지만 이제 네가 우리 곁에 머물기로 결정했으니 우리 함께 고향 동네를 바꿔보자."

## 84

몇 달 만에 릴라와 나는 좀 더 가까워졌다. 우리는 언젠가부터 함께 장을 보기 시작했다. 일요일에는 큰길을 따라 허구한 날 똑같은 노점 사이를 돌아다니는 대신 나폴리 시내로 가자고 했다. 우리는 엔초와 함께 딸들을 데리고 따스한 햇볕 아래 바닷바람을 쐬러 갔다.

우리는 카라치올로 가나 빌라 코무날레 공원을 산책했다. 그럴 때면 엔초는 티나를 목마 태우고 다녔다. 엔초는 지나치다 싶을 정도로 티나를 애지중지했다. 그렇다고 내 딸들을 소홀히 대하는 법도 없었다. 엔초는 아이들에게 공과 달콤한 과자를 사주고 함께 놀아주었다. 그럴 때면 나와 릴라는 일부러 뒤처져 걸었다. 우리는 이런저런 이야기를 나누었다. 하지만 사춘기 시절과는 달랐다. 그 시절은 이제 다시 돌아오지 않을 것이다. 릴라는 자기가 텔레비전에서 들은 내용에 대해 물었고 나는 릴라의 질문에 유창한 답변을 늘어놓았다.

나는 릴라에게 포스트모더니즘이라든지 출판계의 문제라든지 페미니즘계의 새 소식 등에 대해 머릿속에 떠오르는 대로 들려주었다. 그러면 릴라는 살짝 장난기 어린 눈빛으로 내 말에 주의 깊게 귀 기울였다. 질문할 때 빼고는 끼어들거나 자기 의견을 말하지 않았다. 나는 그런 식으로 릴라와 대화하는 것이 좋았다. 릴라가 감탄하는 표정으로 나를 바라볼 때도 좋았고 내게 "너는 정말 아는 것도 많고 생각도 많구나"라고 말할 때도 좋았다. 가끔 나를 놀리는 것 같기도 했지만 그마저도 괜찮았다. 내가 릴라의 의견을 듣고 싶다고 부추길 때마다 릴라는 괜히 말도 안 되는 이야기를 하게 만들지 말고 너나 계속 이야기하라라며 몸을 사렸다.

릴라는 종종 유명 인사들의 이름을 대면서 내가 그들과 개인적인 친분이 있는지 묻곤 했다. 내가 아니라고 하면 실망하는 눈치였다. 하지만 솔직히 말해 내가 나와 친분이 있는 유명 인사들을 보통 사람들과 같은 수준으로 끌어 내릴 때도 그에 못지않게 실망하는 눈치였다.

"그러니까 네 말은."

어느 날 아침 릴라가 결론지었다.

"그 사람들이 겉보기와는 다르다는 거네."

"그렇다니까. 물론 대부분 자기 전공 분야에는 실력이 뛰어나지. 하지만 그것을 제외하면 다들 탐욕스러운 데다 다른 사람에게 상처 주는 것을 즐겨. 강자와 동맹을 맺고 약자를 탄압하고 범죄 집단과 싸운답시고 또 다른 범죄 집단을 구성하고 여자들을 애완견 취급해. 틈만 나면 저질스러운 말을 하고 여자들 몸에 손을 대려고 해. 우리 동네 버스에서 일어나는 일과 별다를 바 없어."

"너무 과장하는 거 아냐?"

"아니야. 사상을 만들어낸다고 해서 꼭 성인군자여야 할 필요는 없는 거야. 진정한 지식인은 정말이지 얼마 되지 않아. 이른바 지식층이라 불리는 집단은 평생 다른 사람들의 사상에 대해 이러쿵저러쿵하면서 나태하게 살아. 그들은 자기들의 경쟁자가 될 가능성이 있는 사람들을 괴롭히는 법을 연습하는 데 모두 힘을 쏟아붓지."

"그런데 왜 그런 사람들과 함께 있는 거야?"

"나는 그들과 함께 있지 않아. 나는 여기에 있잖아."

내가 대답했다. 나는 릴라가 나를 상류사회의 일원이기는 하되 그들과는 다른 존재로 생각해주기를 바랐다. 릴라 자신도 내가 그런 사람이 되기를 바라는 것 같았다. 릴라는 내가 내 동료들에 대해 비아냥거리는 말을 들으며 재미있어 했지만 그러면서도 그들이 계속 내 동료로 남기를 바랐다. 가끔 릴라가 내가 정말로 대중에게 현실을 가르쳐주고 어떤 방식으로 생각해야 하는지 알려주는 부류의 사람들 가운데 한 명이라는 사실을 확인하려고 나에게 집착한다는 느낌을 받았다. 릴라는 내가 책을 쓰고, 잡지와 신문에 기고하고 가끔 텔레비전에 모습을 드러내는 사람이어야만 내가 고향에 남기로 한 결정이 의미가 있다고 생각하는 것 같았다. 내게 그런 후광이 있어야 한다는 것이 릴라의 친구이자 릴라와 이웃으로 지낼 수 있는 전제 조건인 것 같았다.

나는 그런 릴라의 요구에 부응했다. 나는 릴라에게 인정받음으로써 자신감을 얻었다. 우리는 빌라 코무날레 공원에서 딸들을 데리고 함께 산책하는 사이지만 나는 릴라와 전혀 달랐다. 내 삶은 활동 범위가 훨씬 넓었다. 나는 릴라에 비해 많은 경험을 한 것 같아 기분이 으쓱했다. 릴라도 그런 나를 있는 그대로 좋아한다는 것을 느낄수 있었다. 나는 릴라에게 프랑스와 독일, 오스트리아와 미국 이야기를 들려주었다. 방방곡곡을 누비고 다니며 토론회에 참석한 일과니노와 헤어지고 나서 사귀게 된 남자들 이야기도 해주었다. 릴라는희미한 미소를 띠고 내 말 한마디 한마디에 관심을 기울였지만 자기이야기는 하지 않았다. 나는 가끔씩 남자 관계에 대해서 이야기를했지만 릴라는 내게 속마음을 털어놓을 생각을 하지 않았다.

"엔초랑은 잘 지내?"

어느 날 아침 내가 물었다.

"꽤 좋아."

"관심 가는 다른 남자는 없어?"

"없어."

"엔초가 정말 좋은가 보네."

"상당히."

아무리 애를 써도 릴라에게서 그 이상의 대답을 끌어내지 못했다. 상당히 노골적이고 빈번하게 섹스에 대해 말하는 쪽은 언제나 나였다. 나는 언제나 장황하게 말을 늘어놓았고 릴라는 침묵으로 응답했다. 그런데도 산책을 하면서 대화를 나눌 때면 나는 주제에 상관없이 릴라의 몸에서 발산되는 알 수 없는 기운을 느꼈다. 나는 그 기운에 매혹됐다. 그 기운은 언제나 그랬듯이 내 두뇌를 자극하고 내 사유를 도와주었다.

아마도 그렇기 때문에 나는 계속 릴라를 찾았던 것 같다. 릴라는여전히 사람을 편안하게 해주고 목적의식을 뚜렷하게 해 자연스럽게 해결방안에 도달하게 만드는 기운을 발산했다. 그런 릴라의 힘에영향을 받는 것은 나뿐만이 아니었다.

릴라는 때때로 나와 아이들을 저녁식사에 초대했고 그런 릴라보다 내가 더 자주 릴라와 엔초를 저녁식사에 초대했다. 릴라 커플은 우리 집에 올 때마다 당연히 티나를 데려왔지만 젠나로는 데려오지 않았다. 아무리 애를 써도 젠나로는 우리 집에 오지 않았다. 젠나로는 하루 종일 밖에 있다가 늦은 밤이 되어서야 집으로 돌아왔다.

나는 얼마 지나지 않아 엔초가 젠나로 때문에 걱정하고 있다는 것을 알게 되었다. 반면에 릴라는 '이제 다 컸는걸. 하고 싶은 대로 하라지'라는 주의였다. 하지만 나는 릴라가 그렇게 말하는 것은 불안해하는 엔초의 마음을 누그러뜨리기 위해서라는 것을 알 수 있었다. 그럴 때 릴라의 말투는 나와 이야기할 때 쓰던 말투와 똑같았다. 엔초가 고개를 끄덕이면 강장제 같은 무엇인가가 릴라에게서 엔초에게로 옮겨갔다.

길을 가다가도 비슷한 일이 일어났다. 나는 릴라와 함께 장을 보러 나갈 때마다 깜짝 놀라곤 했다. 릴라는 우리 동네의 중요 인사로 등극했고 사람들은 너도나도 릴라를 불러 세웠다. 그들은 릴라를 한쪽으로 데려가 존경을 담아 자신들의 비밀을 털어놓았다. 그들이 릴라의 귀에 대고 뭔가를 속삭이면 릴라는 특별한 반응 없이 그들의 말에 귀를 기울였다. 릴라가 새로운 사업에서 성공해서 사람들이 릴라를 그렇게 대하는 걸까. 무엇이든 할 수 있는 사람처럼 보여서일까. 아니면 마흔을 목전에 둔 지금 릴라가 발산하는 특유의 기운이 무르익어 사람들의 눈에 릴라가 때로는 매혹적이고 때로는 두려운 마법사처럼 보이는 것은 아닐까.

나도 잘 모르겠다. 물론 사람들이 나보다 릴라를 더 중요하게 생각한다는 사실에 충격을 받기는 했다. 나는 유명한 작가인 데다 새 책의 출간을 앞두고 출판사에서 신문지면에 내 이름을 최대한 많이 거론하려고 한창 힘쓰고 있을 때였으니까.『레푸블리카』지는 신간 도서를 소개하는 짧은 기사를 게재하면서 내 사진을 꽤나 크게 실었다. 기사에는 '특히 엘레나 그레코의 신작에 대한 기대가 높다. 엘레나 그레코의 이번 소설은 사람들에게 알려지지 않은, 유혈이 낭자한 나폴리를 배경으로 한다'라는 내용이 쓰여 있었다. 그런데도 우리가 태어난 고향에서 릴라 곁에 서면 나는 장식품에 지나지 않았다. 릴라의 공적을 목격한 증인에 지나지 않았다. 태어날 때부터 우리를 알아온 사람들은 고향에서 길을 가다 나처럼 존경받는 유명 인사를 직접 볼 수 있는 것도 다 릴라와 릴라의 매력 덕분이라고 생각했다.

## 85

신문에서 보면 부자인 데다 유명한 것 같은 내가 도대체 왜 쇠락의 길을 걷고 있는 시골 동네의 누추한 집으로 이사를 왔는지 의아하게 생각했던 이들이 꽤나 많았을 것 같다. 멀리 갈 것도 없이 내 딸들부터 그랬을 것이다. 어느 날 데데가 불만스러운 표정으로 학교에서 돌아왔다.

"어떤 늙은이가 우리 학교 정문에 오줌을 쌌어요."

하루는 엘사가 겁에 질려 집에 돌아와 말했다.

"오늘 공원에서 어떤 사람이 칼에 찔렸어요."

그럴 때면 나도 겁이 났다. 먼 옛날 고향을 떠나기로 마음먹었던 내 자아는 분노하면서 아이들을 걱정했다. 이제 그만 떠나야겠다고 생각했다. 데데와 엘사는 집에서는 수준 높은 표준어를 사용했지만 가끔 창문을 통해서 아이들을 보거나 계단을 올라오는 아이들을 보면 자기들끼리 사투리를 썼다. 특히 엘사는 말투가 공격적이었을 뿐 아니라 가끔 음란한 표현까지 썼다. 내가 야단치면 엘사는 뉘우치는 척했다. 하지만 나는 무례한 행동을 하고 싶은 유혹과 수많은 다른 유혹을 이겨내려면 철저한 자기 훈련이 필요하다는 사실을 알고 있었다. 내가 온 신경을 작품에 쏟는 동안 내 딸들은 방황하고 있는 것이 아닐까. 나는 나폴리에는 임시로 머무르는 것이라 생각하면서 마음을 진정시켰다. 책만 출간하면 나폴리를 영원히 떠날 것이었다. 최종 원고만 완성하면 된다고 나는 수없이 되뇌었다.

동네에서 일어나는 사건들은 책을 쓰는 데 분명히 도움이 됐다. 하지만 그토록 작업이 잘된 이유는 무엇보다도 평생을 동네에서 살아온 릴라를 관찰할 수 있었기 때문이었다. 릴라의 목소리와 릴라의 눈빛과 릴라의 몸짓과 릴라의 못된 성격과 릴라의 관대함은 우리들의 출생지와 밀접하게 연결되어 있었다. 하다못해 릴라가 쓰는 사투리까지 그랬다. 릴라가 설립한 베이직 사이트마저도 이름이 이국적인데도 (동네 사람들은 릴라의 회사를 이탈리아 발음 그대로 '바시시트'라고 불렀다) 우주에서 갑자기 떨어진 일종의 운석 같은 존재가 아니라 빈곤과 폭력, 쇠락이 초래한 예상치 못한 결과물처럼 느껴졌다. 그러니 릴라에게 영감을 받아 내 이야기에 진정성을 부여하는 것은 내게 꼭 필요한 과정이었다. 하지만 일단 글을 완성하면 나는 영원히 고향을 떠날 것이었다. 나는 밀라노로 이사 갈 생각이었다.

릴라의 사무실에 잠깐만 앉아 있어도 릴라가 어떤 환경에 저항하고 있는지 감이 왔다. 릴라의 오빠 리노는 딱 봐도 마약에 찌들어 있었다. 아다는 자신에게서 스테파노를 빼앗아갔다는 이유로 마리사를 철천지원수 취급했고 날이 갈수록 냉혹해졌다. 알폰소는 언제 어디서 두들겨 맞았는지 모르지만 종종 눈이 시퍼렇게 멍들어 있거나 입술이 터져 있었다. 시간이 갈수록 외모에서나 행동에서나 여성성과 남성성의 경계가 허물어졌다. 나는 그런 알폰소를 볼 때면 어느 날에는 혐오스럽다가 다시 마음이 애틋해졌으며 늘 불안했다. 카르멘은 항상 파란색 주유소 유니폼을 입고 있었는데, 종종 릴라를 따로 불러 릴라가 마치 신탁을 전하는 사제라도 되는 것처럼 심문하듯 질문을 던졌다. 안토니오는 언제나 릴라 주위를 맴돌고 있었는데 나는 그럴 때 안토니오가 문장 한마디 제대로 끝마치는 것을 들어본 적이 없었다. 가끔 인사차 자신의 아름다운 독일인 아내와 아들들을 릴라의 사무실로 데리고 오기도 했다. 그럴 때면 안토니오는 입을 꾹 다물고 단정한 자세로 가만히 앉아 있곤 했다. 그곳에서 나는 수많은 소문을 들었다.

"스테파노 카라치가 식료품점을 닫게 생겼대. 무일푼 신세라 돈이 필요한가봐."

"파스콸레 펠루소가 아무개를 납치했대. 자기가 직접 납치하지는 않았더라도 어떤 식으로든 연루된 것만은 분명해."

"아프라골라의 셔츠 공장 화재사건은 보험금을 타먹기 위한 카이요의 자작극이었대."

"데데 단속 단단히 해. 요즘 학생들에게 마약이 든 사탕을 나눠준다는 소문이 있어."

"초등학교 주변에 아이들을 납치하는 호모가 돌아다녀."

"솔라라 형제가 신시가지에 나이트클럽을 오픈할 예정이래. 창녀에다 마약에다 시끄러운 음악 때문에 편히 자기는 글렀어."

"밤이면 동네 큰길로 거대한 트럭이 지나다니는데 거기에는 핵폭탄보다 더 위험한 물건이 실려 있대."

"젠나로가 질 나쁜 사람들과 어울려다니고 있어. 계속 그러면 일하러 보내지 않을 테야."

"터널 아래에서 살해된 사람은 여자인 줄 알았는데 알고 보니 남자였대. 얼마나 피를 많이 쏟았는지 그 피가 주유소까지 흘러갔대."

나는 어린 시절 나와 릴라가 그렇게나 되기를 꿈꿨고 내 경우에는 정말로 된 작가라는 유리한 위치에서 모든 것을 듣고 관찰했다. 나는 대단한 작품이 될 책을 다시 쓰기도 하면서 다듬고 있었고 그 책은 머지않아 출간될 터였다. 초고에 사투리가 너무 많은 것 같아 지우고 다시 썼다가 다시 보니 사투리가 너무 적은 것 같기도 해 덧붙이기도 했다. 나는 고향 동네에서 살기는 했지만 작가라는 역할과 이에 걸맞게 연출된 배경 안에 있었기 때문에 안전했다.

일에 대한 나의 야망은 고향 동네에서 사는 것을 정당화했다. 일에 열중하는 동안에는 아파트의 파리한 조명도, 길거리에서 들려오는 사람들의 품위 없는 목소리도, 아이들이 노출된 위험도, 날씨가 좋을 때면 먼지를 일으키고 비가 올 때면 물과 진흙을 튀기는 자동차도, 릴라와 엔초의 고객 집단과 시골의 소상공인들도, 거대한 고급차도, 천박한 부를 상징하는 옷도, 때로는 거만한 태도로 때로는 비굴한 태도로 돌아다니는 사람들의 무거운 몸뚱이도 무의미하게 느껴지지 않았다.

하루는 임마와 티나와 함께 베이직 사이트에서 릴라를 기다리고 있었는데 갑자기 모든 것이 명확해지는 것 같았다. 릴라는 새로운 일을 하고 있긴 했지만 여전히 구세계에서 살고 있었다. 그때 마침 릴라가 돈 문제로 고객에게 저속하기 짝이 없는 말투로 고함을 치는 소리가 들렸다. 나는 충격을 받았다. 평소의 정중하고 권위 있는 여인은 대체 어디로 사라졌단 말인가. 엔초가 뛰어오자 키가 작고 배가 많이 튀어나온 예순 정도의 사내는 욕지거리를 내뱉으며 자리를 떠났다. 나중에 나는 릴라에게 물었다.

"대체 너라는 사람은 어떤 사람이야?"

"무슨 뜻이야?"

"말하기 싫으면 그만둬."

"아니야. 이야기하자. 그 대신 제대로 설명해봐."

"내 말은 이런 환경에서 네가 상대해야 하는 사람들에게 넌 어떻게 행동하고 있냐는 거야."

"조심하지. 다른 모든 사람처럼."

"그뿐이야?"

"조심하면서 일이 내 뜻대로 돌아가도록 조종하지. 지금까지 우리 둘 다 그렇게 살아왔잖아?"

"맞아. 하지만 이제는 우리 자신뿐 아니라 아이들도 생각해야지. 네가 동네를 바꾸자고 하지 않았어?"

"동네를 바꾸려면 무엇을 해야 할 것 같아?"

"법의 힘을 빌려야지."

내 말에 나 자신도 놀랐다. 나는 놀랍게도 내 전남편이나 어떤 면에서 니노보다 더 율법주의자 같은 말을 하고 있었다.

"법은 법률의 '법'자만 들어도 긴장하는 사람들에게나 효과가 있는 거야. 동네 사람들이 어떤지 너도 잘 알잖아."

"그래서?"

"사람들이 법을 두려워하지 않으면 직접 나서서 겁을 줘야지. 우리는 네가 조금 전에 본 저 멍청한 작자를 위해 열심히 일했어. 정말 열심히 일했는데 이제 와서 돈을 안 내려고 하는 거야. 돈이 없다나. 나는 먼저 소송하겠다고 그를 위협해봤어. 그랬더니 소송 따위 상관없으니 마음대로 하라는 거야."

"어쨌든 소송할 거지?"

릴라가 웃었다.

"그러면 내 돈을 다시는 보지 못할걸? 얼마 전에 어떤 회계사가 회삿돈 수백만 리라를 빼돌린 적이 있어. 우리는 그 회계사를 해고하고 고소했지만 법은 손가락 하나 꿈쩍하지 않았어."

"그래서 어떻게 했는데?"

"기다리다 짜증나서 안토니오에게 부탁했지. 그러고는 바로 돈을 되돌려 받았어. 이 돈도 그렇게 받을 거야. 재판도, 변호사도, 판사도 다 필요 없어."

## 86

안토니오는 릴라를 위해 그런 일을 해주고 있었던 것이다. 돈 때문이 아니었다. 릴라와의 우정과 릴라에 대한 존경심 때문이었다. 아니면 릴라가 안토니오의 고용주인 미켈레에게서 그를 빌려온 것일 수도 있었다. 릴라가 요구하는 것은 뭐든 허락하는 미켈레라면 릴라가 그렇게 하도록 내버려두었을 수도 있었다.

하지만 미켈레가 정말로 릴라의 요구를 다 들어주고 있는 걸까. 내가 고향으로 이사 오기 전까지는 확실히 그랬던 것 같지만 아직도 그런 관계가 유지되고 있는지는 명확하지 않았다. 나는 먼저 예전과는 다른 몇 가지 징조를 느꼈다. 우선 릴라가 미켈레 이름을 언급할 때 예전처럼 흡족해하지 않았다. 오히려 불편해하거나 걱정하는 기색이 역력했다. 무엇보다도 미켈레가 베이직 사이트에 나타나는 횟수가 눈에 띄게 줄었다.

처음으로 뭔가가 확실히 변했다는 것을 느낀 건 마르첼로와 엘리사의 결혼식에서였다. 내 동생의 결혼식은 호화의 극치였다. 결혼식 피로연 내내 마르첼로는 미켈레를 제 곁에 두었다. 미켈레에게 계속 귓속말을 하고 미켈레의 어깨에 팔을 두르고 함께 낄낄거렸다. 한마디로 미켈레는 다시 태어난 것 같았다. 그는 다시 예전처럼 거만한 태도로 장광설을 늘어놓기 시작했다. 그러는 동안 이제는 믿을 수 없을 정도로 뚱뚱해진 질리올라와 그녀의 아들들이 미켈레에게 핍박받았던 지난 일은 가슴에 묻어두기로 한 듯 얌전하게 앉아 있었다. 릴라 결혼식 때만 해도 촌스럽기 그지없던 동네의 천박함이 그새 현대적으로 변한 것 같아 나는 충격을 받았다. 릴라도 그새 도시적으로 변모한 천박함에 적응한 것 같았다. 릴라의 태도와 릴라가 사용하는 언어와 옷차림이 천박한 분위기에 잘 어울렸다. 지나치게 화려한 색채와 과한 웃음과 지나친 호화로움으로 가득 찬 과도함의 향연 속에 어울리지 않는 사람은 평소처럼 검소하게 차려입고 자리에 참석한 나와 내 딸들뿐이었다.

미켈레가 분통을 터뜨렸을 때 내가 평소보다 더 긴장했던 이유도 바로 그래서였던 것 같다. 미켈레가 신랑신부에게 축사를 하고 있는데 티나가 엄마가 뺏어간 무엇인가를 돌려달라고 요구하면서 홀 가운데에서 소리를 질렀다. 미켈레는 계속 축사를 하고 티나는 계속 고함을 질렀다. 그러자 미켈레가 갑자기 말을 멈추더니 미친 사람처럼 눈을 희번덕거리면서 소리쳤다.

"이런 젠장, 리나! 아무짝에도 쓸모없는 저 계집애를 당장 조용히 시키지 못해?"

그렇다. 미켈레는 그렇게 말했다. 짧지만 길게 느껴지던 그 순간 릴라는 아무 말 없이 미켈레를 똑바로 쏘아보았다. 릴라는 자기 옆에 앉아 있는 엔초의 손에 천천히 자기 손을 올려놓았다. 나는 급히 자리에서 일어나 두 아이를 데리고 밖으로 나갔다.

그 일은 그날의 신부, 그러니까 내 동생 엘리사를 움직이게 만들었다. 미켈레의 축사가 끝나고 우레와 같은 박수 소리가 들려오자 엘리사가 화려하기 그지없는 새하얀 드레스 차림으로 내게 다가왔다. 엘리사는 밝은 목소리로 말했다.

"미켈레가 제정신으로 돌아왔어."

엘리사는 덧붙였다.

"아무리 그래도 애들을 그렇게 대하면 안 되지."

엘리사는 임마와 티나를 안더니 웃고 장난치면서 아이들을 데리고 피로연장으로 돌아갔다. 나는 혼란스러웠지만 그런 내 동생을 따라갔다.

얼마 동안 나는 엘리사도 예전의 모습을 되찾은 것이라고 생각했다. 실제로 결혼식 후에 엘리사는 많이 변했다. 그동안 상태가 좋지 않았던 것이 마치 마르첼로와의 공식적인 혼인관계가 성립되지 않았기 때문이었던 듯 결혼식 후 엘리사는 침착한 어머니이자 평온하지만 결단력 있는 아내로 변모했다. 내게 적대감을 보이지도 않았다. 지금은 아이들과 함께 티나까지 데리고 엘리사의 집을 찾아도 나를 상냥하게 맞아주었고 아이들에게도 다정하게 대했다. 가끔 마르첼로와 마주치기도 했는데 그럴 때마다 마르첼로도 내게 친절했다. 마르첼로는 나를 소설 쓰는 처형이라고 부르며 ("우리 소설가 처형은 어떻게 지내시나?") 정중하게 몇 마디 건넨 다음 바로 자취를 감췄다. 결혼 후 동생 집은 항상 완벽하게 정돈되어 있었고 엘리사와 실비오는 파티복 같은 차림으로 우리를 맞이했다.

하지만 나는 얼마 지나지 않아 내 어린 막냇동생은 이제 존재하지 않는다는 것을 깨달았다. 결혼 후 동생은 가식덩어리의 솔라라 부인으로 다시 태어났다. 솔라라 부인은 내게 진심을 털어놓는 법이 없었다. 베낀 듯 제 남편과 똑같은 미소를 머금은 채 항상 유쾌하게 말했다. 나는 실비오와 엘리사에게 특별히 다정하게 대해주려고 애썼지만 실비오에게는 도무지 정이 가지 않았다. 실비오가 마르첼로와 너무 많이 닮았기 때문이었다. 엘리사도 그런 내 감정을 눈치챘던 것 같았다. 어느 날 오후 엘리사는 예전처럼 쌀쌀맞게 내게 말했다.

"언니는 내 아들보다 리나 딸을 더 좋아해."

나는 그렇지 않다고 했다. 실비오를 품에 안고 뽀뽀를 퍼부었다. 하지만 엘리사는 고개를 저으며 내뱉었다.

"게다가 언니는 결국 우리 집이나 아버지 집 근처가 아니라 리나네 집 근처로 이사 갔잖아."

한마디로 엘리사는 내게 불만이 많았다. 이제는 두 오빠에게도 불만이었다. 엘리사는 오빠들을 배은망덕하다고 생각하는 것 같았다. 잔니와 페페는 이제 바이아노에서 일하고 있었고 엘리사 기준에 우리 가족에게 그렇게나 관대했던 마르첼로와도 연락을 끊었다. 엘리사는 사람들은 핏줄이 강하다고 하지만 사실 그렇지 않다고 했다. 마치 불변의 진리를 선포라도 하는 듯한 말투였다. 엘리사가 덧붙였다.

"관계를 끊지 않으려면 그러려는 의지가 있어야 해. 우리 남편이 그랬던 것처럼 말이야. 미켈레가 한동안 얼간이처럼 굴었지만 마르첼로가 예전처럼 이성을 되찾을 수 있게 도와줬어. 우리 결혼식 때 얼마나 멋진 축사를 했는지 들었지?"

## 87

미켈레가 제정신으로 돌아온 것은 그가 비단 예전의 화려한 입담을 되찾았다는 사실뿐 아니라 결혼식 하객 중 누군가가 없었다는 사실로 더욱 확실해졌다. 그 누군가는 미켈레가 힘들었던 시절 미켈레와 관계가 아주 가까웠던 사람, 즉 알폰소였다.

결혼식에 초대받지 못한 것은 내 고등학교 시절 짝꿍에게 크나큰 고통이었다. 알폰소는 며칠 동안 하루 종일 아무 일도 하지 않고 큰 소리로 자기가 대체 솔라라 형제에게 무슨 잘못을 했느냐는 푸념만 늘어놓았다.

알폰소는 말했다.

"그렇게 오랫동안 자기들을 위해 일했는데 나를 결혼식에 초대하지 않다니."

그러던 어느 날 알폰소가 저지른 사건은 엄청난 파문을 일으켰다. 어느 날 저녁 알폰소는 릴라 커플과 함께 몹시 우울한 상태로 우리 집에 저녁식사를 하러 왔다. 그때까지 알폰소는 키아이아 가의 상점에서 임부복을 입었을 때를 제외하고는 내 앞에서 한 번도 여자 옷을 입은 적이 없었다. 그랬던 알폰소가 그날은 여자 옷차림으로 등장했고 그런 그의 모습을 본 데데와 엘사는 놀라서 입을 다물지 못했다. 알폰소는 저녁 내내 민폐를 끼치고 술도 많이 마셨다. 그는 릴라에게 끈질기게 물었다.

"내가 살찐 것 같아? 못생겨진 것 같아? 이제는 너와 닮아 보이지 않아?"

엔초에게는 이렇게 물었다.

"우리 둘 중 누가 더 예뻐? 리나야 아니면 나야?"

알폰소는 갑자기 창자가 뒤틀리는 것 같다고 했다. 아이들을 보면서 자기 엉덩이가 미칠 듯 아프다고 했다. 그러더니 자기에게 무슨 문제가 있는 건 아닌지 자기 엉덩이를 봐달라고 조르기 시작했다.

"내 엉덩이 좀 봐줘."

알폰소가 천박하게 웃으면서 말하자 데데는 그런 알폰소를 의아한 눈초리로 바라보았고 엘사는 웃음을 참으려고 애썼다. 엔초와 릴라는 급히 알폰소를 데리고 나갔다.

하지만 알폰소는 도무지 안정을 되찾지 못했다. 다음 날에는 화장을 지우고 남자 옷을 입고 울어서 충혈된 눈으로 사무실에 나타났다. 그러다 알폰소는 솔라라 형제가 운영하는 가게에서 커피나 한잔 마시겠다면서 베이직 사이트를 나섰다. 가게 입구에서 알폰소는 미켈레와 마주쳤는데 그들 사이에 무슨 말이 오갔는지는 잘 모르지만 몇 분 후 미켈레가 알폰소를 무자비하게 패기 시작했다. 주먹질과 발길질도 모자라 나중에는 셔터를 내리는 데 사용하는 봉을 집어 들더니 절도 있는 자세로 한참 동안 알폰소를 때렸다. 알폰소는 험한 몰골로 사무실에 돌아와 똑같은 말만 반복했다.

"내 잘못이야. 내가 자제력을 잃어서 이렇게 된 거야."

무엇에 대한 자제력을 잃었다는 것인지는 알 수 없었다. 확실한 것은 그때부터 알폰소의 상태가 악화됐다는 것이다. 릴라는 그런 알폰소를 걱정하는 것 같았다. 며칠 동안 릴라는 엔초를 말리느라 애썼지만 소용없었다. 강자가 약자에게 폭력을 행사하는 것을 참지 못하는 엔초는 미켈레에게 가서 알폰소를 두들겨 팬 것처럼 자기도 한 번 두들겨 패보라고 말하려 했다.

집에 있다 보면 릴라가 엔초에게 말하는 소리가 들려왔다.

"그만둬. 티나가 겁을 먹잖아."

## 88

어느덧 1월이 됐다. 그새 동네에서 일어난 사소한 사건들의 울림 이 반영되어 글이 훨씬 풍성해졌다. 나는 그래도 너무 불안했다. 마 지막 교정쇄를 손본 다음 나는 릴라에게 예전에 썼던 것과는 많이 달라졌으니 힘들겠지만 글을 다시 읽어봐달라고 어렵게 부탁했다. 릴라는 그런 내 부탁을 단호히 거절했다.

"네가 마지막으로 낸 책도 아직 읽지 않았는걸."

릴라가 말했다.

"나는 문학에 문외한이야."

나는 외로웠다. 내가 쓴 글에 내가 휘둘리는 느낌이었다. 너무 힘 들어서 니노에게 내 글을 읽어봐달라고 전화를 해볼까 하는 생각까 지 했다. 그러다 니노가 빤히 우리 집 주소와 전화번호를 아는데도 그동안 얼굴 한 번 내밀지 않았다는 것이 떠올랐다. 몇 달이 지나는 동안 나뿐만 아니라 자기 딸까지 모른 척했다는 생각에 니노에게 연 락하려던 마음을 접었다. 최종 원고를 마무리한 뒤 나는 원고를 떠 나보냈다. 막상 원고를 보내고 나니 두려워졌다. 이제 글은 완성된 책의 형태로만 다시 볼 수 있을 것이고 토씨 하나 고칠 수 없을 것 이다.

출판사 홍보팀에서 전화가 왔다. 지나는 『파노라마』지에서 원고 를 읽었고 반응이 좋았다고 했다. 그쪽에서 사진기자를 보내겠다고 했다는 것이다. 순간 타소 가에서 살던 고급 아파트가 아쉬웠다. 나 는 생각했다.

'또다시 터널 입구에서 사진을 찍고 싶지 않아. 이 허름한 집에서 는 말할 것도 없어. 그렇다고 주삿바늘이 널려 있는 공원에서 사진을 찍고 싶지도 않아. 나는 이제 15년 전의 소녀가 아니야. 세 권의 책을 냈으니 그에 걸맞은 대우를 받아야겠어.'

하지만 지나는 책을 홍보해야 한다며 고집을 굽히지 않았다. 나는 지나에게 말했다.

"사진기자에게 우리 집 전화번호를 알려줘요."

나는 적어도 촬영하기 전에 몸단장을 하고 혹시 몸이 좋지 않으면 다음 기회로 미룰 수 있도록 먼저 연락을 받고 싶었다.

그 후 며칠 동안 나는 집을 깨끗이 유지하려고 애를 썼지만 아무 전화도 오지 않았다. 나는 이미 유포된 사진이 많아『파노라마』지 측에서 촬영을 취소한 것이라 생각했다. 그러던 어느 날 아침, 데데와 엘사를 학교에 보내고 산발을 한 채 청바지에 낡아빠진 스웨터 차림으로 바닥에 앉아 임마와 티나와 놀아주고 있는데 초인종이 울렸다. 두 아이는 바닥에 흩어진 장난감 블록으로 함께 성을 만들고 있었고 나는 그런 아이들을 도와주고 있었다.

몇 달 전부터 내 딸과 릴라 딸 사이의 차이가 확실히 좁혀진 것 같았다. 두 아이는 정확한 동작으로 힘을 모아 성을 쌓아올리고 있었다. 티나는 임마보다 상상력이 뛰어났다. 티나는 종종 매끄러운 표준어로 놀라운 질문을 던지곤 했다. 말도 항상 또박또박 잘했다. 임마는 임마대로 그런 티나보다 결단력이 있고 자기 통제력이 강했다. 유일하게 티나에 비해 뒤처지는 점이 있다면 말할 때 아직 발음이 어눌하다는 정도였다. 우리는 임마가 하는 말을 알아듣기 위해 종종 티나에게 통역을 요청하곤 했다.

초인종이 울렸을 때 나는 내게 무언가를 물은 티나에게 대답을 해주고 있었다. 아무도 문을 열어주지 않자 초인종은 더 다급하게 울렸다. 현관문을 열어보니 내 앞에 서른 살쯤 되어 보이는 아름다운 여자가 서 있었다. 곱슬거리는 금발에 푸른색 긴 레인코트를 걸치고 있었다. 사진기자였다.

사진기자는 성격이 활달한 밀라노 여자였다. 몸에 걸친 것 치고 싸구려 같은 건 하나도 없었다.

"선생님 번호를 잃어버렸지 뭐예요."

사진기자가 말했다.

"오히려 잘됐어요. 예상치 못했을 때 사진이 더 잘 나오거든요."

사진기자는 주변을 둘러보았다.

"여기까지 오기가 쉽지 않았어요. 정말 열악한 동네네요. 하지만 우리한테 딱 맞는 장소예요. 예쁜 이 아이들은 선생님 딸들인가요?"

미소를 지어보인 건 티나뿐이었지만 티나와 임마 둘 다 사진기자를 무슨 요정 같은 존재로 생각하는 것이 분명했다. 나는 사진기자에게 아이들을 소개했다.

"임마는 내 딸이고 티나는 내 친구 딸이에요."

내가 그렇게 말하는 사이에 사진기자는 벌써 여러 종류의 카메라와 장비를 이용해서 쉴 새 없이 사진을 찍기 시작했다. 나는 옷매무새라도 좀 정리할 시간을 달라고 말했지만 사진기자는 그럴 필요 없고 지금 이대로가 좋다고 했다.

사진기자는 나를 집 안 구석구석으로 끌고 다녔다. 부엌과 아이들 방과 침실 심지어는 화장실 거울 앞에서도 포즈를 취하게 했다.

"지금 책을 가지고 있나요?"

"아직 출간도 안 됐는걸요."

"그럼 마지막으로 출간된 책은요?"

"그건 있어요."

"가져와서 여기 앉아 읽는 척해주세요."

나는 약간 넋이 나간 채 사진기자의 말에 따랐다. 티나가 덩달아 책을 한 권 집어 들더니 내 포즈를 따라하면서 임마에게 말했다.

"사진 찍어줘."

그 장면을 본 사진기자가 흥분해서 말했다.

"아이들과 함께 여기 바닥에 앉아보세요."

사진기자는 엄청나게 많은 사진을 찍었고 티나와 임마는 행복해했다. 사진기자가 말했다.

"이번에는 따님하고만 한 컷 찍죠."

내가 임마를 내 옆으로 끌어당기려 하자 사진기자가 말했다.

"아니, 다른 아이랑 찍을게요. 얼굴이 아주 멋지네요."

사진기자는 나를 티나 곁으로 떠밀더니 셀 수 없이 많은 사진을 찍었다. 임마가 풀이 죽어 "나도요"라고 했다. 나는 임마를 향해 두 팔을 벌리고 외쳤다.

"그래, 엄마한테 오렴."

오전 시간이 순식간에 지나갔다. 사진기자는 푸른색 레인코트를 입고 우리를 집 밖으로 이끌었다. 이번에는 조금 긴장한 눈치였다. 내게 장비를 도난당할 위험은 없는지 두어 번 물었다.

그것도 잠시일 뿐 다시 흥분해 비루한 동네 구석구석을 사진 속에 담으려 했다. 사진기자는 나를 삐걱거리는 벤치에 앉히기도 하고 페인트칠이 벗겨진 벽 앞이나 오래된 공중화장실 옆에 세우기도 했다. 나는 틈틈이 임마와 티나에게 차가 지나다니니 움직이지 말고 얌전히 있으라고 신신당부했다. 키가 똑같은 금발의 임마와 검은 머리 티나는 손을 꼭 잡고 나란히 서서 나를 기다렸다.

릴라가 퇴근하고 저녁식사 시간에 맞춰 티나를 데리러 우리 집에 오자 티나는 릴라가 집 안에 들어서기도 전에 그날 일어난 일을 모두 이야기해주었다.

"오늘 정말 예쁜 아줌마가 왔었어요."

"나보다 더 예뻤어?"

"네."

"레누 이모보다도?"

"아니요."

"그러니까 레누 이모가 제일 예쁘다는 말이로구나."

"아니요. 내가 제일 예뻐요."

"네가 제일 예쁘다고? 말도 안 되는 소리."

"하지만 정말인걸요, 엄마."

"그래서 그 예쁜 아줌마가 뭘 했는데?"

"사진을 찍었어요."

"누구 사진?"

"내 사진이오."

"너만?"

"네."

"거짓말쟁이 같으니라고. 이리 오렴, 엄마. 무슨 일이 있었는지 네가 한번 말해봐."


## 89


사진 촬영이 만족스러웠기에 『파노라마』지가 기다려졌다. 출판사 홍보팀이 일을 제대로 하고 있다고 생각했다. 나만을 위한 사진 촬영의 피사체가 된 것이 뿌듯하게 느껴졌다. 하지만 일주일이 지나고 보름이 지나도 기사는 나오지 않았다. 그러다 3월 말이 됐고 책이 서점에 깔렸지만 여전히 사진은 잡지에 실리지 않았다.

그새 나는 다른 일로 바빴다. 라디오에서 인터뷰도 했고『마티노』지에 내 인터뷰가 실리기도 했다. 한번은 새 책을 소개하기 위해 밀라노까지 가야 했다. 장소는 15년 전에 출간 기념행사를 했던 바로 그 서점이었다. 소개를 맡은 교수까지 같은 사람이었다. 내 전 시어머니도 마리아로사도 나타나지 않았지만 참석자는 예전보다 훨씬 늘었다. 교수는 내 책에 특별한 애정을 보이지는 않았지만 내 책을 긍정적으로 평가했고 대부분 여자들이었던 그날 청중 가운데 몇몇은 주인공의 복합적인 성격에 대해 열광적으로 이야기했다. 나는 그런 종류의 행사에 이미 익숙했다. 다음 날 아침 나는 밀라노를 떠나 지칠 대로 지쳐서 나폴리에 도착했다.

가방을 끌고 집에 가고 있는데 차 한 대가 내 쪽으로 다가와 큰길에 멈춰 섰다. 운전석에는 미켈레가 있고 옆 좌석에는 마르첼로가 있었다. 지난날 솔라라 형제가 나를 자기들 차에 억지로 태우려고 했었을 때가 떠올랐다. 그들은 아다에게도 똑같은 짓을 했었다. 그때 릴라가 나를 지켜줬었다.

마침 나는 그때처럼 어머니의 팔찌를 차고 있었다. 사물에는 원래 아무런 감정이 없다는 것을 알면서도 나는 팔찌를 보호하려고 반사적으로 뒤로 물러났다. 하지만 마르첼로는 그런 내게 인사조차 하지 않고 앞만 바라보고 있었다. 평소처럼 유쾌한 말투로 '우리 소설가 처형이네'라고 말을 건네지도 않았다. 입을 연 것은 미켈레 쪽이었는데 화가 잔뜩 나 있었다.

"레누! 대체 책에 무슨 얼토당토하지 않은 말을 쓴 거야? 네가 태어난 고향을 욕한 거야? 우리 가족을 욕한 거야? 네가 자라는 모습을 지켜보고 너를 존경하고 좋아하는 사람들을 욕한 거야? 우리의 아름다운 고향을 욕한 거야?"

미켈레는 몸을 돌려 뒷좌석에서 막 나온 『파노라마』지를 집어 들어 창밖으로 내밀었다.

"이 따위 헛소리를 지껄이는 게 재밌나보지?"

나는 잡지를 바라보았다. 내 기사가 실린 페이지가 펼쳐져 있었다. 잡지에는 나와 티나가 우리 집 바닥에 앉아 있는 모습을 담은 컬러 사진이 커다랗게 실려 있었다. 가장 먼저 사진 설명이 내 눈에 들어왔다. 거기에는 '엘레나 그레코와 딸 티나'라고 쓰여 있었다. 순간 나는 사진 설명이 잘못 되어 있는 것이 문제라고 생각해 미켈레가 왜 그리 분노하는지 이해하지 못했다. 나는 의아해하며 말했다.

"잡지사 측에서 실수했네."

그러자 미켈레는 전보다 더 이해할 수 없는 말을 하면서 고래고래 소리를 질렀다.

"잡지사가 실수한 게 아니라 너희 둘이 실수한 거야."

"우리 둘이라니? 대체 무슨 말을 하는 거야?"

마르첼로가 끼어들었다. 그는 짜증스럽게 말했다.

"그만둬, 미켈레. 레누는 자기가 리나에게 조종당하고 있는 것조차 모르니까."

그들은 잡지를 손에 들고 인도에 서 있는 나를 남겨두고 바퀴 소리를 내면서 사라졌다.

## 90

나는 가방을 옆에 내버려둔 채 그 자리에 못 박힌 듯 서 있었다. 기사에는 동네에서도 가장 험한 곳을 찍은 사진만 4페이지에 걸쳐 실려 있었다. 내 모습이 나온 유일한 사진은 티나와 찍은 것뿐이었다. 정말 멋진 사진이었다. 우리 집의 누추한 배경 덕분에 두 인물의 섬세한 아름다움이 돋보였다. 기사는 내 책에 대한 서평이 아니었다. 기사를 작성한 사람은 내 책을 소설이 아니라 그가 '솔라라 형제의 영지'라고 명명한 지역에 대해 말하기 위한 수단으로 사용하고 있었다. 그는 우리 동네를 새로운 카모라 조직과 연계 가능성이 있는 경계지대라고 정의했다. 마르첼로에 대해서는 거의 언급하지 않았다. 주로 미켈레에게 주목하면서 그가 사업수완이 뛰어나고 파렴치한 데다 사업을 위해서라면 필요에 따라 지지 정당을 밥 먹듯이 바꾼다고 했다.

무슨 사업이냐고? 『파노라마』지는 솔라라 형제가 벌인 합법적인 사업과 불법적인 사업을 총망라한 목록을 나열했다. 그 목록에는 솔라라 형제의 주점 겸 제과점, 가죽제품사업, 구둣가게, 슈퍼마켓, 나이트클럽, 고리대금업과 예전에 성행했던 담배 밀수와 장물거래, 마약과 지진 복구 현장 침입까지 그들이 벌인 모든 사업이 포함되어 있었다.

순간 식은땀이 났다.

대체 내가 무슨 짓을 저지른 것인가. 어쩌면 이렇게 신중하지 못했단 말인가. 나는 피렌체에 있을 때 내 유년기와 사춘기에 영감을 받아 이야기를 만들어냈다. 그때는 나폴리에서 멀리 떨어져 있어서 두려울 것이 없었다. 피렌체에 있을 때는 나폴리가 상상 속에나 존재하는 장소이자 영화에나 나올 법한 도시처럼 느껴졌다. 그때는 나폴리의 길이며 건물이 모두 실존하는 공간인데도 그저 범죄 소설이나 로맨스 소설의 배경 정도로 느껴질 뿐이었다.

하지만 이사를 오고 나서 매일 릴라를 만나게 되자 나는 현실에 집착하게 되었고 비록 직접적으로 동네 이름을 거명하지는 않았지만 고향 이야기를 소설로 쓰고 만 것이다. 그런데 그 과정에서 도를 넘어선 것이다. 그래서 현실과 허구의 균형을 깨뜨리고 말았다.

이제 소설에 나오는 길과 건물이 현실에서는 어떤 것인지 전부 알아볼 수 있게 되었다. 인물들과 소설 속에서 묘사한 폭력까지도 알아볼 수 있게 되었는지도 모른다. 잡지에 실린 사진들은 내 글에 담긴 것이 실제로 무엇인지를 보여주는 증거였다. 사진을 통해 소설의 배경을 확실히 알아볼 수 있게 되었다. 책을 쓰는 동안 내 상상의 산물이었던 고향 동네가 이제는 상상 속에만 존재하지 않게 되었다.

그 기사를 쓴 사람은 고향 동네의 역사에 대해 말했다. 심지어는 돈 아킬레 카라치와 마누엘라 솔라라의 살해사건까지 언급했다. 특히 마누엘라 솔라라 살해사건에 대해 두 가지 가설을 세우며 이를 자세히 다뤘다. 그는 마누엘라 솔라라의 죽음을 두고 카모라 집안 간의 세력 다툼이 가시화된 사건이거나 아니면 이곳에서 태어나 성장한 벽돌공이자 동네 공산당 의회의 전직 서기관인 '악명 높은 테러리스트 파스콸레 펠루소'의 작품일 거라고 했다.

하지만 나는 파스콸레에 대해서는 한 줄도 쓴 적이 없었다. 돈 아킬레나 마누엘라 솔라라에 대해서 언급한 적도 없었다. 카라치도 솔라라도 나에게는 희미한 윤곽일 뿐이었다. 사투리 억양과 몸짓과 때로는 공격적인 말투로 순수한 상상의 산물인 소설 속 인물들을 풍요롭게 해주는 희미한 윤곽과 목소리에 지나지 않았다. 나는 그들의 사업에 참견하려던 것이 아니었다. '솔라라 형제의 영지'가 대체 나와 무슨 상관이란 말인가.

나는 소설을 썼을 뿐이다!

## 91

아이들이 릴라네 집에 있었기 때문에 나는 몹시 흥분한 상태로 릴라네 집에 갔다.

"엄마, 벌써 왔어요?"

엘사가 말했다. 작은아이는 내가 없는 것을 더 편하게 생각했다. 데데는 내게 무심하게 인사를 건넸다. 큰아이는 새삼 분별력 있는 아이인 척 행동하면서 말했다.

"잠시만요, 엄마. 숙제부터 하고 안아줄게요."

내가 돌아온 것에 열광하는 아이는 임마밖에 없었다. 임마는 내 뺨에 입술을 붙인 채 오랫동안 뽀뽀하면서 좀처럼 내게서 떨어지려고 하지 않았다. 티나도 임마와 똑같이 하려고 했다. 하지만 나는 정신이 다른 데 팔려 아이들에게 별로 신경을 써주지 못했다. 나는 릴라에게 『파노라마』지부터 보여주었다. 나는 불안한 마음을 애써 가라앉히며 릴라에게 솔라라 형제를 만난 이야기를 해주었다.

"둘 다 화가 많이 났어."

릴라는 침착하게 기사를 읽고 난 뒤 딱 한마디 했을 뿐이었다.

"사진 잘 나왔네."

내가 말했다.

"잡지사에 편지를 보내야겠어. 항의를 해야겠어. 나폴리에 대한 특집기사를 내려면 치릴로 피랍사건*이나 카모라에게 살해당한 사람들 이야기나 쓸 것이지 내 책을 제멋대로 다루지 말라고 말이야."

"왜?"

---

\* 1981년 붉은 여단에게 납치됐다 풀려난 기독교민주당 소속 캄파니아 주의회 의원.

"내 책은 문학작품이야. 실제 사건에 대해 쓴 게 아니야."

"내 기억으로는 그랬던 것 같은데."

나는 의아한 눈초리로 릴라를 바라보았다.

"무슨 말이야?"

"실명만 언급하지 않았을 뿐이지 읽어보면 현실과 비슷한 부분이 많았어."

"왜 내게 말해주지 않았어?"

"책이 마음에 안 든다고 했잖아. 확실하게 현실을 이야기하든가 아니면 아예 입 다물고 있어야 하는데 네 책은 어중간했어."

"내 책은 소설이니까."

"소설이기도 하고 아니기도 하지."

나는 대답하지 않았다. 점점 더 불안해졌다. 나는 내가 지금 솔라라 형제의 반응 때문에 속상한 것인지 아니면 릴라가 천연덕스럽게 수년 전에 그랬던 것처럼 또다시 내 책을 부정적으로 평가했기 때문에 속상한 것인지 잘 알 수 없었다. 나는 그새 잡지를 차지한 데데와 엘사 쪽으로 시선을 돌리기는 했지만 생각은 딴 데 가 있었다.

엘사가 소리쳤다.

"티나, 이것 좀 봐. 네가 신문에 나왔어!"

티나는 엘사에게 가까이 다가가 놀라움에 눈을 크게 뜨고 잡지에 나온 자신의 모습을 바라보았다. 입가에는 만족스러운 미소가 어렸다. 임마가 엘사에게 물었다.

"나는 어디 있어?"

"너는 없어. 티나는 예쁘고 너는 못생겼으니까."

엘사가 말했다.

임마는 데데에게 작은언니 말이 정말이냐고 물었다. 데데는 『파노라마』지 사진 아래 쓰인 설명을 큰 소리로 두 번 읽고 나서 네 이름은 아이로타가 아니라 사라토레여서 엄마의 진짜 딸이 아니라고 엄마에게 말했다. 나는 참을 수 없었다. 나는 피곤하기도 하고 화가 나기도 해서 소리를 꽥 질렀다.

"그만두지 못해? 이제 그만 집에 가자."

딸들은 이구동성으로 내 말에 반대했고 여기에 티나와 릴라까지 합세했다. 릴라는 저녁은 먹고 가라며 우리를 붙잡았다.

결국 나는 그러기로 했다. 릴라는 나를 진정시키려 했다. 자기가 또다시 내 책에 대해 안 좋게 말했다는 것도 잊게 하려고 했다. 릴라는 처음에는 사투리로 말하다가 나중에는 중요한 순간에만 나오는 표준어 실력을 발휘했다. 나는 릴라가 그런 식으로 말할 때마다 깜짝 놀라곤 했다.

릴라는 지진 이야기를 꺼냈다. 지난 2년 동안 릴라는 지진 때문에 동네가 더 안 좋아졌다고 불평할 때 빼고는 그날 겪은 일에 대해 말하는 것을 피해왔다. 릴라는 그 사건 이후로 자기는 인간이 복잡한 존재라는 것을 잊지 않기 위해 노력한다고 했다. 인간이란 물리학, 천체 물리학, 종교, 영혼, 부르주아, 프롤레타리아, 자본, 노동, 이윤, 정치, 수많은 조화로운 문장과 그렇지 않은 문장, 내적인 혼란과 외적인 혼란으로 가득 찬 존재라는 사실을 잊지 않으려고 노력한다고 했다.

"그러니 진정해!"

릴라가 웃으면서 외쳤다.

"그래봤자 솔라라 형제일 뿐이야. 네 소설은 이미 출간됐잖아. 다듬고 또 다듬어서 네가 완성한 거야. 고향으로 돌아온 것이 소설에 현실감을 부여하는 데 도움이 된 것은 분명해. 하지만 소설은 네 손

을 떠났고 이제는 돌이킬 수 없어. 솔라라 형제가 화가 났다고? 어쩔
수 없지. 미켈레가 너를 위협했다고? 무슨 상관이야. 언제라도 지난
번 지진보다 더 강한 지진이 일어날 수 있어. 아니, 온 세상이 무너져
내릴 수도 있어. 그런 상황에 미켈레 솔라라가 뭐가 중요해? 미켈레
는 아무것도 아니야. 마르첼로도 마찬가지고. 둘 다 돈이나 뜯어내
고 위협만 남발하는 고깃덩어리일 뿐이지."

릴라는 한숨을 내쉬고 목소리를 낮췄다.

"솔라라 형제는 위험한 짐승 같은 놈들이야, 레누. 어쩔 수 없어.
겨우 한 놈을 길들였다고 생각했었는데 형이라는 놈이 동생을 다시
야수로 만들어놓았어. 미켈레가 알폰소를 험하게 두들겨 팬 거 봤
지? 정말 때리고 싶은 것은 나인데 그럴 용기가 없으니 알폰소를 때
린 거야. 네 책에 대한 분노도 『파노라마』지에 실린 기사와 사진에
대한 분노도 결국 모두 나에 대한 분노인 거야. 그러니 나처럼 그 자
식들에게 너무 신경 쓰지 마. 너는 솔라라 형제를 신문에 나게 했고
그들은 그 사실을 절대 그냥 넘기지 않을 거야. 자기들 사업과 사기
행각에 해가 되니까. 하지만 우리에게는 기분 좋은 일이잖아, 안 그
래? 걱정할 필요가 뭐 있겠어."

나는 릴라의 말에 귀를 기울였다. 가끔 릴라가 연설하듯이 과장된
말투로 말할 때면 나는 릴라가 여전히 소녀 시절처럼 엄청나게 많
은 책을 게걸스레 읽고 있으면서 알 수 없는 이유로 내게는 그 사실
을 숨겨온 것이 아닌가 하는 의심이 들었다. 릴라 집에는 컴퓨터에
관한 전문서적을 제외하면 변변한 책 한 권 없었다. 릴라 스스로 자
기가 제대로 교육받지 못한 사람으로 보이기를 바랐다. 그런 릴라가
갑자기 생물학과 심리학에 대해, 인간이 얼마나 복잡한 존재인지에
대해 이야기하고 있는 것이다. 릴라는 내게 왜 이러는 걸까. 이해할

수 없었지만 의지할 사람이 필요했던 나는 릴라의 말을 그냥 믿기로 했다.

결과적으로 릴라는 나를 진정시키는 데 성공했다. 기사를 다시 읽어보니 내용이 마음에 들었다. 사진을 찬찬히 살펴보니 동네 사진은 별로였지만 티나와 내 모습은 아름다웠다.

릴라와 나는 함께 요리를 했다. 저녁식사 준비는 생각을 정리하는 데 도움이 됐다. 나는 기사도, 사진도 결국에는 책 판매에 긍정적인 영향을 미칠 것이라는 결론을 내렸다. 피렌체에서 쓰고 나폴리에 돌아와 릴라네 집 위층에서 살면서 살을 붙여 완성한 내 소설이 예전보다 정말로 나아졌다고 생각했다. 나는 릴라에게 말했다.

"그래. 솔라라 형제는 엿이나 먹으라지."

나는 안정을 되찾고 다시 아이들에게 상냥한 엄마로 돌아왔다.

저녁식사 전에 둘이 또 무슨 모의를 했는지 임마가 티나를 꽁무니에 달고 내게 다가왔다. 임마는 알아듣기 힘든 발음과 명확한 발음을 뒤섞어가며 내게 물었다.

"엄마, 티나는 우리 둘 중에서 엄마 딸이 누군지 알고 싶대요."

"너도 알고 싶니?"

내가 물었다.

임마의 두 눈이 반짝였다.

"네."

릴라가 말했다.

"우리 모두 너희 둘의 엄마란다. 너희들을 둘 다 똑같이 사랑해."

직장에서 돌아온 엔초는 딸이 나온 사진을 보고 너무 좋아했다. 다음 날 엔초는 『파노라마』지를 두 부 사서 자기 사무실에 나와 함께 나온 사진과 자기 딸만 나온 부분만 오려낸 사진을 붙여 놓았다.

잘못된 내용을 담고 있는 사진 설명은 당연히 잘라냈다.

## 92

이 글을 쓰고 있는 지금 이 순간에도 평생 내가 누린 행운을 생각하면 부끄러운 마음이 든다. 내 책은 큰 반향을 일으켰다. 가독성이 뛰어나다는 점을 강조하는 사람도 있었고 주인공 캐릭터를 완성한 내 능력에 찬사를 보내는 사람도 있었다. 내 작품을 두고 비정한 현실주의라고 표현한 사람도 있었고 바로크적인 상상력을 강조했다는 사람도 있었다. 부드럽고 편안한 여성적인 서술방식을 높게 평가한 사람도 있었다. 긍정적인 평이 쏟아졌지만 각기 다른 부분을 강조했고 종종 서로 모순적이었다. 마치 비평가들이 서점에 있는 내 책을 읽은 것이 아니라 각자의 선입견이 만들어낸 가상의 책을 소환하는 것 같았다.

『파노라마』지 기사가 나온 뒤 한 가지 사실에 대해서는 모든 이가 동의했다. 사람들은 하나같이 내 소설이 나폴리라는 도시를 서술하는 일반적인 방식과 전혀 다르게 나폴리에 대해 서술하고 있다고 했다.

출판사가 저자 증정용으로 주기로 한 책을 보내주었을 때 나는 너무 기뻐서 릴라에게도 한 부 주려고 했다. 그동안 릴라에게 내 책을 준 적은 한 번도 없었다. 이번에도 책을 줘봤자 당장은 책장 한 페이지도 들춰보지 않을 것을 알고 있었다. 하지만 그 시절 나는 릴라가 가깝게 느껴졌다. 믿을 수 있는 유일한 사람이라고 생각했고 내 고마움을 표현하고 싶었다.

릴라의 반응은 좋지 않았다. 아마 그날따라 할 일이 많았던 것 같왔다. 릴라는 6월 26일 선거와 관련된 동네의 분쟁에 언제나처럼 전투적인 자세로 몰두하고 있었다. 아니면 그저 뭔가에 심기가 뒤틀려 있었을 수도 있었다. 정확한 이유는 나도 잘 모르겠다. 확실한 것은 내가 책을 내밀자 릴라가 책을 받아드는 시늉도 하지 않고 괜히 책을 낭비하지 말라고 했다는 사실이다.

나는 속상했다. 당황스러워하는 나를 구해준 것은 엔초였다.

"나한테 줘."

엔초가 말했다.

"나는 평생 독서에 재미를 못 붙였지만 티나를 위해서 간직할게. 티나가 커서 읽어볼 수 있게."

엔초는 내게 티나를 위한 헌사를 써달라고 했다. 약간 불편한 마음으로 '우리들 모두보다 나은 사람이 될 티나에게'라고 썼던 것을 기억한다. 내가 소리 높여 헌사를 읽자 릴라가 말했다.

"나보다 나은 사람이 되는 건 어렵지 않지. 나는 티나가 훨씬 더 훌륭한 사람이 됐으면 좋겠어."

무의미한 말이었다. 그렇게 말할 이유가 뭐가 있단 말인가. 나는 분명 '우리들 모두보다 나은 사람'이라고 썼는데 릴라는 '나보다 나은 사람'으로 의미를 축소했다. 하지만 엔초도 나도 릴라의 말을 그냥 듣고 넘겼다. 엔초는 내 책을 컴퓨터 매뉴얼과 함께 선반 위에 꽂아 놓았다. 우리는 내 출장과 행사 일정에 대해 의논하기 시작했다.

## 93

릴라는 내가 못마땅할 때면 보통 노골적으로 감정을 드러냈지만 가끔 친절하고 다정한 태도 뒤에 적대감을 숨긴 채 나에게 은근히 부담을 주기도 했다. 예컨대 릴라는 여전히 데데와 엘사, 임마를 돌보는 것을 좋아하는 것 같다가도 억양을 조금만 바꾸는 것만으로도 내가 자기한테 빚을 지고 있다는 느낌을 받게 했다. 마치 '지금의 네 지위와 앞으로 누릴 지위는 내가 내 자신을 희생해가면서 네게 허락한 현재이자 미래야'라고 말하는 것 같았다. 조금이라도 그런 말투가 느껴지면 나는 표정을 굳히고 베이비시터를 알아보겠다고 했다. 하지만 릴라도 엔초도 그런 내 말을 거의 모욕처럼 받아들이고 나에게 베이비시터의 '베'자도 꺼내지 못하게 했다.

어느 날 아침 내가 도움을 청하자 릴라는 급히 처리해야 할 일이 있다고 성가신 말투로 말했다. 나는 그런 릴라에게 다른 방법을 찾아보겠다고 차갑게 말했다. 내 말에 릴라는 사나워졌다.

"내가 언제 안 된다고 했어? 도움이 필요하면 내가 일정을 조정하면 되잖아. 언제 네 딸들이 나에 대해 불평한 적이 있어? 내가 네 아이들을 제대로 돌보지 못하기라도 했어?"

나는 릴라가 원하는 것은 단지 나에게 릴라가 없어서는 안 되는 존재라는 사실을 내가 인정해주기 바라는 것뿐이라고 생각하고 릴라에게 진심을 담아 고마운 마음을 표현했다. 나는 릴라의 도움이 없었다면 내가 공인으로서 활동할 수 없었을 거라는 사실을 인정해주고 아무런 망설임 없이 내 일에 몰두했다.

실력 있는 출판사 홍보팀 덕분에 매일 다양한 신문지면에 내 기사가 실렸다. 두어 번 텔레비전에 출연하기도 했다. 나는 기쁘기도 하고 긴장이 되기도 했다. 나에 대한 관심이 커지는 것은 좋았지만 말실수를 할까봐 두려웠다. 긴장감이 극에 달할 때면 나는 누구와 이야기해야 할지 몰랐다. 나는 결국 릴라에게 조언을 구했다.

"솔라라 형제에 대해 물어보면 어쩌지?"

"네 생각을 있는 그대로 말해."

"솔라라 형제를 화나게 하면 어떻게 해?"

"지금은 그 자식들이 네게 위험한 것보다 네가 그 자식들에게 더 위협적인 존재야."

"나 걱정돼. 미켈레는 갈수록 더 미쳐가는 것 같아."

"책은 침묵하려고 쓰는 게 아니라 목소리를 내려고 쓰는 거야."

사실 나는 항상 신중에 신중을 기했다. 선거운동이 한창이던 때라 인터뷰를 하면서 정치 이야기를 하지 않으려고 특별히 주의를 기울였다. 대놓고 정부 5당의 표를 자기들 유리한 방향으로 움직이려고 혈안인 솔라라 형제의 이름을 거론하지 않으려고 조심했다. 그 대신 고향 동네의 생활 수준과 지진 후 악화된 환경, 빈곤 문제, 합법을 가장한 불법거래, 이를 묵인하는 정부에 대해서는 말을 아끼지 않았다. 사람들이 하는 질문이나 순간적인 기분에 따라 개인적인 경험을 이야기할 때도 있었다. 내 성장과정과 힘겨웠던 학업, 노르말레 대학에서 경험한 여성혐오, 내 어머니와 딸들, 페미니즘에 대해 이야기했다.

그때 출판계 사정은 복잡했다. 내 또래 작가들은 아방가르드적인 글쓰기와 전통적인 글쓰기 사이에서 방황하고 있었다. 스스로 작가로서의 정체성을 규정하고 지위를 확고히 하기 위해서 고군분투하고 있었다. 그런 작가들에 비해 나는 유리한 위치에 있었다. 내 데뷔작은 1960년대 말이라는 특수한 시기에 출간되었고 뒤이어 출간한 두 번째 작품으로 나는 문화적 소양이 높고 관심 분야도 다양하다는 것을 입증했다. 내 나이에 어느 정도 출간 경험이 있는 데다 고정적인 독자층을 확보한 작가는 많지 않았다.

날이 갈수록 전화벨이 자주 울렸다. 솔직히 말하면 신문기자들이

나에게 문학적인 의견을 묻거나 발언을 요구하는 경우는 드물었다. 그들은 주로 사회문제에 대해 내 견해를 묻거나 나폴리 현안에 대해 내 의견을 표명해주기를 원했다. 나는 최선을 다했고 얼마 지나지 않아『마티노』지에 다양한 주제로 기고문을 싣게 되었다. 이외에도『우리들, 여성』이라는 잡지에 칼럼을 써달라는 제안도 받아들였다. 행사에 초대받아 갈 때면 눈앞에 마주한 청중의 특성에 맞게 책을 소개했다. 내게 일어난 일은 나 자신도 도무지 믿을 수 없었다. 전작들도 어느 정도 좋은 반응을 얻기는 했지만 이 정도 속도는 아니었다. 그때까지 만난 적이 없었던 저명한 두 작가가 내게 직접 전화하기도 했다. 유명한 영화감독이 내 소설을 영화화하고 싶다면서 만남을 제의하기도 했다. 매일 수많은 해외 출판사에서 내 책을 읽어보고 싶다는 연락이 왔다. 날이 갈수록 만족감은 커져만 갔다.

그중에서도 특히 예상치 못한 전화 두 통이 만족스러웠다. 먼저 전화를 걸어온 사람은 전 시어머니였다. 시어머니는 나에게 매우 다정하게 굴었다. 시어머니는 우선 손녀들의 소식을 물으며 피에트로에게 아이들 소식을 듣고 있다고 했다. 아이들 사진을 봤는데 너무 예쁘게 컸다고 했다. 나는 시어머니의 말에 귀를 기울이며 의례적인 대답만 했다. 시어머니는 내 책을 이렇게 평했다.

"책을 다시 읽어봤다. 훨씬 좋아졌더구나. 잘했다."

시어머니는 작별 인사를 하면서 제노바에 책을 홍보하러 오게 되면 꼭 연락을 달라고 했다. 그 참에 아이들을 데리고 와서 자기들 집에 며칠간 두고 가라고 했다. 나는 그렇게 하겠다고 했지만 그럴 생각은 애당초 하지 않았다.

그로부터 며칠 후 니노에게서 전화가 왔다. 니노는 내 소설에 대한 반향이 엄청나다고 했다.

"이탈리아에서 이런 글이 나올 거라고는 상상도 못 했어."

니노는 아이들이 보고 싶다고 했다. 나는 니노를 점심식사에 초대했다. 니노는 데데와 엘사와 임마에게 정성을 다했다. 당연히 자기 이야기도 많이 늘어놓았다. 니노는 이제 나폴리에 거의 머무르지 않는다고 했다. 대부분 로마에서 지내며 종종 아이로타 교수와 협업을 한다고 했다. 자기가 몇 가지 중요한 일을 맡게 되었다고 했다. 니노는 이런 말을 자주 했다.

"모든 것이 제대로 돌아가고 있어. 드디어 이탈리아가 현대화의 길목에 들어선 거야."

니노는 내 눈을 지그시 바라보면서 느닷없이 말했다.

"우리 다시 시작해."

나는 웃음을 터뜨렸다.

"임마를 보고 싶으면 전화해. 하지만 우리 둘은 이제 서로에게 할 말이 없어. 솔직히 지금 생각해보면 임마도 유령이랑 낳은 것 같아. 확실한 건 임마를 임신한 순간 나와 함께 침대에 있었던 건 네가 아니라는 거야."

니노는 토라진 채 떠나서 다시는 돌아오지 않았다. 그는 데데와 엘사, 임마와 나를 오랫동안 잊어버렸다. 아마도 니노는 그날 자기 등 뒤로 문이 닫히는 순간 바로 우리를 잊었을 것이다.

## 94

나는 이제 더 바랄 것이 없었다. 내 이름이, 보잘것없던 내 이름이 드디어 누군가의 이름이 되어가고 있었다. 내 전 시어머니 아델레 아이로타 부인께서 사과의 뜻으로 직접 전화를 한 것도 바로 그런 이유였다. 니노 사라토레 씨가 내게 용서를 구하고 다시 내 침대 속으로 비집고 들어오려 한 것도 여기저기서 나를 초청하는 것도 바로 그 때문이었다.

물론 며칠 동안만이라고 해도 아이들과 떨어져 지내며 어머니로서의 역할에 쉼표를 찍는다는 것은 쉬운 일이 아니었다. 하지만 그렇게 헤어지는 것도 점점 일상이 되었다. 얼마 지나지 않아 공식석상에서 좋은 인상을 심어주어야 한다는 생각이 이러한 죄책감을 대신했다. 머릿속은 수많은 생각으로 가득 찼고 그럴수록 나폴리와 고향 동네의 실체는 흐릿해졌다.

나폴리와는 다른 풍경이 눈에 들어왔고 한 번도 보지 못했던 아름다운 도시를 방문하면 그곳에서 살고 싶다는 생각이 들었다. 매력적인 남자들도 만났다. 그들과 함께 있으면 내가 중요한 사람이 된 것 같았다. 그들은 나를 즐겁게 해주었다. 불과 몇 시간 만에 수많은 매혹적인 가능성이 눈앞에 펼쳐졌고 어머니로서의 의무감은 희미해졌다. 가끔 릴라에게 전화해 아이들에게 저녁 인사를 하는 것조차 잊어버리곤 했다. 문득 아이들 없이도 살 수 있을 것 같다는 생각이 들면 그제야 정신을 차리고 후회하곤 했다.

그러던 중에 아주 안 좋은 일이 일어났다. 나는 내 책의 이탈리아 남부 순회 홍보 행사에 참석하기 위해 오랫동안 집을 비워야 했다. 일주일 동안 집을 떠나 있어야 하는데 마침 임마의 몸 상태가 좋지 않았다. 임마는 힘이 하나도 없는 데다 지독한 감기에 걸려 있었다. 다 내 잘못이었다. 릴라를 탓할 수는 없었다. 릴라는 아이들의 건강에 주의를 기울였지만 워낙 바빠서 아이들이 신나게 뛰어노느라 땀을 흘린 다음에 맞바람에 노출되는 것까지 신경을 쓸 수는 없었다. 나는 떠나기 전에 출판사 홍보팀에 내가 머물 호텔들의 전화번호를

달라고 한 다음 이를 릴라에게 알려주고 여차하면 내게 연락하라고
했다.

"문제가 있으면 전화해. 당장 돌아올 테니까."

나는 릴라에게 신신당부했다.

나는 결국 집을 떠났다. 처음에는 임마와 임마가 아프다는 생각
으로 머릿속이 꽉 차 있었다. 나는 틈만 나면 릴라에게 전화를 걸었
다. 그러다 점점 임마를 잊어버렸다. 어디에 가든 모두 나를 매우 정
중하게 맞아주었다. 나는 미리 짜여진 빡빡한 일정을 소화해야 했고
기대에 부응하기 위해 최선을 다했다. 하루 일정을 마치고 나면 사
람들은 영원히 끝나지 않을 것 같은 만찬 자리에서 나를 축하해주
었다.

시간은 쏜살같이 지나갔다. 한번은 릴라와 통화하려 했지만 아무
도 전화를 받지 않아 포기하고 말았다. 한번은 엔초가 전화를 받았
는데 그는 특유의 과묵한 태도로 말했다.

"해야 할 일을 하도록 해. 걱정하지 말고."

한번은 데데와 통화했는데 데데는 짐짓 어른스럽게 말했다.

"모두 잘 지내고 있어요. 안녕, 엄마도 잘 지내요."

하지만 막상 집에 돌아와서 보니 임마는 사흘 전부터 병원에 입
원해 있었다. 폐렴에 걸린 것이었다. 릴라는 사흘 내내 임마 곁을 지
켰다. 모든 일을 내팽개치고, 티나까지 내버려두고 내 딸과 함께 병
원에 틀어박혀 있었던 것이다. 나는 절망했다. 왜 내게 아무것도 알
려주지 않았느냐고 항의도 해보았다. 하지만 릴라는 내가 돌아온 다
음에도 병실을 내어주려 하지 않았다. 릴라는 여전히 자기가 임마를
책임져야 한다고 생각했다.

"그만 가봐. 계속 돌아다녔잖아. 너도 쉬어야지."

릴라가 말했다.

실제로 피곤하기도 했지만 그보다는 정신이 멍했다. 임마 곁을 지켜주지 못했다는 생각에 마음이 아팠다. 내가 가장 필요한 순간에 임마 곁을 지켜주지 못한 것이 한스러웠다. 그 바람에 나는 임마가 얼마나 아팠는지 어떻게 아파했는지 전혀 몰랐다. 릴라는 내 딸이 아팠던 과정을, 호흡곤란으로 시작해서 괴로워하다가 병원으로 급히 달려오기까지 모든 순간을 머릿속에 간직하고 있었다.

병원 복도에서 릴라를 바라보니 나보다 더 지쳐보였다. 내가 없는 동안 릴라는 한결같이 임마 곁에서 자신의 다정하고 따뜻한 온기를 불어넣어주고 있었던 것이다. 릴라는 며칠 동안 집에도 가지 않고 잠도 거의 못 잔 탓에 너무 피곤해서 시선이 흐릿해보였다. 나도 릴라와 마찬가지로 피곤한 상태였지만 그런 릴라와는 달리 내면에서 환한 광채가 뿜어져 나오는 것 같았다. 겉으로 보기에도 그랬을 것이다. 내 딸이 아팠다는 사실을 알고 나서도 지금 내 모습에 대한 만족감을 지울 수 없었다. 전국 방방곡곡을 돌아다니면서 맛본 자유를 잊을 수 없었다. 스스로를 모든 것을 새로 시작하는 과거가 없는 사람처럼 규정하며 맛본 희열감을 떨쳐내기 힘들었다.

임마가 퇴원하자 나는 릴라에게 이런 내 감정을 털어놓았다. 나는 죄책감과 자부심이 뒤섞인 혼란스러운 마음을 정리하고 싶었다. 릴라에게 고맙다는 말을 하고 나 대신 임마에게 무엇을 해줬는지 세세히 듣고 싶었다. 하지만 릴라는 내게 짜증스럽게 쏘아붙였다.

"그만둬, 레누. 이미 다 지나간 일인걸. 임마는 다 나았잖아. 이것보다 훨씬 심각한 문제가 있어."

처음에 나는 릴라 회사에 문제가 있는 줄 알았는데 알고 보니 내 문제였다. 릴라는 임마가 병에 걸리기 직전에 내 앞으로 소송장이

날아올 거라는 것을 알게 됐다고 했다. 다름 아닌 카르멘이 나를 고
소한 것이었다.

## 95

나는 깜짝 놀랐다. 마음이 아팠다. 카르멘이, 다른 사람도 아닌 카
르멘이 내게 그런 짓을 했다니.

성공에서 오는 희열은 그 순간 끝났다. 엄마를 제대로 돌보지 않
고 내버려두었다는 죄책감에 소송을 당해 돈과 명예와 기쁨을 비롯
한 모든 것을 빼앗길지도 모른다는 두려움이 더해졌다. 갑자기 나
자신이, 나의 일장춘몽이 부끄럽게 느껴졌다. 나는 릴라에게 지금
당장 카르멘과 이야기하고 싶다고 했지만 릴라는 그러지 말라고 했
다. 릴라는 내게 말해준 것보다 더 많은 걸 알고 있는 것 같아서 나는
릴라의 충고를 듣지 않고 카르멘을 만나러 갔다.

먼저 주유소에 가보니 카르멘은 없었다. 로베르토는 나를 보고 몹
시 곤란해하면서 소송에 대해서는 언급하지 않고 아내가 아이들을
데리고 줄리아노에 있는 친척집에 갔으며 얼마간 그 집에 머무를 예
정이라고 했다. 나는 로베르토를 그 자리에 버려두고 그의 말이 사
실인지 확인하기 위해 카르멘의 집으로 달려갔다. 카르멘은 정말로
줄리아노로 떠나버렸거나 아니면 집에 있으면서도 문을 열어주지
않는 것 같았다.

몹시도 무더운 날이었다. 나는 마음을 가라앉히기 위해 산책하다
가 안토니오를 찾아갔다. 안토니오라면 뭔가 알고 있을 것이 분명했
다. 안토니오는 항상 여기저기 돌아다니기 때문에 나는 그를 찾기가
쉽지 않을 것이라고 생각했다. 하지만 의외로 안토니오의 아내는 남

편이 이발을 하러 갔다고 했고 그는 정말 이발소에 있었다.

나는 안토니오에게 누가 내게 소송을 걸었다는 소문을 들은 적이 있느냐고 물었다. 안토니오는 내 말에 대답하는 대신 학교를 비판하기 시작했다. 학교 선생들이 자기 아들들을 못마땅하게 여긴다는 것이었다. 학교 선생들은 아이들이 독일어나 사투리만 쓴다고 불평만 늘어놓으면서 정작 제대로 된 표준어를 가르쳐줄 생각은 하지 않는다고 했다. 안토니오는 갑자기 목소리를 낮춰 속삭이듯 말했다.

"본 김에 인사해야겠다."

"어디 가?"

"독일로 돌아갈 거야."

"언제?"

"아직은 몰라."

"그런데 벌써 인사를 해?"

"네가 너무 바쁘니까. 만날 기회가 없잖아."

"그거야 네가 나를 찾지 않으니 그렇지."

"그건 너도 마찬가지잖아."

"왜 떠나려는 거야?"

"가족들이 여기에 있는 것을 힘들어해."

"미켈레가 너를 쫓아내는 거야?"

"그가 명령하면 나는 따라야 해."

"미켈레가 너를 고향에서 쫓아내려는 거구나?"

안토니오는 자기 손을 바라보면서 꼼꼼히 살폈다.

"가끔 신경쇠약 증세가 다시 나타나곤 해."

안토니오는 그렇게 말하고는 정신적으로 문제가 있는 자기 어머니 멜리나 이야기를 꺼냈다.

"아다에게 맡기고 갈 거야?"

"모시고 갈 거야."

안토니오가 중얼거렸다.

"어머니 말고도 아다에게는 골치 아픈 일이 많아. 게다가 나는 어머니랑 체질이 똑같잖아. 어머니를 곁에 두고 내가 미래에 어떻게 될지 지켜보고 싶어."

"평생을 이곳에서 사셨는데, 독일에 가면 힘들어하실 거야."

"힘든 건 어딜 가나 마찬가지야. 충고 하나 해줄까?"

안토니오의 눈빛을 보고 나는 그가 본론을 말하기로 결심했다는 것을 알아차렸다.

"말해봐."

"너도 이곳을 떠나."

"왜?"

"리나는 너희 둘이 천하무적이라고 생각하지만 사실은 그렇지 않으니까. 이제 나는 너희를 도와줄 수 없어."

"우리를 어떻게 도와준다는 거야?"

안토니오는 시무룩하게 고개를 내저었다.

"솔라라 형제가 약이 단단히 올랐어. 이번에 우리 동네 선거 결과 봤어?"

"아니."

"이번 선거에서 솔라라 형제가 예전처럼 선거판을 주도하지 못한다는 사실이 증명됐어."

"그래서?"

"리나 덕분에 공산당 득표율이 늘었다는 거야."

"그게 나랑 무슨 상관인데?"

413

"마르첼로와 미켈레는 모든 일의 배후에는 리나가 있다고 생각해. 네 경우에는 특히 더하고. 카르멘의 소송도 솔라라 형제의 변호사들이 맡고 있어."

96

나는 집으로 돌아왔지만 릴라를 찾지 않았다. 릴라가 선거며 투표 결과며 카르멘의 소송 배후에 성난 솔라라 형제가 있다는 사실을 모를 리 없다고 생각했다. 하지만 나는 자기 목적에 맞게 정보를 찔끔찔끔 알려주는 릴라 대신 출판사에 전화를 걸었다. 나는 편집장에게 소송 사건과 안토니오에게서 들은 이야기를 들려주었다.

"지금으로서는 소문일 뿐이고 확실한 것은 아무것도 없지만 저는 걱정이 많아요."

편집장은 나를 안심시키려 했다. 출판사 법무팀에 사건을 조사해 달라고 부탁할 것이며 뭔가를 알게 되면 바로 전화해주겠다고 했다. 편집장은 이렇게 말을 끝맺었다.

"왜 그렇게 안절부절못하나? 책 판매에는 오히려 도움이 될 거라네."

그러나 내게는 도움이 되지 않을 것이다. 모든 것이 잘못됐다. 나는 애초에 고향에 돌아오지 말았어야 했다.

며칠이 지나도록 출판사에서는 연락이 없었다. 그 대신 고소장이 집에 도착했다. 칼침이라도 맞은 것 같았다. 고소장을 읽고 나는 놀라서 입이 딱 벌어졌다. 카르멘은 나와 출판사에게 책 전량을 수거할 것과 어머니 주세피나 펠루소 여사에 대한 추억을 손상했다는 이유로 터무니없는 배상금을 요구했다. 그때까지 나는 로고나 서식,

화려한 인장과 인지를 사용해 그런 식으로 종이 한 장에 법의 권위를 함축한 문서를 본 적이 없었다.

사춘기 시절이나 젊은 시절에는 내게 별다른 영향을 미치지 못했던 법이 새삼 두려워졌다. 이번에는 바로 릴라에게 달려갔다. 내가 자초지종을 설명하자 릴라는 나를 비웃었다.

"법을 원한 건 너였잖아. 법이 친히 찾아와주셨네."

"어떻게 해야 할까?"

"난리를 쳐야지."

"무슨 말이야?"

"지금 네가 겪고 있는 일을 신문에 써."

"미쳤구나. 안토니오가 카르멘 뒤에 솔라라 형제의 변호사들이 있다고 했어. 모른다고 하지 마."

"당연히 알지."

"그런데 왜 내게 말해주지 않은 거야?"

"네가 이렇게 예민하게 구니까. 그렇게 걱정할 필요 없어. 너는 법을 두려워하고 솔라라 형제는 네 책을 두려워해."

"나는 솔라라 형제가 엄청난 재력을 동원해서 나를 망가뜨릴까봐 두려운 거야."

"네가 걸고넘어져야 할 부분이 바로 그 지점이야. 그들의 돈 말이야. 글을 써. 그들이 저지르고 있는 추잡한 짓에 대해 글을 쓰면 쓸수록 그들의 사업을 망칠 수 있을 거야."

나는 우울해졌다.

'릴라는 지금껏 그런 생각을 해온 건가. 이것이 릴라의 계획이었나.'

나는 그제야 릴라가 어린 시절 우리가 『작은 아씨들』의 저자에 대

해서 생각했던 것처럼 내게 강력한 힘이 있다고 생각한다는 사실을
확실히 알았다.

'어떻게 해서든 나를 고향으로 돌아오게 했던 것도 그런 이유 때
문이었나?'

나는 아무 말 없이 자리에서 일어났다. 집으로 돌아가 출판사에
다시 전화를 걸었다. 나는 편집장이 어떤 식으로든 조치를 취했기를
바랐다. 안심할 만한 소식을 듣고 싶었다. 하지만 그날은 편집장과
통화하지 못했다. 다음 날 편집장이 먼저 연락을 했다. 그는 쾌활한
말투로 『코리에레 델라 세라』지에 자기가 직접 내 소송에 관한 기사
를 썼다고 했다.

"어서 가서 사보게."

편집장이 말했다.

"읽어보고 자네 생각을 말해줘."

## 97

나는 전보다 더 불안에 떨면서 신문 가판대에 갔다. 신문에는 티
나와 함께 찍은 내 사진이 실려 있었다. 이번에는 흑백사진이었다.
제목부터 소송을 언급하고 있었다. 기사는 이번 소송을 보기 드물게
용기 있는 소설가의 입에 재갈을 물리려는 시도로 평했다. 고향 동
네 이름이나 솔라라 형제 이름을 직접적으로 거론하지는 않았다. 기
사는 상당히 숙련된 솜씨로 이번 사건을 나라 곳곳에서 일어나고 있
는 '이탈리아의 현대화를 막는 중세적 잔재와 드디어 이탈리아 남
부 지역에서도 나타나기 시작한 거스를 수 없는 정치적·문화적 개
혁의 흐름 간의 충돌 현상'의 일환으로 해석했다. 짧은 글이었지만

문학의 권리를 '암울한 지역 분쟁'과 분리하면서 특히 결론 부분에서 이런 주장을 효과적으로 변론했다.

나는 안정을 되찾았다. 보호받고 있는 느낌이었다. 나는 편집장에게 전화를 걸어 기사를 극찬한 다음 릴라에게 신문을 보여주러 갔다. 나는 릴라가 기뻐할 거라고 생각했다. 사실 릴라가 내게 기대했던 것도 이런 게 아니었던가. 그간 릴라가 내게 부여한 힘이 실제로 발휘된 것이다. 그런 내 기대와는 달리 릴라의 반응은 냉랭했다.

"왜 이 사람에게 기사를 쓰게 한 거야?"

"뭐가 문제야? 출판사가 내 편을 들어줬잖아. 이 소동을 잠재워주겠다는 거잖아. 나는 좋은 일인 것 같은데?"

"다 쓸데없는 소리야, 레누. 이 작자는 책 판매에만 관심이 있을 뿐이야."

"그럼 안 돼?"

"물론 그래도 돼. 하지만 기사는 네가 썼어야지."

나는 신경이 곤두섰다. 릴라가 무슨 생각을 하는 건지 좀처럼 이해할 수 없었다.

"왜?"

"왜냐하면 너는 똑똑한 데다 실력이 좋으니까. 네가 브루노 소카보를 비판하는 글을 썼던 걸 기억해?"

브루노 이야기에 나는 기분이 좋아지기는커녕 심기가 불편해졌다. 브루노가 죽은 지금에 와서 내가 쓴 글을 생각하는 것은 기분 좋은 일이 아니었다. 브루노는 똑똑하지 못했고 그러다보니 솔라라 형제의 그물에 걸린 것이다. 살해당한 걸로 보아 다른 그물에도 걸렸던 것이 분명했다. 그런 그에게 화를 냈던 것이 자랑스럽지는 않았다.

"릴라."

내가 말했다.

"그 기사는 공장 작업환경에 대한 글이지 브루노를 비판하기 위해서 쓴 글이 아니었어."

"알아. 하지만 그렇다고 뭐가 달라져? 결국 죗값을 치르게 했잖아. 이제 너는 그때보다 더 유명 인사가 됐으니 전보다 더 잘할 수 있을 거야. 솔라라 형제를 카르멘 뒤에 숨어 있게 해서는 안 돼. 네가 그들을 밖으로 끌고 나와야 해. 이제부터는 그들이 명령하도록 내버려둬서는 안 돼."

나는 릴라가 왜 편집장의 글을 경멸했는지 알아차렸다. 릴라는 표현의 자유나 후진성과 현대화의 충돌 따위에는 하나도 관심이 없었다. 릴라는 오직 '암울한 지역 분쟁'에만 관심이 있을 뿐이었다. 릴라는 내가 지금 이 순간 이곳에서 우리가 어린 시절부터 알아왔고 따라서 그들이 어떤 사람인지 알고 있는 실존 인물들과의 싸움에 이바지하기를 원했다. 내가 말했다.

"릴라, 『코리에레 델라 세라』지 같은 신문은 솔라라 형제에게 넘어간 카르멘이나 그런 카르멘을 매수한 솔라라 형제에게는 관심이 없어. 영향력 있는 신문에 실리려면 그 기사에 보편적인 의미가 있어야 해. 그렇지 않으면 기사를 실어주지 않아."

릴라의 얼굴이 일그러졌다.

"카르멘은 솔라라 형제에게 넘어간 게 아니야."

릴라가 말했다.

"카르멘은 여전히 네 친구야. 네게 소송을 건 것은 강요당했기 때문이야."

"무슨 말이야. 설명을 좀 해봐."

릴라는 나를 비웃었다. 몹시 화가 난 듯했다.

"아무 말도 해주지 않을 테야. 너는 작가잖아. 설명은 네가 해야지. 내가 아는 것이라고는 여기에 우리를 지켜줄 밀라노 출판사 따위는 없다는 거야. 아무도 우리 이야기를 기사로 써주지 않아. 우리는 '지역 문제'의 일환일 뿐이고 우리끼리 어떻게든 해결책을 찾아야만 해. 그러니 '네가' 우리를 도와주고 싶다면 환영이야. 그렇지 않다면 우리끼리 알아서 할게."

## 98

나는 다시 로베르토를 찾아가 그가 줄리아노에 있는 친척집 주소를 내놓을 때까지 그를 괴롭혔다. 나는 다시 임마를 데리고 차에 올라 카르멘을 찾아 떠났다.

너무 더워 제대로 숨 쉬기도 힘들었다. 카르멘의 친척집은 외곽에 있어서 찾기가 여간 힘들지 않았다. 몸집이 큰 여자가 현관문을 열고 카르멘은 이미 나폴리로 돌아갔다고 퉁명스럽게 말했다. 나는 여자의 말이 못 미더웠지만 고작 백 미터밖에 걷지 않았는데도 피곤하다면서 칭얼대는 임마를 데리고 뒤돌아섰다. 그런데 자동차가 있는 곳으로 돌아가려고 모퉁이를 돌자마자 장바구니를 들고 오는 카르멘과 딱 마주쳤다. 순식간에 일어난 일이었다. 카르멘은 나를 보고 울음을 터뜨렸다. 나는 그런 카르멘을 안아주었고 임마도 덩달아 카르멘을 안아주려고 했다.

우리는 그늘진 카페 테이블에 자리를 잡았다. 임마에게 인형을 가지고 조용히 놀라고 한 다음 나는 카르멘에게 자초지종을 설명해달라고 했다. 카르멘은 릴라에게서 들은 이야기를 확인해주었다. 내게 소송을 걸라는 강요를 당했다고 했다. 카르멘은 그 이유도 설명해줬다. 마르첼로가 파스콸레가 숨어 있는 곳을 알고 있다는 암시를 했다는 것이다.

"정말일까?"

"그럴 수 있어."

"너는 파스콸레가 어디에 있는지 알아?"

카르멘은 잠시 망설이다 고개를 끄덕였다.

"자기들이 원하면 얼마든지 오빠를 죽일 수 있다고 했어."

나는 카르멘을 진정시키려 했다. 나는 솔라라 형제가 정말로 자기들 어머니의 살인범이라고 생각하는 사람의 소재를 파악했다면 일찌감치 그를 잡으러 갔을 거라고 했다.

"그러니까 너는 그 자식들이 우리 오빠의 소재를 모른다는 거야?"

"당연하지. 지금 네가 파스콸레의 안전을 위해 할 수 있는 게 딱 하나 있어."

"그게 뭔데?"

나는 카르멘에게 파스콸레를 살리고 싶으면 그를 경찰에 넘겨야 한다고 했다.

반응이 좋지 않았다. 카르멘이 경직되는 모습을 본 나는 솔라라 형제에게서 파스콸레를 보호할 수 있는 방법은 그것밖에 없다고 열심히 설명했지만 소용없었다. 나는 카르멘이 내가 제시한 해결책을 최악의 배신으로 받아들였다는 사실을 깨달았다. 자기가 내게 저지른 일보다 내가 한 말이 더 심각한 배신이라고 생각하는 것 같았다.

"이 상태라면 너는 솔라라 형제의 손에서 벗어나지 못해. 그들은 너에게 나를 소송하라고 했고 다음에는 더 심한 일을 요구할 수도 있어."

내가 말했다.

"나는 오빠의 동생이야."

카르멘이 외쳤다.

"단순히 오빠를 사랑하고 안 하고의 문제가 아니야. 오빠에 대한 네 사랑이 이번에는 나에게 피해를 줬어. 그렇다고 파스콸레를 구했을 리는 없고 결국 너까지 위험해질 수 있어."

나는 무슨 말로도 카르멘을 설득할 수 없었다. 이야기를 나눌수록 오히려 나만 더 혼란스러워졌다. 카르멘은 다시 울기 시작했다. 내게 한 짓을 후회하면서 용서를 구하다가 자기 오빠가 무슨 짓을 당할지 걱정하면서 절망했다.

내가 말했다.

나는 어린 시절 카르멘을 떠올렸다. 그때만 해도 카르멘이 이토록 우직하게 충직한 사람이 될 거라고는 상상도 하지 못했다. 나는 카르멘을 위로하는 일에 실패한 데다 임마가 땀을 너무 많이 흘리는 바람에 다시 아플까봐 겁이 나기도 했다. 시간이 갈수록 내가 카르멘에게 무엇을 요구해야 하는지 헷갈리기도 해서 나는 카르멘을 내버려두기로 했다.

나는 카르멘이 파스콸레와 맺은 오랜 공모관계를 깨길 바랐던 걸까. 단지 그것이 옳은 일이라는 이유 하나만으로? 오빠보다 국가를 위한 선택을 하길 바랐던 건가. 하지만 그럴 이유가 뭐가 있단 말인가. 카르멘을 솔라라 형제의 손에서 빼내어 소송을 취하하게 하려고? 카르멘의 괴로움보다 내 소송을 취하하는 것이 더 중요한 건가? 내가 말했다.

"네가 생각하기에 가장 좋은 방법을 선택하도록 해. 어쨌든 나는 너에게 화난 것이 아니라는 건 알아줘."

그 순간 카르멘의 눈빛에 예기치 못한 분노가 스쳐지나갔다.

"네가 나에게 화낼 이유가 어디 있어? 이 일 때문에 너는 무엇을 손해보는데? 그 덕분에 계속 신문에 나오고 홍보도 하고 책도 더 잘 팔리잖아. 그런 말을 하지 않는 편이 좋을 뻔했어, 레누. 내게 오빠를 경찰에 신고하라고 충고한 건 실수였어."

나는 씁쓸한 마음으로 그곳을 떠났다. 집으로 돌아가면서 괜히 카르멘을 만나러 갔다고 생각했다. 이번에는 카르멘이 먼저 솔라라 형제를 찾아가 내가 찾아왔었다고 말하는 상상을 했다.『코리에레 델라 세라』지에 실린 편집장의 기사를 보고 솔라라 형제가 카르멘을 강요해서 내게 다른 소송을 거는 상상을 했다.

## 99

며칠 동안 나는 대참사가 일어나기를 기다렸지만 아무 일도 일어나지 않았다. 기사가 일으킨 파장은 꽤나 컸다. 나폴리 지역 신문들은『코리에레 델라 세라』지의 기사를 언급하면서 내용을 좀 더 심도 있게 다뤘다. 나는 나를 지지하는 사람들에게서 응원의 전화와 편지를 받았다.

몇 주가 지나자 소송당했다는 사실에 익숙해졌다. 작가 중에서 나와 같은 일을 겪거나 나보다 더 큰 위험에 노출된 사람이 많다는 사실도 알게 됐다.

그 후 일상이 모든 것을 잠식했다. 나는 얼마 동안 릴라를 피했다. 잘못된 행동에 휩쓸리지 않으려고 특히 주의를 기울였다.

책은 꾸준히 잘 팔렸다. 8월이 되자 나는 산타 마리아 디 카스텔라바테로 휴가를 떠났다. 릴라와 엔초도 바다 근처에 집을 빌릴 것처럼 하다가 회사 일이 바빠서 그러지 못했다. 릴라는 당연하다는 듯 내게 티나를 맡겼다. 이 아이를 부르고 저 아이에게 소리를 지르고 싸움을 말리고 장을 보고 요리를 하면서 숨 가쁘게 보낸 힘거웠던 휴가 기간에 나의 유일한 즐거움은 파라솔 아래서 내 책을 읽고 있는 두어 명의 독자들을 훔쳐보는 것이었다.

가을이 되자 일이 더 잘 풀렸다. 나는 꽤나 중요한 문학상을 수상했고 부상으로 상당한 금액의 상금을 받게 되었다. 나는 내가 똑똑하고 대외 활동에 능숙하다고 생각했다. 날이 갈수록 경제적인 상황도 좋아졌다. 하지만 성공을 거둔 처음 몇 주 동안 맛보았던 기쁨과 경이로움은 다시 돌아오지 않았다. 눈부셨던 한낮의 밝은 빛이 흐릿해진 느낌이었다. 주변에 불안감이 퍼져나가는 것이 느껴졌다. 얼마 전부터 저녁마다 엔초가 젠나로에게 고함치는 소리가 들렸다. 예전에는 좀처럼 일어나지 않던 일이었다.

베이직 사이트를 찾아갈 때마다 릴라는 알폰소와 뭔가를 모의하고 있었다. 내가 가까이 가려 하면 릴라는 무심한 동작으로 내게 잠시 기다려달라는 신호를 보냈다. 동네로 돌아온 카르멘과 알 수 없는 이유로 출발을 무기한 연기한 안토니오와 이야기할 때도 릴라는 내게 그런 식으로 행동했다.

릴라의 주변 상황이 안 좋아지고 있는 것이 분명했지만 릴라는 나를 자기 일에 끌어들이려고 하지 않았다. 나도 그 편이 좋았다. 그러다 두 가지 끔찍한 사건이 연달아 일어났다. 릴라는 우연히 젠나로 팔에 가득한 주사 자국을 보게 됐다. 릴라가 그렇게 소리를 지르는 것은 처음이었다. 릴라는 엔초를 부추겨 젠나로를 죽도록 두들겨 패게 했다. 건장한 두 사내는 서로 처절하게 치고받았다. 다음 날 릴라는 젠나로가 리노 삼촌은 자기가 마약을 하는 것과 아무런 상관이 없다면서 해고하지 말라고 애원하는데도 자기 오빠 리노를 베이직 사이트에서 쫓아냈다. 그 비극적인 사건으로 내 딸들, 그중에서도 특히 데데가 큰 충격을 받았다.

"리나 이모는 자기 아들한테 왜 저래요?"

"해서는 안 될 일을 해서 그렇단다."

"이제 다 컸는데 하고 싶은 대로 해도 되잖아요."

"목숨을 잃을 일은 하면 안 되지."

"왜요? 어차피 자기 인생인걸요. 자기 마음대로 할 권리가 있어요. 엄마는 자유가 뭔지 몰라요. 리나 이모도 마찬가지고요."

데데와 엘사와 임마는 자기들이 그토록 사랑하는 리나 이모가 악을 쓰고 욕을 퍼붓는 모습에 놀라 넋이 나갔다. 젠나로는 집 안에 갇혀서 하루 종일 고함을 질렀다. 리노는 값비싼 기계를 망가뜨리고는 베이직 사이트에서 사라졌다. 리노가 욕하는 소리가 온 동네에 울려 퍼졌다. 어느 날 저녁 피누차가 아이들을 이끌고 릴라를 찾아왔다. 남편 리노를 다시 채용해달라는 애원을 하려고 시어머니를 앞세웠다.

릴라는 자기 어머니와 올케를 홀대했다. 고함소리와 욕지거리가 우리 집까지 똑똑히 들려왔다.

"우리를 솔라라 형제에게 갖다 바칠 셈이야?"

피누차가 절망적으로 외쳤다.

릴라가 쏘아붙였다.

"그래도 싸지. 고마워할 줄도 모르는 사람들을 위해 죽도록 일하는 것도 이제 진절머리가 나."

하지만 그 다음에 일어난 사건에 비하면 이 일은 약과였다. 상황이 조금 진정되는가 싶었는데 이번에는 릴라가 알폰소와 싸우기 시작했다. 알폰소는 이제 베이직 사이트에 없어서는 안 되는 인물이었는데 갈수록 못 미더운 행동을 하고 다녔다. 사업상 중요한 미팅에 나타나지 않거나 나타나더라도 민망하기 그지없는 행동을 했다. 알폰소는 화장을 두껍게 하고 자기에 대해 말할 때 여성 인칭을 사용했다.

그렇지만 이제 알폰소의 얼굴에서 릴라의 흔적은 사라지고 없었다. 그렇게나 피하려고 애를 썼는데도 알폰소는 남성성을 회복하고 있었다. 이제 알폰소의 코와 이마와 눈매에서 아버지 돈 아킬레의 흔적이 보이기 시작했고 알폰소는 그런 자신의 모습을 혐오스러워했다.

알폰소는 어느새 살이 쪄서 무거워진 자기 몸에서 계속해서 도망치려 했다. 며칠 동안 자취를 감출 때도 있었다. 다시 나타날 때면 언제나 얻어맞은 흔적이 있었다. 다시 일을 시작하기는 했지만 그마저도 마지못해서였다.

어느 날 알폰소가 완전히 사라졌다. 릴라와 엔초가 사방으로 찾아다녔지만 결국 찾지 못했다. 며칠 후 코롤리오 해변에서 알폰소의 시신이 발견되었다. 어디선가 맞아죽은 다음 바다에 버려진 것이었다. 처음 소식을 들었을 때 나는 그 사실을 믿을 수 없었다. 모든 것이 잔혹한 현실이라는 것을 깨달았을 때는 고통에서 헤어 나올 수 없었다. 나는 고등학교 시절의 알폰소를 떠올렸다. 친절하고 세심한 성격의 알폰소. 마리사의 사랑을 담뿍 받고 약국집 아들 지노에게는 괴롭힘을 당하던 알폰소를 말이다. 가끔 알폰소가 여름방학 동안에 억지로 식료품점 진열대 뒤에서 일하던 모습을 애써 떠올려보려고도 했다. 하지만 그 이후의 그의 삶은 생각나지 않았다.

고등학교를 졸업한 후 알폰소가 어떤 삶을 살아왔는지 나는 잘 알지 못했다. 그 시절 알폰소를 생각하면 혼란스러웠다. 나는 변한 알폰소의 모습이 잘 기억나지 않았다. 최근 들어 알폰소와 만났던 기억이 희미해졌다. 마르티리 광장 구둣가게에서 일하던 때도 망각 속으로 사라졌다. 나는 열에 들떠서 모든 게 릴라 때문이라고 생각했다. 사람을 몰아붙여 모든 것을 뒤죽박죽으로 만들어버리는 릴라의 집착이 그를 엉망으로 만든 것이라고. 릴라가 남몰래 그를 이용하고 방치한 것이라고.

나는 이내 생각을 바꿨다. 알폰소가 사망했다는 소식을 들은 지 몇 시간이 지난 후였다. 릴라는 알폰소가 죽었다는 것을 알면서도 며칠 전부터 그에 대한 분노에서 벗어나지 못해 그는 믿지 못할 놈이라는 말만 우악스럽게 반복하고 있었다. 한참을 그렇게 난리를 치던 릴라는 고통을 이기지 못하고 우리 집 바닥에 쓰러지고 말았다. 그때 나는 릴라가 나나 마리사보다 알폰소를 더 많이 사랑했다는 사실을 알았다. 알폰소 스스로 자주 말했듯이 릴라야말로 어느 누구보다 알폰소에게 많은 도움을 주었다는 사실을 깨달았다.

그 후 몇 시간 동안 릴라는 모든 의욕을 잃고 하던 일을 멈췄다. 젠나로에 대한 관심도 잃고 티나도 내게 맡겼다. 릴라와 알폰소의 관계는 내가 생각했던 것보다 훨씬 복합적이었던 것 같다고 나는 생각했다. 릴라는 알폰소를 거울처럼 마주보고 알폰소에게서 자기의 모습을 보았던 것이다. 그의 몸에서 자신의 일부를 끌어내고 싶었던 것이다. 내가 두 번째 책에 쓴 내용과 정확하게 반대되는 현상이라고 나는 불편한 마음으로 생각했다. 알폰소는 그런 릴라의 노력이 좋았던 것이다. 그는 릴라에게 자기 자신을 살아 있는 재료로 제공했고 릴라는 그런 알폰소에게 형태를 만들어준 것이다.

마음을 진정하기 위해 잠시 여태까지 일어난 사건들을 정리하는 동안 적어도 내게는 일이 그렇게 된 것처럼 보였다. 하지만 사실 이는 내 추측일 뿐이었다. 실제로 릴라는 그때에도 그 이후에도 알폰소와의 관계에 대해 나에게 단 한 번도 이야기해주지 않았다. 릴라는 알폰소의 장례식 날까지 괴로움에 넋이 나가 있었다. 그때 릴라의 복잡한 심경을 누가 알 수 있었겠는가.

## 100

장례식에는 극소수의 조문객만이 참석했다. 마르티리 광장의 친구들은 고사하고 그의 일가친척조차 장례식에 모습을 나타내지 않았다. 알폰소의 형제 피누차와 스테파노, 마리사와 그의 자식일 수도 있고 아닐 수도 있는 아들들이 오지 않은 것은 그렇다 치더라도 나는 그의 어머니 마리아 아주머니마저 장례식에 참석하지 않았다는 사실에 충격을 받았다. 그 대신 놀랍게도 솔라라 형제가 장례식장에 모습을 드러냈다. 미켈레는 삐쩍 마른 데다 눈매가 매서웠다. 미친 사람처럼 끊임없이 주변을 살폈다. 그런 미켈레와는 달리 마르첼로는 회한에 찬 표정이었다. 마르첼로의 태도는 머리부터 발끝까지 화려하게 빼입은 그의 옷차림과 대조적이었다. 둘은 장례 행렬에 참석하는 데 그치지 않고 차를 타고 묘지까지 따라와 매장하는 것까지 지켜보았다.

장례식이 진행되는 내내 나는 대체 왜 솔라라 형제가 장례식에 왔는지 의아해하면서 릴라와 눈을 마주치려 했다. 그러나 릴라는 한 번도 내 쪽을 바라보지 않았다. 릴라의 신경은 온통 솔라라 형제에게 가 있었다. 릴라는 장례식 내내 솔라라 형제를 도발적으로 쏘아봤다. 장례식이 끝난 후 미켈레와 마르첼로가 떠나려 하자 릴라는 내 팔을 붙잡았다. 화가 나서 폭발하기 일보 직전이었다.

"나랑 같이 가줘."

"어디를?"

"저 자식들하고 이야기를 해야겠어."

"아이들은 어쩌고."

"엔초가 맡아줄 거야."

나는 망설였다. 어떻게든 말려보려고 릴라에게 말했다.

"그냥 내버려둬."

"그럼 나 혼자 갈게."

항상 이런 식이라고 나는 투덜댔다. 내가 뒤따라가지 않으면 릴라
는 그런 나를 버려두고 갈 것이었다. 나는 엔초에게 아이들을 부탁
한다는 신호를 보냈다. 엔초는 솔라라 형제를 전혀 신경 쓰지 않는
눈치였다. 나는 릴라의 뒤를 따라 돈 아킬레네 집 계단을 올랐을 때
나 사내아이들과 돌팔매질을 벌였을 때와 같은 심정으로 관을 안치
해 놓은 벽감으로 가득 찬 희끄무레한 건축물들이 기하학적으로 나
열된 묘지 사이를 가로질렀다.

릴라는 마르첼로는 본체만체하고 미켈레 앞을 가로막고 섰다.

"여기까지 온 이유가 뭐야? 이제 와서 후회되나 보네?"

"성질 돋우지 마, 리나."

"너희 둘은 이제 끝났어. 동네에서 떠나야 할 거야."

"그만 가보는 게 좋을걸."

"지금 위협하는 거야?"

"그래."

"젠나로에게 손댈 생각일랑 꿈에도 하지 마. 엔초도 마찬가지고.
알아들었어, 미켈레? 내가 너와 짐승 같은 네 형을 망가뜨릴 수 있을

만큼 많은 걸 알고 있다는 사실을 기억해."

"너는 아무것도 몰라. 아무것도 가진 게 없고 무엇보다 아무것도 이해하지 못해. 그렇게나 똑똑한 머리로 내가 이제 너에게 전혀 관심이 없다는 사실을 아직도 깨닫지 못한 거야?"

마르첼로가 미켈레의 팔을 잡아당기면서 사투리로 말했다.

"그만 가자, 미켈레. 더 있어봤자 시간 낭비일 뿐이야."

미켈레는 팔을 힘껏 뿌리치고 릴라에게 말했다.

"레누가 항상 신문에 나오니까 내가 겁낼 거라고 생각하는 거야? 정말 그렇게 생각해? 내가 소설이나 쓰는 글쟁이를 두려워할 거라고? 이 년은 아무것도 아니야. 너는 다르지. 너는 대단한 년이야. 살과 뼈로 만들어진 세상의 모든 인간은 네 그림자만 못할걸? 하지만 너는 그 사실을 이해하려 하지 않았어. 그래봤자 너만 손해지. 나는 네가 가진 모든 것을 빼앗을 거야."

미켈레는 갑자기 배가 아픈 것처럼 마지막 말을 내뱉었다. 미켈레는 마치 그 고통에 반응이라도 하는 것처럼 마르첼로가 미처 말릴 틈도 없이 릴라의 얼굴에 주먹을 날려 릴라를 쓰러뜨렸다.

# 101

나는 이 예상치 못한 행동에 그대로 얼어붙고 말았다. 릴라도 상상조차 하지 못했을 것이다. 우리는 언젠가부터 당연히 미켈레는 절대 릴라 몸에 손끝 하나 대지 못할 뿐 아니라 누가 릴라의 몸에 손끝 하나라도 갖다대면 그 사람을 죽여버릴 거라고 생각해왔다.

나는 소리도 못 질렀다. 목이 멘 소리조차 나오지 않았다.

마르첼로는 미켈레를 잡아끌었다.

"신께 맹세코 네놈을 죽여버리겠어. 네놈들 둘 다 죽은 목숨이나 마찬가지야."

릴라가 소리치며 욕설과 피를 함께 토해내는 동안 마르첼로는 미켈레를 떠밀고 잡아당기면서 내게 다정한 척 이죽거렸다.

"이 이야기도 다음 소설에 한번 써보지 그래. 아직도 모를까봐 하는 말인데 리나에게 전해줘. 나와 내 동생은 이제 '정말로' 리나를 좋아하지 않는다고."

릴라가 심하게 넘어지는 바람에 얼굴이 부었다는 것을 엔초에게 납득시키기는 어려웠다. 우리는 릴라가 갑자기 정신을 잃어서 바닥에 넘어진 거라고 했다. 사실 나는 엔초가 우리 말을 전혀 믿지 않았다고 확신한다. 우선 내가 잔뜩 흥분해서 한 말이 전혀 그럴듯하지 않게 들렸을 것이 분명했기 때문이고 릴라가 신빙성 있는 설명을 하려는 노력조차 하지 않았기 때문이다. 하지만 엔초가 이의를 제기하려고 하자 릴라는 짜증스레 우리의 말이 사실이라고 했고 엔초도 더는 왈가왈부하지 않았다. 엔초와 릴라의 관계에서는 릴라의 말이라면 뻔한 거짓말도 진실이 됐다.

나는 아이들과 함께 집으로 돌아갔다. 데데는 겁에 질렸고 엘사는 의아해했다. 임마는 원래 코 안에 피가 있는 거냐는 식의 질문을 했다. 나는 혼란스럽기도 했고 화가 나기도 했다. 가끔 아래층에 내려가 릴라의 상태를 확인하고 티나를 데려오려고 했다. 하지만 티나는 자기 엄마의 상태 때문에 긴장해 있었고 그런 엄마를 돌봐줄 생각에 흥분해 있었다. 티나는 잠시도 제 엄마 곁을 떠나려 하지 않았다. 티나는 엄마 얼굴에 조심스럽게 연고를 발라주기도 하고 열을 내리고 두통을 고쳐준다며 금속으로 된 작은 물건을 엄마 이마에 올려놓기도 했다.

나는 티나를 위로해주기 위해 딸들을 릴라네 집에 데려갔지만 상황만 더 복잡해졌다. 임마는 어떻게 해서든 병원 놀이에 자기도 끼고 싶어 했고 티나는 잠시도 엄마의 옆자리를 양보하려 하지 않았다. 데데와 엘사가 자신의 권한을 빼앗으려 하자 티나는 비명을 질렀다. 아픈 사람은 자기 엄마였고 그 누구에게도 양보하고 싶지 않았던 것이다. 결국 릴라는 나를 포함해 우리 네 모녀를 내쫓았다. 어찌나 기운이 넘치는지 벌써 다 나은 것 같았다.

릴라는 빠르게 회복했지만 나는 그러지 못했다. 노여움은 분노가 되었다가 나 자신에 대한 경멸감으로 변했다. 폭력 앞에서 손가락 하나 까딱하지 못했다는 사실을 용서할 수 없었다. 나는 생각했다.

'대체 어찌된 일이야? 그 두 얼간이에게 제대로 맞서지도 못할 거면 왜 고향으로 돌아온 거야? 너무 소심해진 거야. 천민과 어울려주는 척하는 민주적인 사모님 노릇이나 하고 싶었던 거야. 신문에는 내가 태어난 곳의 현실과 교감을 잃지 않기 위해 고향에 살고 있다고 했지만 너는 꼴불견이야. 교감이 사라진 지 이미 오래잖아. 토사물 냄새나 피 냄새나 더러운 냄새만 맡아도 기절하는 주제에.'

이런 식으로 생각하다보니 내 자신이 미켈레에게 잔혹하게 복수하는 모습이 머릿속에 떠올랐다. 나는 그를 때리고 손톱으로 할퀴고 물어뜯었다. 심장이 강하게 뛰었다. 그러다 내 파괴 본능은 차츰 사그라들었다. 나는 생각했다.

'릴라 말이 맞아. 글은 그저 쓰기 위해 쓰는 게 아니야. 정말 상처 주고 싶은 자에게 고통을 주기 위해 쓰는 거야.'

말의 힘으로 주먹과 발길질과 치명적인 무기에 맞서는 것이다. 대단치는 않겠지만 그 정도면 충분하다. 물론 릴라는 유년 시절 우리가 꿨던 꿈을 아직도 머릿속에 간직하고 있었다. 릴라는 누군가가 글을 써서 명성과 돈과 권력을 얻었다면 그 사람의 글은 천둥번개처럼 강력하다고 믿었다. 하지만 나는 이미 오래전부터 실제 글의 힘이란 릴라가 상상하는 것만 못하다는 사실을 알고 있었다. 책이나 기사로 시끄럽게 떠들어댈 수는 있었다. 그런 시끄러운 소리라면 고대 전사들이 전투에 나가기 전에도 내지 않았던가. 진짜 힘과 가공할 만한 폭력을 동반하지 않는다면 그건 모두 연극일 뿐이었다. 그런데도 나는 실수를 만회하고 싶었다. 시끄러운 소리로도 그들을 조금은 아프게 할 수 있다. 어느 날 아침 나는 아래층으로 내려가 릴라에게 물었다.

"솔라라 형제가 두려워하는 게 뭐야? 뭘 알고 있는 거야?"

릴라는 의아한 표정으로 나를 바라보았다. 내키지 않은 듯 말을 돌리다가 릴라가 대답했다.

"미켈레 회사에서 일할 때 나는 많은 서류를 봤어. 나는 그 서류들을 꼼꼼히 살폈지. 어떤 것은 미켈레가 직접 내게 주기도 했고."

릴라의 얼굴에는 아직 멍이 들어 있었다. 릴라는 괴로운 듯 인상을 찡그리면서 거친 사투리로 덧붙였다.

"사내가 섹스를 원할 때는 말이야, 너무나 간절히 원해 차마 원한다는 말조차 하지 못할 때는 자기 물건을 꺼내서 끓는 기름에 집어넣으라고 해도 시키는 대로 하더라."

릴라는 양손으로 머리를 붙잡더니 마치 주사위가 들어 있는 양철컵이라도 되는 것처럼 머리를 세게 흔들었다. 나는 릴라가 그 순간 스스로를 경멸하고 있다는 사실을 깨달았다. 릴라는 젠나로를 그런 식으로 대하고 알폰소에게 욕설을 퍼붓고 자기 오빠를 그렇게 내쫓은 자신이 싫었던 것이다. 지금 자기 입에서 쏟아져 나오는 저속한 말이 한마디도 마음에 들지 않았던 것이다. 릴라는 그런 자기 자신을 견딜 수 없었다. 그 무엇도 견딜 수 없었다.

잠시 후 릴라는 우리 둘이 기분이 똑같다는 것을 느꼈는지 내게 물었다.

"내가 자료를 주면 글을 써줄래?"

"응."

"그럼 그 글을 출간할 거야?"

"아마도. 잘 모르겠어."

"어떻게 하면 출간할 건데?"

"나나 내 딸들이 아니라 솔라라 형제에게 피해를 줄 수 있다는 확신이 있어야 해."

릴라는 좀처럼 결정을 내리지 못하고 나를 바라보다가 말했다.

"10분만 티나를 맡아줘."

릴라는 집 밖으로 나갔다. 릴라는 30분 후에 서류가 잔뜩 담긴 꽃무늬 가방을 들고 돌아왔다.

티나와 임마가 바닥에 앉아 인형과 장난감 마차와 말을 가지고 놀면서 낮은 목소리로 소곤거리는 동안 우리는 부엌 식탁에 자리를 잡았다. 릴라는 가방에서 많은 서류와 자기가 메모해 놓은 종이와 여기저기 얼룩이 묻은 붉은색 표지의 공책 두 권을 꺼냈다. 나는 호기심에 붉은색 표지의 공책 두 권부터 먼저 펼쳐보았다. 먼 옛날 초등학교에서 가르치던 글씨체로 모눈종이에 쓴 회계장부였다. 문법이 엉망인 문장으로 주석이 세세하게 달려 있었고 페이지마다 M.S.라는 이니셜로 서명되어 있었다.

나는 그것이 동네 사람들이 이른바 마누엘레 솔라라 부인의 붉은 장부라고 부르던 것의 일부라는 사실을 알았다. 유년 시절과 사춘기 시절 '붉은 장부'라는 표현은 위협적이지만 너무나 매혹적이었다.

아니 위협적이기 때문에 매력적이었던 것일지도 모른다. 하지만 명칭이나 (예컨대 그냥 평범하게 회계장부라고 불렀더라도 마찬가지였을 것이다) 색상에 상관없이 우리는 마누엘라 부인의 공책이 유혈이 낭자한 모험의 중심에 있는 비밀문서라고 생각하면서 흥분하곤 했다. 그 장부가 바로 여기에 있는 것이다. 정확히 모두 몇 권인지는 알 수 없지만 마누엘라 부인의 붉은 장부는 내 눈앞에 있는 두 권의 공책처럼 학생들이 흔히 쓰는 공책 묶음이었다. 낡아서 오른쪽 가장자리 아래가 파도처럼 일어난 흔하디흔한 공책 말이다.

나는 문득 기억 자체가 이미 문학작품이며 릴라 말이 옳았을지도 모른다고 생각했다. 크게 성공했을지라도 내 책은 정말 형편없을지도 모른다. 너무나 일목요연하게 잘 정리된 글이기 때문이다. 거의 집착 수준으로 세심하게 다듬은 글이기 때문이다. 일관성 없고 미학과는 거리가 먼 데다가 비논리적이고 뚜렷한 형태가 없는 지극히 평범한 현실을 있는 그대로 그려내지 못한 글이기 때문이다.

아이들이 노는 동안 릴라는 자기가 가지고 있는 자료를 모두 꺼내 그것들의 의미를 설명해주었다. 아이들이 조금이라도 다투는 기색을 보이면 우리는 아이들에게 조용히 하라고 신경질적으로 윽박질렀다. 우리는 모든 자료를 정리하고 요약했다.

우리 둘이 함께 무엇인가에 열중했던 때가 언제였던가. 릴라는 만족해하는 것 같았다. 나는 이것이야말로 릴라가 내게 바랐던 것이었음을 알았다. 날이 저물자 릴라는 가방을 들고 모습을 감췄고 나는 메모한 내용을 연구하러 집으로 돌아갔다.

다음 날 릴라는 이제부터 베이직 사이트에서 만나자고 했다. 우리는 릴라의 사무실에 들어가 문을 잠갔다. 릴라는 컴퓨터 앞에 자리를 잡았다. 키보드가 딸린 텔레비전처럼 생긴 컴퓨터였다. 얼마 전

나와 아이들에게 보여주었던 기계와는 많이 달랐다. 릴라는 전원 버튼을 켜고 까만색 직사각형 모양의 물건을 사각형 덩어리 모양의 회색 물체 안에 밀어 넣었다. 나는 어리둥절해 하면서 기다렸다. 화면에서 빛이 깜빡거렸다.

릴라가 키보드를 두드리자 나는 놀라서 입이 딱 벌어졌다. 타자기는 비교할 바가 못 됐다. 전기 타자기도 마찬가지였다. 릴라가 손가락 끝으로 회색 자판을 쓰다듬자 글자가 막 솟아난 연둣빛 풀잎처럼 소리 없이 화면에 나타났다. 머릿속에 떠오른 생각이 대뇌 피질 어딘가에 달라붙어서 기적적으로 머리 밖으로 쏟아져 나와 텅 빈 화면 위에 새겨진 것 같았다. 그것은 구현되었으나 소멸되지 않은 힘 같았다. 순식간에 빛으로 변하는 전기화학적인 자극 같았다. 하나님이 인간에게 십계명을 내려준 시절 시나이 산에서 보여준 난해하고 무시무시한 순수함의 산물 자체인 신의 문자를 보는 것 같았다.

"굉장해."

내가 말했다.

"내가 가르쳐줄게."

릴라가 말했다.

릴라는 정말로 내게 컴퓨터를 가르쳐주었다. 바라보고 있으면 최면에 걸릴 것 같은 빛나는 단어가 늘어나기 시작했다. 내 입에서 나오는 문장과 릴라의 입에서 나오는 문장, 공기 속으로 휘발되는 우리의 대화가 어두운 웅덩이 같은 모니터에 거품 없는 물결처럼 새겨졌다. 릴라가 모니터에 글자를 쓰면 나는 생각을 바꿨다. 그러면 릴라는 다시 버튼을 눌러 글자를 지웠다. 다른 버튼을 누르면 빛으로 형성된 문단 전체가 사라지기도 했고 순식간에 그보다 더 위나 아래에서 다시 나타나기도 했다. 그러다 릴라가 생각을 바꾸면 그에 따라 순식간에 모든 것이 바뀌었다. 보이지 않는 움직임에 따라 문장이 사라지거나 아니면 어느새 다른 곳에 가 있었다.

펜도 연필도 필요 없었다. 종이를 바꾸거나 타자기 롤러에 종이를 새로 끼울 필요도 없었다. 화면 자체가 종이였다. 수정한 흔적을 남기지 않고 항상 똑같아 보이는 유일한 종이였다. 화면에 쓰인 글은 절대로 더럽힐 수 없을 것처럼 보였다. 줄의 배열도 완벽했다. 솔라라 형제의 추잡한 짓거리와 캄파니아 지역의 비리를 규탄하는 내용을 담고 있는데도 정갈한 기운을 발산했다.

우리는 며칠 동안 함께 작업했다. 글은 인쇄기의 소음을 통해 하늘에서 땅으로 내려와 종이 위에 찍힌 까만색 점들로 구체화되었다. 릴라가 만족하지 못해 우리는 다시 펜을 들었다. 우리는 글을 힘겹게 고쳐 썼다. 릴라는 걸핏하면 화를 냈다. 나에 대한 기대치가 너무 높았다. 릴라는 내가 모든 질문에 대답해주기를 바랐다.

릴라는 내가 지식의 샘인 줄 알았는데 막상 지역 지리도 잘 모르고 관료 체계의 세밀한 부분에 대해서도 무지한 데다 시의회의 기능이나 은행의 위계, 범죄와 형벌에 대해 잘 몰라 문장마다 막히자 나에게 화를 냈다. 하지만 모순적이게도 나는 정말 오랜만에 릴라가 나와 우리의 우정을 자랑스러워하는 것을 느꼈다.

"그 자식들을 파멸시켜야 해, 레누. 이렇게 해도 안 되면 내가 그 자식들을 죽여버리겠어."

우리의 머리는 오랫동안 서로 충돌하다 결국 하나가 되었다. 지금 생각해보면 그런 경험은 그때가 마지막이었다. 끝으로 우리는 모든 것이 끝났다는 사실을 받아들여야만 했다. 할 것은 다했다는 마음으로 기다릴 수밖에 없는 지루한 시기가 시작되었다. 릴라는 우리의 글을 다시 인쇄했고 나는 그것을 봉투에 넣어 출판사에 보냈다. 그리고 편집장에게 이 글을 변호사들에게 꼭 보여 달라고 당부했다.

나는 전화로 편집장에게 설명했다.

"이 정도 서류면 솔라라 형제를 감옥에 보낼 수 있는지 알고 싶어요."

102

일주일이 지나고 이주일이 지났다. 어느 날 아침 편집장은 내게 전화를 걸어 나에 대한 과찬을 늘어놓았다.

"지금이 자네 재능의 황금기인가 보네."

편집장이 말했다.

"제 친구랑 같이 쓴 글이에요."

"최고의 실력을 발휘했어. 정말 멋진 글일세. 부탁이 있네. 이 글을 사라토레 교수에게 좀 보여줘. 그가 이 글을 읽고 어떻게 해야 뭐든 열정적인 글로 바꿀 수 있는지 배우게 말이야."

"니노와는 헤어졌어요."

"그래서 자네 컨디션이 그렇게 좋아진 게로군."

나는 웃지 않았다. 변호사들이 뭐라고 했는지 빨리 듣고 싶었다. 편집장의 대답은 실망스러웠다.

"이걸로는 부족해."

편집장이 말했다.

"개인적으로 만족하는 정도라면 모를까 단 하루도 그들을 감옥에 보낼 수 없어. 이 정도로 솔라라 형제를 감옥에 넣기는 힘들어. 특히 자네가 쓴 것처럼 그들이 지역 정치세력과 결탁한 데다 뭐든 살 수 있을 정도로 돈이 많다면 더 힘들어."

나는 기운이 빠졌다. 다리에 힘이 풀리고 자신감을 잃었다. 나는 생각했다.

'릴라가 화낼 거야.'

나는 풀 죽은 목소리로 말했다.

"글로 쓴 것보다 훨씬 악랄한 작자들이에요."

편집장은 내가 실망한 것을 눈치채고 기운을 북돋아주려고 다시 내가 글에 쏟아부은 열정을 칭찬했다.

그래봤자 결과는 똑같았다. 이 정도로는 그들에게 해를 끼칠 수 없다는 것이었다. 그러다 놀랍게도 편집장은 글을 묵혀두지 말고 출간하라고 설득하기 시작했다.

"내가 직접 『에스프레소』지에 연락해주겠네."

편집장이 제안했다.

"지금 이 시점에서 이런 글을 출간하는 것은 자네와 자네를 좋아하는 독자뿐 아니라 모든 사람에게 의미 있는 행동이 될 거라네. 우리가 살고 있는 이 나라가 보기보다 훨씬 부패했다는 걸 보여줄 테니까."

편집장은 그 글을 출간할 경우 내게 어떤 법적인 위험이 있는지 검토하기 위해 글을 다시 변호사에게 제출하게 해달라고 했다. 어떤 부분을 지워야 하고 어디까지 출간할 수 있는지 검토할 수 있도록 말이다.

나는 브루노에게 겁을 줄 때만 해도 모든 일이 얼마나 쉬웠는지를 생각하면서 편집장의 제안을 단호하게 거절했다.

"또 고소를 당할 거예요. 골치 아픈 일만 잔뜩 늘어날 테고 결국 법이란 법을 어기는 사람이 아니라 법을 두려워하는 사람에게만 효과적이라는 사실을 인정하게 될 거예요. 아이들을 위해서라도 그렇게 생각하고 싶지는 않아요."

나는 잠시 기다렸다가 기운을 내서 릴라에게 편집장과 나눈 대화를 한마디도 빠뜨리지 않고 전했다. 릴라는 침착했다. 컴퓨터를 켜고 글을 다시 훑어보았다. 하지만 정말로 글을 읽는 것 같지는 않았다. 모니터에 시선만 고정한 채 생각에 잠긴 것 같았다. 릴라가 내게 다시 적의에 가득 찬 말투로 물었다.

"넌 그 편집장이라는 작자를 믿어?"

"응. 훌륭한 사람이야."

"그런데 왜 기사를 내려 하지 않는 거야?"

"그래봤자 무슨 소용이 있어."

"모든 일을 명확하게 밝히는 거지."

"모든 일은 이미 명확해."

"그걸 누가 알아줘? 너랑 나랑 편집장?"

릴라는 못마땅한 표정으로 고개를 가로저었다. 차가운 목소리로 내게 할 일이 있다고 했다.

내가 말했다.

"기다려 봐."

"난 바빠. 알폰소가 없어서 일이 복잡해졌어. 부탁이니 그만 가줘. 어서."

"왜 나한테 화를 내는 거야?"

"가라니까!"

우리는 한동안 만나지 않았다. 릴라는 아침이면 우리 집에 티나를 올려 보내고 저녁이면 엔초가 티나를 데리러 오든가 아니면 층계참에서 외쳤다.

"티나, 엄마한테 오렴!"

2주쯤 지난 후에 편집장이 몹시 들뜬 목소리로 전화를 했다.

"잘했네. 자네가 결심을 내려서 기뻐."

내가 편집장의 말을 이해하지 못하자 그는 『에스프레소』지에서 일하는 그의 친구에게서 내 연락처가 급히 필요하다는 전화를 받았다고 했다. 솔라라 형제에 대해 쓴 내 글이 약간 편집되어 주중에 발간될 이번 호에 실릴 예정이라는 소식을 그 친구에게 들었다는 것이다.

"내게 생각을 바꿨다는 언질이라도 주지 그랬나."

편집장이 말했다.

순간 식은땀이 흘렀다. 무슨 말을 해야 할지 몰라 아무렇지 않은 척했다. 『에스프레소』지에 글을 보낸 것이 릴라라는 걸 깨닫는 데는 오랜 시간이 걸리지 않았다. 나는 항의를 하려고 릴라에게 달려갔다. 나는 정말 화가 났는데 릴라는 평소보다 다정한 데다 기분이 좋아보이기까지 했다.

"네가 결정을 못 하기에 너 대신 내가 결정했어."

"나는 출간하지 않기로 이미 결정을 내렸어."

"나는 아니야."

"그러면 네 이름으로 출간하도록 해."

"무슨 말이야? 작가는 너잖아."

릴라에게 내 불만과 불안한 마음을 이해시키기는 불가능했다. 내가 비판적인 말을 할 때마다 릴라는 태평한 태도로 맞섰다. 여섯 장의 페이지를 빡빡하게 채운 기사는 비중 있게 다루어졌고 예상했던 대로 서명란에는 단 하나의 이름, 그러니까 내 이름만 있었다.

이 사실을 알게 된 후 나는 릴라와 싸웠다. 나는 잔뜩 화가 나서 릴라에게 말했다.

"대체 왜 이렇게 행동하는지 나는 이해가 안 가."

"나는 알아."

릴라가 말했다.

릴라의 얼굴에는 아직도 미켈레에게 얻어맞은 흔적이 있었지만 릴라는 솔라라 형제에 대한 두려움 때문에 자기 이름을 기사에서 뺀 것은 결코 아니었다. 릴라가 두려워하는 이유는 다른 데 있었다. 나는 그것이 무엇인지 알고 있었다. 릴라에게 솔라라 형제 따위는 안중에도 없었다. 나는 너무 화가 나 릴라에게 대놓고 쏘아붙였다.

"너는 숨어 있고 싶어서 네 이름을 뺀 거야. 돌만 던지고 숨는 게 편하니까. 네 계략에 이젠 넌덜머리가 나."

내 말에 릴라는 웃음을 터뜨렸다. 말도 안 되는 소리라고 생각했던 것 같다.

"그런 식으로 생각하지 마."

릴라가 말했다. 릴라는 샐쭉해져서 『에스프레소』지에 내 이름만 넣은 것은 자기는 아무도 아니기 때문이라고 했다. 공부를 제대로 하고 유명한 사람은 나이기 때문이라고 했다. 나라면 그 누구라도 두려움 없이 비판할 수 있기 때문이라고 했다. 릴라의 말에 나는 릴라가 순진하게도 내 지위를 과대평가한다고 내 생각을 말했다. 하지만 릴라는 짜증을 내면서 나야말로 내 자신을 너무 과소평가한다고 했다. 릴라는 내가 더 열심히 노력해 주변 사람들에게 더 많이 지지받길 원한다고 했다. 자기는 오직 내 가치가 더 인정받기를 바랄 뿐이라고 했다.

릴라가 외쳤다.

"솔라라 자식들이 무슨 일을 당할지 지켜봐."

나는 전보다 더 기운이 빠져 집으로 돌아왔다. 마르첼로가 말한

대로 릴라가 나를 이용하고 있다는 의심을 지우기 힘들었다. 릴라는 보잘것없는 내 명성을 이용해 자신만의 전쟁에서 승리를 차지하고 복수를 하고 오롯이 자신의 것인 죄책감에서 벗어나려고 나를 위험에 빠뜨린 것이다.

## 103

실제로는 내 이름으로 기사를 게재함으로써 나는 한 단계 더 성장하게 되었다. 기사 덕분에 그동안 흩어져 있던 나에 대한 파편적인 정보들이 꿰맞춰졌다. 내가 소설가라는 직업적 소명만 따르는 것이 아니라 지난날 노동운동에 참여하고 여성이 처한 현실을 비판하는 데 힘썼듯이 지금은 내 고향을 타락시키는 세력과도 맞서고 있다는 사실을 증명한 것이었다. 이렇게 해서 1960년대 말에 형성됐던 소수의 독자층에 어느 정도 기복을 겪으면서 70년대에 형성된 독자층이 합해졌고 여기에 그보다 더 많은 새로운 독자층이 유입되었다. 이러한 현상은 첫 두 작품에 영향을 미쳐 두 책 모두 다시 출간되었고 세 번째 책이 꾸준하게 팔리는 데도 도움이 되었다. 마지막 작품을 영화화하려는 계획도 점점 구체화되고 있었다.

물론 기사 때문에 골치 아픈 일도 많아졌다. 나는 경찰서에 소환되기도 했고 재무경찰에게 도청당하기도 했다. 지역 보수 신문들은 '이혼녀에다 페미니스트며 공산당이자 테러리스트들의 지지자'라는 딱지를 붙여 나를 비하했다. 사투리로 저질스러운 표현을 써가며 나와 내 딸들을 위협하는 익명의 전화를 받기도 했다. 하지만 불안 속에 살면서도 맨 처음 『파노라마』지에 기사가 실리고 카르멘에게 고소당했을 때보다 오히려 마음이 편했다. 이제는 불안감이 글쓰는 행위 속에 내재된 감정처럼 느껴졌다. 그 모든 것이 내 일의 일환이었고 나는 날마다 내 일을 더 잘하는 법을 배워가고 있는 중이었다. 법률적인 부분에서 도움을 주는 출판사 측과 나를 지지해주는 진보 언론사, 날이 갈수록 많은 사람이 참석하는 독자와의 만남과 내가 옳은 일을 하고 있다는 신념에 보호받는 느낌이었다.

솔직히 말하면 단지 이런 이유만으로 내가 안정을 되찾을 수 있었던 것은 아니었다. 내가 완전히 안심하게 된 것은 솔라라 형제가 결코 나를 해치지 못할 거라는 확신이 들었기 때문이었다. 내가 대중들 앞에 모습을 나타내면 나타낼수록 그들은 최대한 모습을 드러내지 않으려 했다. 마르첼로와 미켈레는 새로운 소송을 걸지 않았을 뿐 아니라 이후 모든 일에 침묵으로 일관했다. 법률 집행관 앞에서 마주칠 때에도 차갑지만 정중하게 인사를 건넬 뿐이었다.

상황은 이렇게 진정됐다. 실질적으로 일어난 일은 솔라라 형제에 대한 몇몇 수사가 시작되고 그에 대한 수사 파일이 만들어진 정도였다. 하지만 출판사 법무팀이 예견했던 것처럼 수사는 곧바로 난항을 겪었고 파일은 다른 수백 개의 파일 아래 파묻혔다(적어도 나는 그렇게 됐을 거라고 상상했다). 결과적으로 솔라라 형제는 여전히 활개를 치고 돌아다녔다.

기사 때문에 내가 유일하게 피해를 입은 것은 감정적인 부분이었다. 내 동생 엘리사와 조카 실비오, 우리 아버지까지 나를 자신들의 인생에서 잘라내버린 것이다. 그들은 말로만 그렇게 한 것이 아니라 행동으로 보여주었다. 마르첼로만이 나를 여전히 정중하게 대했다.

어느 날 오후 큰길에서 마르첼로와 마주쳤는데 나는 일부러 다른 쪽으로 시선을 피했다. 하지만 그는 내 앞을 가로막고 말했다.

"레누, 나는 네가 선택할 수만 있었다면 그런 짓을 하지 않았을 거라는 걸 알아. 너에게 화난 것이 아니야. 넌 잘못이 없어. 그러니 우리 집 문은 항상 열려 있다는 걸 기억해줘."

내가 쏘아붙였다.

"엘리사가 대놓고 내 전화를 끊어버린 게 바로 어제인걸."

마르첼로의 입가에 미소가 떠올랐다.

"우리 집 일인자는 네 여동생인데 내가 뭘 할 수 있겠어?"

## 104

근본적으로 타협적인 결과 때문에 릴라는 우울해했다. 말은 하지 않았지만 릴라는 실망감을 감추지 않았다. 릴라는 아무렇지 않은 듯 평소처럼 행동했다. 우리 집에 티나를 맡기고 회사에 가서 사무실에 틀어박혔다. 하지만 가끔 하루 종일 침대에 누워 있을 때도 있었다. 그럴 때면 릴라는 머리가 터질 듯 아프다면서 선잠을 잤다.

나는 우리가 쓴 글을 출간하기로 한 게 릴라 생각이었다는 사실을 언급하지 않으려고 애썼다.

'솔라라 일당이 무사히 빠져나올 거라고 했잖아. 출판사에서 그렇게 말했다고 했잖아. 지금에 와서 이렇게 괴로워해봐야 부질없는 일이야.'

물론 이렇게 말하지는 않았다. 하지만 릴라의 얼굴에는 지금껏 자기가 나를 잘못 평가해왔었다는 사실에 대한 후회가 대문짝만하게 찍혀 있었다. 몇 주 동안 릴라는 자신이 글자나 글이나 책처럼 현대사회의 위계체계 내에서 그다지 중요하지 않은 것에 대단한 힘을 부여하면서 살았다는 사실을 수치스러워했다. 지금 생각해보면 그렇게 일찌감치 현실을 각성하고 어른이 된 것 같던 릴라가 실은 그제야 비로소 유년 시절과 완전히 작별하는 것 같았다.

릴라는 이제 나를 도와주지 않았다. 날이 갈수록 자기 딸을 맡기는 횟수가 늘었고 가끔이지만 젠나로까지 맡길 때도 있었다. 젠나로는 억지로 우리 집에 와서 할 일 없이 어슬렁거리고 다녔다. 나는 갈수록 바빠져 도무지 어찌해야 할 바를 몰랐다. 어느 날 아침 아이들을 맡아달라고 릴라를 찾아갔더니 릴라가 짜증을 내면서 말했다.

"우리 어머니한테 전화해서 도와달라고 해봐."

새로운 소식이었다. 나는 민망해하면서 집으로 돌아와 릴라의 말을 따랐다. 이렇게 해서 우리 집에 눈치아 아주머니가 등장했다. 아주머니는 그새 몹시 늙으셨다. 태도는 고분고분했지만 어딘지 불안해보였다. 그래도 일솜씨만큼은 이스키아 섬에서 집안일을 하던 때와 다를 바가 없었다.

머리가 큰 두 딸은 눈치아 아주머니를 기분 나쁠 정도로 대놓고 무시했다. 그 무렵 사춘기를 겪고 있던 데데는 배려심이 전혀 없었다. 데데는 얼굴에 여드름이 생겼고 몸이 부어오르면서 몸매가 망가졌다. 시간이 갈수록 익숙했던 예전의 모습이 사라지면서 데데는 자기가 못생겼다고 생각했고 성격도 점점 고약해졌다. 우리는 매일 말다툼을 벌였다.

"왜 이런 늙은이와 함께 있어야 하는 거예요? 저런 늙은이가 요리를 한다니 역겨워요. 엄마가 요리해줘요."

"닥치지 못해?"

"말할 때 침이 튀어요. 이빨 빠진 거 봤어요?"

"한마디도 더 듣고 싶지 않으니 그만해라."

"안 그래도 헛간 같은 데서 살아야 하는데 이제 저 늙은이까지 집에 들여야 한단 말이에요? 엄마가 없을 때 저 늙은이랑 같이 자기 싫어요."

"그만하라고 했다, 데데."

방식이 달랐을 뿐 엘사도 만만치 않았다. 엘사는 언뜻 들으면 진
지하게 내 편을 들어주는 척하면서 나에게 비수를 꽂았다.

"전 저 할머니 맘에 들어요, 엄마. 오라고 하기 잘했어요. 정말 좋
은 시체 향기가 나요."

"뺨을 한 대 맞아봐야 정신을 차리겠니? 네 말을 들으실 수 있다
는 거 몰라?"

릴라의 어머니에게 정을 준 유일한 아이는 임마였다. 임마는 티
나의 똘마니였고 티나가 하는 일이라면 당연히 뭐든 따라했다. 티나
가 좋아하는 사람도 따라 좋아했다. 눈치아 아주머니가 끙끙대면서
집안일을 하면 아이들은 할머니라고 부르면서 곁에 꼭 붙어 있었다.
하지만 아주머니는 유독 임마에게는 퉁명스러웠다. 아주머니는 친
손녀는 쓰다듬어주기도 하고 친손녀가 재잘거리면서 애교를 부릴
때면 태도가 부드러워졌다. 그에 비해 가짜 손녀가 자기 관심을 끌
려고 애쓸 때는 묵묵히 일만 했다. 그러는 동안 나는 아주머니에게
나름대로의 고민이 있다는 사실을 알게 됐다. 우리 집에서 일을 시
작한 지 일주일이 지나자 아주머니는 눈을 내리깔고 내게 말했다.

"레누, 아직 급여 이야기를 안 했지 뭐니."

나는 마음이 상했다. 순진하게도 딸이 부탁해서 우리 집에 그냥
와준 거라고만 생각했던 것이다. 아주머니에게 돈을 줘야 한다는 사
실을 알았다면 딸들이 좋아하고 나도 일을 편하게 시킬 수 있는 젊
은 사람을 선택했을 것이다. 하지만 나는 꾹 참고 아주머니와 급여
문제를 논의한 뒤 금액을 정했다. 눈치아 아주머니는 그제야 표정
이 조금 밝아졌다. 흥정을 끝마치며 눈치아 아주머니가 변명하듯 말

했다.

"남편이 병들어 일을 못 한단다. 리나가 정신이 나가서 리노를 해고하는 바람에 우리는 땡전 한 푼 없는 신세가 됐어."

나는 사정을 이해한다고 중얼거리고는 아주머니에게 임마를 더 상냥하게 대해달라고 부탁했다. 눈치아 아주머니는 내 말을 따랐다. 물론 티나를 더 예뻐하기는 했지만 그때부터 내 딸에게도 친절하게 대하려고 노력했다.

대신 릴라에 대한 눈치아 아주머니의 태도는 바뀌지 않았다. 우리 집에 오갈 때마다 아주머니는 한 번도 딸네 집에 들르지 않았다. 어쨌든 릴라가 일자리를 마련해준 것인데도 그랬다. 둘은 계단에서 마주쳐도 인사를 나누지 않았다. 노파가 된 눈치아 아주머니에게는 예전의 조신한 상냥함이 없었다. 릴라도 갈수록 대하기 힘들어졌고 눈에 띄게 성격이 까칠해졌다.

## 105

릴라는 아무런 이유도 없이 내게 계속 쌀쌀맞게 굴었다. 특히 내가 내 딸들에게 일어나고 있는 일을 다 모르고 있는 것처럼 말할 때면 정말 짜증이 났다.

"데데에게 후작이 찾아왔대.*"

"데데가 그래?"

"응. 너는 항상 없으니까."

"아이한테도 그런 표현을 썼어?"

---

* 생리를 시작했다는 뜻. 후작의 옷이 붉은색이었기 때문에 생리를 시작했다는 뜻의 속어로 쓰인 표현.

"아니면 뭐라고 해야 하는데?"

"그보다는 덜 저속한 표현을 썼어야지."

"너는 네 딸들이 저희들끼리 말할 때 어떤지 알아? 그 애들이 내 어머니에 대해 어떤 식으로 말하는지 들어봤어?"

나는 릴라의 말투가 마음에 들지 않았다. 데데와 엘사와 임마를 그렇게나 좋아하던 릴라가 갈수록 맘먹고 아이들을 깎아내리려는 것 같았다. 틈만 나면 내가 이곳저곳 돌아다니느라 아이들을 제대로 돌보지 않아 아이들에게 교육적으로 심각한 문제가 있다는 사실을 증명하려 들었다. 내가 임마의 문제를 제대로 보지 못한다고 릴라가 비난했을 때는 나도 발끈했다.

"임마에게 무슨 문제가 있는데?"

내가 물었다.

"한쪽 눈에 경련이 일어."

"가끔 있는 일이야."

"나는 자주 봤어."

"네 생각엔 그게 무슨 뜻인데?"

"모르겠어. 확실한 건 임마가 아빠의 부재를 느끼는 데다 엄마가 있다는 확신조차 없다는 거야."

나는 릴라의 말을 무시하려 했지만 그러기가 쉽지 않았다. 임마가 걱정된다는 말은 나부터 해오지 않았던가. 임마가 티나의 활발함에 잘 반응할 때도 내가 보기에는 뭔가가 부족한 것 같았다. 게다가 언젠가부터 임마에게 내가 좋아하지 않는 나의 모습이 보이기 시작했다. 임마는 순종적인 아이였다. 다른 사람들이 자기를 좋아해주지 않을까봐 뭐든 빨리 포기해버리고 포기했다는 사실 때문에 우울해했다. 차라리 니노의 뻔뻔스러운 매력과 철없는 활기찬 성격을 물려

448

받기를 바랐지만 그러지 못했다.

임마는 순종적이었지만 욕구불만이었다. 실은 모든 것을 다 가지고 싶어 하면서 아무것도 가지고 싶지 않은 척했다.

자식은 우연의 산물이라고 나는 생각했다. 임마는 제 아빠를 하나도 닮지 않은 것 같았다. 하지만 릴라는 나와 생각이 달랐다. 오히려 틈만 나면 아이가 니노를 닮았다고 말했다. 하지만 좋은 점은 하나도 보지 못하고 니노와 닮은 게 무슨 선천적인 결함이라도 되는 것처럼 말했다.

"이런 말을 하는 것도 다 아이들을 아끼는 마음에 걱정이 되어서 그러는 거야."

릴라는 이 말을 계속 반복했다.

나는 왜 갑자기 릴라가 내 딸들을 못 잡아먹어 안달이 난 건지 이해해보려고 했다. 내가 릴라를 실망시키는 바람에 릴라가 내게서 멀어지기로 결정했고 그러기 위해 우선 내 딸들과 거리를 두기로 마음먹은 거라고 생각해보았다. 내 책이 점점 더 크게 인기를 끌어 내가 릴라에게서 벗어나고 릴라의 평가에서 자유로워지자 나를 깎아내리고 싶어서 내가 낳은 딸들과 어머니로서의 내 능력을 헐뜯는 거라는 생각도 했다. 하지만 두 가지 가설에도 마음이 진정되지 않아 나는 세 번째 가설을 세워보았다. 릴라에게는 엄마인 내가 알지 못하고 보고 싶어 하지 않는 것이 보이는 것일지도 모른다고 생각했다. 평소 릴라는 특히 임마에 대해 비판적이었기 때문에 나는 릴라의 의견이 근거가 있는지 알아보는 게 좋겠다고 생각했다.

이렇게 해서 나는 임마를 자세히 관찰하기 시작했고 임마가 실제로 힘들어하고 있다는 사실을 발견했다. 임마는 티나의 밝은 친화력과 놀라운 언어 표현 능력 그리고 모든 사람, 특히 내 마음과 애정을 얻고 칭찬을 받아내는 티나의 능력에 주눅이 들어 있었다. 내 딸도 나름대로 사랑스럽고 똑똑했지만 티나 곁에 있으면 빛을 잃었다. 자신만의 매력을 잃고 힘들어했다.

하루는 아이들이 훌륭한 표준어로 나누는 대화를 들으면서 두 아이의 차이점을 알 수 있었다. 티나의 발음은 나무랄 데 없이 명확한 데 비해 임마의 발음은 아직 어눌한 부분이 있었다. 두 아이는 크레용으로 동물 그림에 색칠하고 있었다. 티나는 코뿔소를 녹색으로 칠하기로 했고 임마는 여러 가지 색깔을 되는대로 섞어서 고양이를 칠하고 있었다. 티나가 말했다.

"회색이나 까만색으로 칠해."

"나한테 무슨 색으로 칠하라고 명령하지 마."

"나는 명령하는 게 아니야. 제안하는 거야."

임마는 긴장하면서 티나를 바라보았다. 명령과 제안의 차이를 몰랐던 것이다. 임마가 말했다.

"나는 제안도 싫어."

"그러면 하지 마."

순간 임마가 아랫입술을 바르르 떨었다.

"좋아."

임마가 말했다.

"마음에 들지 않지만 네 말대로 할게."

나는 임마를 돌보는 데 더 신경을 쓰기로 했다. 우선 티나가 뭘 하든 열광적으로 반응하지 않고 임마를 치켜세워 주었다. 사소한 일에도 임마에게 칭찬을 아끼지 않았다. 하지만 얼마 가지 않아 그것만으로는 부족하다는 사실을 알았다.

두 아이는 서로 좋아했다. 서로를 비교하는 것은 아이들이 성장하는 데 도움이 되었다. 억지로 몇 번 더 칭찬해준다고 임마가 티나에게 자신의 모습을 비추어 보면서 상처받는 것을 막을 수는 없었다. 그리고 그 상처는 분명 티나의 잘못도 아니었다.

그제야 나는 릴라가 한 말을 곰곰이 되씹어 보았다.

"아빠의 부재를 느끼는 데다 엄마가 있다는 확신조차 없어."

나는 『파노라마』지에 실렸던 잘못된 사진 설명을 떠올렸다.

"너는 아이로타가 아니라 사라토레니까 우리 가족이 아니야."

사진 설명과 그 설명에 대한 데데와 엘사의 못된 농담이 임마에게 상처를 주었을지도 모른다. 하지만 그것이 정말 문제의 핵심일까. 그렇지는 않다고 생각했다. 그보다는 아빠의 부재가 더 심각한 문제 같았다. 나는 임마의 고통이 여기에서 비롯되었다는 결론을 내렸다.

일단 그쪽으로 방향이 잡히자 임마가 피에트로의 관심을 끌고 싶어 한다는 게 눈에 보였다. 피에트로가 데데와 엘사와 전화할 때면 임마는 한쪽 구석에 앉아 언니들의 대화에 귀를 기울였다. 언니들이 재미있어 하면 자기도 재미있는 척했고 통화를 마칠 때 언니들이 돌아가면서 아빠에게 인사할 때면 임마도 "안녕!"이라고 소리쳤다. 피에트로는 종종 그런 임마의 소리를 듣고 데데에게 임마한테 인사하게 임마를 바꿔달라고 했지만 그럴 때마다 임마는 부끄러워서 도망가거나 전화기를 받고도 벙어리처럼 아무 말도 하지 않았다.

피에트로가 나폴리에 올 때도 이와 비슷한 양상을 보였다. 피에트로는 한 번도 임마의 선물을 잊지 않았고 임마는 그런 피에트로의 주변을 맴돌면서 피에트로의 딸 행세를 하면서 놀았다. 피에트로가 칭찬해주거나 안아주기라도 하면 너무 좋아했다. 한번은 피에트로가 아이들을 데리러 왔는데 그날 특히 임마가 안 되어 보였는지 작별 인사를 하면서 내게 말했다.

"임마 좀 잘 달래줘. 언니들은 가는데 자기는 혼자 남게 되어 슬퍼하는 것 같아."

피에트로의 말에 불안감이 커져만 갔다. 나는 뭔가 해야겠다고 생각했다. 엔초에게 임마를 더 신경써달라고 부탁해보는 것은 어떨까 생각해보았다. 하지만 엔초는 사실 이미 임마에게 엄청나게 신경을 써주고 있었다. 티나를 목마 태워주다가도 어느 정도 시간이 지나면 티나를 내려놓고 임마도 목마를 태워주었다. 티나에게 장난감을 사줄 때면 임마에게도 똑같은 장난감을 사주었다. 자신의 어린 딸이 하는 똑똑한 질문에 기뻐하다 못해 감동하다가도 그보다 뻔한 내 딸의 질문에 크게 호응해주는 것을 잊지 않았다. 그런데도 나는 엔초에게 임마 이야기를 했고 그 결과 엔초는 가끔 티나가 사람들의 이목을 끌면서 임마가 나설 틈을 주지 않을 때면 티나를 나무라기에 이르렀다.

나는 마음이 좋지 않았다. 티나에게는 아무런 잘못이 없었다. 그럴 때면 티나는 어리둥절해서 멍한 표정을 지었다. 넘치는 활기에 찬물을 끼얹는 아빠의 행동을 억울한 벌처럼 느꼈을 것이다. 티나는 왜 마법이 풀렸는지 이해하지 못해 제 아빠의 애정을 다시 찾기 위해 애를 썼다. 그럴 때면 보다 못해 내가 나서서 티나의 관심을 내게 돌리고 함께 놀아주었다.

이대로는 문제가 있었다. 어느 날 아침 나는 릴라의 사무실에 갔다. 나는 릴라에게 컴퓨터를 배우고 싶었다. 임마는 티나와 함께 책상 밑에서 놀고 있었는데 티나는 언제나처럼 뛰어난 솜씨로 상상 속의 장소와 인물을 묘사하고 있었다. 괴물들이 아이들의 인형을 뒤쫓고 용감한 왕자들이 인형을 구해주려는 참이었다. 그때 임마가 갑자기 화를 내면서 외쳤다.

"나는 아니야."

"너는 아니라니?"

"나는 살아나지 못해."

"너 혼자 힘으로 살아나는 게 아니야. 왕자님이 구해줄 거야."

"내겐 왕자님이 없는걸?"

"그럼 내 왕자님에게 너도 구해달라고 할게."

"싫다니까."

티나가 임마를 놀이 속에 붙잡아두려고 했는데도 임마가 갑자기 인형에서 자기 이야기로 건너뛰는 것을 보고 나는 마음이 아팠다. 릴라는 내가 집중하지 못하자 짜증을 내면서 말했다.

"애들아, 조용히 놀든지 아니면 밖으로 나가렴."

## 106

그날 나는 니노에게 장문의 편지를 썼다. 우리 딸의 인생을 복잡하게 하는 문제를 일일이 열거했다. 우선 임마의 언니들에게는 자신들을 돌봐주는 아빠가 있는데 임마에게는 그런 아빠가 없다고 했다. 임마의 소꿉동무인 릴라 딸에게는 한없이 다정한 아빠가 있는데 임마에게는 그런 아빠가 없다고 했다. 나는 나대로 일 때문에 돌아다니느라 임마를 계속 혼자 둘 수밖에 없다고 했다. 그러니 이대로 가면 임마는 자기가 다른 아이들에 비해 좋지 않은 환경에서 자란다고 느끼면서 성장하게 될 것 같다고 했다.

나는 편지를 보내고 나서 니노에게 연락이 오기를 기다렸다. 끝내 아무런 연락이 없자 나는 니노의 집에 전화하기로 결심했다. 엘레오노라가 전화를 받았다.

"니노는 여기 없어요."

엘레오노라가 아무런 감정이 실리지 않은 목소리로 말했다.

"로마에 있어요."

"부탁이니 내 딸에게 니노가 필요하다는 말을 전해줄래요?"

엘레오노라의 입에서 갈라진 소리가 튀어나왔다. 엘레오노라는 목소리를 가다듬고 말했다.

"내 아이들도 아빠를 못 본 지 6개월이 넘어요."

"니노와 헤어졌나요?"

"아니요. 니노는 그 누구와도 헤어지지 않아요. 상대방이 먼저 헤어지려고 마음먹지 않는다면 말이죠. 그런 면에서 당신은 잘한 거예요. 당신을 존경해요. 니노는 왔다가 떠났다가 사라졌다가 다시 나타나죠. 언제나 제멋대로예요."

"내가 전화했었다고 전해주겠어요? 당장 딸을 보러 오지 않으면 내가 직접 그를 찾아내겠다고 전해주세요. 그가 어디에 있건 내가 직접 그곳으로 딸을 데려다주겠다고 말이에요."

나는 전화를 끊었다.

니노가 전화하기로 마음을 먹기까지 꽤 시간이 걸렸지만 결국 전화가 오기는 왔다. 그는 언제나처럼 우리가 불과 몇 시간 전에 만났던 것처럼 굴었다. 그는 활기차고 명랑한 목소리로 내게 칭찬을 늘어놓았다. 나는 니노의 말을 끊고 단도직입적으로 물었다.

"내 편지는 받았어?"

"응."

"그런데 왜 답장을 안 했어?"

"정말 시간이 없었어."

"어떻게 해서든 시간을 내. 그것도 지금 당장. 임마 상태가 좋지 않아."

니노는 마지못해 주말에 나폴리에 올 예정이라고 했고 나는 그에게 일요일 점심때 우리 집에 오라고 강요했다. 그때는 나랑 수다를 떨거나 데데와 엘사와 농담따먹기를 하는 대신 하루 종일 임마에게 집중하라고 당부했다.

"네가 우리 집에 찾아오는 게 일상이 되어야 해. 일주일에 한 번씩 오면 좋겠지만 네겐 바라지도 않아. 하지만 한 달에 한 번은 의무적으로 와야 해."

니노는 진지한 목소리로 매주 우리 집에 오겠다고 약속했다. 적어도 그 순간은 진심이었을 것이다.

우리가 통화한 날짜는 잘 기억나지 않는다. 하지만 니노가 아침 10시에 옷을 말끔하게 빼입고 새로 뽑은 고급 자동차를 몰고 동네에 나타난 그날의 날짜를 나는 평생 잊지 못할 것이다. 그날은 1984년 9월 16일이었다. 나와 릴라는 마흔 살이 된 지 얼마 되지 않았고 티나와 임마는 네 번째 생일을 앞두고 있었다.

## 107

나는 릴라에게 점심때 니노가 오기로 했다는 소식을 전했다.

"내가 억지로 오게 했어. 임마가 하루 종일 니노와 시간을 보낼 수 있게 해주려고."

나는 릴라가 적어도 그날만은 티나를 우리 집에 올려 보내지 말아야 한다는 것을 이해하길 바랐다. 하지만 릴라는 내 말을 이해하지 못했거나 아니면 이해하지 않으려 했다. 릴라는 의외로 친절하게 나왔다. 릴라가 말했다.

"어머니에게 우리 모두를 위해 요리해달라고 해야겠다. 봐서 우리 집에서 식사하자. 우리 집이 더 넓잖아."

나는 놀라기도 하고 신경이 곤두서기도 했다. 릴라는 니노를 싫어하면서 왜 저렇게 끼어들려 한단 말인가. 나는 릴라의 제안을 거절했다.

"내가 직접 요리할 거야."

나는 그날은 임마만을 위한 날이라는 것을 강조했다. 다른 일은 절대로 해서는 안 되고 그럴 시간도 없다고 했다. 하지만 다음 날 아침 9시 정각에 티나는 자기 장난감을 챙겨들고 계단을 올라와 우리집 현관문을 두드렸다. 티나는 단정한 옷차림에 검은 머리를 땋아 내리고 사랑스럽게 눈을 반짝였다.

티나를 집 안에 들인 다음 나는 바로 임마와 전투를 벌여야 했다. 임마는 잠이 덜 깬 데다 아직도 잠옷 차림이었다. 아침식사도 하지 않았는데 티나를 보자 바로 놀고 싶어 했다. 임마가 내 말은 듣지 않고 우스꽝스러운 표정을 지으면서 티나랑 웃고만 있어서 나는 결국 화를 내고 말았다. 나는 내 말투에 놀란 티나를 방에서 혼자 놀게 한 뒤 임마에게 세수하라고 강요했다.

"싫어!"

임마는 씻는 내내 소리를 질렀다. 내가 말했다.

"옷을 입어야지. 곧 아빠가 오실 거야."

나는 며칠 전부터 임마에게 아빠가 올 거라는 소식을 예고해주었다. 하지만 임마는 아빠라는 말을 듣자 더 심하게 반항했다. 나도 지금 당장 아빠가 올지도 모른다고 악을 쓰다가 신경이 예민해졌다. 임마는 몸을 비틀면서 아빠가 끔찍한 약이라도 되는 것처럼 소리 질렀다.

"아빠 싫어!"

나는 생각했다.

'괜히 오라고 했나봐. 임마가 아빠를 가지고 싶다고 한 건 엔초나 피에트로를 두고 말한 거지 아무나 좋다고 한 게 아니야. 임마는 티나와 자기 언니들이 가진 것을 원하는 거야.'

불현듯 티나가 생각났다. 티나는 떼도 안 쓰고 고개를 문밖으로 내밀지도 않았다. 나는 내 행동이 부끄러웠다. 티나는 그날 일어난 갈등에 아무런 책임이 없었다. 내가 부드러운 목소리로 티나를 부르자 티나는 행복한 표정으로 나타나 욕실에 있는 등받이 없는 의자에 앉아 내게 어떻게 하면 임마 머리를 자기와 똑같이 땋을 수 있는지 가르쳐주었다. 임마는 그제야 마음을 가라앉히고 반항하지 않았다. 내가 자기를 예쁘게 꾸며주도록 내버려두었다. 몸단장을 마치자 임마와 티나는 함께 놀러 뛰어갔고 그제야 나는 데데와 엘사를 침대에서 끌어냈다.

엘사는 니노를 다시 본다는 생각에 기뻐서 기분 좋게 벌떡 일어나 재빨리 준비를 끝마쳤다. 이에 비해 데데는 끝나지 않을 것처럼 오랫동안 몸을 씻었고 내가 악을 쓰자 마지못해 욕실에서 나왔다. 데데는 자기 몸에서 일어나는 변화를 자연스럽게 받아들이지 못했다.

"나는 흉측해요."

데데는 눈물이 그렁그렁해서 이렇게 말하고는 아무도 보고 싶지 않다고 외치면서 침실에 틀어박혔다.

나는 재빨리 몸단장을 마쳤다. 니노에게는 조금도 관심이 없었지만 그렇다고 자기 관리도 제대로 하지 않아 나이 들어 보인다는 인상을 주고 싶지는 않았다.

게다가 나는 릴라가 불쑥 찾아올까봐 두렵기도 했다. 나는 릴라가 마음만 먹으면 남자들의 시선을 독차지할 수 있다는 것을 알고 있었다. 나는 이 모든 상황이 흥분되기도 하고 귀찮기도 했다.

108

니노는 놀라울 만큼 정확한 시간에 도착했다. 선물을 잔뜩 들고 계단을 올라왔다. 엘사는 층계참까지 달려 나가 니노를 기다렸다. 그런 엘사를 티나가 쫓아갔고 그 뒤를 조심스럽게 임마가 뒤따랐다. 나는 임마의 오른쪽 눈에 경련이 이는 것을 보았다.

"아빠 오셨네."

내가 말하자 임마는 힘없이 고개를 가로저었다.

다행히 니노는 자기가 어떻게 행동해야 하는지 잘 알고 있었다.

"아빠 딸 임마는 어디에 있을까? 뽀뽀를 세 번 해주고 살짝 깨물어줘야지."

계단을 오르면서 니노는 흥얼거리듯 말했다. 층계참에 다다르자 니노는 엘사에게 인사를 하고 티나의 땋은 머리를 무심히 잡아당기고는 임마를 안아 올리고 뽀뽀를 퍼부었다. 임마처럼 예쁜 머리를 한 사람을 본 적이 없다면서 임마가 입고 있는 예쁜 드레스와 앙증맞은 신발과 임마와 관련된 모든 것을 계속 칭찬했다. 집에 들어와서는 내게 인사도 하지 않고 바닥에 양반다리를 하고 앉아 임마를 자기 다리 위에 앉혔다. 그런 다음에야 엘사도 칭찬해주고 수줍은 미소를 지으면서 자기 곁에 다가온 데데에게 반갑게 인사했다.

"세상에나, 너 정말 많이 컸구나. 눈이 부실 정도야."

티나가 어리둥절해하는 모습이 보였다. 처음 보는 사람들은 항상 티나에게 푹 빠져 귀여워 어쩔 줄 몰라 했는데 니노는 선물을 나눠주면서도 티나를 무시했다. 티나는 니노에게 사랑스러운 목소리로 말을 걸면서 자기도 임마와 함께 니노의 다리 위에 앉아보려고 했지만 실패했다. 그러자 니노 팔에 몸을 기대고 풀 죽은 표정으로 니노 어깨 위에 머리를 올려놓았다. 하지만 소용없었다. 니노는 데데와 엘사에게 책을 한 권씩 선물하고 온 관심을 임마에게 쏟았다. 니노는 임마를 위해 별의별 것을 다 사왔다. 니노는 임마가 포장을 풀 때까지 기다렸다가 재빨리 새로운 선물을 내밀었다. 임마는 너무 기뻐했다. 감동한 것 같았다. 임마는 자기 앞에 나타난 그 남자를 오직 자신만을 위한 마법의 주문을 걸어주려고 나타난 마법사처럼 바라보았다. 티나가 자기 선물을 만지려 하면 "내 거야!"라고 소리질렀다. 티나는 아랫입술을 바르르 떨면서 뒤로 물러났고 나는 그런 티나를 품에 안아주었다.

"이모랑 가자."

내가 말했다.

니노는 자기가 너무 심했다는 것을 알아차리고 주머니를 뒤지더니 비싸 보이는 볼펜을 꺼내들고 말했다.

"이건 네 거란다."

내가 티나를 다시 내려놓자 티나는 감사하다고 속삭이면서 볼펜을 받아들었다. 그제야 니노는 처음으로 티나를 제대로 바라보았다. 니노가 놀라워하면서 중얼거리는 말이 들렸다.

"너 정말 엄마랑 똑 닮았구나."

"제 이름을 써드릴까요?"

티나가 진지하게 물었다.

"벌써 글씨를 쓸 줄 알아?"

"네."

니노가 주머니에서 접힌 종이를 꺼내주자 티나는 종이를 바닥에 놓고 '티나'라고 썼다.

"잘 썼네."

니노는 티나를 칭찬했다. 그런 다음 니노는 내게 혼날까봐 두려워하면서 나를 쳐다봤다. 니노는 자신의 실수를 만회하기 위해 임마에게 말했다.

"우리 딸도 분명히 잘 쓸 거야."

임마는 니노에게 자기도 잘 쓴다는 걸 보여주기 위해 제 친구 손에서 볼펜을 빼앗아들고 심혈을 기울여 종이에 뭔가를 끄적거렸다. 니노는 임마를 칭찬해주었지만 엘사는 동생을 놀렸다.

"이게 뭐야. 너 글씨 쓸 줄 모르는구나."

"다른 말도 쓸 줄 알아요."

티나는 이렇게 말하면서 어떻게 해서든 펜을 다시 차지하려고 했다. 결국 니노는 상황을 정리하기 위해서 임마를 안고 자리에서 일어났다. 니노가 말했다.

"이제 세상에서 가장 멋진 자동차를 보러 가자."

니노는 임마를 품에 안고 아이들을 몽땅 데리고 나갔다. 티나는 니노의 손을 잡으려고 애썼고 데데는 그런 티나를 자기 곁으로 끌어당겼다. 엘사는 그 와중에 재빠르게 값비싼 볼펜을 챙겼다.


109


니노와 아이들 등 뒤로 현관문이 닫혔다. 계단을 내려가면서 아이들에게 과자도 사주고 자동차도 태워주겠다고 약속하는 니노의 굵은 목소리와 데데와 엘사와 두 어린아이가 기쁨의 함성을 지르는 소리가 들렸다. 나는 릴라가 우리 집 바로 아래층에서 문을 닫은 채 내게 들려오는 소리와 똑같은 소리에 조용히 귀를 기울이는 상상을 했다. 우리를 가로막고 있는 것은 얇은 마룻바닥 한 장이었지만 릴라는 자기 기분과 필요에 따라, 달이 바다 전체를 움켜쥐고 끌어당길 때처럼 일렁이는 머릿속 생각에 따라 나와의 거리를 더 멀게 만들기도 했고 더 가깝게 만들기도 했다.

나는 옷매무새를 정돈하고 요리를 하면서 아래층에서 릴라도 나와 똑같은 행동을 하고 있을 거라고 생각했다. 둘 다 우리 딸들의 목소리와 우리가 한때 사랑했던 남자의 발소리가 들려오기를 기다리는 것이다. 불현듯 방금 전에 니노가 티나에게서 릴라의 모습을 찾아낸 것처럼 릴라도 종종 임마에게서 니노의 모습을 찾지 않았을까 상상했다. 임마가 커가는 동안 릴라는 니노와 닮은 면을 싫어했을까 아니면 애정을 가지고 임마를 걱정해줬던 것도 임마에게서 니노와 닮은 점을 보았기 때문이었던 걸까.

릴라는 아직도 니노를 남몰래 좋아하고 있지는 않을까. 지금도 창문 너머로 니노의 모습을 바라보고 있는 것은 아닐까. 티나가 니노의 손을 붙잡는 데 성공해 릴라는 자기 딸이 그 호리호리한 사내 곁에 붙어 있는 모습을 바라보고 있지는 않을까. '일이 다르게 풀렸다면 티나가 니노의 딸일 수도 있지 않을까?'라고 생각하고 있지는 않을까. 릴라는 무슨 꿍꿍이일까. 지금 당장이라도 우리 집에 올라와 쌀쌀맞게 굴어 내게 상처를 주려는 걸까. 아니면 니노가 아이들 넷을 데리고 자기 집 앞을 지날 때에 맞춰 현관문을 열고 그에게 들어오라고 한 다음 내게도 내려오라고 하려는 걸까. 그러면 나는 어쩔 수 없이 릴라와 엔초를 점심식사에 초대하게 되겠지.

집 안에는 정적이 흘렀지만 밖은 축제 분위기였다. 정오를 알리는

461

종소리, 노점상들의 고함소리, 기차가 철로를 바꿔 지나가는 소리, 일주일 내내 쉬는 날 없이 돌아가는 공사장을 향해 트럭이 돌진하는 소리가 한데 섞여 집 안으로 흘러 들어왔다. 니노는 분명 아이들이 점심을 먹지 않을 거라는 생각은 하지도 않고 달콤한 과자를 실컷 먹도록 내버려둘 것이다. 나는 니노를 잘 알고 있었다. 그는 안 된다는 말을 할 줄 몰랐고 눈 하나 깜짝하지 않고 뭐든 다 사주었다. 항상 너무 과했다.

요리를 마치고 상을 차린 뒤 나는 큰길 쪽으로 난 창문 밖으로 고개를 내밀었다. 창문에서 그만 집으로 돌아오라고 외칠 생각이었다. 하지만 노점상들 때문에 시야가 가려 니노와 아이들이 보이지 않았다. 언뜻 내 동생 엘리사와 실비오를 양 옆에 끼고 산책나온 마르첼로의 모습만이 보였을 뿐이었다. 위에서 큰길을 내려다보고 있으니 불안감이 밀려왔다. 일요일의 풍경은 언제나 동네가 쇠퇴해가는 것을 감추기 위해 칠해놓은 페인트 같았는데 그날은 그런 느낌이 특히 강했다.

나는 여기서 무엇을 하고 있는 건가. 어디든 떠날 수 있을 만큼 돈이 있는데 왜 난 아직도 이곳에 살고 있는 걸까. 나는 릴라 말에 너무 많은 비중을 두었다. 릴라 때문에 너무 많은 일에 다시 연루되고 말았다. 공식적으로 고향으로 돌아옴으로써 내 글 솜씨가 더 나아질 거라고 나 스스로 믿었다. 모든 것이 추해보였다. 내 손으로 요리한 음식까지 혐오스럽게 느껴졌다. 나는 정신을 추스르고 머리를 빗고 옷매무새를 살핀 다음 밖으로 나갔다. 릴라가 내 발소리를 듣고 나를 따라나설까봐 까치발을 하고 릴라네 집 문 앞을 지나갔다.

바깥에는 구운 아몬드 냄새가 강하게 풍겼다. 나는 주변을 돌아보았다. 데데와 엘사가 보였다. 두 아이는 솜사탕을 먹으면서 팔찌며

귀걸이, 목걸이와 머리핀 같은 잡동사니를 잔뜩 늘어놓은 노점을 구경하고 있었다. 아이들에게서 멀리 떨어지지 않은 곳에서 나는 니노의 모습을 발견했다. 니노는 길모퉁이에 서 있었다. 잠시 후 나는 니노가 릴라와 엔초에게 이야기하고 있다는 사실을 알았다. 마음만 먹으면 예뻐보일 수 있는 릴라는 그날 그러기로 마음먹은 것 같았다. 엔초는 심각한 표정으로 인상을 찌푸리고 있었다.

릴라 품에는 임마가 안겨 있었다. 임마는 평소에 내가 자기한테 신경을 써주지 않을 때 내 귀를 잡아당겼던 것처럼 릴라 귀를 잡아당기고 있었다. 릴라는 임마가 자기 귀를 지지든 볶든 신경 쓰지 않고 니노에게 푹 빠져 있었다. 니노는 유쾌한 태도로 미소를 띤 채 기다란 팔과 손을 움직이면서 릴라와 이야기를 하고 있었다.

나는 화가 치밀어 올랐다. 저러느라 니노가 돌아오지 않은 것이다. 저런 식으로 자기 딸을 돌보다니. 나는 니노를 불렀지만 그는 내 목소리를 듣지 못했다. 내 목소리에 뒤를 돌아본 것은 데데였다. 데데는 엘사와 함께 내 목소리가 너무 얇다고 비웃었다. 아이들은 내가 고함을 지를 때면 항상 그랬다. 나는 다시 한번 니노를 불렀다. 나는 당장 니노가 릴라에게 작별 인사를 하고 혼자서 내 딸들만 데리고 집으로 돌아왔으면 했다. 하지만 땅콩장수의 휘파람소리 때문에 귀청이 터질 것 같은 데다 마침 부품 하나하나가 다 덜컹거리는 것 같은 엄청난 소음과 먼지를 일으키면서 트럭이 지나갔다.

나는 투덜대면서 그들에게 다가갔다. 왜 릴라는 내 딸을 품에 안고 있는 걸까. 그렇게까지 할 필요가 뭐가 있단 말인가. 왜 임마는 티나와 놀고 있지 않은 걸까.

나는 릴라에게 인사도 건네지 않고 임마에게 말했다.

"다 큰 아이가 품 안에서 뭘 하는 거니? 당장 내려와."

나는 릴라에게서 임마를 빼앗아 땅에 내려놓았다. 그러고는 니노에게 말했다.

"애들 밥 먹여야지. 준비 다 됐어."

나는 임마가 제 소꿉친구에게 달려가지 않고 내 치마에 붙어 있다는 사실을 깨달았다. 나는 주변을 둘러보면서 릴라에게 물었다.

"티나는 어디 있어?"

"데데와 엘사랑 있겠지."

릴라는 아직도 방금 전까지 니노와 수다를 떨면서 지었던 상냥한 표정 그대로 말했다. 내가 대답했다.

"없던데."

나는 임마 아빠가 시간을 내준 유일한 날에 릴라가 내 딸과 임마 아빠 사이에 끼어들지 말고 엔초와 함께 자기 딸이나 돌보기를 바랐다. 하지만 엔초가 티나의 이름을 소리쳐 부르면서 주변을 살피는 동안 릴라는 여전히 니노와 이야기를 계속했다. 릴라는 그에게 예전에 젠나로가 사라졌던 이야기를 들려주었다. 릴라는 웃으면서 말했다.

"어느 날 아침 젠나로가 사라졌지 뭐야. 아이들이 모두 학교에서 나왔는데 젠나로만 없었어. 나는 정말 놀랐어. 별의별 생각이 다 들었는데 알고 보니 공원에 얌전히 앉아 있었어."

그 이야기를 하면서 릴라의 안색이 순간 변했다. 눈빛이 공허해지더니 바뀐 목소리로 엔초에게 물었다.

"티나 찾았어? 어디에 있어?"

# 110

우리는 큰길 주변에서 티나를 찾다 온 동네를 뒤지다가 다시 큰길 주변을 찾아보았다. 동네 사람들이 티나를 찾으려고 모여들었다. 안토니오가 오고 카르멘이 오고 카르멘의 남편 로베르토가 왔다. 나중에는 마르첼로 솔라라까지 자기 아랫사람들을 동원해 늦은 밤까지 티나를 찾아다녔다. 릴라는 멜리나 같았다. 정신없이 여기저기 뛰어다녔다.

릴라보다 더 정신이 나간 것은 엔초였다. 엔초는 고함을 치며 노점상들을 붙잡고 늘어졌다. 엔초는 그들을 거칠게 위협하고 그들의 차와 트럭과 수레를 뒤지려고 했다. 이런 엔초를 진정시키기 위해 경찰이 나서야 했다.

티나를 찾았다는 오보가 있을 때마다 사람들은 안도의 한숨을 내쉬었다. 동네에서 티나를 모르는 사람은 없었다. 모두들 방금 전에 티나를 노점 앞에서 또는 길모퉁이에서 또는 뜰에서 또는 공원에서 또는 터널 쪽에서 키가 크거나 작은 사내와 함께 가는 것을 봤다고 했다. 하지만 모든 목격담은 환상에 불과했다. 사람들은 곧 티나를 찾을 수 있다는 믿음과 도와줘야겠다는 호의를 잃었다.

저녁 무렵 퍼져나가기 시작한 소문이 신빙성을 얻기 시작했다. 소문에 따르면 티나가 파란색 공을 쫓아 인도에서 내려왔는데 바로 그 순간 트럭이 지나가고 있었다고 했다. 거대한 황토색 트럭이 도로에 난 구멍 때문에 덜컹거리고 튀어오르면서 빠른 속도로 달려왔다는 것이다. 그다음에 무슨 일이 일어났는지 목격한 사람은 아무도 없었다. 하지만 뭔가가 충돌하는 소리는 들렸다고 했다. 그 충돌음은 이야기를 듣는 순간 정말로 일어난 일인 양 듣는 이의 기억 속에 새겨졌다. 트럭은 멈추지 않았고 멈추려는 시도조차 하지 않은 채 머리를 땋아 내린 티나의 몸과 함께 그대로 길 너머로 자취를 감추었다. 아스팔트에는 피 한 방울 남지 않았다. 아무것도, 그 무엇도 남지 않았다.

트럭도 아이도 흔적 없이 영원히 사라져버렸다.

노년기

# 나쁜 피 이야기

# 1

나는 1995년에 나폴리를 완전히 떠났다. 모두들 나폴리의 부활을 떠들어대던 시절이었다. 나는 부활을 믿지 않았다. 세월이 흐르는 동안 나는 새 역사가 완성되는 것을 보았다. 노바라 가에 개성 없이 밋밋해보이는 고층 빌딩이 들어서는 모습과 스캄피아 지역에 새 건물들이 우뚝우뚝 들어서는 모습을 보았다. 아레나차와 타데오 가, 세사와 나치오날레 광장의 잿빛 바위 위로 화려한 고층 건물들이 우후죽순으로 솟아나는 모습을 보았다.

프랑스와 일본에서 설계한 그 건축물들은 예측된 시행착오와 공사 지연 끝에 폰티첼리와 포지오레알레 사이에 위용을 드러냈다. 하지만 그 후 빠르게 광채를 잃어가더니 결국 빈민들의 소굴로 전락하고 말았다. 부활은 무슨 부활이란 말인가. 그 모든 것은 부패한 이 도시의 얼굴을 가리기 위해 아무렇게나 분칠해놓은 현대화라는 이름의 화장품일 뿐이었다.

항상 이런 식이었다. 부활이라는 이름의 속임수는 희망의 싹을 틔웠다가 무참히 짓밟아버렸다. 오래된 딱지 위에 새로운 딱지가 생겼다. 도시에 남아 공산당을 전신으로 둔 당의 지휘 아래 도시의 재건을 도와야겠다는 의무감을 저버리고 나는 토리노로 떠나기로 마음먹었다. 토리노에 있는 작지만 야심찬 소규모 출판사를 이끌어 달라는 제안이 결정적인 요인으로 작용했다.

마흔 살 이후 시간은 쏜살같이 흘렀다. 빠르게 흐르는 시간을 뒤쫓기가 버거웠다. 달력의 날짜는 마감일자로 대체되었고 햇수는 책 출간을 기준으로 흘렀다. 나나 아이들과 관련된 일이 언제 일어났는지 정확한 날짜를 말하기가 힘들어졌다. 나는 이 모든 것을 글로 남기려 했지만 갈수록 시간이 오래 걸렸다. 이 일은 언제 일어났고 그 일은 언제 일어났더라? 나는 반사적으로 모든 사건을 출간일 기준으로 기억했다.

그새 책도 많이 냈다. 덕분에 어느 정도 권위와 명성을 얻었고 풍족한 삶을 누릴 수 있었다. 세월이 흐를수록 아이들에 대한 부담감도 줄어들었다. 데데와 엘사는 피에트로의 권유에 따라 차례대로 보스턴으로 유학을 떠났다. 피에트로는 7, 8년 전부터 하버드에서 정교수로 재직하고 있었다. 아이들은 제 아빠와 지내는 것을 편하게 생각했다. 우울한 날씨와 거만한 보스턴 사람들에 대한 불만으로 가득한 편지를 빼면 아이들은 자기들의 삶에 만족했다.

아이들은 지난날 내가 강요했던 선택에서 빠져나온 것에 만족스러워했다. 데데와 엘사를 떠나보낸 데다 임마까지 언니들처럼 유학에 집착하자 내게는 고향에 남아 있을 이유가 없었다. 한때는 마음만 먹으면 다른 곳에서 살 수 있는데도 고향의 현실을 글 쓰는 자양분으로 삼기 위해서 위험한 고향 동네의 외곽 지대에 남기로 한 결정이 작가의 이미지에 도움이 되었다. 지금은 그런 지식인이 너무 많다.

그동안 내 작품세계는 방향이 달라졌다. 고향이라는 소재는 뒤로 밀려났다. 어느 정도의 명성과 온갖 혜택을 누리고 있는데도 스스로의 틀에서 벗어나지 않고 한 장소에만 머무르는 것이야말로 오히려 위선적인 태도가 아닐까. 그곳에 머물러 봤자 내 형제자매와 친구들, 그들의 자식과 손자손녀의 삶이 기울어가는 모습을 불편한 마음으로 지켜볼 수밖에 없다는 것을 뻔히 알면서 말이다. 자칫하면 내 막내딸도 그 대상에 포함될 수 있었다.

그때 임마는 14세였다. 나는 임마에게 남부럽지 않게 생활할 수 있게 해주었고 임마도 열심히 공부했다. 하지만 임마는 상황에 따라 사투리를 심하게 썼고 임마의 학교 친구들도 내 마음에 들지 않았다. 저녁식사 후 임마가 외출할 때마다 내가 너무 불안해하니 임마는 스스로 외출을 포기하고 집에 머무르곤 했다.

내 삶도 제한적이었다. 나폴리 상류층 친구들을 만나기도 했고 남자들에게 구애도 받고 관계를 맺기도 했지만 항상 얼마가지 못했다. 처음에 똑똑하게 보이던 사람들도 결국 자기 불운에 실망해 화가 나 있는 사내들일 뿐이었다. 유머 감각이 있었지만 사악한 면도 있는 사람들이었다. 내게 자기 원고를 보여주거나 방송계나 영화계에 대한 정보를 캐내기 위해 나를 원하는 것 같은 느낌을 받기도 했다. 돈을 빌려가서 갚지 않기도 했다.

나는 그런 상황에서도 분발했다. 사회적으로나 감정적으로나 만족스러운 삶을 살기 위해 애썼다. 하지만 나는 세련되게 차려입고 저녁에 외출하는 것이 즐겁지 않았다. 불안해지기만 할 뿐이었다.

어느 날 저녁 나는 미처 현관문을 닫을 틈도 없이 집 앞에서 13세도 안 된 것 같은 두 소년에게 언어맞고 물건을 강탈당했다. 두 걸음도 채 떨어져 있지 않은 곳에서 나를 기다리던 택시 운전기사는 창문 밖으로 얼굴도 내밀지 않았다.

그때 나는 떠나기로 결심했다. 1995년 여름, 나는 임마와 함께 나폴리를 떠났다.

나는 이사벨라 다리 근처 포 강 기슭에 집을 얻었다. 이사 간 지 얼마 되지 않아 나와 내 셋째 딸의 삶은 나아졌다. 토리노에서는 나폴리에 대해 생각하거나 평정심을 잃지 않고 나폴리에 관해 글을 쓰기가 수월했다. 나는 내 고향을 사랑했지만 무조건 감싸고돌아야 한다는 의무감은 마음속에서 송두리째 지워버렸다. 나는 결국 도시에 대한 사랑을 잠식해버린 실망감을 서구사회 전체를 바라보는 일종의 렌즈처럼 생각해보았다.

나폴리는 일찌감치 기술 발달과 과학과 경제 발전, 풍요로운 자연환경, 역사는 진보한다는 이념과 민주주의에 대한 믿음 따위가 전혀 근거 없는 이야기라는 사실을 똑똑히 보여준 유럽의 대도시였다.

이런 나폴리에서 태어나서 좋은 점은 딱 한 가지가 있었다. 그것은 요즘 사람들이 셀 수 없이 다양한 방법으로 주장하는 바를, 끝없는 진보의 꿈은 사실 잔인함과 죽음으로 점철된 악몽일 뿐이라는 사실을 어렸을 때부터 거의 본능적으로 깨달을 수 있다는 것이었다. 나는 언젠가 릴라의 비관주의에 영향을 받은 이런 생각을 글로 써본 적도 있다.

2000년에 나는 혼자가 되었다. 임마가 파리로 유학을 떠난 것이다. 나는 그렇게까지 할 필요가 없다고 임마를 설득하려 했다. 그러나 그 당시 임마와 비슷한 부류의 여자 친구들이 대개 유학을 떠났고 임마도 다른 아이들에게 뒤처지고 싶어 하지 않았다.

처음에는 혼자 있는 것이 힘들지 않았다. 그만큼 내 일 때문에 바빴다. 하지만 2년 남짓한 기간에 나는 내가 나이 들었다는 사실을 체감하기 시작했다. 그동안 나를 인정해주었던 세계와 함께 나 자신도 퇴색해가는 느낌이었다.

그동안 각각 다른 시기에 각각 다른 작품으로 중요한 문학상을 두 개나 받았는데도 이제 내 책을 사는 사람은 거의 없었다. 2003년에는 지금까지 출간된 소설 열세 권과 에세이집 두 권의 판매로 내가 벌어들인 연간 총수익이 세전 2,323유로였다. 나는 내 독자들이 (애초부터 내 책은 여성에게 많은 사랑을 받았으니 여성 독자들이라고 하는 게 옳을 것이다) 내게 아무것도 기대하지 않는다는 사실과 젊은 독자층의 취향과 관심 분야가 나와는 전혀 다르다는 사실을 깨달았다.

신문도 제대로 된 수입원이 되지 못했다. 나에 대한 관심도가 낮아져서 기고문을 요청하는 곳이 줄어든 데다 원고료도 몇 푼 되지 않았다. 그나마 받지 못할 때도 있었다. 방송계에서는 1990년대에 좋은 반응을 얻었던 경험을 바탕으로 그리스 문학과 라틴 문학의 고전작품을 다루는 오후 프로그램을 맡기도 했다. 나를 존경하는 몇몇 친구의 아이디어로 실현된 일인데 이 중에는 사설 방송인 카날레 5 채널에서 방송하면서 국영방송 쪽에도 인맥이 있는 아르만도 갈리아니도 있었다. 프로그램은 변명의 여지없이 대실패했고 그 후 다시는 방송 제의를 받지 못했다.

오랫동안 이끌어온 출판사에도 불운이 찾아왔다. 2004년 가을 나는 갓 서른을 넘긴 영리한 청년에게 밀려나 외부 자문위원 신세로 전락했다. 그때 내 나이는 예순이었다. 나는 이제 내 기운이 다한 것이라고 생각했다. 토리노의 겨울은 혹독하게 추웠고 여름은 무더웠다. 이른바 지식층이라 불리는 사람들은 외부인에게 그다지 호의적이지 않았다.

나는 신경이 예민해져서 제대로 잠을 자지 못했다. 남자들도 이제 내게 관심을 보이지 않았다. 발코니에서 포 강과 뱃사공, 언덕을 하염없이 바라보고 있자니 지겨워졌다.

그 시절 나는 나폴리를 자주 방문했다. 하지만 친구들이나 친척들을 만나고 싶은 마음은 없었다. 그것은 그들도 마찬가지였다. 내가 나폴리에 갈 때 만나는 사람은 릴라가 유일했지만 그나마도 일부러 연락하지 않을 때가 더 많았다. 릴라를 만나면 마음이 불편했다. 릴라는 지역 정치에 푹 빠져 맹목적인 지역주의자가 되어 있었다. 나는 그런 릴라가 어딘지 우악스럽게 느껴져 혼자 카라촐로 가를 산책하거나 보메로까지 걸어 올라가거나 트리부날리 근처를 걸어다니는 것이 편했다.

그렇게 나폴리를 오가던 2006년에 갑자기 봄비가 내려 나는 비토리오 에마누엘레 가에 있는 낡은 호텔에 발이 묶였다. 나는 그저 시간을 때우려는 마음으로 고향 동네를 배경으로 티나에 대한 이야기를 쓰기 시작했다. 며칠 만에 80페이지가 채 안 되는 소설이 완성됐다. 이야기를 지어낼 틈을 주지 않으려고 나는 일부러 서둘러 썼다. 그 결과 건조하고 직설적인 문체의 글이 완성됐다. 나는 결말에만 환상적인 요소를 가미했다.

2007년 가을, 나는 『어떤 우정』이라는 제목으로 그때 쓴 글을 출간했다. 소설은 반응이 좋았다. 아직도 꾸준히 판매되고 있고 학교 선생님들은 아이들에게 여름방학 동안 읽을 만한 책으로 이 작품을 추천한다. 하지만 나는 그 작품을 증오한다.

불과 2년 전 공원에서 질리올라의 시신이 발견되었을 때 (질리올라는 혼자서 심장마비로 사망했다. 참담하고 끔찍한 죽음이었다) 릴라는 내게 절대로 자기 이야기를 글로 쓰지 않겠다는 약속을 받아냈었다. 나는 그 약속을 어기고 릴라 이야기를 글로 쓴 것이었다. 그것도 너무나 직접적으로.

처음 몇 달 동안은 나는 내가 내 생애 최고의 작품을 썼다고 생각했다. 나는 다시 한번 작가로서 뛰어난 명성을 떨쳤다. 주변 사람들에게서 그렇게나 많은 호응을 얻은 것은 정말 오랜만이었다.

2007년 말 크리스마스 분위기가 한창일 무렵『어떤 우정』을 소개하기 위해 마르티리 광장에 있는 펠트리넬리 서점에 갔을 때 갑작스러운 수치심이 나를 엄습했다. 청중 가운데서 릴라를 발견할까봐 두려웠다. 릴라가 맨 앞에 앉아 있다가 내가 말하는 도중에 끼어들어 나를 곤란하게 할 것 같았다. 그런 내 걱정과는 달리 그날 행사는 성공적으로 끝났다. 사람들은 내 작품에 열광했다.

호텔에 돌아가 자신감을 조금 되찾은 뒤 나는 릴라에게 전화를 걸어보았다. 처음에는 집전화로 그다음에는 휴대전화로 전화를 걸었다가 다시 집전화로 전화를 했다. 릴라는 전화를 받지 않았다. 그 후 다시는 내 전화를 받지 않았다.

## 2

어떻게 해야 릴라의 슬픔을 글로 옮길 수 있을지 모르겠다. 아마도 릴라는 원래 그런 운명이었는지도 모른다. 병이나 사고나 폭행이 아닌 갑작스러운 증발로 딸을 잃을 운명이 삶속에 숨어서 릴라를 기다리고 있었던 것이다.

릴라의 슬픔은 응고될 수 없었다. 생명이 떠나간 육체를 절망하면서 부둥켜 안을 수도 없었고 장례식도 치를 수 없었다. 얼마 전까지만 해도 걷고 달리고 말을 하고 릴라를 껴안았지만, 이제는 망가져버린 티나의 유해를 앞에 두고 잠시나마 시간을 보낼 수도 없었다. 아마도 릴라는 방금 전까지 자기 몸의 일부분이었던 팔다리가 미처 고통을 느낄 틈도 없이 그 형태와 실체가 통째로 사라진 것처럼 느꼈을 것이다. 이 일로 릴라가 얼마나 큰 고통을 받았는지 나는 잘 모른다. 그런 고통을 상상할 수도 없다.

티나가 실종되고 나서 10년 동안 나는 릴라와 같은 건물에 살면서 매일 릴라와 마주쳤지만 한 번도 릴라가 울거나 절망하는 모습을 본 적이 없었다. 처음 얼마간 티나를 찾아 밤낮을 가리지 않고 온 동네를 헤맸지만 아무런 성과가 없자 릴라는 너무 지쳐버린 것처럼 더는 티나를 찾지 않았다.

릴라는 부엌 창가에 자리를 잡고 앉아 오랫동안 움직이지 않았다. 보이는 거라고는 철길의 일부와 약간의 하늘밖에 없었는데도 그랬다. 그러더니 자리에서 일어나 일상으로 돌아갔다. 그렇다고 포기한 것은 절대 아니었다. 모진 세월이 릴라를 휩쓸고 지나가면서 원래부터 좋은 편이 아니었던 릴라의 성격은 점점 더 거칠어졌다. 릴라는 주변에 불편함과 두려움을 퍼뜨리고 다녔다. 고함을 지르고 다투면서 늙어갔다.

처음에는 틈만 나면 아무나 붙잡고 티나 이야기를 했다. 티나 이름을 말하는 것이 티나를 찾는 데 도움이 되는 것처럼 티나의 이름에 집착했다. 하지만 시간이 흐르자 릴라 앞에서 티나의 실종에 관한 말을 꺼낼 수 없게 되었다. 티나 이야기를 꺼내면 릴라는 나까지도 매몰차게 내몰았다. 릴라는 피에트로가 릴라 앞으로 보낸 편지만을 유일하게 고마워했다. 내 생각에 릴라가 피에트로의 편지를 고맙게 생각한 이유는 그가 티나 이름을 한 번도 언급하지 않고도 애틋한 마음을 표현했기 때문이었던 것 같았다.

1995년 내가 나폴리를 떠나기 전까지 몇몇 경우를 빼고는 릴라는 마치 아무 일도 없었던 것처럼 행동했다. 한번은 피누차가 티나를 두고 우리 모두를 지켜주는 아기 천사라고 했다. 그러자 릴라는 피누차에게 당장 꺼져버리라고 했다.

## 3

동네 사람들은 경찰과 신문기자들을 믿지 않았다. 남녀노소 할 것 없이, 비행청소년들까지 경찰과 방송사를 무시하고 몇 날 며칠, 아니 몇 주일 동안 티나를 찾아다녔다. 릴라의 일가친척도 모두 나섰다. 전화로만 두어 번 연락하고 만 사람은 니노가 유일했다. 그나마도 영양가 없는 말만 늘어놓았다. 니노의 궁극적인 목적은 "내 책임이 아니야. 나는 리나와 엔초에게 티나를 돌려줬어"라는 말을 강조하기 위해서였다. 놀랍지도 않았다. 니노는 아이를 데리고 놀다가 아이가 넘어져 무릎이 까지면 자기도 아이와 똑같은 수준이 되어, 아이를 넘어지게 한 게 너냐고 자기를 탓할까봐 두려워하는 그런 종류의 어른이었다. 아무도 니노에게 신경 쓰지 않았다. 우리는 몇 시간 만에 니노를 까맣게 잊었다.

엔초와 릴라는 누구보다 안토니오에게 의지했다. 안토니오는 오직 티나를 찾기 위해 독일로 떠나는 일정을 다시 한번 미뤘다. 릴라와 엔초에 대한 우정 때문이기도 했지만 미켈레 솔라라의 명이기도 했다. 안토니오는 직접 그 점을 확실히 했고 우리는 그 말을 듣고 모두 놀랐다.

솔라라 형제는 티나의 실종사건을 쫓는 데 누구보다 열심이었고 자신들이 그렇게 노력하고 있다는 것을 최대한 드러냈다. 어느 날 저녁 솔라라 형제는 좋은 대접을 못 받을 거라는 것을 뻔히 알면서 릴라의 집에 나타나 공동체 전체를 대표해서 말하는 것처럼 티나가 무사히 부모 품으로 돌아올 수 있도록 최선을 다하겠다고 했다. 솔라라 형제가 말하는 동안 릴라는 마치 그들의 모습은 눈에 보이지만 그들이 하는 말은 들리지 않는 것처럼 둘을 뚫어지게 바라보았다.

엔초는 창백한 얼굴로 잠시 그들의 말을 듣고 있다가 갑자기 티나를 데리고 간 것은 네놈들이 분명하다고 고함쳤다. 엔초는 그때뿐 아니라 다른 때도 그런 말을 했다. 자기와 릴라가 베이직 사이트로 얻는 수익의 일부를 솔라라 형제에게 갖다 바치지 않았기 때문에 그들이 티나를 데려간 거라고 외치고 다녔다.

엔초는 아무라도 걸리면 죽여버리고 싶은 마음에 누군가 자기 의견에 반대하기를 바랐지만 엔초 앞에서 그의 말에 반박하는 사람은 아무도 없었다. 그날 저녁 솔라라 형제조차도 엔초의 말에 반박하지 못했다.

"자네 고통은 이해해."

마르첼로가 말했다.

"누가 실비오를 데려갔다면 나도 자네처럼 미쳐버렸을 거야."

솔라라 형제는 누군가 엔초를 진정시키기를 기다렸다가 자리를 떴다. 다음 날 두 형제는 아내 질리올라와 엘리사를 안부차 보냈고 이들은 성의는 없을망정 남편들보다는 정중한 대접을 받았다.

그 후 솔라라 형제는 많은 일을 벌였다. 동네 축제 때마다 나타나는 노점상들과 주변 집시들에 대한 수색전을 대대적으로 벌인 것도 아마 솔라라 형제의 짓이었을 것이다. 경찰이 시끄럽게 사이렌을 울리면서 스테파노와 리노와 젠나로를 차례로 데리러 왔을 때 동네 주민들이 경찰에게 집단적으로 분노하도록 조장한 것도 분명 솔라라 형제였을 것이다.

스테파노는 경찰이 잡으러 오자 처음으로 심장마비를 일으켜 병원에 입원했고 리노는 잡혀간 지 며칠이 지난 후에야 풀려났다. 젠나로는 자기는 세상에서 자기 동생을 가장 사랑하고 그런 동생을 해치는 짓은 절대 못 한다고 맹세하면서 경찰 앞에서 몇 시간 동안이나 울었다.

초등학교 주변을 돌아가면서 감시하는 자경단을 조직한 것도 배후에 솔라라 형제가 있을 가능성이 컸다. 자경단의 활동 덕에 지금까지 도시의 전설처럼 내려오던 아이들을 좋아하는 게이의 실체가 확인되기도 했다. 30세 정도 되어 보이는 가녀린 사내가 등하굣길에 바래다주거나 데리러 올 아이도 없으면서 학교 정문을 어슬렁거리고 다니는 모습이 발각된 것이다. 그는 사람들에게 험하게 얻어맞다가 가까스로 도망쳤다. 성난 사람들은 그를 공원까지 뒤쫓아 갔다. 그가 자신이 『마티노』지의 수습기자며 뉴스거리를 찾고 있었다고 해명하지 않았다면 그는 틀림없이 사람들의 손에 살해당했을 것이다.

그 사건 이후 동네는 서서히 안정을 되찾기 시작했고 사람들은 천천히 일상으로 돌아갔다. 어디에서도 티나의 흔적이 나타나지 않았기 때문에 시간이 갈수록 티나가 트럭에 치였다는 소문이 신빙성을 얻었다. 티나를 찾다 지친 사람들도, 경찰도, 신문기자들도 그 소문에 무게를 두었다. 꽤나 오랫동안 사람들의 관심은 동네 근처 공사장 쪽으로 옮겨갔다. 고등학교 시절 은사인 갈리아니 선생님의 아들 아르만도 갈리아니를 다시 본 것도 그때쯤이었다.

아르만도는 의사 일을 그만두고 1983년 선거에 출마했다가 낙마한 뒤 지금은 열악한 지방 방송사에서 매우 진취적인 저널리즘을 시도하고 있었다. 나는 아르만도에게서 그의 아버지가 일 년 전쯤에 죽었고 어머니는 프랑스에 있지만 건강이 좋지 않다는 소식을 들었다.

아르만도는 내게 자기를 릴라에게 데려가 달라고 했다. 나는 릴라
가 많이 아프다고 했지만 그가 고집을 피워 결국 릴라에게 전화를
하고 말았다. 처음에 릴라는 아르만도를 잘 기억하지 못했다. 하지
만 기억이 떠오르자 지금까지 기자와 한 번도 말을 섞지 않았던 릴
라가 그를 만나보겠다고 했다. 아르만도는 자기가 지진 후 피해 복
구 현황을 조사하고 있다고 설명했다. 취재하려고 공사장을 돌아다
니다가 뭔가 끔찍한 일에 연루돼 급히 폐차한 트럭에 관한 소문을
들었다고 했다. 릴라는 아르만도의 말을 끝까지 듣고 나서 말했다.

"다 당신이 꾸며낸 이야기잖아요."

"내가 아는 이야기를 해주는 거예요."

"당신에게는 트럭도 공사장도 내 딸도 중요하지 않아요."

"지금 나를 모욕하는 건가요?"

"아니요. 모욕은 지금부터예요. 당신은 의사로서도 형편없었고 혁
명가로서도 형편없었는데 기자로서도 형편없군요. 당장 내 집에서
나가요."

아르만도는 인상을 찌푸리면서 엔초를 향해 고개를 끄덕이고는
자리에서 일어났다. 밖으로 나가자 아르만도는 유감을 표시했다. 아
르만도가 중얼거렸다.

"이렇게 큰 고통을 겪고도 변한 게 하나도 없군. 리나를 도와주고
싶었을 뿐이라고 리나에게 전해줘."

아르만도는 나와 오랫동안 인터뷰한 후 헤어졌다. 아르만도의 정
중한 태도와 신중하게 단어를 선택하는 모습이 인상적이었다. 동생
나디아의 선택과 아내와 이혼한 일로 그 역시 힘든 시기를 보냈을
것이다. 하지만 지금은 좋아보였다. 반자본주의 강경 노선에 정통한

것처럼 굴던 예전의 태도가 씁쓸한 냉소로 변해 있었다.

"이탈리아는 더러운 시궁창이야."

아르만도가 비탄에 잠긴 목소리로 말했다.

"우리 모두 그 시궁창 속에 떨어졌어. 돌아다녀보면 사회에서 존경받는 사람들은 이미 그 사실을 깨달았다는 것을 알게 될 거야. 정말 안타까워, 엘레나. 정말이지 안타까운 일이야. 노동자들을 위한 정당에 희망 없이 버림받은 정직한 사람이 얼마나 많은지 몰라."

"왜 이 일을 시작한 거야?"

"네가 네 일을 하는 것과 같은 이유지."

"그게 뭔데?"

"내가 뒤에 숨어 있지 못하는 사람이라는 것을 알게 되었을 때 나는 내가 허영심이 많은 존재라는 걸 깨달았어."

"나도 허영심이 많다는 거야?"

"비교해보면 그래. 네 친구 리나는 그렇지 않거든. 하지만 네 친구가 안됐어. 허영심도 자원이거든. 허영심이 많으면 네 자신과 네가 가진 것에 주의를 기울이지. 리나에게는 허영심이 없어. 그래서 딸을 잃은 거야."

아르만도의 방송을 보니 꽤나 실력이 좋은 것 같았다. 아르만도는 폰티 로시 근처에서 반쯤 타버린 낡은 자동차의 잔해를 찾아내 이를 티나의 실종과 연관지었다. 그 방송은 꽤 큰 파장을 일으켰고 주요 일간지에서도 이를 재조명해 며칠간 관련 기사가 나왔다. 그러나 불에 탄 자동차와 사라진 아이 사이에 아무런 관계가 없다는 사실이 밝혀졌다. 릴라가 말했다.

"티나는 살아 있어. 다시는 그 쓰레기 같은 자식을 보고 싶지 않아."

# 4

릴라가 얼마나 오랫동안 티나가 살아 있다고 믿었는지 모르겠다. 엔초가 눈물과 분노 속에 지쳐 절망할 때마다 릴라는 티나가 반드시 돌아올 거라고 했다. 뺑소니 트럭 이야기는 애당초 믿지도 않았다. 릴라는 티나가 차에 치였다면 눈치채지 못했을 리 없다고 했다. 자기가 제일 먼저 충돌하는 소리나 적어도 비명 정도는 들었을 거라고 했다. 그렇다고 엔초 말을 믿는 것 같지도 않았다. 릴라는 한 번도 이 일에 솔라라 형제가 연루되어 있을 거라고 말하지 않았다. 릴라는 꽤 오랫동안 자기 고객이 티나를 데려갔을 수 있다고 생각했다. 베이직 사이트의 수입을 아는 누군가가 티나를 빌미로 돈을 요구하려 한다고 생각했다.

이런 릴라의 생각은 안토니오의 가설이기도 했다. 하지만 무슨 근거로 그런 말을 하는 건지 나는 알 수가 없었다. 경찰도 그런 가능성에 관심을 보였지만 몸값을 요구하는 전화가 없었기에 결국 그 방향으로 수사를 진행하지 않았다.

동네 사람들은 티나가 죽었다고 생각하는 다수와 티나가 살아서 어딘가 갇혀 있다고 믿는 소수로 나뉘었다. 릴라를 아끼는 우리는 소수의 사람들과 의견을 같이했다. 카르멘은 티나가 살아 있다는 사실을 믿어 의심치 않았고 모든 사람에게 자기 생각을 강요했다. 누군가 시간이 흐르면서 티나가 죽었다는 쪽으로 생각을 바꾸면 그 사람을 원수 취급했다. 나는 카르멘이 엔초에게 속삭이는 것을 들었다.

"리나에게 파스콸레도 너희 편이라고 전해줘. 오빠는 티나를 다시 찾을 수 있을 거라고 했어."

하지만 곧 티나가 죽었다는 의견이 우위를 차지했고 여전히 티나를 찾으려고 애쓰는 사람들은 멍청한 사람이나 위선자 취급을 당했다. 사람들은 릴라에게 정신적인 문제가 있다고 생각하기 시작했다.

카르멘은 티나가 실종되기 전에 릴라 주변에 형성되었던 지지 세력과 실종되고 나서 형성된 연대의식이 실은 피상적인 감정에 불과하며 그 이면에는 먼 옛날부터 키워온 적대적인 감정이 숨겨져 있었다는 사실을 가장 먼저 알았다.

카르멘이 내게 말했다.

"이것 좀 봐. 한때는 리나를 성모 마리아처럼 떠받들던 사람들이 지금은 리나에게 눈길도 주지 않고 그냥 지나치고 있어."

나도 주의 깊게 살펴보니 정말 그랬다. 사람들은 내심 이렇게 생각하고 있었던 것이다.

'티나를 잃은 것은 정말 안된 일이야. 하지만 네가 정말 우리가 믿었던 그런 사람이었다면 그 누구도, 그 무엇도 네게서 아이를 뺏어가지 못했을 거야.'

언젠가부터 릴라와 함께 길을 걷다보면 사람들은 릴라는 무시하고 내게만 인사하기 시작했다. 화난 릴라의 표정과 릴라 주위를 감싸고 있는 불운한 기운에 불안했던 것이다. 릴라를 솔라라 형제의 대안으로 생각해왔던 동네 사람들은 실망하고 뒤로 물러섰다.

그뿐만이 아니었다. 티나가 실종되고 나서 동네 사람들이 선의로 시작한 일이 얼마 안 가서 잔혹한 행위로 변질됐다. 사람들은 처음 몇 주 동안 릴라네 집 건물 입구와 베이직 사이트 입구에 꽃이나 릴라나 티나에게 쓴 감동적인 내용의 카드 따위를 가져다놓았다. 심지어 교과서에서 시를 베껴 가져다놓는 사람도 있었다. 자식이 있는 엄마, 할머니 할아버지, 아이들이 오래된 장난감을 가져다놓기 시작했고 나중에는 머리핀과 다양한 색상의 머리끈, 아이의 헌 신발을 놓고 가는 사람도 생겼다. 그러던 중 붉은 얼룩이 진 채 흉측하게 웃는 봉제 인형과 더러운 끈으로 묶은 짐승의 시체가 등장했다.

릴라는 이 모든 것을 침착하게 주워 모아 휴지통에 내다버렸다. 그러다 갑자기 지나가는 행인이나 멀리서 릴라의 모습을 훔쳐보는 철딱서니 없는 아이들을 향해 끔찍한 저주를 퍼붓기도 했다. 그 때문에 릴라는 동정심을 불러일으키는 어머니에서 공포를 퍼뜨리는 미친년이 되었다. 때마침 현관문에 '티나는 죽은 자들의 먹잇감이 되었다'라고 분필로 쓰다가 릴라에게 걸려 호되게 당한 어린 소녀가 심각한 병에 걸렸다. 오래된 소문과 새로운 소문이 합쳐져 사람들은 릴라를 쳐다보기만 해도 자신들이 불행해지기라도 하듯 점점 릴라를 피해 다녔다.

정작 릴라는 이 상황에 대해 모르는 것 같았다. 릴라는 티나가 아직 살아 있을 거라는 생각에 빠져 있었다. 임마에게 집착했던 것도 아마 그런 이유 때문이었을 것이다.

처음 몇 달 동안 나는 릴라와 내 막내딸을 최대한 접촉하지 못하게 했다. 릴라가 임마를 보는 것만으로도 괴로워할까봐 두려웠다. 하지만 릴라는 임마를 항상 자기 곁에 두고 싶어 했다. 나는 잘 때도 릴라가 임마를 데리고 있을 수 있게 해주었다.

어느 날 아침 릴라네 집에 있는 임마를 데리러 갔는데 문이 반쯤 열려 있어 집으로 들어갔다. 임마는 릴라에게 티나에 대해 묻고 있었다. 실종 사건이 일어난 일요일 이후 나는 티나가 아벨리노에 있는 엔초 아저씨 친척집에서 한동안 머무르게 됐다는 말로 임마를 달랬다. 임마는 종종 티나가 언제 돌아올 건지 끈질기게 물었고 지금은 릴라에게 직접 묻고 있었다.

릴라는 임마의 목소리가 들리지 않는 듯 임마의 질문에 답하는 대신 티나 이야기를 자세히 들려주기 시작했다. 릴라는 티나가 막 태어났을 때 이야기와 티나의 첫 장난감 이야기를 해주었다. 티나가 릴라의 젖가슴에 꼭 붙어 떨어지지 않으려 했다는 이야기도 했다. 나는 안으로 들어가려다 잠시 그대로 문턱에 서 있었다. 임마가 참지 못하고 릴라의 말을 끊었다.

"그런데 티나는 언제 오는 거예요?"

"외롭니?"

"누구랑 놀아야 할지 모르겠어요."

"나도 그렇단다."

"그러니까 티나는 언제 돌아와요?"

릴라는 오랫동안 아무 말도 하지 않다가 임마를 나무랐다.

"입 다물지 못하겠니. 네가 상관할 바 아니야."

릴라의 사투리가 너무나 퉁명스럽고 쌀쌀맞고 적절하지 않게 느껴져 나는 불안했다. 나는 릴라에게 몇 마디 하고는 임마를 집으로 데려왔다.

나는 언제나 릴라의 과한 행동을 용서해주었고 상황이 상황인 만큼 평소보다 더 관대하게 대해야겠다고 생각했다. 도가 지나칠 때가 많았지만 나는 할 수 있는 한 최선을 다해 릴라의 이성을 되찾아주려 했다. 경찰이 스테파노를 심문하자 릴라는 바로 그가 티나를 데려간 거라고 믿었다. 스테파노가 심장마비로 입원했는데도 릴라는 한동안 병문안을 가고 싶어 하지 않았고 나는 그런 릴라를 달래서 같이 병문안을 갔다. 경찰이 리노를 조사했을 때 릴라가 자기 오빠에게 달려드는 것을 제지한 것도 나였다. 젠나로가 경찰서에 소환당했던 끔찍한 날에도 나는 최선을 다했다. 집으로 돌아온 젠나로는 엄마가 자신을 원망하고 있다는 것을 느껴 엄마와 대판 싸움을 벌였다. 젠나로는 릴라에게 이제 엄마는 티나뿐만 아니라 아들인 자기마저 잃은 거라고 악을 쓰면서 아버지 집으로 가버렸다.

상황이 그 정도로 좋지 않았기 때문에 나는 릴라가 나를 포함한 모든 사람에게 화를 내는 것을 이해했다. 하지만 임마에게 화내는 것은 이해할 수 없었다. 그것만은 허용할 수 없었다.

그날 이후 릴라가 임마를 데려가면 나는 안절부절못했다. 나는 해결책을 찾기 위해 곰곰이 생각해보았다. 하지만 할 수 있는 일이 별로 없었다. 릴라의 고통은 실뭉치처럼 심하게 엉켜 있었고 임마는 한동안 뒤엉킨 실뭉치의 일부였다.

경황이 없는 가운데서 릴라는 몹시 지쳤을 텐데도 여전히 내 딸에게 어떤 문제가 있는지 내게 세세히 전해주었다. 지난번 내가 니노를 부르기로 결심하게 만들었을 때처럼 말이다. 나는 화가 나기도 했고 불쾌하기도 했다. 그런데도 나는 그런 릴라의 행동에서 긍정적인 면을 찾으려 애썼다. 나는 릴라가 자신의 모성애를 조금씩 임마에게 나눠주고 있는 거라고 생각했다. 내게 이렇게 말하고 싶은 거라고 생각했다.

'너는 행운아야. 그러니 아이가 있을 때 잘해. 신경도 더 써주고 이제부터라도 최선을 다해 돌봐주도록 해.'

이것은 피상적인 해석일 뿐이었다. 나는 얼마 지나지 않아 릴라의 내면 깊은 곳에서 임마가, 임마의 육체가 릴라가 저지른 죄의 상징이 아닌가 생각하게 됐다. 나는 종종 티나를 잃어버렸던 상황을 돌이켜 생각해보곤 했다. 니노는 릴라에게 티나를 돌려주었지만 '릴라는 티나를 제대로 돌보지 않았다'. 릴라는 티나에게 "너는 여기서 기다려"라고 하고 내 딸 임마에게는 "이모랑 가자"라고 했다.

누가 아는가. 릴라는 아마도 임마를 제 아빠의 눈앞에 두려고 그랬을 것이다. 제 아빠에게 임마를 칭찬해서 임마에 대한 부성애를 북돋아주려 했던 것일 수도 있다. 하지만 티나는 너무 활발한 아이여서 아니면 릴라가 자기에게 관심을 보이지 않자 속상해서 릴라에게서 떨어져 나왔을 것이다. 그 결과 릴라의 고통은 임마를 품에 안았을 때 느꼈던 무게와 촉감과 지금도 느낄 수 있는 임마의 체온 안에 둥지를 틀게 된 것이다.

하지만 임마는 허약하고 느린 아이였다. 밝고 활발한 티나와는 정반대였다. 어떻게 해도 티나를 대신할 수 없었다. 시간의 흐름을 막는 제방 역할을 해줄 뿐이었다. 나는 릴라가 끔찍했던 일요일의 시간을 붙잡아두기 위해 임마를 자기 곁에 두는 것이라고 생각했다.

릴라는 이렇게 생각하는 것이었다.

'티나는 여기 있어. 곧 내 치마를 잡아당기면서 나를 부를 거야. 티나를 품에 안는 순간 모든 것이 정상으로 돌아오겠지.'

그렇기 때문에 릴라는 임마가 자기 계획을 망치기를 원치 않았다. 임마가 티나를 데려오라고 고집을 부리거나 릴라에게 티나가 없다는 사실을 조금만 상기시켜도 릴라는 임마에게 어른 대하듯 쌀쌀맞게 굴었다. 나는 그것만은 받아들일 수 없었다. 릴라가 임마를 데리러 오면 나는 릴라를 감시하도록 어떻게 해서든 데데나 엘사를 내려보냈다. 내 앞에서도 임마에게 그런 식으로 말하는데 몇 시간 동안이나 임마를 데리고 있을 때는 오죽하겠는가.

5

가끔 나는 우리 집 건물, 릴라네 집과 우리 집 사이의 계단, 공원과 큰길에서 도망쳐 나와 출장을 떠나곤 했다. 그나마 숨을 쉴 수 있는 순간이었다. 나는 예쁘게 꾸미고 세련된 옷을 입었다. 둘째를 임신한 다음부터 다리를 살짝 절었는데 그마저도 나를 다른 사람들과 구분해주는 긍정적인 개성이라는 생각이 들었다.

나는 종종 문학인들과 예술가들을 두고 유머 감각이 형편없다고 비꼬곤 했지만 출판이나 영화, 방송처럼 미학에 관련된 일이라면 그것들은 여전히 상상 속의 풍경처럼 멋져보였다. 나는 규모가 큰 학회나 회의, 대규모 공연과 전시회, 유명한 영화나 오페라의 화려하고 혼란스러운 축제 분위기에 취하는 것을 좋아했다. 가끔 유명 인사들을 위해 마련한 극장의 맨 앞줄에 앉아 크고 작은 권력의 향연을 지켜볼 때면 기분이 으쓱해졌다.

그런 나에 비해 릴라는 언제나 자기 공포의 중심에 있었다. 릴라에게는 기분 전환 거리가 없었다. 언젠가 산 카를로 오페라 극장에 초대받은 적이 있었다. 그때까지 한 번도 가보지 못한 멋진 극장이었다. 무슨 오페라였는지는 기억나지 않지만 나는 릴라에게 함께 가자고 끈질기게 졸랐다. 릴라는 가고 싶어 하지 않았다. 릴라는 카르멘에게 자기 대신 나와 같이 가달라고 부탁했다.

릴라가 다른 데 관심을 쏟을 때는 고통을 느낄 때뿐이었다. 릴라의 해독제는 새로운 고통이었다. 새로운 고통 앞에 릴라는 전투적이고 단호한 태도를 취했다. 물에 빠져 죽을 운명이라는 것을 알면서도 물에 떠 있으려고 팔다리를 움직이는 사람 같았다.

어느 날 저녁 릴라는 젠나로가 다시 마약에 손대기 시작했다는 사실을 알았다. 릴라는 한마디 말도 없이, 엔초에게도 알리지 않고 젠나로를 데리러 수십 년 전 결혼해 살던 신시가지에 있는 스테파노의 집으로 향했다. 젠나로는 그곳에 없었다. 젠나로는 아버지와도 대판 싸움을 벌이고 며칠 전에 리노 삼촌네로 거처를 옮긴 것이었다.

그새 아예 살림을 합친 스테파노와 마리사는 노골적으로 적대감을 드러내며 릴라를 맞이했다. 젊은 시절 그토록 미남이었던 스테파노는 지금은 삐쩍 말라서 뼈밖에 안 남은 데다 안색이 창백했다. 입고 있는 옷이 족히 두 사이즈는 커보였다. 심장마비는 그를 완전히 망가뜨렸다. 스테파노는 겁에 질려 음식도 제대로 먹지 못했다. 술도 마시지 않고 담배도 끊었다. 심장 상태가 좋지 않기에 흥분하면 안 된다고 했다.

스테파노는 릴라를 보자 몹시 흥분했다. 그럴 만한 이유가 있었다. 병 때문에 식료품점을 폐업했는데도 아다는 여전히 스테파노에게 자신과 딸의 생활비를 요구했다. 피누차와 어머니 마리아 아주머니도 마찬가지였다. 여기에 마리사와 그녀의 자식들까지 숟가락을 얹었다.

릴라는 스테파노가 젠나로를 빌미로 그 돈을 자기한테 요구할 거라는 걸 눈치챘다. 실제로 스테파노는 며칠 전에 젠나로를 집에서 내쫓아놓고도 젠나로 편을 들면서 젠나로를 돌보려면 돈이 아주 많이 필요하다고 했고 마리사는 그런 스테파노의 말에 맞장구를 쳤다.

릴라가 이제 자기는 땡전 한 푼도 줄 생각이 없고 친척이건 친구건 동네 사람 그 누구에게도 관심이 없다고 대답하자 난리가 났다. 스테파노는 울먹이면서 식료품점이며 집이며 그동안 자기가 잃어버린 모든 것을 열거하면서 고래고래 소리를 질렀다. 알 수 없는 이유로 자신이 손해본 것에 대한 책임을 릴라에게 돌렸다. 하지만 릴라에게 최악의 일격을 가한 것은 마리사였다. 마리사는 릴라에게 외쳤다.

"알폰소가 망가진 것도 다 네 탓이야. 너는 모든 사람을 망가뜨려

낳어. 너는 솔라라 자식들보다 더 나빠. 누군지 몰라도 네 아이를 훔쳐간 사람은 옳은 일을 한 거야."

그 말에 릴라는 말을 잇지 못했다. 앉으려고 주변을 두리번거리다 의자를 찾지 못하고 거실 벽에 등을 기댔다. 수십 년 전 그곳이 자신의 거실이었을 때가 있었다. 그때는 아이들에게 짓밟혀 망가지거나 어른들의 무관심에 방치되기 전이라 주변이 온통 새하얗고 가구도 하나같이 멀끔한 새것이었다.

"가자."

마리사가 지나쳤다고 생각했는지 스테파노가 입을 열었다.

"같이 젠나로를 데리러 가자."

스테파노와 릴라는 함께 집을 나섰다. 둘은 팔짱을 끼고 리노 집으로 향했다.

밖으로 나오자 제정신으로 돌아온 릴라는 스테파노에게서 팔을 뺐다. 둘은 함께 걸었지만 릴라는 두 걸음 앞에서, 스테파노는 두 걸음 뒤에서 걸었다. 리노는 카라치 집안의 옛집에서 장모와 피누차 그리고 자기 자식들과 함께 살고 있었다.

젠나로는 그곳에 있었다. 젠나로는 부모를 보자마자 악을 쓰기 시작했다. 그렇게 해서 또 다른 싸움이 벌어졌다. 처음에는 부자지간에, 다음에는 모자지간에 싸움이 벌어졌다. 리노는 얼마간 입을 다물고 있다가 멍한 눈으로 어렸을 때부터 릴라 때문에 겪은 안 좋은 일에 대해 불평을 늘어놓기 시작했다.

스테파노가 끼어들어 리노에게 화를 내자 리노는 그에게 욕설을 퍼부었다. 모든 문제는 스테파노가 자기가 대단한 사람인 것처럼 행동하면서 시작됐다고 했다. 그래 놓고 처음에는 릴라에게 배신당하고 다음에는 솔라라 형제에게 이용당했다고 말했다. 주먹이 오가려던 참에 피누차가 남편을 붙잡고 말렸다.

"당신 말이 맞아. 하지만 지금은 이럴 때가 아니야."

마리아 아주머니는 스테파노를 붙들고 헐떡이면서 두 사람을 말렸다.

"그만하렴, 아들아. 못 들은 척해. 리노는 너보다 상태가 안 좋단다."

그 틈을 타서 릴라는 기운차게 젠나로의 팔을 붙잡고 리노 집에서 데리고 나왔다.

리노가 두 모자를 따라 밖으로 나왔다. 릴라와 젠나로는 리노가 절뚝이면서 자기들을 쫓아오는 소리를 들었다. 리노는 돈을 원했다. 어떻게 해서든 당장 돈을 받아내려고 했다. 리노가 말했다.

"지금 이렇게 가버리면 나는 죽어."

릴라는 리노가 자기를 밀어제끼다가 웃다가 신음을 하다가 한쪽 팔을 붙잡고 늘어지는데도 걸음을 멈추지 않았다. 결국 젠나로가 울면서 외쳤다.

"엄마 돈 있잖아요. 제발 삼촌한테 줘버리세요."

릴라는 리노를 쫓아버리고 젠나로를 집으로 끌고 가면서 쏘아붙였다.

"너도 저 꼴이 되고 싶은 게냐? 네 삼촌처럼 되고 싶어?"

## 6

젠나로가 집에 돌아오자 아래층 상황은 더 지옥 같아졌다. 나는 가끔 저러다 누가 죽는 것이 아닌가 싶어 아래층으로 뛰어가곤 했다. 그럴 때면 릴라는 문을 열고 차갑게 물었다.

"원하는 게 뭐야."

나도 릴라 못지않게 쌀쌀맞게 대꾸했다.

"너무 심하잖아. 데데가 울어. 경찰을 부르겠대. 엘사도 놀랐고."

릴라가 대답했다.

"아이들이 우리 소리를 듣기 싫어하면 집에 올라가 애들 귓구멍이나 막아주고 있어."

그 시절 릴라는 점점 데데와 엘사에게 무심해졌다. 대놓고 비꼬는 말투로 데데와 엘사를 아가씨들이라고 불렀다. 릴라를 대하는 내 딸들의 태도도 변했다. 특히 데데는 더 이상 릴라에게 이끌리지 않았다. 데데의 눈에도 티나가 실종되고 나서부터는 릴라가 예전처럼 위엄 있는 사람처럼 보이지 않았던 것이다. 어느 날 데데가 내게 물었다.

"리나 이모는 자식을 원하지도 않았으면서 왜 티나를 낳은 거예요?"

"리나 이모가 자식을 원치 않은 걸 네가 어떻게 알아?"

"리나 이모가 엄마한테 그랬어요."

"엄마한테?"

"네. 제가 똑똑히 들었어요. 이모는 다 큰 사람한테 말하는 것처럼 엄마랑 이야기해요. 제 생각에는 머리가 돌아버린 것 같아요."

"이모는 미친 게 아니야, 데데. 괴로워서 그래."

"눈물 한 방울 안 흘리던데요?"

"눈물이 고통을 의미하는 건 아니란다."

"맞아요. 하지만 눈물을 흘리지 않으면 어떻게 고통스러워한다는 것을 알 수 있죠?"

"고통스러워할 수 있고말고. 눈물 없는 고통이야말로 더 큰 고통이란다."

"리나 이모는 그렇지 않은 것 같아요. 제 생각을 말해볼까요?"

"말해보렴."

"이모는 일부러 티나를 잃어버린 거예요. 지금은 젠나로도 잃어버리고 싶은 거고요. 엔초 아저씨는 말할 것도 없어요. 이모가 아저씨를 어떻게 대하는지 봤어요? 리나 이모는 엘사랑 똑같아요. 이모는 아무도 좋아하지 않아요."

데데는 그런 아이였다. 데데는 자신이 다른 사람보다 통찰력이 있기를 원했고 반박할 수 없는 결론을 내리고 싶어 했다. 나는 릴라 앞에서 절대 그런 끔찍한 말을 하지 말라고 신신당부했다. 모든 사람이 똑같은 방식으로 반응하는 것은 아니라고 설명해주려 했다. 릴라와 엘사는 감정을 표현하는 법이 데데와 다른 것뿐이라고 했다.

내가 말했다.

"예를 들어 네 동생은 말이야, 너처럼 모든 일에 단호히 맞서지 않아. 감정을 과하게 드러내는 것은 바보 같은 짓이라고 생각해서 항상 한 발짝 물러나 있는 걸 좋아하지."

"항상 뒤에만 있다 못해 감수성이 메말라버렸죠."

"왜 그렇게 엘사에게 화가 난 거니?"

"리나 이모랑 똑같으니까요."

악순환 그 자체였다. 데데는 릴라가 엘사와 똑같기 때문에 실수를 하는 거고 엘사는 릴라와 똑같아서 실수를 저지른다고 생각했다. 사실 데데가 릴라와 엘사를 부정적으로 생각하는 이유는 젠나로였다. 데데는 지금처럼 중요한 상황에 엘사와 릴라가 똑같이 젠나로를 잘못 평가하고 있고 둘 다 똑같이 정서적으로 문제가 있다고 생각했다. 엘사도 릴라처럼 젠나로를 짐승만도 못하게 취급했다. 데데는 엘사가 자기를 속상하게 하려고 젠나로가 집 밖으로 나가려고 하면 릴라와 엔초가 젠나로를 두들겨 패야 한다고 일부러 말한다고 했다. 엘사가 데데에게 쏘아붙였다.

"언니는 남자에 대해 아무것도 몰라. 그래서 몸도 제대로 씻지 않고 똑똑한 구석이라고는 눈 씻고 찾아봐도 없는 저 비대한 고깃덩어리를 좋아하는 거야."

그런 엘사의 말에 데데는 데데대로 쏘아붙였다.

"너처럼 못된 년이나 다른 사람에 대해 그런 식으로 말할 수 있는 거야."

데데와 엘사는 둘 다 책을 많이 읽었기에 다툴 때도 문어체로 싸웠다. 사투리로 서로에게 욕지거리를 쏟아붓기 전까지 나는 딸들이 말다툼하는 것을 들으면서 감탄하곤 했다. 딸들의 사이가 나빠서 나에게 좋은 점은 데데가 나를 덜 적대적으로 대한다는 것이었다. 그렇지만 엘사와 릴라가 데데의 증오 대상이 된 것은 내게 몹시 부담스러웠다.

데데는 계속해서 엘사의 수치스러운 행동을 내게 일러바쳤다. 데데는 엘사가 자기가 세상에서 제일 잘난 것처럼 굴면서 친구들을 계속 무시하기 때문에 남녀를 불문하고 학교 친구들에게 미움을 받는다고 했다. 엘사가 다 큰 어른들과 이성 관계를 가지는 걸 자랑하고 다닌다고 했다. 학교를 빼먹고 몰래 내 서명을 위조해서 결석계를 제출한다고 했다. 릴라에 관해서는 리나 이모는 파시스트인데 어떻게 그런 사람과 친구로 지낼 수 있느냐는 말도 했다.

데데는 누가 뭐래도 젠나로 편을 들었다. 마약이란 감수성이 풍부한 사람들이 자신들을 억압하는 세력에 대항하기 위해 이용하는 수단이라고 생각했다. 언젠가는 자기가 리노를 제 어머니가 만들어놓은 감옥에서 탈출시킬 거라고 맹세했다. 데데는 여전히 젠나로를 리노라고 불렀고 덩달아 우리도 그 호칭에 익숙해졌다.

나는 틈만 나면 사태를 무마하려 했다. 나는 엘사를 꾸짖고 릴라를 옹호했다. 가끔은 릴라 편을 들어주기가 힘들었다. 릴라의 쓰라린 고통이 절정에 달할 때면 겁이 날 지경이었다. 하지만 다른 한편으로 나는 예전에 그랬던 것처럼 릴라의 몸이 그런 상황을 견뎌내지 못할까봐 두려웠다. 그래서 영특하고 열정적인 데데의 공격성이 은근히 마음에 들고 뻔뻔스러우면서도 엉뚱한 구석이 있는 엘사에게 흥미를 느끼면서도 내 딸들이 경솔한 말로 릴라를 위험한 상황으로 내몰지 않게 하려고 주의를 기울였다.

"리나 이모, 사실대로 말해봐요. 우연히 티나를 잃어버린 게 아니라 일부러 그런 거였죠?"

나는 데데가 이렇게 말하고도 남을 아이라는 것을 알고 있었다. 나는 매일 최악의 상황을 우려했다. 릴라가 아가씨들이라고 부르는 내 딸들은 동네에서 생활하기는 했지만 자신들은 동네 사람들과 다르다는 것을 강하게 느끼고 있었다. 특히 피렌체에서 돌아올 때면 자기들이 다른 동네 사람들에 비해 우월하다고 생각했고 어떻게 해서든 모든 사람에게 그런 우월성을 인정받으려고 했다.

고등학교 저학년인 데데는 우수한 학생이었다. 데데의 선생은 데데에게 질문할 때면 데데가 틀린 대답을 하는 것보다 자기가 틀린 질문을 할까봐 더 두려워하는 것 같았다. 기껏해야 마흔도 안 되었을 데데의 선생은 교양이 풍부했지만 아이로타라는 성에 주눅 들어 있었다.

엘사는 학교에서 제 언니처럼 뛰어나지 못했다. 1학기 성적표는 대개 점수가 안 좋은 편이었다. 하지만 학년 말이면 엘사는 판세를 뒤엎고 가장 성적이 우수한 학생들 틈에 끼었고 자신이 너무나 쉽게 공부를 따라잡는다는 사실을 오히려 견디기 힘들어했다.

나는 아이들이 느끼는 불안과 두려움이 어떤 것인지 잘 알고 있었다. 둘 다 사실은 겁먹은 어린 소녀들에 지나지 않는다는 것을 알고 있었기 때문에 나는 아이들의 안하무인격인 태도에 넘어가지 않았다. 다른 사람들은 그런 사실을 알 리 없었기에 내 딸들이 분명히 밉상이었을 것이다. 엘사는 누구에게도 공손하지 않았고 어린아이처럼 유치하게 학교에서나 밖에서 사람들에게 별명을 붙였다. 엘사는 엔초를 벙어리 촌뜨기, 릴라를 독나방, 젠나로를 웃는 악어라고 불렀다. 엘사가 제일 마음에 들어 하지 않는 사람은 안토니오였다. 안토니오는 거의 매일 릴라의 사무실이나 집을 찾아왔고 언제나 엔초와 릴라를 다른 방으로 데리고 들어가 셋이서만 뭔가를 모의했다.

티나가 실종되고 나서 안토니오의 성질이 고약해졌다. 안토니오는 그 자리에 내가 있으면 노골적으로 자리를 피했고 내 딸들이 있으면 딸들을 쫓아내고 문을 닫아버렸다. 에드거 앨런 포의 작품을 많이 읽은 엘사는 그런 안토니오를 본래 황달기가 있는 것 같은 안색에 빗대어 노란 죽음의 가면*이라고 불렀다. 상황이 이렇다보니 나는 딸들이 무슨 실수라도 할까봐 두려웠다.

그런 내 걱정은 빗나가지 않았다. 한번은 내가 밀라노에 간 동안 릴라가 집 앞뜰로 뛰어 내려왔다. 데데는 책을 읽고 있었고 엘사는 친구들과 수다를 떨고 있었으며 임마는 혼자 놀고 있었다. 그때 데데가 열여섯 살이고 엘사가 열세 살이었으니 다섯 살인 임마를 뺀 나머지 아이들은 이제 어린아이라고 불릴 나이는 아니었다. 하지만

---

\* 에드거 앨런 포의 『붉은 죽음의 가면』을 빗댄 말.

릴라는 셋을 똑같이 혼자서는 행동할 수 없는 어린아이처럼 다뤘다. 릴라는 아무런 설명도 하지 않고 매사에 설명을 요구하는 내 딸들을 집으로 끌고 들어갔다. 밖에 있으면 위험하다는 말만 큰 소리로 외칠 뿐이었다. 데데는 그런 릴라의 행동에 참지 못하고 소리쳤다.

"엄마가 내게 동생들을 맡겼어요. 집에 들어갈지 말지는 내가 결정할 거예요."

"엄마가 없을 땐 내가 너희들 엄마야."

"이모는 형편없는 엄마잖아요."

데데가 사투리로 외쳤다.

"티나를 잃어버리고 눈물 한 방울 흘리지 않았잖아요."

그러자 릴라는 데데의 뺨을 때려 기를 죽였다. 제 언니 편을 들어준답시고 끼어드는 바람에 엘사도 뺨을 맞았고 임마는 울음을 터뜨렸다.

"꼼짝 말고 집에 있어."

릴라가 씩씩대면서 말했다.

"밖은 위험해. 밖에 있으면 죽어."

릴라는 내가 돌아올 때까지 아이들을 집 안에 가두어놓았다.

내가 돌아오자 데데는 사건의 전말을 들려주었다. 타고나기를 정직하게 타고난지라 자기가 릴라에게 못되게 굴었다는 말도 했다. 나는 데데가 릴라에게 끔찍한 말을 했다는 사실을 이해시키려 했다. 나는 데데를 호되게 꾸짖었다.

"그러면 안 된다고 했잖아."

엘사가 제 언니 편을 들었다. 리나 이모는 제정신이 아니라고 했다. 리나 이모는 위험을 피하기 위해 장벽을 치고 집 안에 틀어박혀 있어야 한다는 생각 속에 산다고 했다. 나는 아이들에게 이 모든 것은 릴라 잘못이 아니라 소련 제국 탓이라고 설명해주려 했지만 쉽지 않았다. 나는 체르노빌이라는 곳에 있는 핵발전소에 문제가 생겼고 그곳에서 위험한 방사능이 방출되었으며 지구가 그리 크지 않은 탓에 모두 뼛속 깊이 방사능 피해를 입을 위험에 노출되었다는 사실을 설명해주었다. 나는 리나 이모가 너희를 보호해준 거라고 말했다. 엘사가 외쳤다.

"아니에요. 이모는 우리를 때렸어요. 그나마 잘한 일이라고는 우리에게 냉동식품을 먹인 것밖에 없다고요."

임마는 임마대로 말했다.

"엄마, 나 많이 울었어요. 난 냉동식품 싫어요."

데데도 한마디 보탰다.

"우리를 젠나로만도 못하게 대했어요."

나는 힘없이 말했다.

"리나 이모는 티나에게도 똑같이 행동했을 거야. 너희들을 지켜주면서 어딘가에 있을 자기 딸은 아무도 돌봐주지 않을 거라고 상상했을 이모 마음이 어땠을지 생각 좀 해보렴."

임마 앞에서 그런 말을 한 것은 내 실수였다. 내 말에 데데와 엘사는 못 믿겠다는 듯 인상을 찌푸렸고 임마는 시무룩해 있다가 혼자 놀러 도망가버렸다.

며칠 후 릴라는 언제나처럼 단도직입적으로 내게 따졌다.

"아이들에게 내가 티나를 잃어버리고도 울지 않았다고 말했니?"

"그만해. 내가 그런 말을 했을 것 같아?"

"데데가 나보고 형편없는 엄마라고 했어."

"아직 어리잖아."

"어린 데다 버르장머리도 없지."

그때 나는 데데 못지않게 심각한 말실수를 하고 말았다.

내가 말했다.

"진정해. 네가 티나를 얼마나 사랑했었는지 잘 알아. 마음에 담아두지만 말고 표현을 해. 머릿속에 떠오르는 대로 말해봐. 출산할 때 힘들었다는 건 알지만 그렇다고 그 생각만 붙잡고 있으면 어떻게 해."

'티나를 사랑했었다'는 과거형 시제를 사용한 것부터 출산 이야기를 언급한 것이며 얼빠진 말투까지 나는 처음부터 끝까지 다 잘못했다. 릴라가 발끈했다.

"네 일이나 제대로 하시지."

릴라는 마치 임마가 다 큰 어른인 것처럼 소리 질렀다.

"말을 듣는 족족 떠벌리고 다니지 않게 네 딸 교육 제대로 시켜."

## 7

또 다른 실종 사건이 발생하는 바람에 상황은 더 악화됐다. 1986년 6월의 어느 날 아침이었던 것으로 기억한다. 그날 눈치아 아주머니는 평소보다 더 암울한 얼굴로 나타나 리노가 전날 밤 집에 돌아오지 않아 피누차가 리노를 동네방네 찾아다니고 있다고 했다. 말하는 내내 아주머니는 내 얼굴을 한 번도 쳐다보지 않았다. 이는 곧 릴라에게 이 소식을 전하라는 뜻이었다.

나는 아래층으로 내려가 릴라에게 이 사실을 알렸다. 릴라는 당장 젠나로를 불렀다. 릴라는 젠나로가 자기 삼촌이 어디에 있는지 당연히 알고 있을 거라고 생각했다. 젠나로는 한참을 버텼다. 젠나로는 자기 어머니를 더 모질게 만들 비밀을 폭로하고 싶지 않았던 것이다. 한나절이 지나도록 리노의 행방이 묘연하자 결국 젠나로도 협조하기로 했다.

다음 날 아침 젠나로는 엔초와 릴라와 함께 가기를 거부하고 자기 아버지 스테파노와 함께 삼촌을 찾아 나섰다. 스테파노는 숨을 헐떡이면서 릴라의 집에 도착했다. 스테파노는 또다시 골치 아픈 일을 일으킨 처남 때문에 신경이 곤두선 데다 힘이 너무 없어서 불안해했다. 스테파노는 계속 목을 만졌다. 얼굴이 창백해지면서 숨을 쉬기 힘들다고 했다. 결국 덩치가 큰 아들과 쇠꼬챙이처럼 마른 몸에 헐렁한 옷을 걸친 아버지는 함께 철길을 향해 발걸음을 옮겼다.

둘은 철도조차장을 지나 버려진 객차들이 서 있는 오래된 선로를 따라 걸어갔다. 리노는 버려진 객차 안에서 발견됐다. 리노는 눈을 뜬 채 앉아 있었다. 코가 더 커보였고 아직도 새까맣고 긴 구레나룻이 잡초처럼 얼굴을 타고 광대뼈까지 자라나 있었다.

스테파노는 리노를 보자 자기 몸 상태도 잊고 말 그대로 분노가 폭발했다. 그는 시체를 향해 욕설을 퍼부으면서 발길질을 하려고 했다. 스테파노가 외쳤다.

"어릴 때도 얼간이였는데 변한 게 하나도 없구나. 이렇게 죽어도 싸지. 정말 얼간이처럼 죽어버렸어!"

스테파노는 리노가 자기 여동생의 인생을 망쳐놓았다면서 화를 냈다. 조카들의 인생을 망쳐놓았다면서 화를 냈다. 자기 아들의 인생을 망쳐놓았다면서 화를 냈다.

"네 삼촌을 좀 봐라."

스테파노가 젠나로에게 말했다.

"미래의 네 모습을 똑똑히 봐둬!"

젠나로는 아버지를 뒤에서 붙잡았다. 몸을 비틀며 허공에 발길질

하는 스테파노를 있는 힘껏 붙잡았고 스테파노는 그런 아들 품에서 벗어나려고 애썼다.

이른 아침이었는데 벌써 더워지기 시작했다. 객차에서는 똥오줌 냄새가 났다. 좌석은 푹 꺼져 있었고 창문은 너무 지저분해서 밖이 보이지 않았다. 스테파노가 계속 몸을 비틀면서 울부짖자 젠나로는 참지 못하고 아버지를 향해 끔찍한 말을 퍼부어댔다. 젠나로는 자기가 아버지의 아들인 것이 혐오스럽다고 했다. 이 동네에서 자기가 존경하는 유일한 사람은 어머니 릴라와 엔초밖에 없다고 했다.

스테파노는 울음을 터뜨렸다. 스테파노와 젠나로는 잠시 리노의 시체 곁에 머물렀다. 리노를 지키기 위해서가 아니라 자기들 마음을 가라앉히기 위해서였다. 둘은 돌아와 소식을 전했다.

## 8

리노의 죽음에 영향을 받은 사람은 눈치아 아주머니와 페르난도 아저씨밖에 없었다. 피누차는 남편의 죽음에 딱 필요한 만큼의 눈물만 보이고 새로운 삶을 시작한 사람처럼 돌아다녔다. 리노가 죽은 지 2주밖에 지나지 않았을 때 피누차가 나를 찾아왔다. 시어머니가 너무 고통스러워해서 상태가 말이 아닌 데다 일할 마음이 없으니 자기가 그 자리를 대신할 수 없겠느냐고 물었다. 시어머니가 받던 것과 똑같은 금액으로 집 안 청소와 요리를 해주고 내가 없을 때 아이들을 돌봐주겠다고 했다.

겪어보니 피누차는 눈치아 아주머니보다 집안일은 서툴렀고 말은 더 많았다. 그렇지만 피누차는 데데와 엘사와 임마에게 호감을 얻었다. 세 아이에게 칭찬 세례를 퍼부었고 내게도 계속 칭찬을 늘어놓았다. 이런 식이었다.

"너 정말 좋아보인다. 귀부인 같아. 옷장을 보니 예쁜 옷이랑 신발이 많더라. 그걸 보니까 네가 정말 유명한 데다 중요한 사람들을 만나고 다닌다는 걸 알 것 같아. 네 책으로 영화를 만든다는데 정말이야?"

피누차는 한동안 과부답게 행동하나 싶더니 살이 쪄서 안 맞을 것이 뻔한데도 내게 안 입는 옷이 없냐고 물었다. 늘여 입으면 된다기에 몇 벌 골라 주었더니 피누차는 옷을 꽤나 솜씨 좋게 고쳐 정말로 입고 다녔다. 피누차는 얼마 지나지 않아 우리 집에 올 때마다 파티에라도 가는 것처럼 차려입고 와서 나와 내 딸들의 의견을 구하며 패션쇼 하듯 복도를 오갔다.

피누차는 내게 몹시 고마워했다. 가끔은 너무 행복해하면서 일하는 대신 수다를 떨고 싶어 했다. 피누차는 이스키아 섬 이야기를 하곤 했다. 특히 브루노 이야기를 자주 꺼냈다. 그럴 때면 감상에 빠져 중얼거렸다.

"브루노는 정말 끔찍한 최후를 맞이했지 뭐야."

"나는 두 번이나 과부 신세가 됐어."

피누차는 이 말이 마음에 들었는지 같은 말을 두어 번 반복했다. 어느 날 아침 피누차는 내게 리노가 제대로 남편 구실을 한 것은 처음 몇 년 동안뿐이었다고 했다. 그 후로는 어린아이처럼 굴었다고 했다.

"침대에서도 마찬가지였어. 1분이면 일을 다 끝냈다니까. 가끔은 1분도 안 걸렸던 것 같아. 아, 정말이지 그이는 미숙했어. 허풍쟁이에 거짓말쟁이인 데다 리나처럼 오만하기까지 했지."

피누차는 벌컥 화를 냈다.

"체룰로 집안사람들의 특성인가봐. 다들 거짓말쟁이에 냉혈한들이야."

피누차는 릴라를 흉보기 시작했다. 피누차는 릴라가 제 오빠의 지성과 노력의 결과를 빼앗아갔다고 했다. 내가 대답했다.

"그렇지 않아. 리나는 리노를 좋아했어. 리노가 그런 리나를 이용해먹기만 한 거지."

피누차는 나를 쌀쌀맞게 바라보더니 밑도 끝도 없이 남편을 칭찬하기 시작했다. 피누차가 또박또박 말했다.

"체룰로 구두는 그이 작품이었어. 그런데 리나가 제 것인 양 스테파노를 속인 다음에 스테파노랑 결혼하고 돈을 훔쳐간 거야. 우리 남매는 아버지에게서 재산을 많이 물려받았거든. 그러고서 미켈레 솔라라와 짜고 우리를 망하게 만들었어."

피누차가 한마디 덧붙였다.

"리나 대신 변명해주려고 하지 마. 너도 다 아는 이야기잖아."

물론 피누차의 말은 사실이 아니었다. 내가 아는 이야기와는 전혀 달랐다. 피누차는 오래전부터 릴라에게 원한이 있었기 때문에 그렇게 말하는 것이었다. 그렇지만 릴라는 피누차가 한 거짓말에 상당 부분 힘을 실어주는 식으로 오빠의 죽음을 받아들였다.

나는 사람은 각자 자기 편한 대로 기억을 정리한다는 사실을 오래전에 깨달았다. 나 역시 지금도 그런 식으로 생각하고는 놀라곤 한다. 하지만 릴라의 경우 나는 사람이 자기의 이익에 반하는 방식으로 기억을 만들 수도 있다는 사실에 충격을 받았다.

리노가 죽고 나서 릴라는 구두와 관련된 모든 일에 대한 공로를 리노에게 돌리기 시작했다. 릴라는 리노가 소년 시절부터 상상력이 풍부하고 실력이 뛰어났으며 솔라라 형제가 끼어들지만 않았더라도 페라가모보다 성공했을 거라고 했다. 릴라가 기억하는 리노는 아버지의 구둣가게가 작은 회사로 거듭났던 그 순간에서 멈춰버렸다. 리노가 릴라에게 한 짓과 그가 저지른 다른 모든 일은 형태를 잃었다. 릴라는 폭력적인 아버지에게서 자신을 지켜주고, 영리함을 드러내고 싶어 어쩔 줄 몰라 했던 소녀 시절 자신을 지지해주던 소년 리노의 모습만을 생생하고 또렷하게 간직했다.

그것은 릴라가 슬픔을 치유하는 데 효과적인 방법이었을 것이다. 실제로 그 시절 릴라는 생기를 되찾았고 티나에 대해서도 같은 방법을 택했다. 릴라는 이제 티나가 당장 돌아올 것처럼 행동하지 않았다. 릴라는 자신의 내면과 집 안의 공허한 공간을 컴퓨터 프로그램으로 만든 것 같은 빛나는 작은 형상으로 채우려 했다. 그렇게 해서 티나는 존재하기도 하고 존재하지 않기도 하는 일종의 홀로그램이 되었다.

이제 릴라는 티나에 대한 기억을 떠올리기보다는 티나를 자기 삶 속으로 다시 불러들였다. 릴라는 내게 티나가 제일 예쁘게 나온 사진들을 보여주거나 티나가 한 살, 두 살, 세 살일 때 엔초가 녹음해두었던 테이프로 티나의 작은 목소리를 들려주었다. 티나의 기발한 질문과 놀라운 대답을 들려주기도 했다. 그럴 때면 릴라는 항상 현재형으로 티나는 가지고 있고 티나는 그렇게 하고 티나는 그렇게 말한다고 했다.

물론 그렇다고 릴라가 평온해진 것은 아니었다. 오히려 릴라는 그전보다 더 자주 소리를 질렀다. 릴라는 젠나로에게도 고객들에게도 나에게도 피누차에게도 데데에게도 엘사에게도 가끔은 엄마에게도 소리를 질렀다. 엔초에게는 특히 심했다. 엔초가 일하다 울음을 터뜨리기라도 하면 심하게 다그쳤다. 하지만 가끔은 처음에 그랬던 것처럼 가만히 앉아 임마에게 리노와 티나 이야기를 들려줄 때도 있었다. 릴라는 리노와 티나가 나름대로 이유가 있어서 함께 떠난 것처럼 이야기하기 시작했다. 임마가 물었다.

"그럼 아저씨랑 티나는 언제 돌아와요?"

릴라는 화내지 않고 대답했다.

"돌아오고 싶어지면 돌아올 거야."

나중에는 이마저도 뜸해졌다. 딸들을 두고 나와 충돌한 다음부터 릴라는 임마마저 별로 필요하지 않은 것처럼 굴었다. 실제로 릴라는 임마를 데리고 있는 시간을 서서히 줄였다. 물론 데데와 엘사보다는 더 애정을 가지고 대하기는 했지만 임마를 제 언니들처럼 생각하기 시작했다.

어느 날 저녁 딸들과 함께 건물의 허름한 현관에 들어올 때였다. 엘사가 바퀴벌레를 봤다며 불평을 늘어놓았다. 데데는 그 말에 끔찍해했고 임마는 내게 안아달라고 보챘다. 그러자 릴라는 마치 내가 그 자리에 없는 것처럼 세 아이에게 말했다.

"부잣집 아가씨들이 대체 여기서 뭘 하는 거니. 너희 엄마한테 여기서 너희를 데리고 떠나달라고 하렴."

## 9

언뜻 보기에는 리노가 사망하고 나서 릴라의 상태가 좋아지는 것처럼 보였다. 일단 릴라는 눈을 가늘게 뜨고 신경을 곤두세우지 않았다. 세찬 바람에 팽팽히 당겨진, 삼베로 만든 새하얀 돛 같던 얼굴도 부드러워졌다.

이것도 잠시일 뿐 얼마 안 있어서 릴라의 이마와 눈가와 두 뺨에 주름이 어지러이 잡혔다. 뺨에 생긴 주름들은 인위적으로 그어 놓은 선 같았다. 전체적으로 릴라의 몸은 노화가 시작됐다. 등이 조금 굽었고 배가 부어올랐다.

어느 날 카르멘이 카르멘다운 표현으로 걱정스러운 마음을 드러냈다.

"티나가 마치 종양처럼 릴라 몸 안에 들어간 것 같아. 릴라 몸에서 티나를 떼어내야 해."

카르멘의 말이 맞았다. 어떻게 해서든 티나를 릴라에게서 떠나보낼 방법을 찾아야만 했다.

릴라는 그러기를 거부했다. 티나에 관한 그 무엇도 바꾸려 들지 않았다. 고통스러운 가운데 뭔가 은밀한 움직임이 있는 것 같기는 했다. 그 일에는 안토니오와 엔초만 함께할 수 있었다. 그들마저 어쩔 수 없이 비밀리에 일을 함께하는 듯했다.

어느 날 안토니오가 작별 인사도 없이 금발의 식솔들과 이제는 할머니가 다 된 정신 나간 멜리나를 데리고 떠나버린 후 릴라는 안토니오의 은밀한 보고마저 받을 수 없게 되었다. 엔초와 젠나로만이 릴라의 화풀이 대상이 되었다. 릴라는 종종 둘을 부추겨 싸우게 만들었다. 그도 아니면 뭔가를 기다리는 것 같은 태도로 자기 생각에 몰두한 채 몽상에 빠졌다.

나는 하루도 빠짐없이 릴라를 보러 갔다. 마감 일정이 촉박해서 급히 글을 써야 할 때도 마찬가지였다. 나는 우리 사이의 신뢰감을 회복하기 위해 최선을 다했다. 나는 어느 날 매사에 심드렁한 릴라에게 물었다.

"아직도 네가 하는 일이 좋아?"

"난 이 일을 한 번도 좋아한 적이 없어."

"거짓말. 예전에 좋아했었잖아. 나는 똑똑히 기억해."

"아니. 네 기억이 잘못된 거야. 이 일을 좋아했던 건 엔초였어. 나는 좋아하기로 마음먹었던 것뿐이고."

"그럼 다른 일을 찾아봐."

"지금 이대로가 좋아. 엔초는 정신이 딴 데 가 있어서 내가 도와주지 않으면 회사 문을 닫아야 할 거야."

"둘 다 이 고통에서 벗어나야 해."

"고통이라니, 레누. 우리는 분노에서 벗어나야 해."

"그러면 그렇게 해."

"노력하고 있어."

"더 확실히 해야지. 티나를 위해서라도 이래서는 안 돼."

"티나 이야기는 하지 마. 네 딸들이나 생각해."

"생각하고 있어."

"그 정도로는 부족해."

릴라는 언제나 상황을 반전시킬 틈을 찾아내 내게 억지로 데데와 엘사와 임마의 단점을 보게 했다. 릴라는 내가 아이들을 제대로 돌보지 않는다고 했다. 나는 그런 릴라의 비판을 받아들였다. 부분적으로 맞는 말이기도 했다. 나는 내 일에 바빠 아이들을 방치하곤 했다. 나는 화제를 다시 릴라와 티나에게 돌릴 기회를 노렸다. 어느 순간 나는 릴라의 창백한 안색을 지적했다.

"넌 안색이 너무 창백해."

"그러는 너는 너무 빨개. 네 얼굴 좀 봐. 시뻘겋잖아."

"지금 네 이야기 중이었잖아. 무슨 문제가 있는 거야?"

"빈혈이야."

"빈혈이라니?"

"시도 때도 없이 생리를 해. 게다가 한 번 시작되면 생리가 멈추질 않아."

"언제부터 그랬는데?"

"평생 이랬어."

"사실대로 말해봐, 릴라."

"사실인걸."

나는 릴라를 압박하기도 하고 일부러 자극해보기도 했다. 릴라는 그런 내게 어느 정도 반응을 보이기는 했지만 자제심을 잃고 속마음을 털어놓지는 않았다.

나는 이게 언어 문제일지도 모른다고 생각했다. 릴라는 표준어의 장벽 뒤로 몸을 숨겼고 나는 그런 릴라에게 사투리를 쓰도록 유도했다. 우리끼리 허심탄회하게 이야기할 때는 사투리를 썼으니까. 릴라가 사투리로 생각한 것을 표준어로 번역했다면 시간이 갈수록 나는 표준어로 생각한 것을 사투리로 번역해야 했다. 결국 우리는 거짓된 언어로 대화를 나눌 수밖에 없었다. 하지만 릴라는 감정을 드러내야 했다. 스스로 주체할 수 없을 정도로 말을 쏟아내야 했다. 나는 릴라가 유년 시절의 언어로 진심을 담아 이렇게 말하기를 바랐다.

'레누, 대체 내게 원하는 게 뭐야? 내가 이렇게 된 것은 딸을 잃었기 때문이야. 티나가 살아 있다고 생각해도 죽었다고 생각해도 힘든 건 마찬가지야. 티나가 살아 있다면 살아 있는데도 내게서 멀리 떨어져 있다는 생각에 힘들어. 끔찍한 일이 벌어지는 곳에 있을 것 같아서 힘들어. 그런 장면이 눈에 보이는 것 같아. 그것도 아주 선명하게. 밤낮으로 내 눈앞에서 티나가 끔찍한 일을 당하는 모습이 보여.

하지만 티나가 죽었다면 내 마음도 죽은 거야. 그건 진짜 죽음보다도 견디기 힘든 죽음이야. 진짜로 죽으면 아무런 감정도 느낄 수 없게 되지만 마음이 죽으면 매일 모든 것을 느낄 수밖에 없으니까. 아침에 일어나서 세수하고 옷을 입고 먹고 마시고 일을 해야 해. 도 대체 나를 이해하지 못하는 건지 이해하고 싶지 않은 건지 알 수 없는 너와도 이야기를 해야 해. 이렇게 예쁘게 차려 입고 미용실을 막다녀온 것처럼 머리를 하고 공부도 잘하고 뭐든 완벽하게 해내는 딸이 있는 너와 말이야.

쓰레기 같은 우리 동네 환경도 네 딸들을 망쳐 놓지 못하는 것 같아. 아니, 오히려 아이들에게 더 좋은 영향을 미치는 것 같아. 이런 곳에서 살면서 네 딸들은 더 자신감이 넘치게 되고 거만해지고 뭐든 다 누릴 수 있는 권리가 있다고 확신하게 된 것 같아. 그런 딸들이 있는 너를 보면 화가 나서 피가 거꾸로 솟을 것 같아.

그러니 가. 제발 가버려. 나를 가만히 내버려둬. 티나는 너희들 중 누구보다 뛰어나게 될 운명이었는데 그런 티나를 데려가버렸어. 더는 견딜 수 없어.'

나는 릴라가 술에 취한 듯 혼란스러운 상태에서 나에게 이런 말을 털어놓게 하고 싶었다. 나는 릴라가 마음만 먹는다면 헝클어진 머릿속에서 그런 말을 꺼내놓을 거라는 것을 알고 있었다.

하지만 그런 일은 일어나지 않았다. 돌이켜보면 그 시절 릴라는 나와의 관계에서는 오히려 다른 때보다 덜 공격적이었다. 내가 릴라에게서 듣고 싶었던 말은 실은 내 감정의 산물이었는지도 모른다. 그렇기에 오히려 내가 상황을 명확하게 파악하지 못했을 수도 있다. 릴라의 마음을 제대로 이해하지 못한 것일 수도 있다. 때로는 나로서는 상상조차 할 수 없는, 입에 담지 못할 무엇인가가 릴라의 머릿속에 들어 있는 것이 아닌지 의심이 들기도 했다.

## 10

일요일이면 상황이 더 안 좋아졌다. 그날 릴라는 출근하지 않고 집에 있으면서 밖에서 나는 시끌벅적한 축제 소리를 들었다. 나는 아래층에 내려가 릴라에게 말했다.

"나가자. 시내에 산책이라도 하러 가자. 바다를 보러 가자."

릴라는 내 제안을 항상 거부했다. 내가 너무 고집을 부리면 릴라는 성질을 냈다. 그러면 릴라의 무례한 태도를 무마하기 위해 엔초가 나섰다.

"내가 갈게. 가자."

릴라가 소리를 질렀다.

"어서 가! 제발 나를 좀 가만히 내버려둬. 목욕도 하고 머리도 감아야겠어. 숨 좀 돌리게 해줘."

엔초와 산책을 갈 때면 딸들도 따라나섰다. 가끔 젠나로가 같이 갈 때도 있었다. 삼촌이 죽은 다음부터 우리는 젠나로를 리노라고 불렀다. 엔초는 산책하면서 엔초다운 짧은 문장으로 자기 마음을 털어놓았다. 가끔은 엔초의 말이 모호하게 느껴졌다. 엔초는 티나도 없는데 왜 돈을 벌어야 하는지 모르겠다고 했다. 아이의 부모를 고통스럽게 하려고 아이를 납치하는 것은 곧 다가올 끔찍한 시대의 전조라고 했다. 티나가 태어난 후 머릿속에 환한 전등이 켜진 것 같았는데 지금은 그 빛이 사라졌다고 했다.

엔초가 말했다.

"이 길에서, 바로 이 근처에서 내가 티나에게 목마를 태워줬던 거 기억해?"

엔초는 이런 말도 했다.

"우리를 도와줘서 고마워, 레누. 리나를 섭섭하게 생각하지 마. 요즘 힘든 일을 너무 많이 겪어서 그래. 나보다 네가 리나를 더 잘 알잖아. 곧 괜찮아질 거야."

나는 엔초의 말을 듣다 물었다.

"리나 안색이 너무 창백하던데 신체적으로는 좀 어때?"

내가 의미했던 말은 이랬다.

'리나가 고통받고 있다는 건 알아. 하지만 건강은 어때? 걱정해야 할 증세가 있어?'

하지만 엔초는 '신체적으로'라는 말에 민망해했다. 엔초는 릴라의 몸에 관해서는 아무것도 몰랐다. 그저 우상을 대하듯 존경심을 담아 조심스럽게 숭배할 뿐이었다. 그렇기 때문에 엔초는 자신 없는 목소리로 아무 문제가 없다고만 했다. 그러다 갑자기 예민해져서 빨리 집에 돌아가려고 했다.

"가서 리나를 데리고 나와 동네라도 한 바퀴 돌자."

엔초가 말했다.

부질없는 짓이었다. 일요일에 내가 릴라를 밖으로 끌고 나올 수 있었던 날은 극히 드물었고 그나마도 좋은 생각이 아니었다. 릴라는 추레한 행색으로 헝클어진 머리를 풀어헤치고 사나운 눈초리로 주변을 쏘아보면서 빠르게 걸었다. 나와 내 딸들은 주인보다 더 예쁘고 화려하게 꾸민 시종처럼 고분고분한 태도로 릴라를 힘겹게 뒤쫓아 갔다.

동네 사람 가운데 릴라를 모르는 사람은 아무도 없었다. 노점상들도 마찬가지였다. 그들은 티나의 실종 사건으로 큰 고초를 겪었고 또다시 자신들이 곤란한 일을 겪을까봐 릴라를 피했다. 동네 사람들에게 이제 릴라는 큰 불행을 당한 후 불운의 화신이 되어 그 기운을 주변에 발산하면서 돌아다니는 무시무시한 여인이었다. 릴라가 사나운 눈초리로 큰길을 지나 공원 쪽으로 걸어가면 사람들은 눈을 내리깔고 다른 곳을 바라보았다. 간혹 누군가 인사를 건넨다 해도 릴라는 신경도 쓰지 않았고 인사를 받아주지도 않았다. 걸음걸이만 보면 급히 가야 할 목적지가 있는 것 같았다. 하지만 실은 2년 전 일요일의 기억에서 도망치고 있을 뿐이었다.

함께 외출할 때면 솔라라 형제들과 마주치는 것을 피할 수 없었다. 언젠가부터 솔라라 형제는 동네를 거의 떠나지 않았다. 나폴리에서 살해당한 사람들의 명단이 늘어나자 그들은 적어도 일요일만은 자신들에게는 요새처럼 안전한 유년 시절의 길을 산책하면서 평화롭게 보내고 싶어 했다. 마르첼로와 미켈레의 가족이 하는 일은 언제나 똑같았다. 미사에 갔다가 노점 사이를 산책하고 아이들을 동네 도서관에 데리고 갔다. 우리 동네 도서관은 일요일에도 문을 열었다. 그것은 나와 릴라가 어렸을 때부터 이어져온 오랜 전통이었다.

아이들을 도서관에 데리고 가는 교육적인 의식儀式을 시작한 것은 엘리사나 질리올라일 거라고 나는 생각했다. 그런데 우연히 길에서 이야기를 나누다보니 그것이 미켈레의 생각이었다는 것을 알게 되었다. 미켈레의 아들들은 이제 다 컸는데도 자기 아버지 앞에서는 무서워서 찍소리도 못했지만 어머니는 대놓고 무시했다. 미켈레는 이런 아들들을 가리키면서 말했다.

"내 아들들은 한 달에 최소한 책 한 권을 처음부터 끝까지 읽지 않으면 내가 한 푼도 주지 않을 거라는 걸 알고 있지. 어때, 나 잘하고 있지, 레누?"

국립도서관을 통째로 살 수 있을 만큼 돈이 많은 그들이 정말로

도서관에서 책을 빌려 읽었는지는 잘 모르겠다. 정말로 필요해서 그러는 건지 아니면 그저 보여주기 위해 그러는 건지는 잘 모르지만 어쨌든 도서관에 들르는 일은 솔라라 집안의 관습이 되었다. 그들은 계단을 올라 1940년대에 만들어진 유리문을 열고 도서관에 들어가 10분 이상 머무르지 않고 밖으로 나왔다.

나랑 내 딸들만 있을 때면 마르첼로와 미켈레와 질리올라와 그의 아들들은 나를 다정하게 대했다. 내 동생만 내게 냉랭했다.

릴라와 함께 있을 때는 상황이 복잡했다. 나는 위험할 정도로 긴장감이 높아질까봐 두려웠다. 드물게나마 일요일에 산책을 갈 때면 릴라는 솔라라 집안사람들을 못 본 척했다. 솔라라 집안사람들도 마찬가지였다. 내가 릴라와 함께 있으면 나까지도 못 본 척했다.

어느 일요일 아침 엘사가 기존의 암묵적인 규칙을 깨고 하트의 여왕 같은 태도로 미켈레와 질리올라의 아들들에게 인사를 건넸다. 그의 아들들은 불편해하면서 엘사의 인사에 답했다. 날씨가 추운데도 우리는 어쩔 수 없이 잠시 멈춰 설 수밖에 없었다. 마르첼로와 미켈레는 서로 중요한 일을 의논하는 시늉을 했고 나는 질리올라와, 딸들은 질리올라의 아들들과 이야기를 했다. 엄마는 사촌인 실비오를 자세히 관찰했다.

세월이 갈수록 실비오를 볼 기회가 줄어들었다. 아무도 릴라에게 말을 시키지 않았고 릴라는 릴라대로 입을 다물고 있었다. 미켈레만이 자기 형과 대화를 마치자 짓궂은 말투로 내게 말을 걸었다. 미켈레는 릴라 쪽은 보지 않고 릴라의 이름을 들먹였다.

"레누, 우리는 이제 잠시 도서관에 들렀다 점심을 먹으러 가려고 하는데 함께 가지 않을래?"

"고맙지만 사양할게. 오늘은 가봐야 해. 다음에 그렇게 하자."

내가 말했다.

"그래. 그때 아이들이 읽어야 할 책과 읽으면 안 될 책들을 좀 알려줘. 너와 네 딸들은 우리 동네 사람들의 좋은 본보기야. 너희 가족이 지나가는 것을 볼 때마다 우리는 이런 말을 해. '레누차를 좀 봐. 예전에 우리와 똑같았는데 지금은 이렇게 훌륭한 사람이 됐어. 오만하지 않고 민주적인 데다 중요 인사가 되었는데도 우리와 같은 곳에서 우리와 똑같이 살고 있잖아.' 그래, 공부를 많이 하면 착한 사람이 되는 거야. 요즘은 다들 학교에 가고 다들 책만 쳐다보고 있으니 미래에는 귀에서 흘러나올 정도로 선의가 넘쳐나겠지. 하지만 리나나 우리처럼 책도 읽지 않고 공부도 하지 않으면 평생 못된 사람으로 살게 되는 거야. 못된 건 안 좋은 거야. 그렇지 않아, 레누?"

미켈레는 두 눈을 희번덕거리며 내 손목을 잡았다. 그가 심술궂게 그렇지 않으냐고 다시 묻기에 나는 고개를 끄덕이면서 손목을 빼냈다. 하지만 너무 힘을 주는 바람에 내 어머니의 팔찌가 미켈레의 손에 남았다.

"이런."

미켈레가 외쳤다. 이번에는 미켈레가 릴라와 눈을 마주치려고 했지만 릴라는 미켈레를 쳐다보지 않았다. 미켈레는 유감스러운 듯 말했다.

"미안해. 내가 고쳐줄게."

"괜찮아."

"절대 안 되지. 내 의무야. 새것처럼 고쳐서 돌려줄게. 형이 금은방에 들러주겠어?"

마르첼로가 고개를 끄덕여보였다.

사람들은 눈을 내리깔고 우리 주변을 지나갔다. 점심시간이 가까웠다. 겨우 솔라라 형제에게서 벗어난 후 릴라가 말했다.

"너는 네 몸 하나 제대로 못 지키는구나. 옛날보다 심해졌어. 팔찌를 다시는 못 찾을 줄 알아."

## 11

나는 릴라에게 또다시 고비가 찾아온 거라고 생각했다. 릴라는 몸이 허약해진 데다 수심이 깊어보였다. 뭔가 통제할 수 없는 힘에 의해 건물과 집과 자기 몸까지 두 동강 나기를 기다리는 것 같았다. 그러다 내가 독감을 앓는 바람에 며칠 동안 릴라 소식을 듣지 못했다. 데데도 열이 나고 기침을 했다. 엘사와 임마도 곧 감기에 걸릴 것이 틀림없었다. 마감이 임박했다. 여성의 몸을 특집 주제로 정한 잡지사 측에 보낼 글을 써야 했는데 내게는 그런 글을 쓸 의지도 힘도 없었다.

세찬 바람에 창문 유리가 떨렸다. 헐거운 창틀 사이로 베일 듯 차가운 냉기가 스며들었다. 금요일에 엔초가 와서 나이 많으신 숙모님이 아파 아벨리노에 가봐야 한다고 했다. 리노는 스테파노네 집에서 주말을 보낸다고 했다. 식료품점에 있는 가구를 사고 싶어 하는 사람에게 가구를 가져다주기 위해 스테파노가 리노에게 가구를 분리하는 것을 도와달라고 부탁했기 때문이다. 엔초는 릴라가 혼자 있게 됐다면서 요즘 릴라가 우울하니 함께 있어달라고 했다.

나는 피곤했다. 뭔가 영감이 떠오를 듯하면 꼭 그 순간 데데가 나를 부르거나 임마가 나를 찾거나 엘사가 무엇인가를 항의하는 바람에 그 사이에 영감은 사라져버렸다. 피누차가 집을 청소하러 왔을 때 나는 주말에 먹을 음식을 넉넉하게 준비해 달라고 당부한 다음 책상이 있는 침실에 틀어박혔다.

다음 날 릴라에게서 연락이 없기에 나는 우리 집에서 함께 점심을 먹자고 하려고 아래층으로 내려갔다. 릴라는 산발을 하고 잠옷 위에 낡아빠진 짙은 녹색 가운을 걸친 채 슬리퍼 바람으로 문을 열어주었다. 놀랍게도 눈과 입술에 짙은 화장을 하고 있었다. 집 안이 엉망인데다 불쾌한 냄새가 났다. 릴라가 말했다.

"바람이 조금만 더 세게 불면 동네가 통째로 날아갈 것 같아."

지나치게 과장하는 거라는 걸 알면서도 나는 긴장했다. 릴라는 진심으로 우리 동네가 지반에서 뜯겨져 폰티 로소까지 날아가 산산이 바스러질 거라고 생각하는 것 같았다. 내가 자기 말투에서 비정상적인 무엇인가를 감지했다는 것을 알아챈 릴라는 억지 미소를 지으며 중얼거렸다.

"농담한 거야."

나는 고개를 끄덕여보이고는 점심으로 준비한 맛있는 음식을 차례로 읊어주었다. 릴라는 너무나 좋아하다가 갑자기 기분이 바뀌었다.

"점심을 좀 가져다줘. 너희 집에 가기는 싫어. 네 딸들 때문에 신경이 예민해진단 말이야."

나는 릴라에게 점심식사와 저녁식사까지 한꺼번에 가져다주었다. 계단이 추운 데다 나도 몸이 안 좋아서 기분 나쁜 소리나 듣자고 위아래를 오가고 싶지는 않았다. 놀랍게도 릴라는 이번에는 나를 친절하게 맞이했다. 릴라가 말했다.

"기다려. 잠시 나와 함께 있어줘."

릴라는 나를 욕실로 데리고 가서 정성껏 머리를 빗으면서 다정한 말투로 내 딸들을 칭찬하기 시작했다. 방금 전 한 말은 진심이 아니라는 걸 설득하려는 것 같았다. 릴라가 머리를 두 갈래로 가르고 거울 속에 비친 자기 모습에 시선을 고정한 채 머리를 땋으면서 말했다.

"처음에는 데데가 너를 닮았다고 생각했는데 지금은 아빠를 닮아 가고 있어. 엘사는 그 반대고. 엘사가 아빠랑 똑같았는데 지금은 너를 더 닮아가는 것 같아. 모든 것은 변하나봐. 간절히 바라고 상상하면 타고난 핏줄보다 더 많은 영향을 미칠 수도 있는 것 같아."

"네 말이 무슨 뜻인지 모르겠어."

"내가 젠나로를 니노 아들이라고 믿었던 거 기억해?"

"응."

"그때 내 눈에는 정말로 그렇게 보였어. 아이가 니노랑 똑같았거든. 완전히 붕어빵이었어."

"정말 간절히 바라면 그 소원이 이루어진 것처럼 보일 수도 있다는 거야?"

"아니. 내 말은 몇 년 동안 젠나로는 '정말로' 니노 아들이었다는 거야."

"과장하지 마."

릴라는 잠시 나를 심술궂게 바라보았다. 릴라는 절뚝이면서 욕실을 걷다 조금 어색하게 웃었다.

"내가 과장하는 것 같아?"

나는 릴라가 내 걸음걸이를 흉내 내고 있다는 것을 깨닫고 약간 짜증이 났다.

"놀리지 마. 엉덩이가 아프단 말이야."

"넌 아픈 게 아니야, 레누. 어머님을 완전히 떠나보내지 않으려고 절름발이가 되어야겠다는 상상을 만들어낸 거야. 그러다 지금은 정말로 절뚝이는 거고. 나는 너를 자세히 관찰하거든. 하지만 잘한 일이야. 솔라라 자식들이 어머니 팔찌를 가져가버렸는데 너는 아무 말도 하지 않았지. 특별히 마음 아파하지도 않았고 걱정하지도 않았어. 그 순간에 난 네가 반항할 줄 몰라서 그러는 거라고 단순히 생각했어. 하지만 지금은 그게 아니라는 걸 알게 됐어. 너는 정석대로 나이 들어가는 거야. 너는 강해진 거야. 이제는 딸이 아니라 정말로 어머니가 된 거야."

나는 불편한 마음으로 다시 반복했다.

"약간의 통증이 있는 것뿐이라니까."

"너에겐 결국 통증마저 긍정적으로 작용하는 거야. 조금 절뚝이는 것만으로도 어머니가 네 안에 평화롭게 머물게 됐잖아. 어머니는 네가 절뚝이는 것을 좋아하고 그러니 너도 만족하는 거야. 그렇지 않아?"

"그렇지 않아."

릴라는 내 말을 믿지 않는다고 강조하듯 냉소적인 표정을 짓더니 화장을 진하게 한 눈을 가늘게 뜨며 물었다.

"티나가 마흔두 살이 되면 나처럼 될 것 같아?"

나는 릴라를 바라보았다. 릴라는 땋은 머리를 손에 꼭 쥐고 도발적인 표정을 짓고 있었다. 내가 말했다.

"아마도. 응, 아마도 그럴 것 같아."


## 12


추위가 뼛속까지 스며들었지만 나는 릴라와 함께 점심을 먹었다. 내 딸들은 자기들끼리 알아서 점심을 해결해야 했다. 우리는 내내 부모와 자식 간의 신체적 유사성에 대해 이야기했다. 나는 릴라의 머릿속에서 무슨 일이 일어나고 있는지 이해하려고 애썼다.

"너랑 이야기를 나누는 것이 도움이 돼."

내가 릴라에게 자신감을 주려고 말했다.

"생각이 깊어지거든."

릴라는 내 말에 기분이 좋아진 것 같았다. 릴라가 속삭였다.

"네게 도움이 된다고 생각하면 기분이 좋아져."

릴라는 내게 도움이 되고 싶은 마음에 난해하고 산만한 논리를 전개하기 시작했다. 창백한 안색을 숨기기 위해 분을 너무 많이 바른 바람에 릴라의 얼굴이 볼이 빨간 카니발 가면처럼 보였다. 릴라의 말은 때로는 흥미로웠지만 때로는 내가 익히 알고 있는 릴라가 앓고 있는 병의 증상 같아 걱정스러웠다. 릴라는 웃으면서 말했다.

"얼마 동안 나는 정말로 니노의 아들을 키웠어. 네가 임마를 키운 것처럼 말이야. 살과 뼈로 구성된 진짜 아들이었어. 아이가 스테파노의 아들이 되었을 때 니노의 아들은 어디로 사라졌을까? 아직 젠나로 안에 있는 걸까 아니면 내 안에 있는 걸까?"

릴라는 그러다 할 말을 잃었다. 불쑥 오랜만에 아주 맛있게 먹었다면서 내 요리 솜씨를 칭찬했다. 내가 아니라 피누차 솜씨라고 하자 릴라는 우울해져서 피누차에게는 아무것도 받고 싶지 않다고 투덜거렸다. 그때 엘사가 층계참에서 나를 불렀다. 엘사는 내게 당장 집으로 돌아오라고 외쳤다. 열이 있는 데는 건강할 때보다 더 돌보기 힘들다는 것이었다. 나는 릴라에게 내가 필요하면 언제든지 나를 부르라고 했다. 나는 릴라에게 푹 쉬라고 당부한 뒤 급히 집으로 올라왔다.

집으로 돌아온 후 나는 애써 릴라 생각을 떨쳐버리고 밤늦게까지 글을 썼다. 아이들은 물이 목까지 차오른 것처럼 내 상황이 다급할 때는 나를 방해해서는 안 되고 어떻게든 자기들끼리 일을 해결해야 한다는 것을 잘 알고 있었다. 실제로 아이들은 나를 가만히 내버려 두었고 그 덕에 나는 일에 열중할 수 있었다. 언제나처럼 몇 마디 안 되는 릴라 말에도 내 머리는 그 아우라를 인식하고 활발하게 작동하고 지성을 마음껏 발휘했다. 나는 이제 내가 가장 자신 없어 하는 부분에 대해 릴라가 내 생각이 옳다는 확신을 줄 때 글이 특히 잘 쓰인다는 사실을 알게 되었다. 릴라 말이라면 앞뒤가 맞지 않는 몇 마디로도 충분했다.

나는 릴라가 삼천포로 빠져서 투덜거리면서 한 이야기를 치밀하고 세련되게 정리했다. 나는 내 엉덩이의 통증과 어머니에 대해 썼다. 주변에서 인정받을수록 내가 릴라와 나눈 대화에서 영감을 받아 연관성 없어 보이는 사물이나 사건들 사이에 존재하는 연결점을 찾게 된다는 사실을 아무런 거리낌 없이 인정할 수 있었다.

릴라와 위아래 한 층을 두고 가까이 사는 동안 그런 일이 자주 있었다. 릴라가 나를 조금만 자극해도 텅 빈 머리가 영감으로 차오르면서 빠르게 돌아갔다.

나는 릴라에게 선견지명이 있다고 생각했다. 나는 앞으로도 항상 그런 릴라의 능력을 인정할 것이다. 그렇게 하지 않을 이유가 없지 않은가. 나는 이제 내가 정말 성인이 되었기 때문에 내게 릴라가 주는 자극이 필요하다는 것을 인정하게 된 것이라고 생각했다. 예전에는 릴라가 내게 영감을 준다는 사실을 나 자신에게조차 숨기려 했지만 지금은 당당하게 말할 수 있었다. 한번은 이런 사실을 글로 쓰기까지 했다. '나는 나였다.' 그렇기 때문에 나는 내 마음속에 릴라를 위한 자리를 마련해놓고 그런 릴라의 모습에 견고한 형태를 부여할 수 있는 것이다. 하지만 '릴라는 릴라가 되는 것을 원하지 않았다.' 그렇기 때문에 릴라는 나처럼 하지 못하는 것이다. 티나의 비극과 허약해진 릴라의 신체와 불안한 머리 역시 릴라가 처한 위기를 구성하는 일부 요인이었다. 하지만 릴라가 '경계의 해체'라고 부르는 병의 근본적인 원인은 릴라가 릴라이기를 원치 않는 데 있었다. 그날 밤 나는 새벽 3시에 잠자리에 들어 다음 날 아침 9시에 일어났다.

그새 데데는 열이 내렸지만 엄마가 기침을 시작했다. 나는 집 청소를 하고 릴라가 어떤지 보러 내려갔다. 오랫동안 문을 두드렸지만 릴라는 문을 열어주지 않았다. 나는 발을 질질 끌면서 오는 발소리와 사투리로 욕을 하며 투덜거리는 소리가 들릴 때까지 한참 동안 손가락을 초인종에서 떼지 않았다. 릴라는 땋은 머리가 반쯤 풀린 데다 얼굴에 화장이 번져서 전날보다 더 비탄에 잠긴 가면처럼 보였다.

"피누차가 음식에 독을 넣은 게 분명해."

릴라가 확실하다는 듯 말했다.

"한숨도 못 잤어. 배가 찢어질 것 같아."

들어가보니 집 안이 지저분하고 방치된 것처럼 보였다. 싱크대 옆 바닥에서 피에 젖은 휴지 조각을 보고 내가 말했다.

"너랑 똑같은 것을 먹었는데 나는 멀쩡해."

"그러면 나는 왜 이럴까?"

"생리 때문인가?"

릴라가 버럭 성질을 냈다.

"나는 항상 생리 중이야."

"그럼 의사한테 가봐야지."

"아무에게도 내 배를 보여주지 않을 거야."

"뭐가 문제인 것 같아?"

"나도 몰라."

"약국에서 진통제를 사다줄게."

"너희 집에 없어?"

"난 진통제를 안 먹어."

"데데나 엘사도?"

"그 애들도 마찬가지야."

"아, 정말이지 완벽한 가족이구나. 뭐 하나 부족한 게 없어."

또 시작이구나 싶어 나는 투덜거렸다.

"나랑 싸우고 싶어?"

"싸우고 싶은 건 너겠지. 내가 생리통이라니. 나는 네 딸들 같은 어린아이가 아니야. 생리통 정도는 구분할 줄 안다고."

거짓말이었다. 릴라는 자기 몸에 대해 무지했다. 신체 기관의 활동에 대해서라면 릴라는 데데나 엘사보다 아는 게 없었다. 릴라는 괴로워하고 있었다. 손으로 배를 누르고 있었다. 그동안 내가 틀렸을 수도 있다는 생각이 들었다. 릴라는 분명 괴로워서 어쩔 줄 몰라 했지만 내가 생각했던 것처럼 두려워서 그러는 게 아니었다. 릴라는 정말로 아픈 것이다.

나는 캐머마일 차를 끓여 릴라에게 마시게 한 다음 코트를 걸치고 약국이 열었는지 보러 달려 나갔다. 지노의 아버지는 유능한 약사이니 내게 분명 좋은 조언을 해줄 것이다. 내가 큰길에 나가 일요일의 노점상 사이로 걸어가는 순간 "빵! 빵! 빵! 빵" 하는 폭발음이 들렸다. 크리스마스날 아이들이 불꽃놀이를 할 때 내는 소리와 비슷했다. 처음 네 발은 연달아서, 다섯 번째는 약간의 간격을 두고 폭발음이 울렸다.

"빵!"

약국으로 이어지는 길에 들어서는데 사람들이 혼란스러워 보였다. 크리스마스가 되려면 아직 멀었는데 사람들이 발걸음을 급히 재촉하거나 뛰어다녔다.

갑자기 사이렌이 길게 울리더니 경찰차와 앰뷸런스가 도착했다. 지나가던 남자에게 무슨 일인지 물었지만 그저 고개만 저을 뿐이었다. 남자는 아내에게 빨리 오라고 화를 내더니 달려가버렸다. 마침 카르멘이 길 건너편에 남편과 두 아들과 함께 있는 것이 눈에 띄었다. 나는 그들을 향해 길을 건너갔다. 내가 무슨 일인지 묻기도 전에 카르멘이 사투리로 말했다.

"솔라라 형제가 둘 다 살해당했어."

# 13

살다보면 삶의 주변부에 자리를 잡아 평생 변치 않을 배경으로 남을 것 같았던 것이 예기치 않게, 그것도 한창 바쁜 일에 쫓기고 있는 순간에 무너져 내릴 때가 있다. 제국, 정당, 신념, 기념비 아니면 일상의 일부였던 주변 사람도 그렇게 될 수 있다.

그때가 바로 그랬다. 하루 걸러 하나씩 몇 달 동안 힘든 일이 잇달아 일어났고 전율에 전율이 뒤를 이었다. 소설이나 그림을 보면 암초나 뱃머리에 서서 영원히 휩쓸리지도 스쳐가지도 않을 폭풍을 마주하고 서 있는 인물들이 있는데 나는 한동안 내가 딱 그런 인물이 된 것 같았다.

우리 집 전화가 쉴 새 없이 울렸다. 솔라라 형제의 영역 안에 살고 있다는 이유로 나는 엄청난 양의 글과 말을 쏟아내야 했다. 내 동생 엘리사는 남편이 사망하자 겁에 질린 어린아이가 되어 밤이고 낮이고 내 곁에서 떨어지지 않으려 했다. 엘리사는 남편을 죽인 살인자들이 자기와 자기 아들을 죽이러 돌아올 거라고 믿었다. 그런 상황에서 나는 릴라까지 돌봐야 했다.

솔라라 형제가 살해당한 바로 그 일요일에 릴라는 갑작스럽게 고향 동네와 자기 아들과 엔초와 직장에서 멀리 떨어져 의사의 손에 맡겨졌다. 릴라의 몸이 너무 약해졌기 때문이다. 계속해서 진짜 같지만 사실 진짜가 아닌 헛것을 보고 피를 흘리기도 했다. 의사들은 릴라의 자궁에서 섬유종을 발견하고 이를 제거하는 수술을 했다. 릴라가 입원해 있을 때 한번은 갑자기 정신을 차리더니 티나가 다시 자기 배 속에서 나와 자기를 포함한 모두에게 복수하고 있다고 소리질렀다. 짧은 순간 동안 릴라는 솔라라 형제를 죽인 것이 자기 딸이라고 믿는 것 같았다.


# 14


마르첼로와 미켈레는 1986년 12월의 어느 일요일, 어린 시절 세례를 받았던 성당 앞에서 사망했다. 사망한 지 얼마 되지 않아 살인 사건에 대한 세세한 정황이 온 동네에 쫙 퍼졌다. 미켈레는 총 두 발, 마르첼로는 총 세 발을 맞았다.

질리올라는 그 자리에서 줄행랑을 쳤고 두 아들은 본능적으로 엄마의 뒤를 쫓아갔다. 엘리사는 실비오를 꼭 껴안은 채 살인자들에게서 등을 돌렸다. 미켈레는 즉사했으나 마르첼로는 아니었다. 마르첼로는 성당 계단에 앉아 재킷 단추를 채우려고 애썼지만 결국 채우지 못했다.

솔라라 형제의 죽음에 대해 모르는 게 없는 것처럼 떠들어대던 사람들도 살인자에 대해 물으면 그제야 자신들은 살인자에 대해서는 본 것이 거의 없다는 것을 깨달았다. 어떤 사람은 살인자가 남자 한 명이었고 일을 치른 후 침착하게 빨간색 포드 피에스타에 올라 현장을 떠났다고 했다. 또 어떤 사람은 살인자가 두 명이라고 했다. 두 남자가 있었는데 그들이 타고 도망친 노란색 피아트 147의 운전석에는 여자가 있었다고 했다.

어떤 사람들은 이런 주장이 말도 안 된다고 했다. 살인범들은 남성 3인조이고 방한용 모자로 얼굴을 가리고 있었으며 걸어서 도망 갔다고 했다. 총을 쏜 사람이 아예 없는 것 같기도 했다. 예를 들어 카르멘은 솔라라 형제와 내 동생과 조카, 질리올라와 그녀의 아들들이 보이지 않는 무언가에 공격받은 것처럼 성당 앞에서 우왕좌왕했다고 했다. 미켈레는 뒤로 쓰러지면서 화강암 바닥에 머리를 세게 부딪쳤고 마르첼로는 계단에 조심스레 앉아 파란색 터틀넥 스웨터 위로 재킷이 잠기지 않자 욕설을 내뱉다가 옆으로 누웠다고 했다. 그들의 아내와 아들들은 상처 하나 없이 재빨리 성당으로 들어가 몸을 피했다고 했다. 목격자들은 하나같이 살해당한 피해자 쪽만 바라본 것 같았다. 살인자들 쪽을 바라본 사람은 아무도 없었다.

이 난리 통에 아르만도가 자기 방송사에서 내 인터뷰를 방영하려고 동네로 돌아왔다. 아르만도만이 아니었다. 사건 직후 나는 여기저기에서 내가 아는 바를 이야기하기도 했고 글로 쓰기도 했다. 하지만 2, 3일이 지나자 나는 나폴리 지역 신문기자들이 나보다 훨씬 많은 것을 알고 있다는 사실을 깨달았다. 조금 전까지만 해도 아무도 모르던 정보가 갑자기 널리 퍼지곤 했다.

솔라라 형제는 지금껏 들어본 적 없는 충격적인 범죄의 주범으로 지목되었다. 재산 목록도 그에 못지않게 인상적이었다. 내가 릴라와 함께 썼던 글, 즉 그들이 아직 살아 있을 때 기사에 실렸던 내용은 그들이 죽고 나서 신문에 실린 내용에 비하면 아무것도 아니었다. 그렇지만 나는 다른 사람들이 모르는 정보를 알고 있었다. 나를 비롯해 어느 누구도 아직 글로 옮기지 않은 사실이었다.

나는 내가 어린 소녀였을 때 솔라라 형제가 아주 잘생긴 청년들이었다는 것을 알고 있었다. 전투용 전차를 몰고 다니는 고대 전사들처럼 그들이 밀레첸토를 끌고 고향 동네의 도로를 누볐었다는 사실을 알고 있었다. 어느 날 저녁 솔라라 형제가 마르티리 광장에서 키아이아 가에 사는 부잣집 청년들에게서 우리를 보호해주었다는 사실을 알고 있었다. 나는 마르첼로가 릴라와 결혼하고 싶어 했지만 결국 내 동생 엘리사와 결혼했고 미켈레가 다른 누구보다 빨리 내 친구의 놀라운 재능을 눈치채고 수년 동안 그녀에게 제정신을 잃을 정도로 절대적인 사랑을 바쳐왔었다는 사실을 알고 있었다.

내가 이런 사실을 알고 있다는 것을 의식하게 된 순간 나는 내가 아는 이 사실이 매우 중요하다는 것을 알게 되었다. 이는 나와 나폴리에서 살고 있는 수많은 선량한 시민이 모두 솔라라 집안의 세계에 속해 있음을 의미했다. 우리는 그들이 개점식을 할 때마다 참석했고 그들이 운영하는 가게에서 달콤한 빵을 샀다. 그들의 결혼식에 참석했고 그들의 구둣가게에서 신발을 샀으며 그들의 집에 초대받았다. 같은 식탁에서 식사를 하고 직간접적으로 그들에게 돈을 받았으며 그들이 행사하는 폭력을 경험하고도 아무 일도 없는 것처럼 행동했다.

좋든 싫든 마르첼로와 미켈레는 파스콸레와 마찬가지로 우리의 일부였다. 파스콸레의 경우에는 아무리 이런저런 이유를 갖다 대며 아니라고 부정해보려 해도 우리 같은 사람들과 구분되는 명확한 선이 있었지만 나폴리 아니 이탈리아에서 솔라라 형제 같은 사람을 구분하기 위해 명확하게 선을 긋는 것은 쉽지 않았다. 우리가 공포에 질려 뒤로 물러날수록 선은 어느새 우리 뒤에 그어져 있었다.

솔라라 형제가 그어 놓은 선 안에 나도 포함되어 있다는 사실을 실감하자 나는 우울해졌다. 우리 동네처럼 서로가 지나치게 가까운 곳에서는 부담감이 더 컸다. 그런데 누군가 내 명성에 먹칠을 하려고 내가 솔라라 집안과 친인척 관계라는 글을 썼다.

나는 한동안 내 동생과 조카 집에 발길을 끊었다. 릴라도 피했다. 물론 릴라는 두 형제의 숙적이었지만 릴라가 회사를 차리는 데 들어간 비용은 미켈레를 위해 일하면서 모은 돈이 아니었던가. 아니 그에게서 돈을 빼돌렸을 수도 있다. 나는 한동안 그 일에 대해 생각해보았다. 그러다 시간이 흐르고 솔라라 형제의 이름도 갈수록 늘어나는 피살자 명단에 실린 다른 이름들과 뒤섞이게 됐다. 사람들은 서서히 솔라라 형제보다 덜 친숙하고 더 사나운 사람들이 그들의 자리를 대신할까봐 걱정하기 시작했다.

나 역시 어느 날 열다섯 살쯤 되어 보이는 소년이 내게 몬테산토에 있는 금은방에서 보내온 상자를 가져다줄 때까지 그들을 까맣게 잊고 있었다. 처음에는 상자 속에 무엇이 들어 있는지 짐작이 가지 않았다. 나는 빨간 상자와 '엘레나 그레코 선생 앞'이라고 쓰인 봉투를 보고 놀랐다. 카드를 읽고 나서야 나는 상자 속에 무엇이 들어 있는지 알 수 있었다. 카드에는 '미안해'라는 한마디만 쓰여 있었다.

마르첼로는 글씨를 정성껏 눌러 쓴 다음 어린 시절 초등학교에서 배웠던 것처럼 자기 이름의 'M'자를 멋들어진 필기체로 서명했다. 상자 속에는 내 팔찌가 들어 있었다. 어찌나 열심히 광을 냈는지 새

것 같았다.

## 15

내가 릴라에게 상자 이야기를 들려주면서 반짝이는 팔찌를 보여주자 릴라가 말했다.

"다시는 그 팔찌를 차지 마. 네 딸들도 못 차게 하고."

릴라는 몹시 허약해져서 집에 돌아왔다. 계단을 한 층 오르는데도 가슴이 찢어질 것처럼 숨을 헐떡였다. 릴라는 약도 먹고 혼자 주사도 놓았지만 안색이 너무나 창백해서 저승에서 돌아온 것 같았다. 팔찌에 대해서 말할 때도 팔찌가 저승에서 왔다고 확신하는 투였다.

솔라라 형제의 죽음은 릴라의 갑작스러운 입원과 겹쳐졌다. 혼란스러웠던 그 일요일에 나는 릴라의 피가 솔라라 형제가 흘린 피와 섞인 것처럼 느껴졌다. 하지만 릴라에게 성당 앞에서 벌어진 처형식에 대한 이야기를 꺼내려 할 때마다 릴라는 못마땅한 표정을 지으며 말했다.

"그 자식들은 형편없는 놈들이었어, 레누. 그들이 어떻게 되든 아무도 상관 안 해. 네 동생은 안됐지만 조금만 똑똑했어도 마르첼로 같은 사람과 결혼하지 않았을 거야. 그런 자들의 말로는 뻔하니까."

나는 갑자기 솔라라 형제가 가깝게 느껴진다는 이야기를 릴라에게 하고 싶었다. 나는 그런 내 감정에 당혹스러웠고 릴라는 나보다 더 당혹스러울 거라고 생각했다.

"우리는 마르첼로와 미켈레를 어린 시절부터 알아왔잖아."

"어린 시절이 없는 사람이 어디 있어."

"그들은 너한테 일자리를 줬잖아."

"서로의 편의를 위해서였어."

"미켈레는 냉혈한이었지만 가끔은 너도 만만치 않았어."

"난 더 독했어야 했어."

릴라는 경멸감 이상의 감정을 드러내지 않기 위해 최대한 감정을 억누르면서 말했지만 눈빛이 싸늘해지는 것은 막을 수 없었다. 릴라는 손깍지를 끼고 손가락 관절이 하얗게 되도록 꼭 쥐었다. 나는 그렇지 않아도 거친 릴라의 말 이면에 그보다 훨씬 더한 비정함이 감추어져 있다는 사실을 깨달았다. 릴라는 차마 말로 할 수는 없는 이야기를 머릿속으로 준비하고 있었고 나는 릴라의 표정에서 릴라의 생각을 읽어냈다. 릴라가 이렇게 외치는 소리가 들리는 것 같았다.

'만약 그 자식들이 티나를 데려간 거라면 그들이 당한 일은 아무것도 아니야. 사지를 찢고 심장을 도려내고 장기를 길바닥에 뿌려도 시원치 않을 놈들이었어. 그들이 티나를 데려가지 않았다고 해도 어쨌든 잘 죽은 거야. 그보다 더한 짓을 당해도 싼 놈들이었으니까. 누가 죽었는지는 모르지만 내게 미리 알려주었다면 나도 뛰어가 그들을 도왔을 거야.'

릴라는 끝내 그렇게까지 말하지는 않았다. 겉보기에 솔라라 형제의 갑작스러운 퇴장은 릴라에게 거의 영향을 주지 않은 것 같았다. 그들과 마주칠 일이 없으니 전보다 자주 산책을 나가게 된 정도랄까. 하지만 릴라는 티나가 사라지기 전처럼 동네일에 적극적으로 나서지 않았다. 집안일과 회사 일에 몰두하지도 않았다.

릴라는 몇 주 동안의 회복기를 가지며 동네 터널과 큰길, 공원을 배회하면서 시간을 보냈다. 릴라는 고개를 푹 수그린 채 걸어 다니면서 아무에게도 말을 걸지 않았다. 릴라는 외모에 신경을 쓰지 않아 자기 자신뿐만 아니라 다른 이들에게도 해를 가할 수 있는 위험한 사람처럼 보였다. 사람들도 릴라에게 먼저 말을 걸지 않았다.

릴라는 가끔 내게 같이 산책을 가자고 했다. 나는 그럴 때마다 릴라의 부탁을 거절하지 못했다. 우리는 종종 '상중'이라고 쓰인 솔라라 형제의 가게 앞으로 지나갔다. 상은 영영 끝나지 않았고 가게 문은 다시는 열리지 않았다. 솔라라 형제의 시대가 끝난 것이었다. 릴라는 그곳을 지날 때마다 내려진 셔터문과 색 바랜 문구를 바라보고는 만족스러운 듯 말하곤 했다.

"여전히 닫혀 있네."

릴라는 그 사실이 너무나 기쁜 듯 가게를 지나면서 킥킥거리며 웃기까지 했다. 가게 문이 닫힌 것이 왠지 우습게 느껴지는 것처럼 짧게 웃었다.

우리는 딱 한 번 치장하지 않은 가게 골목이 얼마나 볼품없는지 느껴보려는 것처럼 길모퉁이에 멈춰선 적이 있다. 탁자와 알록달록한 의자가 나와 있고 달콤한 빵과 커피 향이 풍겨 나오고 사람들이 오가던 그곳에, 은밀한 거래가 오가고 합법적인 계약과 사기 계약이 체결되던 그곳에는 이제 부서져가는 잿빛 벽밖에 없었다. 릴라가 말했다.

"자기들 할아버지가 죽었을 때 마르첼로와 미켈레는 온 동네를 십자가와 성모상으로 가득 채웠었지. 그들의 곡소리가 영원히 끝날 것 같지 않았어. 그런데 정작 자신들이 죽은 다음에는 아무도 울어주지 않네."

릴라는 자신이 입원해 있을 때 내가 해준 이야기를 떠올렸다. 나는 그때 사람들이 솔라라 형제에게 총을 쏜 사람이 아무도 없었다고 한다는 이야기를 해줬었다.

"그들을 죽인 사람도 그들을 위해서 울어주는 사람도 없네."

릴라가 미소를 지으면서 말했다. 릴라는 그 자리에 멈춰 서서 잠시 침묵하다 뜬금없이 이제는 일하기 싫다고 했다.

## 16

그저 순간적으로 기분이 언짢아서 하는 말 같지는 않았다. 릴라는 분명 그 문제를 두고 오랫동안 생각했을 것이다. 아마 퇴원했을 때부터 그런 생각을 했을지도 모른다. 릴라가 말했다.

"엔초가 회사 일을 혼자 할 수 있으면 다행이고 그렇지 않으면 다른 방도를 찾아봐야겠지."

"베이직 사이트를 포기하려는 거야? 너는 이제 뭘 하려고?"

"꼭 뭘 해야 하나?"

"살아가려면 뭐라도 해야지."

"너처럼?"

"안 될 건 없지."

릴라는 웃음을 터뜨리더니 한숨을 내쉬었다.

"난 그냥 시간을 흘려보내고 싶어."

"리노와 엔초가 있잖아. 두 사람 생각도 해야지."

"리노는 스물세 살이야. 지금까지 돌봐온 것만으로도 충분해. 그리고 엔초와 헤어질 거야."

"왜?"

"다시 혼자 자고 싶어."

"혼자 자는 것은 서글픈 일이야."

"너도 혼자 자잖아."

"나야 남자가 없으니까 그렇지."

"나라고 남자가 있어야 할 필요가 뭐가 있어."

"이제 엔초를 좋아하지 않아?"

"좋아해. 하지만 난 엔초는 물론 다른 어떤 남자도 원치 않아. 나는 이제 늙었어. 잘 때 방해받고 싶지 않아."

"의사에게 가봐."

"이제 진료는 안 받을 거야."

"내가 같이 가줄게. 해결할 수 있는 문제야."

릴라는 자못 심각해졌다.

"싫어. 이대로가 좋아."

"그대로가 좋은 사람은 아무도 없어."

"나는 괜찮아. 사람들은 섹스를 너무 중요하게 생각해."

"나는 사랑에 대해서 말하고 있는 거야."

"그것 말고도 나는 생각할 게 많아. 너는 벌써 티나를 잊었는지 모르지만 나는 아니야."

시간이 갈수록 릴라와 엔초가 싸우는 소리가 자주 들렸다. 정확히 말하면 엔초의 굵은 목소리는 평소보다 아주 조금 높아질 뿐이었고 릴라는 처음부터 끝까지 악을 썼다. 바닥이 가로막고 있기 때문에 위층에서는 엔초의 목소리가 거의 들리지 않았다. 엔초는 화가 난 것이 아니었다. 엔초는 절대 릴라에게 화를 내지 않았다. 그저 절망한 것뿐이었다. 엔초는 티나도, 회사도, 그들의 관계까지도, 모든 것이 엉망이 되었는데 릴라가 상황을 개선하려고 노력하기는커녕 사태가 더 악화되기를 바라는 것 같다고 했다. 언젠가 엔초가 내게 말했다.

"네가 한 번 말해봐."

나는 엔초에게 그래 봤자 소용없다고, 릴라는 분별력을 찾기 위해 시간이 더 필요한 것뿐이라고 했다. 엔초는 처음으로 릴라에 대해 냉정하게 말했다.

"리나는 평생 분별력 있게 산 적이 없어."

그렇지 않았다. 마음만 먹으면 릴라는 침착하고 사려 깊게 행동할 수 있었다. 신경이 극도로 예민했던 그 시기에도 마찬가지였다. 가끔 기분 좋은 날이면 릴라는 평온하고 다정했다. 나와 내 딸들에게 관심을 기울였고 내 출장 일정은 어떻게 되고 지금 어떤 글을 쓰고 있으며 어떤 사람을 만나고 있는지 나에게 물었다. 데데와 엘사, 엄마가 들려주는 비합리적인 교육 제도와 정신 나간 선생들 이야기, 아이들끼리 다툰 이야기와 연애 이야기를 재미있게 들으면서 가끔 분개하기도 했다. 게다가 릴라는 관대했다. 어느 날 오후 릴라는 젠나로의 도움을 받아 오래된 컴퓨터를 우리 집에 가지고 와서 내게 사용법을 가르쳐준 다음 통보했다.

"선물이야."

나는 다음 날부터 컴퓨터를 사용해 작업하기 시작했다. 정전이 돼서 몇 시간 동안 들인 노고가 수포로 돌아갈까 두렵기는 했다. 그런 두려움을 제외하면 나는 컴퓨터에 열광했다. 릴라가 보는 앞에서 나는 딸들에게 말했다.

"처음 글씨를 배웠을 때는 만년필을 써야만 했었는데 볼펜과 타자기, 전기 타자기를 거쳐서 이제 자판을 두드리면 이렇게 기적처럼 글씨가 나타나는 기계까지 사용하게 되다니. 정말 멋져. 다시는 예전으로 돌아가지 않을 거야. 볼펜과는 영원히 이별이야. 이제부터는 항상 컴퓨터로 작업할 거야. 이리 와서 검지에 생긴 굳은살 좀 봐. 정말 딱딱하지? 평생 이 모양이었지만 이제는 굳은살도 없어질 거야."

릴라는 내가 기뻐하는 모습을 보면서 좋아했다. 자기가 준 선물을 상대방이 좋아할 때 짓는 행복한 표정이었다.

"너희들 엄마는 뭘 몰라서 저렇게 좋아하는 거란다."

릴라는 내가 작업할 수 있도록 아이들을 데리고 나갔다. 자신이 아이들의 신뢰를 잃었다는 것을 알면서도 기분 좋은 날이면 아이들을 사무실에 데리고 가서 신형 컴퓨터의 기능과 사용법과 원리에 대해 가르쳐주었다. 릴라는 아이들의 마음을 다시 얻고 싶어 했다.

"너희들이 아는지 모르겠지만 엘레나 그레코 선생의 집중력은 늪에서 잠든 하마 수준인데 너희들은 아주 영리하구나."

릴라는 결국 아이들, 특히 데데와 엘사의 마음을 다시 얻지는 못했다. 큰 아이들은 집에 돌아와 내게 말했다.

"리나 이모는 대체 무슨 생각인지 모르겠어요, 엄마. 컴퓨터 사용법을 억지로 가르쳐주더니 기껏 한다는 말이 컴퓨터로 돈을 많이 벌수는 있지만 컴퓨터 때문에 전통적인 직업군이 파괴된다잖아요."

컴퓨터를 글 쓰는 데만 사용하는 나와는 달리 아이들은, 심지어는 임마까지도, 컴퓨터의 기본적인 원리를 습득하고 어느 정도 실력을 쌓았다. 나는 그런 아이들이 자랑스러웠다. 나는 컴퓨터에 문제가 생길 때마다 엘사에게 의지했다. 엘사는 문제에 어떻게 대처해야 하는지 알았다. 엘사는 나중에 리나 이모 앞에서 자랑도 했다.

"그런 문제가 있어서 이렇게 해결했어요. 잘했죠?"

데데가 리노를 끌어들이자 분위기는 더 좋아졌다. 엔초와 릴라의 것이라는 이유로 컴퓨터라면 거들떠도 안 보던 리노가 아이들에게 들볶이지 않기 위해서라도 조금씩 컴퓨터에 흥미를 보이기 시작한 것이다. 어느 날 아침 릴라가 웃으면서 말했다.

"데데가 리노를 변화시키고 있어."

내가 대답했다.

"리노는 신뢰가 필요할 뿐이야."

릴라가 대놓고 야릇한 표정으로 말했다.

"리노가 어떤 신뢰가 필요한지 내가 잘 알지."

# 17

그나마 그때가 좋았다. 얼마 지나지 않아 힘든 시기가 왔다. 릴라는 덥다고 했다가 춥다고 했다가 안색이 노래졌다가 빨갛게 달아올랐다가 고함을 질렀다가 말도 안 되는 고집을 부리다가 땀을 뻘뻘 흘리는가 하면 느닷없이 카르멘과 다투기까지 했다. 릴라는 카르멘을 두고 멍청하고 맨날 찡찡거린다고 했다.

수술 후 릴라는 몸 상태가 더 엉망이 된 것 같았다. 친절한 태도는 온데간데없었다. 엘사를 꼴 보기 싫어하고 데데에게 소리를 지르고 임마를 거칠게 대하고 내가 말하고 있는 도중에 획 뒤돌아 나가버리기 일쑤였다. 그 암울한 시기에 릴라는 집에도 사무실에도 있기 힘들어했다. 아무 때나 버스나 지하철을 타고 떠나버렸다.

"뭘 하고 다니는 거야?"

나는 릴라에게 묻곤 했다.

"나폴리를 돌아다녀."

"그건 알아. 대체 어디를 가는 건데?"

"네게 일일이 보고해야 하는 거야?"

릴라는 틈만 나면 싸우려 들었다. 사소한 꼬투리만으로도 충분히 싸울 수 있었다. 릴라는 특히 리노와 자주 싸웠다. 릴라는 그 원인을 언제나 데데와 엘사에게 돌렸다. 사실 틀린 말도 아니었다. 내 큰딸은 허구한 날 리노와 붙어 있고 싶어 했고 이제는 엘사마저도 소외

당하지 않으려고 리노를 받아들이기로 했다. 셋은 꽤 많은 시간을 함께 보냈다. 그 결과 둘은 리노에게 릴라에 대한 지속적인 반항심을 불어넣었다. 데데와 엘사의 경우 나에게 말대꾸하는 것이 일종의 재미있는 언어적 유희였지만 리노는 말도 안 되는 논리로 자기변명만을 늘어놓았다. 릴라는 그런 리노를 못 견뎌 했다.

"저 애들은 반항할 때도 영리한데 너는 앵무새처럼 멍청한 소리만 반복하는구나."

그 시기 릴라는 너그럽지 못했다. 뻔한 말이나 감성적인 표현, 감상적인 것이라면 뭐든 못 견뎌 했다. 특히 고리타분한 정치적 슬로건에 영향받은 반항심을 끔찍하게 여겼다. 그러면서도 기회가 있을 때마다 이제는 한물간 억지스러운 무정부주의자 같은 태도를 보였다. 1987년 선거를 앞두고 나디아가 키아소에서 체포되었다는 기사를 읽고 난 뒤에도 우리는 이 소식을 두고 심하게 다퉜다.

카르멘은 두려움에 떨면서 정신없이 우리 집으로 뛰어왔다. 이성적으로 생각할 수 있는 상태가 아니었다.

"이제 곧 파스콸레도 잡힐 거야. 솔라라 형제에게서 벗어나나 했는데 경찰에게 죽임을 당할 거야."

릴라가 말했다.

"나디아는 경찰한테 잡힌 게 아니야. 감형받으려고 자수한 거야."

나는 릴라의 의견이 일리 있다고 생각했다. 신문에 실린 기사는 몇 줄 되지 않았고 추격이나 총격전, 체포되었다는 언급이 없었다. 카르멘을 진정시키기 위해 나는 다시 예전과 같은 조언을 했다.

"내가 예전에도 그랬잖아. 파스콸레도 자수하는 편이 좋아."

릴라는 기다렸다는 듯이 화를 내며 소리를 질렀다.

"누구한테 자수하라는 거야?"

"국가."

"국가라고?"

릴라는 장관, 국회의원, 판사, 비밀요원들이 1945년부터 지금까지 자행해온 도둑질과 범죄세력과 결탁해 저지른 만행을 간략하게 나열했다. 언제나처럼 릴라는 생각보다 많은 정보를 알고 있었다.

릴라는 악을 썼다.

"네가 말하는 국가란 게 이런 거야. 어떻게 파스콸레를 넘길 생각을 해?"

릴라는 나를 자극했다.

"나디아는 몇 달 안에 석방되겠지만 파스콸레가 잡히면 감옥에 가두고 열쇠를 갖다버릴 게 분명해. 우리 내기할까?"

릴라는 내게 달려들 듯한 기세로 말했다.

"내기 한번 해봐?"

나는 대답하지 않았다. 그런 식의 이야기가 카르멘에게 좋을 턱이 없기 때문에 걱정이 됐다. 솔라라 형제가 죽자 카르멘은 즉시 소송을 취하하고 내게 최대한 잘해주려고 애썼다. 할 일이 태산이고 걱정거리도 많은데 항상 내 딸들을 돌보는 데 도움을 주려고 했다. 나는 우리가 그런 카르멘을 진정시키기는커녕 더 괴롭게 한다는 생각에 마음이 좋지 않았다. 카르멘은 몸을 바들바들 떨면서 말했다.

"레누, 나디아가 자수한 거라면 자기가 한 일을 후회하고 있다는 뜻이잖아. 모든 책임을 파스콸레에게 돌리고 자기 혼자 빠져나오려는 건 아닐까? 안 그래, 리나?"

카르멘은 내게 말했지만 실은 릴라의 동의를 구하고 있었다.

그러다 이번에는 내가 동의해주기를 바라면서 릴라에게 쌀쌀맞게 말했다.

"이제는 신념의 문제가 아니야, 리나. 우리는 파스콸레의 안전을 생각해야 해. 살해당하는 것보다는 감옥에서 사는 편이 낫다는 사실을 깨닫게 해줘야 해, 그렇지 않아, 레누?"

릴라는 우리 둘에게 욕지거리를 쏟아붓더니 자기 집인데도 문을 쾅 닫고 나가버렸다.

## 18

릴라가 집 밖으로 나가 거리를 배회하는 것은 모든 집안 문제와 이로 인한 긴장감을 해결하는 방법이었다. 릴라는 고객들에게 어떻게 응대해야 할지 몰라 쩔쩔매는 엔초와 리노도 외면하고 내가 출장갈 동안 내 딸들을 돌봐주기로 한 약속도 모두 잊고 아침 일찍 집을 나가 저녁에야 돌아오는 일이 잦아졌다. 릴라는 이제 믿지 못할 사람이 됐다. 조금만 비위에 거슬려도 뒤따를 결과를 생각하지 않고 손을 놓았다.

언젠가 카르멘은 릴라가 도가넬라에 있는 오래된 공동묘지로 몸을 피하는 거라고 했다. 그곳에서 무덤조차 없는 티나를 생각하기 위해 어떤 어린 여자아이의 무덤을 고른 거라고 했다. 나무와 식물이 무성한 좁은 길과 돌 조각상을 놓아둔 공동묘지의 오래된 벽감 사이를 산책하다가 빛바랜 사진 앞에 발걸음을 멈추는 거라고 했다.

카르멘이 말했다.

"죽은 자들이 릴라 마음을 편하게 해주는 거야. 그들에게는 자기 딸에게는 없는 태어난 날짜와 죽은 날짜가 새겨진 비석이 있으니까. 티나에게는 영원히 태어난 날만 남겠지. 정말 끔찍한 일이야. 그 가 없은 것은 평생 삶을 끝맺지 못할 거야. 제 어미가 걸터앉아 마음을 가라앉힐 수 있는 마침표를 찍을 수 없을 거야."

카르멘이 죽음에 대해 과도한 상상력을 발휘하는 경향이 있다는 것을 알기에 나는 그녀의 말에 주의를 기울이지 않았다. 나는 릴라가 아무런 생각 없이 그저 몇 년 동안 자신을 서서히 독살하는 고통을 잊기 위해 도시를 배회하는 거라고 생각했다. 그도 아니면 릴라답게 극단적으로 이제부터는 아무도 돌보지 않겠다고 결심한 거라고 생각했다.

나는 릴라의 마음이 실은 그와 정반대인 것을 요구한다는 걸 알고 있었기에 릴라가 평정심을 잃을까봐 두려웠다. 나는 릴라가 엔초나 리노나 나나 내 딸들과 자기를 귀찮게 하는 행인이나 자기를 빤히 쳐다보는 사람을 대상으로 기다렸다는 듯이 분통을 터뜨릴까봐 두려웠다. 집에서라면 릴라와 싸울 수도 있고 릴라를 진정시키거나 제어할 수 있지만 밖에서는 그럴 수 없었다.

나는 릴라가 외출할 때마다 곤경에 처할까봐 두려웠다. 하지만 그보다는 릴라가 자기 집 현관문을 쾅 닫고 계단을 지나 밖으로 나가는 발소리가 들려올 때마다 안도의 숨을 내쉴 때가 잦아졌다. 릴라가 우리 집으로 올라와 어떻게 해서든 내게 상처를 주려고 기분 나쁜 말을 퍼부어대거나 데데와 엘사를 괴롭히거나 내가 듣는 데서 임마를 깎아 내리지 않을 것이기 때문이었다.

이제 정말 고향을 떠날 때가 되었다는 생각이 또다시 끈질기게 머릿속을 맴돌았다. 나도 데데도 엘사도 임마도 고향에 머무르는 것은 아무런 의미가 없었다. 릴라도 병원에 입원해 수술하고 몸이 안 좋아지자 예전에는 가끔 하던 말을 점점 자주 하기 시작했다.

"여기서 떠나, 레누. 뭐 하러 이곳에 있는 거야. 생각을 해봐. 그렇게 하겠다고 성모 마리아에게 맹세한 것도 아니면서 이곳에 머물러 있을 필요가 없잖아."

릴라는 내가 자기 기대에 부응하지 못했다는 사실을 상기시키려 했다. 내가 다른 지식인들에게 과시하기 위해 고향에 머무른다는 사실을 상기시키려 했다. 아무리 공부를 많이 하고 책을 많이 읽었어도 내가 예나 지금이나 릴라 자신과 우리가 태어난 이곳에 별 도움이 되지 않는다는 사실을 상기시키려 했다. 나는 기분이 상해서 생각했다.

'나를 성과가 형편없다고 해고라도 하고 싶은 것처럼 대하네.'

19

그 시절 나는 미래에 대해 골똘히 생각에 잠기곤 했다. 딸들에게는 안정감이 필요했다. 나는 아이들 아버지들이 자기 딸들에게 신경을 쓰게 하려고 했다. 가장 큰 문제는 니노였다. 니노가 하는 일이라고는 가끔 전화해서 듣기 좋은 말을 늘어놓는 게 다였고 임마는 그런 니노에게 한마디 이상 긴 대답을 한 적이 없었다.

니노는 최근에 사회당 소속으로 선거에 출마했는데 평소 그의 야망을 생각해보면 어느 정도 예측할 수 있는 선택이었다. 선거 운동을 할 때 니노는 내게 자기에게 투표해줄 것과 다른 사람들이 자기에게 투표하도록 도와달라는 짧은 편지를 보냈다.

'리나에게도 말해줘!'

이 말로 마무리한 편지봉투 안에는 그의 매력적인 얼굴과 짧은 약력이 실린 전단지가 있었다. 니노는 유권자들에게 자신이 알베르티노, 리디아, 임마 세 아이의 아버지임을 알리는 정보에 펜으로 밑줄을 그은 후 그 옆에 '이 부분을 꼭 임마에게 보여줘'라고 적어 놓왔다.

나는 니노에게 투표하지도 않았고 그가 당선되도록 발 벗고 나서지도 않았지만 임마에게 전단지를 보여주기는 했다. 임마는 내게 그 전단지를 가져도 되냐고 물었다. 임마 아빠가 당선되었을 때 나는 임마에게 국민과 선거와 대의민주주의와 국회에 대해 간략하게 설명해주었다.

니노는 로마로 거주지를 옮겼다. 당선되고 나서 딱 한 번 자아도취감에 빠져 성급하게 쓴 것 같은 편지를 보냈다. 니노는 그 편지를 자기 딸과 데데와 엘사에게 읽어주라고 했다. 전화번호도 주소도 없는 편지에는 멀리서 우리를 보호해주겠다는 내용뿐이었다.

'내가 너희 모두를 지켜줄 테니 안심들 하렴.'

임마는 아빠의 존재를 증명하는 그 편지도 간직하고 싶어 했다. 엘사는 가끔 임마에게 이런 말을 하곤 했다.

"너는 귀찮은 아이야. 그래서 우리 이름은 아이로타인데 네 이름은 사라토레인 거야."

하지만 니노가 당선된 후로는 임마가 자기 성이 언니들 성과 다르다는 사실을 예전보다 덜 혼란스러워하는 것 같았다. 아니 걱정을 덜 하는 것 같았다고 하는 게 더 정확한 표현이다. 언젠가 학교 선생님이 임마에게 물었다.

"네가 사라토레 의원님의 딸이니?"

다음 날 임마는 그 사실을 증명하기 위해 그때까지 만약을 대비해 간직했던 전단지를 가져다 보여주었다. 나는 임마가 제 아빠를 자랑스러워하자 기뻤다. 아빠를 향한 이러한 임마의 감정을 더 깊이 뿌리 내리게 해야겠다고 나는 생각했다.

물론 니노는 바쁘고 파란만장한 삶을 살고 있었다. 그래도 상관

없었다. 사정이 어찌되었든 자기 딸을 필요할 때 꺼냈다가 다음번에
사용할 때까지 서랍 속에 넣어두는 장식품 취급을 할 수는 없는 법
이다.

지난 몇 년 동안 피에트로와는 아무런 문제가 없었다. 피에트로는
꼬박꼬박 아이들 양육비를 보내주었고 (니노에게는 땡전 한 푼 받
은 적이 없었다) 나름대로 아이들의 삶에 참여하기 위해 아빠의 역
할을 하는 데 최선을 다했다. 하지만 피에트로는 얼마 전에 도리아
나와 헤어진 후 피렌체에서의 삶에 환멸을 느껴 미국으로 떠나고 싶
어 했다. 피에트로라면 워낙 고집이 세기 때문에 자신이 원하는 바
를 틀림없이 이룰 것이었다. 그렇기 때문에 나는 불안했다. 내가 피
에트로에게 말했다.

"데데와 엘사는 어떻게 하고 미국에 가려는 거야?"

피에트로가 대답했다.

"지금은 내가 도망가는 것 같겠지만 두고 봐. 내가 미국에 가면 무
엇보다 데데와 엘사에게 도움이 될 거야."

물론 그럴 수도 있겠지만 피에트로의 말에서 니노가 한 말('내가
너희 모두를 지켜줄 테니 안심들 하렴')과 비슷한 느낌을 받았다. 어
쨌든 결국 데데와 엘사도 아빠 없는 아이들이 될 것이다. 임마는 아
빠 없이도 잘 컸지만 데데와 엘사는 피에트로를 좋아했다. 원하면
언제든지 아빠에게 달려가는 데 익숙한 아이들이었다.

피에트로가 떠나면 아이들은 분명 슬퍼하고 위축될 것이다. 물론
데데와 엘사는 어린아이가 아니었다. 데데는 18세였고 엘사는 15세
였다. 학교 성적도 우수했고 좋은 선생님 밑에 있었다. 하지만 그 정
도로 충분할까. 데데와 엘사는 주변 환경에 완전히 동화된 적이 한
번도 없었다. 둘 다 학교 동급생들이나 친구들을 못 미더워했다. 리

노와 있는 것만 좋아하는 것 같았다. 하지만 데데와 엘사보다 훨씬 나이가 많은데도 더 어린아이 같은 그 통통한 청년과 내 딸들 사이에는 대체 어떤 공통점이 있는 걸까.

이제 그만 나폴리에서 떠나야겠다. 로마로 갈 수도 있다. 임마를 위해 니노와 관계를 개선하려고 노력해볼 수도 있다. 물론 친구로서 말이다. 아니면 피에트로가 자기 딸들과 조금 더 시간을 함께 보낼 수 있도록 피렌체로 돌아갈 수도 있다. 그러면 피에트로가 대서양을 건너 떠나지 않을 수도 있을 것이다. 어느 날 저녁 릴라가 씩씩거리면서 우리 집에 쫓아왔을 때 나는 문제의 시급함을 느꼈다. 얼핏 보기에도 릴라는 상태가 안 좋았다. 릴라가 물었다.

"네가 데데한테 리노랑 만나지 말라고 한 거야?"

나는 당황했다. 나는 단지 데데에게 껌 딱지처럼 리노에게만 달라붙어 있지 말라고 했을 뿐이었다.

"만나고 싶으면 얼마든지 만나도 되지만 데데가 리노를 귀찮게 할까봐 걱정했어. 리노는 다 컸는데 데데는 아직 어리잖아."

"솔직히 말해봐, 레누. 너는 내 아들이 네 딸에게 어울리지 않는다고 생각하는 거야?"

나는 의아한 표정으로 릴라를 바라보았다.

"어울리지 않는다니?"

"데데가 리노한테 푹 빠졌다는 건 너도 잘 알잖아."

나는 웃음을 터뜨렸다.

"데데가? 리노를?"

"왜, 너는 네 대단한 따님께서 내 아들 때문에 죽고 못 사는 게 말도 안 된다고 생각해?"

## 20

그제야 나는 매달 행복하게 호위 기사를 갈아치우는 엘사와는 달리 데데는 한 번도 누구를 좋아한다고 선언하거나 그런 기색을 내비친 적이 없다는 사실을 알았다. 나는 데데가 외모에 자신이 없거나 눈이 너무 높아서 그런 거라고 생각했다. 나는 학교 친구들 중에 그렇게 괜찮은 아이가 없냐고 가끔 데데를 놀리기도 했다.

데데는 대상에 상관없이 경박함을 싫어했다. 자기 자신에게도 그랬지만 엄마인 나에게는 특히 더 엄한 잣대를 들이댔다. 가끔 시시덕거리는 정도는 아니더라도 내가 남자와 웃는 모습을 목격하면 데데는 나를 대놓고 비난했다. 하다못해 데데 학교 친구가 데데를 집에 데려다줄 때 내가 자기 친구를 친절하게 대하는 것도 보기 힘들어했다. 몇 달 전에는 어떤 불쾌한 상황에 대해서 내게 사투리로 천박한 말을 해서 나를 화나게 만들었다.

하지만 이 경우는 단순히 경박함에 대한 문제는 아니었다. 릴라와 대화를 나눈 후부터 나는 데데를 자세히 관찰하기 시작했다. 그러자 나는 리노를 보호하려는 데데의 태도가 지금까지 내가 생각했던 것처럼 단순히 어린 시절부터 정이 들었거나 사춘기 소녀라면 무시당하고 모욕당하는 사람들에 대해 느낄 법한 열정적인 보호본능이 아니라는 것을 알아챘다. 나는 데데의 금욕적인 성향이 어린 시절부터 오직 리노에게만 느껴온 강한 유대감 때문이라는 사실을 깨닫자 두려워졌다. 오랫동안 니노를 사랑했던 내 경험이 떠올라 걱정이 됐다.

'데데가 나와 같은 길을 가려고 해.'

설상가상으로 니노는 소년 시절부터 뛰어났고 어른이 되어서도 잘생기고 똑똑하고 성공했지만 리노는 성격이 불안정한 데다 무식하고 매력도 미래도 없는 청년이었다. 게다가 곰곰이 생각해보니 외모도 스테파노보다 할아버지 돈 아킬레와 더 닮은 것 같았다.

나는 데데와 이야기해보기로 했다. 고등학교 졸업시험이 얼마 남지 않아 할 일이 많으니 다음에 이야기하자고 하면 됐을 텐데 데데는 나를 밀어낼 줄도 알고 연기할 줄도 아는 엘사와는 달랐다. 큰딸은 내가 무엇을 묻든 시기와 상황에 상관없이 거짓을 보태지 않고 솔직하게 대답할 아이였다. 나는 물었다.

"리노를 사랑하니?"

"네."

"리노는?"

"그건 몰라요."

"언제부터 그런 마음이었니?"

"평생이오."

"리노가 네 마음과 다르면?"

"삶의 의미가 없어지겠죠."

"이제 어떻게 할 셈이니?"

"시험 끝나고 말씀드릴게요."

"지금 말해보렴."

"리노도 저를 좋아하면 함께 떠날 거예요."

"리노도 나폴리를 싫어하니?"

"네. 볼로냐에 가고 싶어 해요."

"왜?"

"자유로운 곳이니까요."

나는 데데를 다정하게 바라보았다.

"데데야, 네 아빠도 나도 네가 그렇게 하도록 허락하지 않을 거라는 걸 너도 잘 알잖니."

"허락하지 않으셔도 괜찮아요. 전 그래도 떠날 테니까요."

"돈은 어쩌고?"

"직장을 구할 거예요."

"네 동생들은 어쩌고? 나는?"

"엄마, 우리는 언젠가는 결국 헤어져야 해요."

나는 데데와의 대화에서 힘없이 물러났다. 데데가 말도 안 되는 말을 논리정연하게 설명하는 동안 나는 지극히 논리적인 이야기를 듣고 있는 것처럼 보이기 위해 애썼다.

나는 불안감에 사로잡혀 무엇을 해야 할지 고민했다. 데데는 사랑에 빠진 사춘기 소녀일 뿐이었다. 어떻게 해서든 정신을 차리게 할 수 있을 것이다. 문제는 릴라였다. 나는 릴라가 두려웠다. 나는 릴라와의 충돌이 쉽지 않을 것이라고 생각했다. 티나를 잃은 후 릴라에게는 리노밖에 없었다. 릴라와 엔초는 가혹한 방법으로 리노를 겨우 마약에서 벗어나게 했다. 그런 상황에서 나까지 리노를 괴롭히는 것은 받아들이지 않을 것이다.

게다가 리노는 데데와 엘사와 같이 있으면서 나아지고 있었다. 그 무렵에는 엔초의 일을 돕기도 했다. 그러니 내 딸들을 리노에게서 떨어뜨려 놓으면 리노가 다시 방황할 수도 있었다. 나부터도 리노가 예전으로 돌아갈까봐 두려웠다. 사실 나도 리노에게 정이 들었다. 리노는 어린 시절에도 불행했고 청년이 된 지금도 불행했다. 분명 리노는 어렸을 때부터 데데를 좋아했을 것이다. 데데를 포기하는 것을 견디기 힘들어할 것이다. 그러니 어찌하면 좋단 말인가.

나는 리노를 더 다정하게 대했다. 나는 리노가 오해하지 않기를 바랐다. 나는 리노를 소중히 생각했고 리노가 부탁하는 일이라면 그를 돕기 위해 최선을 다할 것이었다. 하지만 그와는 별개로 누가 봐도 리노와 데데가 너무나 다르고 둘이 어떤 결론에 도달하든 그 끝은 좋지 않을 것임을 알 수 있었다.

나는 그쪽으로 방향을 잡고 행동에 나섰다. 시간이 지날수록 리노는 더 친절해졌다. 부서진 블라인드와 물이 새는 수도꼭지를 고쳐주기도 했다. 리노가 뭔가를 고치는 동안 세 자매는 조수 노릇을 했다. 하지만 릴라는 자기 아들이 우리에게 친절하게 구는 것을 못마땅해 했다. 자기 아들이 우리 집에서 너무 오래 있다 싶으면 아래층에서 위압적인 목소리로 리노를 불렀다.

## 21

이에 그치지 않고 나는 피에트로에게도 전화를 했다. 피에트로는 보스턴으로 떠날 예정이었다. 이미 결심을 굳힌 듯했다. 피에트로는 도리아나에게 화가 나 있었다. 피에트로는 경멸감에 가득 찬 말투로 겪어보니 도리아나는 믿을 수 없는 데다 윤리 의식이 없다고 했다.

피에트로는 내 말에 주의 깊게 귀를 기울였다. 피에트로는 리노를 잘 알고 있었다. 리노가 어린 시절 어떤 아이였는지도 기억하고 있었고 커서 어떻게 되었는지도 잘 알고 있었다.

"마약 문제가 있는 건 아니지?"

피에트로가 실수하지 않기 위해 두어 번에 걸쳐 또 확인했다.

"일은 하나?"

피에트로가 딱 한 번 물었다. 내가 말을 끝마치자 피에트로가 말했다.

"말도 안 되는 일이야."

우리는 우리 딸의 감수성을 고려할 때 둘이 조금이라도 진도를 나갔을 가능성은 배제하기로 했다.

나는 우리 둘의 의견이 같아서 다행이라고 생각했다. 나는 피에트로에게 나폴리에 와서 데데와 대화를 해달라고 했다. 피에트로는 그러겠다고 했지만 너무 바빠서 데데가 졸업시험을 보기 직전에야 나타났다. 실질적으로 미국에 가기 전 마지막으로 작별 인사를 하기 위해 찾아온 것이기도 했다.

오랜만의 만남이었다. 피에트로는 여전히 어딘지 산만해보였다. 그새 몸도 무거워지고 머리도 반백이 되어 있었다. 그동안 아이들 때문에 피에트로가 나폴리에 오기는 했지만 그때마다 몇 시간만 머물다 떠나거나 아니면 아이들을 데리고 바로 떠났었다. 피에트로는 티나가 실종되고 나서 처음으로 릴라와 엔초를 만나는 것이었기 때문에 두 사람에게 특별히 신경을 썼다. 피에트로는 상냥했다. 저명한 교수라는 직위 때문에 상대방이 당황하지 않도록 주의를 기울였다. 피에트로는 언제나 그랬듯 진지하게 상대방의 이야기에 공감하며 릴라와 엔초와 오랫동안 이야기를 나눴다.

나는 그런 피에트로의 모습에 익숙했다. 전남편의 그런 면 때문에 예전에는 짜증이 나기도 했지만 지금은 그게 억지로 꾸며낸 모습이 아니란 것을 알기에 그런 그의 모습이 좋았다. 데데에게도 그런 제 아빠의 특징이 자연스럽게 나타났다.

피에트로가 티나에 대해 무슨 말을 했는지 모르지만 무표정한 엔초와는 달리 릴라의 표정이 밝아졌다. 릴라는 몇 년 전에 그가 보내준 아름다운 편지에 대해 고마움을 표시했다. 슬픔을 이겨내는 데 많은 도움이 됐다고 했다. 나는 그때 처음으로 티나가 실종된 뒤 피에트로가 릴라에게 편지를 보냈었다는 사실을 알게 되었다.

나는 릴라가 순수하게 고마워하는 모습을 보고 놀랐다. 피에트로가 겸손해하자 릴라는 대화에서 엔초를 완전히 배제하고 내 전남편과 나폴리에 대해 이야기하기 시작했다. 둘은 첼라마레 궁에 대해 오랫동안 이야기를 나눴다. 나는 고작해야 그 궁전이 키아이아 위쪽에 있다는 사실을 아는 정도였는데 릴라는 궁의 구조와 역사와 유물들을 세세히 알고 있었다.

나는 릴라가 그 궁에 대해 아는 게 많다는 것을 그제야 알았다. 피에트로가 릴라의 말을 흥미롭게 듣는 동안 나는 혼자 씩씩대기 시작했다. 나는 피에트로가 딸들과 시간을 보내기를 원했다. 특히 데데와 이야기를 해주기를 원했다.

마침내 릴라에게서 벗어난 피에트로는 엘사와 임마와 시간을 보낸 다음 데데와 둘이서만 따로 이야기하는 시간을 마련했다. 부녀는 오랫동안 침착하게 대화를 나눴다. 나는 창가에서 둘이 큰길을 오가면서 산책하는 모습을 자세히 관찰했다. 둘의 외모가 그토록 많이 닮았다는 것이 새삼 인상적이었다. 데데는 제 아빠처럼 머리가 부스스하지는 않았지만 커다란 골격은 영락없이 제 아빠의 것이었다. 어딘지 굼떠 보이는 걸음걸이도 비슷했다. 데데에게는 열여덟 살 소녀다운 여성스러운 부드러움이 있었다. 하지만 몸짓에서부터 걸음걸이까지 피에트로와 똑같았다. 데데는 제 아빠의 몸이 꿈의 보금자리라도 되는 것처럼 그의 몸 안에 들어갔다가 나온 것처럼 행동했다. 나는 창가에 서서 두 사람을 홀린 듯 바라보았다. 그러는 새 시간이 흘렀다. 대화가 너무 길어지자 엘사와 임마가 발을 동동 구르기 시작했다.

"나도 아빠한테 할 얘기가 있어요."

엘사가 말했다.

"저러다 가버리면 우리는 언제 이야기를 해요?"

임마도 중얼거렸다.

"나중에 나랑도 이야기하자고 했어요."

마침내 피에트로와 데데가 집에 돌아왔다. 둘 다 기분이 좋아보였다. 세 아이는 저녁 내내 피에트로 주위에 둘러 앉아 그의 말에 귀를 기울였다. 피에트로는 붉은 벽돌로 지은 커다랗고 멋진 건물에서 근무하기 위해 떠나는 거라고 했다. 그 건물 현관에는 동상이 있다고 했다. 얼굴도 옷도 어두운 색으로 만든 남자 동상인데 행운을 빌기 위해 매일 만지고 가는 학생들 때문에 한쪽 신발만 반짝인다고 했다. 햇살이 비치면 그 부분만 금으로 만든 것처럼 빛난다고 했다. 그들은 나는 쏙 빼놓고 자기들끼리만 즐거워했다. 그럴 때면 나는 항상 똑같은 생각이 들었다.

'매일 아버지 노릇을 할 필요가 없어지니 정말 좋은 아버지가 되었네. 임마도 피에트로를 정말 좋아하고. 남자들은 다 똑같은가봐. 잠깐 같이 살다 아이를 낳으면 떠나보내야 하나봐. 니노처럼 경솔한 사람이면 아무런 책임감 없이 떠나는 거고 피에트로처럼 진지한 사람이면 아버지로서의 의무를 다하고 필요할 때 최선을 다하는 거야.'

확실한 것은 정절과 믿음을 바탕으로 한 동거의 시대는 남녀를 불문하고 끝났다는 것이다. 그렇다면 왜 나는 리노라 불리는 불쌍한 젠나로를 위험하게 생각하는 걸까. 데데는 자신의 열정을 다 불태워 버리고 난 다음 자기 길을 갈 것이다. 그러다 가끔 서로 만나기도 하고 다정한 말을 주고받을 수도 있다. 어차피 이런 순서를 밟을 텐데 왜 나는 내 딸에게 딸이 원하는 것과는 다른 것을 요구하는 걸까.

이 생각에 왠지 모르게 내 자신이 부끄러워서 나는 최대한 엄한 목소리로 이제 자러 갈 시간이라고 했다. 엘사는 고등학교만 졸업하면 자기도 미국으로 가 아빠랑 살겠다고 했고 임마는 피에트로의 팔을 잡아당기면서 관심을 끌려 했다. 아마 자기도 피에트로를 보러 미국에 가도 되냐고 물을 생각이었을 것이다.

데데는 불안한 표정으로 말이 없었다. 나는 모든 일이 벌써 해결되었다고 생각했다. 리노는 이미 과거의 인물이 된 거라고 생각했다. 이제 데데가 엘사에게 이렇게 말할 거라고 생각했다.

'너는 아직 4년이나 기다려야 하지만 나는 이제 곧 고등학교를 졸업할 예정이니 길어야 한 달 안에 바로 아빠한테 갈 거야.'

## 22

우리 둘만 남게 되자 나는 피에트로의 표정만 봐도 그가 몹시 걱정하고 있다는 사실을 알 수 있었다. 피에트로가 말했다.

"방법이 없어."

"무슨 말이야?"

"데데는 원리원칙대로 움직이는 아이잖아."

"데데가 뭐라고 했는데?"

"뭐라고 했는지는 중요하지 않아. 무엇을 할 것인지가 중요하지. 데데는 한다면 하는 아이야."

"리노랑 자겠대?"

"응. 데데는 확실한 계획을 세워놨어. 단계별 세부 계획까지. 시험이 끝나면 리노에게 고백할 거래. 처녀성을 잃을 거고 리노와 함께 나폴리를 떠나 직업윤리 따위는 내동댕이치고 구걸하면서 살아갈 거래."

"농담하지 마."

"농담하는 거 아니야. 데데가 한 말을 그대로 전하는 거야."

"그런 식으로 비아냥대기는 쉽지. 나쁜 엄마 역은 내게 맡기고 당신은 떠나면 그만이니까."

"데데는 나를 믿고 있어. 리노가 원하면 그와 함께 보스턴으로 오겠대."

"이 계집애 다리를 분질러 놓아야겠어."

"반대 상황이 일어날 수도 있지."

우리는 밤늦도록 이야기를 나눴다. 데데 이야기에서 시작해 엘사와 임마 이야기를 나누다 나중에는 정치, 문학, 내 책, 신문 기고문, 피에트로가 쓰고 있는 에세이 등 온갖 이야기를 다했다. 그토록 오랫동안 대화를 나눈 것은 정말 오랜만이었다. 피에트로는 내가 언제나 중립을 지키려 한다면서 유쾌하게 나를 놀렸다. 피에트로는 나의 어중간한 페미니즘, 어중간한 마르크시즘, 어중간한 프로이트주의, 어중간한 푸코이즘, 어중간한 체제 전복주의를 놀렸다.

"나한테만 어중간한 태도를 안 보였지."

피에트로가 문득 쓸쓸하게 말했다. 피에트로는 한숨을 내쉬었다.

"당신은 나를 탐탁해하지 않았어. 뭐든 마음에 들어 하지 않았지. 그에 비해 니노는 완벽했고. 하지만 지금은 어떻게 됐지? 준엄한 척은 혼자 다 하더니 지금은 사회당 깡패집단의 일원이 됐잖아. 아! 엘레나, 엘레나. 정말이지 당신은 내게 큰 아픔을 주었어. 권총으로 위협당했을 때도 당신은 되레 내게 화를 냈지. 당신이 집 안에 끌어들인 어린 시절 친구들은 살인자였고. 기억해? 그래도 어쩔 수 없지. 당신은 엘레나니까. 나는 당신을 정말 사랑했어. 우리는 함께 두 딸을 낳았어. 그런 당신을 어떻게 좋아하지 않을 수 있겠어."

나는 피에트로의 말을 귀담아 들었다. 그동안 내가 자주 말도 안 되는 행동을 했다는 사실은 인정했다. 니노에 대한 그의 생각이 옳았다는 이야기도 했다. 니노는 실망스러운 사람이었다. 그러면서 나는 화제를 다시 데데와 리노에게 돌리려 했다. 나는 너무 걱정스러웠다. 이 상황을 도무지 어떻게 해결해야 할지 몰랐다. 나는 데데에게서 리노를 떼어놓으면 릴라와 문제가 생길 거라고 했다. 그 생각을 하면 마음이 안 좋았다. 릴라는 그런 내 행동에 모욕을 느낄 것이 분명했다. 피에트로도 고개를 끄덕였다.

"당신이 도와줘야 해."

"어떻게 해야 리나를 도울 수 있을지 모르겠어."

"리나는 고통에서 벗어나려고 다른 데 신경을 쓰고 있지만 그래도 괴로울 거야."

"아니, 예전에는 그랬을지 모르지만 지금은 아무것도 안 해. 일도 안 하는걸."

"그렇지 않아."

피에트로는 릴라가 자기에게 하루 종일 국립도서관에서 시간을 보낸다는 이야기를 털어놓았다고 했다. 릴라가 나폴리에 대한 모든 것을 알고 싶다고 했다는 것이다. 나는 어리둥절해서 피에트로를 바라보았다. 릴라가 다시 도서관을 찾는다니. 그것도 1950년대처럼 동네 도서관이 아니라 명성은 뛰어나지만 불편하기 짝이 없는 국립도서관을. 동네에서 사라질 때마다 그런 일을 하고 있었던 건가. 릴라에게 새로운 열정이 생긴 건가. 대체 왜 내게는 아무 말도 하지 않은 걸까. 아니면 피에트로가 내게 말을 전할 거라는 것을 예측하고 일부러 피에트로에게 말한 걸까.

"당신한테 숨기고 있었던 거야?"

"자기한테 필요할 때 말할 생각이었겠지."

"리나에게 용기를 북돋아줘. 그렇게 재능이 뛰어난 사람이 초등학교밖에 졸업하지 못했다는 건 말도 안 되는 일이야."

"리나는 자기가 하고 싶은 일만 해."

"그건 당신 생각이지."

"나는 여섯 살 때부터 리나를 봐왔어."

"그래서 리나가 당신을 싫어하는 건지도 몰라."

"리나는 나를 싫어하지 않아."

"매일같이 당신은 자유로운데 자기는 갇혀 있다고 생각하면서 사는 게 쉽지는 않을 거야. 지옥이라는 게 정말 존재한다면 만족하지 못하는 리나의 머릿속에 있을 거야. 나는 단 한순간도 그 안으로 들어가고 싶지 않아."

피에트로가 '그 안으로 들어가다'라고 말할 때 그의 말투에서 공포와 매혹과 연민이 한데 뒤섞여 느껴졌다. 나는 다시 말했다.

"어쨌든 리나는 절대로 나를 싫어하지 않아."

피에트로가 웃음을 터뜨렸다.

"그래. 편한 대로 생각해."

"그만 자자."

피에트로가 의아하다는 눈빛으로 나를 바라보았다. 나는 평소처럼 그를 위한 간이침대를 준비하지 않았던 것이다.

"같이?"

지난 12년 동안 우리는 서로 옷깃도 스치지 않았다. 나는 아이들이 잠에서 깨어나 우리가 한 침대에 있는 것을 볼까봐 밤새 조마조마했다. 나는 희미한 불빛 아래서 헝클어진 옷차림으로 가냘프게 코를 골고 있는 뚱뚱한 남자의 모습을 가만히 바라보았다. 결혼 후 피에트로가 그토록 오랫동안 내 곁에서 잠들었던 적은 없었다. 좀처럼 오르가슴에 도달하지 못하던 피에트로는 긴 성행위로 나를 괴롭히고는 설핏 잠이 들었다가 일어나서 공부하러 가버리곤 했다.

그날 밤 우리는 기분 좋게 사랑을 나누었다. 그날 우리가 나눈 사랑은 작별 인사이기도 했다. 둘 다 다시는 그런 일이 일어나지 않을 것을 알고 있었다. 그렇기 때문에 좋은 시간을 보낼 수 있었다.

피에트로는 도리아나에게 내가 그에게 가르쳐주지 못했거나 가르쳐주고 싶지 않았던 것을 배웠고 내게 그런 사실을 알리기 위해 최선을 다했다. 나는 새벽 6시에 일어나 그에게 말했다.

"그만 가봐야지."

나는 피에트로를 차까지 바래다주었다. 피에트로는 내게 딸들을, 특히 데데를 잘 돌보라고 다시 한번 당부했다. 악수를 하고 서로의 뺨에 입을 맞춘 뒤 피에트로는 떠났다.

나는 무기력하게 신문 가판대를 향해 갔다. 가판대 주인은 조간신문을 펼쳐놓는 참이었다. 나는 평소처럼 제목만 훑어보고 말 신문을 3부 사들고 집으로 돌아왔다.

아침식사를 준비하면서 피에트로와 나눈 대화를 되짚어보았다. 가끔은 우리 머릿속에서 일어나는 일과 우리에게까지 파장을 일으킬 현실의 사건이 신기하게 연결되기도 한다. 나에 대한 피에트로의 가벼운 원망이나 데데 이야기, 다소 일차원적인 릴라에 대한 심리 분석 등 생각할 거리가 많았는데도 내 머릿속에는 피에트로가 파스콸레와 나디아를 살인자라고 불렀던 것이 맴돌았다. 피에트로가 못마땅한 말투로 들먹인 내 유년 시절 친구들이란 바로 파스콸레와 나디아를 가리키는 것이었다. 나는 어느덧 자연스럽게 나디아에게는 살인자라는 수식어를 붙이고 있었지만 파스콸레는 아니었다.

나는 아직도 파스콸레를 살인자라고 부를 수 없었다. 그 이유에 대해 생각하고 있는데 전화벨이 울렸다. 릴라였다. 릴라는 아래층에서 내가 피에트로와 나갔다 들어오는 소리를 듣고 있었던 것이다. 릴라는 내게 신문을 사왔느냐고 물었다. 라디오에서 방금 파스콸레가 체포되었다는 뉴스를 들었다고 했다.

23

파스콸레가 체포되었다는 소식은 그 후 몇 주 동안 우리를 사로잡았다. 고백건대 그때 나는 큰딸의 졸업시험보다 파스콸레 일에 신경을 더 많이 썼다. 릴라와 나는 당장 카르멘 집으로 달려갔다. 카르멘은 이미 모든 것을 알고 있었다. 적어도 중요한 사실은 다 알고 있었다.

카르멘은 침착했다. 카르멘은 파스콸레가 아벨리네세에 있는 세리노 산에서 체포되었다고 했다. 자신이 숨어 있던 오두막이 경찰에게 포위당하자 파스콸레는 이성적으로 행동했다는 것이었다. 난폭하게 반항하지도 않았고 도망치려 하지도 않았다고 했다. 카르멘이 말했다.

"이제는 오빠가 아버지처럼 감옥에서 죽지 않길 바라는 수밖에."

카르멘은 여전히 자기 오빠가 선량한 사람이라고 했다. 감정이 격해져 파스콸레보다 나나 릴라나 자기가 훨씬 더 사악한 생각을 품고 있을 거라고 했다.

"우리는 이때껏 자기 일로만 바빴는데 파스콸레 오빠는 그렇지 않아. 오빠는 아버지의 가르침대로 자랐어."

카르멘은 말하다가 끝내 울음을 터뜨리고 말았다. 카르멘의 말에서 진심어린 고통이 느껴졌다. 그 때문에 처음으로 카르멘이 나나 릴라보다 더 나은 사람이라고 느껴졌다.

릴라는 카르멘의 말에 반박하지 않았고 나는 카르멘의 말에 마음이 불편해졌다. 지금껏 내 삶의 주변부에 있던 펠루소 남매가 지금은 그들의 존재만으로 내 마음을 어지럽혔다. 나는 파스콸레와 카르멘의 목수 아버지가 언젠가 프랑코가 데데에게 가르쳐주었던 것처럼 '메네니우스 아그리파의 우화'에 대해 설명해주었을 거라고는 생각하지 않았다. 하지만 파스콸레와 카르멘 남매는 (카르멘은 파스콸레보다 조금 덜하지만) 언제나 본능적으로 어떤 사람의 수족이 다른 사람의 배를 불린다고 해서 그 사람도 다른 사람과 함께 영양분을 얻지는 못한다는 사실을 알았다. 현실과는 다른 정반대의 사실을 믿게 하려는 사람들은 언젠가는 그 대가를 치른다는 것을 알고 있었다.

파스콸레와 카르멘 남매는 서로 전혀 다른데도 자신들의 삶을 통해서 하나가 되었다. 나나 릴라는 그런 파스콸레와 카르멘에게 온전히 감정이입을 하지는 못했지만 그렇다고 남매를 멀리할 수도 없었다. 어느 날 내가 카르멘에게 이렇게 말한 것도 아마 그런 이유에서였을 것이다.

"오히려 기뻐해야 할 일이야. 파스콸레가 법의 손 안에 있으니 어떻게 그를 도울 수 있을지 알 수 있잖아."

어느 날은 평소에 릴라가 하던 생각에 동의하면서 이렇게 말했다.

"힘없는 자들의 권리를 보호하는 데 법과 권리 보장은 아무 짝에도 쓸모없어. 그들은 파스콸레를 감옥에서 파멸시킬 거야."

가끔 나는 카르멘과 릴라 앞에서 우리가 태어날 때부터 경험해온 폭력이 혐오스럽더라도 지금 우리가 살아가고 있는 이 험난한 세상에 맞서기 위해서는 어느 정도의 폭력이 필요하다는 것을 인정했다.

혼란스러운 상황 속에서 나는 파스콸레를 돕기 위해 최선을 다했다. 나는 그런 상황에서도 정중한 대우를 받는 나디아와는 달리 파스콸레가 자기 자신을 누구에게도 소중하지 않은 하찮은 인간이라고 생각하지 않기를 바랐다.

## 24

나는 유능한 변호사를 알아보았다. 사방팔방 전화를 돌리다 결국 내가 아는 유일한 국회의원 니노에게 연락해보기로 했다. 니노와 직접 통화가 된 적은 한 번도 없었다. 결국 그의 비서가 오랜 신경전 끝에 니노와의 약속을 잡아주었다.

"그에게 전해주세요."

내가 싸늘하게 말했다.

"갈 때 우리 딸도 데리고 갈 거라고요."

전화선 반대편에서 오랫동안 망설이는 게 느껴졌다.

"그렇게 전해드리겠습니다."

마침내 비서가 말했다.

몇 분 후 전화가 울렸다. 이번에도 니노의 비서였다.

그녀는 사라토레 의원님께서 우리를 기꺼이 리소르지멘토 광장에 있는 자기 사무실에서 만나주시겠다고 한 말을 전했다. 하지만 며칠 동안 약속 장소와 시간이 계속 변경됐다.

"의원님께서 갑작스레 떠나시게 됐습니다. 의원님께서 돌아오셨지만 일정이 바쁘십니다. 의원님께서 참석하셔야 할 국회 회의 일정이 태산입니다.”

나는 작가로서 나름대로 명성이 있고 기고가라는 타이틀이 있는 데다 자기 친딸의 어머니이기까지 한 나조차도 국민의 대표와 직접 만나기가 이토록 힘들다는 사실에 놀라지 않을 수 없었다. 마침내 모든 세부 사항이 결정된 후 (결국 약속 장소는 영광스럽게도 국회 의사당이 있는 몬테치토리오로 결정되었다) 임마와 나는 예쁘게 단장을 하고 로마로 출발했다.

임마는 소중히 간직해온 선거 전단지를 가져가도 되느냐고 물었고 나는 그래도 좋다고 했다. 임마는 기차에서 사진과 실제 인물을 비교하려는 것처럼 내내 전단지만 바라보고 있었다. 로마에 도착한 후 우리는 택시를 타고 몬테치토리오로 갔다. 문제가 생길 때마다 나는 신분증을 보여주면서 임마가 들을 수 있도록 일부러 크게 말했다.

“사라토레 의원님과 약속이 있어요. 이 아이는 사라토레 의원의 딸 임마 사라토레랍니다.”

우리는 오랫동안 기다려야 했다. 임마가 참다못해 불쑥 물었다.

“국민들이 아버지를 오래 붙들고 있으면 어쩌죠?”

나는 임마를 안심시켰다.

“국민들은 아버지를 오래 붙들고 있지 않을 거란다.”

마침내 젊고 매력적인 비서를 앞세우고 니노가 도착했다. 니노는 세련되고 눈이 부실 정도로 잘생겨 보였다. 니노는 임마를 열렬하게 포옹하고 입을 맞췄다. 임마를 안아 올리더니 어린아이처럼 내내 안고 다녔다. 하지만 나는 오히려 임마가 니노를 보자마자 너무나 자연스럽게 아빠 목을 꼭 끌어안고 전단지를 꺼내는 모습에 더 놀랐다. 임마는 행복한 목소리로 말했다.

"아빠는 사진보다 실물이 더 잘생겼어요. 우리 담임선생님도 아빠를 뽑았대요."

니노는 임마에게 세심한 주의를 기울였다. 학교 이야기를 물어보기도 하고 학교 친구들과 어떤 과목을 좋아하는지 묻기도 했다. 나에게는 거의 신경을 쓰지 않았다. 니노의 삶에서 나는 그가 지금보다 못했던 과거에 속한 사람이었다. 니노가 그런 나 때문에 쓸데없이 기운을 낭비할 필요는 없었다.

나는 파스콸레 이야기를 꺼냈다. 니노는 내 말을 들으면서도 딸에게서 주의를 돌리지 않고 비서에게 내 말을 받아 적으라는 신호를 보냈다. 내 이야기가 끝나자 니노가 심각하게 물었다.

"내게 뭘 바라는 거야?"

"파스콸레가 건강한지 알아봐줘. 제대로 합법적인 권리를 보장받고 있는지 알아봐줘."

"협조는 잘하고 있어?"

"아닐걸. 앞으로도 그러지는 않을 것 같아."

"협조하는 편이 좋을 텐데."

"나디아처럼?"

니노가 겸연쩍게 웃었다.

"나디아에게는 선택의 여지가 없어. 남은 평생을 감옥에서 썩고 싶지 않다면 말이야."

"나디아는 버릇없는 어린아이일 뿐이야. 파스콸레는 달라."

니노는 바로 대답하지 않았다. 임마의 코를 버튼처럼 누르더니 초인종 소리를 냈다. 둘은 함께 웃음을 터뜨렸다. 니노가 말했다.

"네 친구 상황을 보러 가볼게. 모든 사람의 권리를 보호하는 것이 내 의무니까. 하지만 네 친구에게 그가 살해한 사람들의 가족에게도 권리가 있다는 말은 해줘야겠어. 반란을 빙자해 다른 사람의 피를 흘리게 해놓고서는 이제 와서 자기에게도 권리가 있다고 주장해서 는 안 되지. 알겠니, 임마?"

"네."

"네, 아빠라고 해야지."

"네, 아빠."

"선생님이 괴롭히면 아빠한테 연락하렴."

내가 말했다.

"선생님이 괴롭히면 혼자 해결해야지."

"파스콸레 펠루소처럼?"

"파스콸레에게는 평생 보호해달라고 부탁할 만한 사람이 한 명도 없었어."

"그렇다고 그가 한 행동이 정당화되나?"

"아니. 하지만 임마가 스스로 자기 권리를 지켜야 할 때 아빠한테 연락하라고 한 건 의미심장하네."

"그러는 너는 파스콸레를 위해 나에게 연락했잖아?"

나는 신경이 곤두선 데다 우울해져서 자리에서 일어났다. 하지만 임마에게 그날은 지금까지 살아온 7년의 인생에서 가장 중요한 날이었다.

며칠이 지났다. 내심 시간만 버렸다고 생각했는데 의외로 니노는 약속을 지켰다. 파스콸레에 대해 알아봐준 것이다. 그 후 나는 니노를 통해 변호사들이 정말 몰랐거나 아니면 지금껏 침묵해온 사실에 대해 알게 되었다. 나디아가 털어놓은 자백의 골자는 캄파니아 지역을 휩쓸었던 몇몇 흉악한 정치범죄에 파스콸레가 연루되어 있다는 내용이었다. 나디아는 세부적인 내용까지 모두 털어놓았다고 했다.

이는 이미 알려진 사실이었다. 새로운 것이 있다면 나디아가 이제 별의별 사소한 범죄까지 파스콸레 탓으로 돌리고 있다는 사실이었다. 이렇게 해서 파스콸레가 저지른 기나긴 범죄 목록에 지노의 살인, 브루노의 살인, 마누엘라 솔라라의 살인, 마누엘라 솔라라의 두 아들 마르첼로와 미켈레의 살인까지 보태졌다.

"대체 네 전 여자 친구가 경찰과 무슨 거래를 한 거야?"

마지막으로 니노를 만났을 때 내가 물었다.

"몰라."

"나디아가 거짓말을 늘어놓고 있잖아."

"그럴 수도 있지. 한 가지는 확실해. 나디아는 지금껏 자신들은 안전하다고 믿고 있던 사람들까지도 위험에 빠뜨리고 있어. 그러니 리나에게 조심하라고 전해줘. 나디아는 예전부터 리나를 증오했거든."


## 25

그렇게 오랜 세월이 지났는데 니노는 틈만 나면 릴라 이름을 들먹여 멀리서나마 자신이 릴라를 염려하고 있음을 드러냈다. 그때도 마찬가지였다. 니노의 눈앞에는 내가 있었다. 나는 지난날 그를 사랑했던 여자이자 지금 니노 곁에서 초콜릿 아이스크림을 핥아 먹고 있는 그의 딸의 엄마가 아닌가. 하지만 니노에게 나는 고등학교 책상에서부터 국회 의석에 앉기까지 자기가 걸어온 놀라운 행적에 대해 자랑을 늘어놓을 수 있는 젊은 시절의 친구에 지나지 않았다.

마지막으로 니노와 만났을 때 그가 내게 해준 가장 큰 칭찬은 나를 자기와 수준이 같은 사람으로 취급해준 일이었다. 무슨 말을 하려다 내게 그런 말을 한 것인지는 잘 기억나지 않지만 니노가 내게 말했다.

"우리 둘은 정말 높은 자리에 올랐지."

그렇게 말할 때 나는 니노의 눈빛에서 나를 자기와 동급으로 취급하는 그의 말이 속임수에 불과하다는 것을 읽어냈다. 니노는 자기가 나보다 훨씬 뛰어난 사람이라고 생각했다. 내 책이 성공은 했지만 내가 탄원자로서 니노 앞에 서 있다는 사실이 그 증거가 아니겠는가. 니노는 나를 향해 다정하게 웃으면서 말하는 것 같았다.

'넌 나 같은 남자를 놓친거야.'

나는 임마와 함께 서둘러 밖으로 나왔다. 그 자리에 내가 아닌 릴라가 있었다면 니노의 태도는 전혀 달랐을 것이다. 그는 릴라에게 왠지 모를 위압감을 느끼고 말을 웅얼거렸을 것이다. 그렇게 허풍을 떠는 자기 자신이 우스꽝스러웠을 것이다.

주차를 해둔 차고에 도착하는 순간 (그때는 차를 몰고 로마에 갔었다) 지금껏 한 번도 생각해보지 못했던 사실이 떠올랐다. 니노가 자신의 야망을 위험에 빠뜨리면서까지 사랑했던 사람은 릴라뿐이었다. 이스키아 섬에서, 그 후 일 년간 니노는 골치 아플 것이 뻔한 위험에 몸을 내맡겼다.

지금까지 그의 행적을 되돌아보면 이상한 일이었다. 당시 니노는 이미 전도유망한 대학생이었다. 이제 와서 생각해보니 나디아와 사귄 이유도 나디아가 갈리아니 선생님의 딸이기 때문이었다. 그때만 해도 그렇게 하는 것이 우리보다 상류사회인 것 같은 환경으로 진입할 수 있는 열쇠라고 생각했기 때문이었다.

니노의 선택은 언제나 니노의 야망과 연관이 있었다. 엘레오노라와 결혼한 것도 그만큼 얻는 게 있어서가 아니었던가. 나 역시 니노 때문에 피에트로와 헤어졌을 때 중요한 출판사와 연관이 있었고 어느 정도 자리를 잡은 성공한 작가가 아니었던가. 그런 내 배경은 니노의 경력에 도움이 될 수 있었다. 니노를 도와준 다른 여자들도 결국 이러한 범주에 속하는 사람들이 아니었던가.

물론 니노는 여자를 좋아했다. 하지만 무엇보다도 자기에게 도움이 되는 관계를 선호했다. 니노의 지성이 만들어낸 산물은 소년 시절부터 그가 정밀하게 짜온 권력의 그물망 없이는 스스로 빛을 발할 만한 힘을 가지지 못했을 것이다.

그에 비해 릴라는 어떠한가. 릴라는 초등학교밖에 나오지 못한 데다 상점 주인의 젊은 아내일 뿐이었다. 스테파노가 릴라와 니노의 관계를 눈치챘다면 둘은 목숨을 부지하지 못했을 것이다. 그런데도 니노는 왜 릴라와의 사랑에 자기 미래를 걸었던 걸까.

나는 엄마를 차에 태우고 아빠를 보러 간다고 마음먹고 사준 새 옷에 아이스크림을 흘린 엄마를 야단쳤다. 나는 자동차에 시동을 걸고 로마를 떠났다. 지난날 니노가 릴라에게 매력을 느꼈던 이유는 니노 자신에게 있을 것이라고 생각했지만 사실은 없는 어떠한 것을 릴라에게서 발견한 것 같은 느낌을 받았기 때문일 것이다. 지금 이 순간 니노는 릴라와 자신을 비교함으로써 그 사실을 확인했을 것이다.

릴라는 지적이었지만 이를 활용해 뭔가를 얻어내려고 하지 않았다. 오히려 돈이란 저급한 것이라고 생각하는 귀부인처럼 자신의 지성을 허비했다. 니노는 바로 릴라의 이런 점, 즉 대가를 바라지 않는 릴라의 지성에 매료되었다. 이러한 릴라의 특성은 다른 수많은 여성과 차별되는 것이었다. 릴라는 그 어떠한 가르침이나 필요 또는 목적에 굴복하지 않았다. 릴라를 제외한 우리 모두에게는 무언가에 굴복했던 경험이 있었다. 우리는 그런 경험을 통해 시험과 실패와 성공을 겪고 나서 우리 자신을 현실에 알맞게 재조정했다.

릴라는 달랐다. 그 무엇도 그 누구도 릴라를 바꾸지 못한 것 같았다. 세월이 흐르면서 릴라도 다른 사람들처럼 제멋대로인 데다 우매해지고 있지만 우리가 릴라에게 부여한 능력은 변치 않을 것이다. 오히려 범접할 수 없을 정도로 굉장해질 것이다.

지난날 우리는 릴라를 증오하다가도 결국 릴라를 존중하고 두려워하게 되곤 했다. 그러니 잘 생각해보면 나디아가 몇 번 만나지도 않은 릴라를 싫어하고 릴라를 해코지하고 싶어 하는 것도 그리 놀라운 일은 아니었다. 릴라는 나디아에게서 니노를 빼앗았고 혁명에 대한 나디아의 신념을 비웃었다. 릴라는 못된 데다 자신이 공격당하기 전에 먼저 상대방을 공격할 줄 알았다.

릴라는 구제받고 싶어 하지 않는 프롤레타리아였다. 다시 말하면 나디아에게 릴라는 존경할 만한 적이었고 그런 릴라에게 해를 가하는 것은 나디아에게 순수한 만족감을 줄 것이었다. 릴라에게 해코지를 하면서 파스콸레처럼 한 명을 마음먹고 희생양을 삼을 때와 같은 죄책감은 느끼지 않을 터였다.

세월이 흐르면서 모든 것이 비참해졌다. 갈리아니 선생님도 나폴리 만이 내려다보이던 선생님의 집도, 수많은 장서도, 그림도, 선생님과 나누었던 수준 높은 대화도, 아르만도도, 그리고 나디아까지. 나디아는 처음 학교 앞에서 니노 곁에 있었을 때만 해도, 부모님의 아름다운 집에서 열린 파티에서 나를 맞이했을 때만 해도 정말 사랑스럽고 예의 바른 소녀였다. 완전히 새로운 세계에서 훨씬 더 빛나는 옷을 입을 수 있을 거라고 생각해 자신이 누리던 수많은 혜택을 내려놓았을 때까지만 해도 나디아에게는 특별한 그 무엇인가가 있었다.

그런데 지금은 어떤가. 모든 혜택을 벗어던졌던 고귀한 이유는 사라지고 말았다. 나디아에게 남은 것이라고는 그토록 아둔하게 수많은 사람을 피 흘리게 한 끔찍함과 모든 잘못을 벽돌공에게 돌리는 파렴치함뿐이었다. 나디아가 한때 신인류의 선봉이라고 여기던 파스콸레는 이제 다른 사람들과 마찬가지로 자기 책임을 전가하기 위한 도구에 지나지 않았다.

나는 불안했다. 나폴리를 향해 운전하는 내내 데데를 생각했다. 나는 데데가 나디아와 비슷한 실수를 저지르기 일보 직전이라는 것을 느꼈다. 자신의 본모습을 잃게 하는 그런 실수 말이다.

7월 말이었다. 바로 전날 데데는 최고 점수로 졸업시험에 합격했다. 데데는 아이로타 집안의 일원이었다. 데데는 내 딸이었다. 그렇게 똑똑하니 결과가 좋을 수밖에 없었다. 곧 있으면 데데는 나를 넘어설 것이다. 제 아빠도 마찬가지다. 내가 힘들게 노력하고 운이 좋아 이루어낸 모든 것을 데데는 마치 타고난 권리라도 되는 것처럼 너무나 쉽게 성취했고 앞으로도 그럴 것이다.

그런 데데의 계획은 무엇인가. 겨우 리노에게 고백이나 하는 것이다. 리노와 함께 침몰하는 것이다. 정의감과 연대감, 우리와는 다른 어떠한 매력에 취해 자신이 누리는 모든 혜택을 포기하는 것이다. 데데가 허구한 날 불평만 늘어놓는 리노에게서 대체 어떤 특출한 면을 보고 그 모든 것을 포기하려는지 이해할 수 없었다. 나는 백미러로 임마를 바라보면서 불쑥 물었다.

"너는 리노가 좋으니?"

"난 별로예요. 리노는 데데 언니가 좋아하죠."

"어떻게 알아?"

"엘사 언니가 말해줬어요."

"엘사 언니한테는 누가 그런 말을 했는데?"

"데데 언니요."

"너는 왜 리노가 싫어?"

"너무 못생겼거든요."

"그럼 너는 누가 좋은데?"

"아빠요."

나는 순간 엄마의 눈에서 불꽃을 보았다. 그 불꽃은 엄마가 조금 전에 제 아빠에게서 본 것이었다. 니노가 릴라와 나락에 빠졌다면 절대로 가지지 못했을 불꽃이었다. 파스콸레와 나락에 빠짐으로써 나디아가 영영 잃어버린 불꽃이었다.

리노를 따라 잘못된 길로 들어서면 데데도 그 불꽃을 잃어버릴 것이었다. 이런 생각을 하는 게 조금 부끄럽기도 했지만 자기 딸이 파스콸레 무릎에 앉는 것을 보고 갈리아니 선생님이 느꼈을 불쾌감을 이해할 수 있었고 그런 태도가 타당하다는 생각이 들었다. 결국 릴라를 버리기로 결정한 니노가 이해되고 타당하게 느껴졌다. 솔직히 말하면 자기 아들과 나의 결혼을 못마땅해 하면서도 나름대로 최선을 다했던 시어머니가 이해되고 타당하다는 생각이 들었다.

## 26

동네에 도착하자마자 나는 바로 릴라네 집 문을 두드렸다. 릴라는 심드렁해 정신이 다른 데 가 있었지만 이제는 그런 릴라의 태도에 익숙해져서 걱정이 되지도 않았다. 나는 릴라에게 니노가 내게 한 말을 자세히 들려주었다. 마지막으로 나디아가 릴라를 위협할지도 모른다고 말해주었다. 내가 물었다.

"나디아가 정말로 네게 해코지를 할까?"

릴라는 될 대로 되라는 듯한 표정을 지었다.

"상처도 누군가를 사랑해야 받을 수 있는 거야. 나는 아무도 사랑하지 않으니 상관없어."

"리노가 있잖아."

"리노는 떠났어."

나는 데데의 계획이 퍼뜩 떠올라 겁이 났다.

"어디로?"

릴라는 탁자에서 종이를 집어 들어 내게 내밀면서 속삭였다.

"어렸을 때는 글도 참 잘 썼는데 지금 여기 써놓은 글 좀 봐. 글도 제대로 못 읽는 무지렁이가 된 것 같아."

나는 리노가 남긴 쪽지를 읽어보았다. 리노는 공들여 쓴 글씨로 모든 게 지긋지긋하다고 했다. 엔초를 심하게 비난하고 군복무를 하면서 알게 된 볼로냐에 사는 친구 집으로 가겠다고 했다. 고작 여섯 줄이었다.

데데에 대한 언급은 없었다. 나는 가슴이 세차게 뛰었다. 쪽지에 쓰인 글씨와 형편없는 맞춤법과 문장은 내 딸과 리노 사이에는 아무런 공통점이 없음을 의미했다. 엄마인 릴라마저도 리노를 가망 없는 실패작으로 취급하고 있지 않나. 어쩌면 릴라는 리노를 티나가 사라지지 않았다면 아마 티나도 이렇게 됐을 거라는 예언처럼 생각하고 있는 것일지도 모른다.

"혼자 떠난 거야?"

내가 물었다.

"혼자 가지 누구랑 가?"

나는 불안해하면서 고개를 가로저었다. 릴라는 내 눈빛에서 내가 걱정하는 이유를 읽어내고 미소지었다.

"데데랑 떠났을까봐 두려운 거로구나?"

## 27

나는 엄마를 꽁무니에 달고 집으로 냉큼 달려가 데데와 엘사를 불렀다. 아무런 대답이 없었다. 나는 데데와 엘사가 침실 겸 공부방으로 쓰는 방으로 뛰어 들어갔다. 데데가 침대에 누워 있었다. 울어서 눈이 퉁퉁 부어 있었다. 순간 마음이 놓였다. 나는 데데가 리노에게 고백했다가 거절당했다고 생각했다.

내가 데데에게 뭐라 말할 틈도 없이 엄마가 제 언니가 어떤 상태인지도 모르고 신이 나서 자기 아빠 이야기를 늘어놓기 시작했다. 데데는 사투리로 욕설을 퍼부으면서 그런 엄마를 밀쳐내버리고는 자리에서 일어나 울음을 터뜨렸다. 나는 엄마에게 서운해하지 말라는 표정을 짓고는 데데에게 상냥하게 말했다.

"끔찍한 일이라는 거 알아. 나도 너무 잘 안단다. 하지만 이마저도 다 지나갈 거야."

데데는 거칠게 반응했다. 내가 자기 머리를 쓰다듬자 머리를 획 잡아 빼면서 소리 질렀다.

"대체 무슨 말이에요. 엄마는 아무것도 몰라요. 아무것도 이해하지 못해요. 항상 쓰레기 같은 엄마 글과 엄마 자신만 생각하죠."

데데는 내게 네모난 줄이 쳐진 공책에 쓴 쪽지를 내밀었다. 아니 정확하게 말하면 내 얼굴에 쪽지를 내던지고는 뛰쳐나가 버렸다.

언니가 절망에 빠졌다는 것을 눈치챈 엄마는 덩달아 눈시울을 붉혔다. 나는 엄마의 주의를 돌리려고 말했다.

"가서 엘사 언니를 불러 오렴. 언니가 어디 있는지 찾아봐."

나는 땅에 떨어진 쪽지를 주웠다. 그날은 쪽지의 날인 것 같았다. 쪽지를 보는 순간 나는 둘째 딸의 예쁜 글씨체를 알아보았다. 엘사는 데데에게 장문의 글을 남겼다.

엘사는 사람의 감정은 마음대로 되는 것이 아니라고 했다. 리노가 오래전부터 자신을 사랑했으며 자기도 서서히 리노를 사랑하게 됐다고 했다. 물론 그렇게 함으로써 언니에게 고통을 준다는 건 알고 있고 자기도 마음이 아프다고 했다. 하지만 자신이 사랑하는 사람을 포기한다고 해도 문제가 해결되지는 않을 것이라고 했다.

엘사는 즐겁다는 듯이 내게 학교를 그만두기로 결정했다는 말을 남겼다. 어린 시절부터 공부를 맹신하는 내가 우습게 느껴졌다면서 책이 선한 사람을 만드는 것이 아니라 선한 사람이 좋은 책을 쓰는 거라고 했다. 엘사는 리노가 책 한 권 제대로 읽지 않았지만 선한 사람이라고 했다. 자기 아빠는 선한 사람이기 때문에 훌륭한 책을 썼다고 했다. 책과 사람과 선한 의지를 연결하는 엘사의 담론은 거기서 끝났다. 나는 끝내 그 담론 속에 끼지 못했다.

마지막으로 엘사는 내게 다정하게 인사하면서 너무 속상해하지 말라고 했다. 자신이 내게 주고 싶지 않았던 만족감을 자기 대신 데데와 엄마가 줄 거라고 했다. 막냇동생에게는 날개 달린 하트 그림을 그려주었다.

나는 화가 나서 길길이 날뛰었다. 나는 언니가 소중하게 여기는 것이라면 뭐든 훔치려 드는 엘사의 마음을 어떻게 눈치채지 못할 수 있었느냐고 데데를 꾸짖었다.

"그 정도는 눈치챘어야지!"

나는 바락바락 악을 썼다.

"어떻게 해서든 막았어야지. 혼자서 똑똑한 척은 다 해놓고 허영심에 가득 찬 약아 빠진 계집아이 손에 놀아나다니."

나는 아래층으로 뛰어가 릴라에게 말했다.

"네 아들은 혼자 떠나지 않았어. 엘사를 데리고 갔어."

릴라는 어리둥절한 눈빛으로 나를 바라보았다.

"엘사라고?"

"그래. 엘사는 미성년자야. 리노는 엘사보다 아홉 살이나 많아. 맹세코 지금 당장 경찰서에 가서 그 자식을 고소해버릴 테야."

릴라는 웃음을 터뜨렸다. 악의적인 웃음이 아니라 도저히 믿기지 않는다는 듯한 웃음이었다. 릴라는 웃으면서 자기 아들을 두고 말했다.

"내가 우리 아들놈을 단단히 얕잡아 봤었네. 이렇게 큰일을 저지를 줄 몰랐어. 너희 집 아가씨들 마음을 다 빼앗았다니 믿을 수가 없어. 이리 와, 레누. 진정 좀 하고 앉아봐. 생각해보면 울 일이 아니라 웃을 일이야."

나는 사투리로 웃을 일이 아니라고 했다. 리노가 저지른 짓은 심각한 범죄라고 했다. 정말로 경찰서에 가겠다고 했다. 릴라의 말투도 변했다. 현관문을 가리키면서 내게 말했다.

"그럼 어서 경찰한테 가봐. 망설일 이유가 없잖아."

나는 릴라네 집에서 나오기는 했지만 곧장 경찰서에 가지는 않았다. 한꺼번에 두 계단씩 뛰어올라서 집으로 왔다. 나는 데데에게 고함을 질렀다.

"그 망할 자식들이 어디로 갔는지 알아야겠으니 당장 이실직고해."

데데는 겁에 질렸다. 임마는 두 손으로 귀를 막았다. 데데가 언젠가 엘사가 리노를 보러 볼로냐에서 온 친구와 만난 적이 있다는 사실을 시인하고 나서야 나는 겨우 마음을 가라앉혔다.

"그 친구 이름은 알고 있니?"

"네."

"주소나 전화번호는?"

데데는 몸을 바들바들 떨었다. 정보를 거의 알려줄 뻔했지만 리노보다 동생을 더 증오하면서도 내게 협조하는 것은 비열한 짓이라고 생각했는지 마지막 순간에 입을 다물었다.

나는 데데에게 네가 말해주지 않으면 내가 알아서 하겠다고 고함을 쳤다. 나는 엘사의 물건을 뒤졌다. 나는 온 집 안을 들쑤시고 다니다가 갑자기 멈춰섰다. 다른 쪽지나 학교 수첩에 중요한 내용이 있는지 찾다가 사라진 물건이 있다는 것을 알아챘기 때문이다.

평소에 돈을 넣어두는 서랍에 있던 돈이 몽땅 사라진 것이었다. 보석도 마찬가지였다. 무엇보다도 어머니의 팔찌까지 사라졌다. 엘사는 예전부터 그 팔찌를 탐냈다. 엘사는 반농담조로 할머니가 유언을 남길 수 있었다면 그 팔찌를 내가 아니라 자기한테 주었을 것이라고 했다.

## 28

사라진 물건이 있다는 것을 발견하자 내 결심이 더 굳어졌다. 결국 데데는 내가 찾아 헤매던 주소와 전화번호를 알려주었다. 데데는 정보를 넘겨준 자기 자신을 경멸하면서 나나 엘사나 똑같다고 했다. 우리 둘 다 아무도, 그 무엇도 존중하지 않는다고 했다. 나는 데데에게 입 닥치라고 한 다음 전화기를 붙잡고 매달렸다.

나는 모레노라는 리노의 친구를 위협했다. 나는 모레노에게 마약을 거래한다는 사실을 알고 있다면서 평생 감옥에서 나오지 못하게 할 것이라고 위협했다. 하지만 나는 그에게서 아무런 정보도 얻지 못했다. 그는 리노에 대해 아무것도 모른다고 했다. 데데는 기억나지만 내가 말하는 엘사라는 아이는 만난 적이 없다고 했다.

나는 다시 릴라네 집으로 갔다. 문은 릴라가 열어주었지만 이번에는 엔초도 있었다. 엔초는 내게 앉으라고 한 다음 나를 상냥하게 대해주었다. 나는 지금 당장 볼로냐로 가봐야겠다면서 명령조로 릴라에게 함께 가자고 했다.

"그럴 필요 없어."

릴라가 말했다.

"수중에 돈이 다 떨어지면 집에 기어들어올 거야."

"리노가 얼마나 훔쳐갔는데?"

"한 푼도 안 가져갔어. 단돈 10리라라도 내 돈에 손을 대면 내가 다리몽둥이를 분질러 놓을 거라는 걸 아니까."

나는 수치심을 느끼며 기어들어가는 소리로 말했다.

"엘사는 돈과 보석을 훔쳐 갔어."

"네가 제대로 교육을 못 시켜서 그래."

엔초가 릴라에게 말했다.

"그만해."

릴라가 발끈했다.

"할 말은 해야지. 내 아들이 마약쟁이에다 공부도 안 하고 제대로 말도 못 하고 읽을 줄도 모르고 게으름뱅이에 흠투성이일지는 모르지만 결국 남의 물건을 훔치는 건 레누의 딸이잖아. 자기 언니를 배신한 건 엘사야."

엔초가 내게 말했다.

"가자. 내가 볼로냐에 데려다줄게."

엔초와 나는 차로 출발해 밤새 이동했다. 나는 로마에서부터 운전을 하고 막 돌아온 터라 몹시 피곤했다. 고통과 분노가 그나마 남아 있던 기운을 깡그리 앗아간 데다 긴장이 갑자기 풀리는 바람에 체력이 완전히 바닥난 것 같았다.

엔초 옆에 앉아 나폴리를 떠나 고속도로로 진입하는 순간 나는 불현듯 그런 상황에서 데데를 혼자 내버려두었다는 걱정과 엘사가 무슨 일을 당할지도 모른다는 두려움이 밀려들었다. 엄마를 겁에 질리게 했다는 사실과 리노가 릴라의 유일한 아들이라는 사실을 잊고 릴라에게 그런 식으로 말했다는 것에서 약간의 수치심도 밀려들었다. 나는 미국에 있는 피에트로에게 전화해서 당장 돌아오라고 해야 할지 아니면 정말로 경찰에 연락을 해야 할지 갈피를 잡을 수 없었다.

"우리 선에서 모든 것을 해결할 수 있을 거야."

엔초가 담담한 척하면서 말했다.

"걱정하지 마. 리노를 해코지 해봤자 얻을 것이 없어."

"리노를 고소하고 싶은 게 아니야. 엘사를 찾고 싶을 뿐이야."

내가 말했다.

사실이었다. 나는 엘사를 찾아 집으로 돌아가 가방을 싸서 단 일 분도 그 집에, 우리 동네, 나폴리에 머물지 않고 떠나고 싶었다. 내가 말했다.

"이 와중에 릴라와 나 가운데 누가 더 자식교육을 잘 시켰는지, 지금 일어난 일이 릴라 잘못인지 아니면 내 잘못인지를 두고 다투는 것은 아무런 의미가 없어. 나는 더는 견딜 여력이 없어."

엔초는 아무 말 없이 오랫동안 내 말을 듣다가 자기 자신도 오래

전부터 릴라에게 화가 나 있었으면서도 릴라를 두둔하기 시작했다. 엔초는 리노나 리노가 일으킨 문제에 대해서가 아니라 티나에 관한 이야기를 꺼냈다.

"아이가 몇 년 살다가 죽으면 죽는 거야. 그걸로 끝이지. 언젠가는 포기하게 돼. 하지만 아이가 사라져 버린다면, 그러고서 아이에 대해 아무것도 알지 못하게 되면 살면서 그 무엇도 아이의 자리를 대신할 수 없게 돼. 티나는 돌아올까 아니면 다시는 돌아오지 못할까? 돌아온다면 살아서 돌아올까 아니면 죽어서 돌아올까?"

엔초가 속삭였다.

"매 순간 티나가 지금 어디에 있을지 묻곤 해. 거리에서 집시처럼 구걸하고 있으려나? 슬하에 아이가 없는 부잣집으로 들어간 걸까? 사람들이 아이에게 몹쓸 짓을 시킨 다음 그 장면을 찍어서 사진이나 영상으로 팔지는 않을까? 아이를 갈가리 찢어 다른 아이의 가슴에 넣으려고 티나의 심장을 비싼 가격으로 팔아넘긴 건 아닐까? 만약 그랬다면 티나의 나머지 부분은 땅에 묻혔을까? 아니면 태워버렸나? 그도 아니면 납치됐다가 사고로 죽어버려서 통째로 땅에 묻힌 걸까? 만약 흙이나 불이 티나의 몸을 갉아먹은 것이 아니라면, 티나가 어디에선가 잘 자라고 있다면 지금은 어떤 모습일까? 세월이 흐르면 어떻게 변할까? 길에서 마주치면 알아볼 수 있을까? 설령 알아본다 한들 티나가 사라짐으로써 그동안 우리가 잃은 것을 누구에게서 돌려받을 수 있을까? 티나는 자신이 버림받았다고 생각했을 텐데 그런 어린 티나가 무슨 일을 겪었는지 누가 우리에게 알려줄까?"

엔초가 평소처럼 힘겹게 그렇지만 진중하게 말을 이어나갔다. 나는 가로등 불빛 아래서 눈물 맺힌 그의 눈을 보았다. 그제야 나는 엔초가 릴라 이야기만 하는 것이 아니라 자신의 고통을 표현하려고 한다는 사실을 알았다.

엔초와 함께한 여행은 의미 있었다. 나는 지금까지도 엔초보다 감수성이 섬세한 남자를 본 적이 없다. 엔초는 지난 4년 동안 릴라가 밤낮을 가리지 않고 자기에게 속삭이거나 악을 쓰면서 한 이야기를 들려주었다. 그러다 서서히 내가 내 일과 내 불만에 대해 이야기할 수 있는 분위기를 만들어주었다.

나는 엔초에게 딸들 문제와 책, 남자 문제, 시시때때로 밀려드는 후회와 인정받아야 한다는 강박관념 때문에 힘들다고 털어놓았다. 글 쓰는 일이 이제는 의무가 되어버린 것 같다는 말도 했다. 존재감을 잃지 않기 위해, 소외당하지 않기 위해, 나를 실력 없고 무례한 별볼일 없는 여자 취급하는 사람들과 싸우느라 매일 밤낮을 가리지 않고 노력해야 한다고 했다. 내가 말했다.

"그 사람들은 오직 내게서 독자들을 빼앗으려고 나를 괴롭혀. 뭔가 심오한 이유가 있어서 그러는 것도 아니야. 그저 내가 발전하는 게 싫어서 그러는 거야. 자기들과 자기 애제자들을 보호하려고 보잘 것없는 권력을 동원해 내게 해를 끼치려는 사람들이야."

엔초는 내가 감정을 쏟아내도록 내버려두었다. 엔초는 내가 모든 일에 열정을 보인다고 칭찬했다.

"봐. 너는 매사에 열정적이잖아. 그렇게 열심히 사니까 네가 선택한 세계에 뿌리를 내릴 수 있었던 거야. 그렇기 때문에 폭넓고 깊이 있는 지식을 습득할 수 있었던 거야. 무엇보다도 이 열정에 네 모든 감정을 쏟아부을 수 있었던 거야. 그래서 너는 삶의 흐름에 떠밀려 갈 수 있는 거야. 물론 티나에게 일어난 일은 네게도 끔찍하겠지. 그 일을 생각할 때마다 슬플 거야. 하지만 그 일은 이제 네게 먼 과거일 뿐이야. 릴라는 아니야. 지난 몇 년 동안 릴라의 세계는 떠도는 풍문처럼 무너져 내려 티나가 남기고 간 공백 속으로 쓸려들어가 버렸어. 빗물이 홈통으로 떨어져 내리는 것처럼 말이야. 릴라의 삶은 티나에게서 멈췄어. 그래서 릴라는 티나가 사라진 후에도 여전히 살아 숨 쉬고 성장하고 번영하는 모든 것을 증오하는 거야."

엔초는 말을 이어갔다.

"물론 릴라는 강해. 나를 막 대하고 네게 화를 내고 못된 말을 해. 하지만 멀쩡하게 설거지를 하거나 창밖으로 큰길을 바라보다가 갑자기 정신을 잃었던 적이 그동안 얼마나 많았는지 몰라."

## 29

엔초의 침착한 태도에서 느껴지는 사나운 기세에 겁에 질린 모레노가 최대한 협력해주었는데도 우리는 볼로냐에서 리노와 엘사의 흔적을 찾을 수 없었다. 모레노는 리노와 엘사가 이 도시에 왔다면 비교적 환대받았을 법한 거리나 자기들 패거리가 드나드는 소굴로 우리를 끌고 다녔다.

엔초는 릴라에게, 나는 데데에게 자주 전화를 걸었다. 좋은 소식이 있기를 바랐지만 그렇지 않았다. 나는 다시 공황상태에 빠졌다. 앞으로 어떻게 해야 할지 알 수 없었다. 내가 말했다.

"경찰서에 가야겠어."

"조금만 기다려봐."

"리노가 엘사를 망쳐놨어."

"그런 말은 옳지 않아. 딸들을 객관적으로 평가해야지."

"난 항상 그렇게 하는걸."

"넌 그렇게 하려고 노력은 하지만 제대로 못 하잖아. 엘사는 데데를 아프게 하는 일이라면 뭐든지 할 거야. 둘이 유일하게 죽이 잘 맞을 때는 임마를 괴롭힐 때뿐이야."

"이렇게까진 말하고 싶지 않았는데 그건 리나 생각이잖아. 너는 리나 생각을 반복하는 것뿐이야."

"리나는 너를 좋아해. 네게 항상 감탄하고 네 딸들에게도 정이 들었어. 난 내 생각을 말한 거야. 네가 제대로 생각할 수 있도록 도와주려는 거야. 그러니 진정해. 아이들을 찾을 수 있을 거야."

결국 우리는 아이들을 찾지 못한 채 나폴리로 돌아가기로 했다. 피렌체 외곽에 이르자 엔초는 릴라에게 전화해 새로운 소식이 있냐고 물었다. 전화를 끊고 나서 엔초는 미심쩍다는 듯이 나에게 말했다.

"데데가 너와 이야기하고 싶대. 리나는 그 이유를 모른대."

"지금 데데는 너희 집에 있어?"

"아니. 자기 집에 있어."

나는 당장 전화를 걸었다. 임마가 아프다는 말을 들을까봐 걱정이 됐다. 데데는 내가 미처 입을 열 틈도 없이 말했다.

"저는 내일 미국으로 떠날 거예요. 그곳에서 공부할 거예요."

나는 소리를 지르지 않으려고 애썼다.

"지금은 그런 말을 할 때가 아니잖니. 기회가 되는 대로 아빠와 의논해볼게."

"한 가지는 확실해요. 내가 이 집에 있는 한 엘사는 돌아오려 하지 않을 거예요."

"우선은 엘사가 어디에 있는지 아는 게 중요해."

데데가 사투리로 소리를 질렀다.

"그 못된 년이 방금 전에 전화했어요. 할머니 댁이래요."

## 30

할머니란 당연히 내 전 시어머니를 의미했다. 나는 시댁에 전화를 했다. 내 전화를 받은 시아버지는 쌀쌀맞게 시어머니를 바꿔주었다. 시어머니는 정중했다. 엘사가 시댁에 있다고 했다.

"혼자는 아니더구나."

"남자아이도 같이 있나요?"

"그래."

"제가 가봐도 될까요?"

"기다리마."

나는 엔초에게 피렌체 기차역에서 내려달라고 했다. 제노바까지 가는 길은 복잡했다. 기차가 연착되는 바람에 한참을 기다려야 했고 그밖에도 짜증나는 일이 많았다. 나는 영악하게도 이 일에 시어머니를 끌어들인 엘사를 생각했다. 속임수와는 거리가 먼 데데에 비해 엘사는 자기 자신을 보호하고 궁극적으로 싸움에서 이기기 위한 전략을 생각해내는 데는 뛰어난 소질이 있었다.

엘사는 일부러 시어머니 앞에서 내게 리노를 받아들이게 하려고 일을 꾸몄을 것이다. 데데도 엘사도 시어머니가 나를 며느리로서 탐탁지 않게 여겼다는 것을 잘 알고 있었다. 제노바로 향하는 내내 나는 한편으로는 엘사가 안전한 곳에 있다는 생각에 안심했지만 다른 한편으로는 엘사 때문에 처하게 된 곤란한 상황 때문에 엘사가 미워졌다.

나는 한바탕 싸움을 벌일 마음의 준비를 하고 제노바에 도착했다. 그런데 시어머니는 나를 따뜻이 맞아주었고 시아버지도 친절했다. 엘사는 마치 내가 자기에게 화가 났을 것이라고는 꿈에도 생각하지 못한 듯 뻔뻔할 정도로 내게 다정하게 굴었다. 엘사는 파티에라도 가는 것 같은 옷차림으로 화장을 짙게 하고 내 어머니의 팔찌를 차고 수년 전 제 아빠가 내게 선물해준 반지를 보란 듯이 끼고 있었다.

눈을 내리깔고 침묵을 지키고 있는 사람은 리노뿐이었다. 나는 그런 리노를 보고 안된 마음이 들어 결국 리노보다 내 딸을 더 냉랭하게 대했다. 엔초 말이 옳을지도 모른다. 리노는 둘이 벌인 사랑의 도피 행각에서 별 중요한 역할을 맡지 못했을 것이다. 리노는 제 엄마처럼 모질지도 뻔뻔하지도 못했다. 단지 데데에게 상처를 주고 싶은 마음에 엘사가 리노를 꼬드겼을 것이다. 리노는 몇 번 용기를 내 나와 눈을 마주쳤다. 그때마다 리노는 충직한 개의 눈빛으로 나를 바라보았다.

얼마 안 있어 나는 시어머니가 엘사와 리노를 커플처럼 대우해주고 있었다는 사실을 알아챘다. 둘은 자신들만의 방을 배정받고 같은 수건을 쓰며 함께 자고 있었다. 엘사는 제 할머니가 인정한 리노와의 친밀한 관계를 아무런 거리낌 없이 과시했다. 나한테 보이려고 일부러 더 그러는 것 같았다. 하지만 저녁식사 후 두 아이가 손을 잡고 자기들 방으로 들어가자 시어머니는 내가 리노에 대한 적의를 드러내기를 바랐다.

"엘사는 아직 어려."

불현듯 시어머니가 말했다.

"대체 저 청년의 어떤 점이 마음에 들었는지는 모르지만 빠져나오도록 우리가 도와줘야 해."

나는 꾹 참고 말했다.

"리노는 착한 청년이에요. 그렇지 않더라도 엘사가 반했으니 어쩔 수 없죠."

나는 시어머니에게 엘사를 넓은 아량으로 다정하게 받아줘서 고맙다고 하고는 잠자리에 들었다.

나는 밤새 지금의 상황에 대해 생각하면서 잠을 이루지 못했다. 자칫 말 한마디만 잘못해도 두 딸을 다 망가뜨릴 수 있는 상황이었다. 엘사와 리노를 칼로 무 자르듯이 갈라놓을 수 없었다. 그렇다고 두 자매를 한 집에서 살게 할 수도 없었다. 지금 일어난 일은 심각했고 자매는 얼마 동안은 한 지붕 아래서 살 수 없을 것이다. 엘사가 리노와 같이 살기로 마음먹었을 테니 다른 도시로 이사를 간다 해도 상황만 더 복잡해질 뿐이었다.

나는 엘사를 다시 집으로 데려가 고등학교를 마치게 하려면 데데가 집에 없어야 한다고 생각했다. 데데를 정말 제 아빠 곁으로 떠나보내야 한다고 생각했다.

다음 날 나는 시어머니에게 언제 피에트로에게 전화하는 게 좋을지 묻고 나서 전화를 걸었다. 알고 보니 시어머니와 피에트로는 서로 꾸준히 연락을 하고 있었다.

피에트로는 이미 사건의 전말을 자기 어머니에게서 세세히 들어 알고 있었다. 피에트로의 기분이 우울한 것으로 보아 사실 이번 사건에 대한 시어머니의 본심은 내 앞에서 보여줬던 것과는 전혀 다르다는 것을 알 수 있었다. 피에트로는 심각하게 말했다.

"지금껏 우리가 과연 어떤 부모였고 우리 딸들에게 해주지 못한 것이 무엇인지 생각해봐야겠어."

"내가 과거에도 그랬고 지금도 좋은 엄마가 못 된다는 말을 하고 싶은 거야?"

"내 말은 우리 아이들에게 지속적인 애정이 필요했다는 거야. 나도 당신도 그런 애정을 주지 못했잖아."

나는 피에트로의 말을 가로막고 적어도 두 딸 가운데 한 명에게는 온전히 아빠 노릇을 할 수 있을 거라는 소식을 전했다. 데데가 지금 당장 아빠 곁으로 가고 싶어 하며 최대한 빨리 그곳으로 떠날 거라고 했다.

피에트로는 그 소식을 듣고 기뻐하지 않았다. 잠시 말이 없더니 얼버무렸다. 피에트로는 자기도 아직 적응하는 중이라면서 시간이 필요하다고 했다. 나는 피에트로에게 대답했다.

"데데가 어떤 아이인지 당신도 잘 알잖아. 데데는 당신과 똑같아. 당신이 안 된다고 해도 찾아갈 거야."

그날 엘사와 단둘이 이야기를 나눌 수 있게 되자 나는 아양을 떠는 엘사의 태도를 무시하고 엘사와 마주했다. 나는 당장 돈과 보석과 내 어머니의 팔찌를 내놓으라고 한 뒤 엘사에게 똑똑히 말했다.

"다시는 내 물건에 손대지 마."

엘사는 화해하고 싶은 듯했지만 나는 아니었다. 나는 지금 당장이라도 먼저 리노를, 그다음에는 엘사를 경찰에 신고하겠다고 쏘아붙였다. 엘사가 내게 뭐라고 대답하려는 순간 나는 엘사를 벽에 밀어붙이고 손을 들어 때리려고 했다. 내 표정이 정말 끔찍했는지 엘사가 두려움에 떨면서 울음을 터뜨렸다.

"엄마, 미워요."

엘사가 흐느끼면서 말했다.

"다시는 엄마를 보고 싶지 않아요. 엄마 때문에 억지로 살았던 그 쓰레기 같은 집에 절대로 돌아가지 않을 거예요."

"그래. 그럼 여름 방학 내내 이곳에서 지내렴. 네 할아버지, 할머니가 너희들을 내쫓지 않는다면 말이다."

"그런 다음에는요?"

"9월에는 집으로 와서 학교에 돌아가 공부하도록 해. 네 입에서 질렸다는 말이 나올 때까지 우리 집에서 리노와 함께 살게 해주마."

엘사는 어안이 벙벙해서 나를 바라보았다. 한참 동안 나를 못 믿는 눈치였다. 내가 끔찍한 벌을 내리는 듯한 말투로 선고한 말을 엘사는 예기치 못한 너그러운 행동으로 받아들였다.

"정말요?"

"그래."

"영원히 질리지 않을 거예요."

"그거야 두고 볼 일이지."

"리나 이모는요?"

"리나 이모도 찬성할 거야."

"데데 언니에게 상처를 주고 싶지는 않았어요, 엄마. 정말이에요. 저는 리노를 사랑해요. 그렇게 되어버린걸요."

"그래, 앞으로도 그런 일이 수없이 일어날 게다."

"그렇지 않아요."

"그렇다면 너만 손해지. 평생 리노를 사랑하겠다는 말이니까."

"저를 놀리시는 거군요."

나는 그렇지 않다고 했다. 철딱서니 없는 계집아이 입에서 사랑이라는 말을 듣는 게 우스웠을 뿐이다.

## 31

나는 집으로 돌아와 릴라에게 두 아이에게 한 제안을 말해주었다. 우리 사이에는 냉랭한 기류가 흘렀다. 협상이라도 하는 것 같은 분위기였다.

"아이들을 너희 집에 데리고 있겠다고?"

"응."

"네가 괜찮다면 나도 괜찮아."

"비용은 반씩 부담하자."

"내가 다 내도 돼."

"지금은 나도 여유가 돼."

"그건 나도 마찬가지야."

"그럼 그렇게 하는 거다."

"데데는 좀 어때?"

"괜찮아. 2주 후에 떠날 거야. 아빠한테 간대."

"가기 전에 인사라도 하고 가라고 해."

"그렇게 하려 하지 않을 거야."

"그럼 피에트로에게 안부라도 전해달라고 해줘."

"그렇게 할게."

갑자기 엄청난 아픔이 밀려들었다. 내가 말했다.

"불과 며칠 만에 두 딸을 잃었어."

"그런 말 하지 마. 넌 아무도 잃어버리지 않았어. 오히려 아들을 하나 얻은 거야."

"네가 일을 이 지경으로 만들었어."

릴라는 이마를 찡그렸다. 혼란스러워하는 것 같았다.

"무슨 말을 하는지 모르겠어."

"너는 항상 선동하고 문제를 일으키고 사람을 자극하잖아."

"이제는 네 딸들이 저지른 일까지 내 탓을 하고 싶은 거야?"

나는 다 꺼져가는 소리로 너무 피곤하다면서 자리에서 일어났다.

사실 며칠이 지나고 몇 주가 지나도록 나는 릴라가 균형 잡힌 삶을 사는 것을 참지 못하고 그 균형을 깨뜨리려 한다는 생각에서 벗어날 수 없었다. 릴라는 평생을 그런 식으로 행동했지만 티나가 사라지고 나서는 그런 경향이 더 심해졌다. 뭔가 일을 저질러 놓고 결과를 관찰하다가 다음 행동에 나서는 것 같았다.

그러는 목적이 뭐냐고? 아마 릴라 자신도 잘 모를 것이다. 확실한 건 그 덕분에 우리 집 두 딸의 관계가 엉망이 되었다는 것이다. 엘사는 심각한 곤경에 빠졌고 데데는 집을 떠나게 되었다. 이 마당에 내가 얼마나 더 고향에서 버틸 수 있을지 알 수 없었다.

## 32

나는 데데의 출발을 준비했다. 때때로 나는 데데에게 말했다.

"그러지 말고 여기에 머물렴. 엄마는 정말 마음이 아프구나."

데데가 대답했다.

"어차피 엄마는 바쁘잖아요. 제가 떠났다는 걸 느낄 틈도 없을 거예요."

"엄마는 너를 사랑해. 엘사도 마찬가지란다. 둘이 함께 대화를 하면 다 괜찮아질 거야."

내가 고집을 피워보았지만 데데는 엘사의 '엘'자도 듣고 싶어 하지 않았다. 엘사 이름을 꺼내면 역겹다는 듯이 문을 쾅 닫고 나가버렸다.

떠나기 며칠 전, 저녁식사를 하던 중 갑자기 데데 얼굴이 창백해지더니 몸을 바들바들 떨기 시작했다. 데데가 속삭였다.

"숨이 안 쉬어져요."

엄마가 즉시 언니 컵에 물을 따라주었다. 데데는 물을 한 모금 마시더니 자리에서 일어나 내 무릎에 앉았다. 처음 있는 일이었다. 데데는 몸집이 있는 데다 키가 나보다 더 컸다. 나와는 오래전부터 최소한의 신체 접촉도 피했다. 살짝 스치기라도 하면 끔찍하다는 듯 뒤로 펄쩍 물러섰다. 나는 데데의 무게와 체온과 풍만한 엉덩이가 주는 느낌에 놀랐다. 내가 데데의 허리를 감싸 안자 데데는 내 목을 껴안고 깊이 흐느껴 울었다.

임마는 자리에서 일어나 우리 곁으로 다가와 자기도 함께 포옹에 끼고 싶어 했다. 임마는 이제 언니가 떠나지 않을 거라고 생각했는지 그 후 며칠 동안 기분이 좋았다. 모든 문제가 해결됐다고 생각하는 것 같았다. 하지만 데데는 기어코 떠나고 말았다. 한번 약한 모습을 보이고 난 뒤에는 오히려 더 단호하고 뻣뻣해졌다. 임마에게는 다정했다. 데데는 임마에게 뽀뽀 세례를 퍼부으며 말했다.

"적어도 일주일에 한 번은 편지 써야 해."

데데는 내가 포옹하고 입맞춤하도록 가만히 몸을 내맡기긴 했지만 자기는 엄마인 나를 껴안아주지도 입을 맞춰주지도 않았다. 나는 데데 주변을 맴돌면서 데데가 원하는 일이라면 뭐든 해주려고 노력했지만 부질없었다. 내가 데데에게 나를 너무 차갑게 대한다고 불평하자 데데가 말했다.

"엄마랑은 진정한 관계를 맺을 수 없어요. 엄마가 중요하게 생각하는 것은 엄마 일과 리나 이모뿐이니까요. 무엇이든 결국 그 두 가지 일로 귀결되고 말아요. 엘사가 받게 될 진짜 벌은 이 집에 남아야 한다는 거예요. 잘 있어요, 엄마."

이 모든 일 가운데 긍정적인 것은 데데가 자기 동생을 다시 이름으로 부르기 시작했다는 것뿐이었다.

# 33

1988년 9월 초 엘사가 집으로 돌아왔을 때 나는 엘사가 타고난 명랑한 성격으로 내가 정말 릴라의 공허함 속에 끌려 들어간 것 같은 느낌을 없애주기를 바랐다. 그런 일은 일어나지 않았다. 리노의 존재는 집 안 분위기를 활기차게 만들어주기는커녕 더욱 황량하게 만들었다.

리노는 다정한 청년이지만 엘사와 임마의 기에 눌려 하인 취급을 받았다. 솔직히 말하면 나조차도 우체국에서 긴 줄을 서는 것에서부터 다른 온갖 귀찮은 일을 리노에게 떠맡기기 시작했다. 나는 시간에 여유가 생겼다.

그래도 나는 리노가 커다란 몸집으로 느릿느릿 내 주변을 맴도는 것을 보고 있으면 우울해졌다. 리노는 가벼운 손짓에도 친절하게 쪼르르 달려왔다. 하지만 워낙 매가리가 없는 데다 모든 일에 순종적이면서 꼭 지켜야 할 기본 수칙은 지키지 않았다. 리노는 변기 뚜껑을 열고 소변을 본다든지 욕조를 깨끗하게 사용한다든지 양말과 더러운 팬티를 방바닥에 늘어놓지 않는 것 같은 기본적인 일을 하지 않았다.

엘사는 이 모든 상황을 개선하기 위해 손가락 하나 까딱하지 않았다. 아니 오히려 일부러 일을 복잡하게 만들곤 했다. 나는 임마가 보는 앞에서 리노에게 교태를 부리는 엘사의 모습이 마음에 들지 않았다. 열다섯 살짜리 계집아이인 주제에 자유분방한 여인인 척하는 것도 봐주기 힘들었다. 무엇보다도 엘사는 예전에는 자기 언니와 쓰다가 지금은 리노와 함께 쓰는 방을 봐주기 힘들 정도로 함부로 썼다.

엘사는 아침이면 학교에 가기 위해 아직 잠에서 덜 깬 채 일어나

급히 아침식사를 하고 사라져버렸다. 그러면 조금 후에 리노가 어슬 렁어슬렁 나타나 한 시간도 넘게 음식을 있는 대로 몽땅 챙겨 먹었 다. 리노는 최소한 30분은 욕실에 틀어박혔다가 옷을 입고 빈둥거 리다 집에서 나가 엘사를 데리러 학교에 갔다. 집에 돌아오면 둘이 함께 즐겁게 식사를 하고 곧바로 자기들 방에 틀어박혔다.

그 방은 범죄의 현장 같았다. 엘사는 내게 아무것도 만지지 못하 게 했다. 둘 중 누구도 창문을 열고 방청소를 하지 않았기 때문에 결 국 피누차가 오기 전에 내가 그 일을 했다. 나는 피누차에게 아이들 의 섹스 냄새를 맡게 하고 흔적을 보이고 싶지 않았다.

피누차는 그런 상황을 못마땅하게 생각했다. 옷이나 구두나 화장 이나 헤어스타일에 대해 이야기할 때는 이른바 '나의 현대적인 면 모'에 찬사를 보냈지만 아이들 문제는 내 선택이 지나치게 현대적이 라고 나를 납득시키려 했다. 아마 동네 사람들 대다수가 피누차처럼 생각했을 것이다.

어느 날 아침 일에 집중하려는데 피누차가 정액이 흐르지 않게 매 듭을 묶어놓은 콘돔을 얹은 신문을 보란 듯이 손에 들고 내 앞에 나 타났을 때는 정말이지 불쾌하기 짝이 없었다.

"침대 밑에서 찾았어."

피누차가 역겹다는 듯이 말했다. 나는 아무렇지도 않은 척했다.

"굳이 내게 보여주지 않아도 돼."

나는 컴퓨터로 글을 쓰면서 말했다.

"쓰레기통이 멋으로 있는 건 아니잖아."

사실은 나도 어떻게 행동해야 할지 도무지 갈피를 잡을 수 없었 다. 처음에는 시간이 가면 상황이 나아질 거라고 생각했는데 오히 려 복잡해지기만 했다. 엘사와 부딪히지 않는 날이 하루도 없었지만 나는 참으려고 애썼다. 데데가 떠남으로써 생긴 상처가 아직 아물지 않은 상태에서 엘사마저 잃고 싶지 않았다. 그러다 보니 리노와 이야기를 좀 해보라고 부탁하기 위해 점점 더 자주 릴라를 찾게 됐다.

"리노한테 이야기 좀 해봐. 리노는 착하잖아. 정리정돈만 더 잘하라고 말 좀 해줘."

릴라는 내가 불평하기만 하면 나와 싸우려고 벼르고 있던 것 같았다.

"그럼 리노를 집으로 돌려보내."

어느 날 아침 릴라가 화를 내며 말했다.

"너희 집에 리노를 두겠다는 바보 같은 짓일랑 그만두고 말이야. 아니, 이렇게 하자. 공간이라면 우리 집에도 충분하니 네 딸은 내 아들을 보고 싶을 때마다 내려와서 문만 두드리면 돼. 원하면 여기서 자도 되고."

나는 짜증이 났다. 왜 내 딸이 릴라네 집 문을 두드리고 릴라 집에서 자도 되는지 허락을 받아야 한단 말인가. 나는 투덜거렸다.

"됐어. 지금 이대로가 좋아."

"이대로가 좋으면서 대체 지금 무슨 말을 하고 있는 거야?"

내가 말했다.

"릴라, 나는 지금 네게 네 아들에게 이야기를 좀 해달라고 부탁하는 거야. 스물네 살이나 됐으니 성인답게 행동하라고 말이야. 나는 엘사랑 계속 싸우고 싶지 않아. 이러다 이성을 잃고 엘사를 집에서 쫓아낼 것 같단 말이야."

"그러니까 문제는 내 아들이 아니라 네 딸이란 거네."

그럴 때면 도저히 풀 수 없는 긴장감이 순식간에 고조됐다. 릴라가 빈정대기만 했기 때문에 나는 지쳐서 집으로 돌아오곤 했다.

어느 날 저녁식사를 하는데 계단에서 고집스러운 고함소리가 들려왔다. 릴라가 리노에게 당장 집으로 돌아오라고 소리치고 있었다. 리노가 안절부절못하자 엘사가 자기가 함께 가주겠다고 나섰다. 릴라는 엘사를 보자마자 쏘아붙였다.

"우리 집안일이니 너네 집으로 돌아가렴."

엘사는 풀이 죽어서 집으로 올라왔다. 그동안 아래층에서는 난리가 났다. 릴라가 고함을 지르고 엔초가 고함을 지르고 리노도 고함을 질렀다. 엘사는 불안에 떨면서 손을 잡아 뜯었고 나는 그런 엘사 때문에 괴로웠다.

"뭐라도 좀 해봐요, 엄마. 무슨 일이 일어나고 있는 거죠? 리노에게 왜 저러는 거예요?"

나는 아무런 말도 하지 않고 어떤 조치도 취하지 않았다. 싸움이 끝나고 시간이 꽤 흘렀지만 리노는 돌아오지 않았다. 엘사는 무슨 일이 일어난 건지 내게 보고 와달라고 나를 졸랐다. 아래층에 내려가자 릴라 대신 엔초가 문을 열었다. 엔초는 지치고 우울한 표정으로 내게 들어오라고 하지도 않았다. 엔초가 말했다.

"릴라 말이 리노가 제대로 행동하지 못해서 이제부터는 우리 집에 두기로 했대."

"릴라랑 이야기 좀 하게 해줘."

나는 릴라와 밤늦게까지 이야기를 나눴다. 엔초는 암울하게 다른 방에 틀어박혀 있었다. 나는 이내 릴라가 내가 자기한테 애원하길 원한다는 것을 깨달았다. 릴라는 직접 나서서 자기의 다 큰 아들을 집으로 데려가 모욕을 줬다.

'네 아들은 내 아들이나 마찬가지야. 나도 리노가 우리 집에서 지내면서 엘사랑 같이 자는 게 좋아. 그러니 다시는 너를 찾아와 불평

을 늘어놓지 않을게.'

릴라는 내가 자기에게 이렇게 말하기를 바라는 것이었다. 나는 버틸 수 있을 때까지 버티다 결국 릴라에게 항복하고 리노를 우리 집으로 데려갔다. 릴라네 집을 나서자마자 릴라와 엔초가 다시 싸우는 소리가 들렸다.

## 34

리노는 내게 몹시 고마워했다.

"다 레누 이모 덕분이에요. 이모는 이 세상에서 가장 착한 사람이에요. 이모를 평생 좋아할 거예요."

"리노, 나는 착한 사람이 아니야. 너는 그저 우리 집에는 욕실이 하나밖에 없고 엘사 외에 나와 임마도 그 욕실을 사용해야 한다는 사실을 기억해주기만 하면 돼."

"맞아요, 이모. 가끔 정신이 딴 데 가 있었어요. 다시는 그러지 않을게요."

리노는 계속 사과하고 계속 정신을 딴 데 팔았다. 리노는 자기 나름대로 항상 진심이었다. 리노는 수백 번 직장을 구하겠다고 다짐했고, 수백 번 생활비를 보태겠다고 했고, 수백 번 내게 불편을 끼치지 않도록 주의하겠다고 했고, 수백 번 나를 이루 말할 수 없이 존경한다고 했다. 하지만 리노는 결국 직장을 구하지 못했고 생활 방식도 전과 다를 바 없이 실망스럽거나 더 나빠졌다. 그래도 나는 릴라를 찾지 않았다. 릴라에게는 그저 "다 잘 되고 있어"라고 말할 뿐이었다.

그쯤 확실히 엔초와 릴라 사이에 긴장이 고조되고 있다는 것을 알고 있었기에 나는 둘의 싸움에 도화선이 되고 싶지는 않았다. 얼마 전부터 나는 엔초와 릴라가 싸우는 방식이 변했다는 사실에 불안해졌다. 예전에는 릴라가 고함을 치더라도 엔초는 거의 입을 열지 않았다. 하지만 언제부턴가 그렇지 않았다. 둘 사이에 싸움이 벌어질 때면 먼저 릴라가 악을 썼다. 릴라는 종종 티나 이름을 언급했다. 마룻바닥 사이로 들려오는 릴라의 목소리가 병자의 신음처럼 들렸다. 그러다 갑자기 엔초가 폭발했다. 엔초는 거친 사투리로 고함을 쳤다. 그는 고함을 지르다 분노에 가득 차서 말을 격정적으로 쏟아 냈다. 그러면 릴라는 입을 꾹 다물었다. 엔초가 고함을 지르는 동안에는 릴라 목소리가 들리지 않았다. 하지만 엔초가 입을 다물자마자 바로 문을 쾅 닫는 소리가 들렸다.

나는 릴라가 발을 질질 끌면서 계단과 현관을 지나가는 소리에 귀를 기울였다. 릴라의 발소리는 큰길에서 들려오는 차 소리와 뒤섞여 사라졌다.

얼마 전까지만 해도 엔초는 릴라 뒤를 쫓아갔을 테지만 이제는 그러지 않았다. 나는 생각했다.

'아래층에 내려가봐야 해. 엔초와 이야기를 해야 해. 리나가 얼마나 괴로워하는지 나에게 말해준 건 엔초 네가 아니었냐고, 그러니 그런 리나를 이해해야 한다고 말해야겠어.'

나는 결국 포기하고 그저 릴라가 빨리 돌아오기만을 바랐다. 하지만 릴라는 하루 종일 밖에서 시간을 보냈다. 가끔은 밤늦게까지 돌아오지 않을 때도 있었다. 릴라는 무엇을 하는 걸까. 나는 릴라가 피에트로가 말해준 것처럼 국립도서관에 있을 거라고 생각했다. 아니면 나폴리의 건물, 성당, 기념비, 묘비 하나하나를 세심히 관찰하면서 도시를 배회하는 거라고 생각했다. 그도 아니면 그 두 가지를 다

하고 있을 거라고, 먼저 도시를 탐험하고 그다음에 도시에 관한 정보를 찾기 위해 책을 뒤적이는 거라고 생각했다.

나는 일에 치여서 한 번도 릴라의 새로운 열정에 대해 이야기를 나눌 시간도 의지도 갖지 못했다. 릴라는 릴라대로 내게 아무런 이야기도 해주지 않았다. 나는 릴라가 어떤 일에 흥미를 느끼면 집착 수준으로 집중한다는 사실을 잘 알고 있었기 때문에 릴라가 그토록 많은 시간과 에너지를 쏟는 게 별로 놀랍지 않았다. 다만 엔초와 고함을 치면서 한바탕 싸우고 난 다음 릴라가 사라지고 밤늦도록 도시를 떠도는 릴라 위에 티나의 그림자가 드리워질 때면 조금 걱정이 됐다.

그럴 때면 석회암으로 만들어진 나폴리의 지하 터널과 망자의 머리가 겹겹이 줄지어 놓여 있는 지하 묘지가 떠올랐다. 방문객을 불행한 영혼들의 세계로 인도하는 푸르가토리오 아르코 성당의 까맣게 변색된 청동 해골 상들이 떠올랐다. 때때로 나는 릴라가 계단을 올라와 문을 닫는 소리가 들릴 때까지 잠들지 못하곤 했다.

암울하던 그 시절 어느 날 경찰이 들이닥쳤다. 릴라가 엔초와 싸운 후 집을 나가는 소리를 듣고 걱정이 되어 창밖을 바라보는데 경찰이 우리 건물 쪽으로 오고 있었다. 나는 릴라에게 무슨 일이 일어났다고 생각하고 겁에 질려 층계참을 뛰어 내려갔다.

경찰은 엔초를 찾고 있었다. 엔초를 체포하러 온 것이었다. 나는 어떻게든 끼어들어서 상황을 파악하려고 했지만 경찰은 내게 입을 다물라고 거칠게 말하고는 엔초에게 수갑을 채워 데려가버렸다. 계단을 내려가면서 엔초는 내게 사투리로 외쳤다.

"리나가 돌아오면 걱정하지 말라고 전해줘. 별일 아니라고 말해줘."

# 35

엔초가 무슨 혐의로 잡혀갔는지 파악하기까지 꽤 오랜 시간이 걸렸다. 릴라는 엔초에 대한 악감정을 버리고 기운을 내서 최선을 다해 엔초를 돌보았다. 새롭게 들이닥친 고난에 릴라는 조용하고 단호하게 대처했다. 딱 한 번 화를 낸 적이 있었다. 릴라가 엔초와 공식적으로는 아무런 관계가 아니고 스테파노와 이혼조차 하지 않았다는 이유로 국가가 릴라에게 엔초의 배우자 지위를 인정해주지 않아면회를 거부당했을 때였다. 그 후 릴라는 비공식적인 경로로 자기가엔초 곁에 있으며 그를 지지한다는 사실을 엔초에게 느끼게 해주려고 상당한 돈을 썼다.

나는 다시 니노를 찾았다. 마리사에게서 니노의 도움을 바라는 것은 소용없는 일이며 니노가 자기 부모님과 형제자매들을 위해 손가락 하나 까딱하지 않았다는 말을 듣긴 했다. 그러나 니노는 엄마에게 잘 보이고 싶어서인지 아니면 간접적으로나마 릴라에게 자기 권력을 과시하고 싶어서인지 내 부탁에는 바로 응해주었다. 하지만 니노마저 엔초의 상황을 정확하게 파악하지 못했다. 니노는 몇 번에걸쳐 몇 가지 가정을 들려주기는 했지만 자기가 생각하기에도 신빙성 없는 것 같다고 했다.

대체 무슨 일이 일어난 걸까. 확실한 것은 나디아가 흐느끼며 자백할 때 엔초의 이름을 언급했다는 사실이다. 엔초와 파스콸레가 트리부날리 가에서 열린 노동자와 학생들 모임에 정기적으로 참석했었던 일을 폭로했다는 사실이다. 까마득히 먼 옛날 만초니 가에 있는 나토군 장교들의 사유지 앞에서 있었던 소규모 시위들에 대한 혐의를 엔초와 파스콸레에게 돌렸다는 사실이다.

조사관들은 분명 파스콸레가 저지른 것으로 추정되는 수많은 범죄에 엔초도 연루된 것으로 몰고 가려 했다. 확신할 수 있는 것은 이 정도일 뿐 그다음부터는 모든 일을 추측할 수밖에 없었다. 아마 나디아는 엔초가 비정치적인 성격의 범죄를 위해 파스콸레의 힘을 빌렸다고 증언했을 것이다. 아마 나디아는 브루노 소카보의 살인을 포함한 몇몇 살인사건을 엔초가 기획하고 파스콸레가 실행했다고 주장했을 것이다. 아마 나디아는 파스콸레에게서 직접 솔라라 형제를 살해한 범인이 파스콸레와 안토니오 카푸초와 엔초 스칸노였다는 말을 들었다고 말했을 것이다. 유년 시절을 함께 보낸 세 친구가 오랜 유대감과 그에 못지않게 해묵은 원한 때문에 범죄를 저지른 것이라고 말했을 것이다.

복잡한 시대였다. 우리가 성장했던 세계의 질서가 사라지고 있었다. 올바른 정치 노선에 대해 오랫동안 공부하고 연구하며 습득한 기존의 능력이 언젠가부터 무의미하게 느껴지기 시작했다. 무정부주의자니 마르크스주의자니 그람시 추종자니 공산주의자니 레닌 추종자니 트로츠키 추종자니 마오쩌둥 추종자니 노동자니 하는 표현들은 어느덧 한물간 구호나 심한 경우 야만을 상징하는 것으로 취급당했다. 지난날 혐오의 대상이었던 타인에 대한 착취와 최대 이윤 추구의 법칙이 지금은 장소를 불문하고 자유와 민주주의 핵심으로 떠올랐다. 그러는 동안 국가와 혁명 조직 내에서 해결되지 않았던 일들이 합법적이거나 불법적으로 혹독하게 정산되고 있었다. 많은 사람이 너무나 허무하게 살해당하거나 감옥에 갇히는 신세가 됐고 평범한 사람들마저 우르르 떼를 지어 도망치기 시작했다.

니노나 아르만도 같은 사람들은 벌써 오래전부터 기류의 변화를 감지하고 새로운 시기에 재빨리 적응했다. 그렇게 해서 니노는 국회에 자리를 잡았고 아르만도는 방송 덕에 유명 인사가 되었다. 주변 사람들에게서 현명한 조언을 들을 수 있었던 나디아 같은 사람들은 눈물 고백으로 양심 세탁을 했다.

파스콸레와 엔초 같은 사람들은 달랐다. 나는 그들이 여전히 1960년대와 70년대에 배웠던 좌우명에 따라 생각하고 그러한 자기 신념을 표현하고 공격하고 방어했을 거라고 생각한다. 실제로 파스콸레의 투쟁은 감옥에서도 계속되었다. 그는 정부의 끄나풀에게 다른 사람을 고발하지도 않았고 변변한 변명 한마디 하지 않았다. 파스콸레와는 달리 엔초는 분명 뭔가를 말했을 것이다. 그는 언제나처럼 힘겹게 한마디 한마디를 계산하면서 공산주의에 대한 자신의 감정을 숨김없이 드러내고 자신의 모든 혐의를 부정했을 것이다.

릴라는 나름대로 자신의 뛰어난 지력과 못된 성격과 비싼 변호사들을 총동원해 엔초를 곤경에서 구해내기 위한 싸움에 전력을 다했다. 엔초가 전략가라고? 투사라고? 수년 동안 아침부터 저녁까지 베이직 사이트에서 일하면서 대체 그럴 시간이 어디에 있었단 말인가. 솔라라 형제가 살해당했을 때 엔초는 아벨리노에, 안토니오는 독일에 있었는데 어떻게 셋이 함께 그들을 죽일 수 있었단 말인가. 만약 세 친구가 솔라라 형제를 살해했다 할지라도 삼총사는 고향 동네에서 워낙 잘 알려져 있었기 때문에 아무리 얼굴을 감춘다 해도 동네 사람들은 이들을 바로 알아보았을 것이다.

아무리 그렇게 주장해봤자 소용없었다. 정의의 수레바퀴는 계속 굴러갔고 나는 이러다 릴라까지 체포될까봐 두려웠다. 나디아의 입에서는 계속 새로운 이름이 튀어나왔다. 경찰은 트리부날리 가 모임에 참석했던 사람을 몇 명 더 체포했다. 그 가운데에는 유엔 식량 농업기구에서 일하는 사람도 있었고 은행에서 일하는 사람도 있었다. 경찰은 에넬사*의 기술자와 결혼해 평범한 주부로 잘 살고 있는 아르만도의 전 부인 이사벨라에게까지 손을 뻗쳤다. 나디아가 건드리지 않은 사람은 단 두 명, 자기 오빠와 우려했던 것과는 달리 릴라였다.

아마 갈리아니 선생님의 딸은 엔초를 끌어들임으로써 이미 릴라에게 깊은 상처를 입혔다고 생각했을 수도 있었다. 아니면 릴라를 증오하기는 했지만 동시에 존경했기 때문에 오랜 망설임 끝에 릴라를 끌어들이지 않기로 결정했을 수도 있었다. 하지만 내가 가장 믿고 싶은 것은 나디아가 티나 이야기를 듣고 마음이 아파 릴라를 자기 일에 연루시키지 않기로 했다는 가정이었다. 아니 나디아는 그보다 어머니로서 그런 일을 겪은 이상 릴라가 다른 어떤 일에도 상처받지 않을 거라고 생각했을 수도 있었다.

엔초의 혐의는 서서히 실체 없는 것으로 드러났다. 정의는 전투력을 상실하고 기운을 잃었다. 수개월 동안 제대로 따져본 결과 엔초가 저지른 일이 별일 아닌 것으로 판명되었다. 파스콸레와 오랜 친구 사이라는 사실과 산 조반니 아 테두초에서 노동자와 학생들 모임에 적극적으로 참석했었다는 사실 그리고 파스콸레가 숨어 있던 세리노 산의 허름한 산장을 아벨리노에 사는 엔초의 친척 이름으로 임대했다는 것 정도가 사실로 판명되었다. 소송이 진행되는 동안 엔초는 위험하기 짝이 없는 테러리스트 집단의 두목이자 야만적인 범죄의 기획자이자 집행인에서 일개 테러활동 지지자에 지나지 않는 걸로 밝혀졌다. 그 지지마저 일반적인 상식 수준에서 한 개인의 의견일 뿐 그것이 한 번도 범죄행위로 발전되지 않았다는 것이 밝혀지자

* 이탈리아의 석유회사.

엔초는 집으로 돌아왔다.

하지만 어느덧 2년의 세월이 흘렀다. 그동안 동네에서 엔초는 파스콸레보다 훨씬 위험한 테러리스트로 이미지가 굳어지고 말았다. 사람들은 길거리와 가게에서 이런 말을 주고받았다.

"파스콸레야 우리 모두 어렸을 때부터 잘 알고 있지. 파스콸레는 정말 부지런한 일꾼이었어. 그가 유일하게 잘못한 것이 있다면 워낙 성품이 강직해서 일관성 있게 행동하려 한 거야. 베를린 장벽이 무너진 후에도 어린 시절 자기 아버지가 입혀준 공산당 제복을 벗지 않기 위해서 다른 사람들의 죄까지 뒤집어쓴 거야. 그는 결코 굴복하지 않을 거야."

엔초에 대한 평은 달랐다.

"엔초는 아주 머리가 좋아. 그동안 과묵한 모습과 베이직 사이트에서 벌어들인 일확천금 뒤에 정체를 숨기고 있었던 거야. 게다가 엔초 뒤에는 그를 조종하는 리나 체룰로가 있지. 엔초보다 훨씬 영리하고 위험한 엔초의 어두운 영혼 말이야. 그 둘이라면 필시 끔찍한 일을 저지르고도 남아."

증오에 찬 소문이 꼬리에 꼬리를 물었다. 결국 릴라와 엔초에게는 피를 흘리게 하고도 죗값을 치르지 않고 도망칠 정도로 영악한 사람들이라는 낙인이 찍혔다.

이 상태에서 이미 회사일에 무관심한 릴라와 수많은 변호사에게 지불한 거액의 비용 때문에 위기에 처한 그들의 회사는 다시 일어나지 못했다. 둘은 회사를 넘기기로 합의했다. 엔초는 종종 자기들 회사의 가치가 10억 리라는 될 거라고 했지만 실제로는 겨우 2억 리라 정도를 챙긴 게 다였다.

1992년 봄, 엔초와 릴라가 서로 다투지도 않게 되었을 때 둘은 동업자로서도 동거인으로서도 헤어졌다. 엔초는 회사를 넘기고 받은 돈 대부분을 릴라에게 남기고 밀라노로 일자리를 찾아 떠났다. 어느 날 오후 엔초가 내게 말했다.

"리나 곁에 있어줘. 자기 스스로에게 만족하지 못하는 여자야. 노후가 편치 않을 거야."

얼마 동안 엔초는 내게 열심히 편지를 보냈고 나도 열심히 답장을 했다. 한두 번 통화도 했지만 그걸로 끝이었다.

## 36

그즈음 또 한 쌍의 커플도 표류하고 있었다. 바로 엘사와 리노 커플이었다. 대여섯 달 동안은 둘이 죽고 못 살더니 어느 날 엘사가 나를 따로 불러 학교 수학 선생한테 끌린다고 고백했다. 다른 반 선생님이어서 그 사람은 자신의 존재조차 모른다고 했다. 내가 물었다.

"그럼 리노는?"

엘사가 대답했다.

"리노는 내가 가장 사랑하는 사람이지요."

엘사가 힘없이 한숨을 쉬며 재담꾼처럼 이야기를 늘어놓는 동안 나는 엘사가 사랑과 끌림을 다른 감정으로 구분한다는 것을 알게 되었다. 엘사는 선생한테 끌린다고 해서 리노와의 사랑에 상처가 나는 것은 아니라고 생각했다.

나는 글을 쓰고 책을 내고 여행을 다니느라 늘 정신이 없었기 때문에 나 대신 임마가 엘사와 리노의 상담자 노릇을 했다. 임마는 제 언니와 리노의 감정을 존중해주었고 양쪽의 신뢰를 얻었다. 결과적으로 임마는 내게는 믿을 만한 제보자가 되었다. 나는 임마에게서 엘사가 자기 선생을 성공적으로 유혹했다는 이야기를 들었다. 엘사가 리노에게 상처를 주지 않으려고 선생을 버렸다는 이야기도 임마가 해주었다. 한 달 후에 엘사가 참지 못하고 다시 선생과 만나기 시작했다는 것을 들은 것도 임마에게서였다.

임마는 리노가 일 년 가까이 괴로워하다가 결국은 엘사 앞에서 울음을 터뜨렸으며 엘사에게 자신을 아직도 사랑한다고 말해달라면서 애원했다고 했다. 그러자 엘사가 리노에게 "이제 나는 너를 사랑하지 않아. 다른 사람을 사랑해"라고 소리를 질렀고 리노는 자신이 남자라는 것을 보여주기 위해 엘사의 뺨을 때렸다고 했다. 임마는 리노가 엘사를 때리기는 했지만 손끝으로 '만' 살짝 때린 정도였다고 덧붙였다. 그러자 엘사가 부엌으로 달려가 빗자루를 들고 와 화를 내면서 리노를 마구 때렸고 리노는 그런 엘사의 매질을 다 받아주었다는 이야기도 임마에게서 들었다.

릴라는 릴라대로 나에게 내가 집을 비운 동안 엘사도 학교에 가서 밤새도록 집에 돌아오지 않아 리노가 자기한테 와서 하소연을 늘어놓았다고 했다.

"딸 단속 좀 제대로 해."

어느 날 저녁 릴라가 내게 말했다.

"대체 무슨 생각인지 좀 알아봐."

그런 말을 할 때도 릴라는 무심했다. 엘사나 리노의 운명에 대해 걱정하는 기색이 전혀 없었다. 릴라가 말했다.

"뭐, 너무 바빠서 아무것도 하고 싶지 않으면 그냥 내버려둬."

릴라는 낮은 목소리로 말했다.

"어차피 우리 둘 다 자식 키우기에는 젬병이니까."

나는 내가 훌륭한 엄마라고 생각하며 데데와 엘사와 임마를 부족함 없이 키우려고 그 누구보다도 최선을 다하고 있다고 말하려다가 그만두었다. 나는 그 순간 릴라가 나나 내 딸에게 화난 것이 아니라는 걸 알았다. 릴라는 그저 리노에게 무관심한 자신을 정상적으로 보이게 하려는 것뿐이었다.

엘사가 선생을 버리고 함께 졸업시험을 준비하던 같은 반 남자아이와 사귀었을 때는 일이 전과는 다른 양상으로 진행됐다. 엘사는 이번에는 리노와의 관계가 끝났다는 것을 알리기 위해 리노에게 곧바로 모든 사실을 털어놓았다. 릴라는 내가 토리노에 가느라 집을 비운 틈을 타서 우리 집까지 쫓아올라와 난리를 피웠다.

"대체 네 엄마는 네 머릿속을 뭘로 채워놓은 거냐?"

릴라가 사투리로 쏘아붙였다.

"너는 감정이라고는 없는 아이야. 다른 사람들에게 상처를 입혀놓고도 아무런 감정을 못 느끼잖아."

릴라는 엘사에게 소리 질렀다.

"네가 뭐 대단한 사람이라도 되는 줄 아나 본데 넌 창녀야."

실제로 릴라가 그런 말을 했는지는 모르지만 적어도 엘사는 내게 그렇게 말했고 임마도 제 언니 말이 처음부터 끝까지 다 사실이라고 했다.

"맞아요, 엄마. 이모가 언니한테 창녀라고 했어요."

릴라가 뭐라고 했든 엘사에게 지울 수 없는 상처를 남긴 것은 틀림없는 사실이었다. 그 일로 엘사는 특유의 가벼움을 잃었다. 같이 공부하던 남자아이와 헤어지고 리노를 상냥하게 대하기 시작했지만 리노를 홀로 침대에 남겨두고 자신은 임마와 함께 잤다. 고등학교 졸업시험이 끝나자 데데가 엘사와 화해하고 싶다는 신호를 보내지 않았는데도 엘사는 제 아빠와 언니 곁으로 가겠다고 결심했다.

엘사는 보스턴으로 떠났고 자매는 피에트로의 중재로 리노와 사랑에 빠진 것은 큰 실수였다는 사실에 동의하기에 이르렀다. 화해를 하고 나서 둘은 좋은 분위기에서 오랫동안 미국 여행을 했다.

나폴리로 돌아왔을 때 엘사는 훨씬 차분해져 있었다. 하지만 엘사는 내 곁에 오래 머무르지 않았다. 엘사는 물리학과에 지원했는데 대학생이 되자 예전처럼 경솔하고 쌀쌀맞게 변했다. 남자친구도 수시로 바뀌었다. 리노는 물론 고등학교 동창과 젊은 수학 선생까지 여전히 엘사를 쫓아다녔다. 그 바람에 엘사는 시험도 제대로 보지 않고 예전 남자친구들과 다시 사귀다가 또다시 새로운 남자친구를 만나다가 아무것도 제대로 하지 못했다.

결국 엘사는 미국에서 공부하기로 결심하고 다시 미국으로 떠났다. 엘사도 데데처럼 릴라와 작별 인사를 하지 않았다. 하지만 의외로 릴라에 대해 긍정적으로 말했다. 엘사는 엄마가 왜 그토록 오랫동안 릴라와 친구로 지내는지 자기는 이해할 수 있다면서 릴라야말로 자기가 만난 사람 가운데 가장 뛰어난 사람이라고 했다. 전혀 비아냥거리지 않는 말투였다.

## 37

제 어머니에 관한 리노의 의견은 엘사와 달랐다. 놀랍게도 리노는 엘사가 떠난 후에도 내 곁에 남았다. 리노는 오랫동안 절망에 빠져 있었다. 나 덕분에 육체적으로나 정신적으로 비참한 상태에서 빠져나왔다면서 다시 예전 생활로 돌아가게 될까봐 두려워했다. 리노는 그 외에도 내게 수많은 은혜를 입었다고 했다. 리노는 여전히 지난날 데데와 엘사가 쓰던 방을 차지하고 있었다.

물론 리노가 허다한 잔일을 해결해주기는 했다. 출장을 갈 때면 나를 역까지 차로 바래다주고 가방을 들어주었다. 돌아올 때도 마찬가지였다. 리노는 내 운전기사이자 짐꾼이자 온갖 자질구레한 일을 도맡는 집사가 되어주었다. 돈이 없으면 조금도 망설이지 않고 상냥하고 다정하게 내게 돈이 필요하다고 했다.

가끔 리노가 성가실 때면 나는 리노에게 자기 어머니에 대해 최소한의 의무가 있다는 것을 일깨워주곤 했다. 그러면 리노는 내 말을 알아듣고 얼마간 자취를 감췄다. 하지만 얼마 지나지 않아 리노는 릴라가 집에 거의 없어 텅 빈 집에 혼자 있다 보면 우울해진다면서 의기소침한 상태로 되돌아오곤 했다. 리노가 말했다.

"엄마는 내게 인사도 안 해요. 컴퓨터 앞에 앉아 글만 써요."

릴라가 글을 쓴다고? 대체 무슨 글을 쓴단 말인가.

처음에는 스치는 생각 정도의 희미한 호기심이었다. 그때 나는 쉰 살이었고 작가로서 최고의 전성기를 보내고 있었다. 일 년에 책을 두 권이나 출간하기도 했고 판매량도 꽤 많았다. 글을 읽고 쓰는 행위는 내 직업이었지만 모든 직업이 그렇듯 슬슬 버거워지기 시작했다. 그때 아마 나는 이런 생각을 했을 것이다.

'내가 릴라였으면 해변에 누워 햇볕이나 쬘 텐데.'

나는 생각했다.

'글 쓰기가 릴라에게 도움이 된다면 그걸로 됐지, 뭐.'

그 후 나는 다른 일에 신경 쓰느라 릴라 일은 까맣게 잊고 말았다.


## 38


데데와 엘사가 연달아 떠나자 나는 너무나 슬펐다. 두 딸 모두 결국 나 대신 자기들 아빠를 선택했다는 사실에 우울해졌다. 물론 데데와 엘사는 나를 사랑하고 나를 그리워했을 것이다. 나는 계속 아이들에게 편지를 썼고 우울할 때면 비용을 생각하지 않고 미국으로 전화했다.

나는 "엄마 꿈을 자주 꿔요"라고 말하는 데데의 목소리가 좋았다. 엘사가 편지에 "엄마 향수를 찾으려고 사방팔방 다 돌아다녔어요. 엄마랑 같은 향수를 쓰고 싶어요"라고 썼을 때 얼마나 감동했는지 모른다. 하지만 데데와 엘사가 내 곁을 떠났고 내가 그 아이들을 잃었다는 것은 부정할 수 없는 사실이었다. 아이들의 편지를 읽고 통화를 하면 할수록 그 애들이 나와 이별해서 힘들어는 하지만 나와 함께 지낼 때 겪었던 갈등을 피에트로와는 겪지 않는다는 사실을 알게 되었다. 피에트로는 원래 내 딸들이 속했어야 할 세계로 들어가기 위한 진입로였던 것이다.

어느 날 아침 릴라가 아리송한 말투로 말했다.

"임마를 고향 동네에서 키우는 건 의미가 없어. 로마에 있는 니노에게 보내. 임마가 데데와 엘사에게 나도 언니들처럼 했다고 말하고 싶어 한다는 것을 알잖아."

나는 릴라의 말이 불쾌했다. 객관적인 충고를 빙자해 내게 막내딸마저 떠나보내라고 말하고 있는 게 아닌가. 마치 이런 말을 하는 것 같았다.

'임마에게나 너에게나 그 편이 좋을 거야.'

내가 대답했다.

"임마까지 나를 떠나면 내 인생은 이제 아무런 의미가 없어."

릴라가 미소를 지어보였다.

"인생에 의미가 있어야 한다고 어디에 쓰여 있는데?"

릴라는 내가 글을 쓰느라 죽도록 애쓰며 사는 것을 깎아내렸다.
릴라가 짓궂게 말했다.

"의미라면 벌레 똥처럼 새까만 점선 같은 것을 말하는 거야?"

릴라는 내게 휴식을 좀 취하라고 했다.

"그렇게 아등바등 애쓸 필요가 뭐 있어. 이제 그만 좀 해."

나는 오랫동안 마음이 편치 않았다. 한편으로는 릴라가 임마마저 내게서 빼앗으려 한다고 생각했지만 다른 한편으로는 릴라의 말이 맞는 것 같았다. 임마를 제 아빠와 더 가깝게 지낼 수 있게 해줘야겠다는 생각도 들었다. 유일하게 내 곁에 남은 딸을 내 품에 붙잡아둬야 할지 아니면 임마를 위해 니노와 관계를 회복해야 할지 갈피를 잡을 수 없었다.

임마와 니노의 관계를 개선시키기란 쉬운 일이 아니었다. 이는 가장 최근 치른 선거에서 입증되었다. 임마는 열한 살밖에 안 됐지만 정치에 대한 열정이 있었다. 임마는 니노에게 아빠의 선거운동을 최대한 돕겠다고 전화했고 나도 그 일에 동참해주기를 바랐다. 그 무렵 나는 예전보다 사회주의자들이 더 싫어졌다. 니노를 만날 때마다 나는 그에게 말했다.

"너 정말 변했구나. 누군지 못 알아보겠어."

나는 조금 과하게 말하기도 했다.

"우리는 모두 빈곤과 폭력 속에서 태어났어. 솔라라 형제는 뭐든 닥치는 대로 빼앗는 범죄자들이었지만 당신네들은 솔라라 형제보다 더 나빠. 자신들도 약탈자면서 자신이 아닌 다른 약탈자가 사람들을 약탈하는 것을 막기 위해 법을 만드는 날강도 떼 같아."

그런 내 말에 니노는 쾌활하게 대답했다.

"너는 정치에 대해 아무것도 몰라. 앞으로도 그럴 거고. 그러니 하던 대로 문학작품이나 쓰면서 잘 알지도 못하는 일에 대해서는 말하지 마."

상황은 급속도로 악화되었다. 갑작스러운 사법부의 결단으로 오랜 부정부패의 증거가 표면으로 떠오르게 된 것이다. 그것은 문서화되지는 않았지만 어떤 법률보다 구속력이 강하고 언제나 효력을 발휘하는 일종의 불문율처럼 직급에 상관없이 일반적으로 통용되어 오던 부정부패였다. 처음에 속수무책으로 잡혀 들어갈 정도로 미숙해 보이던 소수의 고위직 사기꾼들이 기하급수적으로 늘어났고 이들이야말로 결국 이탈리아를 통치하던 위정자들의 실체였음이 드러났다.

선거가 다가올수록 니노는 유머 감각을 잃었다. 그때 나는 어느 정도의 명성을 누리고 있었으며 나름대로의 인망이 높았는데 니노는 임마를 통해 그런 내가 공식적으로 자신을 지지해주었으면 좋겠다는 뜻을 전해왔다. 나는 임마의 마음을 상하게 하지 않기 위해 그렇게 하겠다고 했지만 내 뜻을 굽히지는 않았다.

임마는 화를 내면서 아빠를 돕고 싶다는 의지를 강하게 피력했다. 니노가 임마에게 선거광고를 찍을 때 자기 곁에 있어달라고 부탁하자 임마는 열광했지만 나는 분개했다. 나는 최악의 상황에 처했다. 나는 임마에게는 촬영해도 좋다고 했다. 임마와의 관계를 악화시키지 않으려면 대놓고 촬영하지 못하게 할 수는 없었다. 하지만 나는 따로 니노에게 전화를 걸어 악을 써댔다.

"알베르티노나 리디아와 촬영하도록 해. 내 딸을 그런 식으로 이용할 생각은 꿈에도 하지 마."

니노는 고집을 부리며 한참을 망설이다가 결국은 포기했다. 나는 니노에게 자세히 알아보니 미성년자는 선거광고를 찍을 수 없다고 임마에게 말하게 했다. 하지만 임마는 공식적으로 제 아빠 곁에 설 수 있는 기쁨을 빼앗은 사람이 나라는 것을 알아채고 내게 말했다.

"엄마는 나를 사랑하지 않아요. 데데 언니와 엘사 언니는 피에트로 아저씨한테 보내줬으면서 나는 단 5분도 아빠와 함께 있을 수 없잖아요."

니노가 선거에서 떨어지자 임마는 울음을 터뜨렸다. 임마는 흐느껴 울면서 다 내 탓이라고 했다.

한마디로 상황이 복잡했다. 니노는 몹시 원통해했고 대하기 힘들어졌다. 한동안 니노만이 그 선거에서 유일하게 피해를 본 사람 같았지만 실은 그렇지 않았다. 얼마 지나지 않아 정당 시스템 자체가 흔들렸고 니노와는 연락이 끊겼다. 유권자들은 기성 정치인들과 새로 등장한 정치인들과 신출내기 정치인들을 막론하고 모든 정치인에게 분노했다.

지난날 국가를 무너뜨리려 했던 세력 앞에 겁에 질려 물러났던 민중은 이제 여러 명분 아래 국가를 섬기는 척하면서 사과 속에 생긴 거대한 벌레처럼 국가를 먹어치운 이들에게 신물이 나 뒤로 펄쩍 뛰었다. 화려한 권력의 향연과 신중치 못하고 오만한 언어의 홍수 아래 숨어 있던 검은 파도가 점점 더 드러나면서 이탈리아 전역에 흘러넘쳤다. 유년 시절 우리 고향만이 국가의 혜택을 받지 못한 것이 아니었다. 나폴리만 구제 불능이었던 것이 아니었다.

어느 날 아침 계단에서 릴라를 만났는데 기분이 좋아보였다. 릴라는 내게 막 구입한 『레푸블리카』지를 보여줬다. 신문에는 구이도 아이로타 교수의 사진이 있었다. 언제 찍은 것인지는 모르지만 사진기자가 포착한 아이로타 교수의 얼굴은 알아보기 힘들 정도로 공포에 질려 있었다. 온갖 가정과 추측성 글로 도배된 기사는 고명한 학자이자 정치계의 원로인 아이로타 교수가 이탈리아의 부정부패에 관해 많은 것을 알고 있다는 혐의로 곧 법원에 소환될 수 있다고 했다.

## 39

구이도 아이로타 교수는 끝내 법원에 소환되지 않았다. 하지만 며칠 동안 일간지와 주간지를 장식한 이탈리아 부패 지도에는 시아버지의 이름도 포함되어 있었다. 나는 그 시기 피에트로가 미국에 있고 데데와 엘사도 저 먼 대양 너머에 정착했다는 사실에 안도했다. 그렇지만 시어머니가 걱정됐다. 전화라도 한 통 해야겠다고 생각했지만 망설였다. 나는 생각했다.

'내가 이 상황을 즐거워한다고 생각할 거야. 그렇지 않다는 것을 이해시키기 힘들 거야.'

대신 나는 마리아로사에게 전화했다. 그게 더 쉬울 것 같았는데 잘못된 판단이었다. 사실 나는 마리아로사와 만나지도 않고 연락도 끊긴 지 오래였다. 마리아로사는 내 전화에 쌀쌀맞게 답하며 비아냥 댔다.

"정말 엄청난 성공을 거두었더군. 어디든 네 글이 안 실린 데가 없더라. 신문이고 잡지고 네 이름이 안 나오는 데가 없어."

전에는 한 번도 그런 일이 없었는데 마리아로사는 자기 이야기에 열을 올렸다. 마리아로사는 자기가 쓴 책이며 기사며 여행 이야기를 늘어놓았다. 나는 마리아로사가 대학을 떠났다는 말에 충격을 받았다.

"왜 그랬어?"

내가 물었다.

"역겨워서."

"그럼 지금은?"

"지금은 뭐?"

"뭘 하고 살아?"

"우리 집은 원래 부자여서 괜찮아."

마리아로사는 막상 말을 뱉고 나니 후회가 됐는지 어색하게 웃었다. 자기가 먼저 아버지 이야기를 꺼냈다.

"어차피 일어날 일이었어."

마리아로사는 프랑코 이야기를 했다. 프랑코야말로 당장 근본적인 변화가 일어나지 않으면 갈수록 힘들어지고 결국 모든 희망이 사라질 것이라는 사실을 가장 먼저 이해한 사람이었다고 마리아로사는 힘없이 말했다.

"아버지는 계획적으로 이것저것 조금씩 바꾸면 된다고 생각했어. 하지만 어중간하게 바꾸다 보면 거짓으로 만들어진 체제 안으로 들어갈 수밖에 없게 돼. 그렇게 되면 다른 사람들처럼 거짓말을 하거나 그렇지 않으면 체제 밖으로 밀려날 수밖에 없는 거지."

내가 물었다.

"아버님은 정말 죄가 있어? 돈을 받으셨어?"

마리아로사가 신경질적으로 웃었다.

"응. 하지만 아버지는 결백해. 평생 합법적이지 않은 돈은 한 푼도 받지 않으셨어."

마리아로사는 다시 내 이야기로 돌아가더니 공격적으로 말했다.

"요새 글을 너무 많이 쓰는 것 같더라. 신선한 맛이 전혀 없어."

먼저 전화한 것은 나인데도 마리아로사는 자기가 먼저 잘 있으라고 인사하더니 전화를 끊어버렸다.

마리아로사가 자기 아버지에 대해 내린 모순적이고 이중적인 평가는 사실로 드러났다. 아이로타 교수를 둘러싸고 휘몰아쳤던 언론의 광풍은 조금씩 수그러들었고 시아버지는 다시 자기 서재 안에 틀어박혔다. 하지만 어떤 사람들은 이제 그가 법적으로는 결백하지만 실은 분명 죄가 있을 거라고 생각했고 어떤 사람들은 그가 죄인 취급을 받고 있기는 하지만 분명 결백할 거라고 생각했다.

상황이 이 정도로 진정된 다음에야 나는 시어머니에게 전화해도 되겠다고 생각했다. 시어머니는 비아냥거리는 투로 내 배려에 고마움을 표했다. 시어머니는 데데와 엘사의 생활과 학업에 대해 나보다 더 잘 알고 있는 것 같았다. 시어머니가 말했다.

"이 나라는 말도 안 되는 일로 비난을 받을 수 있는 곳이야. 존경받을 만한 사람들은 서둘러 이민을 가는 게 나아."

내가 시아버지에게 인사할 수 있게 해달라고 하자 시어머니가 말했다.

"내가 대신 안부를 전해 드리마. 지금 쉬고 계시단다."

시어머니는 씁쓸하게 말했다.

"내 남편의 유일한 잘못은 자기 주변에 윤리의식이라고는 전혀 없는 신지식층을 두었다는 것밖에 없다. 출세하기 위해서라면 뭐든 할 수 있는 쓰레기 같은 애송이들 말이다."

그날 저녁 텔레비전에는 평소보다 더 유쾌해 보이는 전 사회당 소속 국회의원 조반니 사라토레의 모습이 나왔다. 이미 오십 살이 된 니노는 이제 젊다고 할 수 없었다. 방송은 시간이 갈수록 늘어나는 뇌물 공여자와 뇌물 수여자 명단에 니노의 이름을 올렸다.

## 40

이 소식에 임마가 가장 큰 충격을 받았다. 철이 들고 난 후 많이 만나지도 않았는데 임마는 제 아빠를 우상처럼 생각하고 있었다. 학교 친구들과 선생님들에게 아빠 자랑을 하고 만나는 사람마다 몬테치토리오 국회 입구 앞에서 아빠와 손잡고 서 있는 모습이 찍힌 기사를 보여주곤 했다. 임마에게 어떤 사람과 결혼하고 싶으냐고 물으면 이렇게 대답했다.

"제 신랑은 분명히 키가 크고 갈색 머리에 잘생긴 남자일 거예요."

그런 임마가 자기 아빠가 고향 동네에 있는 평범한 사람처럼 감옥에 갔다는 사실을 알게 되자 그나마 지금껏 내가 유지해주었던 안정감마저 잃고 말았다. 임마에게 감옥은 끔찍한 곳이었다. 철이 들수록 그런 임마의 두려움은 커져만 갔고 사실 틀린 생각도 아니었다. 임마는 꿈속에서 흐느끼다 한밤중에 일어나 내 침대에서 같이 자고 싶다고 했다.

한번은 초췌한 몰골에 초라한 행색을 하고 있는 마리사와 만났다. 그날 마리사는 평소보다 더 화가 나 있었다. 마리사는 임마가 있는데도 개의치 않고 말했다.

"오빠는 그래도 싸. 평생 자기 생각만 했잖아. 너도 알다시피 우리를 한 번도 도와주지 않았어. 그 나쁜 놈이 친척들 앞에서만 혼자 고귀한 척은 다 한 거야."

임마는 마리사의 말을 듣다 참지 못하고 우리를 큰길에 내버려둔 채 도망가 버렸다. 나는 급히 마리사에게 인사하고 임마 뒤를 쫓아가 임마를 위로하려 했다.

"신경 쓰지 마. 네 아빠와 고모는 평소 사이가 좋지 않았단다."

그 사건 이후 나는 엄마 앞에서 니노에 대해 나쁘게 이야기하는 것을 피했다. 아니, 모든 사람 앞에서 니노를 비판하는 것을 피했다.

파스콸레와 엔초 소식을 알아봐달라고 니노에게 부탁했을 때가 떠올랐다. 철저한 계산으로 연출된 이 혼탁한 암흑세계에서 방향을 잡기 위해서는 언제나 하늘에 있는 수호성인의 도움이 필요했다. 니노는 성인과는 거리가 멀었지만 내가 필요할 때마다 나를 도와줬다. 그런데 모든 성인이 지옥으로 추락한 지금은 니노 소식을 알아봐 달라고 부탁할 만한 사람이 아무도 없었다. 니노의 수많은 변호사가 전해주는 신빙성 없는 소식만 들려올 뿐이었다.

## 41

솔직히 릴라는 니노의 운명에 아무런 관심을 보이지 않았다. 니노가 법적으로 곤란한 상황에 빠졌다는 소식에 릴라는 대수롭지 않다는 반응을 보였다. 릴라는 이 모든 상황을 설명해줄 만한 일이 기억났다는 듯 말했다.

"니노는 돈이 필요할 때마다 브루노 소카보에게 손을 벌렸지. 분명 한 푼도 돌려주지 않았을 거야."

릴라는 일이 어떻게 된 건지 빤히 보인다고 했다.

"니노는 미소를 지으며 사람들과 악수하면서 자기가 최고로 잘난 줄 알았을 거야. 모든 상황을 감당할 수 있는 사람처럼 보이려고 애썼을 거야. 죄를 저질렀다면 분명 사람들이 자기를 더 좋아하게 만들고 싶어서 그랬을 거야. 제일 똑똑한 사람처럼 보이고 싶어서, 언제나 위로 올라가고 싶은 욕망 때문에 그렇게 했을 거야."

그게 다였다. 그런 다음부터 릴라는 니노를 없는 사람 취급했다.

파스콸레와 엔초를 위해 최선을 다했던 것만큼 사라토레 전 국회의원에 대해서는 철저한 무관심으로 일관했다. 아마도 릴라는 신문이나 텔레비전으로 니노의 사건을 지켜보았을 것이다. 니노는 창백한 얼굴에 갑자기 머리가 반백이 된 모습으로 종종 텔레비전에 등장했다. 니노는 토라진 아이 같은 눈빛으로 말하곤 했다.

"맹세코 내가 한 일이 아닙니다."

물론 릴라는 내게 한 번도 니노에 대한 소식을 묻지 않았다. 내가 니노를 만났는지 그의 운명은 어떻게 될지 그의 아버지와 어머니와 형제들은 이 일에 어떤 반응을 보였는지 묻지 않았다. 대신 왠지는 모르지만 임마에게 다시 관심을 보이더니 임마를 돌봐주기 시작했다.

릴라는 정작 자기 친아들 리노는 다른 주인에게 정이 들어 옛 주인에게 꼬리 치지 않는 강아지처럼 내게 버려두고 임마에게 전과 같은 각별한 애정을 보였다. 애정결핍증인 임마는 그런 릴라를 다시 좋아하게 되었다. 둘은 자기들끼리 이야기하고 자주 외출을 하곤 했다. 릴라가 내게 말했다.

"임마에게 식물원과 박물관과 카포디몬테를 구경시켜줄게."

나폴리를 떠나기 전 마지막 몇 년 동안 릴라는 임마를 도시 구석구석으로 끌고 돌아다니면서 나폴리에 대한 호기심을 임마에게 전했다. 그러다보니 임마도 나폴리에 호기심을 가지게 되었다.

"리나 이모는 아는 것이 아주 많아요."

임마가 릴라에 대한 존경심을 담아 말했다. 나는 그런 상황에 만족했다. 릴라가 도시를 배회할 때 임마를 끌어들임으로써 임마는 아빠에 대한 걱정, 자기 부모님들 말을 듣고 임마를 사납게 공격하는 학교 친구들에 대한 분노, 사라토레라는 이름 덕분에 지금까지 받아왔던 선생님들의 관심을 잃음으로써 느끼는 상실감을 누그러뜨릴 수 있기 때문이었다. 그뿐만이 아니었다.

나는 임마를 통해 릴라의 머릿속에 가득한 생각과 오랫동안 컴퓨터 앞에 앉아 쓰고 있는 글의 주제가 단순히 기념비나 유적에 대한 이야기가 아니라는 것을 알게 되었다. 나는 릴라가 나폴리라는 도시에 관한 총체적인 내용을 다루고 있다는 사실을 점점 확신하게 되었다.

릴라는 나에게는 그 거대한 계획에 대해 한 번도 언급한 적이 없었다. 릴라가 자신의 모든 열정에 나를 끌어들이던 시기는 이제 끝난 것이다. 릴라는 나 대신 내 딸을 자신의 절친한 친구로 선택했다. 임마에게 자기가 공부한 내용을 이야기해주고 자신의 마음에 든 장소나 호기심을 가지게 된 장소를 보여주려고 임마를 데려가곤 했다.

42

습득 능력이 뛰어난 임마는 릴라가 해주는 말을 바로 다 외웠다. 지난날 릴라와 내게 그토록 중요한 의미를 가졌던 마르티리 광장에 얽힌 역사에 대해 알게 된 것도 임마 덕분이었다. 광장에 대해 아무것도 모르는 나와는 달리 릴라는 그동안 광장의 역사적 배경을 공부해 임마에게 들려준 것이었다. 어느 날 아침 장을 보러 가다가 임마는 마르티리 광장에서 아마도 역사적 사실과 자신의 상상과 릴라의 상상을 섞었을 법한 이야기를 내게 들려주었다.

"그러니까 말이에요, 엄마. 1700년대에 이곳은 들판이었어요. 나무와 농가와 주점이 있고 바로 바다로 이어지는 길이 있었는데 길 이름이 바로 키아이아의 성 카테리나 내리막길이었대요. 저기 길모퉁이에 있는 약간 흉물처럼 보이는 성당에서 딴 이름이에요. 1848년

5월 15일 바로 여기에서 헌법 수립과 국회 구성을 요구하던 수많은 애국자가 살해당했고 그 후 부르봉 왕가의 페르디난도 2세는 다시 평화로운 시대가 시작됐다는 의미로 평화의 길을 내고 이곳 광장의 꼭대기에 성모 마리아 동상이 있는 기둥을 세운 거예요.

부르봉 왕가가 쫓겨나고 나폴리가 이탈리아 왕국으로 편입되자 그 당시 시장이었던 주세페 콜론나 디 스틸리아노가 조각가 엔리코 알비노에게 꼭대기에 평화의 성모상이 있는 기둥을 자유를 위해 투쟁하다 목숨을 잃은 나폴리 시민들을 위한 기념비로 바꿔달라고 했대요. 시장의 요구에 따라 엔리코 알비노는 기둥의 주춧돌을 나폴리 혁명의 중요한 순간들을 상징하는 네 마리의 사자 조각상으로 장식하게 된 거지요.

치명적인 상처를 입은 사자는 1799년을 상징하고 칼에 관통당하고도 허공을 물어뜯는 사자는 1820년 혁명을 상징해요. 1848년을 상징하는 사자는 비록 진압당했지만 결코 굴복하지 않았던 애국자들의 힘을 상징하지요. 마지막으로 위협적인 복수의 사자 조각상은 1859년을 상징해요.

그리고 말이에요, 엄마. 저 기둥 위에는 평화의 성모상 대신 청동으로 만든 젊고 아름다운 여인의 동상을 세웠는데 저 동상은 바로 세상의 균형을 잡고 있는 승리를 상징해요. 승리의 여신의 왼손에는 검이, 오른손에는 자유를 위해 순교한 나폴리 시민들을 위한 화환이 있어요. 전투 중에 목숨을 잃거나 교수대의 이슬로 사라진 그들은 피로써 민중에게…"

임마의 말은 그렇게 계속됐다.

나는 릴라가 임마에게 현재 겪고 있는 질풍노도의 시기를 정상화시키려고 일부러 지나간 일을 이야기한다는 느낌을 종종 받았다. 임마에게 들려주는 나폴리 역사 이야기에 나오는 멋진 건축물과 길과 기념탑의 기원에는 언제나 추하고 혼란스러운 사건이 있었다. 세월이 흐르면서 그런 사건의 의미와 그에 대한 기억은 사라져 갔고 상황은 예측할 수 없는 어떠한 흐름에 따라 전보다 더 나빠졌다가 좋아졌다가 다시 나빠졌다. 그런 흐름은 마치 파도와도 같아서 고요하다가 폭우처럼 휘몰아치기도 했고 폭포가 되어 떨어지기도 했다.

릴라의 계획에서 가장 중요한 것은 질문하는 것이었다. 순교자들은 어떤 사람들이었으며 사자는 무엇을 상징하는가. 투쟁은 언제 일어났으며 사람들은 언제 교수대에서 처형되었는가. 평화의 길과 성모상과 승리의 여신상은 언제 만들어졌는가.

릴라의 이야기 속에서는 '그 전'과 '그 후'와 '그 결과'가 순서대로 배열됐다. 세련된 나폴리의 부촌 키아이아 가가 생기기 전에 그곳에는 그레고리 교황의 서간에도 나오는 플라야가 있었다. 그곳은 해변까지 넓게 펼쳐진 늪지대였다. 야생 밀림의 식생이 자라나 보메로 지대까지 타고 올라갔다. 1800년대에 대대적으로 나폴리의 도시 재생과 철도협동조합의 활동이 시작되기 전까지만 해도 그곳에는 불결한 지역이 있었다. 돌멩이 하나하나까지 전부 오염된 곳이었지만 눈부신 유적도 꽤 많았다.

이 건물들마저 지나친 도시 재생의 열풍으로 사라지고 말았다. 이때 재생된 지역 중에 오래전부터 '바스토'*라고 불리던 곳이 있었다. 바스토는 카푸아나 성문에서 놀라나 성문까지 이어지는 지대를 가리키는 지명이었는데 이 구역은 재생이 끝난 후에도 바스토라는 이름을 계속 사용했다. 릴라는 '바스토'라는 지명이 마음에 들었는

---

* 광활한 지대라는 뜻.

지 자주 언급하곤 했다. 임마도 마찬가지였다. 바스토와 도시 재생, 폐허와 비옥한 땅, 부패와 약탈, 붕괴와 파괴에 대한 열망과 건물을 올리고 질서를 부여하고 새 길을 내거나 옛 길에 새로운 이름을 붙이려는 열망, 이 모든 것은 언제라도 다시 승리할 태세를 갖추고 있는 과거의 죄악을 감추고 새로운 세계를 구축하기 위함이었다.

임마는 리나 이모에게 들었다면서 내게 '바스토' 지역에 얽힌 이야기를 들려주었다.

"바스토가 바스토라는 이름으로 불리기 전에 그러니까 바스토가 황무지가 되기 전, 이곳에는 저택과 정원과 분수가 있었대요. 바로 이곳에 비코 후작이 정원이 딸린 궁전을 짓게 했대요. 그 정원 이름은 천국의 정원이었어요. 천국의 정원에는 수중 놀이 기구가 여기저기에 숨겨져 있었대요. 그중 뽕나무 분수가 제일 유명했는데 눈으로는 거의 보이지 않는 관을 연결해서 물을 나뭇가지에서 비처럼 쏟아져 내리게 하거나 나무 기둥을 타고 폭포처럼 쏟아지게 했대요. 내 말 이해했어요, 엄마?"

비코 후작의 천국의 정원에서 바스토 후작의 바스토가 되고 니콜라 아모레 시장의 주도 아래 실행된 도시 재생계획을 거쳐 다시 바스토가 되고 그 후 다시 또 다른 부흥기를 맞기까지 그런 식으로 바스토에 대한 임마의 이야기는 계속되었다.

리나 이모는 내 딸에게 이렇게 말했다.

"아, 이 얼마나 찬란하고 중요한 도시란 말이니. 임마야, 여기서는 세상의 모든 언어가 다 사용되었단다. 이곳에서는 모든 것이 세워졌다가 무너져버렸단다. 이곳 사람들은 다른 사람들이 하는 말은 절대로 믿지 않으면서 정작 자기들은 매우 수다스러웠지. 나폴리에는 베수비오 화산이 있어서 권력자들의 가장 위대한 업적조차도, 가장 눈부신 예술 작품마저도 화염과 지진과 재와 바다 앞에서 순식간에 무로 돌아간다는 사실을 매일 일깨워주지."

나는 임마의 이야기를 귀담아 들었지만 가끔은 당혹스러웠다. 물론 임마가 안정을 되찾기는 했지만 그것은 순전히 릴라가 임마를 나폴리의 영광과 몰락의 흐름 속으로 끌어들였기 때문이었다. 모든 것이 황홀하다가 갑자기 사방이 잿빛으로 변하면서 혼탁해졌다가 또다시 모든 것이 환하게 빛나는 과정이 순환되는 나폴리 속으로 끌어들인 것이다. 마치 구름이 태양 위를 지나갈 때 태양이 구름에서 도망치는 것 같으면서 곧 없어질 듯 희미하고 옅은 원반 모양이 되었다가 구름이 사라지는 순간 손으로 눈을 가려야 할 정도로 갑자기 눈부시게 찬란히 빛나는 것 같았다.

릴라의 이야기 속에서 천상의 것과 같은 아름다운 정원이 있는 궁전들은 폐허가 되어 야생 상태가 되었다. 때로는 그곳에 님프와 드라이어드*와 사티로스**와 파우누스***가 살았고 때로는 망자의 영혼이 살기도 했다. 때로는 악마가 머물기도 했는데 그들은 사람들에게 죗값을 치르게 하거나 착한 영혼을 가진 사람들을 시험해 사후에 상을 내리기 위해 신이 궁전이나 평민의 집으로 보낸 것이었다. 특히 한밤중에 일어나는 일에 대한 판타지 가운데 눈부시도록 아름답고 실감나는 이야기가 많았다.

릴라와 임마는 둘 다 유령 이야기를 좋아했다. 임마는 내게 바다에서 멀리 떨어지지 않은 포실리포 곶에 유명한 귀신 들린 집이 있다고 했다. 그 집은 가욜라 건너편에 있는 요정의 동굴 바로 위에 있

---

*  그리스 신화에 나오는 나무 요정.
**  그리스 신화에 나오는 반인반수의 모습을 한 숲의 정령들.
***  로마 신화에 나오는 숲의 신.

다고 했다. 임마는 산 만다토 가와 몬드라고네 가에 늘어선 건물에도 유령이 산다고 했다.

릴라는 임마에게 언젠가 산타 루치아 지역에 '대두'라는 이름의 유령을 찾으러 갈 때 임마를 데려가겠다고 약속했다. 이 유령은 얼굴이 엄청나게 커서 '대두'라 불렸고 몹시 거칠었다. 누가 자기를 방해하면 상대를 향해 커다란 돌멩이를 던진다고 했다.

릴라는 임마에게 피초팔코네를 비롯해 여러 동네에 죽은 아이들의 영혼이 산다고 했다. 저녁이면 놀라나 성문 쪽에서 이 여자아이 유령이 자주 나타난다고 했다.

"유령이 정말 있나요? 리나 이모는 유령이 정말 있다고 했어요. 하지만 건물이나 거리나 바스토의 오래된 성문에 있는 것이 아니라 사람들의 귓속에 있대요. 바깥세상이 아니라 자신의 내면을 바라볼 때 사람들의 눈 속에 있는 거라고 했어요. 입을 여는 순간 새어나오는 목소리와 생각을 할 때 머릿속에 있는 거라고 했어요. 말뿐만 아니라 이미지 속에도 유령들이 가득하기 때문이래요. 정말 그래요, 엄마?"

"그래. 리나 이모가 그렇게 말했다면 그럴 수도 있지."

나는 대답하곤 했다.

"이 도시에서는 별의별 일이 다 일어난단다."

릴라는 임마에게 말했다.

"유령은 박물관이나 미술관, 특히 국립도서관에 가면 실컷 볼 수 있어. 책에는 유령이 아주 많거든. 책을 펼치면 거기에서 마사니엘로*가 튀어나올 거야. 마사니엘로는 익살맞기도 하지만 끔찍한 유

---

\* 이탈리아의 민중 봉기 지도자.

령이기도 하지. 가난한 사람들을 웃게 해주지만 부자들을 두려움에 떨게 만드는 유령이지."

임마는 특히 마사니엘로가 실제 막달로니 공작이나 공작의 아버지를 검으로 죽이는 것이 아니라 그들의 초상화에 '착착착' 칼질을 해 그들을 죽이는 장면을 좋아했다. 아니, 더 정확히 말하면 임마는 마사니엘로가 초상화 속 공작과 그의 아버지의 목을 베거나 다른 악덕한 귀족들의 초상화를 목매달아 죽이는 장면이 제일 재미있다고 했다.

"마사니엘로는 초상화 속 사람들의 머리를 베었대요."

임마가 믿을 수 없다는 듯 웃으면서 말했다.

"초상화를 교수형시켰대요."

초상화 참수형과 교수형이 끝나면 마사니엘로는 은실로 수를 놓은 푸른 실크 옷을 입고 금목걸이를 목에 걸고 모자에 다이아몬드가 박힌 핀을 꽂은 다음 시장에 간다고 했다.

"엄마, 천민이었던 마사니엘로는 그렇게 후작이나 공작이나 왕자처럼 차려 입고 시장에 갔대요. 글을 읽을 줄도 쓸 줄도 모르는 어부였는데 말이에요."

릴라는 임마에게 나폴리에서는 굳이 전보다 더 나은 법이나 법령이나 법조항들을 완전히 새로 만들어내는 척하지 않아도 별의별 일이 다 일어날 수 있다고 했다. 나폴리에서는 굳이 속임수를 쓸 필요 없이 당당하게 도를 넘어서는 행동을 하고도 떳떳할 수 있다고 했다.

임마는 특히 어떤 장관에게 얽힌 일화를 인상 깊게 들었다. 나폴리 박물관과 폼페이에 대한 이야기였다. 임마는 사뭇 진지하게 말했다.

"엄마, 100년쯤 전에 민중의 대표이자 교육부 장관이었던 나시 의원이라는 사람 알아요? 그 사람이 폼페이 발굴 책임자들한테 발굴된 값비싼 작은 동상을 선물로 받아 챙겼대요. 그 사람이 폼페이에서 발견된 최고 예술품의 모형으로 트라파니에 있는 자기 저택을 꾸민 거 알아요? 그 나시라는 사람은요 엄마, 이탈리아 왕국의 장관이었는데도 자기 본능을 따랐던 거예요. 사람들이 선물로 아름다운 동상을 가져오니까 그냥 받아둔 거죠. 자기 집에 놔두면 멋질 거라고 생각했거든요. 물론 사람이니 가끔 실수할 때도 있죠. 하지만 어린 시절에 공익이 무엇인지 제대로 배우지 못한 사람들은 죄를 지어도 그게 죄라는 것조차 몰라요."

임마가 한 마지막 말이 리나 이모의 말인지 아니면 제 나름의 생각을 말한 것인지는 잘 모르겠다. 어찌됐든 나는 그 말이 마음에 들지 않아 임마에게 한마디 해주기로 마음먹었다. 나는 임마에게 조심스럽게 핵심이 명확한 연설을 늘어놓았다.

"리나 이모는 네게 정말 좋은 이야기를 많이 해주는구나. 엄마는 좋아. 리나 이모가 뭔가에 빠지면 이모를 말릴 사람이 없지. 그렇다고 사람들이 가볍게 나쁜 행동을 한다고 생각하지는 않았으면 좋겠구나. 더구나 그 대상이 국회의원이나 장관이나 상원위원이나 은행가들이나 카모라라면 말이다. 세상 일이 쳇바퀴 돌 듯 반복될 거라고 생각해서는 안 돼. 으레 한때는 상황이 좋아졌다가 안 좋아졌다가 때가 되면 다시 좋아질 거라고 생각해서는 안 된다는 거야. 우리는 항상 열심히 노력해야 한단다. 우리 주변 상황이 어떻게 돌아가든 실수하지 않도록 주의하면서 한 걸음씩 앞으로 나아가야 해. 실수하면 그 대가를 치러야 하니까."

임마의 아랫입술이 파르르 떨렸다. 임마가 내게 물었다.

"아빠는 다시 국회로 못 돌아가나요?"

나는 뭐라 말해야 할지 몰랐고 임마는 그런 내 마음을 눈치챘다. 임마는 내가 긍정적인 대답을 하도록 용기를 북돋아주려는 것처럼 조그맣게 속삭였다.

"리나 이모 생각은 그렇지 않아요. 이모는 아빠가 국회로 돌아갈 수 있을 거래요."

나는 한참을 망설이다 결심했다.

"아니, 임마. 엄마는 그렇게 생각하지 않아. 하지만 아빠가 높은 자리에 있어야만 아빠를 사랑할 수 있는 것은 아니란다."

## 43

그 대답은 완전히 빗나갔다. 니노는 함정에서 능숙하게 빠져나왔다. 그 사실을 안 임마는 매우 기뻐했다. 임마는 아빠를 만나고 싶어 했지만 니노가 얼마 동안 몸을 숨기는 바람에 연락이 닿지 않았다. 겨우 약속을 잡았을 때 니노는 우리를 메르젤리나에 있는 피자 가게에 데리고 갔다. 니노에게서는 예전과 같은 활기가 느껴지지 않았다.

니노는 신경이 예민한 데다 정신이 다른 곳에 가 있었다. 임마에게는 정치권의 편짜기 같은 것은 절대로 믿지 말라고 하면서 스스로 자신을 좌파의 희생양이라고 규정했다. 니노는 지금의 좌파는 이름만 좌파지 진정한 좌파가 아니며 파시스트보다 악랄하다고 했다. 니노는 임마를 안심시켰다.

"두고 보렴. 아빠가 모든 일을 바로잡을 테니."

그 후 니노가 쓴 매우 공격적인 글들이 신문에 실리기 시작했다.

사법부가 행정부에 종속되어야 한다는, 지난날 자신이 옹호했던 이론으로 다시 돌아간 것이다. 니노는 분개하면서 글을 썼다.

'판사라는 사람들이 어제는 국가의 심장을 치려 하는 이들과 싸움을 벌이더니 오늘은 그토록 지키려 했던 심장이 병들었으니 내다 버려야 한다고 시민들을 선동해 믿게 하려는 게 말이 된단 말인가.'

니노는 버림받지 않기 위해 싸웠다. 그는 국회에 의석이 없는 오래된 정당 사이에서 소속을 바꿔가면서 점점 우파와 가까워졌고 1994년에는 국회에 금의환향했다.

임마는 자기 아빠가 다시 사라토레 국회의원이 되었으며 나폴리에서 지지율이 아주 높았다는 소식을 듣고 기뻐했다. 임마는 그 소식을 듣자마자 내게 말했다.

"엄마는 책을 쓰지만 리나 이모 같은 선견지명은 없어요."

## 44

나는 임마의 말에 기분 나빠하지 않았다. 사실 내 딸은 내가 자기 아빠에게 못되게 굴었으며 자기 아빠가 얼마나 뛰어난 사람인지 내가 몰랐다는 사실을 알려주고 싶었을 뿐이니까. 정작 내게 예기치 못한 영향을 미친 것은 '엄마는 책을 쓰지만 리나 이모 같은 선견지명은 없다'는 말이었다. 임마의 말 때문에 나는 딸이 보기에 선견지명이 있는 여인인 릴라가 50세가 되어서야 공식적으로 책을 읽고 공부를 하고 글까지 쓴다는 사실에 관심을 가지게 됐다.

피에트로는 예전에 그런 릴라의 행동을 티나가 사라짐으로써 생긴 괴로움을 잊기 위한 일종의 자가 치유법이라고 생각했었다. 하지만 고향에서 보낸 마지막 일 년 동안 나는 피에트로의 세심한 의견이나 임마의 중재에 더는 만족하지 못하고 틈만 나면 릴라에게 직접 그 이야기를 꺼냈다. 나는 이렇게 묻곤 했다.

"왜 이렇게 나폴리에 관심이 많아?"

"나쁠 것 없잖아."

"물론 없지. 오히려 난 네가 부러워. 너는 좋아서 공부하는 거잖아. 그에 비해 나는 이제 일 때문에 읽고 일 때문에 글을 써."

"나는 공부하는 게 아니야. 건물과 길과 기념비를 구경하는 것뿐 이야. 때때로 관련 정보를 찾기도 하고. 그게 다야."

"그게 바로 공부야."

"그래?"

릴라는 말을 얼버무렸다. 내게는 좀처럼 마음을 털어놓으려 하지 않았다. 하지만 가끔 릴라답게 갑자기 흥분해서 나폴리에 관한 이야기를 늘어놓을 때도 있었다. 그럴 때면 나폴리가 평범한 길과 일상적인 장소로만 만들어진 곳이 아닌 것 같았다. 나폴리는 오직 릴라에게만 자신의 비밀스러운 광채를 드러낸 것 같았다. 릴라는 몇 마디 안 되는 문장만으로 나폴리를 상징과 의미가 가득한 세상에서 가장 인상적인 곳으로 바꾸어 놓았다.

릴라와 이런 이야기를 나누고 나서 일을 시작할 때면 영감이 불타오르는 것 같았다. 나폴리에서 태어나 살면서 나폴리에 대해 더 자세히 알려고 노력하지 않은 것은 너무나 큰 태만이었다. 나는 이제 두 번째로 나폴리를 떠나려 하고 있다. 내 인생의 전성기 삼십 년을 여기서 보내고도 나는 내가 태어난 곳에 대해서 아는 바가 거의 없었다. 예전에는 피에트로가 나의 무지를 비난했었는데 지금은 내 자신이 원망스러웠다. 릴라의 말을 듣다보면 나의 공허함이 느껴졌다.

반면 뭐든 쉽게 빨리 배우는 릴라는 도시의 모든 기념비에서부터 돌멩이 하나에까지 수많은 의미를 부여할 수 있게 된 것 같았다. 릴라가 하는 일이 너무나 중요해 보여서 내가 하는 하찮은 일을 지금 당장 내팽개치고 나도 릴라처럼 나폴리에 대해 공부를 시작해야만 할 것 같았다. 하지만 나는 하찮은 일에 모든 기력을 쏟았고 그 덕분에 부유한 삶을 영위할 수 있었다.

나는 평소에도 밤늦게까지 일했다. 가끔 나는 고요한 아파트에서 동작을 멈추고 그 순간 릴라도 깨어 있을지도 모른다는 생각에 잠기곤 했다. 아마 나처럼 글을 쓰고 있을 거라고, 도서관에서 읽은 책을 요약하고 있을 거라고, 자기 생각을 써보고 있을 거라고 생각했다. 나아가 자기 이야기를 들려주기 시작했을 수도 있다. 릴라에게 중요한 것은 역사적 사실이 아닐지도 모른다. 릴라는 그저 상상의 날개를 펼치기 위한 실마리를 찾는 것뿐일지도 모른다.

릴라는 언제나처럼 즉흥적이었다. 갑작스러운 호기심은 금세 수그러들었다 결국 사라져버리곤 했다. 내가 아는 바로는 릴라는 팔라초 레알레 근처에 있는 도자기 공장에 대해 공부하다가 어느새 산 피에트로 아 마젤라 성당에 관한 정보를 모으는가 하면 나폴리를 방문한 외국인 관광객들의 감상을 찾아다녔다. 릴라는 외국인 관광객들이 나폴리에 대해 매력과 혐오를 동시에 느낀다고 생각하는 것 같았다. 릴라가 말했다.

"지난 수세기 동안 모든 사람은 커다란 항구와 바다, 배와 성, 갑자기 불길을 내뿜는 거대하고 시꺼먼 베수비오 화산과 원형극장 모양의 도시, 정원과 공원과 궁전에 찬사를 보냈어. 하지만 그 후 수세기 동안 모두 이 도시의 비효율성과 부패와 육체적 정신적 빈곤을 불평하게 되었지. 외관과 명칭만 그럴싸할 뿐 제대로 돌아가는 정부 기관이 하나도 없어. 돈 받고 일하는 사람이 그렇게나 많은데도 말이야. 이해할 수 있는 규율 같은 것도 없어. 무질서하고 통제할 수 없는 사람들이 별의별 물건을 다 가져다 파는 상인들로 가득한 길에 북적대고 있을 뿐이지. 부랑아에서 거지들까지 모두 귀청이 찢어질 정도로 소리를 질러대. 아, 정말이지 나폴리처럼 시끄럽고 소란스러운 도시는 어디에도 없을 거야."

폭력에 대해 말한 적도 있었다.

"우리는 한때 우리 고향에만 폭력이 만연하다고 생각했었어. 우리 주위는 태어날 때부터 폭력으로 가득했지. 폭력은 평생 우리 곁을 스쳐지나가거나 우리 몸에 손을 댔어. 그래도 우리는 그저 우리가 운이 나빴다고만 생각했어. 우리가 다른 사람에게 상처를 주는 말을 얼마나 많이 했는지, 다른 사람에게 모욕을 주려고 얼마나 많은 말을 만들어냈는지 기억해? 안토니오와 엔초와 파스콸레와 우리 오빠와 솔라라 형제가 얼마나 자주 주먹다짐을 했었는지 기억해? 너와 나도 마찬가지고. 우리 아버지가 나를 창문 밖으로 내던졌던 일을 기억해?

나는 요즘 산 조반니 아 카르보나라*에 대해 쓴 오래된 기사를 읽고 있어. 그 기사에는 카르보나라 또는 카르보네토라는 말이 무슨 뜻인지 설명이 되어 있어. 나는 예전에 그곳에 탄광이 있었을 거라고 생각했어. '카르보나라'라는 말의 기원이 거기에서 나왔다고 말이야. 그런데 그게 아니었어. 예전에 그곳은 쓰레기 폐기장이었대. 도시마다 있는 쓰레기 폐기장 말이야. 그때는 쓰레기 폐기장을 포소 카르보나리오**라고 불렀는데 거기에는 더러운 물이 흘렀고 사람들

---

\* 이탈리아어로 석탄을 가리키는 카르보네의 형용사형.

\*\* 석탄 웅덩이.

이 동물의 시체를 갖다버리곤 했대. 고대 나폴리에 포소 카르보나리오가 있던 곳이 바로 지금 산 조반니 아 카르보나라 성당이 있는 곳이야.

베르길리우스 시인은 카르보나라 광장이라고 불리던 그곳에서 매년 '카르보나라 놀이'를 하도록 명령했대. '카르보나라 놀이'는 가짜 검투사 놀이였어. 'morte de homini come de po è facto'(그 시절 릴라는 고대 이탈리아어를 즐겨 사용했다. 릴라는 이런 표현을 사용하는 것이 재미있는지 흡족해하면서 이런 문장을 쓰곤 했다.) 그러니까 사람들을 진짜로 죽이지는 않았어. 'li homini ali facti de l'arme', 즉 사람들에게 무기로 연습을 시키는 거였지.

얼마 지나지 않아 놀이는 유희나 훈련이 아니게 되었고 동물의 시체와 쓰레기를 버리던 그곳이 인간의 피로 흘러넘치게 되었지. 돌팔매질 놀이도 그곳에서 시작된 것 같아. 우리도 어렸을 때 돌팔매질을 하곤 했잖아. 너도 기억하지? 엔초가 돌로 내 이마를 맞히고는 절망에 빠져서 내게 마가목 열매로 만든 화관을 선물했었잖아. 그때 생긴 흉터가 아직도 있어.

그 후 카르보나라 광장에서는 돌멩이가 아니라 진짜 무기로 싸우기 시작했어. 카르보나라 광장은 마지막 피 한 방울까지 다 쏟아내야 끝날 수 있는 싸움을 벌이는 장소가 됐지. 걸인과 귀족과 왕족이 모두 달려와 복수하기 위해 죽고 죽이는 장면을 구경했지. 그러다 잘생긴 소년이 죽음의 모루에 날을 간 칼날에 찔려 목숨을 잃기라도 하면 걸인과 귀족과 왕과 여왕은 그 즉시 하늘을 꿰뚫을 정도로 우레와 같은 박수를 보냈대. 아, 사람을 베고 사지를 찢고 살육하는 폭력이라니."

릴라는 매혹과 두려움 속에서 사투리와 표준어가 뒤섞인 말투로 대체 어디에서 읽은 것인지 알 수 없는 유식하기 그지없는 인용문을 외워서 말했다.

"지구라는 행성 자체는 거대한 석탄 웅덩이야."

가끔은 릴라가 청중으로 꽉 찬 강연장에서 사람들을 사로잡을 수도 있었을 것이라는 생각도 했다. 나는 이내 릴라를 다시 현실적인 시선으로 바라보았다. 릴라는 제대로 교육받지 못한 50세 여자였다. 연구하는 법도 몰랐고 진실에 입각해 기록을 남기는 법도 몰랐다. 릴라는 책을 읽고 흥미를 느끼고 사실과 허구를 뒤섞어 상상의 날개를 펼쳤다. 그게 다였다. 릴라는 수많은 사람의 사지가 잘리고 눈알을 파내고 머리가 깨지는 살육과 부패의 현장 위에 세례자 성 요한에게 헌사된 산 조반니 성당과 방대한 서적을 보유한 것으로 유명한 성 어거스틴 수도회의 은둔 수도자들이 사는 수도원이 들어섰다는 사실에 흥미를 느끼고 재미있어 했다.

릴라가 웃음을 터뜨렸다.

"땅 밑으로는 인간의 피가 흐르는데 땅 위에는 신과 평화와 기도와 책이 있는 거야. 산 조반니 아 카르보나라라는 이름은 산 조반니와 포소 카르보나리오라는 명칭이 결합해서 탄생한 거야. 우리가 수없이 지났던 길이야, 레누. 기차역이나 포르첼라, 트리부날리 구역에서 멀리 떨어지지 않은 곳이야."

나는 산 조반니 아 카르보나라라는 길이 어디에 있는지는 알고 있었다. 너무나 잘 알고 있었다. 하지만 그 길의 이름에 얽힌 이야기는 몰랐었다. 릴라는 한참 동안 내게 그 이야기를 들려주었다. 릴라의 말을 듣다보면 릴라가 실은 그 이야기를 벌써 어디엔가 써놓은 것이 아닌가 하는 의심과 그 이야기가 도무지 구조를 예측할 수 없는 방대한 글의 일부가 아닌가 하는 의심이 들었다. 나는 생각했다.

'릴라는 대체 무슨 생각인 걸까. 릴라의 의도는 무엇일까. 자신이 책에서 읽은 내용과 배회하면서 본 것들을 정리하려는 것뿐일까 아니면 나폴리에 관한 잡다한 정보를 담은 책을 쓰려는 걸까. 영원히 글을 완성할 수 없다는 것을 알면서도 티나뿐 아니라 엔초, 솔라라 형제도 떠난 마당에 이제 나마저도 릴라가 힘들었던 시기에 힘이 되어준 임마를 데리고 떠나려는 지금 릴라는 하루하루의 삶을 연명해 나가기 위해 책을 쓰려는 게 아닐까.'

45

토리노로 떠나기 전 나는 릴라와 함께 많은 시간을 보냈다. 다정한 작별 인사였다. 1995년 여름 어느 날 우리는 몇 시간 동안이나 이런저런 대화를 나누었다. 마지막에 릴라는 결국 임마 이야기에 집중했다. 그때 임마는 열네 살이었다. 임마는 예쁘고 활발한 소녀였고 막 중학교를 졸업한 참이었다. 릴라는 대화하면서 평소처럼 가시 돋친 이야기를 한 번도 하지 않고 내게 임마를 칭찬했다. 나는 릴라의 칭찬에 귀를 기울이다가 임마가 힘든 시기를 잘 견딜 수 있게 해줘서 고맙다고 했다. 릴라는 당황스럽다는 듯이 나를 바라보더니 내 말을 정정했다.

"나는 항상 임마를 도와줬어. 지금만 그런 게 아니라."

"맞아. 하지만 특히 니노가 곤경에 처했을 때 임마에게 정말 큰 도움을 줬잖아."

릴라는 그 말도 탐탁지 않아 했다. 잠시 어색한 순간이 흘렀다. 릴라는 임마에 대한 자신의 관심을 니노와 연결시키는 것을 원치 않았다. 릴라는 임마가 태어났을 때부터 자기가 임마를 돌봐주었던 일을 내게 상기시켰다. 릴라는 자기가 그랬던 것은 티나가 임마를 너무나 사랑했기 때문이었다고 했다.

"아마 티나는 나보다 임마를 더 사랑했을 거야."

그러다 릴라는 불만스러운 표정으로 고개를 가로저었다.

"난 너를 이해할 수 없어."

릴라가 말했다.

"이해할 수 없다니, 무엇을?"

릴라의 신경이 날카로워졌다. 뭔가 하고 싶은 말이 있는데 참는 것 같았다.

"이토록 오랜 세월이 흐르는 동안 어떻게 한 번도 그런 생각을 하지 못했는지 말이야."

"무슨 생각을 말하는 거야, 릴라?"

릴라는 잠시 입을 다문 후 눈을 내리깔고 내게 말했다.

"『파노라마』지에 실렸던 사진을 기억해?"

"어떤 사진?"

"티나가 네 딸로 나온 사진 말이야."

"그럼."

"나는 티나가 그 사진 때문에 납치되었을 거라는 생각을 자주 했어."

"무슨 말이야?"

"내 딸을 네 딸인 줄 알고 납치했던 것 같아."

그날 아침 릴라가 하는 말을 듣고서야 나는 그동안 릴라를 괴롭혀 왔고 지금까지도 릴라를 괴롭히는 수많은 가정과 상상과 집착에 대해 내가 전혀 모르고 있었다는 사실을 깨달았다. 십 년이 지나도록 릴라는 안정을 찾지 못했던 것이다. 머릿속이 딸 생각으로 가득 차 있었던 것이다. 릴라가 말했다.

"너는 신문이나 텔레비전에 자주 나왔잖아. 금발에 예쁘게 차려입고 눈부시게 아름다운 모습으로 말이야. 티나를 납치한 범인들은 내가 아니라 네게서 돈을 원했을지도 몰라. 하지만 정말 그랬는지 누가 알겠어. 지금은 나도 잘 모르겠어. 일이라는 것이 어느 한쪽으로 진행되는 듯싶다가 어느 순간 전혀 다른 방향으로 흐르곤 하니까."

릴라는 엔초도 그런 가능성에 대해 경찰과 이야기를 해봤고 자기는 안토니오와 이야기를 해봤다고 했다. 하지만 경찰도 안토니오도 그 가정에 무게를 두지 않았다. 그렇지만 내게 이야기를 하는 그 순간 릴라는 마치 사건이 정말로 그렇게 진행되었다고 확신하는 것 같았다.

릴라는 내가 모르는 사이에 어떤 다른 생각을 가슴속에 품어왔을까. 지금은 또 어떤 생각을 품고 있을까. 릴라의 눈치아티나가 나의 임마콜라타 대신 납치됐다니. 자기 딸이 납치된 게 내 성공 때문이라니. 그렇다면 임마에게 그토록 애정을 보인 것도 불안한 마음에 임마를 지키고 보호해주고 싶어서였던 것일까. 티나의 납치범들이 실수로 데려간 아이를 내다버리고 원래 납치하려던 아이를 데리러 돌아올 거라고 생각했던 것일까.

그게 아니면 또 무슨 상상을 하고 있는 것일까. 예나 지금이나 릴라의 머릿속에는 대체 무슨 생각이 들어 있는 것일까. 자신을 떠나려는 내게 별로 마지막 독을 부어넣으려는 것일까. 아, 엔초가 왜 릴라를 떠났는지 이해할 수 있었다. 릴라와 사는 것이 너무나 끔찍해졌던 것이다.

내가 걱정스러운 눈빛으로 자기를 바라보는 것을 눈치챈 릴라는 회피하듯 요즘 자기가 읽고 있는 책에 관해 이야기하기 시작했다.

하지만 말에 두서가 없었고 얼굴은 괴로움으로 일그러졌다. 릴라는 웃으면서 아픔이란 예기치 못한 곳에서 찾아오는 법이라고 중얼거렸다.

"성당이나 수도원이나 책으로 가리려고 해도 소용없어. 책이 정말 중요한 것 같지? 그러니 너도 책에 네 평생을 바쳐왔겠지. 그래봤자 소용없어. 악은 결국 예기치 못한 곳에서 바닥을 뚫고 기어 나오는 법이야."

릴라는 잠시 후 마음을 가라앉히고 다시 티나와 엄마와 나에 대한 이야기를 시작했다. 이번에는 회유적인 말투였다. 조금 전 자기가 한 말에 대해 내게 사과하고 싶은 것 같았다. 릴라가 말했다.

"사방이 너무나 고요할 땐 별 생각이 다 떠오르곤 해. 너무 신경 쓰지 마. 모든 사람이 올바른 판단을 내리고 올바른 말을 하고, 모든 일에는 그에 따른 결과가 있고, 호감과 비호감, 착한 사람과 나쁜 사람이 나오고 마지막에는 반드시 위안을 받게 되는 것은 형편없는 소설에서나 일어나는 일이야."

릴라가 속삭였다.

"오늘 저녁에라도 당장 티나가 돌아올 수 있어. 그러면 지금까지 일어난 일은 아무 상관없어. 중요한 건 티나가 다시 이곳에 있다는 사실이야. 정신을 딴 데 팔았던 엄마를 용서해주는 거야."

릴라가 말했다.

"너도 나를 용서해."

릴라가 나를 껴안으면서 그날의 대화를 끝맺었다.

"어서 떠나. 가서 지금까지 해온 일보다 더 훌륭한 일을 하도록 해. 내가 엄마 곁에 있었던 것은 누가 그 애를 데려가 버릴까봐 겁이 나서이기도 했어. 너는 너대로 네 딸이 리노를 버렸는데도 변함없이 리노를 사랑해줬지. 리노 때문에 많이 참았다는 거 알아. 고마워. 우리가 이토록 오랫동안 친구였고 지금도 친구여서 정말 기뻐."

## 46

티나가 내 딸인 줄 알고 납치했을지도 모른다는 릴라의 생각에 나는 충격을 받았다. 일리 있는 말이라고 생각했기 때문은 아니었다. 나는 릴라가 그렇게까지 생각하게 된 복잡하게 뒤엉킨 모호한 감정에 대해 생각하면서 그런 릴라의 감정을 나름대로 정리해보려 했다. 그러다보니 정말 오랜만에 릴라가 자기 딸에게 어린 시절 내가 애지중지하던 내 인형의 이름을 붙였다는 데까지 생각이 미쳤다. 물론 순전한 우연이었다. 하지만 가장 무의미한 것 같은 사건 속에는 한번 발을 내디디면 빠져나올 수 없는 모래늪이 광활하게 펼쳐져 있는 법이다.

그 인형은 어린 시절 다른 사람도 아닌 릴라가 제 손으로 창고 속에 내던진 바로 그 인형이었다. 내가 그 일을 두고 생각에 잠긴 것은 아마 그때가 처음이었을 것이다. 하지만 나는 오래 생각하지 못하고 중간에 포기하고 말았다. 희미한 불빛이 반짝이는 어두운 우물 앞에서 나는 끝내 뒤로 물러서고 말았다. 사람들 사이의 깊은 관계 속에는 수많은 덫이 있고 관계를 오랫동안 지속하려면 그 덫을 피하는 법을 배워야 한다.

그때 나는 그렇게 했다. 나는 그 일로 결국 우리 우정의 빛과 그림자와 릴라의 길고 복잡한 고통을 다시 한번 느꼈을 뿐이다. 그 고통이 여전히 릴라를 괴롭히고 있으며 앞으로도 영원히 그럴 거라는 사실을 또다시 깨달았을 뿐이다.

토리노로 떠날 때 나는 엔초의 말이 옳다는 것을 확신했다. 릴라는 스스로 만든 틀에 갇혀 평안한 노후를 보내지 못할 것이다. 그 시절 릴라에게서 받은 마지막 인상은 대화 도중에 갑작스러운 열기를 견디지 못해 얼굴이 새빨갛게 달아오르던 자기 나이보다 열 살은 더 늙어 보이는 50대 여자였다. 그럴 때면 릴라는 목에 얼룩이 지고 눈빛이 공허해졌다. 손으로 치맛자락을 잡고 나와 임마에게 팬티를 드러내며 부채질을 했다.

## 47

토리노 집은 벌써 이사 준비가 끝난 상태였다. 나는 이사벨라 다리 근처에 집을 구해놓고 나와 임마의 물건을 대부분 먼저 옮겨 놓았다. 우리는 출발했다. 내 앞에 앉아 있던 임마는 기차가 나폴리에서 벗어나자 그제야 처음으로 자기가 남기고 떠난 모든 것 때문에 우울해했다. 나는 마지막 몇 달 동안 나폴리와 토리노를 오가느라 몹시 지쳐 있었다. 토리노에서 살펴야 했던 일들과 막 끝마친 일들과 미처 생각하지 못하고 놓친 일들 때문에 지쳐 있었다.

나는 기차 의자에 몸을 파묻고 차창 밖으로 나폴리 외곽과 베수비오 화산이 멀어지는 광경을 바라보았다. 그때 갑작스레 물속에서 수면 위로 솟아오른 부표처럼 릴라가 나폴리에 대한 글을 쓰면서 티나 이야기를 썼을 것이라는 확신이 들었다. 이루 말할 수 없는 고통을 표현하려는 노력을 양분으로 삼은 그 글은 바로 그렇기 때문에 틀림없이 비범한 글이 될 것이었다.

한번 확신이 들자 그 생각은 좀처럼 머릿속에서 사라지지 않았다. 내가 토리노에서 지내는 동안, 적어도 나를 고용한 작지만 유망한 출판사의 편집장으로 일하면서 주변 사람들에게 존경받으며 수십 년 전 그렇게나 영향력 있어 보였던 내 전 시어머니보다 더 막강한 힘을 발휘할 동안 그 확신은 일종의 바람과 희망으로 변했다. 어느 날 릴라가 내게 전화해서 '나한테 원고가 있어. 그냥 이런저런 잡생각을 끄적인 낙서 같은 거야. 네가 읽어보고 손을 좀 봐주었으면 해'라고 말해주기를 바랐다. 릴라가 그렇게 말한다면 나는 그 즉시 릴라의 글을 읽고 읽기 좋게 다듬을 것이다. 아마 수정에 수정을 거치다가 결국 내가 글을 다시 쓸 것이다.

릴라는 뛰어난 지성과 놀라운 기억력과 평생에 걸쳐 방대한 양의 책을 읽었는데도 (가끔 내게 책 이야기를 할 때도 있었지만 대부분 내게 자기가 책을 읽는다는 사실을 숨겼다) 기본적인 교육을 충분히 받지 못한 데다 서술가로서 갖춰야 할 능력이 없었다. 나는 릴라의 글이 너무나 좋은 글들을 그저 산만하게 모아놓은 것에 불과할까봐 두려웠다. 경이로운 문장을 잘못된 곳에 배치했을까봐 두려웠다. 하지만 맹세컨대 나는 단 한 번도 릴라가 상투적인 문구로 가득 찬 하찮고 별 볼일 없는 글을 쓸 것이라고 생각한 적은 없었다. 아니 나는 릴라가 뛰어난 글을 쓸 거라고 절대적으로 믿었다.

좋은 편집 기획이 떠오르지 않을 때면 나는 리노가 부담스러워할 정도로 릴라의 글에 대해 물어보았다. 리노는 우리 집에 자주 왔는데 그럴 때마다 전화 한 통 없이 불쑥 나타나 안부 인사를 하러 왔다는 핑계로 최소 2주는 머무르곤 했다. 나는 그런 리노에게 물었다.

"네 엄마는 아직도 글을 쓰고 있니? 한 번도 무슨 글인지 읽어보지 못했어?"

리노는 그렇다고 했다가 아니라고 했다가 기억이 잘 안 난다고 했다가 엄마 일이라 자기는 잘 모르겠다는 혼란스러운 대답만 늘어놓을 뿐이었다. 그런데도 나는 포기하지 않았다. 나는 상상 속에만 존재하는 그 글을 어떤 시리즈물에 편성해 넣어야 할지, 그 글을 최대한 주목받게 하고 그 글로 나도 명성을 얻으려면 내가 무엇을 해야 할지에 대해 생각해보곤 했다. 가끔 릴라에게 직접 전화해 안부를 묻고 지나가는 말처럼 조심스럽게 묻곤 했다.

"아직도 나폴리에 대해 관심이 많아? 이런저런 글을 쓰고 있어?"

그런 내 질문에 릴라는 기계적으로 대답했다.

"열정은 무슨. 글도 안 써. 나는 멜리나처럼 정신 나간 늙은이일 뿐이야. 멜리나 기억해? 아직도 살아 있을까?"

그러면 나는 이내 대화를 포기하고 다른 이야기로 화제를 바꿨다.

## 48

세월이 흐를수록 릴라와 통화하면서 죽은 사람 이야기를 하는 횟수가 잦아졌다. 죽은 사람 이야기를 하는 것은 살아 있는 사람 이야기를 하기 위함이기도 했다.

그새 릴라의 아버지 페르난도 아저씨가 돌아가셨고 몇 달 후 어머니 눈치아 아주머니까지 아저씨의 뒤를 따랐다. 그러자 릴라는 자기가 태어났으며 오랜 세월이 지난 후 자기 돈으로 구입한 부모님 집으로 리노와 함께 들어갔다. 하지만 릴라의 다른 형제들은 이제서야 그 집이 부모님 것이라고 우겼고 자기 몫을 나눠달라면서 릴라를 괴롭혔다.

스테파노도 심장마비로 죽었다. 스테파노는 앰뷸런스를 부를 틈도 없이 얼굴을 바닥에 처박고 고꾸라지고 말았다. 스테파노가 죽은 후 마리사는 자식들과 동네를 떠났다. 니노는 그제야 비로소 동생을 위해 나섰다. 그는 마리사에게 크리스피 가에 있는 법률회사 비서 자리를 알아봐주었을 뿐 아니라 조카들 대학 등록금까지 대주었다.

나는 한 번도 만난 적 없지만 내 동생 엘리사의 정부로 알려져 있던 어떤 남자도 죽었다. 엘리사는 고향을 떠났지만 엘리사도, 아버지도, 남동생들까지도 내게 연락해주지 않았다. 나는 릴라를 통해 엘리사가 카세르타로 떠났으며 그곳에서 시의회 의원이기도 한 어떤 변호사를 만나 재혼했다는 소식을 들었다. 나는 끝내 엘리사의 결혼식에 초대받지 못했다.

우리는 주로 그런 이야기를 했다. 릴라는 내게 동네 소식을 들려주었고 나는 내 딸들과 피에트로 소식을 전했다. 그새 피에트로는 다섯 살 연상인 동료 교수와 결혼했다. 나는 내가 무슨 글을 쓰고 있는지 편집장은 어떤 일을 하는지도 들려주었다. 딱 두 번 가슴속에 간직해온 질문을 릴라에게 대놓고 한 적이 있었다.

"만약에 말이야, 만약 네가 뭔가를 쓴다면 내게 보여줄래?"

"뭔가라니 어떤 것 말이야?"

"뭐든 말이야. 리노는 네가 항상 컴퓨터를 한다던데."

"리노 말은 믿을 게 못 돼. 나는 인터넷을 하는 거야. 컴퓨터 분야의 소식을 놓치지 않으려고. 글을 쓰는 것이 아니라 그러느라 컴퓨터 앞에 있는 거야."

"정말?"

"그럼. 내가 네 메일에 답한 적이 있어?"

"아니. 사실 그래서 화가 나. 나는 항상 메일을 보내는데 너는 답장을 안 하잖아."

"그것 봐. 나는 글도 안 쓰고 보내지도 않아. 너한테까지 그러는데 다른 사람들에게는 오죽하겠어."

"알았어. 하지만 만약에 뭔가 쓰면 내게 보여주고 내가 출간하게 해줄래?"

"작가는 너야."

"그건 내 질문에 대답한 게 아니야."

"대답한 거야. 네가 이해하지 못한 척할 뿐이지. 글을 쓰려면 삶의 의미가 될 정도로 간절히 원하는 무언가가 있어야 해. 그런데 나는 살고 싶은 마음도 없어. 나는 한 번도 너처럼 강렬하게 살려는 의지를 가졌던 적이 없어. 우리가 지금 이야기를 나누고 있는 이 순간 나 자신을 지워버릴 수 있다면 정말 행복해질 것 같아. 그런 내가 글이라니 당치도 않아."

그전부터 릴라는 종종 자기 자신을 송두리째 지워버리고 싶다는 말을 하곤 했지만 1990년대 말부터, 특히 2000년대 이후로는 그 말을 짓궂은 후렴구처럼 입에 달고 다녔다. 물론 릴라의 말은 은유적인 표현이었다. 릴라는 그 말을 하는 것을 좋아했고 전혀 다른 상황에서 그 말을 여러 번 했다. 하지만 우리의 오랜 우정사를 돌이켜볼때 나는 릴라가 자살을 생각하고 있다고는 한 번도 생각해본 적이 없었다. 티나가 실종된 후 릴라가 가장 힘겨웠던 순간에도 그랬다. 릴라에게 자기 삭제란 미적 욕구에 가까웠다.

"도저히 더는 못 참겠어."

릴라가 말했다.

"컴퓨터는 겉보기에나 깨끗하지 실은 지저분하기 짝이 없어. 주변을 지저분하게 만드는 물건이야. 사람들에게 여기저기 흔적을 남기고 다닐 수밖에 없게 해. 아무데서나 쉴 새 없이 똥을 싸고 오줌을 누고 다니는 것과 다를 바가 없어. 나는 나와 관련된 것은 아무것도 남기고 싶지 않아. 내가 가장 좋아하는 컴퓨터 자판은 삭제키야."

릴라의 집착은 때에 따라 온도차가 있었다. 한번은 내 명성을 트집 잡아 악의적인 장광설을 늘어놓았다.

"이름 하나에 딸린 이야기가 너무 많아. 유명하든 유명하지 않든 이름이란 결국 피와 살과 말과 똥과 하찮은 생각으로 가득 찬 자루를 묶고 있는 끈에 불과해."

릴라는 이름 이야기로 나를 한참 놀려댔다.

"엘레나 그레코라는 끈을 푼다고 그 자루가 없어지는 것은 아니야. 그 기능은 변하지 않아. 물론 그전보다 엉망이 되겠지. 특별히 장점이랄 것도 단점이랄 것도 없이 망가져갈 거야."

릴라는 기분이 특별히 우울할 때면 씁쓸하게 웃으면서 말했다.

"나는 내 이름이라는 매듭을 풀어 버리고 싶어. 풀어서 내다버리고 싶어. 잊어버리고 싶어."

릴라는 평소에는 그보다 평온했다. 나는 가끔 릴라가 자기가 쓰고 있는 글에 대해 말해주기를 바라면서 전화를 걸었다. 그럴 때마다 릴라는 여전히 글을 쓴다는 사실을 강하게 부정했다. 그럴 때면 나는 웬지 릴라가 한참 창작에 열중하다 내 전화 때문에 놀란 것 같은 느낌을 받았다. 어느 날 저녁 전화를 걸었는데 그날 릴라는 마침 딱 기분 좋을 정도로만 정신이 나가 있었다. 릴라는 모든 위계질서를 부정하는 일장 연설을 늘어놓았다.

"위인들에 대한 이야기는 수없이 많지만 특별한 재능을 타고난다는 것이 얼마나 대단한 장점인지는 잘 모르겠어. 주사위를 던졌는데 우연히 좋은 숫자가 나온 것과 다를 게 없는 것 같아."

평소 릴라가 하던 말과 별다를 바가 없었지만 그날따라 릴라는 정확한 어휘력과 창의력으로 자신의 생각을 표현했다. 나는 릴라가 새로운 이미지를 만들면서 즐거워하는 것을 느꼈다. 아, 정말이지 릴라는 마음만 먹으면 어휘를 제대로 사용할 줄 알았다. 릴라는 자기만의 비밀스러운 의미를 가슴속에 품고 있는 것 같았다. 그 앞에서 다른 모든 의미는 사라지는 것 같았다. 내가 우울해진 것도 아마 그런 이유에서였던 것 같다.

49

2002년 겨울 위기가 찾아왔다. 기복은 있었지만 그때까지만 해도 나는 자아실현에 대한 만족감을 느꼈다. 데데와 엘사는 일 년에 한 번씩 미국에서 돌아왔다. 자기들끼리만 올 때도 있었고 가끔 가벼운 관계인 것 같은 남자친구들을 데리고 오기도 했다. 데데는 제 아빠와 같은 일을 하고 있었고 엘사는 어린 나이에 정체불명의 수학 분야에서 교수직을 따냈다.

데데와 엘사가 집에 돌아오면 엄마는 모든 일을 제쳐두고 언니들과 시간을 보냈다. 그럴 때면 가족이 다시 모였다. 잠깐이지만 함께 있는 것에 행복해하면서 여자 넷이 토리노 집에서 시간을 보내거나 시내를 돌아다니기도 했다. 그럴 때면 우리는 서로를 배려하며 다정하게 대했다. 세 딸을 바라보면서 나는 내가 정말 운이 좋았다고 생각했다.

내가 우울해진 것은 2002년 크리스마스에 일어난 일 때문이었다. 세 아이가 꽤 오랫동안 집에 머물러 있었다. 얼마 전 진중한 성격의 이란 출신 엔지니어와 결혼한 데데에게는 이름이 하미드인 활기 넘치는 두 살배기 사내아이가 있었다. 엘사는 보스턴에서 함께 일하는 동료 교수를 데리고 왔다. 그는 엘사와 같은 수학자로 엘사보다 어려 보였고 호들갑스러웠다. 2년 전부터 파리에서 철학을 공부하는 임마도 돌아왔다. 임마는 키가 크고 못생긴 축에 속하는 과묵한 학교 친구를 데리고 왔다.

그해 12월은 정말이지 즐거웠다. 나는 58세에 벌써 할머니가 됐다. 나는 하미드를 품속에 꼭 껴안았다. 크리스마스 저녁, 나는 하미드를 안고 한쪽 구석에 앉아 평온한 마음으로 내 딸들의 젊고 활기 넘치는 육체를 바라보았다. 셋 다 나를 닮기도 했고 전혀 닮지 않기도 했다. 아이들의 삶은 내 삶과는 너무나 달랐지만 그 아이들은 내게서 떼려야 뗄 수 없는 존재들이었다.

나는 그동안 내가 얼마나 많은 노력을 했고 얼마나 먼 길을 걸어 왔는지 생각했다. 한 걸음씩 앞으로 나아갈 때마다 포기하고 멈춰 설 수도 있었지만 나는 그렇게 하지 않았다. 나는 고향을 떠났다가 돌아갔다가 다시 떠나왔다. 그 무엇도 나를 내가 낳은 내 딸들과 함께 나락에 빠뜨리지 못했다.

우리 넷은 이제 안전했다. 나는 세 딸 모두를 안전한 곳으로 이끌었다. 이제 그 아이들은 나와는 전혀 다른 장소에서 살면서 다른 언어를 쓴다. 아이들에게 이탈리아는 휴가 기간에나 잠시 머무르는 지구상에 존재하는 찬란한 장소이자 하찮고 비효율적인 곳이기도 하다. 데데는 자주 내게 말했다.

"엄마도 이탈리아를 떠나 우리 집으로 오세요. 미국에서도 일은 할 수 있잖아요."

나는 대답했다.

"그래, 언젠가는 그렇게 하마."

딸들은 나를 자랑스럽게 생각했지만 셋 중 그 누구도, 이제는 임마마저, 나와 오랜 시간을 보내는 것을 못 견뎌 했다. 세상은 엄청나게 발전했고 세월이 갈수록 나보다는 딸들에게 더 어울리는 곳이 되었다. 나는 하미드를 어루만지면서 이대로가 좋다고 생각했다. 결국 나보다 훨씬 뛰어난 내 딸들이 중요하다고 생각했다. 지금껏 나와 같은 어려움은 한 번도 겪지 않고 살아온 내 딸들이 중요하다고 생각했다.

아이들은 나로서는 아직까지 감히 생각조차 못하는 태도와 목소리로 원하는 것을 요구하고 권리를 주장하며 자의식으로 충만하다. 남녀를 막론하고 모든 사람이 내 딸들과 같은 행운을 가진 것은 아니다. 부유한 국가에 만연한 평범함 속에는 부유하지 않은 세계의 공포가 내재되어 있었다. 우리는 그 공포에서 갑자기 튀어나온 폭력이 우리들의 도시와 일상에 침투하면 그제야 흠칫 놀라며 불안해했다.

지난해 텔레비전에서 성냥을 가볍게 부딪혀 불을 붙이듯 비행기들이 뉴욕의 쌍둥이 빌딩에 불을 붙이는 장면을 보고 나는 두려움에 떨면서 데데와 엘사, 피에트로와 한참 동안 통화했다. 우리가 살고 있는 이 세계보다 아래에 있는 세계에는 지옥이 있다. 딸들도 그것을 알기는 하지만 글로만 배웠을 뿐이다. 딸들은 분개하면서도 다른 한편으로는 누릴 수 있을 때까지 삶의 기쁨을 누린다. 아이들은 자신들의 안락한 삶과 성공을 제 아빠 덕분이라고 생각한다. 하지만 그 어떤 특권도 누려본 적이 없는 나야말로 아이들이 성공한 근원이다.

그런 생각에 빠져 있는데 무엇인가가 내 마음을 불편하게 했다. 아마 딸들이 쾌활하게 각자의 파트너를 내 책을 꽂아둔 책장 앞으로 이끌었을 때였던 것 같다. 내 딸들 가운데 누구도 내 책을 단 한 권도 제대로 읽지 않았을 것이다. 적어도 나는 내 딸들이 내 책을 읽는 모습을 본 적이 없었고 딸들에게서 내 책을 읽었다는 이야기를 들은 적도 없었다. 그랬던 딸들이 그때만큼은 책을 꺼내 책장을 뒤적이기도 하고 몇 문장을 큰 소리로 낭독하기도 했다.

그 책들은 내가 살아온 시대적 분위기 속에서 탄생한 글이었다. 나에게 영감을 주고 나에게 영향을 미친 사상을 바탕으로 쓴 글이었다. 나는 나의 시대를 한 걸음 한 걸음씩 걸어오며 이야기를 만들어내고 사유하면서 살아왔다. 나는 악행을 지적했고 사람들을 악행에 주목하게 만들었다. 끝내 실현되지는 않았지만 수많은 사회 구제방안을 예측하고 제시했다. 일상적인 어휘로 일상을 표현했다. 나는 노동과 계급투쟁, 페미니즘과 사회적 약자들의 문제를 깊이 파고들었다. 하지만 내 딸들이 그때 내 글을 되는대로 골라서 읽는 것을 듣고 있으니 당황스러웠다.

엘사는 은근히 비아냥조로 내 데뷔작과 남성이 주조한 여성에 대한 글, 다양한 문학상을 수상한 작품들을 낭독했다. 데데만 해도 엘사보다는 나를 더 존경했고 임마는 더 신중했다. 엘사는 글의 결점과 과한 부분, 과도한 감탄사를 연발한 부분과 지난날 내가 부정할수 없는 진실이라고 주장했지만 이제는 고루해진 사상을 목소리로교묘하게 부각했다. 특히 엘사는 어휘를 짓궂게 물고 넘어졌다. 엘사는 유행이 지나서 지금은 우스꽝스럽게 들리는 단어를 두세 번 반복해서 읽었다.

저 아이는 내 앞에서 대체 무엇을 하고 있는 걸까. 나폴리에서 흔히 그러했듯 애정을 담아 사람을 놀리고 있는 건가. 엘사의 말투는 분명 나폴리에서 익힌 것이었다. 하지만 한 줄 한 줄 읽어나가는 동안 엘사는 번역본들과 함께 가지런히 꽂혀 있는 내 모든 작품의 하찮음을 증명하고 있었다.

일동 중 유일하게 내 딸이 내게 상처를 주고 있다는 사실을 눈치챈 사람은 엘사의 남자친구인 젊은 수학자였다. 그는 엘사의 낭독을 멈추게 하고 엘사의 손에서 책을 빼앗아 들었다. 그는 나폴리가 마치 상상에서나 존재하는 도시라도 되는 것처럼 내게 나폴리에 관해 물었다. 담대한 탐험가들에게서나 전해 들을 법한 질문이었다.

그해 크리스마스는 그렇게 흘러갔다. 그날 이후 내 안의 무엇인가가 변했다. 가끔 내 책 중 한 권을 집어 들고 몇 장을 읽다보면 취약한 부분이 눈에 띄었다. 날이 갈수록 예전부터 느껴왔던 나에 대한 불안감이 강해졌다. 나는 점점 내 글의 수준이 의심스러워졌다.

그에 비해 릴라가 썼을 것이라 생각되는 글은 갑작스레 가치가 상승했다. 그전까지만 해도 나는 릴라의 글이 날것 그대로일 거라고 생각했었다. 출판사에서 출간할 만한 좋은 책으로 만들기 위해서는 릴라와 함께 글을 손봐야 할 거라고 생각했었다. 그런데 이제는 릴라의 글이 이미 하나의 완성품이자 내 글과 비교할 수 있는 기준이 될 시금석처럼 느껴졌다.

나는 이런 생각을 하다가 스스로도 놀라곤 했다.

'조만간 릴라의 파일에서 내 글보다 훨씬 좋은 글이 나오면 어떻게 하지? 나는 평생 영원히 기억될 만한 소설을 쓰지 못했는데 릴라는 수년 동안 그런 글을 쓰고 또 쓰고 있는 거라면? 올리비에로 선생님이 부담스러워했을 정도로 뛰어났던 『푸른 요정』에 나타난 릴라의 천재성이 노년이 된 지금에 와서 활짝 피어나는 것은 아닐까?'

정말 그런 일이 벌어진다면 릴라의 책은 내가 실패했다는 증거가 될 것이다. 나 혼자 그렇게 생각하는 것이라도 상관없다. 릴라가 쓴 책을 읽다보면 내가 어떻게 글을 써야 했는지 깨닫게 될 것이다. 내게는 그런 능력이 없었음을 깨닫게 될 것이다. 그러면 나의 고집스러운 노력과 힘겨웠던 학업과 성공적으로 출간한 글은 한 줄도 빠짐

없이 바다에 휘몰아치는 폭풍이 저 먼 보랏빛 지평선과 충돌하며 모든 것을 집어삼킬 때처럼 사라져버릴 것이다. 황폐한 환경에서 태어나 모두에게 인정받는 지위에 안착한 작가로서의 내 이미지가 사실 텅 빈 허상이었음이 드러날 것이다. 딸들을 잘 키웠다는 만족감과 내 명성 그리고 내 마지막 연인에 대한 자부심마저 사라질 것이다.

나보다 여덟 살 연하인 내 마지막 연인은 폴리테크니코 대학 교수로 두 번이나 이혼한 경력에 외아들을 두고 있었다. 나는 그와 일주일에 한 번 언덕 위에 있는 그의 집에서 만나곤 했다. 내 삶 전체가 신분 상승을 위한 비참한 투쟁으로 전락할 것이다.

## 50

나는 우울증에 걸리지 않기 위해 릴라와의 통화를 최대한 피했다. 이제는 릴라가 '내가 쓴 글을 좀 읽어봐 줘. 몇 년 동안 작업한 결과야. 메일로 보내줄게'라고 말하기를 바라는 것이 아니라 릴라가 정말 그렇게 말할까봐 두려웠다. 정말 두려웠다. 릴라가 내 전문 분야에 불쑥 침입해 작가로서의 나의 정체성을 공허하게 만들 경우 내가 어떻게 대응할지 나는 이미 잘 알고 있었다. 나는 분명 『푸른 요정』을 읽었을 때 그랬던 것처럼 찬탄을 금치 못할 것이다. 조금도 망설이지 않고 릴라의 글을 출간할 것이다. 가치를 인정받기 위해 모든 방법을 총동원해 최선을 다할 것이다.

하지만 이제 나는 짝꿍의 놀라운 재능을 발견한 어린아이가 아니었다. 나는 정체성이 확고한 어엿한 성인이었다. 나는 릴라 스스로 때로는 농담 삼아, 때로는 진심으로 반복해 말했던 것처럼 '라파엘라 체룰로의 눈부신 친구 엘레나 그레코'였다. 나는 그런 관계가 뒤

바뀌는 것을 감당하지 못할 것이다.

그때까지만 해도 상황이 나빠지는 않았다. 충만한 삶과 아직 젊어 보이는 외모, 바쁜 업무와 안정적인 명성 덕분에 그런 생각을 할 틈이 많지 않았다. 그때는 그런 생각이 막연한 불만일 뿐이었다. 그러는 동안 상황이 안 좋아졌다. 시간이 갈수록 책 판매부수는 줄어들었고 편집장 자리도 잃었다. 몸에 살이 붙고 몸매가 망가지고 갑자기 늙어버린 것 같았다. 나는 명예도 돈도 없이 노년을 보내게 될까봐 두려웠다. 수십 년 전에 형성된 사고방식을 가지고 일하기에는 나를 포함한 주변의 모든 것이 바뀌었음을 인정하지 않을 수 없었다.

2005년 나는 나폴리에서 릴라를 만났다. 힘든 날이었다. 릴라는 그새 또 변해 있었다. 릴라는 붙임성 있게 굴려고 애쓰면서 정신병자처럼 아무에게나 인사를 했고 말도 너무 많았다. 릴라는 동네 구석구석에서 아프리카 사람들과 아시아 사람들이 보이고 새로운 음식 냄새가 나자 흥분했다. 릴라가 말했다.

"나는 너처럼 전 세계를 돌아다니지 못했어. 그런데 이것 좀 봐. 굳이 그럴 필요 없이 세계가 내게 왔잖아."

토리노도 나폴리와 별다를 바가 없었다. 나는 이국적인 것이 침범해 그런 분위기가 어느새 일상이 된 것이 마음에 들었지만 막상 고향에 도착하자 우리 동네의 인류학적 풍경이 얼마나 많이 변했는지 알 수 있었다. 동네 사투리는 고유의 전통대로 미지의 언어를 받아들였고 서로 다른 음성학적 기능과 구문법, 과거와는 전혀 다른 정서를 받아들이면서 변화하고 있었다. 건물의 잿빛 돌벽에 갑자기 간판들이 내걸렸으며 과거의 합법적이고 불법적인 매매와 새로운 합법적이고 불법적인 매매가 뒤섞였다. 폭력도 새로운 문화에 문호를 개방했다.

그날이 바로 공원에서 질리올라의 시체가 발견됐다는 소식이 널리 퍼졌던 날이었다. 그때까지만 해도 질리올라가 심장마비로 죽은지 아무도 몰랐다. 나는 질리올라가 살해당했을 거라고 생각했다. 질리올라는 신체적 변화 때문에 얼마나 고통을 받았을까. 어릴 때부터 항상 예뻤는데. 그래서 동네 공식 미남 미켈레 솔라라를 차지할 수 있었는데. 아직 숨이 붙어 있기는 했지만 나도 생명을 잃고 이렇게 비참한 장소에 이토록 처참하게 쓰러져 있는 저 거대한 몸뚱이와 별다를 바가 없다고 생각했다.

사실이었다. 그렇게나 외모에 집착해왔는데 내 자신도 알아보기 힘들 정도로 변했다. 갈수록 걸음걸이가 불안정해지고 신체 활동도 지난 수십 년과는 달랐다. 어린 시절부터 나는 내가 다른 사람들과는 다르다고 생각했었는데 이제는 사실 나도 질리올라와 별다를 바 없다는 것을 알게 되었다.

그런 나와는 달리 릴라는 늙는다는 것에 별로 신경 쓰지 않는 것 같았다. 릴라는 기운차게 손짓을 하고 고함을 지르고 크게 손을 흔들면서 인사했다. 나는 릴라에게 글에 대해서는 다시 묻지 않았다. 릴라가 나에게 무슨 말을 해줘도 힘이 나지 않을 것을 나는 알고 있었다. 대체 어떻게 해야 우울증에서 빠져나올 수 있는지 알 수 없었다. 무엇을 붙잡아야 할지 알 수 없었다. 문제는 릴라의 글이나 그 글의 뛰어남이 아니었다. 아니 적어도 이제는 굳이 릴라의 글에 위협을 느끼지 않더라도 1960년대 말 이후부터 그때까지 내가 쓴 모든 글이 힘과 무게를 잃었다는 사실을 느낄 수 있었다.

지난 수십 년간 나는 내 글이 독자들과 소통해왔다고 믿고 있었는데 이제는 그러지 못했다. 이제 아무도 내 책을 읽지 않았다. 질리올라의 비통한 죽음으로 나는 내 불안의 본질이 변했다는 사실을 알게 되었다. 지금은 내게 속한 그 무엇도 세월을 견뎌내지 못할까봐 두려웠다. 내 작품들은 비교적 빨리 빛을 보았고 그 알량한 행운 덕에 나는 수십 년 동안 내가 의미 있는 일을 하고 있다는 환상 속에서 살아왔다. 갑자기 그 환상이 희미해졌고 이제는 내 작품이 중요한 것 같지 않았다.

따지고 보면 릴라의 인생도 막을 내리고 있었다. 릴라는 자기 부모님이 살던 집에 틀어박힌 채 도무지 내용을 예측할 수 없는 생각과 느낌으로 컴퓨터를 채워가면서 암울한 나날을 보내고 있었다. 그러면서도 나는 할머니가 다 된 지금이나 아니면 죽은 후에라도 예전에 릴라가 그저 자루를 묶는 끈에 불과하다고 했던 릴라의 이름이 단 하나의 위대한 작품으로 영원히 남을 수도 있다고 상상했다. 나처럼 수백만 페이지의 글을 쓰거나 내가 내 책으로 누렸던 성공을 만끽하지는 못하겠지만 릴라의 책은 시간을 이겨낼 것이다. 수백 년 동안 수많은 사람이 릴라의 책을 읽고 또 읽을 것이다.

모든 가능성을 허비해버린 나와는 달리 릴라에게는 아직 그럴 가능성이 있었다. 내 운명은 질리올라의 운명과 다를 바가 없지만 릴라는 아니었다.


## 51


얼마간 나는 마음을 편히 가지려 했다. 일은 거의 하지 않았다. 출판사에서도 다른 곳에서도 내게 일을 해달라고 요청하지 않았다. 나는 아무도 만나지 않고 내 딸들과 길게 통화만 했다. 나는 데데와 엘사에게 손주들을 바꿔달라고 하고는 손주들에게 아기들이 쓰는 말투를 흉내 내어 말을 걸었다. 그새 엘사에게도 콘라드라는 아들이 생겼고 데데는 하미드에게 여동생을 낳아주었다. 데데는 아이에게 엘레나라는 이름을 붙여주었다.

또박또박 자기표현을 하는 아이들의 목소리를 듣다 보면 티나 생각이 났다. 기분이 특히 우울할 때면 릴라가 자기 딸에 대해 자세히 썼을 것이라는 생각이 더욱 확고해졌다. 나는 릴라가 교육받지 못한 사람 특유의 오만한 순진함으로 티나 이야기와 나폴리 이야기를 뒤섞었을 것이며 바로 그런 이유로 놀라운 결과물이 나올 거라고 확신했다.

나는 이내 모든 것이 내 상상일 뿐임을 알아차렸다. 나는 나도 모르게 불안과 질투와 증오와 애정을 더하고 있었다. 릴라에게는 그런 욕망이 없었다. 릴라에게는 평생 욕망이 없었다. 자기 이름을 연관 지을 만한 계획을 세우려면 자기 자신을 사랑해야 한다. 그런데 릴라는 내게 자기는 자신을 사랑하지 않는다고 했다. 자신에게 좋아할 만한 점이 하나도 없다고 했다.

우울증이 극에 달할 때면 나는 릴라가 자신의 비뚤어진 모습과 악의적인 반응과 목적의식 없는 지성이 티나에게 나타나는 것을 보지 않으려고 일부러 아이를 잃어버렸을 거라고 상상하기까지 했다. 릴라가 자기 자신을 지워버리려는 것은 스스로 자신을 참을 수 없기 때문이었다. 릴라는 평생에 걸쳐 자기 자신을 지워왔다. 그렇기 때문에 숨 막히도록 좁은 공간 속에 자신을 가두고 세상은 국경이 없어져 가는데도 정작 자신은 그 틀을 더욱더 좁혀 왔던 것이다.

릴라는 기차를 타고 로마에 가본 적이 없다. 비행기를 탄 적도 없다. 릴라의 경험은 극히 제한적이었다. 그런 생각이 들면 나는 안타까운 마음에 실소를 했다. 가벼운 신음을 내뱉으면서 자리에서 일어나 릴라에게 또 한 번 '우리 집에 와. 여기서 얼마간 함께 지내자'라는 내용의 메일을 보내기 위해 컴퓨터 앞에 앉았다.

그럴 때면 나는 애초에 릴라의 원고는 존재하지 않았고 앞으로도 그럴 것이라고 확신하곤 했다. 나는 지금까지 릴라를 과대평가했다. 릴라에게서 영원히 기억될 만한 것이 나올 리 없었다. 그런 생각을 하면 한편으로는 마음이 편해졌지만 다른 한편으로는 진심으로 안타까웠다.

나는 릴라를 사랑했다. 릴라가 잊히지 않기를 바랐다. 하지만 릴라를 그렇게 만들어주는 것은 나여야만 했다. 그것이 내 임무라고 생각했다. 나는 어린 시절 릴라가 직접 내게 그런 과제를 주었다고 확신했다.

## 52

나중에 『어떤 우정』이라는 제목을 붙인 소설은 내가 가벼운 우울증에 빠져 있던 그 시절 나폴리에서 탄생했다. 그때 일주일 내내 비가 내렸었다. 물론 나는 그 글이 릴라와 내가 암묵적으로 합의한 것에 위배된다는 것을 잘 알고 있었다. 나는 릴라가 내 행동을 참지 못할 것을 알고 있었다. 하지만 나는 결과만 좋으면 결국 릴라가 내게 이렇게 말할 거라고 생각했다.

'고마워. 나 스스로에게조차 말할 용기가 없었는데 네가 대신 내 이름으로 말해주었어.'

이른바 예술가, 특히 문학가들은 주제넘은 생각을 하는 경향이 있다. 실제 우리는 그 누구에게서도 그 어떠한 권리도 위임받지 못했는데 마치 위임받은 것처럼 작업을 착수한다. 제멋대로 자신에게 작가로서의 권한을 스스로 부여하고 행여 다른 사람들이 "당신이 저지른 이 일에 나는 관심이 없어요. 아니 신경에 거슬려요. 대체 무슨 권리로 이런 짓을 한 건가요?"라고 하면 속상해한다.

나는 며칠 만에 이야기 한 편을 완성했다. 수년간 릴라가 쓰고 있기를 바라기도 하고 두려워도 하면서 세세한 부분까지 상상해온 바로 그 이야기였다. 내가 그 이야기를 쓴 것은 어린 시절부터 릴라에게서 나온 모든 것 또는 내가 릴라에게 부여해온 모든 것이 내게서 나온 것보다 더 의미 있고 유망하다고 생각해왔기 때문이었다.

나는 베수비오 화산과 반원형의 잿빛 도시 전경이 내다보이는 풍광 좋은 작은 발코니가 딸린 호텔방에서 초고를 완성했다.

'나와 너, 티나와 임마에 대한 이야기를 완성했어. 한번 읽어볼래? 80페이지밖에 안 돼. 지금 너희 집에 가서 내가 읽어줄게.'

릴라의 휴대전화로 전화를 걸어 이렇게 말할 수도 있었지만 나는 두려운 마음에 그러지 못했다. 릴라는 자기 자신뿐만 아니라 고향 동네 사람들과 동네에서 일어난 사건을 쓰지 말라고 분명히 말했었다. 내가 그럴 때마다 릴라는 고통스러울지라도 기어코 내 책이 형편없다는 말을 하고야 말았다. 무질서함까지 고스란히 담아 현실을 있는 그대로 들려주든지 아니면 상상력을 발휘해 이야기의 가닥을 새로 만들어내야 한다고 했다.

나는 첫 번째도 두 번째도 제대로 해내지 못했다. 나는 릴라에게 연락하는 것을 포기하고 '이번에도 결국 똑같은 일이 반복될 거야. 릴라는 내 이야기를 탐탁지 않아 할 테고 내게 내색하지 않다가 몇 년 후에야 내게 자기 속마음을 드러내거나 아니면 내게 이보다는 목표를 높게 잡아야 한다고 대놓고 말하겠지'라고 생각하면서 마음을 가라앉혔다.

사실 나는 내가 정말 릴라를 위한다면 이 소설에 저 단 한 줄도 출간하지 않았어야 했음을 알고 있었다.

책이 출간된 후 나는 근래 받아보지 못한 열광적인 반응에 정신이 없었다. 그때 내겐 그런 반응이 정말 필요했기 때문에 나는 행복했다. 『어떤 우정』은 내가 멀쩡히 살아 있으면서 작가로서 생명을 다한 작가들의 명단에 이름을 올리지 않게 해주었다. 내 옛 작품들도 다시 판매되기 시작했고 나에 대한 개인적인 관심도도 높아졌다. 노년에 접어들었지만 내 삶은 다시 충만해졌다.

얼마 지나지 않아 처음에는 내가 쓴 작품 중에서 가장 뛰어난 것 같았던 그 책을 나는 더는 사랑하지 않게 되었다. 릴라는 어떻게 해서든 나와의 만남을 피하면서 내가 그 책을 증오하게 만들었다. 릴라는 그 책에 대해 나와 이야기하지도 않았고 내게 화를 내거나 내 뺨을 때리지도 않았다.

나는 끊임없이 릴라에게 전화하고 수많은 메일을 보냈다. 직접 고향을 찾아가 보기도 했고 리노와 이야기도 했다. 하지만 릴라는 나타나지 않았다. 리노는 리노대로 단 한 번도 '어머니는 이모를 만나고 싶지 않아서 일부러 그러는 거예요'라고 말해주지 않았다. 언제나처럼 말을 얼버무리면서 중얼거릴 뿐이었다.

"어머니가 어떤지 잘 아시잖아요. 항상 밖으로 돌아다녀요. 휴대전화는 꺼져 있거나 잊어버리고 집에 놔두고 다니고요. 가끔 아예 집에 돌아오지 않을 때도 있어요."

나는 우리 우정이 끝났다는 것을 받아들여야 했다.

## 53

무엇 때문에 릴라의 기분이 그토록 상한 건지 잘 모르겠다. 소설의 특정 부분 때문인지 아니면 소설 전체가 마음에 들지 않는 건지 모르겠다. 내 생각에 『어떤 우정』은 이야기의 구조가 선형적이라는 측면에서 뛰어났다. 이 소설은 인형의 상실에서부터 티나의 상실까지 우리 둘의 인생을 적절히 변형하며 함축적으로 서술했다.

대체 어느 부분이 잘못된 것일까. 나는 오랫동안 릴라가 화난 이유가 소설의 다른 부분에 비하면 더 많은 상상을 가미하기는 했지만 결말 부분에 실제로 벌어진 일을 썼기 때문일 거라고 생각했다. 나는 릴라가 니노 앞에서 임마를 치켜세워주는 데 정신이 팔려 티나를 잃어버렸다고 썼다. 하지만 어떤 일을 실제로 경험해 이야기에서 현실의 메아리를 느끼는 사람들은 허구 속에서 순수하게 독자의 마음을 끌려고 사용한 이야기도 자신에 대한 비난으로 받아들이는 것 같았다. 나는 내 책이 성공한 요인이 릴라에게 가장 큰 상처를 주었다고 꽤 오랫동안 생각했다.

하지만 얼마 후 나는 생각을 바꿨다. 나는 릴라가 자취를 감춘 이유가 다른 데, 그러니까 잃어버린 인형들에 대한 이야기의 서술 방법에 있다고 확신하게 됐다. 나는 어둠에 잠긴 창고 안에서 인형들이 사라지는 순간을 교묘하게 과장했다. 나는 상실에 대한 트라우마를 부풀렸고 감정적인 효과를 극대화하기 위해 잃어버린 인형 중 하나와 사라진 아이의 이름이 똑같다는 사실을 활용했다.

이 모든 설정은 계획적으로 독자들에게 유년 시절 유사 딸의 상실과 성인이 되었을 때 진짜 딸의 상실을 연관 짓도록 만들었다. 릴라는 그런 설정을 냉소적인 데다 정직하지 못하다고 생각했을 것이다.

내가 독자들을 기쁘게 하려고 우리 유년 시절의 중요한 순간과 자신의 딸과 자신의 고통을 이용했다고 생각했을 것이다.

이마저도 가정일 뿐이다. 나는 릴라를 만나 릴라의 항변을 듣고 내 입장을 설명해줘야 했다. 때로는 죄책감이 들고 릴라를 이해할 수 있었다. 때로는 나를 자기 인생에서 이토록 깔끔하게 잘라 내버리기로 한 선택 때문에 릴라를 증오했다. 노년기에 들어선 지금, 그 어느 때보다 서로의 존재와 유대감이 절실한 이 시점에 말이다.

릴라는 언제나 그랬다. 내가 자신의 말을 따르지 않으면 나를 소외시키고 나를 벌하고 좋은 작품을 썼다는 만족감까지 손상시켰다. 나는 화가 났다. 이런 식으로 자기삭제를 연출하는 행위도 이제 내게 걱정보다는 분노를 자아냈다. 아마 어린 티나와는 상관이 없을지도 모른다. 아직까지도 끈질기게 네 번째 생일을 앞둔 아이의 모습으로, 가끔은 현재 임마처럼 30세의 다 큰 여인의 모습으로 릴라를 쫓아다니는 티나의 유령과도 상관이 없을지도 모른다. 이 모든 것은 오직 그리고 영원히 우리 둘만의 문제일 것이다.

타고난 천성과 자신이 처했던 환경 때문에 이루지 못했던 것을 내가 이루기를 바랐던 릴라와 그런 릴라의 기대에 부응하지 못한 나만의 문제일 것이다. 나의 부족함 때문에 화가 나서 나에게 복수하기 위해 나도 자기처럼 아무것도 아닌 존재로 만들려는 릴라와 수개월 동안 쓴 글로 그런 릴라에게 경계가 해체되지 않은 형태를 만들어주고 릴라를 이겨내 릴라에게 평안을 찾아주고 그로써 나도 평안을 찾으려 하는 나만의 문제일 것이다.

에필로그

# 반환

# 1

나 자신도 도저히 믿을 수 없다. 영원히 끝내지 못할 것 같았던 이 이야기를 끝마친 것이다. 이야기를 완성한 후 나는 인내심을 가지고 글을 꼼꼼하게 다시 읽어 보았다. 글을 다듬기 위해서가 아니었다. 단 몇 줄이라도 릴라가 내 글에 들어와 글에 이바지한 흔적이 없는지 찾아내기 위해서였다.

나는 이내 이 기나긴 글이 오롯이 나의 것이라는 사실을 깨달았다. 릴라는 종종 내 컴퓨터에 침입하겠다고 나를 위협하곤 했지만 실제로 그렇게 하지는 않았다. 아마 애당초 그럴 능력이 없었던 것일지도 모른다. 네트워크니 케이블이니 연결이니 전자세계의 요정들이 벌이는 일에 대해 무지한 늙은 여인의 오랜 상상의 산물일 뿐이었을 것이다.

내 글에 릴라는 없었다. 내가 글로 쓸 수 있었던 내용만 있을 뿐이었다. 물론 릴라가 어떤 글을 어떻게 쓸지를 상상하다보니 내 글과 릴라의 글을 구분하지 못하게 된 것일 수도 있다.

작업을 하면서 나는 자주 리노에게 전화를 걸어 릴라 소식을 물었다. 리노는 아무런 소식이 없다고 했다. 경찰이 한 일이라고는 이름 모를 늙은 여자들의 시신을 확인하라고 리노를 서너 번 소환했을 뿐이었다. 그런 식으로 사라지는 늙은 여자가 많다고 했다.

두어 번 나폴리에 갈 일이 있었을 때 나는 예전에 릴라가 살던 고향 동네의 오래된 아파트에서 리노를 만났다. 평소보다 더 어둡고 더 낡은 느낌이었다. 정말로 릴라 물건이 하나도 남아 있지 않았다. 릴라가 사용하던 물건만 감쪽같이 사라지고 없었다. 리노는 평소보다 더 산만했다. 제 어머니가 영원히 머릿속에서 사라진 것 같았다.

내가 나폴리를 찾았던 이유는 두 번의 장례식 때문이었다. 먼저 내 아버지의 장례식이 있었고 그다음에는 니노의 어머니 리디아 아주머니의 장례식이 있었다. 도나토 사라토레의 장례식에는 참석하지 못했다. 앙금이 남아 있어서가 아니라 마침 내가 해외에 있을 때 장례식을 치렀기 때문이었다.

아버지 장례식 때문에 고향 동네를 찾았을 때는 동네 도서관 현관 앞에서 한 청년이 살해당하는 바람에 온 동네가 소란스러웠다. 그 사건으로 나는 이 이야기가 영원히 계속될 수도 있겠다고 생각했다. 어린 시절 나와 릴라가 그랬던 것처럼 가진 것 없이 태어난 아이들이 낡은 책장에서 책을 고르면서 좀 더 나은 삶을 위해 애를 쓰는 이야기가 중추를 이룰 수도 있고 매혹적인 소문과 약속과 속임수, 내 고향뿐 아니라 전 세계가 진정으로 발전하는 것을 가로막는 피로 점철된 범죄를 중심으로 이야기를 구성할 수도 있을 것 같았다.

리디아 아주머니의 장례식에 참석하기 위해 갔을 때는 날씨가 흐렸다. 그때는 동네 분위기가 평화로웠기에 내 기분도 안정되었다. 그러다 니노가 도착했다. 니노는 소리 높여 농담을 늘어놓고 웃어대기까지 했다. 자기 어머니 장례식에 참석하러 온 사람 같지 않았다. 니노는 살이 쪄서 배가 터질 것 같았다. 머리숱이 듬성듬성하고 혈색이 좋아 보이는 몸집이 거대한 사내가 되어 있었다. 그는 쉬지 않고 자기 자랑을 했다.

장례식이 끝난 후 니노를 떼어내기가 쉽지 않았다. 나는 니노의 말을 듣고 싶지도 않고 그를 보고 싶지도 않았다. 그는 부질없는 노력과 시간 낭비를 상징하는 것 같았다. 그 느낌이 내 머릿속에 각인되어 나를 포함한 다른 모든 것으로까지 확대될까봐 두려웠다.

두 번의 장례식에 참석하기 위해 고향에 가기 전에 나는 그 참에 파스콸레 면회를 갈 수 있게 일정을 조정했다. 그 시절 나는 기회가 있을 때마다 파스콸레를 보러 갔다. 파스콸레는 감옥에서 열심히 공부해서 고등학교 졸업장을 받았다. 최근에는 천문지리학으로 학사 학위까지 받았다.

"여가 시간이 있고 매일 밥벌이를 걱정하지 않고 한 장소에 틀어박혀 열심히 책을 외우기만 하면 고등학교 졸업장과 대학 졸업장을 따낼 수 있다는 걸 알았다면 일찌감치 공부를 시작했을 텐데."

한번은 파스콸레가 짓궂게 말했다.

어느덧 파스콸레도 나이 든 노인이 다 되었다. 말도 편하게 했고 외모도 니노보다 훨씬 나았다. 나와 이야기할 때면 사투리도 거의 쓰지 않았다. 그렇지만 어린 시절 아버지에게서 전수받은 이타적인 사상의 틀에서 단 한 발자국도 벗어나지 않았다. 리디아 아주머니의 장례식 후 그를 다시 만나 릴라 이야기를 들려주자 파스콸레는 웃음을 터뜨렸다.

"리나답게 어디선가 기발하고 똑똑한 일을 하고 있겠지."

파스콸레는 먼 옛날 우리 둘이 동네 도서관에서 만났던 일을 기억하면서 울컥했다. 그때 선생님이 가장 열심히 책을 읽은 동네 주민에게 상을 주었는데 릴라가 1등을 차지했고 릴라의 가족들이 그 뒤를 따랐다. 그러니까 결국 상을 받은 모든 사람이 자기 가족 대출

증을 도용해 책을 빌린 릴라 한 사람이었던 것이다. 아, 릴라는 구두장이이기도 했고 케네디 대통령의 아내를 흉내 내기도 했고 예술가행세도 했고 인테리어 디자인도 했다. 한때 노동자이기도 했고 나중에는 프로그래머가 됐다. 릴라는 언제나 같은 장소에 있으면서 언제나 장소에 걸맞지 않게 비범했다.

"누가 티나를 데려간 걸까?"

내가 파스콸레에게 물었다.

"솔라라 형제가."

"정말?"

파스콸레는 상태가 안 좋아 보이는 이를 드러내면서 웃었다. 나는 파스콸레가 진실을 말하지 않았다는 것을 알아챘다. 사실 파스콸레는 진실이 무엇인지 모르고 관심조차 없는지도 모른다. 그는 그저이견의 여지가 없는 자신의 신념을 선포한 것뿐이었다. 그렇게 많은책을 읽고 학사학위를 따고 여기저기 도피 여행을 다니고 수많은 범죄행위를 저질렀거나 저지른 것으로 혐의를 받고 있는데도 파스콸레의 모든 신념의 중심에는 여전히 어린 시절에 체험한 횡포와 고향에서 겪은 경험이 있었다.

파스콸레가 말했다.

"그 두 불한당을 죽인 사람이 누군지도 알고 싶어?"

순간 나는 파스콸레의 시선에서 끔찍한 무엇인가를 읽어내고 알고 싶지 않다고 했다. 그것은 영원히 사라지지 않을 원한과 비슷한감정이었다. 파스콸레는 여전히 희미한 미소를 얼굴에 띤 채 고개를가로저으면서 속삭였다.

"리나는 마음만 먹으면 언제든 다시 나타날 거야."

하지만 릴라의 흔적은 어디에도 없었다. 두 번의 장례식 때문에 고향에 갔을 때 나는 동네를 거닐면서 사람들에게 릴라에 대해 물어보았지만 아무도 릴라를 기억하지 못했다. 어쩌면 기억 못 하는 척하는 것일 수 있다. 카르멘과도 릴라 이야기를 할 수 없었다. 로베르토가 죽은 후 카르멘은 주유소를 그만두고 포르미아에 있는 아들 집으로 거처를 옮긴 것이다.

그러니 이 긴 글이 대체 무슨 소용이란 말인가. 나는 릴라를 다시 붙잡고 싶었다. 내 곁으로 다시 불러들이고 싶었다. 하지만 나는 죽을 때까지 내가 해낸 것인지 알 수 없을 것이다.

가끔 릴라가 대체 어디로 사라졌는지 혼자 되묻곤 한다. 바닷속으로 사라진 걸까. 오직 릴라만 아는 지하 터널이나 갈라진 틈 사이로 들어가버린 걸까. 강력한 산酸을 가득 채운 오래된 욕조 속에 들어간 걸까. 아니면 내게 공들여 설명해주었던 예전에 쓰레기 폐기장으로 쓰이던 '석탄 웅덩이' 속으로 들어가버린 걸까. 산속 깊이 버려진 작은 성당의 납골당에 있는 걸까. 우리는 아직 모르지만 릴라는 알고 있는 다른 수많은 차원 가운데 하나의 세계에서 자기 딸과 함께 있는 것이 아닐까. 릴라는 돌아올까. 늙은 릴라와 다 큰 어른이 된 티나가 함께 돌아올까. 오늘 아침, 포 강이 마주보이는 작은 발코니에 앉아 나는 기다려 본다.


2


나는 매일 아침 7시에 아침식사를 하고 최근 산 레브라도를 데리고 신문 가판대에 들렀다 발렌티노 공원에 가서 개와 함께 놀아주기도 하고 신문을 뒤적이기도 하면서 오전 시간을 보낸다. 어제는 집에 돌아오는 길에 우리 집 우편함 위에서 신문지로 대충 포장한 소포를 발견했다. 나는 미심쩍어 하면서 소포를 집어 들었다. 아파트에 사는 다른 사람이나 내 앞으로 온 것이라는 표시가 하나도 없었다. 쪽지도 없었고 포장지에 볼펜으로 내 이름을 쓴 흔적도 없었다.

나는 조심스럽게 신문지 한쪽을 들춰보았다. 그것만으로도 충분했다. 신문지를 미처 다 펼치기도 전에 티나와 누가 기억 속에서 튀어나왔다. 나는 지금으로부터 거의 60년 전 차례대로 우리 동네 창고 안으로 내던져진 인형들을 알아보았다. 그때 내 인형은 릴라의 손에, 릴라의 인형은 내 손에 내던져졌었다. 지하 창고까지 내려가보았지만 결국 찾지 못했던 바로 그 인형들이었다.

그 인형들을 찾기 위해 릴라는 괴물이자 도둑인 돈 아킬레의 집까지 나를 이끌었다. 돈 아킬레는 자기는 인형들을 가져가지 않았다고 했지만 자기 아들 알폰소가 그 인형들을 훔쳤을 거라고 생각했는지 우리에게 다른 인형을 사라고 돈을 줬었다.

우리는 그 돈으로 인형을 사지 않았다. 그 무엇도 티나와 누를 대신할 수는 없었으니까. 우리는 그 돈으로 『작은 아씨들』을 샀다. 그 소설은 릴라에게 『푸른 요정』을 쓰게 했으며 수많은 저서를 쓰고 무엇보다도 『어떤 우정』이라는 작품으로 작가로서 대성공한 지금의 나를 만들었다.

아파트 현관은 조용했다. 다른 아파트에서 나는 목소리나 소음도 들리지 않았다. 나는 불안에 떨면서 주변을 둘러보았다. 나는 A동이나 B동 계단이나 아무도 없는 수위실에서 깡마른 몸매에 잿빛 머리에 구부정한 릴라가 불쑥 나타나기를 바랐다. 순간 나는 그 무엇보다 그것을 바랐다. 내 딸들과 손주들이 갑작스럽게 나를 방문하는 것보다 더 간절히 바랐다. 릴라가 언제나처럼 짓궂은 말투로 '내 선물이 마음에 들어?'라고 말해주기를 바랐다.

그런 일은 일어나지 않았고 나는 끝내 울음을 터뜨리고 말았다. 릴라는 나를 속였던 것이다. 우리의 우정이 시작된 그 순간부터 나를 제멋대로 자기가 가고 싶은 곳으로 이끌었던 것이다. 평생 '내' 육체와 '내' 존재를 빌려 자신의 구원을 이야기한 것이다.

아니다. 그런 것이 아닐 수도 있다. 반세기 이상이 걸려 토리노까지 온 그 두 인형은 릴라가 잘 지내고 있으며 나를 사랑하고 이제 드디어 틀을 깨고 세계 일주를 할 생각이라는 것을 의미하는지도 모른다. 지난날 릴라의 세계만큼 작아진 세계를 여행하며 새로운 진실에 따라 젊은 시절 다른 사람들 때문에 또는 자기 자신 때문에 누리지 못했던 삶을 살아가면서 늙어갈 것을 의미하는지도 모른다.

나는 엘리베이터를 타고 집 안에 들어가 문을 잠갔다. 나는 두 인형을 꼼꼼히 살펴보았다. 곰팡이 냄새가 났다. 나는 인형들을 내 책등에 기대어 놓았다. 보잘것없고 못생긴 인형들을 바라보고 있으니 혼란스러워졌다. 소설과는 달리 진짜 인생은 일단 지나간 후에는 명확해지기보다 모호해지는 법이다. 릴라가 이토록 명확하게 자신을 드러냈으니 이제 다시는 릴라를 보지 못해도 할 수 없다고 나는 생각했다.

# 잃어버린 아이와 돌아온 인형 이야기

• 옮긴이의 말

나 자신도 도저히 믿을 수 없다. 영원히 끝내지 못할 것 같았던 이 이야기를 끝마친 것이다.

60년 남짓한 긴 세월에 걸친 우정사의 서술을 마친 후 레누는 이렇게 말한다.

지난 2년에 걸쳐 번역해온 엘레나 페란테의 '나폴리 4부작'의 대미를 장식하는 『잃어버린 아이 이야기』의 번역을 마치고 소설의 마지막 문장에 마침표를 찍은 후 나 역시 같은 문장을 한 번 되뇌어본다. 그렇다. 영원히 끝나지 않을 것 같은 이야기가 드디어 끝난 것이다. 하지만 『잃어버린 아이 이야기』의 마침표는 결국 이야기를 소설의 출발점인 잃어버린 인형 이야기로 되돌리는 도돌이표이기도 하다. 소설의 에필로그는 레누와 릴라가 사악한 괴물에게서 공주를 구하기 위해 모험을 떠나는 신화 속의 영웅처럼 두 손을 꼭 잡고 돈 아킬레를 향해 층계를 오르던 이야기의 시작으로 우리를 돌아가게 만든다.

『떠나간 자와 머무른 자』에서 사랑을 위해 모든 것을 버리고 니노와 함께 눈부시게 비상했던 레누는 얼마 지나지 않아 현실의 어려움과 마주하게 된다. 삶의 유일한 사랑이라 믿었던 니노는 알고 보니 지극히 자기중심적이고 전남편인 피에트로보다 얄팍하고 이기적이다. '남성에 의해 주조된 여성'을 주제로 책을 쓰기까지 했던 레누는 사랑에 눈이 멀어 독립적인 여성으로서의 자존감마저 버리고 삶의 중심을 니노에게 맞춘다. 하지만 악몽 같은 불륜의 현장을 목격함으로써 평생 가져온 니노에 대한 환상이 산산조각 난다. 레누는 그제야 릴라가 경고해왔던 것처럼 그동안 자신이 사랑한 것은 니노의 본모습이 아니었음을, 소녀 시절부터 간직해왔던 이상적인 형상을 니노에게 부여해왔음을 깨닫는다.

니노와 결별한 후 고향으로 돌아온 레누는 다시 릴라와 가까워진다. 소설 중반 임마와 티나를 키우면서 서로에게 도움을 주는 레누와 릴라의 모습은 둘의 우정사를 돌이켜볼 때 가장 안정된 시절이자 어린 시절부터 그려왔던 이상적인 여성 공동체의 모습에 가깝다. 이제 레누는 릴라에게 자격지심을 느끼지 않는다. 성인이 된 레누는 릴라의 뛰어남을 그대로 받아들일 수 있을 만큼 강하다. 오히려 지진과 같이 예기치 않게 찾아온 위기에 흔들리는 쪽은 릴라다. 레누는 연필심이 원을 그리는 동안 움직이지 않는 컴퍼스의 고정된 축처럼 안정적이다. 하지만 솔라라 형제와의 싸움에서 패배하고 뒤이어 릴라의 딸 티나가 실종됨으로써 겨우 찾아냈던 둘 사이의 균형은 다시 무너지고 만다.

격변하는 이탈리아 현대사와 그에 못지않게 파란만장한 개인사 속에서 그렇게 40대와 50대를 보낸 레누와 릴라에게도 노년이 찾아온다.

두 주인공의 청춘을 다룬 제2권 『새로운 이름의 이야기』의 정서가 두려움이었고, 중년을 다룬 제3권 『떠나간 자와 머무른 자』를 관통하는 정서가 불안함이었다면 제4권은 성취와 상실이다. 레누는 소설가로서 승승장구하며 명성을 얻고 나름대로의 자부심과 성취감을 느끼지만 60세에 접어들면서 자신의 작품이 더 이상 시대에 부합하지 않음을 느낀다. 2003년에 소설 열세 권과 에세이집 두 권의 판매로 레누가 벌어들인 연간 총수익이 세전 2,323유로라는 대목은 치열했던 평생의 노력을 보잘것없는 수치로 환산하면서 레누가 맛보았을 씁쓸한 상실감을 실감하게 한다.

제3권까지의 이야기가 다양한 인물의 등장과 이들에게 일어나는 사건, 그런 사건들로 인해 이들이 겪는 심리적인 변화 등을 서술하는 가운데 내러티브의 풍요로움을 극대화하는 크레셴도의 기조로 진행된 데 비해 제4권의 기조는 데크레셴도다. 릴라와 통화하면서 산 자보다는 죽은 자에 대한 이야기를 하는 빈도가 더 많아졌다는 레누의 말처럼 『잃어버린 아이 이야기』 내내 상실의 정서가 확장하고 심화한다.

『잃어버린 아이 이야기』에서 사라지는 것은 티나만이 아니다. 우리는 소설의 결말을 향해 나아가는 과정에서 그동안 친숙해진 수많은 인물과 이별한다. 나이 들어 사망하는 이도 있고 살해당하는 이도 있다. 살다보면 그렇듯 자연스레 멀어지는 이도 있다. '나폴리 4부작'의 마지막 권에서 페란테는 그동안 무성하게 뻗어나갔던 이야기의 수많은 가지를 하나하나 쳐낸다. 마지막에는 오직 레누와 릴라, 릴라와 레누의 이야기로, 더 나아가 그 모든 이야기의 기원인 티나와 누의 이야기로 돌아온다.

'나폴리 4부작'의 제1권 『나의 눈부신 친구』는 전형적인 교양소설 또는 성장소설처럼 시작한다. 다른 세 권의 이야기에 비해 조금은 이질적으로 느껴지기까지 하는 서정적인 면모가 있는 『나의 눈부신 친구』는 아름답지만 잔혹한 동화 같다. 하지만 전체를 놓고 볼때 '나폴리 4부작'은 교양소설이라기보다는 대하소설이다.

'나폴리 4부작'이 가지고 있는 수많은 미덕 가운데 하나는 60여년에 달하는 전후 이탈리아 사회상에서부터 경제 부흥기, 68운동, 이른바 납탄 시대라 불리는 테러리즘이 난무하던 혼란기를 거쳐 대대적인 부패 추방운동인 마니 폴리테에 이르기까지 이탈리아 현대사를 너무나 생생하게 보여주고 있다는 것이다. 나는 이미 여러 번이러한 특성에 대해 언급했다. 굳이 다시 강조하지 않아도 엘레나페란테의 소설에서 '역사'는 빼놓을 수 없는 중요한 요소일 것이다. 그런데도 4권까지 번역을 마치고 나니 등장인물이 살아가는 시대와역사를 객관적으로 서술하는 데 그치지 않고 교과서나 역사서에는존재하지 않는 미시적인 부분과 감성적인 부분까지 보여주는 페란테 소설의 탁월함이 새삼 와 닿는다.

그 탁월함을 가장 잘 보여주는 부분은 4부작 내내 바로 고향 동네의 '악의 축'이었던 마르첼로와 미켈레 형제의 퇴장일 것이다. 어린시절부터 고리대금업과 온갖 불법거래를 통해 동네를 좌지우지해왔던 솔라라 형제는 급기야 동네에 마약까지 들여온다. 릴라에게 마르첼로와 미켈레는 모든 악의 근원이자 평생의 숙적이다. 하지만 세월이 흐르면서 이들을 둘러싼 주변 상황은 점점 험악해지고 결국 형제는 대낮에 고향 동네에서 살해당하기에 이른다. 마르첼로와 미켈레는 분명 수십 년간 동네에 군림했던 악당이다. 이들은 카모라와연관이 있으며 이탈리아 사회에 깊이 뿌리박힌 부정부패를 상징하는 인물들이다. 그랬던 형제의 죽음을 바라보는 레누의 시선은 그리단순하지 않다.

그렇지만 나는 다른 사람들이 모르는 정보를 알고 있었다. 나를 비롯해 어느 누구도 아직 글로 옮기지 않은 사실이었다.

나는 내가 어린 소녀였을 때 솔라라 형제가 아주 잘생긴 청년들이었다는 것을 알고 있었다. 전투용 전차를 몰고 다니는 고대 전사들처럼 그들이 밀레첸토를 끌고 고향 동네의 도로를 누볐었다는 사실을 알고 있었다. 어느 날 저녁 솔라라 형제가 마르티리 광장에서 키아이아 가에 사는 부잣집 청년들에게서 우리를 보호해주었다는 사실을 알고 있었다. 나는 마르첼로가 릴라와 결혼하고 싶어 했지만 결국 내 동생 엘리사와 결혼했고 미켈레가 다른 누구보다 빨리 내 친구의 놀라운 재능을 눈치채고 수년 동안 그녀에게 제정신을 잃을 정도로 절대적인 사랑을 바쳐왔다는 사실을 알고 있었다.

내가 이런 사실을 알고 있다는 것을 의식하게 된 순간 나는 내가 아는 이 사실이 매우 중요하다는 것을 알게 되었다. (…) 좋든 싫든 마르첼로와 미켈레는 파스콸레와 마찬가지로 우리의 일부였다. (…) 시간이 흐르고 솔라라 형제의 이름도 갈수록 늘어나는 피살자 명단에 실린 다른 이름들과 뒤섞이게 됐다. 사람들은 서서히 솔라라 형제보다 덜 친숙하고 더 사나운 사람들이 그들의 자리를 대신할까봐 걱정하기 시작했다.

솔라라 형제가 살해당한 후 레누는 마르첼로가 죽기 전에 수선해놓은 어머니의 팔찌를 돌려받게 된다. 새것처럼 광이 나는 팔찌와 어설픈 필체로 '미안해'라고 정성껏 꾹꾹 눌러 쓴 마르첼로의 카드는 이들의 악행에 대해 면죄부를 주는 것까지는 아니더라도 역사 뒤로 사라진 수많은 이에게는 각자 나름대로 사연이 있음을 보여줌으로써 역사적 사건에 깊이를 더한다. 작가로서 자신이 창조한 등장인물들에 대한 애착이 드러나는 부분이기도 하다.

솔라라 형제뿐 아니다. 철없는 부잣집 아가씨로서 잘못된 영웅심에 취해 테러리스트가 됐다가 결국은 살아남기 위해 과거 동지들을 밀고하는 나디아에 대해서도 페란테는 한때 고귀한 이상을 위해 스스로 빛나는 옷을 벗어던진 그녀에게 나름의 순수함이 있었다는 사실을 상기시킨다. 이들의 잘못된 선택과 악행을 합리화하는 것은 아니지만 이렇듯 페란테는 등장인물 모두에게 그들만의 이유를 부여해주고 이들이 사회적으로 수행한 역할 이면에 있는 개인적인 부분을 드러냄으로써 역사라는 뼈대 위에 피와 살을 덧붙이고 생기를 불어넣는다.

『잃어버린 아이 이야기』는 글쓰기에 대한 책이기도 하다. 1인칭 시점인 데다 화자인 레누의 직업이 작가인 만큼 무엇인가가 되려고 애쓰는 레누의 노력의 일환으로 작가로서의 글쓰기에 대한 고민을 다루는 것은 어쩌면 당연한지도 모른다. 제1권에서 제3권까지는 작가로서 자리 잡기까지 레누가 매력적인 글쓰기에 대해 고민하는 내용이 주를 이루었다. 어린 시절 릴라가 쓴 『푸른 요정』과 사춘기 시절 릴라가 이스키아 섬에 있는 레누에게 보냈던 편지는 향후 레누가 글을 쓰는 기준이자 지향점이 된다.

레누는 아무리 애를 써도 릴라처럼 섬세하고 자연스럽고 단도직입적으로 글을 쓸 수 없음을 한탄한다. 하지만 제4권에서 레누는 단순히 작법에 대한 고민에서 한 발 더 나아간다. 『잃어버린 아이 이야기』에서 레누는 소설이 현실을 어떻게 다루어야 하는가라는 좀 더 본질적인 고민에 직면한다. 현실을 다루는 소설가의 자세에 대한 레누의 고민은 릴라와 레누의 우정에도 결정적인 영향을 미친다.

60대가 된 레누는 신체적으로나 작가로서의 역량으로나 자신이 전과 같지 않음을 실감한다. 차츰 구세대의 퇴물처럼 사람들의 기억에서 사라져가던 어느 날 레누는 사라진 티나의 이야기를 소재로 자신과 릴라의 이야기를 다룬『어떤 우정』이라는 중편소설을 쓴다. 수년 동안 언젠가는 릴라가『푸른 요정』을 뛰어넘는 걸작을 써서 작가로서 이름을 남기고 평생을 애써온 자신의 노고를 보잘것없는 것으로 만들어버릴지도 모른다는 강박관념에 괴로워하던 레누는 아이러니하게도 자신의 손으로 상상 속에만 존재하던 릴라의 글을 완성한다.

『어떤 우정』은 예상외로 큰 반향을 일으키고 레누는 작가로서 부활하지만 릴라는 자신의 가슴 아픈 개인사를 소설의 소재로 사용한 레누를 용서하지 못하고 적어도 소설상으로 이들의 오랜 우정은 파국을 맞는다.

레누는 자기가 쓴 글 때문에 릴라와의 우정이 끝났음을 깨닫고 가슴 아파하며 자신의 소설이 어떤 지점에서 릴라에게 상처를 주었는지 고민한다.

나는 오랫동안 릴라가 화난 이유가 소설의 다른 부분에 비하면 더 많은 상상을 가미하기는 했지만 결말 부분에 실제로 벌어진 일을 썼기 때문일 거라고 생각했다. 나는 릴라가 니노 앞에서 엄마를 치켜세워주는 데 정신이 팔려 티나를 잃어버렸다고 썼다. 하지만 어떤 일을 실제로 경험해 이야기에서 현실의 메아리를 느끼는 사람들은 허구 속에서 순수하게 독자의 마음을 끌려고 사용한 이야기도 자신에 대한 비난으로 받아들이는 것 같다. 나는 내 책이 성공한 요인이 릴라에게 가장 큰 상처를 주었다고 꽤 오랫동안 생각했다.

하지만 얼마 후 나는 생각을 바꿨다. 나는 릴라가 자취를 감춘 이유가 다른 데, 그러니까 잃어버린 인형들에 대한 이야기의 서술 방법에 있다고 확신하게 됐다. 나는 어둠에 잠긴 창고 안에서 인형들이 사라지는 순간을 교묘하게 과장했다. 나는 상실에 대한 트라우마를 부풀렸고 감정적인 효과를 극대화하기 위해 잃어버린 인형 중 하나와 사라진 아이의 이름이 똑같다는 사실을 활용했다.

레누는 『어떤 우정』에서 자신이 강조하고 싶은 부분을 과도하게 드러내고 자신이 원하는 부분만을 연결하는 우를 범한다. 상대방의 처지에서 상상하고 이야기를 만들어나가고 전혀 상관없는 현상들 사이의 연결점을 찾아내는 것은 소설가 본연의 일이기도 하지만 자칫 상대방의 감정을 철저히 자기 기준에서 해석하는 교만처럼 비춰질 수도 있다. 아니, 언젠가 페란테 스스로가 말한 것처럼 작가의 본능은 바로 이러한 교만함에서 기인한다. 레누는 자신의 이야기를 쓰지 않기로 한 릴라와의 약속을 어기면서도 결과만 좋으면 릴라가 자신이 하고픈 이야기를 대신 해준 것을 오히려 고맙게 여길 것이라고 생각한다. 하지만 릴라는 아무런 흔적을 남기고 싶지 않아하는 자신의 이야기를 제멋대로 글로 옮긴 레누의 교만함에 배신감을 느끼고 연락을 끊는다.

이른바 예술가, 특히 문학가들은 주제넘은 생각을 하는 경향이 있다. 실제 우리는 그 누구에게서도 그 어떠한 권리도 위임받지 못했는데 마치 위임을 받은 것처럼 작업을 착수한다. 제멋대로 자신에게 작가로서의 권한을 스스로 부여하고 행여 다른 사람들이 "당신이 저지른 이 일에 나는 관심이 없어요. 아니 신경에 거슬려요. 대체 무슨 권리로 이런 짓을 한 건가요?"라고 하면 속상해한다. (…) 내가 그 이야기를 쓴 것은 어린 시절부터 릴라에게서 나온 모든 것이 또는 내가 릴라에게 부여해온 모든 것이 내게서 나온 것보다 더 의미 있고 유망하다고 생각해왔기 때문이었다. (…) 무질서함까지 고스란히 담아 현실을 있는 그대로 들려주든지 아니면 상상력을 발휘해 이야기의 가닥을 새로 만들어내야 한다고 했다.

나는 첫 번째도 두 번째도 제대로 해내지 못했다. (…) 사실 나는 내가 정말 릴라를 위한다면 이 소설에 저 단 한 줄도 출간하지 않았어야 했음을 알고 있었다.

『어떤 우정』은 구조적인 면에서도 '나폴리 4부작'을 흥미롭게 만드는 요소다. 엘레나 페란테는 『어떤 우정』을 통해 소설에 메타픽션적인 특성을 가미함으로써 허구와 현실의 관계에 관한 문제를 제시한다.

우리는 이미 이 이야기가 소설 속의 소설 방식으로 구성되었음을 알고 있다. 하지만 『어떤 우정』이라는 중편이 등장함으로써 소설은 단순한 플래시백이 아니라 좀 더 복합적인 구도를 취하게 된다. 『어떤 우정』은 이미 릴라와 레누의 이야기를 다루는 소설 속의 소설이다. 바꾸어 말하면 우리가 읽고 있는 이 소설은 『어떤 우정』의 확장판이자 『어떤 우정』에 대한 레누의 기나긴 자기변명인 것이다.

흔히들 페란테 소설의 최고 강점으로 놀라운 가독성을 꼽는다. '나폴리 4부작'의 매력은 분명 촘촘히 짜인 에피소드들로 구성된 내러티브의 놀라운 흡입력일 것이다. 상대적으로 페란테의 문장력에 대한 찬사는 서술가로서의 그의 재능에 비해 거론되는 빈도가 적은 편이다. 하지만 제4권까지 번역하면서 페란테가 서술가로서의 재능 못지않게 문장력이 대단한 작가라는 것을 느꼈다. 소설 곳곳에 아무렇지 않게 쓴 듯하면서도 곱씹어보면 매력적인 심리묘사나 배경묘사가 많을 뿐 아니라 그 문장력이 빛을 발하는 부분들이 있다. 예컨대 지진이 일어난 후 릴라가 레누에게 자신의 두려움을 묘사하는 부분이 그렇다.

이스키아 섬에서 내가 얼마나 밤하늘을 두려워했었는지 기억해? 너희들은 모두 밤하늘이 아름답다고 했지만 나는 그렇게 말할 수 없었어. 밤하늘을 바라보고 있으면 달걀 껍질과 흰자 속에 갇힌 녹색 빛이 감도는 상한 노른자 맛이 입 안에 느껴지는 것 같았어. 깨져서 속이 드러나 보이는 삶은 달걀 말이야. 입 속에 독이 든 달걀 같은 별을 머금은 느낌이었어. 고무 같은 질감의 하얀 별빛이 새까만 아교 같은 밤하늘과 함께 이빨에 쩍쩍 들러붙는 것 같았어. 구역질을 참으면서 그걸 잘게 부수면 입 속에서 모래알 부서지는 느낌이 났지. (…) 이스키아 섬에서 한창 사랑에 빠져 행복했었는데도 그런 느낌이 들었어. 그래봤자 소용없었던 거야. 내 머리는 언제나 틈새를 찾아내거든. 사방팔방에서 현실 너머 공포가 도사리고 있는 곳이 보이는 틈새를 찾아내고 말지.

그 누가 입 속에 쩍쩍 들러붙은 아교 같은 밤하늘이라고 묘사할 수 있을까. 여기에서 페란테는 릴라가 느끼는 두려움이라는 형상이 없는 감정을 시각과 질감을 동원해 생생하게 묘사하고 있다. 이외에도 레누와 릴라가 솔라라 형제를 감옥에 보내기 위해 처음으로 컴퓨터를 사용해 글을 쓰는 장면이나 최초로 경계의 해체를 경험했던 일을 고백하는 부분은 문장력의 진수를 보여주는 장면들이다.

글이 다소 길어졌지만 마지막으로 잃어버린 인형에 대한 이야기를 언급하지 않을 수 없다. 『잃어버린 아이 이야기』라는 제목이 나타내는 바대로 잃어버린 아이와 잃어버린 또는 버려진 인형의 테마는 소설에서 중요한 의미가 있다. 소설의 마지막, 60여 년 전 레누와 릴라가 창고로 내던진 티나와 누가 레누의 손에 돌아오는 순간 독자는 이 작은 반전에 잠시 당황할 것이다.

나 역시 이 긴 이야기의 마지막 책장을 덮고 혼란스러운 마음에 나도 모르게 『나의 눈부신 친구』를 책장에서 꺼내들고 돈 아킬레의 집을 찾아가는 장면으로 시작하는 '나폴리 4부작'의 첫 장을 다시 들춰보았다. 그때 레누는 분명 릴라와의 우정이 돈 아킬레의 현관으로 이어지는 어두운 층계를 한 계단씩 올라가기로 결정한 바로 그 순간 시작되었다고 했다. 티나와 누의 상실은 두 친구의 우정이 시작되는 출발점일 뿐 아니라 릴라가 주도하고 레누가 뒤따르는 두 친구 사이의 기본적인 관계가 성립된 순간이기도 하다. 그런 인형 에피소드마저 사건을 조율하고 사람들을 조종하는 데 능숙한 릴라의 계산에 의해 일어났을지도 모른다는 것이다. 두 사람의 우정의 기원을 뒤흔드는 이 마지막 반전이 왠지 허탈하기도 하고 당혹스럽기도 하다.

나는 이 이야기의 끝에서 무엇을 기대해왔는가. 릴라와 레누가 진심어린 속내를 털어놓고 우정을 확인하는 훈훈한 마무리? 얽히고설킨 운명 속에서 서로가 서로에게 눈부신 친구였음을 인정하는 감동적인 장면?

릴라는 정말 처음부터 자기가 인형을 가지고 있었던 걸까. 릴라와 레누의 관계는 처음부터 철저히 릴라의 의도대로 조종되었던 걸까. 인형의 반환은 무엇을 의미하는 걸까. 평생 자신이 레누를 철저히 속이고 이용해왔다는 릴라의 잔혹한 고백일까. 어쩌면 티나가 사라진 것은 어린 시절 자신이 레누의 유사 딸인 인형 티나를 훔쳤기 때문에 벌을 받을 것이라는 사실을 고백한 건 아닐까.

『어떤 우정』이 릴라에 대한 레누의 원죄라면 돌려주지 않은 인형은 레누에 대한 릴라의 원죄로 볼 수 있을 것이다. 그렇다면 인형을 돌려주었다는 것은 이로써 서로의 잘못을 원점으로 되돌리자는 화해의 의미인가. 아니면 영원한 결별의 징표인가.

릴라는 어디로 갔을까. 노년이 되어서야 드디어 나폴리라는 한정된 공간의 경계를 넘어선 릴라는 과연 어디로 간 걸까. 릴라는 왜 고향 동네라는 작지만 모든 것을 함축하고 있는 완벽한 소세계를 떠나 결국은 이에 대한 확장에 불과한 세계를 향해 나아가기로 결심한 걸까. 60여 년에 걸친 두 주인공의 이야기를 통해 페란테는 궁극적으로 무엇을 이야기하려고 한 걸까. 수천 페이지에 이르는 긴 이야기의 끝에서 페란테는 독자들에게 대답을 제시하기보다는 더 많은 질문을 던진다.

하지만 소설의 결말에서 질문에 대한 정답을 찾는다는 것이 의미가 있을까. 소설이 주는 교훈이 무엇인지 꼭 물어야 하는 것일까. 우리가 소설을 읽는 이유는 중심부에 도달하기까지의 과정이 주는 즐거움 때문이다. 그 과정에서 여러 등장인물을 알아가고 이들의 매력에 빠지고 감정이입을 하고 주인공들이 처한 환경이나 상황을 통해 자신의 모습을 비춰보면서 소설이 주는 진정한 재미를 만끽할 수 있을 것이다. '나폴리 4부작'은 이러한 과정이 너무나 매혹적이었다.

영원히 끝나지 않을 것 같은 이야기가 끝나고 이제는 정말 지난 2년간 동고동락해온 등장인물들과 이별해야 할 때가 됐다. 릴라와 레누뿐만이 아니라 소설에서 가장 가슴 아프게 이별한 레누의 어머니와 두 주인공의 아이들, 엔초와 파스콸레, 알폰소, 카르멘, 피에트로와 니노까지 수많은 인물이 눈앞을 스쳐지나가는 이유는 엘레나 페란테가 그만큼 생동감 있게 이 인물들을 그려냈기 때문이리라.

번역을 마친 후에도 한동안 레누와 릴라라는 두 눈부신 친구의 파장에서 쉽게 벗어날 수 있을 것 같지 않다. '나폴리 4부작'은 평생 곁에 두었다가 문득 생각날 때마다 다시 펼쳐보고 싶은 작품이다. 나의 사춘기가, 나의 청춘이, 나의 중년이, 나의 노년이 그들의 삶과 포개어지는 모습을 보며 위안을 받을 수 있는 그런 작품이다.

2017년 겨울
김지우

## 엘레나 페란테 Elena Ferrante

이탈리아 나폴리에서 출생한 작가로, 나폴리를 떠나 고전 문학을 전공하고 오랜 세월을 외국에서 보냈다는 사실 외에 알려진 바가 없다. '엘레나 페란테'라는 이름조차도 필명이다. 작품만이 작가를 보여준다고 주장하는 페란테는 어떤 미디어에도 모습을 드러내지 않고 서면으로만 인터뷰에 동의한다. 이탈리아에서는 여전히 작가의 정체와 관련된 여러 가지 소문이 떠돌지만 아직도 베일에 싸여 있다.

1992년 첫 작품 『성가신 사랑』(*Troubling Love*, 1992)을 시작으로 『버려진 나날들』(*The Days of Abandonment*, 2002), 『어둠의 딸』(*The Lost Daughter*, 2006) 등 '나쁜 사랑 3부작'을 출간한다. 에세이집 『라 프란투말리아』(*Fragments*, 2003)와 소설 『밤의 바다』(*The Beach at Night*, 2007)를 출간한 뒤 2011년 '페란테 열병'(#Ferrante Fever)을 일으킨 '나폴리 4부작' 제1권 『나의 눈부신 친구』를 출간한다. 이어서 『새로운 이름의 이야기』, 『떠나간 자와 머무른 자』, 『잃어버린 아이 이야기』까지 총 네 권을 출간해 세계적인 베스트셀러 작가가 된다.

'나폴리 4부작'은 이탈리아와 영미권을 비롯해 프랑스, 스페인, 독일 등 총 43개국에서 번역·출간되고 있다. 2014년 '나폴리 4부작' 제2권으로 국제 IMPAC 더블린 문학상에 노미네이트되었고, 2015년에는 이탈리아에서 최고 권위를 자랑하는 문학상 스트레가상의 최종 후보로 선정되었다. 2016년에는 '나폴리 4부작'의 제4권으로 맨부커 인터내셔널상 최종 후보에 올랐으며, 『타임』지는 '세계에서 가장 영향력 있는 100인' 가운데 한 명으로 페란테를 선정했다.


## 김지우 金志祐

이탈리아에서 어린 시절을 보냈고 한국외국어대학교 이탈리아어과를 졸업했다. 동 대학교 국제지역대학원에서 유럽연합지역학으로 석사학위를 받은 후 현재 이탈리아대사관에서 근무하고 있다. 주요 번역 작품으로는 엘레나 페란테의 '나폴리 4부작' 제1권 『나의 눈부신 친구』와 제2권 『새로운 이름의 이야기』, 제3권 『떠나간 자와 머무른 자』, 헨델의 오페라 「리날도」, 베르디의 오페라 「맥베스」, 벨리니의 오페라 「노르마」, 모레티의 영화 「비앙카」, 안토니오니의 영화 「일식」 등이 있다.

나폴리 4부작 제4권
## 잃어버린 아이 이야기

지은이 엘레나 페란테
옮긴이 김지우
펴낸이 김언호

펴낸곳 (주)도서출판 한길사
등록 1976년 12월 24일 제74호
주소 10881 경기도 파주시 광인사길 37
홈페이지 www.hangilsa.co.kr
전자우편 hangilsa@hangilsa.co.kr
전화 031-955-2000~3   팩스 031-955-2005

부사장 박관순  총괄이사 김서영  관리이사 곽명호
영업이사 이경호  경영이사 김관영  편집주간 백은숙
편집 박희진 노유연 이한민 박홍민 배소현 임진영
마케팅 정아린 이영은  관리 이주환 문주상 이희문 원선아 이진아
디자인 창포 031-955-2097
CTP출력 및 인쇄 예림  제본 예림바인딩

제1판 제 1 쇄  2017년 12월 20일
제1판 제12쇄  2024년  8월 30일

값 17,000원
ISBN 978-89-356-7044-4 04880
ISBN 978-89-356-6974-5 (세트)